LA CYPRINA

Sylvie Dervin est écrivain, auteur dramatique et scénariste. Elle a écrit quatre romans avant La Cyprina : La Jument de la nuit, La Vénitienne, La Dame de Kiev *et* La Dernière Chasse du comte Zaroff.

1493.
A Rome, Camilla Vespucci, vendue dès treize ans à une maquerelle et livrée la nuit même au caprice de quatre gentilshommes, est tirée du bordel par le jeune Cesare Borgia, qui sera son Pygmalion.
C'est d'abord pour se venger de ses bourreaux qu'elle survit. Mais, à mesure qu'elle gravit l'échelle sociale, la prostituée convoite une revanche plus vaste, contre la société tout entière. Elle deviendra grande courtisane, brigand organisé, armateur de navires puis capitaine sur mer. Elle finirait sans doute reine si, pour son malheur, elle ne rencontrait le baron Baldassare Colonna, voyou à visage d'ange auquel elle voue une passion sans mesure...
Autour de cette figure, qui veut, obstinément, se construire un destin propre dans un monde qui n'a jamais été moins fait pour les femmes, bouillonne la Renaissance italienne. C'est un temps d'épopée. Le cardinal Cesare Borgia se taille un duché en six mois. Les navigateurs découvrent de nouveaux mondes si vite que les cartographes ne les suivent pas. Luther ébranle la chrétienté et Thomas More invente l'utopie politique.
Epoque éclatante, convulsive, personnages hors de toute mesure. La vérité de l'Histoire exaltée par le souffle romanesque de Sylvie Dervin : un tourbillon sang et or d'aventures, de meurtres et d'amours flamboyants.
Une grande fresque historique bâtie autour d'une femme de légende, comme l'était *La Dame de Kiev*, du même auteur.

DU MÊME AUTEUR

chez Robert Laffont :

La Dame de Kiev, 1985
La Dernière Chasse du comte Zaroff, 1986

chez Albin Michel :

La Jument de la Nuit, 1980
La Vénitienne, 1982

SYLVIE DERVIN

La Cyprina

roman

ROBERT LAFFONT

Sommaire

PREMIÈRE PARTIE

Les chemins de Rome

1493-1497

CHAPITRE PREMIER

8 JUIN 1493

« CAMILLA, camomilla ! Si on t'attrape, on t'étrillera ! »

Les deux gamins, visibles à la touffe de leurs cheveux qui pointe derrière un rempart de coquelicots, s'étranglent de rire entre chaque mot.

Camilla, courbée parmi les foins, ramasse un caillou et, d'un geste sûr, se déploie, arrondit le bras, lance le projectile. Elle a visé un peu devant eux pour ne pas les blesser, mais la peur suffit aux garnements qui détalent, serinant à tue-tête leur refrain. Personne n'ose rien leur dire, ce sont les enfants du patron. La journalière qui n'a ni père ni frère à ses côtés pour la défendre est devenue leur cible.

Ils la harcèlent de loin, gambadant dans le foin retourné qu'ils éparpillent. Le parfum dense et piquant des herbes chauffées par le soleil irrite la gorge et les yeux de Camilla. Elle a soif, sa cruche est vide depuis plusieurs heures. Se reposer. Dès l'aube, elle travaillait sur le pré.

Dieu l'a peut-être entendue. La cloche envoie des notes grêles, en l'abbaye voisine. La lumière du jour finissant caresse en oblique la plaine encore tremblante de chaleur. Éparses dans les champs, des silhouettes se redressent, s'appuient sur les fourches. Les bœufs attelés à la charrette allongent le col sous le joug, sentant au suspens des humains que vient l'heure du retour à l'étable.

Camilla s'étire, fait jouer sa nuque protégée du soleil par un mouchoir de toile noué aux coins, nettoie soigneusement les dents de sa fourche, la renverse sur son épaule, déhanchée par l'instrument trop lourd pour son corps de treize ans. Les filles se sont réunies comme elle à l'entour de la charrette, où elles grimpent devant les garçons — Caterina, la plus délurée du village, en tête.

Aujourd'hui, ils ont fané. Mille fois répété ce geste qui semble aisé, vu du haut d'un cheval : un seigneur qui passait avec ses veneurs et son fauconnier, tout poudreux de sa chasse, s'extasiait ce matin, se retournant vers ses gens :

« Regardez comme ces filles sont gracieuses, ne croirait-on pas qu'elles dansent en chœur ? »

Mais il faut élever à bout de bras chaque fourchée de foin pour qu'elle retombe au soleil bien retournée. Le mouvement arrache cent livres[1] de fourrage. À la fin du jour, on souhaiterait mourir, tant le corps est dolent de ses muscles raidis, de ses articulations élonguées.

Camilla tangue sur la charrette cahotée, tellement lasse qu'elle n'a même plus faim, pourtant elle n'a mangé qu'une tranche de pain frottée de lard à la pause de midi. Beaucoup de filles sont grises de fatigue, les yeux vagues aux cils blanchis par la poussière des foins, la nuque dodelinante. Les jeunes gens paraissent plus vaillants. Si seulement elle était un garçon !

Le curé, à la messe du dimanche, dit que la volonté de Dieu s'accomplit dans toute chose. Dieu, sans doute, voulut que ses trois frères mourussent, ne laissant au paysan Niccolo que

1. Une livre = 350 g environ.

Camilla. Dieu voulut que l'ancien seigneur du domaine, ruiné en fastes et débauches, vendît sa terre à un marchand de Rome et que ce dernier ne la jugeât bonne qu'à l'élevage. Pour décourager les cultivateurs, il a considérablement augmenté les métayages. Niccolo n'arrive plus à tirer assez de grain de sa parcelle. Camilla doit se louer aux petits propriétaires des environs pour la fenaison, les moissons, le battage. Mais ce n'est pas assez du travail qu'elle abat. Elle a treize ans, un corps frêle comme celui de sa mère, morte en couches l'an passé.

La charrette est arrivée devant la ferme où se louent les journaliers, les bœufs soupirent. Le régisseur attend les ouvriers dehors. À la queue leu leu, garçons et filles passent devant lui pour recevoir leur salaire, qu'il coche d'un trait de plume d'oie dans un registre : six *baiocci*[1], le prix d'un bocal d'huile. Les plus chanceux se voient rembauchés pour le lendemain. Camilla n'est pas du nombre.

Empochant son pécule, elle s'en retourne chez elle en traînant les sabots. De loin, elle regarde le toit de chaume de sa maison, dont la cheminée ne fume pas. Elles n'auront pas préparé la soupe, pas plus ce soir que les autres soirs. Philomena fit percer la cheminée, l'an dernier, puis ouvrir une entrée séparée pour les bêtes, tandis qu'on murait la cloison entre la salle et l'étable : elle refusait d'habiter avec les vaches et de noircir, fumée comme un jambon. Si Niccolo n'avait consenti ces aménagements, la nouvelle épouse ne fût pas venue vivre à la métairie.

Bien qu'amendée, elle reste une des plus

1. Les monnaies de ce temps, à Rome, sont : le *ducat* d'or à 24 carats ; le *carlin* d'argent, qui devient *giulio* sous Jules II ; et le *baiocco*. Il y a dix *baiocci* dans un *carlin*, et dix *carlins* dans un *ducat*.

modestes maisons du village. Trois pièces accolées, la chambre, la salle et l'étable désormais indépendante. Des murs de terre, une fenêtre par pièce. Dehors, une soue à cochons, une grange au toit percé, une aire à battre le grain. Dans la cour ombreuse, Philomena se repose sur un banc de pierre. Ses deux filles l'entourent. Noires de poil, toutes trois rappellent à Camilla les contes que sa mère lui répétait pour l'endormir. « Sorcières, sorcières ! » pense l'enfant et, s'approchant du trio, elle croise les doigts derrière son dos. Antonia et Theodora (les pécores n'en finiront jamais de se rengorger de ces prénoms d'impératrices) filent au rouet. Philomena, elle, se contente de s'éventer. Elle ouvre la bouche en apercevant Camilla. Elle va dire :

« Te voilà donc ! Tu as encore musé en chemin. Dépêche-toi de préparer la soupe ! »

Tous les jours, elle dit cela. Hiver comme été, il faut couper du bois, cuire du pain, balayer la salle, emplir l'auge des porcs... Antonia et Theodora, bien qu'elles ne travaillent pas aux champs, ne vaquent pas au ménage, pour ne pas abîmer leurs mains de fileuses. Quant à Philomena, elle ne file ni ne brode, elle ne fait rien du tout, mais le bon Dieu pourvoit à ses besoins comme pour les petits oiseaux de la parabole.

C'est aussi Sa volonté, sans doute, si le père s'est toqué de cette veuve au point de lui céder en tout et de consentir à doter Antonia et Theodora comme ses propres filles. Il ne peut guère, au cours actuel qui avoisine chez les paysans cent carlins par tête, que pourvoir deux donzelles, non trois. Philomena, bonne âme, s'est souciée de solutions pour Camilla. Elle a songé d'abord au couvent. La prieure de San Paolo lui fit comprendre que son abbaye ne vivait pas de la Providence et prenait les moniales au même tarif que les fiancées. Ensuite, Philomena tenta de marier la cadette sans dot. Un temps, on vit rôder autour de la famille, le dimanche à l'église, un barbon légèrement édenté, veuf avec ses sept petits à débarbouiller, auquel il fallait faire des grâces. Philomena ne l'avait jamais dorlotée :

« Camilla, mets donc ce bonnet de dentelle pour aller à vêpres, Camilla, peigne-toi. »

Ce fut en vain qu'elle sacrifia des œufs pour laver la tignasse de sa belle-fille et prêta son chaperon des dimanches. Si peu avenant que fût le barbon, il exigeait de sa promise des appas sonnants et trébuchants.

Camilla ne s'arrête pas dans la cour. Elle gagne la salle, pose sa fourche le long du mur de l'étable, attrape par l'anse le pot pendu à la crémaillère au-dessus du foyer froid, qu'il va falloir ranimer. Sa belle-mère s'est levée du banc, l'a suivie.

« Laisse cela, Antonia fera la soupe. »

Camilla ouvre une bouche bée, presque craintive. Ce n'est pas tout. Philomena l'entraîne jusqu'à sa chambre :

« Viens par ici. »

Avant Philomena, c'était « la » chambre et l'on y dormait tous, Niccolo et sa femme dans le lit, les enfants sur les coffres. Puis les frères de Camilla sont morts, la mère à son tour, Philomena est venue. Elle s'est approprié le seul bien de la défunte, un vrai lit, avec un châlit de chêne si haut qu'il faut un marchepied pour y grimper, un matelas de bourre de laine, un dossiel, des courtines et un couvre-pieds brodé. À présent, Antonia et Theodora dorment sur les coffres où leur mère serre ses robes et la vaisselle de son précédent ménage — qu'elle n'utilise pas par peur de l'abîmer. Elle a doté la chambre d'un prie-Dieu pour ses dévotions, d'un miroir poli pour ses vanités. Camilla dort sur une paillasse, cachée sous le châlit, qu'on étale le soir dans la salle. Les trois sorcières restent souvent dans la chambre durant le jour, pour bavarder, essayer des colifichets et manger des gâteaux. Philomena élève ses filles dans l'idée qu'elles valent mieux que des paysannes, parce que leur père était régisseur.

Ce n'est pas le cas de Camilla, avec ses mains calleuses. Aussi la fillette n'est-elle conviée dans la chambre qu'au printemps, quand on sort le linge pour la lessive. L'invite de sa belle-mère est une dérogation majeure à leurs usages. Philomena ouvre un coffre, en tire une robe.

« Va te laver les mains et la figure, puis tu endosseras cela. Tout à l'heure, une dame va venir, avec laquelle tu seras gracieuse si tu en es capable. Elle peut faire ta fortune et l'occasion ne s'en présentera pas deux fois. »

Camilla s'essuie les paumes à son sarrau, avance les doigts vers le beau drap bleu, reçoit une tape.

« Lave-toi d'abord. »

Lorsqu'elle a obéi, les joues brûlantes d'avoir été frottées, Philomena, Antonia et Theodora qui l'entourent se taisent dans une sorte de respect. Le drap bleu exalte la carnation transparente de Camilla, le cuivre de ses longs cheveux roux bien brossés et répandus sur ses épaules. Le vêtement, fait pour un corps plein comme celui de Philomena, accuse par des pinces à la taille la poitrine qui s'arrondit, les hanches graciles. De la jupe de dessus dépasse une sous-jupe d'un bleu plus foncé. Dans le miroir d'acier, Camilla n'en finit plus de se découvrir, incrédule. Antonia et sa sœur coulent des regards d'envie, lèvres pincées.

« Après tout, dit l'aînée d'un air pointu, elle

n'aura plus guère l'occasion de s'habiller, désormais.»

Chuchotis à l'oreille de la cadette, éclats de rire malveillants, que Philomena fait cesser d'un geste.

«Allez vous occuper du souper!»

Décidément, le monde est à l'envers, on croirait que la terre tourne autour du soleil, comme le curé dit que le prétendaient les païens. Elles sortent toutes quatre de la chambre. Niccolo est revenu des champs. Il reste près de l'âtre, dos tourné, nuque rentrée dans les omoplates, à contempler les cendres, et n'accorde pas un regard à l'apparition. La joie de Camilla s'en trouve assourdie.

«Qui donc va venir? demanda-t-elle.

— Une dame qui arrive de Rome et cherche une servante. Elle te paiera bien, si tu lui obéis.

— N'y a-t-il pas assez de servantes dans Rome?

— Cette dame veut une fille de la campagne parce qu'elle abattra plus de travail.

— Il est vrai que je suis dure à la peine.»

Les deux sottes pouffent derechef dans leur coin. Niccolo grommelle, se lève.

«Je vais voir si les bêtes n'ont besoin de rien.»

Il est fâché. Préférerait-il garder Camilla? Si frêle qu'elle soit, elle lui rend service aux champs et les deux grandes oiselles ne la remplaceront pas non plus à la maison...

«Est-ce que ma mise ne va pas paraître manquer de modestie, pour une servante?» s'inquiète-t-elle.

Les deux sœurs se sont écroulées de rire sur un banc.

«Ça suffit! crie Philomena. Allez plutôt aider Niccolo, ne restez pas dans mes jambes.»

Une voiture vient de s'arrêter sur la route, devant la métairie. Une voiture comme Camilla n'en a vu qu'aux seigneurs de passage, une petite maison tirée par deux chevaux bais auréolés d'écume, qu'on devine bien nourris, bien pansés. Leurs pieds ferrés sonnent sur les cailloux. Un cocher en habit de drap conduit la paire. Un valet ouvre la portière, avance un escabeau, aide une dame à descendre. Ce n'est pas la châtelaine en atours qu'attendait Camilla mais une femme presque vieille, avec deux ou trois mentons, portant une solide robe de voyage et un voile qui pend de son chapeau pour la protéger de la poussière des chemins. Elle n'en finit pas, d'ailleurs, de tapoter son costume poudré, soulevant des volutes autour d'elle. Philomena s'avance à sa rencontre, la salue d'une révérence un peu ridicule, l'entraîne à l'intérieur de la salle.

« Voici Camilla », dit-elle.

La dame cligne des yeux. L'obscurité de la maison contraste avec la lumière rouge du dehors. Mais son regard s'habitue : pétrifiant, opaque, il jauge l'enfant comme au Jugement Dernier, de la tête aux pieds. Un sourire vient sur les lèvres étroites, éparpille les multiples mentons :

« Parfait. »

Elle s'adresse à Camilla :

« Je suis Donna Bertha Crespini. »

Puis, tout de go :

« Viens-tu ? »

Déroutée, l'enfant ne trouve rien à répondre.

« Où est ton bagage ? »

Philomena, prompte, s'interpose :

« C'est que la petite n'a rien à elle, si ce n'est son sarrau pour aller aux champs. La robe qu'elle porte est à moi, la plus belle que je possède, du drap de Flandre, elle vaut bien cinquante carlins...

— Soit, soit, je paierai la robe aussi. Viens donc, Camilla, puisque ton bagage est sur ton dos.

— Oui, madame. Mais puis-je aller saluer mon père ? »

Sans attendre la réponse, elle court à l'étable. Niccolo n'est pas alentour, sans doute si fâché qu'il ne veut pas lui souhaiter bon voyage. Elle revient tête basse vers la voiture où la dame s'apprête à remonter. Une bourse glisse dans la main brune de Philomena qui sourit, s'incline à nouveau.

« Dieu vous garde, madame. »

Les deux sœurs ne rient plus, comme touchées par la tristesse de ce départ en hâte, ressemblant à un enlèvement. L'escabeau rentré, la portière claque.

« Nous serons à Rome demain matin, dit la dame, ce n'est pas un long voyage. »

Camilla ne se retourne pas.

Elle a dormi dans les coussins, insensible aux cahots. Elle avait ses douze heures de fenaison dans les membres. C'est la faim qui l'éveille. Elle n'a pas dîné, à cause du départ précipité, mais n'ose rien demander à la dame, qui semble dormir derrière son voile dans le coin de la voiture.

Il fait encore nuit, une chaude nuit de juin parfumée de l'odeur des foins qui sèchent épars sur les prés, piquetée du chant des rossignols. Le ciel pâlit à l'orient. Camilla n'éprouve pas d'inquiétude. Sûrement, il faudra travailler comme une bête, recevoir des taloches et dormir dans une salle quelconque sur une paillasse. Mais ce ne sera pas plus pénible que vivre à la métairie. Et ce sera Rome. La ville de Pierre, la ville du pape, avec ses collines, ses ponts sur le Tibre, ses églises et ses palais. On dit qu'il y vit cinquante mille personnes.

Le coche progresse en cahotant, grinçant de ses essieux, les cognant contre les parois. La caisse est suspendue de sangles pour amortir les chocs, rembourrée : un enfer néanmoins. Le valet posté sur le marchepied signale qu'ils roulent sur la Voie Appienne, la route par laquelle les Césars entraient dans Rome. Les pavés réguliers en sont depuis des siècles enfouis sous terre, recouverts par un lit de pierraille l'été, un bourbier l'hiver — qui laisse de profondes ornières durcies. Seuls les mulets y circulent à peu près sûrement.

À cette heure, elle est étonnamment fréquentée. Le *procaccio* — le service des messageries qui, par caravanes de chevaux et de mulets, conduit à Rome les voyageurs et transporte la soie de Naples ou les sacs d'écus — préfère voyager de jour par crainte des brigands. Les courriers extraordinaires acheminant des lettres de change ou des demandes de bénéfices, après un bref repos au relais de poste, repartent aux heures fraîches eux aussi.

Le coche dépasse une colonne de pèlerins, confréries vêtues de bure, portant bannières, laïcs répartis en paroisses, clergé, gens de marque, dames enfin, montant des mules qui trottent l'amble — allure vicieuse mais confortable. Les charrettes de bagages ferment la procession.

On croise encore des véhicules particuliers loués comme leur coche à des voiturins, escortés de cavaliers par crainte des bandits. Enfin, du tout venant à pied : femmes espérant vendre en ville leur panier d'œufs ou de légumes, compagnons accomplissant leur tour, paysans chassés dc leur terre par la disette et qui cherchent fortune, le baluchon sur l'épaule, mendiants et vagabonds moins définissables, zingari aux foulards rouges cliquetants de médailles, tirant un ours au bout d'une chaîne.

« Est-ce que tous ces gens vont à Rome ? Pourront-ils s'y loger ? »

Le valet consent à répondre parce qu'il a presque l'âge de la petite manante et que sa science le rend faraud. Dans Rome existent plus de deux cents auberges, se rengorge-t-il comme s'il en était responsable. Mais la foule, ces temps-ci, s'est considérablement accrue. Le pape va donner des fêtes pour les noces de sa fille et les fêtes attirent toujours l'affluence à Rome, celle des fidèles comme celle des marioles, chacune y trouvant son compte.

Aux champs succèdent des couvents clos de murs, des églises. Les collines, dessinées par le jour naissant, sont encore dans la brume. Enfin, la massive enceinte d'Aurélien barre l'horizon, laquée de rouge par le soleil. La porte San Sebastiano s'engorge du flot des arrivants, des agents de l'Inquisition fouillant les bagages des voyageurs pour vérifier les livres qu'ils contiennent. Au-delà de cette frontière commence la cité. Pourtant, c'est toujours le même paysage. On désigne à Camilla les Thermes de Caracalla, le campanile de San Sisto Vecchio. Nez levé, cou tordu, elle passerait par la fenêtre de la portière si sa patronne, réveillée dans l'encombrement, ne lui retenait pas la jupe. À présent ce sont des ruines, à perte de vue, une immense carrière où se dressent de vagues éboulis. Des noms fusent, Colisée, Forum, mais elle ne voit que terre pelée, pierraille, chiens errants. Où donc habitent les Romains ?

Le coche aborde la place de Venise, que domine

le nouveau palais San Marco, les armes de la Sérénissime République flottant en bannières aux fenêtres. Soudain, c'est une explosion anarchique, inextricable, de ruelles et de maisons. Dressant un ou deux étages en brique, en pierre, en terre, en bois, les habitations s'accolent les unes aux autres, se disputant l'espace et la lumière, s'étirant vers le haut par des tourelles fortifiées, accaparant la voisine d'en face grâce au tentacule d'un pont jeté dessus la rue, élançant dans les airs des escaliers, des échelles, des balcons, des pignons en surplomb, débordant en boutiques, portiques, étals.

Les échoppes se groupent par corporations. Par-delà l'antique théâtre Marcello, le coche s'engage dans la rue des Guibbonnari où se sont installés les tailleurs de pourpoints. Des enseignes de fer forgé ou découpé s'entrechoquent, des vêtements brodés, passementés, manches crevées comme le veut la mode, se déploient sur des tables au-dehors des commerces, ce qui rétrécit le passage disponible aux chalands.

Les rues, rarement pavées, sont tortueuses, étroites, envahies de piétons, de cavaliers, de mulets bâtés, de voitures, de porteurs d'eau, leur balancier posé sur les épaules touchant presque d'un mur à l'autre et qui s'annoncent par un hululement :

« Aqueeeeee... renari ! »

Chiens, cochons, poulets courent dans la gadoue malodorante. Les passants prennent garde de marcher en rasant les murs, loin du caniveau central.

« Pourquoi ?

— À cause de cela, sotte ! » crie Donna Bertha, tirant Camilla vers l'arrière.

Une fusée d'eau saumâtre pleine de débris

indéfinissables s'écrase sur le toit de la voiture en crépitant, lancée d'une fenêtre par une ménagère insouciante.

« On jette les ordures par les fenêtres ?

— Où veux-tu qu'on les jette ? Tu imagines, si chacun avait son tas de fumier devant la porte, comme vous autres rustres ? »

Le tas de fumier, à la métairie, était au fond de la cour, loin de l'habitation, tourné dans le bon sens du vent de sorte que ses odeurs n'incommodent pas. La route devant leur chaumière durcissait vite au soleil. Ici, les maisons sont si proches les unes des autres qu'elles se dérobent mutuellement la lumière, empêchant de sécher le cloaque à ciel ouvert.

L'eau est rare. Ne demeure à Rome qu'un aqueduc antique, l'Acqua Virgo, qui ne suffit pas à fournir la ville. Point de fontaines. Les *aquerenari* vont puiser en amont du fleuve une mixture qu'ils laissent reposer quatre ou cinq jours avant de la vendre un *baiocco* le tonnelet. Au village de Camilla, chaque ferme disposait de son puits. Elle retient son souffle à cause des odeurs, détourne le regard de la pourriture qui stagne sur les voies, y dessinant des auréoles mauves et vertes, observe les dames juchées sur les épaules de porteurs pour protéger leur jupon, les chevaux cuirassés de boue, les déchets de viande et les choux pourris qui jonchent le Campo dei Fiori, où se tient le marché deux fois la semaine — aujourd'hui notamment, ce qui n'arrange rien à l'encombrement. Et quand Donna Bertha, qui se méprend sur son silence et la croit abasourdie d'admiration, lui demande :

« Eh bien, que penses-tu de Rome ? »

Camilla répond, sincère et sans malice :

« Ça pue. »

Franchi le Campo, le coche s'engage dans la

rue del Pellegrino, qui aligne les récentes demeures des riches merciers, orfèvres et argentiers. En vue du fleuve, la foule devient si dense que la voiture ne peut plus avancer. Les injures du cocher, les prières n'y font rien. On envoie le valet en amont du flot, il revient excité : sur les rives, le pont Sant' Angelo et tout au long du Borgo[1] jusqu'au Vatican, la foule s'est assemblée pour admirer le cortège du comte de Pesaro, fiancé de la fille du pape, Donna Lucrezia. Leurs noces seront célébrées dans quatre jours. La procession précédait les voyageurs d'une heure. Mais elle s'est arrêtée, créant vite l'engorgement.

Donna Bertha veut voir le spectacle elle aussi, quitte à se détourner un peu de sa route. Le cocher, descendu devant ses chevaux, tire par le mors les bêtes affolées. Sur le pont, devant le castel Sant'Angelo, on s'enquille dans le sillage du cortège nuptial, qui se dirige vers la place San Pietro. Des écuyers en costume de brocart vont en tête, suivis d'une troupe de pages en soie rouge et bleue. Un bouffon, toque dorée sur ses cheveux crépus, cabriole le long du défilé, rampe entre les pieds des mules ornés de grelots, imite un chien levant la patte contre la jument blanche du futur époux. Des prélats et leurs familiers se sont joints au flot dans Rome, des trompes et des bombardes scandent un air dansant. L'ambassadeur de Venise ferme la marche avec une esclave mauresque tenant un singe sur l'épaule.

En chemin, la rumeur publique, cette *vox populi* qui fit la réputation de Rome, brode sur son thème favori : la vie privée du Vatican.

1. Le Borgo est la citadelle, le « burg » de la papauté. À l'intérieur de son enceinte se trouvaient le Vatican (Saint-Pierre, le Vatican, le Belvédère, Santa Maria in Portico), des églises, des couvents et de belles demeures bourgeoises.

Quelques siècles plus tôt, le quotidien des Césars alimentait le caquet. Désormais c'est celui des papes. Ce pape-ci, Alexandre VI, sacré l'an passé, a pour défaut de s'appeler Rodrigo Borgia, d'être Espagnol.

Pour le reste... Il a payé le conclave afin d'être élu, c'est l'usage. Il a des enfants, c'est l'usage aussi. On le lui pardonne mieux qu'à d'autres : étant beau et viril, il les a réussis. Qu'il leur distribue des biens de l'Église, qu'il dote et marie leur mère avec laquelle il vécut vingt ans, cela révolte les grandes dynasties, non la plèbe, qui nourrit des préoccupations semblables : la famille avant tout. Il suffirait qu'Alexandre VI fût romain de naissance, on l'adorerait sans réserve.

« Je croyais que les papes faisaient vœu de chasteté, songe Camilla tout haut, surprise des lazzi qu'elle entend rebondir de bouche en bouche.

— Sotte ! Cette règle ne vaut que pour les curés de village. À Rome, le moindre vicaire a sa maîtresse, on ne compte plus les bâtards de cette robe-là. »

Un sourire de dérision plisse l'échafaudage de mentons de la Crespini. Camilla comprend. À huit ans, elle aidait la vache à vêler. Elle a dormi des années durant dans la chambre de ses parents et sait que les humains se perpétuent ainsi que les animaux. Elle ne croit pas que le Bon Dieu s'en offusque, c'est la nature. D'ailleurs, l'Église ne se mêle guère de ces choses. Lorsqu'elle sanctionne les unions, c'est par une simple bénédiction, non un sacrement[1]. Les curés des campagnes restent sans femme parce qu'ils ne possèdent pas de ressources pour nourrir une

1. Voir note de fin sur le chapitre XIV, p. 755.

famille. En revanche, pourquoi le pape, qui paraît riche, ne fonderait-il pas une lignée comme un prince ?

La foule qui l'entoure partage son sentiment. Il existe des prêcheurs, à travers le pays, qui annoncent un prochain Jugement Dernier, exhortent à la mortification, creusent opiniâtrement les voies de la culpabilité. Un jour, peut-être, les grains qu'ils sèment germeront, les âmes simples s'enténébreront. Mais ce n'est pas encore la mode. Ceux que Camilla croisait sur les routes de Nemi, vêtus de sacs de bure, les yeux caves, emplissant l'air de leurs *Dies Irae*, l'ont plutôt fait rire.

« Les prélats sont nos meilleurs clients », ajoute la Crespini.

Elle tient donc un commerce. Ce sera plaisant de servir dans une boutique comme celles qu'on vient de passer. La masse imposante de la dame cache à Camilla la vue par la portière. Elle distingue néanmoins un palais de pierre, fenêtres ouvertes au balcon desquelles on a jeté des tapis de couleurs vives. Entouré par la foule, le cortège s'arrête devant ce palais, déployant un demi-cercle. Un murmure roule de bouche en bouche, enfle, devient vivat :

« Donna Lucrezia ! »

Une jeune fille s'avance au balcon, à la droite d'un seigneur soixantenaire, yeux noirs, bouche lourde, pourpoint à crevés. Pour le coup, Camilla se déçoit, elle attendait un saint homme en robe à plis, la mitre ceignant son front, comme elle a vu les papes statufiés à l'église. Mais la jeune fille la séduit.

Toute révérence gardée, elles se ressemblent, manante et fille de pape. Probablement ont-elles le même âge, treize ou quatorze ans, un âge où les traits sont encore incertains. Les yeux brillent d'une semblable clarté, ceux de Donna Lucrezia bleus, ceux de Camilla verts. Leur chevelure a, sur le front poli, une implantation identique, l'or en est plus pâle chez la future comtesse, simplement. Elles pourraient être sœurs pour l'ovale du visage, la ligne mince du cou, le teint (Camilla protégeait sa peau fragile du soleil latin, de sorte qu'elle n'est pas mate comme les paysannes d'ordinaire). Mêmes attaches presque trop fines, même bouche au bombé de fruit — les garçons, déjà, voulaient mordre celle de Camilla. La ressemblance va jusqu'à leurs paupières rougies, un peu gonflées, ce qui n'est qu'accidentel : celles de Camilla sont irritées par la nuit d'insomnie sur la route cahoteuse, outre la poussière des foins ; celles de la fiancée pour une raison moins perceptible. Elle ne paraît pas émue, plutôt boudeuse et lointaine, le regard ne s'attachant même pas au gentilhomme qui la salue du haut de sa jument .

Au balcon surgit, sur l'autre flanc de Donna Lucrezia, un jeune et beau voyou, son costume exotique accentuant l'impression qu'il s'agit d'une canaille déguisée.

« Le duc de Gandia, Juan, Juanito Borgia ! » chuchotent des femmes, avec le sourire complice qu'inspirent les garçons à bonnes fortunes. Elles commentent les joyaux de son turban, son habit turc, s'attendrissent sur ses boucles noires d'Antinoüs, ses dents parfaites. Dans l'ombre du faux Turc se dresse un évêque de haute taille. À l'évidence, le même sang coule dans les veines du pape, de l'Antinoüs et de cet ecclésiastique à l'œil noir. Il n'a probablement pas dix-huit ans, or ses traits résolus, adultes déjà, contrastent avec ceux des autres. Camillia entend qu'il s'agit de Cesare Borgia, l'évêque de Pampelune.

Elle le trouve plus intéressant que son frère,

qu'il couve d'un regard obscur. Cesare Borgia lui rappelle un chien qu'avait Niccolo, un mâtiné de loup, jamais apprivoisé, qui avait profité d'une distraction des maîtres pour égorger l'autre gardien de la métairie. Niccolo l'avait tué. Le chien était mort en le regardant dans les yeux, comme s'il comptait se venger depuis l'au-delà des chiens. Longtemps Camilla rêva, la nuit, qu'elle l'entendait gratter aux fenêtres, hurler à la lune.

Emprisonnant dans son poing le coude de la fiancée blonde, Cesare Borgia se penche vers elle, qui le dissimule à la foule. Il lui murmure à l'oreille des paroles qui provoquent l'apparition d'un sourire. Mais c'est un sourire de poupée, comme si dans l'ombre il tirait les lèvres de sa sœur, la soutenant et la retenant de force en même temps sur le balcon.

Camilla ne voit plus rien, Donna Bertha non plus, des passants sans vergogne s'étant perchés sur les marchepieds et le toit de la voiture. Le valet ne parvient pas à les déloger. Alors la maîtresse donne l'ordre du repli, le coche repart péniblement, semant à mesure la grappe qui s'y juche, et franchit à rebrousse-courant le pont Sant' Angelo.

Autour de Lucrezia, tout vacille, la foule en bas comme une mer, le ciel déjà blanc de lumière, le balcon. Elle s'accroche d'un mouvement instinctif à la manche bouffante de Juan, qui la regarde sans comprendre. Un frisson l'ébranle, malgré l'épaisseur de sa robe, dont le brocart florentin tenait seul debout quand elle y a pénétré comme dans une armure, malgré la chaleur déjà lourde de ce matin de juin. Elle n'a pas dormi ni mangé depuis vingt heures, la tête meurtrie, les nerfs à vif.

« Souris ! » enjoint Cesare derrière elle.

Son père intervient en écho, sans cesser de saluer la foule :

« Lucrezia, ma colombe ! Allons, ce jour est un beau jour ! »

Vraiment ? Elle est triste, elle a peur, elle a treize ans demain.

« Sotte, glisse Cesare, lui pinçant à nouveau le coude, ne vois-tu pas que le mariage est le garant de ta liberté ? Tu n'auras plus de comptes à rendre à personne.

— Ça m'est bien égal, soupire-t-elle, c'est ton problème à toi, Cesare, la liberté. Je ne veux pas être libre, je veux...

— Petite fille, coupe-t-il, l'heure est venue de grandir. »

La vague blonde des cheveux frémit, entraînée par un mouvement de tête comme en ont les chevaux.

« Bah, je n'avais pas dix ans, déjà, *il* voulait me marier ! »

Il a entendu, se tourne à demi vers elle :

« Lucrezia, c'est le privilège des grandes dames qu'on brigue leur main dès le berceau. Tu devrais t'en montrer fière. »

Mais cela l'a toujours effrayée, au contraire.

« J'aurais préféré prendre le voile. »

Le souverain pontife hausse les épaules, agacé par le retour de cette antienne.

« Une idée d'enfant ! »

Oui. Mais c'est que l'enfance a coulé si douce, dans le cercle des dominicaines de San Sisto ! Lucrezia chérissait la paix du couvent, la lumière et l'ombre rythmées par les arcades du cloître, le parfum poivré qu'exhalaient les encensoirs à l'office, la figure de la Vierge au voile rouge, peinte à fresque dans son oratoire, qui la consolait de ses peines. Et les heures de broderie, d'enluminure ou de latin. La prière ponctuant l'écoulement du temps. Elle aimait tout de cette existence, ses détails, son décor, comme son essence, sa signification spirituelle. On y respirait plus léger, plus serein que du côté des ors et de la gloire, du côté « pourpre ».

Juan glisse sa tête enturbannée entre celles, rapprochées, de Cesare et de sa sœur.

« Tu boudes ? Ton fiancé ne te plaît pas ? Il a pourtant l'air des plus galants, ironise-t-il. Regarde-le, droit comme un i, dirait-on pas qu'il a avalé son épée ? »

Il éclate de rire, Juan est toujours le premier à s'amuser de ses plaisanteries et fuse en cascade si rafraîchissante qu'on ne lui résiste pas. Lucrezia, conquise, rit à son tour, ce qui abuse, en bas, le fiancé tout raide : il salue Donna Lucrezia d'une envolée de panache. Juan et sa sœur redoublent — une de ces explosions retenues dont ils ont l'habitude dans les assemblées officielles, qui font monter les larmes aux yeux et piquer le nez.

« Idiot ! chuchote Cesare entre ses dents.

— Oh, pardon, Monseigneur ! »

Juan appelle Cesare « Monseigneur » pour l'agacer, il sait bien que c'est un évêque de mauvais gré. D'ailleurs il aime à se moquer de tout. Secouant les longues manches dorées de son caftan, il rend au comte de Pesaro un salut à la turque des plus grotesques, ravi de sentir que sa sœur, à son côté, devient cramoisie dans l'effort pour endiguer le fou rire.

C'est un fou rire de nervosité plus que de gaieté. Il ne dissipe pas l'anxiété, il la masque seulement et bientôt s'éteint, comme une chandelle sous un courant d'air.

« *Tacite*[1] ! » se lasse en latin le Saint-Père, irrité par les chuchotis contre sa nuque. Bénissant la foule urbi et orbi, il se retire à l'intérieur du palais.

Lucrezia demeure au balcon, seule dans l'embrasure, que ses frères ont quittée derrière le pape. Elle hésite entre deux feux, la foule du dehors et celle du dedans. Elle voudrait bien pouvoir se retirer, ôter cette robe trop lourde qui la gratte de partout, retrouver ses livres et ses poupées, dans le calme de sa chambre. Mais c'en est fini des poupées. Il lui faudra bientôt porter un véritable enfant, celui du comte de Pesaro. Et, peut-être, elle en mourra, les filles qui enfantent jeunes meurent souvent en couches à cause d'un bassin resserré, on le lui a dit, elle en a peur.

Derrière son dos, dans le grand salon, le rire du pape tranche le brouhaha, ce rire catalan chaleureux qui charme tout le monde, le même que Juan, d'un ton plus grave. Une tristesse confuse poigne le cœur de Lucrezia, elle en veut à son père en même temps qu'elle l'aime. Oh, comme ce serait simple d'avoir toujours huit ans ! Quand il n'était pas encore pape, on était heureux. L'été coulait sans contrainte à la villa de Subiaco, on formait une vraie famille, vivant tard le soir au rythme espagnol.

Souvent aussi, le cardinal Borgia conviait sa fille pour Noël, ou telle autre fête, ou si elle avait été particulièrement studieuse, en son palais de la Monnaie. Elle en était la petite reine, n'y avait que des plaisirs, aucun devoir. Elle pouvait se ruer dans la salle du trône, déranger une audience accordée à l'ambassadeur d'Espagne et se précipiter en pleurant vers Rodrigo Borgia :

« Juan m'a cassé mon cheval de bois ! »

1. *Tacite* : Taisez-vous.

Il ne la grondait pas, la soulevait de terre, l'embrassait, promettait à la place un vrai petit barbe[1] avec une selle qu'on commanderait à Cordoue, et l'offrait dûment quelques jours plus tard, emmenant sa fille à la chasse avec lui pour étrenner la monture.

Bien sûr, alors déjà, les solliciteurs qui espéraient circonvenir son père passaient par elle, la comblant de présents, la flattant, puisqu'il était notoire que le cardinal ne lui refusait rien. Mais elle n'y prêtait guère attention. Depuis qu'il est devenu pape, il a changé. Il attend désormais la contrepartie de ses cadeaux. Lucrezia ne sait pas bien s'en défendre. Qu'il l'appelle « ma colombe », la voilà qui fonce tête baissée dans l'ornière de ses huit ans, elle consent, comme s'il s'agissait encore de réciter le *Pater noster* sans faute et de recevoir une orange en récompense.

Ensuite, il faut trouver moyen de se dégager des promesses volées, louvoyer, s'aliter, pleurer, se frotter au blanc de céruse pour avoir l'air dolent. Elle a vainement déployé cet arsenal, aujourd'hui. Elle a même refusé de manger depuis deux jours sans autre succès qu'excéder le pape. Il revient vers elle, restée raide dans l'encoignure de la fenêtre ouverte aux vivats.

« Lucrezia, montre-toi raisonnable. N'as-tu pas accepté les fiançailles il y a quatre mois, n'as-tu pas reçu les félicitations et les cadeaux des plus grandes maisons d'Italie ? Il est un peu tard pour reculer ! »

Elle ne répond rien, paupières baissées, front buté. Peut-elle avouer qu'elle ne croyait pas à la réalisation de ses noces ? Il l'avait promise, déjà deux ans plus tôt, à un Cherubino de Valence qu'elle n'avait jamais vu. Puis à un Gaspare

1. Cheval arabe.

d'Aversa qui, ces derniers mois, ameutait Rome de ses clameurs, brandissant son contrat de mariage et en appelant au roi d'Espagne — de sorte qu'il fallut trois mille ducats d'or pour le ramener au calme. Giovanni Sforza, comte de Pesaro, ne semblait pas plus définitif que les précédents fiancés, révocable si les circonstances politiques l'exigeaient.

D'un coup, prise au piège, acculée, elle sent remonter à sa gorge la boule mêlée des angoisses pour demain, des nostalgies d'hier : les étés bleus de Subiaco ; les parties d'échecs au palais de la Monnaie ; la fois qu'elle fut malade à San Sisto, les sœurs lui coupèrent les cheveux parce qu'ils tombaient, pour la consoler son père lui fit sertir un diadème de saphirs pareils à ses yeux ; ou bien le jour que Juan l'enferma dans les voûtes à Subiaco, jeta la clef au fond du puits ; son père vint la délivrer en passant par le vieux souterrain, elle entendait, de loin, sa voix rassurante déformée par la résonance des parois, elle voyait, tout au bout du tunnel, la danse de sa torche...

La boule crève dans sa gorge, devient chaude ondée de larmes. Sanglotante, Lucrezia s'abat contre le pourpoint noir d'Alexandre VI, cheveux épars. S'agrippe à lui, petit animal effrayé :

« Papa ! Je ne veux pas... je ne veux pas m'en aller... Je ne veux pas vous quitter.... »

Elle est secouée de sanglots bruyants, insoucieuse de l'assistance qui l'observe, entre indulgence et réprobation. Des larmes fluides dévalent ses joues, elle renifle, ses épaules tremblent. C'est un de ces immenses, de ces éperdus chagrins d'enfant qui tordent le cœur des parents.

Cesare, accoudé contre une crédence, mâche sa lèvre, regard ténébreux. Quel spectacle ridicule !

Il déteste les démonstrations de ce genre, les effusions mensongères. Ce n'est pas juste pour Lucrezia, le chagrin de sa sœur semble tout à fait ingénu. En vérité, Cesare déteste les chatteries parce qu'elles sont l'arme usuelle de Juan pour obtenir ce qu'il désire de leur père. Or Juan, lui, est un faussaire.

Giulia Farnese approche :

« Monseigneur, voulez-vous me donner votre bras pour aller accueillir le fiancé, qui nous rejoint à l'instant ? »

Il s'incline dans une jolie révérence, sourit de bon gré — reconnaissant pour cet à-propos qui donne au pape le temps de consoler Lucrezia. Cesare Borgia n'aime pas vraiment Giulia Farnese. Comment aimer la favorite, la rivale qui supplante sa mère dans le cœur de son père ? Toutefois l'évêque de Pampelune estime l'efficacité que la nouvelle venue montre dans son rôle. Elle n'abuse pas de son emprise, ne se montre pas trop perfide conseillère.

C'est une belle femme, d'une beauté mature, dans l'éclat de ses vingt-cinq ans. Sa chevelure qui, dénouée, lui tombe jusqu'aux pieds (elle reçoit souvent des ambassadeurs chez elle, en négligé, pour la faire admirer) est nattée, prisonnière aujourd'hui d'une résille d'or. Elle porte une robe rouge doublée à la napolitaine, qui asphyxie sa gorge ronde. Des diamants tremblent à son cou tandis qu'elle marche. C'est elle qui dirige la maison du pape — au côté d'Adriana, sa belle-mère et pourtant son entremetteuse. Toutes deux déchargent Lucrezia des décisions d'intendance et c'est heureux, car Lucrezia n'est vraiment encore qu'une petite fille.

Giulia s'est occupée de convier les prestigieux invités réunis à cette heure au palais Santa Maria in Portico pour accueillir le comte de

Pesaro. Ils ne se seraient peut-être pas dérangés pour le pape espagnol. Giulia, encore, a décidé du décor. Au Vatican voisin, vitrine pour son pontificat, Alexandre VI montre ses plus beaux meubles, la crédence, le trône à baldaquin, les tapisseries des Flandres. Ici, c'est le gynécée. Giulia en a voulu le cadre plus féminin et plus romain. Des tapis d'Orient réchauffent le carreau, sont jetés sur les tables, les tabourets. Chandeliers dans chaque recoin, divans de velours profond, propices aux conversations par petits groupes.

La collation préparée pour cette réception de bienvenue trahit la « main » de Giulia. Alexandre VI ne se soucie pas de gastronomie, un seul mets consistant suffit à ses repas. En revanche, le maître queux de Giulia se flatte d'accommoder les nourritures selon des recettes personnelles. La collation n'offrira pas moins de vingt plats différents, des volailles froides en gelée, des pâtés de petits oiseaux, de l'esturgeon, du mouton rôti, des gâteaux, des confitures, des vins aux épices de Smyrne, de Syracuse, de Frascati, même d'Anjou. Puis des fruits rares : des fraises, qu'elle fait cultiver à Subiaco et qui sont quatre fois plus grosses que la race des bois, des cédrats, des amandes, des poires...

On dansera, c'est le grand plaisir de Lucrezia, du pape également. En prévision de quoi Giulia fit dresser une estrade pour une douzaine de musiciens. Tout fut bien pensé. Les belles Romaines rivalisent de musc, de civette et de jasmin d'Espagne entêtant, scintillent de joyaux, déroulent des aunes de traîne. Les prélats les plus distingués chatoient en pourpre ou en violet. Un succès. Si seulement la petite sœur n'avait pas choisi cette heure pour se donner en spectacle !

Le promis et sa suite viennent d'entrer, on leur ouvre une haie jusqu'à la fenêtre où le pape est demeuré, tout au souci de consoler sa fille, dans le recoin de l'embrasure. Des traces de larmes brillent, pellicule séchée, sur le velours des joues de Lucrezia. Alexandre, dans un geste rond, un peu trop appuyé pour le goût romain, prend contre ses deux épaules chacun des fiancés, les y tient embrassés.

« Mes enfants, mes chers enfants, je vous bénis ! » s'exclame-t-il d'une voix grave, au vibrato soutenu.

Attitude débraillée, selon le code des nobles locaux. Cesare le devine à leurs sourcils levés, leurs sourires étroits, cercle attentivement réprobateur. Après les transports de la petite mariée... Vraiment, ces Espagnols manquent de tenue ! Qu'importe. L'essentiel est que l'alliance avec les Sforza, c'est-à-dire avec Milan, se fasse.

Lâchant les fiancés, dont il réunit les deux mains droites, le pape se tourne vers Juan, le prend par le bras et, flanqué de la sorte, accueille les notables escortant le comte de Pesaro. Chaque fois, il présente :

« Mon fils ! »

Comme s'il n'en avait qu'un. Joffré, gamin de douze ans, même s'il sera marié dans l'année, ne compte pas encore. Mais Cesare est l'aîné. Comment le pape peut-il l'humilier ainsi, le laisser délibérément à l'écart ? Lucrezia l'a remarqué. Elle entraîne son fiancé vers l'évêque de Pampelune.

« Mon frère Cesare sera ravi de vous emmener chasser, Giovanni, il est brillant à cet exercice. »

Elle explique à Cesare :

« Le comte de Pesaro ne rêve que tuer loups et sangliers. »

L'évêque promet courtoisement de montrer à son beau-frère les giboyeuses forêts du Latium.

Le pape, flanqué de son Turc de fils, revient vers eux prendre par le bras le comte de Pesaro, qu'il accapare.

« Eh bien, te voilà rassérénée? » s'enquiert Cesare, resté seul auprès de sa sœur. Il ira chasser le loup, tu seras tranquille.

Lucrezia sourit, grand yeux d'enfance.

« Père m'a promis que je ne serais pas obligée d'aller à Pesaro avant l'été prochain et que mon mari ne vivrait pas... chez moi tout de suite... »

En effet, treize ans, c'est jeune pour convoler. Les larmes de Lucrezia sont toujours sincères, elle est impressionnable, aisément bouleversée — pour un serviteur, un animal familier. Cesare se rappelle qu'il lui tirait des sanglots en perçant de son épée d'enfant ses poupées préférées. Pour se faire pardonner, il leur célébrait ensuite des enterrements somptueux. On en inhuma trois ainsi, dans le potager de Subiaco. Nostalgie des saisons dorées, bruissantes d'abeilles, qu'on y distillait, limbes d'innocence. Sur sa langue, il sent piquer la saveur des fruits d'Espagne que sa mère cultivait afin de rappeler à Rodrigo son pays : melons à carapace de cuir verni, cédrats, grenades sanglantes... À présent, c'est Giulia qui veille aux plantations de Subiaco. Lucrezia ne jouera plus à la poupée ni Cesare à l'épée, puisqu'il ne sera pas duc.

Blessure de la rancœur que ravive cette pensée. Parce qu'il était le cadet, il fut contraint par son père d'embrasser une carrière ecclésiastique qu'il détestait — qu'il déteste. D'ailleurs, il n'a reçu que les ordres mineurs et refuse de dire la messe, à quoi bon offenser Dieu par des pitreries ?

Quand la fièvre, il y a cinq ans, consuma Pedro-Luis, le premier fils Borgia, l'héritier du nom, Cesare crut le remplacer puisqu'il devenait l'aîné de fait. Sans souci de l'ordre légitime,

Rodrigo Borgia céda pourtant l'aînesse, le titre de duc de Grandia, la fortune — et même une fiancée, cousine du roi d'Espagne — à ce petit crétin de Juan, qui n'a pas plus de cervelle qu'un sansonnet. Cesare est docteur en droit civil et canon, écrit des poèmes en grec, disserte avec les plus grands lettrés de son temps, excelle dans les arts martiaux. Peine perdue. Les moyens d'exercer le pouvoir en ce monde sont allés à Juan, qui songe exclusivement au vin, aux dés, aux putains et à la parure, car il est amoureux de lui-même. Il dilapide son hoir en bijoux, emplit Rome d'esclandre avec son âme damnée Djem — le frère du sultan Bajazet qui est l'otage du Vatican.

Le pape n'en finit plus d'éponger dettes ou bévues, d'écrire des lettres sages qui ne seront pas même décachetées. Juan lui ressemble, Juan possède un irrésistible sourire, grâce auquel il obtient toujours ce qu'il veut. Joffré prendra pour femme Sancia d'Aragon, petite-fille du roi de Naples — selon les conseils de Cesare. Naples et Milan se disputant l'Italie, c'est pour répartir les œufs dans les deux paniers qu'on marie leur sœur aux Sforza de Milan — selon les conseils de Cesare.

Pour Cesare, toutefois, il ne reste rien. Il n'est même plus Borgia. Le pape l'a pourvu devant notaire d'un autre patronyme, afin de lui gagner le chapeau cardinalice — qu'on risquerait de refuser à son bâtard. Un beau cardinal, ma foi, à quatre mille ducats l'an ! Quand Juan est duc. Quand pour la seule robe de noces de Lucrezia, on en a dépensé quinze mille...

Ladite Lucrezia, consolée, ouvre à présent le bal. Rodrigo qui la contemple a l'air d'un ours maté par une tartine de miel. Juan fait le Turc avec l'embassadeur de Venise. Cesare est seul contre la crédence, sombre dans son habit pourpre exécré. Il pique une orange dans un compotier, s'éloigne pour prendre le frais au balcon. La foule, en bas, ne s'est pas dispersée. Compacte, elle guette une réapparition du pape ou de sa fille. Un jour, c'est lui que la foule attendra. Il ne la décevra pas.

« Bonjour, mon cher Pampelune, comment allez-vous ? Je vous ai aperçu cette nuit rue des Coronari, sortant de chez Fiammetta. Vous sembliez bien abattu, il est vrai que les fauteuils sont raides dans l'antichambre de notre amie, à vous briser le dos et vous rendre morose... »

Allons, bon ! Il ne manquait plus que lui ! Cesare sourit de ses yeux félins, se tournant vers qui l'aspostrophe.

« Seigneur Colonna, vous devriez savoir qu'un jeune homme qui sort de chez Fiammetta peut avoir d'autres motifs, plus agréables, d'être fatigué. »

Touché. L'imbécile, déconcerté, préfère se rabattre sur Juan, lançant à la cantonade :

« Gandia ! Viendras-tu faire la fête avec moi ce soir ? J'ai découvert une maison très accueillante... »

Juan s'empresse d'accepter sans y voir malice, tandis que les pairs du Colonna se passent de bouche en bouche un sourire entendu. Juan adore ce garçon car ils se ressemblent et partagent leurs distractions. Cela n'empêche pas le fourbe de répandre les propos les plus insultants sur les Borgia. Cesare hait vigoureusement Baldassare Colonna, surnommé dans Rome, des palais aux faubourgs, « Tête d'Or » à cause de sa beauté. Il représente l'ennemi le plus odieux, l'héritier de grande famille.

Les barons romains reprochent au pape d'être Espagnol, d'introduire au Vatican la foule de ses neveux et cousins dont la plupart ne parle pas italien et campe dans les antichambres, guettant le passage du pontife pour obtenir bénéfice, titre ou charge. Ils répandent sur Alexandre VI d'infâmes ragots d'inceste, de sodomie, de bestialité. Mais ils reprochaient déjà les mêmes défauts, dans les mêmes termes calomnieux, au grand-oncle de Cesare, Alfonso Borgia, qui fut le pape Calixte III quarante ans auparavant. Prétextes. Les parentèles romaines en veulent aux papes d'être papes, tout simplement, et d'être revenus d'Avignon il y a trois quarts de siècle. Elles contestent l'autorité vaticane, considérant Rome depuis toujours comme leur domaine — ou plutôt leur champ de bataille.

Car elles se font éternellement la guerre entre elles, vendettas entretenues, relavées dans du sang frais depuis tant de générations qu'elles n'en savent plus la cause. Les Orsini et les Colonna, par exemple. Ils s'entre-égorgent, pillent et brûlent les palais les uns des autres. Mais ils survivent toujours assez nombreux pour tracasser le pape. Il faudrait parvenir à les supprimer jusqu'au dernier. Alors seulement on serait tranquille. Les Colonna, aujourd'hui, se prétendent amis des Borgia : demain le vent aura tourné. Ils n'ont plus la puissance d'antan, on a requisitionné des fiefs, rasé le château de Palestrina et pendu nombre d'entre eux après leur grande révolte des années trente. Il y a dix ans, dans un brasier ranimé, les Orsini les ont presque réduits à leur tour.

Mais ils repoussent comme les têtes de l'hydre. Ils sont encore bien assez riches pour lever des armées ; dans « leur » quartier de Rome, autour du mausolée d'Auguste, on compte plus de cinquante familles apparentées à leur lignée ; malheur à l'Orsini qui se risquerait par là passé la tombée du jour. Baldassare Colonna représente le fleuron, le concentré, l'élixir de sa caste. Futur chef du clan, pour l'heure son statut lui permet surtout de s'encanailler impunément. Il a déjà mises grosses deux ou trois filles de gentilshommes, assassiné leurs frères en duel sous les fenêtres du Vatican — parce qu'une bulle du pape interdit les duels dans l'enceinte du Borgo. Il ribote avec les putains, s'enivre dans les bouges où sa faveur vaut celle du capitaine des larrons. Car il fraie avec le peuple. Aux joutes et jeux du carnaval, parmi les rustres, il s'est fait le champion du *rione*[1] du Champs-de-Mars, le quartier des Colonna. À cause de quoi la plèbe adore son Tête d'Or et lui pardonne ses méfaits le reste de l'année, quoiqu'elle en soit souvent la première victime. Baldassare, en effet, mène une redoutable *brigata*[2] d'oisifs, nobles comme lui, qui sèment la zizanie dans Rome. Seuls leurs pairs peuvent les juger. Les ducats, les filles et les femmes des gens modestes se trouvent donc finalement moins protégés du Colonna que ceux des riches.

La haine entre les deux garçons du même âge, entre l'évêque Borgia et l'héritier Colonna, s'est avivée, cristallisée naguère autour d'une rivalité plus personnelle : l'adorable Fiammetta, la célèbre courtisane qui refuse parfois sa porte à Cesare, reçoit Tête d'Or chez elle à toute heure.

Bah, il y a d'autres guerres, d'autres enjeux, où Tête d'Or ne sera pas de taille. Cesare ne restera pas évêque, ni même cardinal, à Dieu ne plaise ! Il a repris la devise que lui suggère son prénom, *Aut Caesar, aut Nihil*[3]. Il ne la fera pas mentir.

1. *Rione* : quartier de Rome.
2. *Brigata* : bande d'adolescents.
3. *Aut Caesar, aut nihil* : « Ou César, ou rien. »

Baldassare Colonna s'ennuie. D'abord, il a sommeil. Cette garce de Fiammetta l'a tenu jusqu'à l'aube, de sorte qu'il s'est montré très passable avec le maître d'armes ce matin et vraiment médiocre à la chasse. À dire vrai, en ce moment, rien ne l'amuse. Les gueux ne se défendent plus quand leur bande fait une descente nocturne au Trastevere, les aubergistes n'osent pas se plaindre quand ils partent sans payer ou volent un jambon.

Même Fiammetta s'offre trop complaisante. C'était amusant de l'avoir sans payer à cause de Cesare Borgia, qui déploie tant d'efforts pour lui plaire et qu'elle fait souvent lanterner dans son antichambre. Baldassare dicte à la courtisane les conditions qu'elle impose au rival. Par exemple, elle a forcé le bâtard d'Espagnol, un jour, à se vêtir tout en vert, des chausses au chapeau — puisqu'il ne porte jamais sa robe d'évêque. Ah, il était joli ! Une olive ! Une olive travestie. Ils en ont ri à se rendre malades.

Il a fallu que Cesare écrivît un poème licencieux de cent vers latins dans lequel il ne serait question que du connil de Fiammetta. Le poème a fait le tour de Rome, mais il était si brillamment tourné qu'il n'a pas desservi le petit évêque de Pampelune (comment peut-on être évêque de Pampelune, en vérité, rien que cela, c'est déjà ridicule à crever...). Fiammetta, un soir, lui consentit ses faveurs après avoir caché la clef d'une antique ceinture de chasteté dont elle s'était emparée. Le garçon, n'ayant pu la trouver, dut se débrouiller malgré tout. Cette fois encore, il semblerait qu'il ne s'en fût pas si mal tiré ; Fiammetta fronçait le lendemain ce museau de chatte repue de crème qui ne trompe pas...

Baldassare a fait subir à Pampelune (il adore

le désigner ainsi en public) son comptant d'avanies, de sorte que le jeu commence à perdre sel. En outre Fiammetta ne refuse plus rien à Tête d'Or. C'étaient ses caprices qui la rendaient piquante, quand il n'était pas sûr de gagner le chemin de son lit. À présent, il guigne d'autres conquêtes. On annonce justement ce soir, chez une maquerelle du Ponte, l'arrivée de nouvelles recrues. Il ira peut-être là-bas s'il n'a pas trop sommeil.

En attendant, il est venu chez le pape pour titiller Cesare — quant à Fiammetta par exemple. La coquine semble mentir autant à l'un qu'à l'autre, accorder d'équitables plaisirs... Tant pis pour elle, elle n'est pas près de revoir Tête d'Or, qu'elle garde Pampelune à sa guise. Baldassare escomptait aussi se divertir à lorgner Lucrezia, la petite sœur jalousement gardée de Cesare. La séduire peut-être ? Mais à bien la considérer, il la juge encore acide.

Giulia Farnese le tenterait mieux, proue de Junon et poupe callipyge... D'ailleurs, ce serait drôle cela, en deux coups d'une pierre voler sa maîtresse au pape et sa femme à Orsino Orsini, un ennemi de sa famille. Il n'y a pas plus délicieux péchés que les péchés pluriels. Oui, c'est peut-être un enjeu susceptible de soutenir son intérêt jusqu'à ce soir...

Camilla s'appuie contre un mur pour reprendre souffle. Son cœur sonne dans ses oreilles. Elle ne sait pas où elle est, les rues se ressemblent toutes, des coupe-gorge où tremblent parfois des ombres plus noires que l'ombre.

Si naïve qu'elle fût, elle comprit, ce matin, en arrivant à la maison de la signora Bertha Crespini, que son commerce n'était ni d'étoffes, ni de bijoux. Il y avait là cinq ou six pensionnaires qui lui montrèrent sa chambre ; une nouvelle recrue, une fille de seize ans venue de Lombardie ; et les serviteurs qui gardaient la demeure, taillés comme des chênes, gourdins à la ceinture. Les fenêtres s'ornaient de grilles en fer, les portes de serrures.

Camilla, sans rien dire, se laissa conduire à son lit et mettre au courant par les autres filles (sauf la Lombarde, qui pleurait tout le temps). La dame Crespini s'intitulait gouvernante d'un petit pensionnat d'orphelines (en entrant chez elle, on devenait d'office orpheline), auxquelles elle enseignait les bonnes manières, qu'elle emmenait chaque jour à l'église pour les montrer aux chalands et qu'elle prétendait vouloir marier, ce pour quoi elle les offrait à l'essai, payant, de prétendants éventuels. Elle se fût indignée d'être appelée « maquerelle » ; ses clients, d'ailleurs, n'aimaient pas non plus le mot. Ils appréciaient les prix raisonnables, l'atmosphère d'intimité bourgeoise qui régnait chez Donna Crespini, l'air décent des jeunes orphelines. Elle avait la faveur des marchands de passage, des Espagnols en recrudescence depuis l'avènement des Borgia et du bas clergé, point trop fortuné.

Elle briguait désormais celle des plus grands seigneurs et faisait des avances au jeune Colonna, voyou donnant le ton aux débauches de l'aristocratie. S'il venait chez elle, tous les gentilshommes y viendraient.

Camilla écoutait, se taisait et regardait autour d'elle, cherchant une issue, un moyen de fuir. Elle avait déballé sur ses genoux sa fortune, qui tenait dans un mouchoir noué : un ducat d'or, un chapelet et deux poupées aux vêtements cousus par sa mère, sculptées par son père dans deux racines de mandragore — garçon et fille qui se faisaient pendant. Se trouvait là, parmi les serviteurs, dévolu au rôle d'huissier, un drôle d'infirme aux yeux pénétrants, d'une vingtaine d'années. Un de ces maltraités de la nature qu'on abandonne en général sur le seuil des églises à la naissance si l'on n'a pas le courage de les noyer comme des petits chats et que la Crespini avait recueilli par «charité». En échange de ladite charité, il travaillait comme une brute, sans salaire. Ses membres marqués de bleus, son visage griffé attestaient qu'il achetait cher sa tranquillité. Les autres domestiques ne se risquaient sans doute à l'agresser que sans témoins, par surprise, à cinq contre un. Tapi dans un coin de la cuisine, à l'écart du groupe des filles et des valets, il les écoutait sans mot dire, genoux serrés entre les coudes. Ayant ouvert son mouchoir, Camilla surprit le regard curieux qu'il accordait aux deux poupées. Le ducat, elle l'avait reçu pour son travail, le chapelet ramassé sur la route. Monsieur et madame Mandragore, ainsi les nommait-elle, lui avaient été *donnés*, les seuls gages de tendresse qu'elle eût jamais reçus. Elle devina qu'elle était plus fortunée que l'infirme. Lui n'avait jamais inspiré de tendresse à personne, un bossu! Les gens disent que les bossus portent malheur.

Sans y penser autrement, elle se leva et vint poser les poupées devant lui, près de l'âtre. Il ne dit rien, ne la remercia pas. Il prit les jouets et les enfouit dans sa cotte informe. À vêpres, la signora Crespini emmena ses pensionnaires à l'église. Elle laissa les deux nouvelles sous la garde des domestiques. L'infirme, alors, eut une crise de convulsions, à la porte qu'il gardait. Une crise si terrible que les geôliers accoururent, suivis de leurs prisonnières curieuses.

La Lombarde fut trop lente à saisir et n'en put

profiter. Camilla remarqua que le convulsionnaire avait laissé l'huis entrebâillé. Elle se précipita dehors et fut noyée dans la foule avant que les valets eussent pu réagir. Elle est sûre que le bossu l'a fait exprès. Il sera peut-être battu à mort pour cela.

Mais à présent, il fait nuit, elle est perdue dans Rome, elle a peur. La nuit appartient aux brigands, aux assassins. Au début de sa fuite, elle croisa des enseignes d'auberge où elle pensait pouvoir s'offrir une chambre grâce à son ducat d'or. Les plus infects bouges étaient bondés jusqu'aux combles. On l'envoya près de la porte del Popolo, où se trouvent les hôtels pour les pèlerins venus du nord. Là non plus, rien n'était libre.

Alors, au désespoir de ne pouvoir demeurer à Rome, elle voulut s'en retourner vers le sud jusqu'au village de son père. Elle n'avait pas songé que le soleil était si bas ni le chemin si long. La nuit la rattrapa bien avant la porte San Sebastiano. Un passant lui dit qu'elle était dans le quartier de Ripa et qu'en allant vers le fleuve elle trouverait les tavernes où descendent les bateliers commerçant le vin.

Le valet de la Crespini n'avait pas exagéré en parlant des deux cents auberges de Rome. Mais Camilla ne s'était pas trompée non plus en doutant de leur capacité à loger tout cet afflux d'humanité.

« Complet », « complet », « complet », crient partout les *garzoni*[1] en la voyant approcher. Çà et là, au coin des rues, sous les portiques ou les arcs antiques, des pèlerins, des paysans dorment enroulés dans leur manteau, qui n'ont pu trouver d'asile.

1. *Garzoni* : garçons d'auberge.

Un rougeoiement attire Camilla, dans l'obscurité, vers une orée. Elle atteint une vaste esplanade dépourvue d'habitations, s'effraie d'abord du spectacle incohérent, plein d'ombres mouvantes, de lueurs, de tumulte. Puis elle reconnaît, grâce aux décombres caractéristiques du théâtre Marcello, le chantier des chaufourniers devant lequel le coche est passé ce matin — la Calcararia. À cette heure, les fours à chaux illuminent la nuit, crachant une épaisseur âcre qui prend à la gorge. C'est un ronflement violent de brasier, ponctué par la cacophonie des pioches : les démolisseurs qui démembrent les bâtisses antiques pour se fournir en pierre de construction travaillent eux aussi jour et nuit.

Camilla s'éloigne, effarouchée du tintamarre. Confusion d'hommes en sueur, d'énormes fûts de colonne épars, visions opacifiées par la fumée rouge. Elle marche droit devant elle, pieds meurtris dans ses sabots paysans de bois rude — Philomena n'avait pas jugé bon de lui céder aussi des souliers. Le fleuve n'est plus loin. Camilla en discerne le bruissement d'eaux lasses sans le voir. Depuis un entrepôt obscur montent des effluves de saumure et de tanin. Un feu, soudain, un feu bien maigre après l'embrasement des chaufourniers mais plus rassurant justement, mieux fait à sa mesure, tremblote devant elle au milieu des touffes d'oyats de la berge. Elle s'approche sans se montrer. Un rassemblement d'hommes et de femmes se tient là, autour d'un foyer de branchages encore humides, fumant, audessus duquel se balance une marmite à la vapeur odorante.

Elle ne sait si ce sont des brigands ou des pèlerins mais elle a froid et ils ont du feu, elle a faim et des miches de pain, des jambons, des fiasques de vin paillé circulent de main en main, accrochant la lueur des flammes. Elle ose entrer dans le cercle de lumière.

« Qui es-tu, toi ? demande une femme sans dents, aux yeux rougis par la fumée. De quelle compagnie ? »

Camilla ne répond pas, devinant que faire durer l'équivoque lui sera salutaire.

« Tout de même pas une fille à la chandelle, si jeune et si fraîche ? Mais tu n'es pas non plus *lagnarda*[1]... », dit une autre.

« À quelle compagnie la belle enfant ? Qui la réclame ? » crie un drôle à la cantonade.

On la dévisage, dizaines de paire d'yeux brillant dans la pénombre. Camilla capitule.

« Je ne suis d'aucune... Arrivée à Rome ce matin. Et je n'ai pas trouvé à me loger. »

Les yeux la scrutent, sans trop de menace. Puis :

« Tu as faim ? » demande un vieil homme affligé d'un pilon.

Et, d'autorité, il rompt sa miche, lui donne un morceau de pain gris. Elle accepte, mord avec emportement. On rit, un rire qui approuve, pas méchant.

« Entre déshérités, il faut se soutenir », branle du chef l'éclopé.

Un homme plus jeune, de belle corpulence, à forte barbe noire, s'est avancé vers elle :

« Si tu n'as pas peur de dormir sous les étoiles, tu peux rester avec nous. Il ne te sera point fait de mal, je m'en porte garant. Ici, vois-tu, et dans l'île du Tibre, et de l'autre côté du fleuve, au Trastevere, c'est notre fief.

— Qui êtes-vous ? »

Il rit, balaie le sol de son crasseux bonnet de laine dans une parodie de salut :

1. *Lagnarda* : diseuse de bonne aventure.

« La confrérie des mendiants de la ville éternelle. Ici se rassemblent toutes les corporations de gueux. Moi, Gubbio, je suis capitaine des *grancetti*[1], c'est-à-dire des larrons.

Comme ledit capitaine l'invite à s'asseoir, on fait place à Camilla dans le cercle. Elle s'accroupit corps à corps avec d'autres, tend les mains vers les flammes. Du vin passe, arrive jusqu'à elle, elle boit, la chaleur irradie son ventre, elle sourit timidement. Gubbio paraît ravi de l'auditoire neuf qui ne sait pas que les pauvres de Rome se sont organisés par spécialités artisanales, avec des chefs et des « officiers ». Ils se réunissent près du fleuve chaque mois. Là, ils tiennent un état de leurs activités et les compagnies les plus heureuses viennent au secours des moins chanceuses. Il y en a une vingtaine : celles qui coupent les bourses, celles qui mendient en jouant les malades, les rustres, les infirmes, les ensorcelés, les esclaves des Turcs, les mercenaires sans solde... Celles des chiffonniers, des chanteurs des rues, des diseuses de bonne aventure — les *lagnarde*...

Et puis encore les putains à la chandelle, les pauvres filles qui se vendent dans les arrière-boutiques ou sur les terrains vagues pour quelques *baiocci*. À trente ans ce sont des vieillardes, qui meurent à l'hospice de la peste quand elles ont de la chance, plus souvent égorgées par un voyou pour leur escarcelle.

Le vin délie les langues, on fraternise. Quand on apprend que Camilla s'est enfuie de chez la Crespini, c'est un murmure unanime : certes, il est triste d'avoir été vendue par une marâtre à cette maquerelle, qui se donne des airs de piété. On la connaît, chez les mendiants : pas de risque

1. *Grancetto* : coupeur de bourse.

qu'elle verse une obole à la sortie de l'église, celle-là ! Mais dans sa « pension », Camilla serait nourrie, chauffée, blanchie... Un client pourrait l'installer dans ses meubles s'il s'entiche d'elle. Qui sait, l'épouser, même.

« Reste avec nous si tu veux, dit une grosse fille en costume napolitain, à l'accent méridional. Mais la vie te sera bien plus dure. Alors que jolie comme tu l'es, tu ferais ton chemin en galanterie... Avec nous, c'est triste à dire, tu ne pourras que descendre toujours plus bas. Vois : je n'ai pas vingt-cinq ans et mes cheveux sont blancs. Il n'y a pas que les *marranes*[1] pour vouloir de moi... »

Ils savent, eux, que les pauvres, en attendant le royaume de Dieu, doivent se faire truands ou mourir. Quand une fille a la chance d'être belle, elle peut choisir la moins pénible des truanderies, celle des courtisanes installées — qu'on appelle d'ailleurs « putains honnêtes », pour les distinguer de celles « à la chandelle » : à partir d'un certain chiffre d'affaires, il ne saurait plus y avoir de commerce malhonnête...

« Regarde Fiammetta ! Elle habite un palais, elle a des domestiques et un carrosse, reçoit les poètes. L'évêque de Pampelune est prêt à mourir pour elle... »

Le meilleur conseil que les gueux puissent donner à Camilla, c'est de s'en retourner chez la Crespini en priant qu'elle veuille bien la reprendre.

« Je suis un *grancetto*, dit Gubbio. Un tire-laine. Je peux t'enseigner mon art. Mais si tu es pincée, tu connais le prix à payer : on te coupera la main. Veux-tu risquer cela ? »

Camilla baisse le nez. Le vin l'a réchauffée,

1. *Marranes* : terme de mépris pour désigner les Juifs.

mais elle garde l'esprit lucide et comprend qu'ils essaient de l'aider.

« Retourne-t'en chez la Crespini, va ! dit la Napolitaine aux cheveux blancs. Nous t'escorterons jusqu'au Ponte où elle habite, si tu veux. Pour qu'il ne t'arrive rien de fâcheux. »

Elle ne répond pas. Qu'y a-t-il à répondre ?

C'est une heureuse idée d'avoir entraîné dans cette équipée Djem et Gandia. D'abord parce qu'on les remarquera partout avec leurs costumes de carnaval et que la foule va s'assembler sur leur passage, leur créant un sillage de rumeurs. Or Baldassare préfère le scandale de ses plaisirs à ses plaisirs eux-mêmes.

Ensuite parce que l'infamie — infamie il y aura, il compte sur ses compères — retombera sur les Borgia à travers Juan. Or il méprise les Borgia, ces parvenus espagnols, même s'il a besoin de paraître maintenant leur ami. En outre, il méprise Juan par-dessus les autres.

Djem a bien aimé l'idée qu'il y aurait là-bas des vierges arrivées de leur campagne. Curieux ce que ces adorateurs de Mahomet sont obsédés de virginité. Il paraît que le sultan Bajazet possède à Constantinople un harem de trois cents femmes toutes achetées pucelles et qu'il se plut à déflorer toutes, pour ne plus jamais les approcher ensuite. Étrange caprice. Bien sûr, quand on n'a le droit d'épouser qu'une seule femme comme il est d'usage ici, mieux vaut s'assurer qu'elle ne vous a pas fait quelque bâtard en secret avant les noces. Mais dans les pays où l'on peut se marier autant de fois qu'il plaira, quelle importance ?

Baldassare se méfie du prince, fourbe aux yeux clairs, cruel sous son masque de beauté parfaite. Il faut être aussi bête que Juan pour s'en faire un ami, dormir sur la même couche sans cotte de mailles, boire au même gobelet. En revanche, le Turc est un excellent compagnon de débauche, agréable de manières et fastueux.

Juan, descendu de cheval devant la porte massive du « pensionnat », laisse retomber le heurtoir sur le battant en braillant à tue-tête :

« Holà, les poules ! Gare au coq ! »

Dans la rue, aussitôt, des lumignons s'éveillent derrière les fenêtres des maisons, des contrevents claquent. Parfait... À quoi qu'on veuille entraîner Juan, on peut compter sur lui pour devancer l'intention. Voilà au moins deux cents bourgeois de Rome qui savent que le duc de Gandia sera cette nuit chez la Crespini...

Chapitre 2

8 JUIN 1494

Camilla s'impatiente. Vanina est encore en chemise.

« Quand diable seras-tu prête ? Nous allons manquer la messe !

— Mais pourquoi es-tu si pressée d'y aller ? Depuis six mois que je vis ici, tu as toujours dédaigné d'y assister. Je te croyais mécréante.

— Tant que je vivrai, tous les ans à cette date, j'aurai besoin que Dieu m'aide un peu...

— Ah, bah ? Un anniversaire ? »

Camilla sourit sans répondre. Vanina ne vivait pas encore chez la Crespini l'an dernier. C'est pour cette raison qu'elle a pu s'en faire une amie, supporter de partager sa chambre et ses confidences. Elle ne craint pas de maladroites questions, d'encombrante pitié.

« La vieille acceptera que nous soyons "en homme" ? s'inquiète Vanina.

— Comme si elle ne connaissait pas son intérêt ! Nous n'avons peut-être pas l'air des effarouchées de son cheptel, mais nous sommes les deux plus jolies et l'on nous remarque ! Pourquoi crois-tu qu'elle se donne le mal d'aller entendre la messe à Sant'Agostino, qui est si loin de chez nous ?

— Ça, quelle idée ! Il fait une chaleur atroce, et

marcher en plein midi, au retour, sous ce soleil...

— Il y aura foule à Sant'Agostino. À cause d'un nouveau prédicateur qu'ils ont là-bas, un émule de Savonarole. Il fait se pâmer les bourgeois en leur parlant de l'enfer.

— Tu n'as pas peur de l'enfer, toi ?

— Ni de l'enfer, ni de rien.

— Tu m'étonnes, Camilla. Tu es si peu de ton âge !

— Presse-toi donc ! »

Vanina achève de lacer son pourpoint de damas blanc. L'habit d'homme qu'affectionnent les courtisanes lorsqu'elles sont bien faites, car il les révèle habilement, sied particulièrement aux jeunes filles, Vanina la brune et Camilla la rousse, toutes deux minces, de hanches étroites et de jambes fines. Camilla s'est vêtue de brocart rouge, son épaisse chevelure serrée sous une toque noire. Cette couleur avive la transparence de son teint, le vert très clair, marin, de ses yeux insolents.

« Tu es vraiment belle, Camilla, constate Vanina sans jalousie. Bien trop belle pour ce bordel. Comment diable y as-tu échoué ? »

Camilla l'entraîne bras dessus, bras dessous, connaissant assez sa compagne pour savoir qu'elle oubliera sa question dès que posée. Elle aimerait posséder une aussi franche insouciance. Voilà trois cent soixante-cinq nuits que le même cauchemar la brûle et la glace. Combien d'autres à venir ? Il y a trois cent soixante-cinq nuits, vers dix heures d'un 8 juin bien différent, presque froid, venteux et lourd de nuages, elle est revenue n'en menant pas large chez la Crespini, escortée par deux ou trois gueux qui l'on laissée devant le heurtoir représentant — symbole douteux — une femme agenouillée mains jointes.

La matrone ne l'a pas battue — ne pas abîmer la marchandise. Elle l'a fait plonger dans un bain par ses servantes puis, une fois séchée, examinée elle-même pour vérifier l'intégrité du pucelage. Satisfaite, le pire étant évité, elle l'a fait rhabiller, coiffer, frotter de rouge sur les lèvres par les mêmes servantes. Une goutte de belladone dans l'œil pour aviver les prunelles, du musc au creux des coudes, mais rien de plus :

« Pas de blanc, ni de noir, ni de bijoux, cela te vieillirait. »

Un bref interrogatoire sur sa science amoureuse :

« Je vois que tu sais à peine l'indispensable. Surtout, n'essaie pas de paraître plus savante que tu n'es, je vends de la naïveté, moi. Mes clients aimeront que tu sois leur élève. Obéis à tout et tais-toi. N'oublie pas, s'ils t'offrent quelque chose, de me le donner. D'ailleurs, je te fouillerai. »

Les filles ont légèrement dîné entre elles de blanc de poulet, de fruits cuits.

« Jamais de fruits crus, sermonnait la Crespini. Ils ballonnent le ventre. En outre, l'été, ce sont eux qui apportent la peste dans Rome. En règle générale, tous les mets qui sont bons pour vos clients parce qu'ils échauffent sont mauvais pour vous. Si l'on vous convie à les partager, n'ayez pas l'air de refuser, mangez très peu ou recrachez en cachette. »

Il n'était pas minuit — mais à neuf heures les rues de Rome sont déjà désertes — quand le heurtoir malmené par une main vigoureuse ébranla les murs de la maison. La Crespini s'agita, comprimant sa forte poitrine :

« Mes enfants, préparez-vous ! Voici des gentilshommes. »

Ils étaient cinq. La matrone, se flattant de les

reconnaître, les nomma discrètement aux « orphelines ». Le Turc, c'était le prince Djem ; le bel Espagnol aux boucles noires — en habit turc aussi —, Juan, duc de Gandia et fils du pape ; le maigre en pourpoint rouge, ivre déjà, était le marquis Sevriano ; le gros garçon jovial au nez camus, Angelo Cenci ; et le plus beau des cinq, l'archange aux cheveux d'or, des cils de fille bordant ses yeux topaze, était Baldassare Colonna, le meneur.

Elles firent la révérence, invitèrent les messieurs au salon d'un air bien élevé, paupières baissées, proprettes. Les jeunes gentilshommes n'avaient pas les mêmes soucis de bienséance que la clientèle habituelle du lieu. La Crespini, qui avait prié chez elle l'aristocratie, ne tarda pas à s'inquiéter de sa parfaite absence de limites morales. Toutefois, ce n'étaient pas gens qu'on pouvait mettre à la porte ni faire rosser par les valets. Souriant aigre, elle sourit néanmoins, crispée comme un masque tout au long de la soirée.

Ils voulaient se partager les filles aux enchères comme sur les marchés d'Orient — pour rappeler à Djem son pays. Ils monteraient les prix haut (cet argument amadoua la Crespini), aussi entendaient-ils n'être pas bernés sur la marchandise. Ils poussèrent une table au centre de la pièce, demandèrent que toutes les « orphelines » y fussent juchées, entièrement dévêtues. Et tout en buvant comme des portefaix cruche sur cruche du vin de Cinque Terre qu'ils avaient commandé, ils leur ouvrirent la bouche comme à des chevaux, les firent sauter par-dessus leurs épées tendues pour vérifier leur souplesse, tâtèrent les mollets, empoignèrent les cheveux pour débusquer les postiches, commentant avec cruauté les imperfections de l'une ou de l'autre.

Camilla comprit qu'ils n'étaient pas venus pour faire l'amour, elle avait appris à repérer, déjà, l'attitude de la convoitise brutale, du besoin. Ces jeunes gens repus, le cœur au bord des lèvres, étaient là pour les humilier. Pour se venger sur elles de ce que, justement, leurs désirs fussent éteints, par satiété.

Il avait fallu beaucoup de courage à la paysanne pour revenir chez la Crespini. Ce qui l'avait aidée, c'était peut-être la banalité de ce qui l'attendait, une épreuve pénible mais sans mystère. L'haleine avinée, la respiration courte d'un homme en rut, c'eût été écœurant, non terrifiant. Elle se fût contrainte au détachement, comme pour avaler une purge d'herbes amères ou curer les latrines, et sans doute y fût parvenue.

Ce qui se tramait à présent lui faisait peur. Elle ne pouvait rien en deviner. Elle pressentait seulement que ces beaux jeunes hommes les feraient souffrir, leur empliraient l'âme de nuit, d'effroi. Partiraient à l'aube en laissant des blessures lentes à guérir. Avec toute la ferveur dont elle était capable, elle entama mentalement la prière des femmes, «*Ave Maria, gracia plena...*».

L'un des cinq garçons s'était écarté du jeu d'emblée. Affalé sur un divan, il mangeait délicatement du raisin, piquant chaque grain après l'autre entre ses lèvres, la nuque renversée en arrière. Son regard ne brillait pas de la même excitation que les autres, il semblait se trouver là par désœuvrement. Cependant ses compagnons l'appelaient auprès d'eux et, comme il ne répondait pas, vinrent à deux le soulever du divan, l'emportèrent debout jusqu'à la table.

«Choisis donc la tienne.»

Il consentit à jeter un regard sur l'étal. Camilla reçut comme un choc la lumière de ses yeux dorés, les plus beaux du monde, des yeux de gazelle aux cils de velours sombre, qui l'eussent fait paraître efféminé s'ils n'avaient été sertis dans un visage de bronze à la mâchoire nerveuse, au nez acéré, à la pommette saillante. Tel qu'il était, offrant un mélange de déconcertante féminité grâce à ses yeux languides, au casque d'or de ses cheveux bouclés, et de virilité guerrière par ses traits presque trop aigus, il réalisait l'idéal de la beauté masculine.

À cause de cette beauté d'ange qui, selon l'âme simple de la paysanne, ne pouvait abriter qu'un cœur généreux ; à cause surtout de l'indifférence, du manque d'intérêt qu'il affichait pour les jeux des compères, Camilla mit son espoir en lui. S'il la choisissait, elle serait sauve. Il ne lui ferait pas de mal.

Durant un instant, un instant qui pour elle valut l'éternité, passèrent dans les yeux dorés comme une brume de douceur, une réponse à la foi qu'elle offrait. Il sembla que l'enfant rousse, avec son air de madone et ses membres minces de mal nourrie, allait émouvoir chez le fêtard une nostalgie. Cela ne dura qu'un instant. L'ange soupira :

« Décidément, je ne trouve pas ici mon bonheur. Ce sont des fillettes. Je n'ai pas de goût pour les raisins verts, moi.

— Tu préférerais la belle Giulia ? raillèrent les autres.

— En vérité, j'y songe depuis ce matin. Quel corps de Vénus ! »

La Crespini s'était avancée :

« Si monseigneur souhaite une dame plus âgée, plus... experte, j'ai aussi ce qui lui conviendrait.

— Non, merci, ma commère. Vous n'y êtes pour rien, mais cette nuit, mon épée préfère rester au fourreau. Il n'y a guère que la brune Giulia qui pourrait réveiller mon ardeur. Adieu, mes amis. Je crois que je m'en vais rentrer dormir... et rêver à elle.

— Attends, ne pars pas, Baldassare! pria Juan. Ce ne sera plus drôle si tu n'es pas là. D'ailleurs, le compte n'y est plus, cinq filles et nous ne sommes que quatre!»

L'archange se tourna vers Gandia dans un sourire, montrant ses dents de jeune fauve:

«Je laisse la mienne à Djem! Deux pucelles ne sauraient lui faire peur. Bonne soirée, amusez-vous bien!»

Djem avait dû saisir le regard entre l'ange et Camilla. Comme il avait saisi l'éperdu désespoir qui se peignait à présent sur le visage de la fille rousse, tandis que Baldassare, son manteau négligemment jeté sur l'épaule, sortait de la pièce. Le prince turc sourit, d'un étroit sourire.

«Soit, dit-il. Je prends la fiancée de Baldassare. J'en offre deux cents carlins.»

Les autres enchérirent. Mais c'était un jeu. Ils n'avaient pas l'intention de dérober à Djem ce qu'il convoitait. Il emporta l'affaire pour cinq cents carlins, qu'il tira d'une poche de ses pantalons bouffants et lança sur le tapis. La Crespini se jeta lourdement à genoux pour ramasser les pièces éparpillées. Le prince, son poing se refermant sur l'épaule de Camilla, l'entraîna vers une des chambres dont il claqua sur eux la porte. L'évêque au balcon du Vatican, ou le grand mâtin de son père qu'il rappelait à Camilla étaient capables de tuer. Mais pour se défendre, pour survivre. L'homme au turban tuait souvent, devinait-on. Pour le plaisir. Elle crut que tel était son dessein, car il tira de sa ceinture un poignard à lame courbe, à lourde poignée damasquinée, dès qu'il fut seul dans la chambre avec elle. Plus tard elle regretta que ce ne fût pas le cas.

Les trois autres la laissèrent seule avec le Turc presque toute la nuit. Ils ne vinrent dans la chambre qu'après qu'il en eut fini. Ils durent pourtant entendre crier derrière la porte — ce que voulait le prince. Posant le fil de sa lame sur la gorge de Camilla, il ordonna d'abord qu'elle râlât, gémît ; dès qu'elle s'arrêtait, épuisée, il appuyait la lame plus fort ; il eut vite entaillé la chair, le sang coula.

Il ne la posséda pas. Il ne devait pas pouvoir posséder de femme, c'était sans doute pour cela qu'il s'enfermait sans témoins et l'obligeait à simuler le plaisir. Son fétiche était le poignard courbe. La lame avait blessé profondément le cou de Camilla. Le manche servit à la déflorer puis, plus tard, rougi dans le foyer, à la marquer à l'épaule comme une bête. Il inventa d'autres tortures avec ce seul instrument, son imagination, limitée de la sorte, restait fertile. Camilla ne sut pas quand il était parti, eut à peine conscience des trois autres, ivres et pesants, qui lui succédèrent. Elle s'était évanouie plusieurs fois. Vint un moment où l'eau glacée, les coups, les vociférations ne parvinrent plus à la ranimer.

Elle se réveilla deux jours plus tard. On lui dit qu'elle avait perdu beaucoup de sang. La brûlure de son épaule suppurait et l'élançait. La Crespini s'occupait d'elle, allant et venant dans la chambre lèvres pincées, chuchotant avec son médecin personnel qu'elle avait mandé.

« Elle est furieuse, apprirent les filles à Camilla, quand elles vinrent la visiter sur la pointe des pieds. Elle dit que même pour cinq cents carlins, on n'a pas le droit de faire cela à une femme, que si tu meurs elle ira ester en justice contre le Turc et qu'en attendant elle va lui faire une telle réputation dans Rome qu'il ne trouvera même plus une putain à la chandelle à se mettre sous la dent... »

Les regards des filles étaient éloquents, autant que les conciliabules du médecin et de la Crespini : la malheureuse allait mourir. La fièvre ne tombait pas. Le quatrième jour, Camilla entra en agonie. On fit venir un prêtre qui lui administra les derniers sacrements, puis tous se retirèrent, y compris le médecin, assurant qu'elle ne passerait pas la nuit.

Camilla était heureuse de mourir. Dans son délire, elle voyait des présences s'agiter parmi les courtines du lit : son père, qui lui disait qu'il allait la reprendre ; l'archange aux yeux d'or, aussi, qui promettait de tuer le Turc avec son épée puis, ensuite, d'emporter Camilla dans ses ailes jusqu'au Paradis. Au cœur de la nuit, quand le feu se fut éteint, elle vit venir encore l'huissier infirme, glissant vers elle sans bruit. Son étrange regard paraissait phosphorescent. Il tenait une coupelle entre ses mains et la lui tendit.

« Bois cela, Camilla. Ce sont des champignons que j'ai cueillis, ils guériront ta plaie, éteindront ta fièvre. Tu vivras.

— Je ne veux pas vivre, murmura-t-elle.

— Si, tu vivras. Je sais guérir.

— Tu ne peux pas savoir cela, souriait-elle en son délire, tu n'es qu'un enfant abandonné.

— J'en sais beaucoup. Bois, Camilla. »

L'aube posait une lueur pâle sur les rideaux du lit, quelques braises bleuissaient dans l'âtre. Le bol était près de ses lèvres, une odeur de forêt, profonde et douce, en émanait. Elle crut, dans son rêve, sentir sa nuque soulevée par la main de l'infirme, et le liquide frais coula dans sa gorge meurtrie par les cris.

Elle a survécu. Aucune trace ne demeure de l'épreuve, sinon la marque laissée sur son épaule par les arabesques du poignard de Damas. Dans sa mémoire, en revanche... Vanina dit justement que Camilla ne semble pas de son âge. Ce qui lui restait d'enfance est mort avec ce qu'elle avait d'âme, et de foi, et de rêve en elle, durant cette nuit-là.

Un seul désir la soutient, la tend, la porte indifférente au-dessus des vétilles du quotidien : celui de se venger des quatre cavaliers de l'Apocalypse, ainsi qu'elle les nomme. Il y a trois cent soixante-cinq jours qu'elle y songe, qu'elle se prépare. Sant'Agostino, ce n'est pas seulement pour célébrer l'anniversaire. C'est l'église des courtisanes de haute volée, de la Fiammetta par exemple, l'église où tout Rome se presse en ce moment pour écouter ce prédicateur florentin... Camilla sait que pour accomplir sa vengeance, il lui faut pouvoir approcher les quatre cavaliers, fréquenter leur monde. Pas seulement les coudoyer, par hasard, dans une église. Devenir l'une de leurs intimes. Pour cela, elle doit échapper à la tutelle de la Crespini.

Chez les plus grandes, les plus célèbres courtisanes, la noblesse se fait un honneur de paraître, autant qu'un plaisir. Chez la Crespini, ses riches clients d'un soir ne sont pas revenus — d'ailleurs la matrone échaudée leur eût peut-être refusé sa porte. Camilla, tant qu'elle y sera pensionnaire, n'a pas espoir de les revoir. Et lorsqu'elle sort, c'est toujours escortée des valets, c'est-à-dire virtuellement prisonnière. Il faut s'échapper. Non comme la première fois, en profitant d'un huis entrebâillé. Se faire emmener du bordel par un client. Puis, de client en client, grimper l'échelle mondaine.

Beaucoup d'efforts seront nécessaires. Camilla

est belle, mais ne s'illusionne pas sur elle-même : paysanne ignare aux façons grossières, elle doit tout apprendre, non seulement à parler grec, composer des épigrammes et jouer du luth, mais, plus simplement, à lire, écrire, se tenir à table, monter à cheval. Ce n'est pas la science amoureuse seule qui fait les vraies courtisanes, c'est ce qu'elles prodiguent en outre de grâce, de culture, ce qui leur permet de tenir brillamment salon. On va chez elles pour dîner suavement, rencontrer des poètes ou des princes, écouter de la musique. L'amour n'est qu'un des nombreux divertissements offerts dans leurs palais élégants.

Camilla, si éloignée qu'elle soit de pouvoir offrir ces raffinements, a décidé qu'elle deviendrait un jour l'égale de Fiammetta ou d'Imperia. Parce que c'est une condition pour pouvoir se venger, et parce que c'est, en soi, une revanche plus vaste, plus générique, contre la vie qui l'a fait naître pauvre et dédaignée, contre la vie qui l'a vendue. Contre les hommes aussi, les mâles humains dans lesquels elle verra toujours les pareils des quatre cavaliers. Volupté de les dompter, de les ridiculiser, de les pousser au désespoir, à la ruine ou à l'insanité, pour la seule possession de ce morceau de son corps si terriblement meurtri qu'elle-même l'a pris en aversion. Elle sera reine par cette blessure, cette plaie qu'ils lui ouvrirent, une reine barbare.

À présent qu'elle n'a plus ni foi ni loi, ni cœur ni ventre, à présent qu'elle a retranché ce qui lui reste de vie dans son esprit, elle est inaccessible aux faiblesses humaines. On ne peut l'attendrir ni l'effrayer, la corrompre ni la lasser, la dégoûter ni la meurtrir. Elle reçoit tous les chalands avec une parfaite indifférence, un égal mépris. Il ne lui fallut que quelques semaines pour acquérir le métier et l'exercer efficacement. Elle prend grand soin de sa personne, sans aucune émotion, comme jadis elle prenait soin de sa fourche à la métairie, dont le fer représentait un luxe. C'est l'instrument de son travail.

Avant de songer à devenir ou rester belle, la propreté rigoureuse est le moyen de se conserver en bonne santé, d'éviter maladies et grossesses pour les prostituées. Sans l'eau, elles mourraient en quelques semaines de peste, de lèpre ou Dieu sait quoi, que les clients leur laisseraient en gage. Il en vient chez elles de tous pays, de toutes couleurs, transportant dans les replis de leurs vêtements des animalcules inconnus. Les filles de joie passent des heures chez les étuvistes à se baigner, transpirer dans la vapeur, se faire masser d'huiles parfumées puis épiler à la poix chaude.

Elles veillent à leurs dents, qu'elles nettoient avec de petits pics, à leur haleine, en mâchant de la cardamome ou de la réglisse, à la blancheur de leur teint. Camilla entretient sa peau par des décoctions de mauve, de l'huile d'amandes et du citron. La chevelure représente un autre souci. On la lave d'œufs battus et d'argile broyée. On entretient sa couleur par des infusions. On la fait sécher au soleil sur la terrasse l'été, une visière de paille tressée protégeant le visage, ou près du feu l'hiver. On la brosse, on la tresse, on l'entremêle de perles, de fils d'or, de fleurs fraîches. On la noue en chignons complexes, on la laisse pendre en savants négligés.

Camilla, dont les cheveux roux, épais comme une crinière, tombent en anneaux jusqu'à ses reins, consacre beaucoup d'efforts à leur lustre. C'est un de ses charmes que ce manteau d'or rouge qu'elle déploie quand elle ôte ses coiffes d'homme, dans lequel se draper, d'où surgir comme Vénus.

La parure est aussi préoccupante. Il faut posséder beaucoup de vêtements parce qu'ils sont l'enseigne qui doit permettre d'attirer les dupes en toutes circonstances. La moitié du salaire de la corporation passe dans ces frais nécessaires. Au début, Camilla lavait souvent ses quelques chemises, ses deux ou trois robes. Mais comme la Crespini retenait presque tous ses gains, elle eut l'idée de se faire offrir des toilettes et du linge par ses clients : elle était assurée qu'on ne les lui volerait pas, aucune des filles — encore moins la replète matrone — n'ayant la taille assez fine pour les porter.

Chacune a son arsenal de secrets. Pour rester pâle, sucer des morceaux de poterie, pour mincir, boire vinaigre ou verjus ; contre la douleur des règles, de la tisane de coquelicots ; pour faire passer les enfants quand les lavements n'ont pas suffi, décoctions de rhubarbe. Elles connaissent des artifices pour s'embellir. Le blanc de kaolin en poudre donne un teint de pêche, la belladone fait les yeux dilatés et brillants, le jus de cerise les lèvres purpurines et le charbon de bois les sourcils noirs.

Mais le succès final tient presque entier dans la stratégie d'approche. Il faut savoir appâter puis ferrer le poisson. La Crespini mène ses filles à l'église — lieu fréquenté, où la pénombre est propice aux regards subreptices, aux murmures, aux frôlements, où la douce lueur des cierges farde les imperfections éventuelles. Elle y joue de l'apparence vertueuse de ses protégées, de leur comportement timide, de leur sourire virginal. La méthode a fait ses preuves.

Camilla n'a jamais accepté de tricher, de mentir. Elle est putain, soit : elle l'affirme sans détours. Elle a pris l'habitude de sortir en habit d'homme. Une sorte de marque distinctive de la fille à vendre, en outre cela sied à son corps de page. Elle choisit de regarder en face, menton haut, de questionner crûment les visiteurs dès l'abord sur leurs préférences les plus intimes, de les forcer à jeter bas les masques. Elle hait les cauteleux, les hypocrites, les curés qui cachent leur tonsure sous une perruque. Elle s'est acquis peu à peu la clientèle des autres, les sans vergogne.

Quant aux pratiques amoureuses, cela n'a pas demandé beaucoup d'apprentissage. Rarement les filles ont l'occasion d'emprunter les positions enseignées par les traités grecs et latins. Les braves gens tiennent à leurs habitudes. Leur plus grande audace consiste à demander parfois une fellation. Pour le reste, les marchands de Ripetta, les petits vicaires impécunieux se croient à Capoue dès l'instant qu'une fille les dévêt et les lave (c'est pour chasser leurs puces ou leurs miasmes) et leur fait croquer des feuilles d'artichaut ou des truffes, mets réputés aphrodisiaques. Ce que racontent les gens mariés de leur vie conjugale est affligeant — épouses déformées par les grossesses, étreintes sommaires et furtives avec la servante, sodomie non par diabolisme, mais par crainte d'un énième enfant.

Vanina affirme en riant qu'elles sont le rempart de la famille, offrant un exutoire aux pauvres mâles qui, grâce à elles, se retiennent de semer des bâtards hors de chez eux.

Camilla écoute depuis un an ces gros, ces maigres, ces vieux, ces jeunes, ces laïcs et ces tonsurés se plaindre ou se vanter auprès d'elle, attendant celui qui, parmi eux, lui gagnera sa liberté.

La foule est si dense que le parvis en est noir et

que Cesare se demande avec agacement comment pénétrer à l'intérieur. Bien sûr, il pourrait se faire reconnaître et s'ouvrir un sillage obséquieux. Mais il s'est justement habillé d'un sobre costume de chasse gris pour passer inaperçu. La présence avouée du cardinal Borgia modifierait probablement le comportement du prédicateur et le contenu de son prêche. Cesare veut l'entendre tel qu'il s'adresse à la foule romaine d'ordinaire.

Le pape hausse les épaules lorsqu'on lui parle des hérétiques qui tonnent contre le clergé et le traitent lui-même d'Antéchrist ; il n'empêche que Savonarole, à Florence, menace les Medicii. Cesare prend au sérieux les fanatiques. La preuve qu'ils ne sont pas inoffensifs : alors que la précocité de l'été, écrasant la ville d'une chaleur suffocante et ramenant la peste dans les faubourgs, a fait fuir la moitié de Rome à la campagne, Sant'Agostino se révèle bondé.

Assez mince pour s'insinuer, assez musclé pour forcer le passage, Cesare parvient à pénétrer dans la nef, à s'approcher de la chaire. Il n'entend que la première moitié du sermon, cependant. Au détour d'un pilier, une vision lui glace le cœur, puis aussitôt le brûle, l'envahissant d'une de ces colères impétueuses qui l'effraient le premier, car elles rompent toutes les digues. Lucrezia ! Sa sœur Lucrezia qu'il croyait partie pour Pesaro rejoindre son mari Giovanni Sforza (il n'était que temps !), se tient là, parmi l'assistance... Impossible de l'approcher, la glu de la foule bloque à présent toute progression, en outre il ne faut pas qu'elle le remarque. Il parvient à l'apercevoir par-dessus la marée des têtes grâce à sa haute taille. À l'ombre de son pilier, il l'observe d'un œil aigu. Sa mâchoire, crispée par la rage, se détend dans une ombre de sourire.

Ce n'est pas Lucrezia. Bien sûr, quelle absurde illusion ! Qu'aurait-elle fait là ? Il détaille les traits de la jeune fille en vêtement d'homme. Quinze ans, guère plus, l'âge de sa sœur. Une morphologie très semblable — les chausses dessinent les jambes minces, le pourpoint serre une taille étroite. Cesare est sensible à cette élégance du squelette, cette finesse des attaches que possède sa mère Vanozza et qu'elle a transmises à ses enfants. L'inconnue a les poignets, les chevilles, le cou les plus délicats qu'on puisse rêver. Un teint éblouissant, des yeux clairs, mais dans la pénombre de l'église, difficile d'en déterminer la nuance. Les cheveux sont invisibles, prisonniers d'une toque, probablement clairs aussi.

Il devine la profession qu'elle exerce. À l'habit masculin, que porte aussi l'amie qui l'accompagne et que seules des courtisanes oseraient dans une église. Au valet qui les escorte, un bossu que la fille en habit rouge regarde comme Cesare se souvient d'avoir regardé, dans son enfance, un barbe ombrageux que lui seul pouvait monter, avec l'amitié que permettent les animaux, parce qu'ils ne trahissent pas. Cesare le connaît, il travaille pour une maquerelle du Ponte. D'ailleurs, ladite maquerelle n'est pas loin, il l'aperçoit à quelques mètres devant la figure en rouge.

Ce qu'elle a de plus remarquable n'est ni sa ressemblance avec Lucrezia, ni son état de fille publique. C'est ce qui la distingue plutôt de toutes les filles publiques que Cesare a croisées, même les plus célèbres — ce qui la distingue également de Lucrezia, peut-être de son sexe. Cette inconnue réunit dans son apparence l'essence de la féminité mais ne semble pas posséder d'âme féminine. Elle ne se soucie pas de paraître, d'être admirée. La convoitise qu'elle inspire engendre un bruissement autour d'elle qu'elle accueille impavide. Elle cherche encore moins à tromper, à ruser. Debout, tête haute, fixant le prédicateur, elle avoue son état sans ostentation mais sans vergogne. Deux ou trois hommes ont essayé d'attirer son attention, réussissant à lui faire tourner le col. Sans coquetterie, elle leur porte l'estoc de son regard d'eau froide et ce sont eux qui baissent les yeux. Aucune trace de la naïveté de son âge. La dureté d'un acier que la vie aurait brutalement trempé, trop tôt. Cesare connaît ce trait — le reconnaît.

Le sermon s'est achevé dans un tonnerre eschatologique, laissant l'assemblée délicieusement frissonnante. Cesare ne l'a pas entendu. De même qu'il a complètement oublié qu'existe une Fiammetta, partie de Rome deux jours plus tôt sans l'en avertir. Il faut qu'il sache le nom de la fille en habit rouge.

Le soir qui tombe ne rafraîchit pas l'haleine moite qui pèse sur la ville. On étouffe. Les filles ont fui la terrasse où la chaleur écrasait leur nuque et traînent dans les chambres en chemise de soie, mules aux pieds, éventail à la main, cheveux lâchés. Un habitué de la maison leur a fait porter, de son verger, des pêches et des poires reçues à l'insu de la Crespini, sur lesquelles elles se sont jetées à belles dents, tant pis pour le terrible mal qu'elles véhiculent peut-être.

Camilla et Vanina sont recluses dans la chambre qu'elles partagent. Vanina, qui sait lire, apprend à son amie l'alphabet dans les poésies de Pétrarque. La Crespini surgit sans frapper —

détestable habitude qui rend Camilla folle —, halète, rouge et suante:

« Le cardinal de Valence est là! Il demande à voir celle de vous qui s'habille en homme.

— Et alors? réplique négligemment Vanina, levant le nez dessus son livre et continuant de croquer du massepain. Laquelle des deux? Va-t-il nous jouer à pile ou face? »

Camilla tressaille. Le cardinal Cesare Borgia, qui n'était qu'évêque au balcon de sa sœur un an plus tôt, est le frère du duc de Gandia, l'un des quatre cavaliers. Par l'un, elle pourrait accéder à l'autre. Vivement, elle se lève du lit, priant Vanina:

« Laisse-le-moi!

— À ton aise, répond l'insouciante, il fait trop chaud pour travailler, de toute façon... »

La première fois, sur la place San Pietro, Camilla remarqua la parenté physique entre les membres de la famille, mais fut déjà frappée par leur différence morale. Cesare ne ressemble qu'à lui-même. Il a les cheveux noirs, le teint espagnol de son père et de Juan, l'élégance de sa sœur. En revanche son regard de loup lui appartient en propre, comme son menton déterminé, sa félinité retenue. La sensualité molle de son frère devient chez lui du tempérament, la vivacité du pape, de l'intelligence. Si jeune qu'il soit (pas même vingt ans), il paraît aussi sauvage et seul qu'un an plus tôt, entrevu dans l'ombre d'un balcon. Elle ne s'était pas trompée sur lui, cette idée lui plaît.

Il la dévisage.

« Tiens, dit-il, vous êtes rousse! »

La Crespini tourne autour de lui comme une grosse mouche:

« C'est un honneur, Monseigneur, de vous avoir dans ma maison!

— Cette demoiselle en est responsable, dont

j'aperçus ce matin la silhouette trompeusement masculine à la messe de Sant'Agostino.

— L'église de Fiammetta. Ne vous a-t-elle pas averti qu'elle avait quitté Rome ?» répond insolemment Camilla.

Elle donne toujours le ton dès les premières paroles échangées. Mieux vaut pour ceux qui n'aiment pas ses manières en rester là tout de suite. Le cardinal ne paraît pas choqué, sourit au contraire.

« Vous dites vrai, madame. Fiammetta s'est sauvée de Rome. Mais je suis un peu las de la poursuivre. M'accorderez-vous le plaisir de votre compagnie ce soir ?

— Nul doute que ce plaisir-là vous coûtera moins cher que rue des Coronari.

— Dites votre prix.

— Voyez cela avec ma patronne, repartit-elle dans un geste de souverain dédain vers la Crespini. Je ne m'occupe pas des détails d'intendance. »

Cesare Borgia éclate franchement de rire, détache une bourse de sa ceinture, se tourne pour la lancer dans le giron de la maquerelle qui l'attrape prestement.

« Cela suffira-t-il ? »

La Crespini soupèse le sac de soie et s'incline dans une profonde révérence. Camilla, alors, marche vers la porte de sa chambre sans un regard pour s'assurer qu'il lui emboîte le pas.

« Son Éminence veut-elle me suivre ? »

Elle l'entend dans son dos rire de nouveau, d'un rire qui trahit plus de jeunesse que son visage.

L'aube pâlit le ciel à l'est, apportant par la fenêtre ouverte un souffle de fraîcheur marine.

Camilla est lasse, des cernes mauves agrandissent ses yeux. Le cardinal de dix-neuf ans est resté toute la nuit mais pour la première fois de sa carrière de prostituée, elle n'est pas à cette heure écœurée d'ennui ou de dégoût. Il ne l'a pas accablée de confidences insipides sur ses soucis d'argent ou ses amours avec d'autres. Le seul aveu qu'il fit concernait la ressemblance de la jeune fille avec sa sœur Lucrezia Borgia, comtesse de Pesaro.

« C'est une ressemblance de surface. D'abord elle est blonde et tu es rousse, puis tu es bien plus insolente qu'elle. »

Sur son propre compte, il demeura silencieux. Ils parlèrent de Pétrarque, parce qu'il avait ramassé sur le lit le livre qu'y avait abandonné Vanina en allant dormir chez une autre compagne. Ils parlèrent surtout... de Camilla. D'habitude, elle élude les questions, agacée par la curiosité superficielle des clients qui s'émeuvent un instant du sort des filles, mais ne les rabrouent pas moins l'instant suivant s'ils ne bandent pas — comme ils invectivent au marché la fermière quand ils achètent un poulet et qu'ils s'estiment volés pour leurs trois *baiocci*.

Cesare Borgia n'était pas avide des détails de sa vie mais des raisons qui rendaient Camilla si détachée, insensible. Il avait remarqué, plus que son indifférence à l'amour, au fond fréquente chez les filles publiques, l'ostentation de cette indifférence. Il lui demanda même s'il était maladroit.

Elle sourit. Elle le trouvait plutôt moins déplaisant que ses clients ordinaires. Il arrivait au sortir d'un bain, rasé, vêtu de linge frais — courtoisie fort rare. Combien d'hommes apparemment avenants qui puent le bouc ! Il avait le corps bien fait, mince et musclé, des jeunes gens exercés quotidiennement aux arts martiaux. En outre, il se soucia de la satisfaire, sans hâte ni brutalité.

« Monseigneur, dit-elle, vous n'êtes pas en cause. Je ne pensais même pas qu'une Éminence fût si éminente à ces jeux...

— Es-tu nouvelle dans le métier ?

— Non pas. Mais cardinal ou manant, je reste froide, c'est ainsi.

— Tes clients n'en sont-ils pas mortifiés ?

— Si. Certains y voient une gageure et reviennent. D'autres aiment ma froideur.

— Tu ne joues pas la comédie du plaisir ?

— Je vends mon corps, pas mon âme. »

Il la considérait d'un calme regard sombre.

« Tu n'as pas quinze ans et c'est comme si tu étais morte. Tes sens sont morts. Et tu as l'insolence de qui ne craint ni Dieu ni diable. »

Parce qu'il avait décelé cela, Camilla, qui ne parle jamais de soi, fût-ce avec soi-même, se prit à conter son histoire, sans livrer de noms — ne pas évoquer Juan de Gandia.

« La marque de ton épaule en est-elle le souvenir ? »

Elle se raidit aussitôt.

« Ne crains rien, les détails de ton secret t'appartiennent. »

Il la regardait sans attendrissement inutile, pesant sa fragilité d'apparence et sa force de caractère — puisqu'on ne l'avait pas brisée.

« Ne souhaites-tu pas te venger ? »

Elle ne répondit pas, mais une flamme réchauffa les yeux noirs, presque opaques, du cardinal Borgia.

« Si, bien sûr, poursuivit-il. Et c'est pourquoi tu as survécu. Décidément, ce n'est pas à ma petite sœur que tu ressembles. C'est à moi. »

Camilla en admettait l'éventualité. Cet inconnu la comprenait sans qu'elle eût à s'expliquer. Ils étaient pareils. On avait dû le meurtrir, l'ulcérer, lui aussi se vengerait. Pas de n'importe quelle manière: en montant, en s'élevant, en conquérant les sommets.

Elle le fit beaucoup rire. Il ne se lassait pas de ses insolences, de la manière cruellement drôle dont elle décrivait les clients, leurs manies, leurs confidences et aussi les tours que leur jouaient ses compagnes:

«Vanina, mon amie, celle qui s'habille en homme comme moi, sait admirablement feindre les transports du plaisir. Ils la croient et sont si fiers qu'ils paient double, puis reviennent par la suite et la demandent de préférence. Elle affirme alors qu'ils l'ont mise enceinte — grâce à leur virilité prodigieuse! —, leur fait payer très cher un avortement prétendu et leur montre pour preuve un fœtus d'agneau mort-né:

“Vois comme le pauvre petit enfant te ressemblait!” dit-elle au supposé père.»

Camilla riait aussi. Ces histoires qu'on ne conte jamais qu'au sérail, il était plaisamment neuf de les révéler à un homme.

«Toi, tu n'as pas de ruses, n'est-ce pas? demande-t-il à présent.

— Non. Ma volupté, c'est la vérité. Ceux qui puent, je les oblige à se laver en me pinçant le nez. Ils ne me font pas jouir et je les traite de balourds, ils m'ennuient avec leurs confidences et je les rabroue. Je les oblige à formuler exactement ce qu'ils veulent, je n'accepte pas les allusions empêtrées. Le croiras-tu, il s'en trouve un bon nombre pour aimer mes façons. Plus je suis désagréable, plus ils me désirent.

— Moi-même, dit-il pensivement, Fiammetta m'a fait danser comme un ours savant ces derniers mois.

— C'est toi qui feras danser les autres un jour.

— Pourquoi cela ?

— Tu connais les humains, tu seras leur maître. Ce n'est pas difficile d'ailleurs. On les asservit par le sexe, l'argent ou la crainte.

— C'est alors que l'enjeu vaut la peine, quand on les tient en laisse. On peut pousser ceux qu'on domine à s'avilir autant qu'à s'élever en dépit d'eux, à devenir nobles, raffinés, cultivés. Imposer des lois pour leur bien.

— Son Éminence veut le bien des hommes ! Bah, le mal l'emporte toujours.

— Tes propos sentent le soufre.

— Eh, cardinal, excommunie-moi ! J'irai en enfer, ce qui promet de rendre ce séjour plus distrayant que le paradis. »

Cesare éclate à nouveau d'un grand rire :

« Tu me plais, Camilla. J'aime autant ton esprit que ton corps.

— Me paieras-tu doublement ?

— Si tu veux, de bonne grâce. Mais ta maquerelle s'empressera de te voler. »

À la lumière du jour venu, qui danse sur sa chevelure abandonnée, elle a la transparence d'une madone. Il la regarde pensivement.

« J'ai une autre idée. Veux-tu que je te loue une maison pour toi seule, où tu serais libre ?

— Libre ? Libre pour toi, dois-je comprendre ?

— Si tu veux commercer avec d'autres, tu sauras y parvenir. Je considérerai donc que c'est ton affaire et n'irai pas y voir. »

Elle pèse la proposition. C'était ce qu'elle espérait de toute son âme, ce pour quoi elle s'évertue depuis une année pleine. Mais elle ne veut pas montrer trop de satisfaction.

« Tu as de l'orgueil, Cesare. Tu paries sur la

liberté que tu me laisseras en espérant que je t'accorderai ma préférence. »

Il sourit imperceptiblement.

« Tu peux gagner ce pari si tu n'es pas trop ladre. Je n'ai jamais fait l'amour que pour de l'argent, tu n'as pas à craindre que j'aille voir ailleurs par gourmandise. »

Elle réfléchit encore :

« Pourrai-je emmener Gennaro ?

— Qui est-ce ?

— L'huissier. Il m'a sauvé la vie.

— Si tu veux.

— La Crespini va t'obliger à me racheter.

— Je la menacerai de la jeter dans le Tibre avec une pierre aux pieds. J'ai une tête d'assassin, ne trouves-tu pas ? Quand je menace quelqu'un de mort, il me croit. Cela m'a épargné la peine, jusqu'à présent, de devenir un assassin véritable... Eh bien, Camilla, consens-tu à mon projet ? »

Elle sourit, franchement :

« J'y consens. »

CHAPITRE 3

24 DÉCEMBRE 1494[1]

EN arrivant dans la cour du palais ducal, à l'aube, le cheval a crevé. Il a buté sur une pierre, blanc d'écume. On a transporté le courrier — qui ne valait guère mieux — jusqu'aux cuisines, pour lui donner du vin de Smyrne chaud. Et l'on a couru réveiller la comtesse.

Il pleut depuis six jours, le ciel est bas, presque aussi bas que le jour de son entrée dans Pesaro, escortée par la tempête, en juin dernier. Peut-on se croire au bord de l'Adriatique ? Le feu poisse la vaste cheminée de la chambre sans parvenir à réchauffer les murs du palais, déjà sinistre d'être inachevé. Malgré sa robe d'intérieur en velours doublé de martre, Lucrezia frissonne. Elle saisit avec des doigts gourds le rouleau qu'on lui porte, brise le sceau pontifical, oppressée parce qu'elle s'attend aux nouvelles qu'elle va lire :

« Ma fille bien-aimée, en ce dernier jour de l'an de grâce 1494, les Français sont entrés dans Rome en conquérants... »

Dieu merci, certaines précautions furent prises à temps. Dès septembre, quand Charles VIII franchissait les cols d'Italie, la mère de Lucrezia pliait bagage et faisait route vers son château

1. L'année finissait alors le 24 décembre, Noël était le Jour de l'An.

fortifié des Abruzzes. Sage parti, se félicite le pape dans sa lettre: l'un des premiers faits d'armes des soudards français fut de piller la maison de Vanozza Catanei place Branca. Du moins n'ont-ils pu molester sa personne.

Alexandre VI se réjouit aussi d'avoir éloigné ses enfants de Rome, en conséquence de leurs mariages: «Tu es sauve à Pesaro, même si tu péris d'ennui là-bas, selon tes dires. Juan reste à Madrid. Je l'ai tant sermonné qu'il a dû s'amender un peu, puisque sa femme est enceinte, paraît-il. On ne lui demandait que cela. Pour le reste, la discrétion suffira: Madrid étant bien plus provinciale que Rome, quand cet enfant se rend au bordel, toute l'Espagne le sait... Je suis également soulagé d'avoir expédié Joffré chez les Napolitains près de son épouse Sancia. Il n'y a que Giulia qui reste avec moi. Mais je la cache, en faisant répandre le bruit qu'elle est chez son frère le cardinal Farnese. Je ne la laisserai plus risquer sa vie sur les routes.»

Lucrezia se mord la lèvre. Il s'agit bien de risquer sa vie! Son père continue de vouloir s'abuser.

C'est l'an dernier, le jour même de l'entrée de Giovanni Sforza dans Rome, à la réception du Vatican, que Baldassare Colonna dut jeter son dévolu sur Giulia Farnese. Il ne cessait de la dévisager. Lucrezia ressentit de la gêne tant c'était patent. Quatre jours plus tard, au banquet des noces, Baldassare Colonna suggéra de lancer des dragées dans le décolleté des dames. Impudemment, il en fut cueillir sur les genoux de Giulia. Lucrezia se souvient fort bien, d'ailleurs, du rouge qui marbrait les joues de son père. Mais on avait beaucoup bu, ri, dansé depuis quatre jours, le pape était heureux de voir sa fille sortir enfin de sa morosité, il ne voulait pas qu'un scandale assombrît les fêtes du mariage. Il a feint de ne pas remarquer le manège.

Elle-même n'a rien su de probant jusqu'à son départ pour Pesaro fin mai. Adrianna et Giulia l'accompagnaient dans ce voyage. Ainsi que Baldassare Colonna — prétendument chargé de lettres importantes pour Giovanni Sforza. Dès l'enceinte d'Aurélien franchie, soustraite à la jalousie du pape, Giulia se montra moins vigilante. Adrianna, sa complice en toute chose, débrida son discours et ses manières. Les derniers doutes se dissipèrent. Gestes équivoques, pressions de mains, sourires et, surtout, allées et venues subreptices la nuit, dans les châteaux amis où l'on faisait étape sur la route. Croyaient-ils Lucrezia trop sotte pour comprendre ? Elle se jura qu'à Pesaro tout rentrerait dans l'ordre : elle demanderait à Giovanni Sforza, son mari, de renvoyer Tête d'Or à Rome aussitôt.

Hélas, le comte de Pesaro n'est pas des plus hardis. Il craint comme la peste son oncle Ludovico le More, chef du clan Sforza. Baldassare, lui-même ami du More, menaça d'aviser le duc de Milan que le neveu de l'Adriatique lui refusait l'hospitalité... Giovanni s'inclina, lui cédant dans son propre palais des appartements contigus à ceux de Giulia. Lucrezia n'en dormait plus.

Le frère de Giulia s'éteignait à Capodimonte. Celle-ci voulut l'y rejoindre. Comme par hasard, Baldassare Colonna partit en même temps qu'elle. L'affaire dut se poursuivre là-bas, autour du lit de mort. Orsino, l'époux cocu de Giulia, lassé d'une femme, d'une mère toujours absentes et complices contre lui, tenta bien de les rappeler à Bassanello. Mais Alexandre VI, ulcéré, menaçait d'envoyer des troupes à son tour. La traîtresse reprit finalement le chemin de Rome. Pour la récupérer, le pape paya même une belle rançon — car les Français enlevèrent Giulia sur la route du retour. Le moyen d'éclairer un homme bafoué, surtout s'il s'agit d'un père ? Lucrezia n'en a pas le courage et reste avec le fardeau de ce qu'elle devine.

Pour comble d'infortune, les envahisseurs veulent réunir un conclave qui déposera le pape. C'est une idée de l'affreux Giuliano Della Rovere, qui convoite le trône de Saint-Pierre et n'hésite pas à convier l'ennemi sur place pour parvenir à ses fins.

Personne, ni le cardinal Della Rovere, ni le duc de Milan Ludovico le More, ni les Colonna, ni tous les inconscients qui leur ont déployé le tapis rouge, ne s'attendait à ce que la guerre signifie pour les Français. Les soldats de Charles VIII ne sont pas des condottieres qui font de préférence des prisonniers, parce qu'un prisonnier, cela s'échange contre de bons ducats. Eux, ils tuent. Civils autant que militaires. Ils ont ouvert en Italie un sillage de sang, pillages, viols, meurtres, que les potences dressées pour l'exemple, sur l'ordre de Charles lui-même, ne dissuadent pas.

Lucrezia lit la description que fait son père des trente mille soldats français qui ont défilé sous ses murs, du roi Charles chevauchant aux côtés de Della Rovere et recevant les clefs de la ville aux cris de « Vive la France », des trente-six canons traînés place de Venise. Le froid engourdit ses membres, gagne son cœur.

Elle lit aussi, entre les lignes, la confirmation d'une autre inquiétude. Quand son père se félicite d'avoir éloigné de Rome *tous* ses enfants, feint-il d'oublier Cesare ? Elle a reçu hier soir un courrier de ce dernier. Les Français le réclament pour otage avec le prince Djem. Son propre père livrera-t-il Cesare, quand Giulia, l'étrangère qui l'a trahi, qui le trompe sans doute encore, fut rachetée par lui à ces mêmes Français pour trois mille ducats d'or ?

Lucrezia est consciente que le pape préfère et favorise ses autres enfants, Juan, Joffré, elle-même. Quelquefois, elle en a honte. Cesare est le plus brillant des quatre, le plus digne de privilèges. Qui sait ce que ces injustices répétées feront de lui ? Il existe des âmes que les épreuves brisent, d'autres qu'elles pétrifient. Lucrezia se rappelle comment Cesare reçut les verges d'un précepteur jusqu'à s'évanouir, mais sans baisser les yeux. Plus tard, on retrouva de l'argenterie volée dans le matelas du magister, qui fut congédié. Il était sûrement innocent.

Elle tousse. Les cheminées à la mode des Marches ne savent que fumer, sans rien chauffer. Si du moins sa chambre donnait sur la mer... Par ses fenêtres elle ne voit que le bastion de Rocca Costanza, inachevé comme le palais. Giovanni Sforza n'est pas à Pesaro, parti depuis trois jours à la chasse au loup. Sachant que sa femme attendait des nouvelles de Rome et la croyant capable d'exiger qu'il se porte au secours du pape, il a préféré fuir.

On ne peut rêver pire fantôme que ce mari. Elle se rappelle les plaisanteries, les allusions, les poèmes à double sens au temps de ses noces. Elle n'est pas encore remise de la déception qui suivit. Oh, elle ne peut en vouloir au comte. Il ne l'a blessée ni maltraitée. Rien ne s'est passé, voilà tout, rien qui la concerne ni qu'elle ait ressenti.

C'est du vin d'Espagne qui coule dans ses veines. Son corps a changé, par moments des élans la tourmentent, l'alanguissent, inapaisés. La ville est grise, le palais glacial, la cour sinistre, son mari absent. Et voilà que les Français ont pris Rome, menacent d'emmener son frère en otage.

Lucrezia s'encogne dans les coussins de son lit, rentre ses mules sous le velours fourré de la robe, glisse parmi ses cheveux épars. Le rouleau de la missive papale gît sur le couvre-pieds de brocart. Elle voudrait pleurer: de n'être ni femme ni enfant, de se trouver loin de Rome où l'avenir des siens se joue, de n'avoir pas une amie au monde à laquelle sourire, de passer la dernière nuit de l'an devant une table de fête où trônent vins et gibiers sur de la vaisselle plate, mais où n'est dressé qu'un seul couvert.

La vie ressemble à une coupe parfumée qu'on lui tend et qui sans cesse se dérobe à ses lèvres, ce n'est ni le bonheur ni la peine, une attente sans saveur. Les orages lui font peur, pourtant il lui semble qu'elle préférerait des orages à cette lenteur...

« Madame, madame, ils enfoncent la porte ! »

La petite servante roule des yeux affolés.

« Santa Madonna, ils vont nous tuer ! »

Camilla sourit :

« Cela, non, je ne le crois pas. »

Gennaro, faussement calme, ramassé sur lui-même, tient un poignard dans son poing et regarde la porte trembler sous les coups. Les valets, indécis, demeurent en retrait. Par les fenêtres, les torches qui dansent dans la nuit jettent à l'intérieur des menaces rouges. Camilla va vers Gennaro, lui pose la main sur l'épaule :

« Laisse ce poignard. Tu en tueras cinq ou six, mais ils sont vingt. Engager le combat serait folie. Réunis plutôt les domestiques et descendez vous enfermer tous à la cave. Je me charge des Français.

— Seule ?
— Mais oui, seule ! Que crois-tu qu'on me veuille ? Me piller, me violer peut-être. Me tuer, sûrement pas.
— Les laisseras-tu pour autant faire ?
— Ne me connais-tu pas ?
— Mais ils sont vingt, tu viens de le dire !
— Non pas. Je vois, moi, un capitaine tout seul, avec une vingtaine d'hommes d'escorte qui ne feront rien sans son ordre. C'est un gentilhomme, et le fait qu'il soit français ne le distingue pas des gentilshommes dont j'ai l'habitude. Quand ce guerrier en chausses rouges verra que je n'ai ni statues ni tapisseries, il me fera grâce de mes quelques écus, je le parie. Quant à ma vertu... Allez, allez, insiste-t-elle, je vous promets qu'il ne m'arrivera rien. »

La porte d'entrée commence à se desceller de ses gonds. Camilla regarde sa maisonnée fuir par l'escalier des caves, attend qu'elle se soit dûment enfermée, puis va calmement ouvrir l'huis, se rejetant aussitôt de côté pour n'être pas emportée par le flot. Sage précaution. Une dizaine de soldats français, soudain privés de l'appui du battant sur lequel ils pesaient en chœur, s'effondre à grands bruits d'épées et de casques emmêlés sur le carreau de son seuil.

« Eh bien, messieurs, quel est ce tapage ? » questionne-t-elle en français d'une voix nette, brandissant à hauteur de son visage un candélabre aux bougies allumées. Le capitaine s'avance.

« Nous cherchons la belle Camilla Vespucci.
— C'est moi-même, monsieur. Qui veut me voir ?
— Capitaine Armand de Robeval. Vous parlez français, madame ?

— *Quoque linguam latinam cognosco*[1]. »

C'est là tout son latin. Malgré son goût de l'étude, elle n'a pu apprendre les langues anciennes en quelques mois. Mais le capitaine, par chance parfaitement illettré, est très sérieusement impressionné. Difficile de traiter comme une catin une femme aussi savante. Camilla comptait sur un tel effet. Elle n'a pas peur.

« Trente mille Français dans Rome ? disait-elle hier encore à Cesare. Eh bien, ce seront trente mille clients de plus pour les putains !

— Rien ne t'effraie donc jamais ?

— Tu sais cela. Rien ni personne.

— Même pas moi ? »

Elle l'a dévisagé. Elle se rappelait la première vision de l'évêque maussade, dix-huit mois plus tôt, au balcon de Santa Maria in Portico. Le chien égorgeur.

« Tu es redoutable, tu n'es pas cruel. Si un jour je te nuisais ou te trahissais, alors, je pourrais avoir peur de toi. Mais pour l'heure... »

Pour l'heure elle lui doit ce qui fait sa vie supportable, agréable. Elle va même lui devoir le salut, par le simple énoncé de son nom.

« Entrez, monsieur, dit-elle au capitaine. C'est de bon cœur que je vous offre l'hospitalité. Tenez, je vous prie même à ma table. Monseigneur le cardinal Cesare Borgia va venir tout à l'heure dîner ici. Ce sera pour lui un plaisir que la présence d'un tierce convive à notre tête-à-tête. »

Le Français devient pourpre, puis pâle. Le fils du pape... Cette femme est donc la maîtresse du Borgia. Diable ! Il ne s'agirait pas de créer un incident diplomatique.

« Merci beaucoup, madame, balbutie-t-il. Je

1. « Je sais aussi le latin. »

voulais seulement m'assurer de votre sécurité, vous savez ce qu'il en est de tous les soldats du monde dans les villes conquises. Mais puisque je vois qu'on ne vous a pas inquiétée, je vais me retirer, avec votre permission. »

Il est déjà dehors, part à reculons en bousculant dans sa hâte le tas d'hommes cuirassés qui se relèvent avec peine sur le seuil. Camilla referme sur leur piteuse retraite les battants de sa porte puis s'y adosse, riant de bon cœur.

Elle n'est pas sûre en vérité que Cesare viendra. Il n'a rien voulu dire hier mais il était sombre, préoccupé, ce qu'il lui laisse ignorer d'ordinaire. La vie de Camilla bascula par la faveur du cardinal, ce qui le touche à présent la touche aussi.

Il ne lui fallut pas trois jours, après leur première rencontre, pour louer cette maison près de la place d'Agone[1] à cent écus par an, y faire livrer des meubles et de la vaisselle, engager des domestiques et trouver à Camilla des professeurs. Depuis lors, il ne va plus guère rue des Coronari qu'en simple ami. Fiammetta en est si dépitée qu'elle répand partout que Cesare préfère les petites filles, particulièrement lorsqu'elles ressemblent à sa sœur — qu'il convoite autant que son père le pape. De telles rumeurs lui font lever les épaules.

« Quiconque atteint les marches du trône est aussitôt supposé forniquer avec des chiens, des ânes ou sa propre aïeule. Comme si le pouvoir laissait tant de loisirs... »

Camilla n'a plus une vie très différente des demoiselles de son âge dans les bonnes maisons, consacrant presque tout son temps à étudier le latin, la musique, l'équitation — cela, Cesare lui-

1. Place Navona.

même le lui enseigne avec l'escrime. Il considère que savoir défendre sa vie en toutes circonstances précède les autres nécessités et que si l'on apprenait aux femmes les arts martiaux comme aux hommes, une bonne part de leurs faiblesses, donc de leurs ruses — en somme, de leur supposée « naturelle femelle » —, disparaîtrait.

Le passage du statut de fille publique à celui de femme entretenue, s'il la tient encore aux degrés inférieurs de l'échelle, épargne à Camilla de supporter d'autres hommes que Cesare. Or elle reçoit ses visites sans déplaisir. Ce cardinal forcé, totalement dénué de vocation, qui ne porte jamais sa pourpre et possède, de son propre aveu, un « visage d'assassin », cet homme d'Église qui prétend qu'elle lui ressemble par sa dureté d'âme, par son détachement, lui rend un peu d'humanité.

Elle admire son intelligence, sa culture, ses ambitions : rêvant d'unifier l'Italie, il rédige déjà les lois de son État. Il entretient sa maîtresse sans éplucher les comptes, se montre d'humeur égale, conduit chez elle savants et artistes, joue du luth joliment et remarque si elle change de coiffure. Elle ne croit pas l'aimer d'amour parce qu'elle n'aimera jamais un homme d'amour. Mais elle n'est pas indifférente à Cesare. Amant soucieux d'elle, dont la présence physique ne lui pèse pas, il parvient même, à force de patience, à faire vibrer la viole brisée, désaccordée. Elle s'accoutume au « visage d'assassin », aux yeux si noirs qu'ils ne reflètent aucune lumière, aux traits presque arabes. Il n'est pas plus rassurant que ne l'était le chien-loup, mais il ne mordra pas le premier. Il la traite comme une personne, non comme un bien. Gennaro, qui haïssait animalement tous les clients du bordel, accepte Cesare.

En public, il est réputé taciturne, voire dissimulé. C'est toujours Gandia que le pape met en avant. En privé, il sourit et plaisante aisément. Camilla sait que, si elle ne l'avait rencontré, elle fût devenue méchante. Grâce à lui, elle a reconquis un peu de chair, sinon d'âme. Ce n'est pas assez pour l'aimer, mais assez pour ne pas lui faire défaut.

Elle entend son cheval sonner des sabots sur le pavé de la rue déserte, redevenue silencieuse. Le pillage n'est plus qu'une rumeur vague, au loin, vers les quartiers riches. Il frappe les trois coups longs de leur code, elle ouvre aussitôt.

« Où sont les valets ? s'alarme-t-il.

— À la cave, cachés sur mon ordre. Je viens d'avoir la visite d'un détachement de Français. »

Une inquiétude réunit les sourcils noirs.

« Ils sont repartis sans dommage pour moi. Qu'en est-il au Vatican ? »

Il jette ses gants et sa cape sur un divan, triture d'une main nerveuse et mince le manche de sa dague.

« Mon père consent à ce que j'attendais. Je vais devoir partir avec les Français. Prisonnier. Le prince Djem et moi leur servirons d'otages. »

Le cœur de Camilla se glace. Pas un seul jour de sa vie, depuis le 8 juin 1493, elle n'a oublié sa haine. Pas une nuit ses cauchemars ne le lui ont permis. Djem a toujours été le plus inaccessible, parce que cet otage du pape se méfie de tout le monde. Il n'avale rien qui ne soit goûté, ne sort qu'armé, accompagné. Camilla savait qu'elle l'atteindrait le dernier.

En attendant, elle comptait se venger des autres. Or le destin l'a flouée. D'abord, Juan lui échappe, son père l'ayant envoyé se marier à Madrid. Puis, à quelques semaines d'intervalle, le maigre marquis Sevriano et le gros Angelo Cenci sont morts d'une sorte de mal de Naples. Ils ont beaucoup souffert et se sont, dit la rumeur, «pourris par où ils avaient péché». Ce n'est d'aucune consolation pour Camilla. Djem est le seul qui reste, elle veut Djem!

«Pourrai-je venir en France avec toi? demande-t-elle à Cesare sans réfléchir.

— M'aimerais-tu donc à ce point? Non, ma belle, reste à Rome. Je trouverai bien moyen de tirer ma révérence aux Français.»

C'était une idée stupide. Compagne du prisonnier Cesare — à supposer qu'on acceptât sa présence —, elle serait sous constante surveillance. Elle observe le cardinal, oubliant sa vengeance pour se préoccuper de lui. Elle ne lui connaissait pas cette expression qui crispe tout le dessin du visage, ternit les yeux. Une sorte de douleur.

«Le pape ne pouvait-il éviter de te livrer?»

C'est cela, bien sûr. Cesare le dédaigné, Cesare que son père admire mais n'aime pas et qu'il cède aux vainqueurs. Comme son propre père l'a vendue, elle, à la Crespini. Il n'est pas difficile à Camilla de comprendre ce qu'il ressent.

«Quand dois-tu partir?

— D'ici trois semaines environ. Ils veulent marcher sur Naples. Mais n'en parlons pas. Ce jour est le dernier de l'an, fêtons-le dignement, qui sait si nous en verrons d'autres? Je t'apporte des oranges et un collier de même couleur que tes cheveux. Veux-tu voir s'il t'ira?»

Les murailles du castel Sant'Angelo étouffent toute rumeur. Une île au milieu de l'océan, où Rodrigo Borgia tient Giulia prisonnière, une île offerte aux vents coulis.

S'il n'était pas aussi sentimental! Elle préférerait qu'il l'insulte ou la frappe, lui témoigne de la haine. Il la regarde comme un lévrier triste, se ridiculise, à soixante-quatre ans, en coquetteries — il met du rouge et se teint les cheveux. Il a fait préparer pour eux un festin de Noël, il va falloir attendre en sa compagnie que minuit sonne pour offrir ensuite des dragées et des vœux.

Par sa femme de chambre, autorisée tout de même à sortir, Giulia sait que Baldassare est entré dans Rome aujourd'hui, escortant Charles VIII. Il portait un habit bleu rebrodé de perles, montait un cheval noir, le roi plaisantait avec lui. Ce soir, il dormira dans son palais près du Quirinal, à quelques centaines de pas de ces murailles — si loin.

Elle se rappelle leur première nuit, dans le Vatican même où reposait bruyamment le pape, quand Baldassare attendit qu'elle eût renvoyé ses femmes, dénoué ses cheveux et fait glisser sa chemise à ses pieds, pour surgir de derrière la tenture qui le cachait. Entré pour l'audience papale le matin, il avait emprunté le passage reliant le Vatican et Santa Maria in Portico, au lieu de ressortir.

Quand Giulia fut ainsi nue devant lui, il la regarda tout son soûl, avant de la prendre comme un affamé après la longue lutte qu'elle opposa, mais qui les échauffa l'un et l'autre, mêlant leurs corps affrontés sur les tapis où ils avaient roulé. Il a toujours fallu se cacher, du pape puis de sa fille qui, saisie de soupçons, se montrait hostile. Cette clandestinité pimenta l'aventure. Sans elle, Baldassare se serait peut-être lassé. Au Vatican, les gardes accomplissant leur ronde étaient sans cesse à craindre. Ou Cesare, qui aime s'y promener la nuit de son pas silencieux... Ou le sicaire Corella, que le pape charge de ses besognes occultes.

À Pesaro, tout devint facile. Trop. En un sens, ce fut à propos que l'agonie de son frère Angelo rappela Giulia près des siens à Capodimonte, le fief des Farnese. La gageure séduisit Baldassare Colonna. Il prit plaisir à escalader la tour la nuit pour rejoindre Giulia dans sa chambre perchée, à la quitter à l'aube en se faufilant parmi les maraîchers et fournisseurs venus livrer au château. Le pape, délirant de jalousie, réclamait sa maîtresse à Rome, mais Orsino le mari, tout aussi délirant, la voulait à Bassanello. Comme Bassanello se trouve entre Rome et Capodimonte, le danger représenté par Orsino servait d'excuse pour ne pas obéir au pape. L'époux se lassa le premier. Et Baldassare lui-même suggéra qu'elle ne devait pas trop déplaire au pontife. Elle regagna Rome et se fit prendre par les Français, postés sur la route comme s'ils l'attendaient. Borgia paya la rançon, trop heureux de la récupérer. Elle réussit tout de même, malgré les gardes pontificaux qui la ramenaient au castel Sant'Angelo, à s'écarter un peu du chemin « pour visiter des amis près de Véiès »... La voiture, détournée, l'attendit sagement devant le pavillon de chasse où Baldassare était venu tuer avec les Français des sangliers italiens — les Français et les Colonna sont décidément cul et chemise.

Tête d'Or parut surpris de la voir. Il la fit partir très vite, si les Français l'apercevaient là, disait-il, ils étaient capables de la reprendre. Du moins l'a-t-elle embrassé, touché. À l'aube, elle est arrivée porte del Popolo, où le pauvre Borgia l'attendait malgré la bise de décembre. Complètement transi, après plusieurs heures d'immobilité, il essayait de paraître fringant sur son cheval pétrifié.

Quand il sut l'approche des Français, il prépara minutieusement le siège au castel Sant'Angelo. En hâte, il fit creuser et remplir dans la cour une énorme citerne pour l'eau, gaver le donjon de poudre à canon, de blé et de viande séchée, de tonneaux de vin... Il pourrait tenir retranché là trois ans, assure-t-il. Et, méfiant, il dort sur sa cassette de bijoux et sur les plus précieuses reliques de San Pietro.

Non, les Français ne le prendront pas, le déposeront encore moins, c'était le sous-estimer qu'espérer cela. Giulia devra gagner sa liberté par la patience et les chatteries. Amadouer son pontifical amant. Alors qu'elle brûle, qu'elle piaffe, qu'elle éprouve enfin le sentiment de sa jeunesse. Son mari, le pape — une bûche et un veillard. Baldassare Colonna l'a réveillée, ranimée, masque d'ange, mais perversité de démon.

Camilla ne dort pas. Elle s'est distraite de sa douleur tant que Cesare veillait, parce qu'elle est plus attentive à lui qu'elle n'y songe parfois. Pour chasser les pensées moroses du cardinal, elle lui a donné ce soir non pas un sourire peint, des paroles machinales: son attention, son amitié vraies. Parce que lui aussi, peut-être, se soucie d'elle plus qu'il ne l'avoue, il a pris garde en retour de la divertir, de lui plaire. Quand les chandelles expiraient, sous les fourrures du lit, ils ont échangé, au-delà du plaisir, une douceur, un abandon.

Mais il s'est endormi. Il mène à son corps et son cerveau la vie dure, les exténuant, en exigeant toujours mieux pour les parfaire. Quelquefois, il sombre ainsi, d'un coup, dans un sommeil inerte et totalement silencieux qui ressemble à un morceau de mort et dont il émergera le lendemain lisse, repassé. Camilla ne maîtrise pas si bien sa mécanique naturelle. Elle demeure dans un éveil douloureux d'acuité, seule à côté du sommeil de Cesare. Cette heure de l'aube, elle la redoute, l'heure de tous les dangers — dans les cellules monacales, c'est alors, après les longues vigiles, qu'incubes et succubes se ruent sur les âmes pénitentes.

Son esprit que rien ne distrait plus, son cœur que cette présence presque absente à ses côtés ne réchauffe pas sont rendus à l'obsession familière. La vengeance. Que Djem, le plus monstrueux, le plus exécré des quatre, que Djem puisse échapper au châtiment, c'est du sel jeté sur la blessure.

La mort de Cenci, de Sevriano, fut horrible, dit-on. Mais Camilla ne l'a ni provoquée ni même vue s'accomplir, elle en demeure affamée, spoliée. Le frère de Cesare reviendra peut-être un jour à Rome. Si, alors, elle était admise au Vatican — faveur que Cesare n'a pas encore obtenue de son père —, elle pourrait approcher le duc de Gandia. Mais il y faudra du temps. Pour l'heure, Djem est son dévolu. S'il part avec les Français, comment l'atteindre ?

Trouver un moyen, à n'importe quel prix. Chien de païen, ouvrir son ventre et jeter son cœur en pâture aux corbeaux ! Crever ses yeux gelés, l'éparpiller en chair sanglante aux quatre coins de la nuit. Réduire à néant, brûler jusqu'aux cendres ce qui lui appartint et témoignerait de lui, ce qu'il toucha et que son contact a corrompu. Que le monde se résorbe comme s'il n'avait jamais existé. L'effacer de toutes les mémoires, pour pouvoir aussi l'effacer de la sienne. Quitte à se damner. Plutôt s'engourdir, ne plus rien sentir, que souffrir cette cicatrice au visage de la création, cette tache, cette erreur. Il n'aurait jamais dû voir le jour. Dieu s'est trompé.

Quatre semaines ont passé depuis l'entrée dans Rome des envahisseurs. En ce 26 janvier 1495, leur armée fait escale à Velletri, sur la route de Naples. Le temps est à la neige. La nuit tombe sur les tentes du campement déserté, le roi et sa suite dînant au palais épiscopal, où toute la noblesse de la ville se réunit en leur honneur.

Cesare Borgia, fatigué de la chevauchée, a demandé la faveur, qui lui fut consentie, de se retirer sous sa tente, ayant pris froid depuis le départ de Rome. L'autre otage, le prince Djem, est à la table royale avec Charles VIII, à la droite duquel se tient le cardinal Della Rovere, l'évêque de la ville et l'hôte des Français.

Sous la pâle lune d'hiver, une ombre déformée s'insinue parmi les tentes. À cette heure, les gardes de faction sont réunis autour d'un feu, à l'abri des remparts, repus du vin qu'on a distribué pour les réchauffer. Puisque le prince est allé dîner en ville avec le roi, que sans doute on le retiendra pour dormir au palais, quel besoin de veiller sa tente? L'ombre y atteint, marque un temps d'arrêt, se glisse à l'intérieur après avoir soulevé la toile.

Dessus un coffre en bois de cèdre sculpté sont répandus les objets les plus familiers du Turc. Des livres achetés chez les nombreux libraires de Rome, des mouchoirs en dentelle de Venise, un narguilé d'argent... La main prudente de l'ombre s'arrête sur l'étal des diverses dagues à lames droites ou courbes, aux manches damasquinés et incrustés de pierres précieuses. Elles sont chacune ornées d'une variété de gemme différente, de sorte que le prince puisse les assortir à la couleur de son caftan: il est d'un extrême raffinement dans la parure... Aujourd'hui, c'est le jade qu'il a glissé dans sa ceinture. Mais demain, après-demain, le jour suivant, il prendra la dague aux rubis. Cent fois par jour, d'un geste machinal, il la tirera pour en caresser des lèvres les arabesques en relief...

L'ombre, sortant d'un gousset de son pourpoint une fiole et un pinceau, en badigeonne délicatement le manche de la dague aux rubis. La légère pellicule ainsi déposée, une fois sèche, est invisible. Insipide, inodore aussi. L'ombre se retire dans la nuit froide, opaque d'une menace de neige.

Quelques instants plus tard, un peu plus loin, on s'approche d'une autre tente, celle du second otage.

À la lueur d'une lampe à huile de voyage, qui fléchit dans la pénombre au gré des courants d'air, Cesare Borgia, encore tout habillé, lit l'un de ses ouvrages de chevet, le *De Oratore* de Cicéron que lui offrit sa mère lorsqu'il avait dix ans, l'un des premiers exemplaires imprimés en Italie. Il est à demi étendu sur les fourrures d'un lit de camp, un brasero à ses pieds. Mais il fait froid sous la tente et le souffle de l'intrus vêtu de noir, qui se glisse en silence derrière son dos, dessine une vapeur dans l'air.

Cesare, absorbé par sa lecture, paraît n'avoir rien remarqué. Pourtant, lorsque la silhouette noire se penche sur son épaule, il se retourne soudain d'une détente, enlève dessus sa tête comme une plume le corps de l'intrus qu'il fait retomber sur la couche, le chevauchant aussitôt de tout son poids, un genou lui bloquant la poitrine, tandis que la dague qu'il tire de sa ceinture vient piquer la gorge de l'agresseur. Leurs visages se touchent presque, la flamme de la lampe, secouée, clignote follement. Alors le geste de Cesare s'amollit, son bras se dégage, il sourit, sans pour autant libérer l'autre corps qu'il emprisonne sous lui.

« Qu'es-tu venue faire ici, folle ? J'aurais pu te tuer !

— Te délivrer, répond tranquillement Camilla. Au pied des murs, Gennaro nous attend avec deux chevaux. Il y a des souterrains qui permettent de passer dessous l'enceinte et de déboucher de l'autre côté des remparts. J'ai soudoyé les cantinières, qui sortiront tes bagages à l'aube en allant aux provisions.

— Comment peux-tu savoir tout cela ?

— Nous sommes à Velletri depuis hier matin, Gennaro et moi. Deux cavaliers vont plus vite que l'armée de Charles VIII traînant tous ses canons. J'ai offert beaucoup de vin à beaucoup de gens dans beaucoup de tavernes. Il y a aussi des familles, ici, qui haïssent Della Rovere et les Français. Ce sont elles qui m'ont donné le plan des souterrains.

— Et tu dis que mes bagages...

— Ils nous rejoindront à Rome par le *procaccio*. Tu ne vas tout de même pas faire cadeau de tes éditions originales, de tes fourrures et de ta crosse épiscopale à ces porcs ? »

Il rit silencieusement.

« Il n'y a quasi personne dans le camp, à cause du froid. Il nous faut tout de même le traverser presque entier, l'entrée du souterrain se trouve à l'est. »

On peut compter sur Cesare pour réagir vite sans commentaires oiseux. Ils se glissent dans la nuit, louvoient entre les tentes, s'arrêtent, attendent un nuage pour repartir, ont bientôt traversé le camp sans encombre. Ils sautent en selle au pied des remparts — Gennaro a enrobé de linges les sabots de leurs montures — et galopent d'une traite jusqu'à Rome. Cesare se cachera chez un

Espagnol de ses amis, Antonio Florès, tandis que Camilla gagnera le Vatican pour demander audience au pape. Il faut que les cris d'orfraie des Français, demain matin, ne puissent prendre Alexandre VI au dépourvu. Cesare confiera, comme laissez-passer, son anneau épiscopal à Camilla.

Mais elle a présumé de ses forces. Lorsqu'ils font halte tous trois chez le senor Florès, elle tombe de cheval d'une pièce, évanouie. On la porte dans une chambre, on appelle le médecin de la famille. Cesare presse Gennaro de questions, connaissant la résistance de la cavalière malgré son corps frêle. Parce qu'il aime les chevaux, il s'est toujours efforcé de les dresser plutôt que de les brutaliser : conception saugrenue pour son époque, qui permet de tenir en selle beaucoup plus longtemps en fournissant moins d'efforts violents, et préserve la longévité des montures. Il l'a transmise à Camilla. Gennaro hoche la tête :

« Elle ne serait même pas en état de chevaucher le plus moelleux des roussins. Je voulais me charger seul de votre évasion, mais vous savez son caractère...

— Est-elle malade ?

— Elle ne vous le dira pas parce qu'elle ignore comment vous prendrez la chose, mais elle est enceinte. »

Aucun homme ordinaire ne ferait crédit à Camilla. Il lui faudrait des preuves, le chantage au bâtard est trop répandu. Mais Cesare n'a pas un cœur vulgaire. Il ne se demande même pas si l'enfant est de lui.

« Qu'elle se repose. Mon père attendra quelques heures. »

Quand elle s'éveille, c'est lui qu'elle trouve à son chevet, de nouveau plongé dans la lecture de

Cicéron, qu'il avait glissé dans son pourpoint au moment de quitter Velletri.

« Comment peut-on appeler un fils de Cesare ? demande-t-il.

— Ottavio Augusto, bien sûr », sourit-elle.

On a reçu Camilla dans le cabinet de travail, l'une de ces chambres nouvelles que le pape fit décorer à fresque par Pinturicchio. Elle s'est agenouillée devant le pontife, qui ne portait qu'une simple robe d'intérieur fourrée, étant donné l'heure matinale. Dès qu'il sut ce qui menait à lui cette fille en habit d'homme, Alexandre VI fit également mander Lucrezia, revenue vivre près de lui.

Le pape rit d'un grand rire sans mélange :

« Quel bon tour ! Outre que j'aurais été fâché de verser la rançon qu'on aurait sûrement exigée pour me rendre Cesare, je suis ravi qu'il ait berné ces arrogants Français. Et vous dites qu'il a même sauvé ses bagages ? Ah, je voudrais voir la tête de gargouille du nabot Charles VIII quand il découvrira l'oiseau envolé ! »

Lucrezia, fraîche, cheveux pâles éployés sur les épaules dans une robe de velours bleu, les yeux brillants, se fait raconter pour la seconde fois les détails de la fuite, comme une enfant qui ne se lasse pas de son conte préféré.

« Et c'est vous qui avez machiné cela, ma fille ? demande Rodrigo Borgia avec la trace d'accent de Valence qui lui revient quand il est excité.

— Oui, Saint-Père. Mais il faut éviter à présent que le roi ne se courrouce contre lui, contre vous, ou même contre les habitants de Velletri qui nous ont un peu aidés...

— Cesare a bien de la chance de posséder une amante si fidèle. »

Il y a de l'amertume dans cette remarque, un regard incontrôlé glisse vers la grande femme aux yeux noirs qui se tient debout, un peu en retrait de lui, fronçant ses sourcils très arqués sous l'allusion. Cesare, qui sait toujours tout, dit que son père est trompé, que Lucrezia l'a deviné et n'ose parler. Le coupable pourrait bien être le petit Colonna. S'il en trouve la preuve, le règne de Giulia Farnese et la vie de son amant finiront en même temps. Camilla, par ce seul échange de regards et par le tressaillement de Lucrezia, comprend que les informations de Cesare sont avérées.

On dit encore dans Rome que le véritable amour du pape est sa fille. Un amour plus que paternel. Camilla comprend ce qui peut alimenter la malveillance. Les façons du pontife sont émotives, débridées. Cesare est le moins chéri de ses enfants, pourtant la nouvelle de l'évasion le fait bondir de joie, se convulser de rire, embrasser Lucrezia.

« À la bonne heure, à la bonne heure ! » crie-t-il, la prenant par la main pour la faire danser autour de lui.

Cet homme, au contraire de son fils aîné, ne sait absolument pas dissimuler ses sentiments, toujours à fleur d'âme. Camilla, malgré les bruits sordides, envie la comtesse de Pesaro. Être aimé, même trop, préserve de mordre comme un loup, de souffrir comme une sauvage.

« J'avais longuement entendu parler de vous, dit la petite comtesse à Camilla, s'arrêtant de tournoyer pour reprendre souffle et dignité. Non par Cesare, qui est une tombe, mais par la rumeur.

— Je crains, hélas, que ce ne soit pas la meilleure façon d'entendre parler de moi...

— Nous sommes sur ce point logées à même

enseigne. Ce qu'on répand est plus insultant encore pour moi que pour vous.

— Qu'ose-t-on dire, madame?

— Que vous me ressemblez, d'abord. Et je trouve en vous voyant que ce n'est pas vrai. Vous êtes incomparable.

— Madame...

— Ne protestez pas. Je sais que je suis jolie. Mais je n'ai pas assez de caractère. Vous, vous êtes belle. Secondement, on dit que Cesare vous a choisie à ma ressemblance parce que... »

Giulia Farnese l'interrompt d'une voix nette:

« Croyez-vous qu'il faille s'abaisser à rapporter ces ragots?

— Mais ce sont des ragots. Ils ne me causeraient souci que s'ils disaient vrai. »

La jeune fille blonde défie Giulia du regard.

« Or il est patent, poursuit-elle, que cette personne ne me ressemble pas plus que cela. Les ragots ne convaincront donc que ceux qui ne nous connaissent ni elle ni moi.

— Qui pourrait vous connaître sans vous aimer, madame? dit Camilla.

— Elle parle bien, père, n'est-ce pas? sourit Lucrezia. Je sens que mon frère est passé par là. Il y a des tours de pensée que je reconnaîtrais entre mille.

— Cesare ne doit pas rester à Rome, que je n'aie pas l'air de l'approuver. Qu'il aille à Spolète. Je vais rendre public que je l'y garde consigné et écrire à Charles VIII pour lui exprimer combien je suis fâché.

— Mais vous ne l'êtes pas, mon père? » demande doucement Lucrezia.

Une hésitation fléchit la paupière du pape. Fâché, non. Mais inquiet, devine Camilla. L'efficacité silencieuse de son fils, qui le met devant les actes accomplis, ne lui semble pas pleinement rassurante. Comme Camilla va prendre congé, la comtesse de Pesaro vient vers elle de son pas dansant, l'embrasse, juvénile et simple :

« Merci de ce que vous avez fait pour Cesare. Dieu vous le rende, en attendant que les Borgia puissent vous manifester un jour leur gratitude. »

Chapitre 4

12 JANVIER 1496

Camilla lit dans l'œil du notaire, qui la voit pour la troisième fois ce mois-ci, qu'il se forge de ses activités une idée peu reluisante. Pourquoi donc une courtisane acquerrait-elle et vendrait-elle des maisons, sinon pour en faire des bordels ? Naturellement, l'argent nécessaire à ces transactions, elle le soutire à son amant.

Le confort d'une fille entretenue tient tout entier dans le plaisir qu'un homme trouve à sa compagnie. Qu'il se lasse, la voilà de retour en prostitution. Aussi ce type de femme est-il réputé ruiner ses amants par toutes les ruses de la terre ; en feignant la maladie, menaçant d'entrer dans les ordres, prétendant devoir avorter ou assister sa vieille mère dans le besoin ; en s'acoquinant avec un joueur professionnel pour plumer son galant ; ou en provoquant la rivalité avec un autre seigneur, supposé plus offrant.

Le notaire, qui est du genre à dépenser trois *baiocci* avec la moins chère des filles à la chandelle quand il n'en peut vraiment plus de son épouse acariâtre, déteste sûrement voir des fortunes bourgeoises ou ecclésiastiques se détourner au profit de putains. Il dévisage Camilla sans aménité.

Il se trompe. Elle grève assez peu les vingt

mille ducats qui constituent actuellement le revenu annuel du cardinal de Valence — et qui le laissent d'ailleurs, en fortune, loin derrière ses frères. Trop heureuse qu'il l'ait délivrée de la prostitution et se montre généreux pour l'entretien de sa maison, elle se refuse à jamais rien lui demander. On la croit plus riche qu'elle n'est — témoins les Français qui l'ont visitée l'an passé, sans doute mal renseignés par des voisins jaloux.

Néanmoins, elle doit songer à son avenir et celui de son fils. Demain, après-demain, Cesare se fatiguera d'elle. Quant à l'enfant, il ne peut pas le reconnaître, si vif qu'en soit son désir : légalement, il dut devenir Cesare d'Arignano — du nom d'un mari de sa mère — pour pouvoir être promu cardinal. Ottavio ne sera Borgia que si le pape y consent par une bulle secrète. À ce jour, le pape a refusé.

Camilla rogna sur son train de maison d'abord. Elle fut pauvre, ses domestiques sont bien payés mais ne sauraient la tromper sur le prix du vin ou de l'huile ; quant aux robes, elle s'en moque et leur préfère l'habit d'homme ; quant aux bijoux, elle porte ceux que Cesare veut lui offrir mais n'en achète pas, ne partageant pas le goût furieux de la joaillerie qu'affichent les seigneurs de son temps — question d'éducation, sans doute... D'instinct, elle glisse une fleur dans ses cheveux plus volontiers qu'un diamant. En un an, elle avait sauvé près de mille ducats. Elle misa la somme sur l'acquisition de maisons abandonnées, dans de bons quartiers commerçants de Rome.

Une loi visant à encourager la construction oblige les propriétaires à vendre à qui les veut les immeubles qu'ils ne louent ni n'occupent. Le *magister viarum*[1] en fixe alors le prix, généralement dérisoire. Reste à rénover les bâtisses délabrées. Mais ce qui manque le moins à Rome, ce sont les maçons. Cette cité est un chantier, il n'est de curé qui n'y dresse son église, de baron qui n'y veuille son palais. On la fouille, on la creuse à la recherche de vestiges antiques. Tous les pauvres des campagnes viennent s'y faire *muratori*[2], espérant gagner ainsi leur pain. De sorte que la main-d'œuvre non qualifiée s'y trouve en surnombre et bon marché. On peut redresser une bâtisse pour quelques centaines de carlins, la vendre ensuite pour plusieurs milliers.

De surcroît, l'année 95, néfaste pour Rome, contraignit beaucoup d'habitants à l'abandon de leurs maisons. Celles que les Français, l'hiver précédent, brûlèrent après les avoir pillées et qui ne sont plus que carcasses noircies. Celles aussi que les débordements du Tibre éboulèrent dans une crue particulièrement meurtrière, qui semblait une surenchère au saccage des envahisseurs. Ces fantômes, ces squelettes de constructions, l'administration capitoline est soulagée qu'on l'en débarrasse. Camilla put acquérir, de la sorte, des masures par quartiers entiers.

À cette époque-là, le notaire ne la considérait pas encore avec colère, plutôt avec commisération, persuadé qu'elle n'avait pas le sens. À présent s'ajoute peut-être à la réprobation morale l'amertume d'avoir laissé passer la bonne affaire immobilière.

Une fois ses ruines acquises, Camilla dut se faire prêter l'or nécessaire aux travaux rénova-

1. *Magister viarum*: « maître des rues », édile de Rome responsable d'un quartier, devenu alors fonctionnaire du pape.
2. *Muratori*: membres de la corporation du bâtiment.

teurs par un Juif de Regola, car elle ne disposait plus d'économies. Mais elle a déjà revendu cinq maisons dont le torchis des murs était à peine sec — remboursant ainsi l'usurier et gagnant un bénéfice de trois mille ducats dès les six premiers mois de son entreprise. Voilà pourquoi le notaire n'arrête pas de signer des actes à son nom. Aujourd'hui, elle lui réserve une surprise à l'estomaquer. Elle va faire donation de deux bâtisses rajeunies. L'une à son fils, en attendant mieux ; l'autre à son père, Niccolo Vespucci.

Toute la molle figure du bonhomme, ses bajoues, ses mentons, ses oreilles tremblent de révolte secrète. Camilla ne résiste pas au plaisir de river le clou :

« Voyez, moi aussi, à mon échelle, je cède au népotisme. »

Le notaire serait sans doute bien surpris s'il savait que cette générosité récompense un père qui vendit sa fille comme prostituée et — de manière d'ailleurs illogique — refusa de la recevoir quand elle retourna quelques semaines plus tôt à la métairie pour lui montrer le petit Ottavio-Augusto.

Qu'importe à Camilla. Elle a changé. La vie agréable qu'elle mène, les gens intelligents que Cesare lui fait rencontrer, les connaissances qu'elle acquiert chaque jour, en lui ouvrant l'esprit, lui dessinent une vision du monde différente. Il lui semble impossible de trouver du bonheur à lire Pétrarque ou Dante et d'éprouver en même temps des rancunes fielleuses, des jalousies étroites. Impossible de savoir que, tous les matins, des cartographes retracent les portulans[1] parce que les navigateurs ne cessent de

1. *Portulan* : carte où les noms de lieux, écrits perpendiculairement à la côte, en dessinent le contour.

repousser les limites du monde, et de se soucier aussi des réactions d'un petit bourg latin.

Ses parents ne l'aiment pas. Cesare n'a aucune idée du dénuement moral dans lequel Camilla dut grandir, lui qui sait pourtant l'amertume de passer après tous les autres dans le cœur paternel. Il n'empêche qu'Alexandre VI l'a fait cardinal. Camilla n'a jamais reçu de caresses ni de sa mère, toujours enceinte, malade, submergée par les tâches domestiques lorsqu'elle vivait, ni de personne. Ce n'est pas en comblant aujourd'hui son père de cadeaux qu'elle l'attendrira. Elle est assez fine pour deviner que la jalousie de Philomena et des demi-sœurs n'en sera qu'avivée. Il fallait voir les regards qu'elles jetaient sur la robe de voyage florentine de la visiteuse et sur celle, en dentelle de Venise, de l'enfant, accompagné comme un petit prince par sa nourrice. Elles se sont vengées en faisant recevoir Camilla par le père sur le seuil, comme une mendiante.

Mais elles sont pauvres. La pauvreté ne rend ni généreux, ni intelligent, Camilla le comprend à mesure qu'elle progresse dans ses « humanités ». Être généreux, c'est un luxe qui sied aux aristocrates. Il lui plaît de se l'offrir. En outre, la naissance de son fils l'a transformée. Il fallait faire place au nouveau venu, lui offrir justement l'amour dont ses parents avaient manqué. Ce qu'il a conquis, il semble que ce soit autant de perdu pour la haine. Camilla se sent plus douce, plus ronde, aussi ronde d'âme qu'elle est redevenue svelte de corps. Lorsqu'elle songe à ses projets de vengeance, c'est autrement qu'il n'y a guère.

Trois des cavaliers de l'Apocalypse sont morts, du même mal horrible et mystérieux — Djem, le dernier, à Naples l'hiver passé. En l'apprenant, la louve privée de sa proie hurla de dépit.

Pourquoi le destin se chargeait-il avec tant d'empressement, tant de persévérance, de *ses* bourreaux? N'avait-il d'autre souci que Camilla, ne pouvait-il la laisser elle-même s'occuper de sa haine? Elle s'est voulu consoler en s'accrochant à la rumeur vaticane, inquiétante pour Cesare : le pape souhaiterait rappeler à Rome son cher Juan dont il s'ennuie... Le dernier survivant serait donc peut-être offert en pâture à Camilla. Pour une fois, ses désirs secrets contrarient ceux du cardinal.

Du moins l'a-t-elle cru. Elle n'en est plus si sûre. Elle se demande si la quasi-pitié qu'elle ressent envers ses parents, elle ne la ressentira pas envers Juan de Gandia. Il en coûtera de plus longues hésitations, de plus douloureux errements. Mais en s'accordant des émotions nouvelles, jusqu'alors insoupçonnées, elle s'est aperçue combien sa haine l'avait encombrée, pluie de cendres, fardeau poisseux. Tout en était assourdi, obscurci, décoloré. Peut-être l'engourdissement de la mémoire qu'elle désire si violemment ne passe-t-il pas, comme elle le croyait, par le sacrifice expiatoire. Peut-être ne faut-il pas piétiner dans le sang, mais se donner des ailes, s'envoler loin, au-dessus des miasmes, de la boue.

La revanche la plus subtile — elle en parlait hier avec son maître de philosophie — ne consiste-t-elle pas à devenir heureuse, à conquérir l'harmonie intérieure en dépit de ceux qui voulurent avec acharnement la blesser, la détruire, la damner? Parfois, dans la limpidité d'instants très doux — écoutant le babil du petit enfant, traduisant avec le magister quelques vers de Virgile, lumineux de simplicité champêtre —, elle s'immobilise : comme si elle sentait les ailes pousser, se défroisser, réclamer l'envol. Alors elle juge vaines toute colère, toute rancune. Elle n'a plus qu'envie de suspendre le temps là, dans cette couleur, cette humeur.

Pour premier pas sur la voie de l'apaisement, elle s'est lavée de ses ressentiments envers la marâtre et le père. Elle a décidé, en dépit de son cœur encore rétif, de les absoudre.

Camilla va donc fixer à Rome la famille de Niccolo Vespucci dans une maison qui lui appartiendra. Acheter (cher, car il n'a pas été compagnon) son entrée dans la corporation des fabricants de franges et de tissus d'or, installer une échoppe où ses sœurs trouveront à employer leurs talents et payer même la taxe pour la première année d'exercice.

Elle signe l'acte de donation de son nom entier, « Camilla Vespucci dite la Cyprina », qu'elle calligraphie d'une plume élégante. Ce surnom, ce sont les amis de Cesare, familiers de son salon, qui le lui ont donné, à cause du cuivre de ses cheveux.[1]

Cesare aussi, croit-elle, a changé. Comme tous les hommes, il est bien plus ému de son fils qu'il ne s'y attendait. Elle le devine moins meurtri qu'à l'époque de Velletri. Il est vrai qu'en l'absence de son frère Juan, il a pris près de son père la place d'un conseiller très écouté. La nouvelle maison qu'il a fait construire au Borgo pour Camilla, près de son palais de San Clemente, est un lieu de Rome où, sans fastes immenses, c'est presque toujours fête, parce que tard dans la nuit on y parle de Platon, on y joue de la musique, on y éternise des soupers aussi délicieux par les mets servis que par les convives présents. Même Lucrezia, la comtesse de Pesaro, aime y venir se dérider, le séjour au Vatican n'est pas si plaisant.

1. *Cyprina*, en latin, signifie « en cuivre ». Le mot évoque aussi Cypris, c'est-à-dire Vénus.

Camilla considère l'étrangeté d'une liaison désormais reconnue de tous — sinon du pape, mais peut-être a-t-il pour cela des motifs politiques — et qui lui semble souvent plus intime et plus forte que nombre de couples sanctifiés, autant qu'elle en puisse juger. Pourtant, jamais un mot qui les engagerait dans le domaine du sentiment n'est prononcé par l'un ni par l'autre. Les autres dames, cela n'est rien. Agaçant, certes, mais Camilla sait, pour les avoir vues faire, que les patriciennes ont cent fois plus d'audace que bien des courtisanes. Cesare est remarquablement séduisant, il a toute la faveur de son père : sans doute, elles doivent se jeter à sa tête. Il n'empêche que ces rumeurs — qu'on s'empresse toujours de lui rapporter — viennent mourir au seuil de la maison du Borgo. Si le cardinal disparaît parfois la nuit, il ne reste pas un jour sans venir voir Camilla et vit chez elle bien plus que chez lui.

Le notaire se demande probablement à quoi rêve sa cliente. Elle achève d'écrire : « À Rome, ce 12 janvier de l'an de grâce mil quatre cent quatre-vingt-seize. » Le tabellion pince les lèvres. Courtisane déclarée, elle n'a le droit de rien léguer en héritage. Mais une donation de son vivant, cela, il n'y peut rien. De même qu'il ne peut rien contre le document signé du pape, qui accorde à cette fille de seize ans sa majorité, par émancipation de la tutelle paternelle — un cadeau de Cesare pour lui permettre de gérer ce qu'elle appelle « ses affaires » et dont il a garde de se mêler.

« Eh bien, Michelotto ? »

L'Espagnol caresse le pommeau de sa lame de Tolède — un geste machinal, mais ceux qui connaissent le garde du corps des Borgia l'interprètent souvent comme une menace.

« J'ai retrouvé la maquerelle. Elle s'est acheté une vigne près de Gennazano et joue là-bas les dames de bien. Elle a doté le curé pour qu'il rebâtisse l'église. Elle était si effrayée que je trahisse son passé qu'elle m'a avoué tout ce que je voulais. Elle n'a pas enlevé la petite, ce sont les parents, des paysans de la région de Nemi, qui la lui ont vendue. Elle avait treize ans, elle était pucelle. »

Cesare se tient à la fenêtre de son studio, au premier étage de la maison du Borgo. Il en a fait décorer les meneaux de verre blanc de Venise et non de vitraux, pour recevoir plus de clarté quand il y travaille. De la sorte, son profil découpé sur la blême lumière d'hiver est une ombre chinoise, qui ne livre rien de son expression. Il reçoit souvent les gens, posté de la sorte : voir mais n'être pas vu.

« Continue.

— Le jour même de son acquisition, la petite fut vendue aux enchères à des cavaliers. La vieille a dit quatre, puis trois, je ne suis pas parvenu à éclaircir ce point. Ils l'ont rendue dans un tel état qu'elle a failli passer. La maquerelle était folle de rage qu'on lui eût abîmé de la sorte une nouvelle recrue. On l'avait torturée, brûlée avec...

— Je n'ai pas besoin de détails, tranche la voix nette de l'ombre en pourpoint noir. Poursuis.

— Ensuite, une fois rétablie, elle a travaillé pour le bordel un an. Et vous l'en avez sortie.

— La femme a-t-elle dit le nom des cavaliers ?

— C'étaient Angelo Cenci, le marquis Sevriano et le prince Djem. »

L'ombre a sursauté. Michelotto Corella lui adresse un regard d'intelligence.

« Moi aussi, j'ai trouvé la coïncidence curieuse.

Ce n'est pas une coïncidence. La vieille m'a montré une lettre qu'elle avait reçue il y a près d'un an. Je la lui ai achetée. »

Il tend le rouleau à Cesare, qui le déplie :

« Ce jour, 12 février 1495, le prince Djem, frère du sultan Bajazet, est mort à Naples d'un mal mystérieux. C'est le même mal qui tua le marquis Sevriano et le baron Cenci. Vous rappelez-vous une nuit de juin 1493 où ces hommes se trouvèrent réunis chez vous ? Si vous voulez échapper à leur sort, retirez-vous dès ce jour du commerce que vous exercez et faites édifier, là où vous irez, une chapelle pour votre salut. Sinon, vous mourrez de la même horrible mort. »

« Camilla s'est donc vengée, murmure le cardinal avec une sorte de satisfaction.

— J'ai découvert en outre qu'elle achète et revend toutes sortes de bâtisses... »

La main élégante s'est levée, l'arrêtant :

« Je ne veux rien savoir de cela, Michelotto. »

L'Espagnol, dérouté, regarde son maître.

« Si cette femme voulait me trahir, je le saurais. Pour l'heure, ce n'est pas le cas et ses secrets seront respectés. C'est assez de lui avoir volé celui-ci. »

Approchant de la chandelle la lettre achetée à la Crespini, il y met le feu. En vérité, Michelotto n'y comprend rien. Ce n'est donc pas pour s'en servir contre elle que le cardinal a réclamé ces recherches ?

Le brasero se meurt et les pieds pontificaux sont gelés dans les mules fourrées. Mélancoliquement, Alexandre VI contemple les fresques de la salle des Saints. Il a chassé serviteurs, secrétaires et gardes. Parfois, en effet, il aime venir s'asseoir seul devant la représentation de sainte

Catherine de Sienne, où Pinturicchio figura toute la famille Borgia. Ainsi, il s'adresse à Lucrezia, à Juan, à Cesare, sans frein.

Aujourd'hui, ses admonestations imaginaires sont un peu moroses. Est-ce l'hiver qui engourdit et renfrogne ce fils d'une terre solaire, plus brûlante que l'Italie ? Est-ce l'âge, qui vient inexorablement et l'amenuise ? Ou sont-ce les imprécations que Savonarole, depuis la nouvelle république de Florence, lance contre lui, prédisant sa chute comme il se flatte d'avoir prédit l'invasion française ? Il faudra probablement en venir à l'excommunier, celui-là, le pape n'en aime pas l'idée, mais quoi d'autre ? Il a vainement essayé d'amadouer le dominicain avec un chapeau cardinalice. Alexandre VI aura rencontré le premier homme au monde qu'on ne puisse acheter !

Rien ne va comme il voudrait. Du diable si, dans son Vatican même, il ne se sent pas traqué ! Tous, ils le harcèlent. Cesare bien sûr, mais aussi Vanozza et Lucrezia. Cette dernière s'est toquée de Camilla Vespucci et va lui rendre visite dans la nouvelle maison où Cesare vit avec sa belle amie, presque sous les murs du Vatican. Belle, elle l'est, indiscutablement, Rodrigo Borgia en fut impressionné quand il l'a rencontrée. Courageuse en outre, loyale et point sotte. Il ne peut guère contrarier Lucrezia lorsqu'elle plaide pour sa protégée :

« Je n'ai pas d'amies de mon âge, Camilla me fait rire, j'aimerais la recevoir chez moi. Pourquoi lui condamner le Vatican ? Quant à Cesare, j'approuve qu'il veuille reconnaître son fils. Tous les grands le font et ne me dites pas : « Il est cardinal » comme si c'était un obstacle. Vous l'étiez vous-même quand nous sommes nés ! »

Alexandre VI ne peut expliquer la raison de

son refus: sa crainte que le fils de Cesare, s'il était reconnu pour Borgia, ne supplante tous les autres, ne prenne la place que le pape a dévolue, en esprit, à la lignée de Juan. Le petit duc héritier de Gandia, en Espagne, n'a pas même un an. Tant de nourrissons meurent en bas âge! Quand l'enfant sera plus grand, quand Joffré, Lucrezia, eux aussi, auront des descendants, alors on pourra reconnaître celui de Cesare.

Le pape redoute les ambitions du cardinal de Valence, sa secrète démesure. Or, chaque fois qu'il doit dissimuler ce qu'il pense, et particulièrement à ses proches, il en est troublé. Caractère expansif, démonstratif, la retenue le torture. Ainsi son visible malaise passe-t-il pour une prévention contre la Cyprina. Il est loin d'un tel sentiment. S'il ne s'agissait d'une découverte de Cesare, il la prendrait volontiers pour lui.

Giulia... Giulia ne l'aime plus. Il a voulu se le cacher, puis peu à peu, sa nature ennemie de la souffrance, de la difficulté, l'a conduit à regarder d'autres femmes. Ravir la maîtresse de Cesare toutefois voilà une sottise qu'il ne commettra jamais. Étrange fils, le plus intelligent de tous, plus intelligent que lui-même, et qui le tient sous son emprise spirituelle. Alexandre VI a besoin des conseils du cardinal de Valence.

Mais Rodrigo Borgia, lui, ne se retrouve guère à travers Cesare. Il se reconnaît mieux dans ses trois autres enfants. Lucrezia ressemble à Vanozza, qu'il chérira toujours. Juan... S'il aime tant Juan, c'est qu'il se sent face à lui protecteur, avisé — nécessaire en un mot dans son rôle de père. Cesare a-t-il jamais eu besoin d'un père? Il semble qu'il soit sorti tout armé, tout adulte déjà, de la cuisse de Jupiter.

Chapitre 5

28 FÉVRIER 1497

La dernière journée du carnaval

Il y a foule sur le Corso, bien qu'il fasse encore froid, que le crachin d'hiver n'en finisse plus de transformer Rome en cloaque. Une course de vieillards est organisée entre la place de Venise et la porte del Popolo : le vainqueur sera porté en triomphe jusqu'à San Pietro et recevra son trophée des mains du pape. Le long de l'avenue, des masques se sont répandus, loups de soie, nez de cuir de la Commedia dell'arte, bergamasques à la dernière mode, provoquant ici et là des batailles d'œufs crus — comme si la boue ne suffisait pas à les maculer —, encourageant les concurrents sur lesquels ils ont misé. C'est carnaval, prétexte à joyeusetés et mauvais tours. Des bouffons, des musiciens, des zingari se sont installés sur les places, mais les larrons aussi pullulent plus que d'ordinaire, servis par la cohue. Beaucoup de rieurs riront moins tout à l'heure, quand ils trouveront leur bourse coupée...

Cesare n'a rien à faire sur le Corso, c'est un encombrement de voitures qui l'a détourné de sa voie, alors qu'il cherchait un joaillier susceptible de lui fournir des fibules à la mode romaine pour Camilla. Ce soir, en clôture du carnaval, se donne une fête à thème au Vatican. Les invités se travestiront à l'antique, la soirée reproduisant le banquet chez Trimalcion de Pétrone.

On en respectera le menu tel que décrit dans le *Satyricon*. Une pièce de Plaute, une joute entre lutteurs seront représentées. Seuls la musique et les vers qu'on entendra seront contemporains, ce qui est bien le moins quand on a le compositeur Josquin-des-Prés ou le poète Aquilano à son service.

Le pape aime, à l'occasion du carnaval, déployer dans les rues de la ville jeux, courses et défilés de chars dont les foules sont friandes, rassembler pour des bals et des fêtes, en son palais, la noblesse romaine toujours prompte à le trahir. « *Panem et circenses*[1] », songe Cesare. Ce qui vaut pour la plèbe vaut autant pour les patriciens. Ils ne sont pas si différents qu'ils le croient dans leurs appétits, leurs faiblesses, et se ravissent de paraître au Vatican ce soir en Ascylte, en Eumolpe ou en Fortunata, personnages littéraires mais roturiers tout de même.

Camilla sera sûrement l'une des moins dévêtues et des moins peintes, sa beauté lui permet cette coquetterie. Le pape la convie à la fête. Le carnaval autorise certaines licences, qu'on s'interdit par ailleurs. Passé réjouissances et mascarades, Cesare craint qu'on ne la tienne à distance de nouveau. Néanmoins c'est un premier pas. À ce jour, seule Lucrezia, sa bonne petite sœur, reconnaît l'existence de Camilla et lui accorde son amitié. Il est vrai que des amis, Lucrezia n'en a guère et que sa vie coule morne, depuis trois ans. Son mari Sforza fut si peu son mari qu'on peut oser prétendre aujourd'hui qu'il ne le fut pas du tout, ce qui est commode pour

1. « Du pain et des jeux », le programme « social » des empereurs romains.

s'en débarrasser, mais n'éclaire pas d'un jour bien gai la vie conjugale de Lucrezia.

Rien n'est plus secrètement plaisant pour Cesare, rentrant chez elle, que d'entendre à l'occasion les rires mêlés de sa maîtresse et de sa sœur, venue la visiter. Alexandre VI se contente d'ignorer Camilla. Une chanson moqueuse, affichée sur le socle du Babuino[1], dit que « le cardinal ne parvient pas à obtenir du pape qu'il laisse entrer au Vatican sa putain ». Mais si la « putain » était celle de Juan, elle croulerait depuis longtemps déjà sous les titres et les honneurs. C'est ce qui rend Cesare amer.

Depuis six mois que Juan est de retour à Rome, il n'y en a que pour lui, fêtes, fastes, dotations. On lui confie une armée et des canons pour aller rabattre un peu le caquet des Orsini qui, en 95, étaient finalement passés aux Français comme les autres : Juan se débrouille pour se faire vaincre, abandonne son armée sous les murs de Bracciano et regagne Rome d'un air boudeur auquel son père ne peut pas résister. Il emplit impunément la ville de scandale. Quelqu'un lui dit-il un mot qui lui déplaît, il le paie de sa vie, tout simplement...

Quelques semaines auparavant, lors d'un dîner chez le cardinal Ascanio Sforza, Juan se prétendit insulté par un convive. Il quitta sur-le-champ le dîner pour venir demander à son père réparation de l'outrage — sans préciser bien sûr qu'il avait pris l'initiative des grossièretés. Cesare tenta de calmer le pape, en vain.

« Bâtard ? Oser traiter de bâtard le cousin du

1. Le Babuino (Babouin), le Pasquin, le Marforio, Madame Lucrezia étaient les statues « parlantes » de Rome, vestiges antiques au socle desquels le peuple affichait ses opinions. Un baromètre de l'humeur populaire.

roi d'Espagne? hurlait Rodrigo de tout son accent de Valence, les yeux hors de la tête.

— Mais, père, protesta doucement Cesare, c'est la vérité. »

Il songeait en même temps à son fils, qu'au nom de la même épithète insultante le pape ignore depuis sa naissance.

« Comment peux-tu dire une chose pareille ? Il faut que ces Romains sachent ce qu'il en coûte d'insulter le duc de Gandia ! » clamait Juan, regardant son frère avec rancune.

En pleine nuit, au mépris de l'immunité cardinalice, le pape envoya des hommes d'armes au palais Sforza, qui s'emparèrent du malheureux insulteur et le pendirent sur-le-champ. Cesare juge que ce crime était, plus gravement, une faute politique. Ce n'est pas seulement de la jalousie qu'il éprouve envers son frère, le préféré. Il est écœuré de sa médiocrité, des erreurs qu'il commet, du tort qu'il fait au nom des Borgia par son imbécillité scandaleuse, sa morgue de parvenu. Le pape ne peut rien lui refuser, lui pardonne tout.

La présence de Camilla, ce soir, au côté de Cesare sera mince revanche, revanche tout de même, pour lui autant que pour elle. Il déteste particulièrement qu'on l'appelle « putain » — comme Juan, qui le fait exprès sans même la connaître. C'est à ses yeux l'une des rares femmes au monde qui ne mérite pas ce titre. « Fille de rien » quand Cesare n'est « fils de personne », elle est devenue quelqu'un par elle-même. Un peu aussi par lui, et ce n'est pas la moindre de ses fiertés. Dans la maison qu'il a fait construire pour elle, Camilla règne sur la cour du cardinal de Valence. Des savants tel Carlo Valgulio, qui traduit pour Cesare les traités de Cléomène, des artistes tel Michelangelo, des poètes y viennent presque chaque jour et s'en honorent.

Quand Leonardo da Vinci passa par Rome le mois dernier, Cesare, qui voulait le voler au duc de Milan, le reçut à dîner chez sa maîtresse, dont Vinci loua les questions pertinentes. Le professeur de mathématiques de Camilla, un moine polonais nommé Copernic qui voudrait refaire le ciel à l'envers, ose exprimer chez son élève des théories hérétiques sur le soleil, centre d'un système planétaire. C'est elle qui l'en prie.

« Ainsi, non seulement la Terre n'est pas plate, mais vogue comme une nef... J'aime que la réalité soit une illusion. J'aime que l'intelligence l'emporte sur l'apparente force des choses. »

Taillant des planètes dans les tranchoirs de pain bis qui leur avaient servi à recevoir la viande du dîner, sur la table qu'elle avait débarrassée d'un grand geste des plats qui l'encombraient, elle a composé la figure du système solaire à mesure que Copernic l'expliquait. L'un et l'autre, excités, absorbés dans leur tentative de figurer le monde, avaient oublié le reste de l'assistance.

Cela justifie qu'autour de Cesare, on admire Camilla sans qu'il ait besoin de forcer une telle réaction.

En trois ans, elle a appris ce qui prendrait à d'autres une vie ; à se policer d'esprit et de corps, à deviser avec les poètes ou se battre à l'épée. Elle est le pendant de Cesare en féminin et jamais il ne l'a trouvée décevante. Ses pourpoints de brocart rouge, presque toujours les mêmes, ne sont plus l'uniforme de la courtisane mais l'emblème d'une égalité — un emblème arrogant.

Il l'a découverte dans ce bordel, lui a donné les

instruments pour se parfaire. Même sa beauté, elle lui en est un peu redevable, car il aime à la parer et chercher pour elle, partout où il passe, le bijou nouveau, le vêtement élégant qui mettront en valeur ses traits ciselés, son corps irréprochable. Il est le Pygmalion de cette petite fille insolente, qui n'avait que son insolence pour atout lorsqu'il l'a rencontrée. Orgueil d'avoir su la deviner là où tant d'imbéciles étaient passés aveugles.

L'or pur du matériau de base, l'intelligence, la force de caractère, la splendeur physique, il les a trouvés sauvages, mais déjà présents. Il admire ces qualités pour ce qu'elles sont : une aristocratie rarissime qui, si le monde était bien fait, aurait dû placer Camilla sur les marches d'un trône. Avec la même impatience qu'il a pour lui-même, il attend qu'on donne à cette femme la place qu'elle mérite.

Il s'est masqué pour sortir aujourd'hui. À visage découvert, on l'aurait identifié, bientôt poursuivi de lazzi, de projectiles divers, tout étant permis le dernier jour du carnaval. La foule, qui suit la progression de la course de vieillards, est maintenant en avant de son cheval, le passage s'est rouvert. Il pousse sa monture, dont les sabots font un bruit de succion dans la gadoue.

C'est d'abord presque sans qu'il l'enregistre que la silhouette traverse le champ de son regard. Puis vient un sentiment de familiarité. Son œil balaie de nouveau la foule travestie. S'arrête cette fois sur la figure parfaitement identifiable, quoiqu'elle aussi masquée. Pour qui le connaît, il n'y a pas dans Rome un contrefait semblable à Gennaro.

Curieux bossu, que Camilla traite en frère, non en domestique. Cesare a pris garde dès le début de le respecter, de se faire accepter par lui. Son immédiat jugement de ses semblables lui désignait en Gennaro un être possiblement dangereux. Il semble que sans l'aimer (comment Gennaro pourrait-il aimer l'amant de sa déesse inaccessible?) l'infirme ne le haïsse pas. Que fait-il à cette heure sur le Corso, masqué, glissant aussi vite qu'un chat sous la bruine?

Cesare Borgia n'est pas toujours sûr des impulsions qui le font agir, on ne saurait tout peser. Il est sûr, en revanche, d'être un favori de la fortune (les astrologues le lui ont toujours dit), que son instinct trompe rarement.

L'infirme tourne dans une venelle perpendiculaire. Cesare, sans s'engager à sa suite, l'observe depuis le coin de l'échoppe qui fait angle avec le Corso. Gennaro tire une clef d'un gousset de son pourpoint, ouvre la porte d'une maison étroite à deux étages, y pénètre. Le cardinal descend de cheval, confie sa monture à un gamin en lui promettant un ducat s'il la lui garde, la gorge tranchée s'il la lui vole (il joint à la menace un mime efficace) et s'engage à son tour dans la venelle.

Gennaro n'a pas reverrouillé la porte derrière lui, ne se sachant pas observé. Il suffit à Cesare de peser sur le loquet et de pousser le battant pour se trouver dans la maison. Ce qu'il découvre le laisse médusé: un laboratoire! Des cornues, des creusets, des fours, des chaudrons, des étagères couvertes de fioles, des claies sur lesquelles sèchent des plantes... Et des cages d'osier nombreuses, suspendues aux poutres, où s'agitent des rats. Gennaro, qui allume du feu dans la cheminée, se retourne vivement au bruit de la porte retombant sur Cesare. Tous deux s'observent en silence, un moment, séparés par l'entière distance de la salle.

« Eh bien, voilà ton secret, Gennaro, dit enfin Cesare. Camilla le sait-elle ?

— Elle sait que je suis herboriste et chimiste et que j'ai cet atelier. Je l'ai guérie, jadis, avec une de mes préparations.

— Sait-elle le reste ?

— Quoi donc ?

— Ne joue pas l'innocent. »

Cesare désigne, sur un rayon, des bocaux contenant de petits animaux morts conservés dans l'alcool. Des étiquettes ornent les vases : « Sal arsenici — le 26 novembre 93, une demi-once — Mort le 27 au matin » — « Acqua Tofana — le 12 avril 94, deux grains — Mort le 12 après deux heures » — « Lauri oleum — le 15 décembre 95, une once — Mort le 18 »...

« Tu n'étudies pas seulement les moyens de guérir.

— C'est vrai, admet calmement l'infirme. La nature ne s'est pas montrée très généreuse envers moi. Je me suis vengé d'elle en traquant ses secrets.

— As-tu tué beaucoup de monde ?

— À ce jour, j'ai plutôt sauvé. Les pauvres des hospices me connaissent. Je leur sers mes remèdes gratuitement. Voyez-vous, Monseigneur, j'expérimente d'abord mes découvertes sur les animaux. Lorsqu'elles paraissent efficaces, il me faut envisager de les appliquer à l'homme pour vérifier mes prémisses.

— Et si tu te trompes ?

— Je ne m'adresse qu'à des malheureux que la médecine a condamnés et je les préviens que je ne suis pas sûr de les guérir. Il n'y a donc pas malhonnêteté de ma part. »

Cesare le considère attentivement.

« Fort bien. Mais tes poisons mortels, les expérimentes-tu aussi de cette manière ?

— Non. Seulement sur les animaux.

— Tu as bien dû, quelquefois...

— Que voulez-vous me faire dire, Monseigneur ?

— Quand Camilla s'est servie de tes poisons, elle n'a pas manqué son but.

— Camilla n'a jamais rien fait de tel.

— Je sais tout ce qui concerne le marquis Sevriano, le baron Cenci et le prince Djem. C'est grâce à toi qu'elle les empoisonna.

— Vous vous trompez, Camilla n'est pour rien dans leur mort. C'est moi qui commis les meurtres. »

Depuis longtemps ces souvenirs lui pèsent, le tirent vers l'abîme. En des temps où les princes ne font pas merci à leurs ennemis politiques, on parle de poison dès qu'un mari ou cousin meurt sans cause apparente. Pourtant il n'y a guère au monde de chimiste capable d'isoler des principes mortels, puis de les fabriquer de sorte qu'ils tuent à coup sûr. Il est plus efficace de poignarder son ennemi et de le jeter au Tibre. Gennaro est sans doute l'un des rares chimistes à posséder une science réelle des poisons. Et c'est grâce à Camilla qu'il l'acquit.

Il possédait, depuis sa petite enfance, une bonne connaissance des plantes. Abandonné tôt, il avait vécu presque sauvage, mendiant dans les fermes, s'enfuyant des hospices où, parfois, on le conduisait : il leur préférait la forêt où l'on trouvait des grottes pour abri, des baies pour nourriture et des herbes pour remèdes. Un jour, la Crespini l'a « recueilli » — c'est « cueilli » qu'il faudrait dire, enlevé purement et simplement dans un village où elle passait. La maquerelle écumait la campagne pour dénicher des recrues, n'hésitant pas à revenir à la charge plusieurs fois dans la même maison, quand elle sentait le terrain propice. Étant passée deux jours de suite, par un rude hiver, sur la place du même bourg et l'ayant trouvé blotti dans le même coin du porche de l'église, elle en conclut que cet infirme n'était à personne, donc à prendre.

Au bordel, Gennaro travaillait comme une brute, mangeait mal, recevait des coups et devait assister à un commerce d'êtres humains qui le révoltait. Il n'avait pas eu de tendresse pour ses semblables parce que ses semblables n'en avaient pas pour lui. Chez la Crespini, il apprit la haine. De temps en temps, il parvenait à s'accorder un peu de loisir et, dans sa soupente, classait, séchait les simples qu'il avait récoltés au hasard de ses pérégrinations.

Elle arriva un matin, une petite fille perdue, et la seule chose qu'elle avait, elle la lui donna. Ensuite, quand les quatre gentilshommes l'eurent laissée pour morte...

« Quatre ? » interrompt Cesare Borgia. La maquerelle aussi disait quatre, puis s'est reprise. Il y avait donc bien un quatrième cavalier, assez considérable pour que personne n'ose le nommer.

« Ai-je dit quatre ? Ils étaient trois, Monseigneur.

— Tu mens. Mais passons, poursuis ton histoire, elle m'intéresse. »

Gennaro put sauver Camilla grâce à l'une de ses décoctions. Alors il décida de la venger, aussi. Il avait découvert dans la forêt de son enfance sauvage une herbe qui, là où elle poussait, commençait par provoquer chez les plantes voisines l'apparition de bourgeonnements monstrueux, avant de les faire pourrir et de dépeupler ainsi l'espace autour d'elle. Il choisit cette herbe pour donner la mort aux cavaliers, il voulait une mort aussi horrible que leur crime. Cenci et Sevriano ne furent pas difficiles à atteindre, ils passaient toutes leurs nuits dans les tavernes et les bordels. Il s'est attaché à leurs pas quelques jours durant, a guetté, dans chacun des deux cas, le moment propice où approcher leur cruche de vin pour y glisser le contenu de sa fiole. Le prince Djem a demandé plus d'efforts. Il était bien gardé. Gennaro dut attendre la nuit de Velletri, lorsque Camilla fit évader Cesare, pour accéder à sa tente.

« Quand je songe, soupire le cardinal presque amusé, que c'est moi qu'on accusa de cette mort — à distance d'ailleurs — comme si j'y avais le moindre intérêt... »

Camilla, sans le savoir, donnait une puissante raison de poursuivre, d'affiner ses recherches à Gennaro. Elle lui en donnait aussi les moyens. En le prenant à son service, en lui payant des gages qui lui permettaient de louer et d'installer un atelier, où elle le laisse libre de venir quand il veut. Surtout, grâce à elle il apprit à lire, car elle le fit profiter de ses professeurs. Dès lors qu'il pouvait accéder aux livres, il étudia le latin : Camilla et lui traduisaient ensembe, comme deux bons élèves le soir à la veillée, les *Catilinaires* ou les *Géorgiques*[1]. Grâce au latin, il déchiffra les livres de médecine ; les traités de Galien, le *De Vegetalibus* d'Albert le Grand, les traductions du *Canon de la médecine* d'Avicenne, des écrits grecs de Paul d'Égine ou d'Hippocrate, qui commençaient à circuler par l'imprimerie[2]. Il conforta, accrut, systématisa les

1. Les *Catilinaires* de Cicéron ; les *Géorgiques* de Virgile.

2. Hippocrate, 460-370 av. J.-C., médecin grec ; Galien, 131-201 ap. J.-C., médecin gréco-romain ; Paul d'Égine, médecin byzantin ; Avicenne (Ibn Sina), 980-1037, médecin persan ; Albert le Grand, 1193-1280, médecin allemand.

connaissances qu'il avait acquises empiriquement.

À présent, plusieurs hôpitaux le mandent en certaines occasions comme apothicaire, bien qu'il ne soit pas membre de la corporation. On a remarqué que les remèdes gratuitement distribués par lui faisaient merveille, et l'on préfère se fournir chez lui en juleps, en sirops, en électuaires... quitte à lui attirer l'inimitié des professionnels patentés. De bouche à oreille, en outre, les guéris des hospices ont colporté sa réputation, de sorte que des clients privés, sachant ses jours de visite à San Giacomo dei Spanesi ou San Giovanni dei Genovesi, l'y attendent pour lui acheter discrètement ses préparations au prix fort.

Les « champignons » de Gennaro, en effet — il s'agit en réalité de moisissures —, font merveille pour guérir le mal des Français, *las bubas*, cette peste qui se colporte avec l'amour depuis 95. Les armées de Charles VIII l'ont semée dans Naples il y a deux ans, comme s'il ne suffisait pas de l'invasion et du pillage. On accuse les mercenaires espagnols de ladite armée, auxquels le mal serait venu par les bateaux de Colombo, depuis le Nouveau Monde. Qu'importe. La peste nouvelle a gagné l'Europe entière et chaque pays désormais l'appelle du nom de son ennemi favori, mal français, mal de Naples, mal espagnol ou portugais. Il semblait vain d'espérer enrayer un fléau qui se propage de telle manière, à moins de condamner l'espèce à ne plus se perpétuer ; de fait, il s'est propagé plus vite que toutes les maladies déjà connues. On affecte d'en plaisanter, ce n'est pas mortel, quoique fort douloureux et laissant souvent de vilaines traces. Mais au fond de soi, chaque victime se sent désemparée — idée barbare que de devoir associer le plaisir d'amour à la maladie. Aussi nombreux sont-ils prêts à payer cher un remède efficace.

Gennaro ne le vend qu'aux riches, aux autres il le donne. Mais cela suffit à lui constituer une confortable source de revenus, qui lui permet d'approfondir ses recherches. Parallèlement à la chimie et à la médecine, il commence à s'initier à la chirurgie. Se presser aux leçons des professeurs d'anatomie pour voir une dissection depuis les gradins ne lui apprendrait pas ce qu'il souhaite. Il obtient, faveur discrète, d'examiner certains trépassés dans les hôpitaux qu'il fournit en remèdes — l'hospice des Français ou celui des Flamands, par exemple, parce qu'en ces pays nordiques la morale accepte avec moins d'embarras qu'on manie des cadavres pour le bien de la science.

« En fait, tu as trop de talent, constate Cesare. Sans aucun diplôme, tu es devenu, à vingt-cinq ans, meilleur apothicaire et médecin que nombre de maîtres respectés. Cette façon de passer par-dessus les hiérarchies constituées te causera peut-être des ennuis, un jour... Rappelle-toi la sage-femme, quand mon fils est né. Elle ne voulait pas te laisser assister Camilla, menaçait de te dénoncer à l'Inquisition. Si tu proposais tes services à des princes, poursuit le cardinal, tu ferais fortune. Et surtout, tu serais sous leur protection. »

Gennaro comprend l'invite à demi-mot, sourit :

« J'aime mieux ma liberté. D'ailleurs, je n'abandonnerai jamais Camilla.

— Tu veux tuer le quatrième cavalier ? »

Gennaro secoue la tête :

« Je ne veux plus jamais tuer. Même pour elle. C'est une chose affreuse, Monseigneur, un vertige qui entraîne, qui dévore l'âme. Un crime qu'on expie, le monde n'en est pas ébranlé. Un crime qu'on n'a pas payé laisse une trace indélébile, diabolique, appelle une succession.

— Tu renonces donc à la venger ?

— Elle s'est vengée à sa manière. En devenant ce qu'elle est. »

Le cardinal hoche la tête pensivement.

« Je ne suis pas sûr que cela lui suffise. Tu n'aurais pas dû te substituer à elle.

— J'ai sauvé son âme. C'est moi qui serai damné, pas elle.

— Tu l'aimes donc à ce point ?

— Et vous, Monseigneur ? N'auriez-vous pas fait ce que j'ai fait ? Si vous saviez le nom du quatrième cavalier, ne m'emprunteriez-vous pas l'une de mes petites fioles ? »

Le masque en habit noir semble broncher tel un cheval cravaché.

« Ne recevez pas cela comme une insulte. Il y a des êtres qu'on peut s'honorer d'aimer. »

Gennaro, ce n'était même pas un chien. Elle l'a regardé comme un humain, lui a rendu son âme. En échange, il peut bien la damner pour elle, au fond, cette âme lui appartient.

« Mais c'est terrible, l'enfer, Monseigneur. Je parle de l'enfer sur terre, bien sûr. L'autre... Si les sentences d'un bossu ne vous font pas rire, permettez-moi celle-ci : ne commettez jamais un crime que vous ne pourriez expier. »

Cesare Borgia, aimer ? Convoiter, conquérir, oui. Mais aimer... Il est vrai, pourtant, que Camilla ne l'a pas lassé. Il est même plus impatient de sa présence aujourd'hui que trois ans auparavant.

Ce n'est pas faute d'avoir voulu s'en distraire.

Il n'a jamais autant « enlevé de citadelles » que depuis sa liaison notoire avec la Cyprina. D'ailleurs, il ne lui en coûte pas beaucoup de peine. La marquise Cibo l'a littéralement violé, il paraît qu'elle a la passion des cardinaux et ne jouit qu'en pourpre. Sa belle-sœur Sancia d'Aragon, la femme du petit Joffré qui semble être son page, est d'un tempérament, elle aussi, à laisser peu le loisir de refuser. Il n'y avait pas trois jours qu'elle était au Vatican avec son enfant de mari, quand elle a pris Cesare par la main, un soir, dans le couloir qui menait à ses appartements :

« Venez donc, cher frère, j'aimerais vous entretenir... »

Les fils Borgia sont beaux, ils sont Borgia : il n'en faut pas plus pour que les ruelles de leur lit soient encombrées tous les soirs. Aucun de ces succès faciles ne l'a pourtant écarté de la maison du Borgo. Chaque corps offert, qui prétendait entrer en concurrence avec celui de Camilla, le révélait insurpassable. Cesare possède une Diane de Donatello en bronze qui, seule peut-être, montre la même grâce, la même parfaite harmonie des pleins et des déliés. Un beau corps, c'est comme une calligraphie, tout est dit au premier trait de plume. Si l'ossature n'est pas bien calibrée, si le muscle n'a pas la juste longueur, alors il y aura trop de creux ou trop de courbes, pas assez d'assise ou de la lourdeur. Qu'on engraisse ou maigrisse ensuite, on ne masquera pas le défaut de charpente. La maternité n'a pas touché la perfection de sa Diane, l'affirmant sans altérer les lignes de construction. Il y a presque autant de plaisir à la regarder qu'à la posséder.

Mais ce n'est pas uniquement de beauté qu'il s'agit. Ce qui fait qu'elle reste désirable, c'est qu'elle n'est jamais domptée. Elle sait jouer des obstacles qui diffèrent et ajournent, aiguisant le désir. Lorsqu'ils n'existent pas, elle les invente. Quelle autre femme a cette intelligence ? Il vient chez elle et ne l'y trouve pas, personne ne sachant où elle est partie. Il pourrait se montrer jaloux, la surveiller et la suivre, il respecte au contraire les règles de son jeu. Elle n'a pas de secrets vulgaires, cela, il le devinerait. Elle aime aussi le surprendre, s'offrir quand il ne l'attend pas — une nuit, au Vatican même, où elle réussit Dieu sait comment à pénétrer. Ou bien elle se montre sans l'en avoir averti dans des lieux publics, des circonstances solennelles qui interdisent d'avouer qu'ils se connaissent. Et se sauve s'il la poursuit.

Un jour qu'il l'a rattrapée, l'obligeant à descendre de cheval dans la campagne où leur course les avait entraînés, et qu'il s'avançait sans méfiance, croyant le jeu fini, elle a tiré son épée. Il a dû se battre pour de vrai, elle portait très sérieusement ses bottes. Ensuite, ce fut cent fois plus précieux de lui faire l'amour dans cette clairière où ils sont tombés haletants et mêlés qu'à n'importe quelle dame conquise au premier sourire.

Même lorsqu'elle cède, elle ne cède pas tout à fait. Ce n'est pas qu'elle soit froide. Il fut un temps où le plaisir qu'elle donnait n'était peut-être pas toujours réciproque. Cela s'est amendé, justement parce que Cesare n'a pas voulu l'asservir, est entré dans ses rites. Elle a désormais des abandons violents — sincères parce qu'elle ne s'abaisse jamais à mentir. Mais elle ne change pas pour autant de nature. Combien de patriciennes se démasquent en ces instants, trouvant leur plaisir dans l'abjection ? Elle disait, la petite Camilla du bordel, que nombre de ses clients aimaient se faire mépriser. Cesare connaît des princesses qui veulent de même être grossièrement chevauchées, traitées en putains. Ces natures-là, dès lors qu'elles ont trouvé le partenaire à leur convenance, s'en font un maître.

Camilla ne trouve pas son plaisir dans l'abaissement, ainsi ne pourrait-on se servir de son abaissement pour obtenir d'elle quelque chose. Quand, par curiosité de sa réaction, il essaie près d'elle certaines des façons que réclame Sancia, par exemple, elle a une manière de dire simplement :

« Oh, vous le voulez ainsi ? »

et d'y consentir avec grâce, qui rend la situation fort différente. Elle entend qu'ils le veulent ensemble. Rien avec elle n'est laid ni ridicule, parce que ce n'est pas le geste qui importe, mais qui l'esquisse et qui le reçoit. Une affaire entre personnes, non entre instruments. Pour Sancia, qui est folle de son corps musclé, délié (un corps de panthère, dit-elle, en ayant vu à la cour de son père, qu'on avait amenées des Indes), Cesare sait qu'il ne s'agit au fond que de... dimensions et que l'âne d'or d'Apulée la ferait encore mieux jouir. Camilla ne réagit pas de la sorte. C'est l'humeur dans laquelle il agit qui importe plus que ce qu'il fait. Parce qu'elle a cette exigence et parce qu'au plus fort de la volupté, elle reste Camilla, son amazone de brocart rouge, il trouve en sa compagnie plus de félicité renouvelée qu'en toute autre compagnie féminine.

Puis, il y a l'enfant. Cesare, comme beaucoup d'hommes, distinguait les familières de la maison avec lesquelles on a grandi, mère, sœurs, parentes, et les inconnues, toutes désirables. Une étrangère qui donne un enfant est la seule à réunir les deux espaces. Quand son fils est né, il a saisi ce qui peut émouvoir dans une femme.

Il ne savait rien de ces secrets de gynécée dont on écarte les mâles. La fragilité de Camilla, adolescente aux lignes minces comme l'était aussi Vanozza, et la violente épreuve à laquelle la nature l'affrontait semblaient tellement inconciliables, il crut qu'elle en mourrait. Pourtant elle parvint à se délivrer, têtue, meurtrie — et solitaire, car on l'abandonnait à ce tourment comme s'il allait de soi. La sage-femme n'entendait pas laisser officier Gennaro, qui avait préparé une tisane analgésique. Un homme! En outre, «la nature veut qu'on enfante dans la peine», disait-elle.

Révolté par les cris qui traversaient la porte, étouffés dans un oreiller mordu, Cesare entra, bousculant la sage-femme, fit boire lui-même le breuvage à Camilla. Elle s'apaisa, Gennaro s'occupa de faire naître l'enfant. Le père n'entendit pas le petit vagir, c'est bien plus tard qu'il se soucia de son existence.

Mais il n'a jamais parlé d'amour à cette femme. Il n'imagine pas ce qu'un tel sentiment, s'il le reconnaissait, changerait dans sa vie. Camilla ne cherche pas à le prier ni l'influencer, à tirer parti de sa faveur. C'est peut-être justement parce qu'il s'est gardé de s'engager par des promesses imprudentes, parce qu'il a laissé savoir dans Rome ses aventures...

Giulia voit Cesare Borgia reprendre à un gamin son cheval et remonter en selle au coin du Corso et de l'impasse des Schiavone. Il est masqué, bien sûr, comme elle-même, comme tout le monde à cette heure, mais sa silhouette féline, toujours vêtue de noir, est familière à la maîtresse du pape. Elle se rejette au fond de sa voiture, une voiture neutre, sans armoiries, qu'elle emprunte chaque fois qu'elle va... là où elle va. Cesare ne se soucie pas d'elle et ne l'aura sans doute pas remarquée, mais mieux vaut se montrer prudente.

Rome est une ville restreinte. Les rues où chacun vaque sont en même temps passages obligés pour gagner toute direction et de plus fort étroites. Sixte IV a bien condamné quinze ans plus tôt les portiques, les avant-corps, les balcons des maisons qui mordaient sur la chaussée, mais la loi n'est pas respectée. Il faudrait, à Rome, ouvrir des rues. Le pape a signé, ces derniers jours, le projet d'une avenue entre le castel Sant'Angelo et San Pietro qui portera son nom : Alessandrina. Il a le goût de laisser son empreinte, comme tous les parvenus, mais Giulia reconnaît que c'est une mesure judicieuse. Il faudrait percer bien d'autres échappées dans cette marée d'habitations. En ce moment, avec l'afflux de pèlerins qu'amène le carnaval et les réjouissances qui attirent le peuple dehors, il est devenu impossible de circuler en voiture. Impossible de ne pas tomber sur un visage de connaissance à l'heure où l'on souhaite le plus garder l'incognito...

Agacée, elle cogne à la portière pour alerter l'un des valets debout sur le marchepied.

« Vous allez m'escorter à pied, le cocher s'arrangera pour ramener la voiture. S'il nous faut attendre que la foule s'écoule, nous serons encore là demain. »

Rabattant le capuchon de sa mante sur son masque de velours noir, elle descend, essayant d'éviter de maculer sa robe dans la boue mille fois piétinée du Corso. Depuis une semaine à présent, elle n'a pas vu Baldassare ni obtenu de réponse à ses lettres. Or elle sait qu'il est à Rome; hier encore, à l'audience papale, quelqu'un rapportait railleusement la manière dont il avait gagné le matin la course de chevaux barbes organisée place Navona, montant à cru un étalon blanc, vif comme l'éclair. Et la populace avait acclamé, porté en triomphe le champion de son *rione*.

Giulia, marchant vite, à s'essouffler, parmi les badauds, prend en oblique par la Trinité-des-Monts, l'église commandée par Charles VIII lors de son passage conquérant, et s'engage dans la rue Sistina. C'est dans ce quartier tranquille que Baldassare loue la petite maison où ils se rencontrent secrètement. Elle n'est pas sûre de l'y trouver, mais elle sait qu'il y passe de temps à autre. Si les lettres adressées au palais Colonna ne lui sont pas parvenues, un message laissé là l'atteindra, en dernier recours.

Elle pèse sur le battant à tout hasard et son cœur bondit. La porte n'est pas close, il a donc eu son billet, il est au rendez-vous. Elle avance dans la pénombre de la salle, dont les volets sont demeurés clos, la traverse, va droit à la chambre. Baldassare est étendu en travers du lit, sa chemise ouverte dévoilant le poli de ses jeunes muscles, la tête pendant un peu en dehors des coussins par-dessus un bras replié. Il dort, sa chevelure de bronze suivant la pente de sa nuque renversée. Les anges ne doivent pas posséder des traits plus purs.

Un clapotis frais, depuis le coin de la pièce invisible du seuil, tire Giulia de sa contemplation. Elle avance d'un pas pour embrasser du regard l'espace de la chambre. Dans l'angle, sur une petite table, il y a une bassine de Faenza aux vives couleurs. Une fille nue plonge dans la bassine ses bras, asperge d'eau sa poitrine juvénile. Ses cheveux noirs sont dénoués.

Giulia sent ses membres se glacer, un poing pétrir son cœur. Elle reste un instant médusée sur le seuil de la chambre. Puis, d'un bond, elle se jette sur la fille toutes griffes dehors, la gifle, l'empoigne par les cheveux, la bascule à terre et la roue de coups, la traitant de putain. La fille ne crie pas, essayant de parer puis rendre les coups dents serrées, comme une qui a l'habitude de défendre chèrement sa peau. Mais le bruit de la lutte est assez violent pour éveiller Baldassare, qui s'élance aussitôt au milieu d'elles.

D'une bourrade, il envoie Giulia cogner contre le mur, la forçant à lâcher prise. Il redresse alors la fille brune, dégage les cheveux du visage en larmes, lui caresse la joue avec une douceur qui est, pour Giulia, le plus affreux des coups de poignard.

« Elle t'a blessée ? »

La fille fait non de la tête. Il la ramène vers le lit, l'y assoit, prend sur le coffre la carafe de vin entamée, lui en verse un verre, le lui donne à boire. La petite avale d'un trait, renifle.

« Ça va mieux ? »

Elle sourit. Baldassare, alors, se tourne vers Giulia à laquelle, jusqu'à présent, il n'a pas adressé un regard. Jamais elle ne lui a vu masque aussi dur, aussi froid.

« Que fais-tu ici ? »

Elle reprend souffle, atterrée :

« Mais... nous avions rendez-vous. Je t'ai écrit...

— Oh, je vois. Tu avais décidé du rendez-vous. Eh bien, j'ai peut-être reçu ta lettre, mais je l'ai oubliée.

— C'est... c'est tout ce que tu trouves à me dire, alors que je te surprends ici avec cette...

— Cette quoi ? Elle s'appelle Rosalba, elle est fileuse et s'use les yeux quatorze heures par jour dans une arrière-boutique. Je ne lui ai pas promis d'or, elle a dormi avec moi parce que nous nous plaisions. Elle n'est pas plus putain que toi...

— Baldassare !

— Elle l'est même moins. Elle, elle ne trompe ni un mari, ni un pape en venant ici. »

Giulia sent ses jambes fléchir, s'appuie au mur.

« Tu... tu l'aimes ? »

Il hausse les épaules.

« Qui parle de cela ? Rosalba est simplement jolie et tendre. D'ici un an ou deux, on l'aura mariée à quelque valet qui la battra, ou bien elle sera grosse d'un patron qui l'aura violée dans l'arrière-boutique où elle se crève les yeux. Je lui aurai, moi, donné un beau souvenir pour se consoler. »

La petite s'est rhabillée en hâte, à gestes timides, et glisse vers la porte.

« Reste ! » prie Baldassare.

Elle paraît désemparée.

« Je comptais t'emmener au combat de taureaux. Ne veux-tu pas y venir avec moi ?

— Seigneur, je ne veux pas être cause de soucis pour vous. Je préfère partir. »

Il soupire :

« Tu as peut-être raison. Je suis désolé qu'on t'ait maltraitée, Rosalba. Tu vas avoir le visage bleu, maintenant. »

Il prend, dans le fouillis de ses vêtements éparpillés sur un coffre, son masque de velours noir et l'ajuste au visage de la jeune fille.

« Voilà pour te cacher. »

Puis il dégrafe du pourpoint une broche, une

fleur de perles et de rubis, referme le poing de Rosalba sur le bijou :

« Garde-la en souvenir de moi. Tu es belle, Rosalba, et ta compagnie me fut délicieuse. Va. »

Elle sort sans oser regarder ni Baldassare ni Giulia, se sauve sans bruit.

« Jamais, dit Giulia, jamais tu ne m'as traitée de cette façon. Qu'a-t-elle donc que je n'ai pas ?

— Elle n'a rien, justement. Ni père, ni maison, ni personne qui l'aime. Sa vie sera brève et dure. Je déteste voir la beauté saccagée, je déteste que des êtres comme elle n'aient droit qu'à l'enfer sur terre.

— Les pauvres auront le royaume de Dieu.

— C'est bien commode, n'est-ce pas, de s'en persuader ? Je ne suis pas saint François, pour distribuer tout ce que je possède aux miséreux. D'ailleurs, il y a tant de pauvres à Rome, ma fortune serait une goutte d'eau dans la mer. Je suis ce que je suis, un oisif, un noceur sans vergogne. Mais il y a quelque chose que je peux donner : une vraie nuit d'amour à une petite qui n'en connaîtra pas d'autre, probablement. Non pas de plaisir, Giulia. D'amour. Vous, les grandes dames, vous n'avez pas besoin d'amour. Le plaisir vous suffit.

— Tu te trompes, Baldassare. Je t'aime. »

Il s'est laissé retomber sur le lit et la regarde, ainsi renversé, de bas en haut, à travers ses cils.

« Tu es bien incapable d'un tel sentiment.

— Pourquoi serais-je ici ? Pourquoi te supplierais-je de m'accorder un instant, quand je vois bien depuis des mois que tu m'évites de plus en plus ?

— Pour te faire sauter, ma belle. Parce que ton pape est en voie de se consoler de toi...

— Ne m'insulte pas, Baldassare, ne sois pas méchant par plaisir. Tu sais bien qu'il s'agit d'autre chose.

— Non, Giulia. Tu parles d'amour, mais tu te trompes toi-même. C'est d'appétit qu'il est question. Tu l'avoues, tu as deviné combien j'étais fatigué de toi. Si tu continues à me poursuivre, c'est parce que tu ne saurais renoncer à ce que tu estimes t'appartenir. L'amour dont tu parles est une glu, dans laquelle tu espères m'empêtrer pour me garder à toi, tout à toi. Un cadeau empoisonné, dont tu voudrais sans cesse me demander rançon. Parce que tu prétends m'aimer, il faut aussitôt que je te doive quelque chose, ma fidélité, mes pensées, mon temps... Je ne t'ai rien demandé, Giulia, je ne veux pas de ton amour ! »

Elle s'est mise à pleurer et vient s'asseoir au bord du lit, à présent suppliante.

« Je t'en prie ! Laisse-moi te voir encore de temps en temps. »

Il se radoucit, il ne s'attendait pas à des larmes :

« Allons, Giulia, quittons-nous sans rancune. Et ne pleure pas pour moi, tu as toujours dit que j'étais un voyou et c'est ce qui te plaisait... »

Elle commet l'erreur de vouloir profiter de l'avantage repris.

« Comment peux-tu supporter ces petites servantes mal lavées, il faut que tu sois un voyou, en effet.

— Ne parle pas d'elles, Giulia. Tu ne les vaux pas. »

Il se lève soudain, avec une mauvaise colère dans le regard.

« Tu as osé battre cette fille. Écoute, veux-tu savoir à la fin ? J'étais si fatigué de toi il y a deux ans déjà que j'avertis les Français du chemin que tu prendrais pour regagner Rome! Je comptais que le Borgia paierait ta rançon, puis qu'il te cloîtrerait au Vatican et te surveillerait désormais, de peur que ton cocu de mari ne te reprît! Je comptais sur le pape pour me débarrasser de toi, voilà la vérité! Quand tu surgis impromptu à Véiès, j'étais avec une fille — oui, déjà cette nuit-là — que j'ai cachée en hâte derrière une tenture, redoutant que tu n'ameutes mes invités francais. J'étais stupide, je n'aurais pas dû la cacher. Nous en aurions fini depuis longtemps, toi et moi. Car j'ai cru que mon voyage en France me ferait oublier, mais tu m'as agrippé comme une harpie dès mon retour, il y a trois mois.»

Il s'est enfiévré à mesure qu'il parlait, grisé de ses aveux. Éclatant d'un rire nerveux, il l'empoigne soudain par le bras, l'entraîne, ouvre la porte et la pousse violemment dehors:

«Va-t'en donc, à la fin! Que je ne te revoie plus! Va rejoindre ton Borgia de pape, ton Orsini de mari ou le diable s'il veut de toi! Va!»

Derrière la porte claquée à grand bruit, elle entend rouler, terrible, un rire qui semble ne plus pouvoir s'éteindre.

Camilla se rejette vivement en arrière pour échapper au chou lancé de nulle part qui vise la belle dame masquée descendue dans la rue sans escorte. Elle pousse la porte de l'échoppe du passementier, dont la boutique est vide, grimpe à l'étage par l'escalier raide.

«Mon père n'est pas là? demande-t-elle, découvrant les trois femmes seules près de la cheminée.

— Il est allée baguenauder sur le Corso, sans

doute, répond Philomena dans un reniflement méprisant.

— Je vous apporte des friandises, dit-elle, posant sur un tabouret le panier qu'elle tient par l'anse, entouré d'un linge.

— Les rogatons dont tes servantes n'auront pas voulu ? » méprise Antonia.

Camilla ne répond pas. À quoi bon ? On lui fait toujours grise mine, on lui demande de se cacher pour leur rendre visite car, dit Philomena, « mes filles, elles, sont honnêtes et si je veux les marier, je dois laisser les prétendants ignorer que leur sœur est une putain ».

Camilla se rebella contre ces reproches un jour :

« Il ne fallait pas me vendre à la Crespini ! »

Sa belle-mère, alors, a joué une scène de pâmoison impressionnante. Camilla osait-elle insinuer un seul instant qu'elle, Philomena, savait le commerce de la Crespini ? Elle avait été trompée, croyant de bonne foi que sa belle-fille serait servante chez une digne bourgeoise. Mais Camilla aurait-elle eu quelque vergogne, elle serait rentrée chez ses père et mère aussitôt, pour échapper au bordel ! Au lieu de quoi elle avait accepté son sort sans difficulté...

Et de rouler à terre, et de s'évanouir, et d'en appeler à maître Niccolo, passementier de son nouvel état :

« Mon mari, voyez comme votre fille me traite ! Croyez-vous qu'il n'y a pas de quoi mourir de chagrin et de honte ? »

Camilla comprit qu'elle n'aurait jamais gain de cause. Il lui fallait accepter de n'être remerciée de rien et traitée en « chienne de Babylone », comme disait Philomena.

« Je voudrais vous acheter quelques galons

d'or dont j'aurais besoin ce soir pour un bal, dit-elle, imperturbable.

— Tu vas donc au bal, quand tes sœurs n'ont pas de quoi s'offrir des souliers neufs ?

— Un bal au Vatican ne se refuse pas.

— Le pape invite des putains, à présent ! Il est vrai que ce pape-là est l'Antéchrist.

— Et que son fils, le cardinal, est mon amant.

— Dieu nous protège ! » soupire en se signant Philomena.

Lucrezia essaie le costume qu'elle portera ce soir, celui d'une patricienne romaine. Sa tunique sera de lamé d'or bordé de velours noir, sa cape de brocart et, la parsemant, des rubis brilleront sur sa chevelure. Elle se regarde dans le miroir de son nouveau cabinet florentin et pioche parmi ses pots à onguents. Elle, qui d'habitude laisse le maquillage aux moins jeunes et aux moins fraîches, a décidé de se farder, puisque c'est carnaval et puisqu'il paraît que les dames du temps de Pétrone se peignaient généreusement. Elle a envie de s'amuser, d'avoir dix-sept ans. Ces dernières années furent souvent mornes, les années de la chrysalide, quand le corps et l'âme en train de se faire tiraillent à toutes les jointures.

Sur les coffres sculptés de sa chambre et sur la courtepointe brochée de son lit, sont étalées des écharpes, des ceintures parmi lesquelles elle n'a pas encore choisi. Cela jette dans la pièce de chaudes couleurs. Mais la chambre est chaleureuse de toute façon, avec ses vitraux multicolores, ses tapisseries à fond clair, ses miroirs, sa cheminée où crépite un feu qu'alimentent, pour le parfumer, des pommes de pin.

Dans le miroir, en réalité, ce n'est pas sa

propre image qu'observe Lucrezia. C'est le reflet de son mari Giovanni, assis sur une cathèdre, qui la regarde s'habiller d'un air maussade. Elle s'énerve avec la fibule de sa tunique, s'en prend à sa servante Penthesilea :

« Ne vois-tu pas que tu m'as coincé les cheveux dans l'épingle, maladroite ? »

C'est à Giovanni qu'elle en veut.

« Donc, vous ne serez pas avec moi ce soir, chez mon père ? Comment croyez-vous qu'on prendra cela ? En vérité, vous ne cessez de fuir votre femme et vous voulez ensuite qu'on n'en jase pas.

— Rentrons à Pesaro, c'est là qu'est notre place.

— Notre place est au Vatican, où mon père vous donne une charge et vous comble de ses amitiés.

— Il n'y a que vous pour croire en la sincérité de telles démonstrations. »

Des larmes montent aux yeux de Lucrezia, qui ne supporte pas qu'on effleure sa famille du moindre reproche.

« Que voulez-vous dire ?

— Je veux dire que votre père espère nous divorcer, tout le monde le sait dans Rome.

— Et quand cela serait ? s'insurge-t-elle. N'êtes-vous pas un homme pour vous en défendre ? Au lieu de courir vous cacher à Pesaro comme vous l'avez fait l'an passé, ne pouviez-vous affronter la rumeur ? Vous savez, vous, que nous sommes bel et bien mariés. Si vous le maintenez, je le maintiendrai, et mon père avec moi. Il ne vous demande qu'une chose, en vous conviant à toutes ses fêtes, c'est d'avoir l'air d'être mon époux, heureux en ma compagnie. Est-ce si difficile ? »

Elle est lasse et singulièrement mortifiée de

devoir toujours supplier Giovanni pour qu'il consente à ne pas la laisser seule.

« Suis-je repoussante, à la fin ? »

Elle a tiré sur l'épingle trop sèchement, arrachant la fine soie de la tunique.

« Ce n'est rien, madame, rassure Penthesilea, je vais réparer l'accroc.

— Il ne s'agit pas de vous, Lucrezia, soupire Giovanni. Votre frère Cesare veut que votre père abandonne le parti de Milan pour celui d'Aragon. J'ai donc cessé d'être utile.

— Vous vous trompez sur le pouvoir de mon frère. Moi aussi, je sais obtenir de mon père ce que je désire. Je ne suis pas une poupée de chiffons qu'on se passe de main en main. On m'a forcée à ces noces, mais à présent je suis votre femme, c'est dit, je le resterai. »

Giovanni la dévisage, indécis.

« Ne vous fera-ton pas changer d'avis ?

— Moi, non, affirme-t-elle. Mais vous ? »

Son regard fléchit. Il a peur, voilà des mois qu'il a peur. De quoi diable, à la fin ? Elle s'encolère de nouveau.

« Ne me forcez pas à le dire.

— Si, je vous y forcerai ! Je suis lasse de ces sous-entendus, de ces dérobades. Quelle pensée dissimulez-vous ?

— Je suis revenu ici à Santa Maria in Portico dans la nuit du 17 avril dernier, où vous ne m'attendiez pas si tôt. »

Il s'est arrêté là, comme si elle devait comprendre.

« Eh bien ? s'agace-t-elle, tapant du pied.

— En passant devant les appartements de votre frère Cesare, j'ai entendu des chuchotements qui ont avivé ma curiosité... »

Lucrezia continue de ne pas voir où il veut la

mener, s'irrite de son embarras et le presse, si bien qu'il entre en colère à son tour :

« Ne savez-vous pas mieux que moi ce que j'y ai vu ? N'était-ce pas vous, Lucrezia, qui étiez cette nuit-là en compagnie du cardinal, du cardinal votre frère... »

Il bafouille, s'empêtre dans sa phrase :

« Non comme une sœur... mais comme... mais comme... »

Lucrezia comprend soudain et ouvre des yeux immenses, épouvantés, en même temps que la servante, pourtant accoutumée à se faire oublier, laisse fuser un petit cri — mais aucun des deux époux ne songe à le remarquer.

« Êtes-vous totalement fou ? s'atterre Lucrezia. Vous osez prétendre que... Ces histoires à dormir debout comme dans les contes de nourrice qu'on me disait enfant, vous y ajoutez foi ? Vous, Giovanni Sforza, seigneur de Pesaro, mon mari ?

— Je crois ce que j'ai vu ! se bute-t-il.

— Vous avez rêvé ! Vous avez cru voir parce que c'est vous, Giovanni, vous et non moi qui avez l'esprit corrompu ! Vous n'avez pas su être un mari, il faut donc que se soit ma faute !

— Allons donc ! Ma première épouse est morte en couches, je n'ai rien à prouver sur ce point.

— Je ne parle pas de cela. Faire un enfant, ce n'est pas difficile. Mais se conduire en homme, c'est autre chose. Vous n'avez jamais eu de caractère, Giovanni.

— Quand on me tuerait, je ne démordrais pas de ce que j'ai vu.

— Taisez-vous ! » hurle-t-elle, et elle s'arrête en même temps au son de son propre cri, surprenant. Jamais la douce Lucrezia ne s'est emportée de la sorte.

« Vous n'êtes peut-être pas coupable, on vous a

peut-être... contrainte. Mais votre famille est dénaturée. »

Lucrezia le considère, étonnée de sentir en lui l'accent de la sincérité. Qu'est-ce qui a pu le persuader d'une telle absurdité ? Que des commères la colportent au Campo dei Fiori, ce n'est pas étonnant, le peuple a toujours forgé des fantasmagories sexuelles sur ceux qui le gouvernent ; dans les contes des nourrices, en effet, les rois convoitent leurs filles, les ogres leurs sœurs. Mais que son propre mari croie cela... Soudain, l'explication l'éblouit.

« Vous êtes si rarement à Rome, dit-elle à Giovanni, que sans doute vous ne connaissez pas la Cyprina, Camilla Vespucci ?

— J'ai entendu parler d'elle.

— Mais vous ne l'avez jamais vue ?

— Quel rapport...

— Elle me ressemble. C'est une chose dont tout Rome a jasé. On a dit, justement, que Cesare l'aimait pour cette raison. S'il n'a pas de maîtresse, c'est qu'il m'aime, et s'il en a une, c'est encore qu'il m'aime, cela va de soi ! En fait, on imaginerait mal natures plus différentes que les nôtres. Mais quant à l'apparence, il est vrai que l'on peut, dans l'obscurité, s'y tromper.

— Vous moquez-vous de moi ?

— Venez donc se soir à la fête du pape, Giovanni. Elle y sera, vous jugerez par vous-même si c'est elle que vous avez surprise chez mon frère en avril.

— Pourquoi se serait-elle cachée derrière une tapisserie quand elle m'a vu surgir ?

— Parce que mon père n'a jamais admis sa présence au Vatican. Aujourd'hui, elle y viendra pour la première fois. Si elle se trouvait chez Cesare le soir où vous l'avez vue, c'était donc tout à fait clandestinement. En habit d'homme, je parie?

— Comment le savez-vous?

— Camilla est presque toujours ainsi. Mais moi, Giovanni, m'avez-vous vue une seule fois dans un tel costume? Imaginez-vous une raison pour laquelle, dans mon propre palais, à la nuit, je pourrais me déguiser en homme pour aller voir quelqu'un de ma famille? Si j'étais la dévoyée que vous dites, je le serais impunément, nul ne trouverait anormales mes allées et venues auprès de mes parents. La meilleure façon de me faire remarquer serait assurément de me déguiser en garçon!»

Il hésite, ébranlé. Mais renonce à savoir, il a peut-être besoin de ses griefs pour se sauver à ses propres yeux.

«Non, je n'irai pas. On s'est assez moqué de moi dans Rome. Vous vous montrerez à cette orgie si vous voulez, pas moi.»

Il sort, sans la saluer, sans attendre sa réponse.

Giulia, d'abord, a songé solliciter Don Michele Corella. L'homme la convoite avec une violence palpable. Giulia est sûre, si elle lui cède, d'obtenir qu'il trucide qui elle voudra. Cette manière de la dévisager, quand il se croit sans témoins au Vatican! Il la glace d'effroi mais ce n'est pas un effroi sans volupté, elle aime provoquer des appétits fougueux, étant elle-même emportée dans ses désirs. L'audace de Baldassare l'avait séduite autant que sa beauté. La maîtresse du pape prend plaisir aux tempêtes qu'elle soulève chez l'exécuteur, au rouge qui le colore jusqu'au cou, à sa respiration raccourcie quand, d'un air innocent, elle l'appelle dans sa chambre le soir, jouant les craintives, pour qu'il vérifie que ne s'y cache pas d'assassin.

«Mon mari Orsino, dit-elle en manière de prétexte, est ucléré de jalousie, prêt à tout pour me séparer du pape.»

Et comme le pape croit lui-même ces sornettes, il pousse Corella le tout premier à ne pas quitter Giulia d'une semelle. D'esprit calculateur, elle a toujours songé, outre sa satisfaction de le troubler, qu'un si habile espion, qu'un meurtrier si discret pourrait un jour lui devenir utile.

Réflexion faite, elle préfère s'abstenir. Don Corella est un fauve. On colporte des histoires cruelles sur ses vengeances amoureuses. Si Giulia le prie d'exécuter un beau gentilhomme sans motif politique patent, il conclura que c'est un amant et sera capable de retourner sa férocité contre elle. Mieux vaut le tenir à l'écart de cette affaire, quitte à stipendier des inconnus.

Ils sont sur leur terrain, ici, au bord du fleuve, et elle n'a que les deux valets d'escorte dans la voiture. Ils la regardent avec une menace dans l'attitude de leurs corps ramassés, prêts à la détente, fermant autour d'elle un cercle peu rassurant. Giulia n'a pas peur. Elle laisse voir le manche de sa dague à sa ceinture, par un geste qui entrouvre sa mante.

«Je n'ai pas l'or sur moi. Je ne vous paierai qu'une fois le coup fait.»

Les gueux pèsent la chance qu'ils ont de lui voler quelque chose de précieux tout de suite, et elle sent dans le flottement du cercle qu'elle a gagné.

«Il sera ce soir à la fête des Fiano. Vous attendrez qu'il en sorte. Je vous le désignerai. Je me posterai dans ma voiture aux abords du palais. Vous ne saurez pas son nom, il vous suffira de le tuer.»

Elle veut être présente, voir ce que deviendra son insolence devant la mort. S'il demandera pardon de ses péchés à Dieu. Elle garde encore dans les oreilles ses insultes, il lui semble qu'elle les entendra toujours, avec ce mauvais rire, quand il l'a jetée dehors. Jetée dehors, oui, comme une servante qu'on chasse, comme une mendiante importune. Elle ne veut pas se donner le temps de réfléchir, de s'attendrir, de se reprendre à l'aimer, elle veut s'enivrer de la haine tant qu'elle est encore chaude. Elle sera là ce soir, aux abords du palais Fiano, pour le voir assassiner.

« Je le veux mort, bien mort, entendez-vous ? Je ne paierai qu'à cette condition. Attaquez-le à dix s'il le faut, il est brave et sait se battre.

— Madame, dit celui qui semble le chef, un flandrin à barbe noire, dix hommes, cela signifie dix parts.

— Est-ce que cent ducats ne te suffisent pas ?

— S'il faut s'y mettre à dix, non.

— Tu en auras cinq cents. À présent, va. Et rendez-vous ce soir, au palais Fiano. »

CHAPITRE 6

28 FÉVRIER 1497

La dernière nuit du carnaval

JUAN sait qu'il sera parfait en Ascylte[1]. Il est bâti à l'antique, un éphèbe. Il n'a pas pu résister toutefois au plaisir d'agrémenter sa tunique simplissime de quelques pierres précieuses grosses comme des œufs de caille. En entrant dans les appartements Borgia, il se demande quelles jolies femmes seront présentes à la fête, quelles jolies femmes qu'il n'ait pas eues, s'entend, car depuis qu'il a regagné Rome et qu'il est débarrassé de son épouse espagnole — gentille, mais tellement espagnole, prude et religieuse à faire peur — il s'est dépensé sans compter. Il n'y a pas de beauté nouvelle en ville (étrangères ou provinciales récemment arrivées, jouvencelles encore enfants lorsqu'il est parti pour Madrid) qu'il ne se flatte de connaître au sens biblique du terme.

Les salons à fresque constituent un décor assez antique (si l'on ne s'appesantit pas sur les dorures) pour qu'on se soit contenté d'aligner le long des murs des lits à la romaine, laissant au centre l'espace où les serviteurs porteront les plats, où les lutteurs jouteront, où les histrions

1. Ascylte, Trimalcion, le soldat d'Éphèse... sont des personnages du *Satyricon* de Pétrone.

représenteront l'*Aulularia* de Plaute et où, après le plantureux dîner, on dansera cette fois les dernières danses à la mode. Les participants — fort nombreux, plusieurs centaines — sont masqués, perchés sur d'invraisemblables cothurnes, emperruqués. Le pape s'est déguisé, avec une ironie qui suscite des murmures connaisseurs, en Trimalcion. Bien entendu, c'est une idée de Cesare. Juan proposait à son père la foudre de Jupiter.

« Ce ne serait pas de jeu, protesta Cesare. Jupiter n'est pas dans le texte de Pétrone. Puisque tous ces barons romains vous traitent de parvenu, désarmez-les. Soyez le parvenu Trimalcion, placez-les dans la situation des patriciens du *Satyricon* qui viennent s'empiffrer chez lui et n'ont donc que le droit de se taire... »

C'était une bonne idée, mais les bonnes idées de Cesare agacent toujours Juan. Il essaie de reconnaître les dames alentour malgré leurs masques. Une aubaine que cette fête romaine avec ses tuniques dévoilant bien des choses. Il repère très vite Giulia Farnese, qu'il n'a jamais eue mais qu'il a vue si souvent que sa démarche, le dessin de sa nuque lui sont familiers ; et Sancia d'Aragon, dont l'anatomie lui est des mieux connues, car il s'est accordé le plaisir de l'enlever à Cesare.

Soudain, parmi toutes ces chairs indifférentes ou déjà goûtées, une merveille. Un corps à damner Michelangelo — dont on sait pourtant que les femmes le laissent froid. Juan en reste stupide, bouche bée. Une chevelure de ce cuivre vénitien fort rare au naturel, nouée en chignon ; une tunique entièrement blanche ; rien d'autre, pas un bijou, pas un ruban, pas de rouge. Mais tant de splendeur, en effet, se suffit à soi-même.

Il ne la connaît pas, il en est sûr. Sous le loup

de velours, impossible de rien deviner du visage, sinon des yeux très clairs, verts, aussi sublimes que le reste. Ne pas s'échauffer l'imagination. Attendre minuit, quand les masques tomberont. Après tout, elle a peut-être un bec-de-lièvre ou des cicatrices du mal français. Attendre minuit, en cherchant à savoir son identité.

Cette peine lui est épargnée. Son frère Cesare, qui s'est costumé en soldat d'Éphèse (toujours sobre, le cardinal...), s'approche à l'instant de la belle inconnue et se penche à son oreille. Juan n'entend pas ce qu'il lui dit et comprend à peine le prénom. Mais le geste discret qu'il saisit, la caresse à l'épaule d'ivoire, lui révèle la nature du lien entre son frère et cette femme. Il devine que le prénom chuchoté devait être « Camilla », que cette merveille est la Cyprina, la célèbre amie de Cesare.

Voilà qui rend l'enjeu beaucoup plus piquant. Juan et Cesare se détestent depuis toujours. Cesare avait à huit ans, déjà, une tête de coupable. À présent, c'est une tête d'assassin. Durant toute leur enfance, il a payé, pour cette seule raison, les méfaits de son frère. Quand d'aventure il parvenait à se disculper, Juan n'était pas corrigé pour autant. On disait à Cesare :

« Puisque tu es l'aîné, tu aurais dû l'en empêcher »,

ou :

« Il est trop petit pour comprendre. »

La plupart du temps, les accusations de Cesare passaient pour le fruit d'une imagination déjà méchante, dévoyée. Juste avant sa mort, son aîné Pedro-Luis lui offrit un étalon arabe pour ses douze ans. Juan n'en avait que dix et montait médiocrement, ses cajoleries pour qu'on lui cédât le joli pur-sang blanc échouèrent cette fois.

Ulcéré, il mit le feu à l'écurie. Le cheval, fou de terreur, se cassa les jambes dans sa tentative de fuite. Il fallut l'abattre.

Cesare ne manifesta rien publiquement, ce qui fit dire à leurs parents décidément aveugles : « Il a le cœur bien dur... »

En secret, il pleura, à sanglots convulsifs. Et quelques jours plus tard, acculant Juan dans la stalle même qu'avait occupée le cheval sacrifié, lui fracassa le mollet d'un coup de bâton :

« Tu as de la chance, toi, dit-il, on ne t'abattra pas pour autant. »

Il fut puni de verges, enfermé pendant deux semaines au pain sec et à l'eau, son précepteur l'obligea de recopier en grec toute *L'Iliade*. Une nourrice essaya bien d'expliquer qu'elle avait vu Juan mettre le feu à l'écurie, on ne la crut pas. Juan la fit renvoyer en accusant la femme de l'avoir « attouché ».

Il y a des années que le ressentiment, entre eux, s'aggrave. Juan sait que son frère était blême de rage quand c'est à lui qu'on a transmis l'aînesse. Plus blême encore quand le pape a donné une armée à Juan pour aller battre les Orsini. À présent Alexandre VI veut lui céder tous les fiefs qui entourent le royaume de Naples, Bénévent, Terracine, Pontecorvo ; et le cardinal Cesare devra, en consistoire, appuyer cette décision... Il ne manquerait plus à Juan, pour le bafouer totalement, que de lui voler sa maîtresse. La marquise Cibo ou Sancia n'étaient pas des victoires importantes, de simples coups de griffe à l'amour-propre. La Cyprina, c'est autre chose. Cesare l'a pour lui seul depuis trois ans. Dans Rome la commère, on peut croire la rumeur d'une fidélité, ce n'est qu'après l'avoir bien vérifiée qu'on la colporte.

Juan ne s'est jamais appesanti sur les motifs

de sa haine envers Cesare. S'il est logique que le cardinal de Valence lui en veuille de cent injustices subies par sa faute, la réciproque n'est pas vraie. Juan a tout ce qu'il désire et l'emporte toujours sur son frère. Mais il s'applique aussitôt à chasser la question, en vidant une coupe de malvoisie. Il faudrait s'avouer un sentiment curieux et inconfortable : celui de sa propre nullité.

Si Juan affecte de mépriser l'étude et les savants, c'est qu'il s'est révélé tôt incapable de rien comprendre au grec ou aux mathématiques. Cesare, lui, fut toujours intellectuellement brillant. De même qu'il se montrait meilleur cavalier, meilleur escrimeur que son cadet.

La campagne contre les Orsini, Cesare en avait dressé le plan avec le duc d'Urbino — qui en fut le capitaine officieux. Justement parce que c'était le plan de Cesare, Juan s'est appliqué sans cesse à donner des ordres qui le contrariaient. Moyennant quoi, il fut non seulement battu mais ridiculisé dans l'aventure. Si l'on avait confié cette campagne à Cesare, les Orsini seraient sous le joug. La politique du pape, depuis son élection, vise à écraser les grandes baronnies tout en consolidant le royaume des Aragon de Naples, en vue d'en faire le royaume d'Italie. Le mariage espagnol de Juan, le mariage aragonais de Joffré, le remariage, toujours aragonais, qu'on projette pour Lucrezia, sont pensés dans le même dessein : lier les Borgia au trône de Naples, de sorte qu'ils y puissent un jour prétendre.

Juan, qui serait bien incapable d'avoir conçu cette stratégie et menace souvent de la ruiner par ses actes inconsidérés, doit un jour en recueillir le fruit : c'est lui que le pape songe à placer sur le trône convoité. Cesare, étant cardinal, ne peut pas régner.

Ce triomphe, cependant, aura goût d'amertume pour le duc de Gandia. Car l'intelligence qui ourdit la toile d'araignée pontificale, c'est justement Cesare, nul autre. C'est Cesare qui veut faire les Borgia rois d'Italie, c'est grâce à lui seul que le projet peut advenir. En public, le cardinal s'habille de noir laïque ou se laisse oublier parmi la pourpre du conclave, tandis que Juan étale ses pourpoints d'or et ses bijoux. C'est Juan qui siège à la droite du pape aux audiences et solennités, qui chevauche au côté de la tiare entre les haies de vivats. Dans les conseils privés, on le fait taire et Cesare gouverne. Personne ne se trompe vraiment sur les capacités de Juan, même pas son père qui se sent coupable chaque fois qu'il lui cède et va prendre conseil de Cesare pour aussitôt réparer cette faiblesse. Cesare, toujours Cesare, « le plus intelligent de la famille ».

Juan n'a pas une nature à se sonder lui-même trop longtemps. Qu'importe de savoir pourquoi l'on désire ce qu'on désire ? Il s'agit de l'obtenir. La Cyprina se trouve allongée sur un lit très éloigné du sien, de l'autre côté de la pièce. Il va falloir attendre la fin des agapes pour l'aborder.

Lucrezia était si bouleversée de la scène avec Giovanni, de ses insinuations, qu'elle s'est demandé jusqu'au dernier instant si elle aurait la force d'assister à la fête. Penthesilea l'a finalement persuadée :

« Vous êtes jeune, belle, mais triste. Amusez-vous, un jour il ne sera plus temps. Quant aux accusations de votre mari, qui sont folles, si vous les laissiez vous émouvoir, vous auriez l'air d'avouer quelque culpabilité. Montrez-vous insouciante au contraire, vous les désarmerez. »

Elle s'est donc parée, a rassemblé son courage pour traverser les quelques mètres de couloirs qui séparent Santa Maria in Portico du Vatican. Agressée par la bouffée de chaleur et de bruit qui lui saute au visage à l'entrée de la grande salle, elle manque rebrousser chemin, s'arrête sur le seuil.

Un camérier de son père, un jeune Espagnol nommé Pedro Calderon qui fait souvent l'intermédiaire entre les deux palais, se trouve là. Il vient vers la silhouette fragile :

« Madame, êtes-vous souffrante ? Puis-je quelque chose pour vous ? »

Elle sourit.

« Merci, Perroto, ce n'est rien. »

C'est le nom d'amitié que lui donne le pape et puisqu'ils se sont reconnus sous le masque...

« En bonne logique de carnaval, madame, remarque-t-il pourtant en s'inclinant devant elle, nous ne devrions pas révéler nos identités avant minuit.

— C'est que, Perroto, je n'ai pas le courage de feindre. Je me sens si seule ce soir, les masques aggravent encore mon sentiment.

— Le comte de Pesaro ne va-t-il pas vous rejoindre ? »

Elle se mord la lèvre sans répondre et, discret, Calderon fait diversion.

« Votre père vous a placée près de la signora Vespucci. On dit que vous l'honorez de votre amitié. Vous ne serez donc pas aussi seule que vous le redoutiez. »

Le visage de Lucrezia s'éclaire.

« Quelle bonne nouvelle, en effet ! J'ai un engouement pour cette personne. Elle est belle, elle me fait rire, elle sait toujours des nouvelles incroyables. Figurez-vous... »

Lucrezia baisse le ton, se penche un peu vers l'Espagnol :

« ... Figurez-vous, Camilla le sait de source sûre, que la terre tourne autour du soleil et non le contraire, comme nous sommes assez naïfs pour le croire ! »

Ils rient et Lucrezia sent un peu du poids qui l'oppresse se lever. Elle aime bien ce Calderon, récemment arrivé de Catalogne, qui sait parler des orangers du pays à vous en faire respirer l'odeur...

« Je vous ai entendu l'autre soir, chez mon père, chanter en vous accompagnant du luth une chanson catalane bien jolie. Voudrez-vous me l'apprendre ? » lui demande-t-elle.

Il pose sur elle son regard de feu sombre, serti par le masque :

« Quand il vous plaira, madame. »

Lucrezia le salue et marche jusqu'au lit qui lui est dévolu, ayant reconnu Camilla sous son loup. Tandis qu'elle marche, un frisson perdure au long de sa nuque, né du regard que Perroto, elle le sent, garde fixé sur elle. Lorsqu'il ne se croit pas observé, il la considère ainsi, pensif et fervent. Lucrezia l'a remarqué depuis longtemps. Cette discrétion ne ressemble guère aux attitudes masculines courantes autour d'elle et lui plaît. En outre Pedro Calderon est beau comme on sait l'être en Espagne, fin comme l'ambre, pétri d'orgueilleux sang catalan... Oh, si seulement son mari voulait la regarder de la sorte !

Camilla redoutait de rencontrer Gandia, le quatrième cavalier, durant la fête où Cesare semblait impatient de la montrer. L'esprit et la chair ne vont pas toujours le même chemin. On peut décider, en son âme, qu'on oubliera, qu'on a oublié. Si le corps veut, lui, se souvenir, se rétracter d'horreur, se glacer de honte? Elle s'attendait, dans une certaine mesure, à ce que son corps la trahît. Quand de surcroît il fut évident, au premier regard que le duc a posé sur elle, qu'il la convoitait plus que toute femme présente, le malaise de Camilla s'est fait compact, oppressant.

Elle a tenu bon pourtant, plaisantant avec les uns et les autres, se donnant pour étai la tranquille fierté de Cesare, se réchauffant de l'enjouement montré par Lucrezia — qu'elle devinait, Dieu sait pourquoi, à peu près aussi perdue qu'elle-même. Le repas, la représentation théâtrale, le bal enfin, se sont succédé dans un brouillard miséricordieux.

Une seule circonstance, dans ses anticipations les plus angoissées, n'était pas envisageable: que Juan pût la reconnaître. En quatre ans, elle a beaucoup changé, les épreuves, l'enfant, le temps simplement, l'ont faite femme. Gandia connut mille aventures depuis cette nuit-là. Quel souvenir pouvait lui laisser une petite putain que s'étaient partagée quatre hommes ivres? Camilla ne craignait pas de déposer le masque à minuit, quand les cloches de Rome annonceraient le carême.

Le sort joua contre elle. À l'instant qu'elle ôtait son loup, permettant à Juan de la dévisager avidement, une dépitée glissa, près de l'oreille du jeune duc:

«On dit qu'elle a commencé sa carrière il y a quatre ans, dans un infect bordel du Ponte, chez une Crespini. C'est là que le cardinal l'a dénichée.»

Camilla, elle aussi, reçut la méchante phrase, portée par ce chuchotis particulier, plus sonore que les cris, qui désire être entendu de loin. Elle vit dans les yeux de Juan affleurer la brume d'un souvenir; la vision se préciser; puis éclater enfin dans sa mémoire, en même temps qu'il souriait d'un air d'atroce triomphe.

Elle a cherché les moyens de l'éviter. N'avoir pas à lui parler, surtout. Mais le duc de Gandia désirait évidemment le contraire. Elle a pu refuser les danses jusqu'à ce que le pape en personne l'invitât — sur la sollicitation de Juan. Alors elle a dû consentir à se placer dans la pavane. Il a calculé lui-même où s'inscrire dans la figure pour se retrouver, après un tour, son second cavalier, celui qui la gardera jusqu'à la fin... Il ne la quitte pas des yeux.

« Nous nous connaissons, signora, dit-il, faussement mondain. Je ne m'en doutais pas avant minuit, mais à présent je me rappelle parfaitement les circonstances de notre première rencontre. »

Le regard la viole.

« C'est très désobligeant de ma part de ne pas vous avoir reconnue plus tôt, j'espère que vous voudrez bien me le pardonner. Une telle circonstance, dans la vie d'une demoiselle, laisse la plus grande impression, dit-on. »

Une figure la sépare de lui, la replace en face du pape, qui n'est qu'à sa joie de danser et lui sourit aimablement. Elle ne parvient pas à tirer les muscles de son visage pour répondre. Le retour symétrique de la figure rend sa main droite à la main gauche de Juan, qui poursuit son monologue, sans aucun souci d'être entendu à la ronde :

« Le vrai premier n'a pas compté, n'est-ce pas ? Son instrument ne provoquait sans doute pas les mêmes sensations que le mien. »

Elle voudrait vomir, mourir. Chaque mot qu'il prononce saccage un pan de ces trois années de courage édifié pierre à pierre. Non seulement il ranime des blessures, mais il en ouvre de nouvelles. Jusqu'à cet instant, elle ne se rappelait pas vraiment les trois qui vinrent après Djem. On l'avait trop battue, terrifiée, soûlée de vin et de cris. Des lambeaux de leurs visages, surnageant comme au sortir d'un rêve, lui révélaient qu'eux aussi l'avaient forcée, mais son corps ne le savait plus.

Le regard qui la tient sous son emprise est un regard qui se souvient des moindres détails. Et qui les ressuscite. Comme lorsque la brume se lève sur la campagne, révélant peu à peu le rapiéçage des champs, les clochers voisins, les montagnes bleues du lointain, Camilla voit réapparaître le costume rayé noir et pourpre qu'il portait, la lourde chaîne d'or oscillant à son cou, le poing qui serrait sa gorge; elle sent l'haleine de vin au-dessus d'elle et le goût pierreux du sang dans sa bouche; elle entend des insultes ordurières.

« Mon frère Cesare, ce cher cardinal, sera sûrement ravi d'apprendre combien intimement vous et moi nous connaissons... Et maintenant que je vous ai retrouvée, nous allons être très, très amis, tous les deux. N'est-ce pas ? »

Non. La prière qu'elle n'a plus jamais prononcée depuis cette nuit-là remonte elle aussi, involontaire, à ses lèvres. « Ave Maria, protégez-moi, laissez-moi la pauvre paix que je me suis conquise... »

La pavane s'achève. La main qui serre la sienne pour la révérence finale remonte le long de son bras puis, trop vite pour qu'elle déjoue la tentative, se pose sur son épaule. Sous les plis de la tunique étudiés pour la dissimuler, les doigts trouvent la cicatrice infâme, l'explorent :

« La marque y est bien », dit-il en accentuant

son sourire charmant, son sourire qui doit tromper, à cet instant, tous ceux qui les observent.

Camilla tressaille comme s'il appliquait de nouveau sur sa peau le métail rougi, s'arrache au contact. Elle ne peut plus contrôler sa panique, les portes de la mémoire ont cédé, le flot déferle, cloaque, elle va s'y noyer. Fuir, fuir. Elle ne voit plus rien, tout tourne, les lumières des candélabres, les danseurs, les ors du plafond. Un bourdon sonne à ses oreilles, ce n'est pas celui de San Pietro, c'est son cœur qui s'alentit, qui pèse, qui meurt. Il ne reste, surnageant dessus la crue boueuse, que le méchant sourire de Juan, comme s'il était imprimé au fond de ses yeux, elle peut bien clore les paupières, impossible de le chasser.

Moite d'une sueur glacée, elle court, aveuglée, cheval fou, elle se sauve, bouscule des danseurs surpris, cogne contre un hallebardier de faction qui la redresse debout, se perd dans des couloirs démesurés, trouve soudain la nuit devant elle. Elle fuit le diable dans un sourire, rien au monde ne la ramènerait vers cette salle de bal.

Baldassare n'a pas remarqué les ombres qui le guettaient au sortir du palais Fiano, parce qu'en cette ultime nuit du carnaval, les rues grouillaient. Ni la voiture arrêtée au coin de San Lorenzo. Il avait un peu trop bu de vin de Chypre, un peu trop ri, la nuit de février — d'ailleurs, depuis minuit, c'était mars — pesait soudain douce, parfumée d'un prochain printemps, tout invitait à l'insouciance.

Ils ont fondu sur lui à l'instant qu'il se hissait en selle, le jetant à terre et faisant fuir son cheval au grand galop. Quand il s'est retourné, il a vu que son écuyer, assommé déjà, gisait dans la boue. Ils étaient huit ou neuf, armés de gourdins, de poignards, de rapières. Il a tiré son épée, essayé tout de suite de s'acculer à un porche, pour les combattre de front. Mais il avait reçu quelques estafilades avant d'y parvenir. Son courage n'y fera rien, il va succomber sous le nombre, il le sait. Crier à l'aide serait inutile, les Romains avisés ne se mêlent jamais de ces sortes d'affaires et ceux qui traversent la piazzetta hâtent plutôt le pas quand ils le voient assailli. Au palais Fiano, la fête est si bruyante qu'on n'y entendrait pas le canon tonner dehors. Baldassare n'a pas peur de mourir, mais la rage l'envahit à l'idée de finir si sottement.

« Est-ce mon or que vous voulez, tas de pendards ? lance-t-il à ses agresseurs.

— Non, Monseigneur, votre vie ! »

Eh bien, voilà qui est mieux, en un sens. Il détesterait mourir pour quelques carlins. Il réussit tout de même à étendre deux ou trois marauds. Mais le chef de la bande, un grand à barbe noire, se fend soudain de toute sa longueur et lui traverse le gras du bras de part en part. À l'instant où Baldassare reconnaît, en connaisseur, la botte dite « florentine », son épée lui échappe des mains, va voler dans la boue à vingt pas.

Barbe-Noire exécute un moulinet, prenant son temps pour l'estocade finale. Coupable dilettantisme, dont le destin s'empare : une apparition vient s'interposer entre la lame du pendard et la poitrine de Baldassare. Celui-ci se demande s'il n'est pas déjà mort et monté — tout à fait par erreur — au paradis. Puis il prend conscience dans le même éclair qu'au paradis chrétien les déesses païennes ne sont pas admises. Or l'apparition est vêtue d'une tunique à l'antique, porte des sandales grecques, une aiguille d'or retient son chignon tressé. Elle s'est jetée de tout son élan, bras ouverts, au-devant de l'homme à barbe noire.

« Gubbio ! crie-t-elle. Arrête, je t'en prie ! »

Étonné sans doute qu'une Athéna descendue de l'Olympe (elle a les yeux pers d'Athéna, remarque à part soi Baldassare, qui remarque en toutes circonstances les yeux des dames) puisse connaître son prénom, Gubbio-Barbe-Noire suspend le geste par lequel il allait définitivement ôter la vie à l'héritier des Colonna et considère l'inconnue.

« Gubbio, es-tu toujours capitaine des larrons ? Il y a quatre ans, quand tu l'étais, tu as voulu m'apprendre ton art. Mais tu m'as finalement raccompagnée jusqu'au Ponte... »

L'homme poursuit son examen, sourcils froncés. Soudain son visage se détend, il fait signe à ses comparses d'interrompre le combat.

« Je te donnerai tout l'or que tu voudras, Gubbio, mais laisse en paix ce gentilhomme.

— Diable, c'est qu'on m'a promis mille ducats, ma belle... »

(En voilà un qui n'a pas froid aux yeux et qui n'aura pas perdu sa nuit, commente à part soi Baldassare.)

« Tu les auras, je le jure (Et allons donc !).

— Ma foi ! » soupire le bandit, se redressant et reprenant souffle avec un bruit de forge, voilà d'étranges circonstances pour se retrouver.

Baldassare s'adosse à un portique et comprime de la main son bras droit d'où coule un épais flot de sang. Il pousse un soupir douloureux, jure de se faire païen — adorateur d'Athéna — s'il en réchappe. Pour l'heure, il s'agit de ne pas la laisser escroquer.

« Il ment, madame. Personne ne peut l'avoir

payé plus de deux cents ducats pour me tuer, je sais ce que je vaux. »

En même temps qu'il lui parle, il se livre à un constat instinctif. Remarque qu'Athéna est seule, sans aucune escorte ; que malgré la fraîcheur de la nuit elle ne porte aucun manteau sur sa légère tunique, dans laquelle elle grelotte ; qu'elle respire à coups précipités, comme si elle avait couru ; que son visage égaré porte des traces de larmes. Malgré son bras inutile, il parvient à faire glisser sa cape de ses épaules, la tend de sa main valide à celle qui vient de le sauver :

« Vous allez mourir de froid. »

Elle accepte le vêtement, s'en enveloppe machinalement. Ses gestes, ses regards sont un peu vagues, comme lorsqu'on est sous l'empire d'une intense émotion et qu'on ne maîtrise plus bien ses actes.

« Oui, oui... » dit-elle.

Puis, remarquant le bras blessé de Baldassare, elle pousse un cri :

« Vous perdez beaucoup de sang ! Il faut un chirurgien. Gubbio ! Je t'en prie, Gubbio, je te paierai pour cela aussi. Va impasse des Schiavone, à la troisième maison. Il y a là un bossu, Gennaro, dis-lui que c'est pour moi et qu'il faut sauver une vie. »

Gubbio donne un ordre à deux de ses hommes, qui filent.

« Ramenez-moi au palais Fiano, s'il vous plaît, demande Baldassare. Mes amis prendront soin de moi. Il n'y a que la place à traverser. »

Gubbio hésite, consulte la déesse du regard.

« Oui, oui, c'est sage, dit-elle. Mais acceptez les soins de Gennaro, c'est un médecin très habile... Je vais l'attendre ici, pendant qu'on vous porte au palais.

— Certainement pas. Si vous croyez que je vais

vous laisser geler dehors ! Vous allez venir avec moi. »

Il se tourne vers Gubbio :

« L'un de vos charmants compagnons pourra bien nous adresser le médecin Gennaro lorsqu'il arrivera ? »

Gubbio sourit dans sa barbe.

« On n'y manquera pas, Monseigneur. Au fond, je suis bien aise de ne pas vous avoir tué, quoique vous m'ayez massacré deux hommes. J'aime les gens qui savent se battre.

— Merci mon cher. Si vous voulez avoir l'obligeance de me prêter votre épaule pour marcher jusqu'à cette porte, je vous en serai très obligé », prie courtoisement Baldassare en s'inclinant.

Ils s'avancent tous deux en clopinant vers le palais Fiano, suivis par la déesse de l'Olympe.

Peu de gens ont remarqué la fuite de Camilla. Les invités forment dans les salons une masse compacte et bruyante, qui réinvestit l'espace dès la fin de la pavane pour se diriger vers les balcons surplombant les jardins du Vatican, afin d'assister au feu d'artifice en intermède.

Cesare, entraîné par ce flot soudain alors qu'il converse avec un envoyé du roi de Naples, ne s'étonne pas aussitôt de ne plus voir Camilla. Lorsqu'il la cherche puis, ne la trouvant pas aux fenêtres, parcourt l'enfilade des appartements sans plus de succès, il ne songe d'abord qu'à questionner ses gens, qui l'attendent dans une antichambre, en particulier Michelotto. Ils ne l'ont pas vue.

« Pourquoi serait-elle partie sans t'avertir ? » glisse une voie moqueuse dans son dos.

Il se retourne sur Juan.

« À moins, bien sûr, qu'elle ne soit attendue par un autre client que toi... »

Cesare crispe les poings sous les pans de sa cape.

« Tu sais une chose amusante, Cesare ? Je réfléchissais à l'instant que nous, les frères Borgia, avons les mêmes goûts en matière de dames...

— J'ai remarqué, en effet, que tu trouvais plaisir à prendre les femmes après moi. C'est plus facile que de prendre des forteresses. Mais Camilla, c'est comme Bracciano. Tu feras le siège en vain.

— Oh, je ne perdrai pas mon temps à cela. Vois-tu, en l'occurrence, dans cette place-là, je t'ai précédé. »

Cesare hausse les épaules mais Juan poursuit de ce ton doucereux qu'il adoptait déjà dans leur enfance pour proférer ses plus perverses méchancetés.

« Je peux même dire que j'y fus vraiment le premier, elle et moi évoquions ce souvenir à l'instant. Djem avait commencé l'ouvrage, mais Djem était impuissant, ce qui expliquait son obsession du dépucelage tout en ne lui permettant pas de la satisfaire. »

Cesare, les nerfs tendus, l'écoute sans plus songer à respirer.

« Au sens strict du terme, c'est donc moi qui fus le premier amant de cette dame, qui montrait déjà de belles dispositions. »

Il a le sourire d'Antinoüs, sensuel et candide, qui abusait Vanozza, qui abusait chacun. Cesare emplit ses poumons d'air. D'une voix feutrée, douce, d'une voix qu'il ne se connaissait pas, il murmure :

« Ce soir-là, il y avait Sevriano, Cenci, Djem et toi.

— Oh, tu le savais donc ? Camilla t'a raconté ? sourit encore plus largement Juan. T'a-t-elle vraiment *tout* raconté ?

— Tu as de la chance. Il semble que tu sois le seul survivant de cette équipée. Djem, Cenci et Sevriano furent moins heureux. Ils sont morts tous les trois du même mal. Du même poison, dit la rumeur. »

Il retourne vers l'antichambre où, d'un signe, il appelle à lui ses gens. Il ne s'inquiète plus que de la retrouver, il devine à présent pourquoi elle s'est enfuie sans escorte, sans manteau sans doute, au hasard de la nuit. Mais point n'est besoin de s'assurer que, dans son dos, Juan a cessé de sourire.

Camilla dévalait des rues à l'aveuglette, ne sentant pas le froid de l'hiver sur ses bras nus. Plusieurs fois, des groupes masqués l'ont interpellée, agrippée. La détresse qui se lisait sur son visage les intimidait sans doute car ils l'ont laissée poursuivre, les plaisanteries mourant sur leurs lèvres. Elle a marché, marché. La soie de sa tunique s'était détrempée de boue, elle se tordait les pieds dans ses fines sandales. Puis elle est arrivée sur une piazzetta, où jasait l'une des rares fontaines de Rome, devant un palais illuminé qu'elle n'a pas reconnu.

C'était un endroit presque calme, que des groupes sporadiques traversaient sans chahut, comme on flâne en été quand la nuit frissonne encore de la chaleur du jour. Là, le carnaval semblait avoir perdu ses droits. Elle s'est approchée de la fontaine pour y baigner son visage, tiré par les larmes séchées. C'est alors qu'il est sorti du palais — le palais Fiano bien sûr, elle identifia l'endroit en même temps que le jeune homme, en or depuis les cheveux jusqu'au pourpoint.

Il y a de ces hasards : Camilla ne l'avait jamais croisé dans Rome depuis la nuit de juin, ni chez la Crespini ni ailleurs. On disait qu'il avait voyagé en France. Les Colonna et les Borgia étant ennemis déclarés depuis Charles VIII, ils ne risquaient guère de se rencontrer dans les mêmes cercles. Mais peut-être Camilla, sans en avoir conscience, l'avait-elle évité ? Dès qu'elle supposait sa présence à un dîner, elle se trouvait des raisons de n'y pas paraître. Ces jours derniers, elle n'a pas voulu se rendre aux jeux tauromachiques, aux courses de chevaux dont il figure le héros populaire. Il fallait peut-être lui garder cette auréole de saint Michel aux cheveux d'or dont elle l'avait paré lors de leur unique et brève rencontre.

Juan venait de remuer l'horreur oubliée, saint Michel réapparaissait pour l'effacer. Elle n'a pas pris garde plus que lui-même, le nez dans les étoiles, aux silhouettes d'ombre qui hantaient la place San Lorenzo. Tout s'est passé très vite. Elle a sans doute crié. Puis, soudain, grâce aux lumières du palais qui jetaient des flaques jaunes sur les pavés de la piazzetta, elle a reconnu Gubbio. Dieu l'avait donc envoyée là pour sauver l'archange.

Quand on l'eut transporté chez les Fiano, le temps qu'on lui ôtât sa chemise ensanglantée — vingt jolies dames s'y employaient déjà —, Gennaro est arrivé, on l'avait heureusement trouvé dans son atelier de l'autre côté du Corso, tout près. Il a lavé les blessures, constaté qu'elles n'étaient pas mortelles, bandé soigneusement les plaies avec cet emplâtre de champignons qui fait merveille.

« J'en témoigne », disait Camilla au médecin

des Fiano qui se trouvait là et voulait plutôt pratiquer... une saignée.

Le blessé, indifférent au ramage patricien autour de lui, ne quittait pas des yeux celle qui l'avait sauvé. Elle était certaine qu'il ne la reconnaissait pas. Quand Gennaro en eut fini, elle voulut prendre congé.

« S'il vous plaît, rapportez-moi mon manteau, que j'aie le bonheur de vous revoir », réclama-t-il.

Il pria ses hôtes de donner une escorte à Camilla, qu'elle refusa. Personne ne semblait l'avoir identifiée. L'eût-on raccompagnée jusqu'à la maison du Borgo, c'en eût été fini. Il ne faut pas qu'il sache et puisse la regarder comme Juan. Pour s'épargner cela, elle est prête à ne jamais le revoir.

Gennaro la ramena, les servantes firent chauffer un bain. Ensuite, elle n'a pas pu se coucher. Elle s'est installée près du feu, au creux d'une cathèdre, dans le studio de Cesare où elle l'attend, certaine qu'il ne peut manquer de l'y retrouver tôt ou tard. Seigneur, qu'est-ce que Juan lui aura dit ? Comment s'en disculpera-t-elle ? Elle voit l'aube laver de gris les vitres des fenêtres. Cette pièce est intime comme une cabine de bateau, avec ses livres aux cuirs patinés d'avoir été beaucoup lus, les portulans étalés sur les murs, y déployant le vaste monde, l'horloge de Nuremberg, sur la table à écrire, dont le grondement des rouages paraît presque humain.

Enfin elle l'entend, en bas dans la rue, donner congé à ses gens, qui repartent au pas lent de leurs chevaux fatigués, sonnant sur les pavés dans le silence de l'aube. Son cœur se serre. Il monte, démarche élastique qui fait à peine crier les degrés, entre, s'immobilise sur le seuil. Elle n'ose pas le regarder.

« Es-tu rentrée sans dommage ? » demande-t-il seulement d'une voix calme.

Il faut lever les yeux, affronter les siens. Elle y découvre ce qu'elle redoutait : Juan lui a raconté — de quelle manière ? — la nuit de juin 93. Elle comprend aussi qu'il ne parlera pas, ce n'est pas sa nature, mais pour elle l'angoisse sera pire, de demeurer dans l'ignorance de ses pensées, de ses réactions possibles. Il s'approche de la cathèdre, pose la main sur la chevelure dénouée qui garde le dessin des nattes. La caresse glisse jusqu'à l'arc du menton, qu'il redresse.

« N'es-tu pas lasse ? Il faut dormir, à présent.

— Oui », dit-elle, incertaine.

La prenant par la main, il l'attire debout, l'entraîne à sa suite jusqu'à la chambre. Elle ne se défend pas quand il la dévêt, couvre son visage de baisers brefs, l'emporte sous les fourrures du lit, la prend avec douceur, puis l'endort dans la chaleur de son corps. Elle croirait qu'il y a dans ces gestes de l'amour, s'il ne s'agissait de Cesare. Elle sait qu'il n'est jamais plus aimable qu'avec ceux qu'il déteste. Voudrait-il l'étrangler, sans doute, il la cajôlerait d'abord avec la même délicatesse que ce matin.

Chapitre 7

8 AVRIL 1497

Pâques

Les cloches de Rome célèbrent Pâques. Des milliers de pèlerins qui n'entreront pas dans la basilique San Pietro trop exiguë pour les recevoir resteront massés sur le parvis pour entendre la grand-messe célébrée par Alexandre VI. La foule des ambassadeurs, le cardinal Sforza et ceux de son clan, Rome entière — du moins la Rome des hauts personnages — aura les yeux fixés sur Lucrezia, afin d'essayer d'y découvrir un signe infirmant ou confirmant la rumeur.

Elle s'habille à cette heure pour l'office. Ses yeux sont rouges d'une nuit de veille, elle est pâle sous l'or des cheveux que Penthesilea s'applique à lisser.

« Je ne suis pas sortie du Vatican depuis Vendredi saint. Dis-moi donc ce qu'on raconte en ville », demande-t-elle à sa suivante.

Penthesilea hésite et Lucrezia mord ses lèvres.

« Je t'en prie, rapporte-moi la vérité sans rien cacher.

— Madame, on dit que votre père voulait si fort vous séparer de votre mari qu'il était prêt à tout pour y parvenir. Que le seigneur de Pesaro en vint à craindre pour sa vie. Qu'il s'est enfui de

Rome vendredi secrètement, averti par vos soins de ce qui le menaçait.

— Oh... On me fait tout de même crédit de cela ? Quoi d'autre ?

— Que le duc de Milan Ludovico le More, ayant besoin du pape, abandonnera la cause de son cousin le comte de Pesaro. Que votre divorce est donc chose sûre, à moins que votre mari ne soit prêt à risquer sa vie. Mais il ne serait pas assez courageux pour cela, dit-on encore... »

Lucrezia soupire, si lasse :

« C'est terrible d'être la fille d'Alexandre. Hélas, Penthesilea, quiconque commettrait la folie de m'aimer finirait sans doute, en effet, par y perdre la vie. Je ne puis blâmer Giovanni de sa... prudence.

— Perdre sa vie pour l'amour de vous, madame, certains s'en feraient un bonheur. »

Elle sursaute, se tourne vers le seuil d'où vient la voix masculine. L'intrus, aussitôt, s'incline dans une révérence.

« Pardon, madame, d'avoir entendu malgré moi. Votre père m'envoie m'assurer que vous assisterez à l'office ainsi que tous les membres de votre famille. J'ai frappé, on ne m'a pas répondu, je me suis avancé...

— Il n'y a pas de mal, senor Calderon. Ai-je encore une vie privée de toute façon, ou des secrets domestiques à cacher ?

— Madame, loin de moi la pensée de vous épier.

— En vérité, vous êtes plutôt moins grossier que les sbires habituels de mon père. »

La main brune du camérier s'est crispée sur la garde de son épée, son visage a blêmi, ses yeux s'emplissent de brume... Lucrezia l'a blessé. Aussitôt, sa bonté naturelle tourne en confusion.

« Pardon, Perroto, je ne voulais pas être méchante.

— Vous disiez à l'instant qu'à vous aimer, il fallait risquer sa vie. La mienne vous appartient, prenez-la quand vous voudrez. »

Elle pose sur lui son regard clair et comprend qu'il est totalement sincère. Ne s'en doutait-elle pas déjà ?

« Je ne vous demanderai pas votre vie, sourit-elle. Seulement votre aide, car j'ai bien peu d'amis. On va me faire une guerre pour que je consente à cette parodie d'annulation de mariage. Pour que j'étale publiquement mes secrets d'alcôve. Après quoi l'on m'échangera comme une simple denrée. Je refuse. J'ai juré fidélité au seigneur de Pesaro. Si nous, les grands, ne tenons pas notre parole, qui la tiendra ?

— Que voulez-vous de moi, madame ?

— Aidez-moi à quitter le Vatican. Je ne m'enfuirai pas très loin. À San Sisto, au couvent de mes amies dominicaines. Mais il me faut une escorte sûre. Nous partirons ce soir, mes coffres sont prêts, quelques-unes de mes femmes m'accompagneront. Il me faudra, ensuite, un ambassadeur auprès de mon père. Il sera fou de rage quand il saura mes conditions : il renonce au divorce ou bien je prends le voile. Si vous pouvez, dans votre rôle d'émissaire entre lui et moi, apaiser sa colère...

— Je m'y emploierai, madame. »

Elle le remercie. Mais il sourit.

« C'est moi qui vous remercie. Rien ne pouvait me rendre plus heureux que de vous être bon à quelque chose. »

Les Catalans ont cette manière d'être avec les femmes, fort étrangère aux Romains et aux Italiens en général. Elle songe à Giovanni, de nouveau. Il tremblait, quand elle lui a conseillé de se méfier et de ne plus sortir sans escorte armée. Deux heures plus tard, il galopait vers Pesaro, à crever son cheval... S'interdire de telles comparaisons entre le senor Calderon et son mari, qui ne sont jamais favorables au second.

« Veillerez-vous à ce que chevaux et mules soient prêts, ce soir, après vêpres ? »

Il s'incline et sort, laissant sur elle le regard qui la trouble, le regard de flamme obscure qui rappelle celui de Cesare, sinon qu'il n'est pas d'un frère, qu'il trahit bien plus qu'elle ne devrait accepter de comprendre... Elle croise dans son miroir le sourire de Penthesilea et cette connivence qu'elle n'a pas sollicitée provoque en elle un sursaut de dignité.

« Donne-moi mon livre d'heures », commande-t-elle, se composant un visage impassible.

Cesare qui, en ce jour solennel, porte l'habit cardinalice, intercepte Pedro Calderon à la sortie des appartements de sa sœur.

« Il est possible, dit-il avec son plus gracieux sourire, que Donna Lucrezia songe à fuir les pressions dont elle est l'objet. Il est possible qu'elle vous demande de l'aider, car il y a peu d'hommes courageux dans son entourage... »

L'Espagnol ne bronche pas, impénétrable.

« Sachez que la garde, par mes soins, fut renforcée et que personne ne quittera ce palais sans que j'en sois immédiatement averti — ce qui signifie qu'il y faudra mon consentement.

— J'en prends note, Monseigneur. »

L'insolent s'incline et va poursuivre son chemin.

« Sachez encore, reprend Cesare d'une voix qui arrête le camérier, que quiconque osera transgresser mes ordres finira le soir même dans les eaux du Tibre.

— J'en prends note, Monseigneur. »

Cette fois, il est parti. Cesare s'irrite que, sur cet homme-là, ses menaces n'aient pas le moindre effet. Le cardinal n'est pas si mécontent de l'atroce réputation que lui vaut, dans Rome, sa « tête d'assassin ». Il ne l'a jamais démentie. Ceux qu'on n'achète pas, ceux qu'on ne séduit pas, reste à les terrifier. La meilleure chose qui puisse advenir à un prince — ou à un pape, ou à son éminence noire — c'est qu'on le croie sans scrupules. Cela le dispense souvent d'en venir à des cruautés triviales. Cesare n'a aucun goût pour la violence, contrairement à ce qu'on pense de lui. Il la trouve... encombrante. Difficile à maîtriser dès lors que ses chiens sont lâchés. La terreur, souvent, entraîne des représailles qui appellent encore plus de terreur. Dans son État idéal, il rêve de créer une police qu'il rendrait, par une habile rumeur, si effrayante qu'elle paralyserait les désirs criminels avant qu'ils ne s'accomplissent. Qu'elle s'offrirait le luxe de prisons, de potences inutiles.

Mais il est une sorte de gens que ni l'argent, ni le sexe, ni la crainte ne peuvent dissuader (selon la trinité de Camilla). Ce sont les amoureux. Pedro Calderon est sûrement amoureux de Lucrezia. Pour elle, il osera les plus folles témérités. Qui sait s'il ne serait pas capable de la soustraire à la volonté familiale ? Or il faut que Lucrezia divorce. La petite mule s'obstine à refuser, au nom de principes un peu naïfs. Cesare n'a pas le moindre remords à la séparer de Giovanni Sforza, dont il méprise la ductilité et qui n'a pas su la rendre heureuse. Un nouveau mariage, outre qu'il est politiquement indispensable, offrirait à Lucrezia de meilleures chances de félicité.

La conjoncture est favorable à ce projet. Il n'y a pas que les fous d'amour qui se montrent incorruptibles, donc gênants. Il y a aussi les fous de Dieu — une autre variété d'amour. Savonarole est de ceux-là. Le coup d'État que vient de tenter contre lui Ludovico le More a lamentablement échoué, renforçant la popularité du prédicateur à Florence. Le duc de Milan, à présent, n'espère plus que dans l'excommunication du moine. Donnant-donnant, il consentirait au pape le divorce d'avec son cousin Sforza...

Camilla n'était pas à la messe de San Pietro. Elle a préféré Sant'Onofrio, sur le Janicule, où la foule était moins dense. Sa voiture a tout de même bien du mal sur le chemin du retour vers le Borgo. Il doit s'y trouver à cette heure environ cent mille personnes, *Romei*[1] pour la plupart, quand ce quartier d'ambassadeurs et de cardinaux n'abrite pas plus de six mille habitants réels. Le pont Sant'Angelo disparaît sous la marée humaine, qui déborde depuis les colonnades couvertes sur la chaussée.

Patiente, dans sa voiture fermée, Camilla lit les commentaires de Marsilio Ficino sur Platon. Cesare, qui sait le grec, prétend avec ironie que lorsque Platon dit: «L'amour est désir de beauté», il entend, spécialement et uniquement, la beauté des jeunes éphèbes... Qu'importe. Ficino, lui, englobe les femmes dans ce désir et dit que la porte du paradis n'est point refusée aux vrais amants. Ces propos laissent Camilla dans une nostalgie profonde, une envie d'être neuve,

1. *Romei:* les pèlerins qui se rendent à Rome.

sans mémoire, innocente. Depuis quarante jours elle ne sait plus ce qu'est le sommeil. Elle s'abîme en de longues songeries silencieuses, prostrées, n'importe où elle se trouve, le front collé à la fenêtre du studio, les genoux glacés sur un prie-Dieu des heures durant — et l'empreinte en demeure gravée dans sa chair, comme d'un cilice.

Son petit garçon, qui commence à balbutier de vrais mots, s'est aperçu de ses absences. Il échappe aux bras de la nourrice, vient jusqu'à sa mère sur son cheval à bascule, penche la tête pour l'observer et la mime, se frottant les yeux de ses poings :

« Tu rêves ? »

Le carrosse est arrêté pour de bon, la foule s'impatiente au-dehors, secouant un peu la caisse, qui oscille sur ses sangles. Des chocs l'ébranlent. Soudain la portière de droite s'ouvre, un homme bondit à l'intérieur, tombe sur le siège en face d'elle. Comme elle se recule dans le coin de la voiture avec un mouvement d'effroi, l'intrus prie :

« Ne vous alarmez pas, je ne vous veux rien moins que du mal. »

Elle reconnaît l'une des présences qui obsèdent son esprit, mais se rassure. C'est la figure de lumière, grâce à Dieu, non le cauchemar.

« Que me voulez-vous, monsieur ? dit-elle comme elle le fait dans ses songes, quand elle s'égare à imaginer leur rencontre.

— Vous remercier, d'abord. Je vous dois la vie. Vous adresser des reproches, aussi.

— En vérité ? »

Elle sourit involontairement.

« Pourquoi ne m'avez-vous pas permis de vous exprimer plus tôt mes remerciements ? J'espérais vous revoir. Quand mon manteau revint au palais Colonna sans vous, j'en fus si malheureux que je faillis ne pas guérir.

— Je vous trouve pourtant plein de vigueur.

— C'est de savoir enfin qui vous êtes. »

Elle se trouble, esquisse un geste pour l'éloigner.

« Comment m'avez-vous retrouvée ? interroge-t-elle d'une voix abrupte, presque agressive.

— Par mon assassin, tout simplement. La servante qui rapporta le manteau ne voulait pas parler, non plus que le médecin bossu qui est revenu me voir trois fois. Mais le sieur Gubbio n'y a pas vu de mal.

— Que vous a-t-il dit ?

— Votre nom. Je ne lui ai pas demandé plus. À chacun ses secrets, et je vous devais bien la courtoisie de respecter les vôtres. Est-ce que vous avez cru nécessaire, pour me sauver la vie, de savoir qui voulait me trucider par procuration ? »

Il ne se rappelle donc pas... leur première rencontre. La nuit de juin, la Crespini. Être reconnue pour la maîtresse de Cesare Borgia, c'est un moindre mal si, en revanche, il n'identifie pas la « pensionnaire » du Ponte.

« Je voulais vous dire, madame, que vous n'en avez pas fini avec moi. Je suis depuis ce matin guéri de mon assassinat, j'avais passé le carême au lit, à boire des bouillons. Ma première visite fut pour Gubbio. À présent, je me trouverai tous les jours sur votre chemin.

— Pourquoi cela ?

— Pour vous dire que je vous aime. Il faudra bien, un jour, que cette constance vous émeuve.

— Constant, vous, seigneur Colonna ? Vous vous lasserez bien avant la Trinité ! »

Il a cessé de sourire, une brume adoucit son regard doré.

«Pas cette fois. Pas de vous.

— Il ne faut pas me poursuivre. Je suis liée à Cesare Borgia.

— Il n'est pas votre mari. Votre fils ne porte pas son nom.»

Elle s'insurge, sourcils froncés, menton dressé.

«Je croyais que vous respectiez mes secrets! Mes affaires privées n'ont nul besoin de vos commentaires, monsieur. Veuillez descendre de ma voiture.

— Je vous obéis, madame. Mais nous nous reverrons.»

Il saisit son poignet, pose sur son gant un baiser bref et saute hors du carrosse aussi agilement qu'il y avait pénétré. Elle se retient de se pencher à la portière. Ferme les yeux, soupire comme si le poids pesait un peu moins lourd, soudain.

Camilla s'espérait assez forte pour absoudre le quatrième cavalier. Toutes ses résolutions se sont effondrées le soir du carnaval. *Toutes* ses résolutions — celle d'oublier, comme celle aussi d'accomplir la vengeance. Incapable de recouvrer ni la paix, ni la haine, la haine antérieure vigoureuse, ivre de sang, Camilla s'est figée dans l'état de panique qui suivait la commotion. Une peur immobile, épaisse, l'hébète et l'annihile depuis quarante jours à présent. Elle ne peut pas tuer Juan. Elle l'a découvert avec désespoir, avec un quasi-mépris pour sa pusillanimité. C'est ainsi.

Le dégoût qu'il inspire est si violent qu'il paralyse. Elle voudrait que la créature malfaisante n'existât pas, elle voudrait que le destin se chargeât de lui comme des trois autres. Le toucher, l'atteindre elle-même, serait se contaminer de sa lèpre, elle ne le peut pas, elle ne le *peut* pas.

Elle ne peut pas non plus parler à Cesare. Surtout pas à Cesare. Depuis l'affreuse nuit, il la regarde souvent à la dérobée, de son œil noir. Oh, ces silences désormais, cette opacité entre eux! Comment démolir, pulvériser les mensonges que son frère a dû proférer? Cesare n'aime guère Juan, ils sont néanmoins le même sang.

Ne reste d'issue que la fuite. Car Juan est vivant, bien vivant, bruyant, insolent, le même que naguère, dont Rome a la bouche pleine. Il la poursuivra, elle en est sûre, quoi que Cesare et lui se soient révélé. Juan tentera sa chance, il n'obéit qu'à ses désirs. Pour lui échapper, pour éviter une impensable, insupportable rencontre, Camilla se terre. Refuse de paraître en public depuis carnaval et fait garder la porte de sa chambre — on entre trop librement dans la maison du Borgo, thébaïde pour les amis lettrés, les ambassadeurs étrangers, le Sacré Collège et les mille solliciteurs... Impossible de contrôler toutes les allées et venues.

C'est parce qu'elle voulait communier pour Pâques qu'elle est sortie ce matin, mais en voiture fermée, se cachant. Elle invente à cette réclusion des prétextes futiles qui n'abusent pas Cesare — elle sait qu'il sait. Le seul répit, le seul fragile apaisement dans sa veille hallucinée — elle ne dort plus — s'offre quand elle évoque l'archange saint Michel.

À présent qu'elle vient de le revoir, de lui parler, elle comprend toutefois qu'il faut le fuir sans doute aussi farouchement que Juan. Tête d'Or est une figure de vitrail et doit le demeurer. Entrer avec lui dans un jeu de séduction, lui permettre de s'incarner, ternira le vitrail — elle connaît ce qu'on dit de lui. Elle aussi perdra son costume de déesse: il la nomme Athéna, la plus intransigeante des vierges de l'Olympe. À la fréquenter, il ne se souviendrait bientôt que de la Cyprina. Elle a besoin qu'il reste saint Michel. Les instants de douceur qu'instille en elle son image casquée d'or édifient un rempart contre les crues du souvenir.

Baldassare n'a pas menti, ce qui est peut-être la première fois de sa vie face à une femme qu'il courtise. Ironie du sort, elle n'a pas cru un mot de ses déclarations.

Cent fois, durant les quarante jours où les médecins l'ont gardé de force au lit (sa mère avait même fait poster des hommes d'armes à la porte de la chambre et Baldassare la soupçonne d'avoir ainsi songé le contraindre à faire carême...), cent fois il a voulu se lever pour aller au Trastevere retrouver le brigand à barbe noire — le seul susceptible de le renseigner sur Athéna-aux-yeux-pers en échange de quelques carlins.

D'abord, cette femme l'a sauvé. Giulia — qui d'autre ? — avait dû payer pour qu'on le tuât tout à fait. Ensuite, elle est sublimement belle. Enfin, elle est malheureuse. Du moins, elle l'était la nuit du carnaval. Mais elle l'est encore, il l'a senti dans sa manière, ce n'était pas un chagrin précis, réparable par un cadeau, un baiser, un sourire. C'était ce chagrin que certaines femmes portent avec elles, qui devient partie d'elles, dont elles se font un destin.

Baldassare ne nourrit pas beaucoup d'illusions sur lui-même. Voyou il est, voyou il restera, spécialement quand il s'agit de femmes. Mais il a changé, depuis ses dix-huit ans. Alors, à ses yeux un jupon n'était qu'un jupon, à trousser sans vergogne. Le seul moyen qu'il n'employait pas, c'était la force, car il préférait son plaisir partagé. Pour le reste, tromper, mentir, jurer fidélité puis s'enfuir à l'aube ne lui donnait pas de remords.

À présent, il existe pour lui deux sortes de femmes : celles à conquérir, la race des Giulia, les patriciennes orgueilleuses et désœuvrées qui croient qu'elles n'ont qu'à paraître pour qu'on leur cède, qui exigent, qui dédaignent dès qu'on les aime, et qu'il éprouve plaisir à dompter.

Et celles à consoler. Il n'est pas un chevalier français, pour se porter en défense de la veuve et de l'orpheline, mais certaines détresses l'émeuvent. La fatalité qui viole les petites esclaves, roue de coups les ouvrières et, lorsqu'elles y survivent, les fait mourir en couches faute de soins, il ne l'accepte pas. Il éprouve une considération pour les filles sans espoir, sans avenir qui, comme les fleurs poussées dans la lie des ruisseaux, sont parfois belles à pleurer. C'est pourquoi Giulia, en frappant la petite Rosalba, l'avait rendu fou de rage.

Cette partition en deux du monde des femmes ne lui est venue ni de la maturité (il n'a pas le sentiment d'en avoir acquis beaucoup !) ni de la fréquentation d'humanistes comme Marsilio Ficino — il a noté qu'Athéna lisait la *Theologia Platonica* dans sa voiture. Malheureuse, mais savante...

Cela naquit d'un incident mineur, un de ces faits anodins qui peuvent parfois prendre valeur de symbole. Il y a quelques années, quand il avait encore sa *brigata* et menait en bamboche des gens comme Djem ou Gandia, il les entraîna dans un bordel un soir — puis les y laissa, n'ayant pas lui-même l'humeur folâtre. Il y avait là quelques pucelles, jeunes à faire pitié, que ses compagnons voulaient se partager. L'une d'elles, la plus jeune et la plus jolie (mais il ne se rappelle pas son visage, seulement ses yeux), regardait

Baldassare. Ce regard l'appelait au secours. Cependant c'était une enfant, elle ne l'attirait pas. Il partit, la laissant aux autres.

Quand même il l'aurait voulu, il n'aurait pas épargné le bordel à toutes les putains de mauvais gré qu'on amenait à Rome. Mais celle-là, il pouvait la sauver. La sauver tout de bon, la garder en vie. Car il a su deux jours plus tard — l'histoire a fait le tour de Rome — que les quatre butors avaient si bien torturé la pauvre fille qu'elle en était morte.

Ce souvenir l'a poursuivi comme un reproche. Il revoit le regard de la petite, alors qu'il a oublié d'elle tout le reste. Les yeux d'Athéna. Depuis ce jour, il montre à certaines, les victimes du mauvais sort, une attention différente. La Cyprina, pour être la concubine de Cesare Borgia, n'en appartient pas moins à la race des femmes à consoler.

Mais qu'elle est belle! Ce serait une gageure aussi de la prendre à ce cardinal noir dont il se moquait lorsqu'ils avaient tous deux dix-huit ans et qui est devenu dans l'ombre un tigre, quand Baldassare n'est resté qu'un insouciant coquin. L'héritier des Colonna possède assez de jugement pour estimer à sa juste valeur le bâtard du pape. Il le sait redoutable. S'attaquer à lui suppose du courage, désormais.

CHAPITRE 8

AOÛT 1497

L'été de la peste

À TRAVERS les contrevents clos, dans la pénombre de l'antichambre vidée de ses coffres, le soleil insinue des épées de lumière compacte. Il fait lourd déjà, malgré l'heure matinale. La maison du Borgo respire le vide, l'odeur spécifique des demeures désertées pour l'été, dont on a chaulé les voûtes à grands seaux. Camilla n'y reviendra sans doute jamais, serait-ce la pensée qui la retient, cœur serré, au moment de la fermer derrière elle ?

Elle ne fuit pas devant la peste. Enfin, pas cette peste-là. Pour en protéger son enfant et sa maisonnée, elle les a envoyés à la campagne — une villa qu'elle vient d'acquérir près de Tusculanum, une ferme plutôt. Le mal qui la ronge, elle, c'est Juan. Juan reste dans Rome, un fantôme aussi torturant mort que vivant, un fantôme qui l'empoisonne. Au fond, il est peut-être le responsable de l'épidémie qui charge les charrettes de cadavres gonflés chaque matin ; qui emplit les rues moites d'une odeur aigre et d'une vibration de mouches bleues ; pour conjurer laquelle les églises, quand on entrouvre leurs vantaux, exhalent des cantiques et des fumées d'encens.

Il ne s'agit pas seulement d'un symbole. En vérité, pourquoi le corps repêché du Tibre le 16 juin dernier, couvert de vase et d'ordure, n'aurait-il pas porté dans le Vatican, puis propagé par la ville, le fléau toujours assoupi, prêt à resurgir ? Ce serait une fin digne de Juan. Chacun pense que Cesare est l'assassin — le pape en premier lieu : l'envoi du cardinal de Valence à Naples, pour le couronnement du roi Federigo, est un renvoi, un exil, en vérité. Cesare, il y a deux jours, ne l'a pas dissimulé :

« Camilla, je ne suis pas sûr de revenir à Rome avant longtemps, c'est une disgrâce. Je ne te demande pas de me suivre, je dois attendre de savoir quelle direction prendra le vent. Cette maison est à toi et, si tu avais besoin d'argent, fais-le-moi mander. Mais il serait peut-être sage... de considérer que je t'ai rendu ta liberté. »

Comme elle tressaillait sous la sentence, il s'approcha d'elle et la prit contre lui, un mouvement spontané tel qu'il n'en avait pas eu depuis le carnaval. Elle comprit qu'il s'agissait de la sorte par souci d'elle. Ne pas la mêler au meurtre ni à ses conséquences. Elle faillit *tout* dire à propos de Juan. Mais c'était encore trop difficile. Même mort, il continuait de peser, de faire mal. Elle put seulement proférer :

« Juan de Gandia était un démon. Je te le dis, Cesare, qui l'a tué a bien agi ; ton frère ne mérite pas qu'on le pleure. »

Il ne répondit pas. Il la tint encore un instant contre lui. Puis il dit adieu et qu'il écrirait dès son arrivée.

« Ferme cette maison de toute façon. Ne risque pas la peste pour toi et l'enfant. Va passer l'été dans ta campagne. »

Elle hocha la tête, il la détacha de lui. Ainsi

qu'il a coutume, sans démonstration, il sortit. Pourtant, elle le sentait plus proche d'elle qu'ils n'avaient été depuis le carnaval, elle découvrait avec surprise qu'il ne lui en voulait pas, que, peut-être, au fond de son cœur, il la savait innocente, comme il savait Juan coupable.

Pourquoi hésite-t-elle ? Depuis deux jours, déjà, elle aurait dû partir ; à cette heure encore, elle ne se résout pas à fermer la maison. Mais non, ce n'est pas la nostalgie du passé paisible vécu dans ces murs qui la retient sur le seuil. C'est quelque chose qui l'appelle plus fort à rester que la peste dehors, que les effluves de Juan souillant la ville ne l'appellent à fuir. Un désir qui n'aurait jamais songé s'accomplir si le destin n'avait tout chamboulé. Juan est mort, soulagement, gratitude. Cesare l'a quittée, la divorçant de lui — fût-ce contre son gré. Le sentiment de liberté qui la soulève, l'élance à présent, voilà des mois qu'elle ne l'avait connu.

Le Tibre charrie des odeurs de mort, la chaleur d'août écrase la cité désertée. Mais le pape a refusé, ce matin, malgré les supplications renouvelées de son entourage, de quitter Rome.

« Que m'importe de mourir ? »

Il erre à cette heure, lamentable et solitaire, dans ses appartements. Autour de lui, il ne veut plus personne. Cesare, qui lui emplit l'âme d'épouvante, est en train de mourir à Capoue, un courrier l'a confirmé tout à l'heure. Le châtiment du Ciel. Alexandre n'a pu supporter non plus que Joffré demeurât en ville et l'a dépêché à Naples avec Sancia. Il refuse même la présence de Lucrezia. Comment leur faire comprendre qu'ils aviveraient sa douleur, que dans le moindre de leurs gestes, de leurs timbres, de leurs regards, il risquerait de retrouver Juan?

C'était son amour, sa préférence, celui qui lui ressemblait le plus, la chair de sa chair, son enfant, son petit... Il est mort, le monde s'est vidé de substance. Alexandre n'est plus qu'une ombre, qui vient chaque jour dans cette salle contempler l'image peinte du fils disparu, devant laquelle il pleure en silence. Il oublie de manger, dort à peine. Lorsqu'il sort, c'est seulement pour aller, chaque matin depuis deux mois, s'agenouiller à Santa Maria in Popolo, devant la tombe de Juan.

Il continue de faire son travail de pape dans le détachement. On réforme le Vatican. Plus de simonie, de népotisme. Plus de luxe ni de divertissements. Le palais est silencieux, privé des musiciens et des bouffons. On n'y a pas donné de fête depuis la mort du jeune duc. On n'en donnera plus jamais.

Alexandre VI s'est séparé de Giulia, qui est retournée vivre avec son clan. Il a renvoyé tout un train de cousins Borgia et bon nombre des Espagnols chargés naguère de ses basses besognes. Il songe même à lever l'excommunication de Savonarole. Le moine lui a écrit une lettre belle et terrible qui l'a fait pleurer. Elle plaignait Alexandre dans son affliction mais l'exhortait au repentir, car la mort de son fils vient en châtiment de ses nombreux péchés.

Cela, Alexandre le croit profondément. Il croit que Dieu l'a puni en le faisant père d'Abel et Caïn.

Cesare est coupable. Des témoins ont parlé, laissant si peu de place au doute que le pape dut interrompre toute enquête, toute recherche, vingt jours après le crime, de crainte que les nombreux policiers lâchés dans Rome n'en découvrent encore plus et ne le colportent... Un batelier du Tibre a presque reconnu le cardinal, surveillant depuis la rive le lancer du cadavre au fleuve, dans la nuit du 14 juin. Il l'a même entendu dire :

« Puisses-tu aller au diable, Juan ! »

On a payé l'homme pour se taire. Il ne semblait pas trop soucieux de parler, pour lui l'affaire était banale, il en voit de semblables chaque nuit, de sa cabane. On a fait en sorte aussi que le rapport de police ne mentionne pas son témoignage... Mais Alexandre sait. Son âme est glacée de cette horreur inconcevable. Les frères, les deux enfants de son sang, les fils de la claire, de la chère Vanozza. Comment ont-ils pu, elle et lui, s'aveugler à ce point ? Sûrement, ce fut leur faute. Ils ont nié la gravité de ce qui opposait les deux garçons. Ils connaissaient leur rivalité, mais Alexandre croyait qu'en les dotant équitablement, il la vaincrait. Il aurait fait Juan roi d'Italie et Cesare pape, le troisième pape Borgia. S'il a commis des péchés, si Dieu n'est pas miséricorde, mais plutôt ce ténébreux dont parle Savonarole, qui veut qu'on brûle les livres, qu'on coupe leurs traînes aux femmes, qu'on n'aime en ce monde que Lui et non Ses créatures, si Dieu est ce Dieu-là et qu'Alexandre l'a offensé, ce qu'il souffre aujourd'hui le paie d'un prix élevé !

Seul, dans les salles immenses où l'on ne respire pas parce que la mort rouge s'insinuerait avec le moindre souffle d'air, il attend que le même coup de faux enlève deux vies, délivrant le monde du fils meurtrier et du père coupable de faiblesse.

Lucrezia s'est assise à l'ombre de la colonnade, dans le cloître de San Sisto. Elle est pâle, personne ne s'en étonne ici. La tragique mort de son frère, l'affliction farouche dans laquelle son père s'est muré, l'en excluant, s'ajoutent à ses angoisses précédentes. Les sœurs dominicaines savent avec quelle persistance on la tourmente depuis trois mois pour la conduire à divorcer. Le pape a même envoyé des soldats pour la reprendre et la ramener au Vatican *manu militari*. La prieure, après des heures de palabres, obtint qu'on respectât son droit d'asile. Lucrezia resta. Mais chaque jour, un camérier du pape vient la harceler.

L'assassinat du duc de Gandia, les atroces bruits du fratricide l'ont frappée dans cet état où, déjà, sa résistance était usée, ses nerfs au bord de rompre. Au couvent, il n'est pas une religieuse qui n'éprouve pour elle de la compassion, d'autant que les plus âgées l'ont connue petite silhouette blonde qui jouait à la balle parmi les haies du potager, dont la voix fragile résonnait dans les chœurs. Rarement fillette avait paru plus heureuse de cette vie monastique, et l'on a cru longtemps qu'elle prendrait le voile.

Elle y songeait à Pâques. À présent... S'il est vrai que Cesare a tué Juan — ce que toute sa chair se refuse à croire —, il a ouvert un abîme entre lui et le passé. Lucrezia, à la mesure de sa propre faute, éprouve ce sentiment d'irréversibilité. Elle ne sera pas religieuse, elle n'aura plus jamais ce recours parce qu'elle ne ressuscitera pas la Lucrezia d'antan. Oh, si seulement on l'avait laissée s'enfuir ici la nuit de Pâques, ainsi qu'elle l'avait espéré! Cesare a déjoué le projet, la tenant littéralement séquestrée.

La seule personne qu'elle voyait chaque jour amicale envers elle, la seule qui la consolait quand son père ou Cesare s'irritaient de ses refus butés, la seule qui promettait surtout, à la première occasion, de l'aider à fuir, c'était Pedro Calderon. Juan avait bien affirmé :

« Ne te tourmente pas, petite sœur, je repartirai pour Madrid à l'automne et je t'emmènerai. »

Mais Juan est mort. Et ces rumeurs qui déchirent son cœur en deux, elle ne veut pas les entendre, ses frères étaient ses frères l'un et l'autre, s'il fallait comme Antigone y laisser la vie, elle ne céderait pas. Il n'y a personne au monde avec lequel elle soit liée de cette façon, qui puisse la comprendre aussi profond que ceux de son sang.

« Ils disent, ces barons pétrifiés, que c'est un péché de tenir aux siens, mais quelle sorte d'eau leur coule donc dans les veines ? » s'est-elle écriée, entendant sous ses fenêtres seriner l'horrible antienne : « Figlia mia, sorella, sponsa...[1] »

Oui, jusqu'ici, à San Sisto, ils viennent la poursuivre. La tourbe. Pedro est sorti comme un furieux avec ses hommes, il a dispersé la populace. Mais ils reviendront demain.

Il n'y avait que Pedro, auprès duquel elle se sentît aussi rassurée, aussi comprise qu'auprès de ses parents, or elle le voyait plus souvent que ses parents. L'occasion de fuir qu'il lui promettait d'exploiter, ils ne l'ont trouvée qu'à la fin de mai, Cesare ayant été dépêché par le pape à Orvieto, dont il est gouverneur. Parti le chat, libre l'oiseau. Mais elle n'avait pas encore décidé d'en profiter que le soir même, dans l'affolement, sans calcul, l'urgence de fuir jeta Lucrezia sur la route.

1. « Ma fille, ma sœur, ma femme... »

Ce soir-là, on donnait banquet au Vatican pour les légats du royaume de Naples venus annoncer le prochain couronnement. Le pape, qui veut remarier sa fille au clan d'Aragon, n'attendit pas le second service pour reprendre le débat familial, cette fois devant tout le monde, expliquant sans aucun respect pour sa pudeur que Lucrezia était «intacta». C'en était trop des regards moqueurs posés sur elle, elle s'enfuit. Le pape envoya Calderon à sa poursuite.

Ses femmes étaient au banquet, ils se trouvaient pour la première fois seuls ensemble. Elle s'est posée contre sa poitrine, sanglotant:

«Je n'en peux plus, je n'en peux plus, je veux m'en aller d'ici...»

Il disait qu'il l'aimait, qu'il l'avait aimée du premier jour de son arrivée, qu'il l'emmènerait jusqu'en Espagne s'il le fallait, elle savait que c'était vrai, aussi vrai que lorsque Juan le promettait. L'Espagne, pour Pedro comme pour elle, signifie la même chose. Le parfum des orangers, la lumière, plus jamais de populace ricanante, le silence dans les églises...

Elle n'a plus rien su, soudain, que cet accord pour la première fois réalisé: l'abandon de l'esprit, en toute confiance, et celui du corps. La brûlure de cette bouche sur la sienne, cette force d'homme si forte et si douce en même temps, cette lenteur exténuante des caresses qui n'était pas de l'hésitation comme avec Giovanni, ce sang d'Espagne qui coulait pareil dans leurs veines à tous deux. Une découverte, une naissance.

Plus tard, reprenant conscience, elle s'est affolée, sanglotant éperdument, l'a supplié de l'emmener aussitôt, au milieu de la nuit, à San Sisto. Ses bagages et ses femmes l'y rejoindraient. Si elle ne s'échappait pas à l'instant, elle ne le pourrait plus jamais. Ce qui lui était arrivé l'avait laissée démunie. Il ne l'avait pas seulement touchée au cœur par sa ferveur. Il avait révélé qu'elle était une Borgia, que son corps exigeait, éprouvait des désirs et des comportements, et que la vie sans cette soif n'était pas la vie. Tant d'années à n'être pas vivante, quand on la supposait femme accomplie ! Elle tremblait quand Pedro la regardait, elle brûlait dès qu'il l'effleurait.

Il était aussi bouleversé qu'elle mais il obéit. Au cœur de la nuit, Donna Lucrezia de Pesaro, fille du pape, vint frapper au portail de San Sisto Vecchio, réclamant asile pour elle et sa servante Penthesilea, arrivées sans bagage et masquées, à dos de mule, escortées par trois hommes également masqués — Pedro Calderon et ses écuyers.

Les sœurs n'ont pas posé de questions. Toutefois, elles n'ont pu refuser, les jours suivants, de laisser entrer l'émissaire du pape auprès de sa fille ; Pedro Calderon n'a pu se dérober à la mission ; ni Donna Lucrezia lui condamner sa porte. Chaque jour, dans sa cellule, ils se sont parlé des heures durant. Personne ne soupçonnait rien. Peut-être croyait-on de bonne foi Lucrezia inaccessible aux tentations. Son père se montrait ravi de l'amitié qu'avait témoignée sa fille naguère à Calderon. Il espérait ainsi que son camérier parviendrait à la faire consentir au divorce. Les sœurs voyaient en lui le tourmenteur de Lucrezia. Il n'y avait eu que le clairvoyant Cesare pour constater que sa sœur avait dix-sept ans, Perroto vingt-deux, qu'elle était belle et le cœur libre... Mais Cesare se trouvait loin.

Il aurait fallu la force d'âme d'une sainte pour résister. Ou l'innocence antérieure de la comtesse de Pesaro, qui ne se savait pas encore Borgia. Pedro est son amant, de cœur et de chair. À cette heure, et c'est ce qui cause son désarroi, Lucrezia l'attend. Elle meurt du désir de sa voix, de ses mains, de lui... Penthesilea, complice, veillera comme chaque jour à ce qu'on ne les dérange pas. Dans l'enceinte même du couvent où elle songeait s'ensevelir ! Pedro dit, sombre regard, que lorsqu'on sait qu'on paiera de sa vie un péché, ce n'est plus un péché.

Sûrement, s'ils sont découverts, il le paiera de sa vie...

Camilla fuyait Baldassare. Elle évitait de sortir pour qu'il ne pût se poster sur son chemin, ou bien se faisait accompagner du cardinal. Les rares fois que le jeune homme a pu l'approcher, elle a refusé de l'écouter, poursuivant sa route sans un regard, sans répondre à ses questions, ses prières. Il sentait que ce n'était pas de la coquetterie, qu'elle le fuyait vraiment. Comme un tel accident ne lui était jamais arrivé, cela le désemparait.

Au début de l'été, la peste ayant déferlé dans Rome, les Colonna sont partis à Subiaco chez le cardinal leur cousin. Baldassare a voulu rester parce qu'il savait qu'*elle* était restée. Elle ne répondrait pas, ne tournerait pas la tête sur son passage, mais il avait besoin de la voir. Quand il y parvenait, il rentrait chez lui plus heureux que d'une vraie conquête. Il a su que Cesare Borgia se rendait à Naples, au couronnement. On murmurait dans Rome qu'il n'en reviendrait pas, à cause de l'assassinat du duc de Gandia.

Camilla Vespucci ne suivait pas le cardinal disgracié. Baldassare a follement espéré, alors, l'approcher plus facilement. Mais le jour même où Cesare Borgia, dans son costume de voyage noir, passait à cheval la porte San Sebastiano, Baldassare a trouvé close la demeure du Borgo, derrière ses contrevents. « On » avait plié bagage, comme tous les citadins prudents, avec l'enfant et la maisonnée. Pour quelle destination, impossible de le savoir.

Désenchanté, il est rentré faire préparer ses coffres, pour quitter Rome à son tour. Dégoûté de toute promiscuité, il n'irait pas à Subiaco mais à la Villa Viridis, plus proche du foyer de peste et, de ce fait, boudée cette année par ceux de son clan. Ses compagnons de fête auraient ri, leur eût-on dit que Baldassare cherchait la solitude à cause d'une femme. En vérité, ils n'auraient peut-être pas ri, puisqu'ils ne l'avaient pas vu depuis son rétablissement. Camilla consumait ses pensées jusqu'à le dissuader de tout plaisir. Une nouveauté dont il ne savait pas s'il devait se réjouir ou s'inquiéter.

À la tombée du jour, l'huissier du palais Colonna vint l'avertir qu'un courrier l'attendait en bas de la part d'une dame.

« Une dame ?

— La signora Vespucci. »

L'huissier, qui était âgé, en avait connu d'autres avec le jeune seigneur. Il avait vu souvent Baldassare bondir ainsi, voler dans l'escalier à la poursuite d'une aventure galante. C'était la première fois, néanmoins, que son maître renouait avec l'habitude depuis sa grave agression. Un bon signe.

Dans l'antichambre assombrie, où l'on n'avait point allumé les photophores puisque Baldassare était seul occupant du palais, il saisit le messager par les épaules :

« Donne la lettre ! »

Le courrier se dégagea.

« Je dois vous entretenir en privé. »

Au son de la voix, Baldassare tressaillit, scrutant le visage dissimulé par l'ombre d'un feutre à l'espagnole.

« Suivez-moi », dit-il, soudain calme.

Dans la chambre, la porte refermée sur eux, elle ôta le chapeau et sa chevelure coula autour d'elle.

« Cesare Borgia a quitté Rome, où je ne crois pas qu'il puisse reparaître avant longtemps. Nous nous sommes dit adieu. Vous aimer, ce n'est plus me cacher de lui, lui mentir ni le tromper. J'ai fermé ma maison du Borgo. Mes affaires sont en ordre, me voici. Je suis à vous. »

Elle dit cela d'un ton égal, le fixant de son clair regard, comme elle aurait récapitulé ses comptes. Il ne comprit pas d'abord, restait stupide, immobile.

« Ne voulez-vous pas de moi ? » sourit-elle.

Le lendemain, ils sont partis ensemble à la Villa Viridis de Palestrina. C'est une demeure blanche à flanc de colline, protégée par un rideau de cyprès, avec un jardin en terrasses dessiné par Francesco di Giorgio[1] et rafraîchi de fontaines, un pavillon de chasse, un verger qui fournit à cette époque des pêches roses et craquantes, des abricots et des poires.

Ils y sont seuls depuis deux semaines, si l'on excepte quelques serviteurs. Ils chevauchent dans la campagne, dorment à l'ombre des arbres, écoutent, le soir, la musique des cigales se mêler à celle des cascades. Et s'aiment. Cela consume les jours et les nuits, sans lassitude. Souvent, les escapades en solitaires conduisent à

1. Francesco di Giorgio Martini (1439-1502). Architecte, ingénieur, sculpteur et peintre siennois.

se dégoûter vite l'un de l'autre. Coexister ainsi ne pardonne rien. Les défauts physiques et moraux ne peuvent plus se masquer. Mais Camilla ne ressemble à personne, c'est une étrange, déroutante, adorable fille.

Elle parle peu — est-ce d'avoir vécu près du silencieux Cesare Borgia ? — et lorsqu'elle ouvre la bouche, ce n'est jamais pour proférer l'une des futilités censées constituer la conversation des dames. Elle le prend par surprise, révélant qu'elle était plongée dans une vaste songerie sans qu'il s'en aperçût. Elle demande, au milieu d'une chanson qu'elle fredonne en s'accompagnant du luth :

« Connaissez-vous un marchand qui pourrait m'enseigner ce qu'il faut savoir de la comptabilité à la vénitienne[1] et des contrats d'assurance maritime ? »

Abasourdi, il sourit :

« Pourquoi diable, ma douce ?

— Parce que je veux armer des navires. »

Ou bien, étendue sur une chaise longue et regardant filer les nuages au-dessus de la terrasse, elle s'interroge calmement :

« Et s'il n'y avait pas de libre-arbitre ? Si le salut ne pouvait venir que de la grâce de Dieu[2] ? »

Il réfléchit un instant.

« Alors, peu importeraient nos actes. On ne pourrait plus "gagner" le paradis quoi qu'on fasse.

— Ni l'acheter avec des indulgences. Mais tout serait joué dès la naissance, qu'on soit

1. Comptabilité à partie double, dont l'usage se répand alors.

2. D'ici quelques années, Luther répandra cette doctrine de la « justification par la foi ».

méchant ou bon. N'est-ce pas plus terrible encore ? »

Elle regarde à nouveau le ciel, puis :

« Je ne suis pas sûre de vouloir que Dieu me sauve malgré moi.

— Orgueilleuse ! »

Elle rit et retombe dans ses pensées.

Elle sait tous les jeux de garçon, l'escrime, l'équitation et même la lutte antique. Elle aime à porter souvent l'habit d'homme et lorsqu'on les voit chevaucher ensemble, on la prend pour son page. Elle prétend que monter comme une femme, pieds joints par-dessus la selle, est une barbarie et ne veut pas entendre parler non plus de ces nouveaux arçons « à l'amazone » qu'ont inventés les écuyers napolitains.

« Un cheval se tient avec les jambes, non pas avec les mains. Il faut donc l'enfourcher. »

Ce qu'elle fait très bien. Elle sait aussi tous les jeux des femmes. Pourtant, non par maladresse mais justement par trop d'habileté, elle lui laisse en ce domaine sa seule ombre de regret. Ce qu'il y a en elle de mystère et de désarroi — comme la nuit du carnaval, quand elle pleurait un chagrin qu'il n'a pas tenté de connaître —, ce qui émeut Baldassare quand il le décèle dans ses gestes, ses paroles et ses longs silences, disparaît alors. Elle se montre experte comme une professionnelle mais ne s'abandonne pas, ne livre plus rien. Au moment où tout le monde se dénude, elle se cuirasse. Il est convaincu qu'elle n'éprouve pas de plaisir. Ce n'est pas son corps qui le refuse, ni son cœur, c'est une réticence de l'esprit. À telle autre, il aurait posé des questions sans pudeur. À elle, il n'ose pas. Qu'y a-t-il de plus absurde que d'avoir été l'étalon de toutes les Romaines et de ne pas parvenir à émouvoir physiquement la première dont il est amoureux ?

Plus il s'évertue à trouver la clef, plus il déploie d'imagination, mieux elle se ferme. Ce n'est jamais avoué : s'il tente une caresse nouvelle, elle répond par une plus audacieuse encore. Mais c'est comme si elle paraît un coup à l'escrime. Elle le soûle pour masquer qu'elle n'est jamais ivre. Il en vient à regretter la gaucherie sans initiatives de certaines novices. Du moins se laissent-elles guider, entraîner. Camilla résiste en consentant, se défend en cédant.

À cette heure, sur la terrasse qui surplombe la route, elle attend le retour du courrier envoyé hier à sa maison, pour prendre des nouvelles de l'enfant. La route immobile poudroie par instants, trompant sa vigilance, quand un souffle de vent l'effleure. Enfin, un petit panache persistant, sur l'horizon, annonce un cavalier lancé bride abattue. Camilla, impatiente, avance à sa rencontre, descendant les terrasses successives du jardin.

L'homme est blanc de poussière, épuisé ; le cheval écume, les palefreniers le pansent au couteau de chaleur. Il y a deux lettres, dans l'étui de cuir. L'une émane de la gouvernante qui assure l'éducation d'Ottavio : l'enfant va bien, parle de mieux en mieux pour ses deux ans passés et devient brun comme une petite prune. Il mange de la viande, dit que le lait vaut pour les filles.

L'autre lettre vient de Capoue. Un messager extraordinaire l'a remise à la maison campagnarde de Camilla. Et c'est son courrier personnel qui lui porte ici la missive. Camilla décachète le rouleau d'une main qui tremble un peu. Puis tombe assise sur un banc de pierre.

« Cette lettre est du médecin Torrella, dit-elle d'une voix pâle. Cesare lui-même n'est pas en état d'écrire. Il a contracté la peste. »

Baldassare reçoit la nouvelle en silence.

« Qu'allez-vous faire ? demande-t-il après un temps.

— Puis-je ne pas le rejoindre ?

— Et moi, Camilla ?

— Je vous aime, Baldassare. Mais lui, il meurt.

— C'est peut-être la punition du fratricide.

— On prête à Cesare beaucoup de crimes dont je le sais innocent. Moi, je lui dois infiniment. Plus que je ne puis dire. »

Baldassare s'approche d'un mouvement impulsif, la prend contre lui.

« Écoutez-moi. Je mentirais si je prétendais que la mort de Cesare m'affecte, lui et moi nous sommes toujours détestés. Je n'ai pas assez de compassion envers lui pour accepter de vous perdre. D'ailleurs, poursuit-il, la serrant plus fort quand elle essaie de se dégager, vous n'arriverez pas à Capoue en moins de quatre jours et s'il est vraiment mourant... »

Les yeux de Camilla foncent, comme lorsqu'un nuage passe au-dessus des eaux.

« Comment pouvez-vous parler ainsi ?

— Parce que je suis un voyou qui ne respecte rien. Sauf vous, Camilla. Je vous respecte, je vous aime, j'ai besoin de vous, je vous veux. Le reste m'est indifférent.

— Si cela est vrai, dit-elle, l'observant avec gravité, alors, justement, il faut me laisser partir. N'avez-vous pas senti que... que je n'étais pas délivrée de Cesare ? Si je ne veux plus vivre avec lui, je dois le lui dire. Cela me fait peur, mais je le dois.

— Je vous accompagnerai, la route n'est pas sûre.

— Non. J'irai à cheval. Une voiture serait

trop lente. Je pourrais arriver demain soir, en changeant à tous les relais.

— C'est de la folie, par cette chaleur. Et la route est infâme, durcie comme pierre.

— J'ai l'habitude. Cesare fut mon professeur et c'est un grand cavalier.

— Cesare, toujours Cesare! Qu'il meure, à la fin, bon débarras!»

Elle le regarde avec un peu de tristesse, comme sa mère le regardait enfant quand il avait été méchant. La bouche tremble contre une envie de larmes. Alors, lui, exactement comme ferait un enfant méchant pour punir l'autre de sa propre peine, tire de son pourpoint l'œuf de Nuremberg[1] ouvragé qui fut son dernier caprice.

«S'il en est ainsi, dit-il, l'ayant consulté, il nous reste deux heures à passer ensemble...

— Deux heures, mon Dieu!»

Elle clôt les paupières, se penche pour poser son front contre la poitrine de Baldassare. Le frisson qu'elle retenait devient sanglot. L'enfant se retrouve éperdu devant la violence du coup qu'il a porté. Elle pleure, nouée, silencieuse, recluse au-dedans de sa douleur.

«Camilla, ce n'est rien, l'affaire de quelques jours...»

Mais c'est comme si plus rien ne l'atteignait dans son île de chagrin. Baldassare la soulève de terre, l'emporte jusqu'à la chambre, l'étend parmi ses cheveux, baigne son visage comme il faisait avec sa mère. C'est la même impuissance à la consoler, il est de nouveau laissé à la porte, devant ce chagrin des femmes qui n'est qu'aux femmes. Alors, parce qu'il lui reste un recours qu'il n'avait pas enfant devant sa mère sanglo-

1. Une des premières montres fabriquées.

tante, il fait l'amour à Camilla, non plus pour s'enivrer de sa beauté, mais pour tenter de l'apaiser. Il oublie qu'elle est belle, il ne cherche plus la clef. Il l'aime, simplement.

« Camilla, si vous ne revenez pas, si vous songez à ne pas revenir...

— Non, non », se bute-t-elle, dérobant son visage, et il ne sait pas à quoi elle dit non.

Il insiste :

« Vous savez ce que je ferai ? J'irai vous chercher. En enfer ou dans la maison de Cesare, d'ailleurs, c'est sans doute la même chose. Je vous laisse huit jours, pas un de plus. Au-delà, si vous n'êtes pas de retour, je prendrai la route de Naples. »

Elle pousse un lent soupir, un soupir comme lorsqu'on meurt et que le poids du corps cesse enfin de peser. Puis elle le prie en elle. Et pour la première fois, ayant déposé son armure, elle se livre sans réserve.

Il est là, dans l'ombre des courtines, dans l'étouffement de la chambre moite, qui le regarde avec son sourire insolent et doucereux. Cesare rassemble ses forces, redresse son corps douloureux contre les oreillers.

« Va-t'en, articule-t-il, et ses yeux noirs avivés par la fièvre sont des abîmes. Va-t'en. Va dans l'enfer qui est ta place.

— Mais tu m'y rejoindras bientôt, Caïn. C'est pourquoi je suis là. Je suis venu te chercher. »

Il sourit, si pâle. Il porte le pourpoint brodé d'or et les attributs ducaux dans lesquels on l'enterra. Quand il sourit ainsi, c'est comme s'il avait deux bouches, celle que Dieu lui avait donnée avec ses dents de perle, et celle que

Michelotto lui fit, la grande béance d'ombre à sa gorge...

Il tient par la bride un cheval arabe d'une éblouissante blancheur, qui piaffe de terreur, environné de feu.

« Sultan ! » crie Cesare.

Le cheval le reconnaît, hennit, rassemble ses postérieurs pour tenter de franchir de pied ferme le rideau de flammes.

« Sultan ! Saute ! Saute ! »

Sa gorge brûle, déchirée par les cris. Le cheval a sauté. Il retombe à genoux, les deux canons brisés net. Juan rit à gorge déployée, de toute sa sanglante blessure... Vanozza secoue sa tête encore blonde, prend chacun des deux frères par le bras :

« Mes enfants, allez-vous enfin vous réconcilier ? »

La vigne où leur mère a fait servir ce dîner champêtre est bruissante de grillons. Derrière la silhouette de Vanozza et de ses fils, on aperçoit le noir clocher de San Martino-ai-Monti, la douce pente de l'Esquilin et le ciel de juin criblé d'étoiles... Un homme masqué s'avance alors, demande à parler à Juan. Cesare n'entend pas ce qu'il dit à son oreille, mais il le sait. Voilà des semaines qu'il envoie cet homme régulièrement près de son frère comme s'il était un serviteur de Camilla, comme si Camilla répondait aux odieuses poursuites. Cesare sait bien que si elle recevait ces lettres de chantage, elle en serait malade. Il les intercepte.

Ce soir, 14 juin, le billet censément signé de Camilla donne un rendez-vous au duc de Gandia, dit qu'il faut suivre le masque jusqu'à une maison au bord du Tibre et venir seul, car des serviteurs pourraient les trahir ensuite auprès de Cesare.

C'est une grande clémence, en vérité, que Cesare accorde à son frère. S'il n'est pas pourri jusqu'à la moelle, s'il lui reste un soupçon de cœur, il aura pitié de Camilla et se sauvera la vie. Mais Juan, à la lecture du billet, regarde Cesare d'un air de triomphe et prend congé de leur mère. On le supplie d'emmener une escorte. Tout émoustillé du rendez-vous qui l'attend, il part avec un seul palefrenier et le masque mystérieux. On l'entend rire dans la nuit, tandis qu'il descend la colline. C'est la dernière fois de sa vie qu'il rira.

« Il ne se passera pas d'heure que je ne pense à vous, dit Cesare à Camilla, lisant de l'étonnement dans les yeux d'eau claire, des yeux où étancher sa soif... Il brûle, sa gorge est en feu.

— Verse-moi à boire, je t'en prie. »

Une main surgit d'entre les courtines, une main âgée, maigre et tavelée, avec des veines bleues apparentes. La main lui donne à boire le contenu d'un gobelet, mais ce n'est pas celle de Camilla, c'est un pénitent inconnu, avec un long bec de héron, la peste bien sûr, la peste est revenue. Avec Juan, dans les habits fangeux de Juan, dans l'eau pourrie du Tibre, pourrie par sa présence...

« Camilla... »

Elle est là. Mais son costume d'homme a la couleur des velours du lit, et du ciel trop rouge, et de ses cheveux. Seul son visage se détache de tout ce sang et semble flotter dans l'air.

À Naples, là-bas, loin, elle occupera ses pensées. Dès qu'il pourra, il la fera venir. C'est la première fois qu'il la quitte, il n'avait jamais éprouvé cette étrange peine et n'a pas de mots pour la dire. Il retrouve seulement les paroles de la chanson ancienne qu'il fit mettre pour elle en musique, « Donna, contra a la mia voglia, Mi convien da te partire...[1] ».

Les yeux d'eau calme lui sourient. Puis Juan éclate de rire et elle se dissout dans l'air. Alexandre se penche sur le lit, bégayant de désespoir, il dit qu'on a tué la chair de sa chair, le seul qu'il ait aimé, il dit qu'il sait qui l'a tué :

« Va-t'en, va-t'en et ne reviens pas, Cesare, ou je te ferai poursuivre pour ton crime... »

Une femme en noir se tient près de lui, elle fait glisser sa cape sur son blanc squelette, attire Cesare d'un geste lascif :

« Je suis la mort, je suis la peste, laisse-moi te baiser la bouche... »

Une autre la repousse, Diane aux longs cheveux, pourquoi a-t-elle tant tardé, trois jours déjà qu'est parti le courrier. Les autres, Juan, Alexandre, la peste, les autres rient : ce courrier n'est pas arrivé, ils l'ont détourné. Camilla les écarte du lit, touche le front du malade. Elle est venue avec Sultan, il l'a portée jusqu'ici, à Capoue, de son galop ailé. Épuisé, trempé de sueur, Cesare retombe parmi les draps, dans la fraîcheur de l'aube enfin venue.

Du haut des tours de Capodimonte, Giulia contemple le lac de Bolsena nimbé par une brume de chaleur. Elle est revenue en territoire Farnese, le pape l'ayant chassée ainsi que ses proches. Il ne jure plus que repentir. Elle le connaît assez pour ne pas croire tout à fait en la métamorphose, mais cette répudiation risque de consommer entre eux la désagrégation amorcée.

1. « Ma dame, c'est contre mon gré que je dois vous quitter. »

Amorcée par sa propre faute. Sa passion pour Baldassare Colonna, renouée dès le retour en France du jeune homme, l'a perdue. Elle est seule responsable d'avoir lassé la faveur d'Alexandre. Une raison de plus d'en vouloir au fourbe, à ce Tête d'Or qu'aime la populace et qui aime la populace — au point de préférer une gueuse à une dame. Depuis le carnaval, quand la Cyprina l'a frustrée de sa vengeance, Giulia n'a pas renoncé à le poursuivre. Mais la rage d'alors, qui appelait un meurtre, s'est un peu décolorée. Elle ne serait plus capable à présent de regarder neuf bandits se jeter sur Baldassare et l'ensanglanter. Cette nuit-là, chaque coup d'épée reçu l'emplissait d'une étrange volupté.

Pardonner, toutefois, c'est autre chose. Elle n'a pas cessé depuis six mois de payer des espions pour surveiller les faits et gestes de Baldassare. Une occasion devait bien surgir, enfin, de lui nuire. Le connaissant, elle s'était doutée que les circonstances romanesques de sa rencontre avec la Cyprina lui enflammeraient l'imagination. Elle n'a pas été surprise d'apprendre qu'il faisait le siège de la putain rousse. Mordue par la jalousie, non surprise.

Voilà qu'elle détient à présent une nouvelle susceptible de provoquer à Naples quelques remous. Cesare Borgia, croit-elle, n'est pas le genre d'homme à supporter qu'on lui vole une femme. Ne dit-on pas qu'il égorgea son frère Juan à cause de leur belle-sœur Sancia d'Aragon, que Juan lui avait prise? Qu'il déteste même les hommes qui s'approchent de sa sœur? On prête sans doute beaucoup aux Borgia, mais on ne prête qu'aux riches.

Le courrier qu'elle a envoyé hier, elle l'a payé assez cher pour qu'il prenne un cheval frais à chaque relais. Il sera ce soir à Capoue, puisque la cour de Naples s'y est enfuie pour éviter l'épidémie. On dit le cardinal très malade. D'aucuns prétendent que c'est du mal français, d'autres de la peste et qu'il en mourra. Giulia préférerait la première hypothèse, elle compte sur Cesare Borgia pour accomplir sa vengeance.

À l'aube, le médecin s'est levé de son siège, a gagné la fenêtre ouverte sur les eaux du Volturno et déposé son masque de protection, soupirant :

« Je le crois sauvé. Quelle vitalité ! »

Alors, comme si sa parole était un verset cabalistique, dans l'instant même, la jeune fille en habit d'homme qui était arrivée dans la nuit, plâtrée jusqu'aux cils par la poussière du chemin, des cernes bleuissant ses yeux, et qui n'avait pas quitté le chevet du malade, refusant robe et masque de protection, cette jeune fille a fermé les yeux et, conservant la position qu'elle tenait, assise dans une cathèdre auprès du lit, s'est endormie d'un coup.

C'est le malade qui s'est éveillé le premier, le nez piqué par les fumigations d'aromates. Il a découvert la jeune fille endormie et son regard obscur, posé sur elle, ne l'a plus quittée depuis lors. Le médecin, don Gaspare Torrella, qui est évêque et vit bien des drames intimes au cours de son double magistère, connaît presque tout ce qui lie Cesare Borgia, son patient, et cette cavalière endormie. Dans la journée d'hier, un courrier vint porter un message. Le médecin s'est autorisé, durant une inconscience du malade, à jeter un coup d'œil au rouleau. On accusait, sans signer d'aucun nom, la jeune femme d'une escapade amoureuse avec Baldassare Colonna en la Villa Viridis près de Palestrina.

Cependant, elle a répondu à l'appel du cardinal, rédigé par le médecin lui-même. Elle est arrivée plus vite que le plus rapide des extraordinaires du roi de Naples. Elle a passé la nuit à veiller un homme contagieux, luttant contre la fatigue de soixante lieues de galop. Le médecin sait, pour en avoir vu résister trente ou quarante heures dans les douleurs de l'enfantement, que les femmes sont mieux accrochées à la vie que les hommes. Tout de même, si ce qui tenait celle-là l'œil ouvert n'était pas de l'amour...

Avec la finesse dont est capable un homme auquel sa longue pratique a enseigné qu'il faut soigner les âmes autant que les corps si l'on veut sauver des vies, il essaie de sauver celle de son patient, mais aussi celle de la Cyprina.

C'est peut-être outrepasser son rôle médical que de prévenir un assassinat, c'est en revanche son devoir épiscopal. Don Gaspare Torrella, en prenant le pouls de son malade, lui détaille d'une voix élogieuse et paisible comment la jeune femme l'a veillé, et combien sa résistance physique fut admirable.

« C'est, sourit Cesare, qu'elle est d'une nature à ne pouvoir mourir ni laisser mourir sans avoir confessé la vérité. »

La jeune fille — c'est une femme, en vérité, mais si jeune, frêle encore de stature — ouvre les yeux, tressaille. Les deux regards se croisent, le clair et le sombre.

« Qu'y a-t-il ? demande-t-elle.

— Je disais que tu as la passion de la vérité. »

Elle hoche doucement la tête.

« Et tu as quelque chose à me dire. »

Il se tourne vers le médecin.

« Pouvez-vous nous laisser seuls ? »

L'homme de l'art soupire, prie Dieu en son âme et sort.

« Je ne sais pas comment tu le sais, mais j'aurais pu me douter que tu le saurais, tu sais toujours tout, dit-elle quand le médecin quitte la chambre.

— C'est donc vrai.

— Oui.

— Pourquoi es-tu venue ? Pour racheter une trahison par un grand courage ?

— Ce n'est pas une trahison. Je l'aime comme je pourrais aimer Dieu.

— Et lui ?

— Lui, il est amoureux. »

Cesare la dévisage, se redressant sur un coude contre ses oreillers.

« Oh... Alors, tu as cette clairvoyance. Que comptes-tu faire ?

— Eh bien... Je crois que je m'en remets à toi.

— Tu n'as pas peur que je te tue ?

— Je crois que cela fit toujours partie du contrat. Mourir ne m'effraie pas. »

Oui, il le sait. En vérité, il ne pourrait pas la tuer, même en ce moment, même avec cette lame froide qui remue dans la plaie chaque fois qu'il la regarde. Mais elle l'ignore.

« La seule chose que tu redoutes, Camilla, c'est de retourner un jour à ton ancienne vie. Je suppose que c'est pour prévenir ce risque que tu fais tout ce commerce de maisons.

— Oh, tu as appris cela encore ?

— Je peux te donner une assurance. Moi non plus, je ne veux pas que tu retombes là d'où je t'ai tirée. Si je mourais, je t'ai légué par testament la maison du Borgo ainsi qu'une part de mes joyaux. Et de mon vivant, je ne te laisserai jamais démunie. »

Elle s'est levée et marche dans la chambre de long en large, les mains crispées.

« Tu es terrible, Cesare, tu connais trop bien l'âme humaine. Lui, je sais qu'il ne peut me faire une telle promesse, encore moins la tenir.

— Tu crois que je la tiendrai, moi ?

— Je n'ai jamais eu lieu de douter de toi. »

Elle secoue ses cheveux, soupire :

« L'amour... C'est une douleur totalement futile. Il a dû t'arriver des emportements pareils au mien puisqu'on a parlé dans Rome de Sancia d'Aragon, de quelques autres. C'était comme la fièvre. Tu l'attrapais, tout le monde pensait qu'elle te consumerait. Après quelques jours, tu en étais guéri. Je ne me croyais pas le droit de t'en demander compte. Tu m'as toujours réellement traitée en égale. Je pense donc qu'aujourd'hui, tu agiras envers moi comme j'ai agi envers toi. Quand ma fièvre sera passée, nous n'en parlerons plus. Tu seras loyal. »

Elle jette soudain ses gants sur le lit, d'un geste vif et inattendu.

« Ce qui ne veut pas dire que je ne t'aurai pas blessé, que tu ne seras pas meurtri et jaloux. Moi, je l'ai été de la Cibo, de Sancia d'Aragon, des autres. »

Il sursaute :

« En vérité ?

— Bien sûr. Affreusement. À rêver qu'elles crèvent. »

Neutre de ton, il murmure :

« Sancia est venue me voir hier, juste avant que tu n'arrives.

— Elle est ici ? tressaille-t-elle.

— Avec son mari Joffré. Mon père les a renvoyés à Naples. »

Il l'observe entre ses cils baissés, voit les yeux prendre leur couleur d'orage. Cela, c'est vraiment plus qu'il n'osait espérer. Un sourire de dérision pour lui-même vient tirer ses lèvres sèches. Durant ces années, Camilla fut jalouse de lui...

« Ta fièvre, tu crois pouvoir en guérir ?

— Je le veux », dit-elle.

Il ferme les yeux, épuisé par la longue lutte contre la nuit et ses cortèges macabres, par l'angoisse de l'avoir attendue. Il sait qu'elle va rester.

Camilla se sent meurtrie, mais apaisée, comme après une délivrance d'enfant. L'archange est un rêve, qui serait demeuré tel si Cesare n'avait quitté Rome en lui rendant tacitement sa liberté. Alors elle ressentit le désir fou de créer un jardin romanesque pour sa mémoire, de connaître, une fois dans sa vie, l'extase décrite à travers le *Canzoniere*[1] de Pétrarque. Elle n'espérait pas changer d'existence, tisser quelque chose de tangible entre elle et Baldassare. Il s'agissait seulement de s'accorder, pour quelques jours, la réalisation d'un rêve, puisque les circonstances le rendaient possible.

Elle a connu deux semaines miraculeuses. Quand le courrier est arrivé portant la lettre de Capoue, elle a compris qu'il fallait quitter le jardin romanesque et c'était bien ainsi. Car Baldassare ne l'aime pas, pas assez pour la suivre où elle voulait l'emmener.

Elle ment à Cesare : elle ne guérira pas de sa fièvre. Toute sa vie, elle gardera pour Tête d'Or un amour inaltérable, qu'elle n'a pas choisi

1. L'un des recueils de poèmes de Pétrarque (1304-1374) en langue toscane.

d'éprouver, qui lui est venu comme une grâce ou une malédiction, Dieu seul sait. Mais elle ne l'avouera jamais, n'en cherchera jamais l'accomplissement ni la réciprocité. Elle se contentera du souvenir de ces deux semaines volées, c'est assez de bonheur. Elle n'ose pas trop demander à Dieu. Dieu s'est déjà beaucoup soucié d'elle, exorcisant ses cauchemars, la délivrant du quatrième cavalier. Dieu, miséricordieux, l'a sauvegardée de se souiller les mains.

Dieu... ou Cesare. Cette nuit, dans l'incohérence des délires qui agitaient le malade, elle a saisi des phrases terribles. Si *cela* est, c'est un motif justement, pour ne pas abandonner Cesare. Il fallait que Juan mourût et Camilla voulait cette mort du fond de l'âme. Mais elle ne la voulait pas de sa propre main. En refusant de porter le coup, elle a laissé Cesare en prendre le péché sur lui. Or le péché du frère pèse plus lourd que n'eût pesé celui de la petite fille de 93. La moindre loyauté qu'elle doit à Caïn désormais, c'est de rester à ses côtés.

Chapitre 9

20-24 SEPTEMBRE 1497

Septembre caresse de blond les feuilles des arbres. Elles jonchent la pelouse nette du cloître, que les sœurs ratissent chaque matin. Depuis la chapelle, un *Agnus Dei* s'égrène, porté vers le ciel par leurs voix fragiles.

La paix intérieure de ces femmes renvoie Lucrezia, douloureuse, à son paradis perdu. Sœur Girolama, la prieure, qui fut son professeur de latin lorsqu'elle avait huit ans, a le plus doux regard du monde. Le plus pénétrant aussi : il semble à Lucrezia qu'on l'a dévinée. Ou bien sa culpabilité l'égare-t-elle ? Seigneur, pourquoi est-elle Borgia, avec cette violence sous la cendre qu'elle voudrait éteindre et qui l'embrase au contraire ?

Ce matin, Pedro portait des nouvelles inquiétantes. Il semblerait que le pape ait fini de se repentir, que le Vatican retrouve ses bouffons et ses quémandeurs. Et qu'on s'active à nouveau pour les prochaines noces de Lucrezia. Folle, d'avoir cru que son père pourrait changer de nature ! De guerre lasse, elle consentit au divorce il y a quelques semaines. Le pape alors, ne songeait plus qu'au salut de son âme. Maigre, éteint, il lui faisait pitié, elle a voulu le contenter, d'ailleurs il ne parlait plus de la marier. Quand il est venu la voir en personne à San Sisto, elle n'a pu refuser de signer.

À présent, le voilà si ragaillardi qu'on chuchote que Cesare pourrait rentrer en grâce. Juan est enseveli depuis trois mois déjà. Autant dire un siècle. Lucrezia aurait dû mieux connaître son père, changeant d'humeur, impressionnable. Si Cesare revient... Il veut le mariage aragonais à tout prix. Une liaison compromettrait tout, ces secrets-là sont ceux qu'on colporte le plus vite dans Rome. Or la liaison entre Pedro et Lucrezia se pourra dissimuler moins qu'aucune autre... La comtesse de Pesaro est mince, ses amples robes savent encore tricher ; et puis, la mode des ceintures hautes dessine des silhouettes gravides à toutes les femmes.

Qu'importe. Même une ceinture haute, d'ici deux mois, ne dissimulera plus que Donna Lucrezia Borgia est enceinte.

Il va falloir se présenter à Noël devant un consistoire pour se faire déclarer vierge. Comment cela sera-t-il possible ? Surtout, comment réagira le cardinal de Valence, dont l'œil exercé devinera la chose bien avant cette date ?

Camilla tangue contre les capitons. Elle a quitté Capoue depuis trois jours et, si tout va bien, si l'on ne casse pas un essieu, si l'un des violents orages de septembre ne transforme pas la route en torrent, elle sera ce soir à Fontanarosa, sa campagne, pour embrasser Ottavio.

Dans la maison que Cesare louait sur les hauteurs de la cité, au-dessus du Volturno, ils ont goûté les jours paisibles d'une villégiature presque ordinaire. Comme chaque été, elle organisait de frais soupers dans le jardin. On recevait la cour de Naples, ses gens de lettres et ses musiciens en lieu et place de la cour de Rome, c'était la seule différence.

Elle et lui se sont retrouvés. Elle avait craint de se sentir changée: vaine inquiétude. La parenthèse irréelle était vraiment refermée. Parler, chevaucher, faire l'amour avec Cesare avait la même évidence qu'autrefois. Il a semblé que lui non plus ne gardait pas de réserve. Veut-elle le croire?

Sancia et Joffré vinrent en visite deux fois. La seconde fois, Sancia pria Cesare, le regardant de ses yeux effrontés, de les raccompagner chez eux le soir. Camilla était indisposée, fiévreuse.

« Ne veux-tu pas en profiter pour passer la nuit là-bas ? » lui suggéra-t-elle entre ses dents. « Le Vésuve t'attend... »

Il rit, comme il riait à dix-huit ans, aux premiers jours de leur liaison. Puis il dit:

« Non. Je préfère dormir avec toi que coucher avec elle. »

De fait, on dormait peu, à cause de la chaleur. Mais le ciel était rose, on respirait le sucre d'orangers et de jasmins, elle servait des melons d'eau rafraîchis dans la glace qu'un muletier avait apportée, en pains énormes, des hauteurs de la montagne... C'était la douceur napolitaine, les charmes de la province de Caserte qui avaient ensuqué jadis Hannibal et ses guerriers.

Cesare ne s'y laissait pas amollir. S'il conduisait Camilla aux grottes de Capri, la promenait en mer, l'entraînait à dos de mule jusqu'aux cendres du volcan, il n'oubliait pas de recevoir chaque jour le compte rendu de ses espions restés au Vatican — et qui le tenaient au courant des humeurs pontificales. Quand il sut qu'Alexandre VI donnait une fête pour la Sainte-Croix, il sourit:

« Lui aussi termine sa convalescence. Camilla,

je crois que pour nous s'achèvent les délices de Capoue[1].»

Il l'a dépêchée devant, organiser le retour à Rome de sa domesticité, d'Ottavio, rouvrir la maison du Borgo de manière éclatante. Tout Rome doit savoir que Cesare rentre en faveur. Cela prouvera que les rumeurs n'étaient que calomnies.

De cela — du meurtre de Juan, le 14 juin dernier — il ne fut jamais question entre Cesare et Camilla. Elle n'a pas osé l'interroger à ce propos et ne sait plus que penser. Restent les délires de la nuit d'août, lorsqu'elle l'entendait, assise à son chevet, invectiver un fantôme. Quant à Baldassare... Elle ne s'était pas trompée. Ses promesses de venir la rechercher «jusqu'en enfer», il ne les a pas mises à exécution. Sans rancune, presque sans tristesse, elle ferme les yeux et songe aux jours miraculeux de la Villa Viridis, dans la lumière d'été.

Elle va cogner tête la première contre la paroi de la voiture. Le coche s'est arrêté, grinçant de ses essieux, les chevaux hennissent et piétinent, des cris l'environnent. Elle glisse un œil par la portière.

«Que se passe-t-il?»

La route est barrée par une douzaine de cavaliers armés de rapières et d'escopettes[2], qui ont neutralisé ses quatre hommes d'escorte et son cocher, les forçant à mettre pied à terre. Camilla aussitôt descend, s'avance vers les brigands.

«Si vous en voulez à mes biens, prenez-les, quoiqu'il n'y ait que des coffres d'habits. Mais de grâce, ne touchez pas à mes gens!»

Celui qui semble le chef des agresseurs, alors,

1. Expression consacrée depuis Hannibal.
2. L'ancêtre de l'arquebuse.

s'approche d'elle à cheval, ôta la cagoule qui lui dissimulait la tête, dévoilant ainsi ses cheveux d'or. Il se penche sur le pommeau de sa selle pour la saluer.

« J'avais dit, madame, que j'irais vous rechercher jusqu'en enfer. La mort de ma mère m'a retardé, me voici tout de même. »

En ce 24 septembre un peu frileux, les courtisans se sont dérangés pour accueillir Cesare Borgia, mais le pape a feint de ne pouvoir quitter un consistoire parfaitement futile et son fils a dû faire antichambre une demi-heure durant, avant d'être accueilli par un froid baiser au front, sans une parole de bienvenue. Il se doutait qu'on ne lui ferait pas fête. Qu'importe.

Seuls dans la salle du trône, ils se dévisagent, le cardinal en noir et le pape en blanc. Le vieil homme a maigri, perdu de sa jovialité. Pourtant, il n'est déjà plus le douloureux égaré quitté deux mois plus tôt. Cesare a préparé cette entrevue. Il sait par quoi commencer :

« Le roi de Naples n'attend plus que la prononciation du divorce de Lucrezia. Il consent à lui donner en mariage son fils Alfonso d'Aragon. »

Illégitime, mais d'Aragon tout de même. Le pape s'illumine, demande des détails. Sobrement, Cesare rend compte des pourparlers qu'il a rondement menés. Son père hoche la tête en approbation. Ils ne sont pas encore amis, mais déjà redevenus complices. On peut jouer la seconde carte.

C'est un rapport de police qui récapitule depuis le retour de Juan à Rome les gentilshommes qu'il insulta ou fit tuer, les épouses et les filles séduites, les joueurs avec lesquels il tricha, les commerçants qu'il vola. Le rapport n'est pas écrit dans le style de Boccace, de manière à faire pardonner les joyeuses frasques d'un beau jeune duc. C'est un vrai rapport de police, trivial et précis, qui ne cache pas qu'à tel aubergiste dévalisé, Juan, « pour rire », trancha trois doigts ; qu'il n'eut telle épouse vertueuse qu'en l'enlevant au sortir de la messe puis en lui faisant avaler de force de la cantharide — drogue aphrodisiaque mais également mortelle si l'on n'y prend garde, de sorte que la malheureuse en est restée muette et paralysée.

Cesare laisse son père le lire en entier, avec de longs soupirs attristés.

« J'avais demandé cette enquête quand je suis parti pour Naples. Vous jugez de la difficulté pour trouver le coupable parmi cette foule.

— Oui, accorde le pape. Ah, mon pauvre Juan, il avait bien peu les qualités d'un futur roi d'Italie...

— Quoi qu'il en soit, je veille en personne à ce que tous les suspects soient interrogés. Juan sera vengé. »

Il regarde le pape droit dans les yeux, sans ciller.

« Oui, mon fils, vengez-le, il le faut. »

C'est entrer dans le jeu, admettre que puisse exister un *autre* assassin. Alexandre VI veut tant le croire qu'il le croira bientôt.

« Dussé-je y passer dix ans, promet Cesare, je le retrouverai. »

Son père lui demande des nouvelles de sa santé, s'il fut vraiment si malade à Capoue. Cesare ne s'appesantit pas sur ses maux, souligne plutôt les qualités d'Alfonso d'Aragon, qui devrait plaire à Lucrezia car il est beau, charmant de caractère... Cette fois, on est en famille, on parle aussi de Vanozza, de Joffré. Le pape, à qui de telles conversations font défaut depuis des mois, y puise réconfort, soupire, se détend tout à fait.

Cesare croit pouvoir présenter sa requête. Alexandre VI en a, sur l'instant, le souffle coupé. Puis, considérant les arguments de Cesare, il hoche la tête.

« Il est vrai que la mort de Juan laisse un vide très difficile à combler. Joffré n'est pas de taille, ne le sera sans doute jamais. Si nous voulons que les Borgia règnent un jour en Italie... »

Cesare a gagné. Il baise l'améthyste papale et sort, sourire aux lèvres, laissant aux courtisans loisir de deviner, pour une fois, ses sentiments.

Sur les marches de San Pietro, une silhouette déformée tente de fendre la foule pour arriver jusqu'à lui. Le sourire de Cesare, en effet, oriente les quémandeurs, comme des tournesols, vers le nouvel astre du jour. Naguère, c'était Juan, dans ses habits de prince, qui voyait s'ouvrir devant lui cette mer Rouge de crânes inclinés. *Sic transit gloria mundi.* Cesare reconnaît Gennaro et fait signe qu'on le laisse approcher.

« Monseigneur, elle vous attend à la maison du Borgo. Elle a des choses graves dont vous entretenir », dit simplement l'infirme.

Baldassare a tout pesé. Le banquier Chigi, l'un de ses amis, estimera la valeur des biens immobiliers de Camilla, les lui rachètera et lui donnera pour la somme estimée des lettres de change payables en France, afin qu'elle soit à tout moment pourvue d'argent sans avoir à le transporter avec elle.

« En France ?

— Le roi Charles VIII m'y a plusieurs fois rappelé, je m'y suis fait des amis. Je crois le moment venu de s'éloigner de Rome. Pourquoi ne pas s'installer en France?

— Votre banquier ne me fera pas de cadeaux. Vouloir réaliser sa fortune d'un coup, c'est toujours y perdre.

— Il faut faire vite, Camilla. D'ailleurs, vous ne conserveriez pas vos biens à Rome. Vous aviez la protection du pape, elle vous sera retirée.

— Et mon fils?

— Nous l'emmenons, cela va de soi. Avec qui vous voudrez parmi vos familiers. Cesare Borgia entre dans Rome aujourd'hui et sera maître au Vatican demain. La ville deviendra pour nous intenable, mortelle même.»

Certes. Mais elle ne veut pas quitter l'Italie, où elle a des projets à concrétiser. Elle ne veut pas vendre en hâte ses biens et confier son or à un banquier susceptible de faillir — cela s'est vu souvent! Elle ne veut pas qu'Ottavio grandisse à l'étranger. Surtout, elle ne veut pas que quiconque décide de sa vie pour elle. Cesare n'en usait pas ainsi, lui.

«Baldassare, je me charge moi-même de régler mes affaires, ainsi que je l'ai toujours fait. Je ne quitterai pas ce pays. Et je ne fuirai pas Cesare sans explication.

— Vous souhaitez qu'il vous tue?

— C'est un risque à courir. Si vous aviez peur de cela, il ne fallait pas venir me reprendre.

— Vous le regrettez?»

Son regard s'est avivé, de l'or pur. Ils sont face à face dans cette chambre du palais Colonna où elle vint le chercher naguère, où il la cache depuis quatre jours. La lignée Colonna, en raison du récent deuil, est toujours à Subiaco, où la mère de Baldassare fut enterrée.

«Vous le regrettez?» répète-t-il, s'approchant d'elle.

Justement, oui. Elle regrette sa faiblesse de femme amoureuse, son impuissance à le fuir. Elle regrette de se laisser subjuguer par le regard d'or, de consentir aux mains qui délacent son pourpoint d'homme, à la bouche qui marque sa peau de sillages brûlants. Elle regrette qu'il soit si sûr de ce pouvoir détenu sur elle, et qu'elle ne puisse le recouvrer.

« Vous le regrettez ? murmure-t-il encore, l'observant entre ses cils, regard de voyou trop bien étudié. Faut-il rendre à Cesare ce qui lui appartient ?

— Non, cède-t-elle.

— Alors, je puis le prendre ?

— Oui. »

Elle caresse sur sa poitrine les cicatrices de ces blessures dont il faillit mourir, dont elle le sauva. Il la pénètre en la regardant bien en face, il la regarde toujours quand il lui fait l'amour et elle sait que c'est souvent comme à cet instant, pour s'assurer qu'elle est conquise. Elle n'aime pas le plaisir qu'il lui donne alors. Auparavant, c'était plus simple. Quand il avait ce visage-là, Tête d'Or des faubourgs, elle se retranchait en elle-même, devenait tout à fait froide. Mais le jour de leurs adieux à la Villa Viridis, il s'est montré si sincère et désarmé qu'elle a cédé, renonçant à se méfier, à se défendre.

Depuis lors, elle n'a pas su redresser les digues rompues, emportées par le flot. Quelque chose d'elle est à lui, de la chair mêlée d'âme, c'est confus, douloureux, irrésistible. Elle ne peut pas envisager de le quitter. Dès qu'il la touchera, il la reprendra, toujours et partout. Pourtant, il ne l'a pas aussi totalement vaincue qu'il voudrait.

« Je vais aller voir Cesare », dit-elle ensuite, haletante parmi ses cheveux emmêlés, et le regardant à son tour sans ciller.

C'est une petite vengeance, car le plaisir n'a même pas commencé de refluer en eux. Elle sait qu'elle gâche ainsi le moment délicieux d'après l'étreinte. Il se retire, furieux.

« Eh bien, allez-y !

— Ottavio est son fils, je ne peux l'enlever sans rien lui dire.

— Cesare Borgia en figure de *pater familias*, laissez-moi rire ! »

Il enfile rageusement une robe de chambre en damas rouge, profil découpé sur la fenêtre claire, inconscient comédien, habitué depuis toujours à tirer parti de son visage d'ange.

« Riez si vous voulez, dit-elle sans s'émouvoir de cet effet de contre-jour. Mais ne croyez pas que vous piétinerez dans ma vie comme en terrain conquis. Partir en France ne vous coûte rien à vous, c'est un voyage d'agrément, non pas un exil qui vous contraint à brûler vos vaisseaux derrière vous. Vous savez que vous reviendrez à Rome quand vous voudrez, protégé par la puissance de votre clan. Moi, Baldassare, si je commettais cette imprudence, que deviendrais-je le jour où vous décideriez de me planter en France avec mon enfant, ayant dilapidé près de vous ma modeste fortune ? »

Elle s'est exaltée en parlant et, le voyant faire un geste vers elle comme s'il voulait répliquer, le devance, sourcils froncés :

« Oh, je sais ce que vous pensez, je n'aurais qu'à redevenir putain, comme je l'étais auparavant... »

D'un élan, il l'a rejointe, la prend contre lui et l'embrasse pour la faire taire.

« Non. »

Elle se débat mais il ne la lâche pas, la tient sous ses baisers jusqu'à ce qu'elle se calme.

« Ne prononcez pas d'horreurs semblables.

Camilla, vous le dites, je n'ai guère à craindre Cesare pour moi-même. Si je veux vous emmener loin, c'est pour vous protéger, vous. »

Elle s'apaise. Bien sûr, il n'est pas si mauvais que cela. Aujourd'hui, il tient à elle. Demain... Demain, Dieu seul le sait.

« Je vous en prie, laissez-moi faire comme je l'entends.

— Bien, cède-t-il. Si vous le voulez ainsi. Mais c'est à la condition que la rencontre ait lieu ici. Chez moi, au milieu de mes gens.

— Il n'y consentira pas, cela ressemblerait trop à un guet-apens. Je t'attendrai dans notre maison du Borgo. »

Elle ne lui laisse pas même le temps de toucher le heurtoir. Elle ouvre, chandelier à la main. Il la dévisage, remarque l'habit d'homme, la pièce vide.

« Pourquoi les volets sont-ils clos ? Et tu es seule, sans bagages, sans domestiques. »

Gennaro, qui est entré derrière lui, allume un autre chandelier, puis se retire dans la seconde antichambre.

« Je n'ouvrirai pas cette maison, Cesare. Je t'en rends les clefs. »

Elle joint le geste à la parole, posant le trousseau sur la crédence à côté d'eux.

« Mais elle est à toi quoi qu'il advienne », dit-il de cette voix douce qui donne à plus d'un l'illusion d'être « dans les meilleurs termes avec lui ». Camilla y décèle seulement qu'il a compris, déjà, le motif de leur entrevue.

« J'ai tout de même fait du feu », dit-elle, les murs étaient humides. Viens près de l'âtre. Nous avons à parler.

Elle se détourne, marche vers la cheminée en

offrant sa nuque sans défense, bien qu'elle ait vu le poing de Cesare se crisper sur le manche de sa dague. Elle s'assied dans une des deux cathèdres et sa chevelure éparse fait autour de son corps frêle un manteau de miséricorde.

« Il m'a reprise », dit-elle.

Il reste debout, adossé à l'autre siège, et la regarde, sombre, si sombre.

« Je pourrais prétendre qu'il m'enleva sur la route de Fontanarosa, que je ne m'y attendais pas, que j'avais sincèrement renoncé à lui. Ce serait la vérité, mais ce serait un mensonge aussi. Le fait est que je suis restée avec lui, et que je n'aurai pas la force de le quitter tant que lui ne se lassera pas de moi.

— Ce qui viendra tôt.

— Sans doute. Je me suis trompée sur moi-même, Cesare. Je me croyais aussi forte que toi. Je ne suis qu'une courtisane. Menée par ses engouements, incapable de constance. Toi et moi, c'était mieux que l'amour. Tu n'as jamais parlé de sentiments, mais tu m'as tirée de la boue, tu as formé mon esprit, tu m'as donné la liberté de juger. Nous avons vécu en égaux, en amis, j'étais respectée. J'ai toujours su que tu n'étais pas un homme à te laisser mener par ton cœur. Les seules femmes que tu chérisses, je crois, sont ta mère et ta sœur. Au début, j'avais la nostalgie de ce que je lisais dans Pétrarque et que je continuais d'ignorer. Puis je me suis faite à tes manières. Je croyais pouvoir m'en contenter toujours, rester aussi impassible que toi. »

Elle se lève soudain, avance vers le feu, mains emmêlées, secouant ses cheveux :

« Oh, si tu savais combien souvent je déteste ce qui m'arrive ! Je ne dis pas cela pour me chercher excuse. C'est une chose que je ne connaissais pas et que je ne sais pas affronter que d'être en divorce avec soi-même. Que de sentir son corps, son cœur et son esprit aller chacun de son côté. Cet amour m'encombre, me dérange et m'asservit. C'est un tourment que tu ignores et Dieu puisse t'en préserver.

— Qu'en sais-tu ? »

Elle s'immobilise, ouvre ses mains et le regarde.

« Tu l'aurais donc connu, toi aussi ? Vraiment ? Alors, Cesare, dis-moi, je t'en prie, comment tu as guéri. Apprends-le-moi ! »

Il sourit.

« On n'en guérit pas. »

Elle le dévisage un long moment. On croit connaître les êtres...

« Longtemps, dit-il, détournant le regard vers le feu — ce qui allume dans ses prunelles des éclats verts comme aux yeux des loups —, j'ai méprisé la faiblesse de mon père face à ses maîtresses. Ma propre mère a régné vingt ans sans partage sur sa vie. C'était une femme de caractère et d'intelligence, Dieu merci, mais eût-elle été sotte qu'il lui aurait cédé pareillement. Puis, un jour, j'ai rencontré dans un bordel une petite fille dure. »

Elle pousse un cri.

« Faussement dure. Grâce à elle, j'ai découvert qu'on peut estimer un être autant qu'on le désire, s'exalter à son contact parce qu'il incarne en ce monde la beauté, l'esprit, admirer sa force et s'émouvoir de sa fragilité. »

Elle est retombée dans la cathèdre et pleure sans s'en apercevoir. Cela, c'est pire que tragique. C'est bouffon.

« Il m'a semblé, un moment, après la naissance de l'enfant, que peut-être nous étions plus liés l'un à l'autre que nous ne le disions. À cette époque, j'étais heureuse. Puis il y eut ce carnaval horrible et Juan. Je n'ai jamais su ce qu'il t'avait dit, mais quand tu es rentré, à l'aube, j'ai senti qu'un abîme s'était ouvert entre nous. Que cela ne serait plus jamais comblé.»

Il s'est approché de la cathèdre, lui tire la nuque en arrière par les cheveux, doucement, pour offrir son visage à la lumière.

«Un abîme? Bien avant ce bal, je savais ton pauvre secret. La seule chose que j'ignorais, c'était que Juan s'était trouvé parmi les autres, cette nuit-là. C'est ce qu'il m'apprit, au bal du carnaval. Il signait son arrêt de mort.»

Elle a sursauté. Il hoche la tête, répondant à la question muette.

«J'avais cent raisons de le haïr. C'était néanmoins mon frère. Ce qu'il m'a dit cette nuit-là, la manière dont il l'a dit, le but de ses paroles, ont fait pencher le fléau que je m'étais efforcé jusqu'alors de garder en équilibre.

— Tu... tu l'as tué?

— Pas uniquement à cause de toi, Camilla, mais à cause de toi aussi.»

Elle sent une vague de détresse monter en larmes à sa gorge, se lève, va pour le toucher, mais d'un écart félin, il parvient à éviter le contact.

«Pourquoi n'as-tu jamais rien dit? Pourquoi n'as-tu pas dit que... tu m'aimais?

— Je ne sais pas exprimer ce que j'éprouve en paroles. Plutôt, je ne fais pas crédit aux paroles. Je croyais que tu le comprendrais autrement.»

Debout, elle adosse sa nuque au bois sculpté de la cathèdre.

«Peut-être, si toi et moi avions reçu normalement de l'amour, saurions-nous le deviner sans paroles. Mais c'était trop invraisemblable, inimaginable pour moi. Mon Dieu, quelle absurdité!

— Est-ce que pour autant cela t'aurait retenue d'aimer Baldassare Colonna ? »

Elle revient vers lui, entraînée par sa révolte, et cette fois l'agrippe, le retient, le frapperait presque. Il attrape ses poignets, l'immobilise.

« Oui, mille fois oui ! crie-t-elle. Aucun homme avant lui n'avait éprouvé pour moi de l'amour. Du désir, oui. De l'amitié, je croyais en avoir reçu de toi. Mais pas cela ! Je l'aime simplement de m'avoir aimée le premier, même fugitivement, même si le plus souvent ce n'est qu'un voyou satisfait de me posséder ! Si ç'avait été toi... »

Elle ploie contre lui, pleurant dans le velours noir du pourpoint.

« Il ne t'aime pas, même furtivement, soupire-t-il. Il a seulement pris sa maîtresse à Cesare Borgia.

— Tu te trompes. Tu as trop peu de foi dans l'âme humaine.

— Je croyais en la tienne. Camilla, il faut que tu le saches, je ne ferai jamais rien contre toi. Mais je vais tuer Baldassare Colonna. Je vais le tuer non parce que tu l'aimes : parce que lui ne t'aime pas. Je t'aurais emmenée là où j'atteindrai, je t'aurais couronnée reine. À ses yeux, tu n'es, tu ne seras jamais qu'une putain. Je vais le tuer pour ton propre salut. Parce qu'il ne peut que t'avilir et te faire souffrir. Parce qu'il est pourri. Comme Juan. »

Elle se dégage de lui.

« Non !

— Si. Je croyais pouvoir éviter de devenir un assassin. Mais il n'y a que le premier pas qui coûte en toute chose. Dès lors que Caïn a tué Abel, plus rien ne saurait l'arrêter. Je tuerai Colonna et tous ceux qui se mettront en travers de mes projets. Ce sera facile, désormais. Il est dit que par la seule femme que j'aurai aimée —

parce que c'était la seule qui en fût digne — je serai devenu ce que je redoutais. Le sort a de cruelles ironies.

— Dois-je me sentir responsable, moi seule, de tes crimes passés et futurs ? »

Il a soudain l'un de ses regards sombres qu'elle n'avait pas su comprendre, l'un de ces gestes qui la rassuraient aussi peu que la patte de velours d'un fauve. Il prend le menton de Camilla dans son poing, l'oblige à le regarder dans les yeux.

« Je ne vais pas seulement devenir un assassin. Tu auras lieu de m'admirer, de me regretter, Camilla Vespucci, que j'aurais faite reine d'Italie... Ottavio aurait été roi, au lieu de quoi il ne sera que Borgia. Je vais tout de même le reconnaître.

— Le pape y consent ? s'étonne-t-elle.

— Je saurai lui extorquer cela, il n'osera plus rien me refuser désormais, lui aussi je crois que je le terrorise au fond de son cœur.

— Vas-tu... Vas-tu me le prendre ?

— Ottavio ? Non. Tu es une bonne mère et je ne lui veux pas de mal, pour te l'arracher. Plus tard, quand il sera grand, nous veillerons à son éducation. Mais je ne ferai rien sans te consulter. Il est innocent.

— Baldassare aussi ! s'insurge-t-elle. Et tes paroles ne sont que des paroles. Tu ne peux pas être roi, monseigneur le cardinal. Ni te marier. »

Avec un sombre sourire, il tire de son gantelet un étui à messages, en fait glisser deux vélins roulés qu'il déploie, étale sur un coffre. Les coins résistent à sa volonté, se tordent. Alors il cloue les vélins l'un sur l'autre dans le bois d'un coup de sa dague.

« Allons donc ! Toi et moi sommes ce que nous nous faisons, Camilla, et c'est notre plus belle ressemblance. »

Elle avance, se penche sur le coffre pour déchiffrer les deux manuscrits. Celui du dessus est une bulle papale, non datée, défroquant Cesare Borgia et le faisant, pour le service de l'Église, duc de Valentinois.

« Il ne manque plus que de réunir un consistoire pour l'entériner », dit-il.

Elle soulève la bulle pour dégager l'autre document. C'est un contrat de mariage entièrement rédigé, entre Cesare Borgia, duc de Valentinois, et Camilla Vespucci. Il n'y manque, là aussi, que la date et le seing des contractants.

« Garde celui-ci en mémoire de moi », dit-il en reprenant la bulle en même temps que sa dague.

Aussitôt, le vélin têtu se recroqueville sur le coffre, tandis que Camilla essaie machinalement de l'aplanir.

« Cesare... »

Mais il est sorti de son pas silencieux, dans l'instant qu'elle détournait de lui son regard. La porte claque sur sa haute silhouette noire.

DEUXIÈME PARTIE

Les routes d'Italie

1498-1503

Chapitre 10

FÉVRIER 1498

« Tu te souviens, Gubbio, des mille carlins que je t'avais promis pour la vie du seigneur Colonna ? »

Le colosse à barbe noire regarde la petite Cyprina, pourpoint de brocart rouge, feutre sur l'œil, et sourit :

« Je m'en serais voulu de te les réclamer. Je suis simplement allé voir la personne qui commandait le meurtre et je l'ai menacée de parler devant le pape et la famille Colonna. Elle m'a payé ce qu'elle m'avait promis. Ainsi, toi et moi sommes quittes.

— N'importe, tu épargnas la vie de cet homme, je t'en dois personnellement reconnaissance. Je suis donc venue te proposer une affaire. Elle présente sa part de risque, mais si elle aboutit, c'est la fortune pour nous deux.

— Parle, tu m'intéresses. Tu n'as pas si mal réussi depuis le jour où tu errais dans les rues de Rome. Les étoiles sont peut-être pour toi.

— Il s'agirait d'une *commenda*[1] en vue d'armer une expédition maritime pour les nouveaux

1. *Commenda :* compagnie commerciale temporaire à 24 parts. *Commenda in nave implicata* est le terme complet pour la *commenda* évoquée ici, qui dure le temps d'une expédition. À Venise, la *commenda* s'appelle *colleganza.*

mondes. Ce ne serait pas une *commenda* classique parce qu'elle ne partirait pas chargée de marchandises. Elle irait les chercher et c'est au retour qu'on vendrait le butin. Des épices.

— Qu'est-ce qui a pu te donner cette idée?

— Nous avons besoin d'épices. Mangerais-tu ton *castrato*[1] sans poivre, ta compote de pommes sans cannelle? Que deviendraient les belles dames sans l'ambre et le musc, les apothicaires sans l'opium et la gomme arabique? Il suffit d'ailleurs qu'ils écrivent "arabicum" sur leurs flacons pour que les clients se sentent mieux rien qu'à les regarder. Le prix de ces denrées ne cesse de grimper, c'est le commerce le plus lucratif du monde.

— Cela n'est pas nouveau, ma belle. Mais entre l'Inde et nous se dressent bien des dangers. Si les sultans ne te rançonnent pas, les tempêtes te démâtent ou les pirates t'abordent. Quatre navires sur cinq ne revoient jamais leur port d'attache.

— Le cinquième, avec sa cargaison, suffit à te rendre riche! Or, écoute-moi, Gubbio. Il s'est passé des choses inouïes ces dernières années, et qui vont changer la face du monde comme personne n'en a l'idée.»

Gubbio se tourne vers la salle d'auberge enfumée du Trastevere qui lui sert de quartier général et commande du vin — du vin chaud macéré d'épices, aromatisé de gingembre et d'écorces d'oranges.

«Tu m'assèches le gosier, Cyprina, en outre il fait froid cet hiver.»

La salle est pleine de ses «soldats». Gubbio, en l'an de grâce 1498, est toujours officier, capitaine des *grancetti*. Cette fonction, il semble-

1. *Castrato:* viande de mouton.

rait qu'il sera l'un des premiers à l'exercer jusqu'à sa mort, car il s'y voit chaque année reconduit.

« Je la céderai même à mon fils si j'en ai un », plaisante-t-il parfois.

Sous son influence, les malandrins se sont organisés mieux qu'ils ne l'avaient jamais fait, au point de devenir une sérieuse menace dans Rome où les diverses polices n'en viennent plus à bout. Ils détiennent à présent leur auberge, leur hôpital, leur mont-de-piété comme à Pérouse et leur troupe armée régulièrement entraînée.

« Vous voilà mûrs pour l'honnêteté, dit Camilla. Pour gagner la fortune sans risquer la prison, puis une main coupée. Les épices nous rapportent de l'or actuellement, mais plus pour longtemps. Dans dix ans, c'en sera des caravanes sur la route intérieure d'Orient, du pouvoir des *mouros*[1], de l'hégémonie de Venise. Les maîtres de ce commerce seront les Espagnols et les Portugais. Sais-tu pourquoi ?

— Ma foi, il semble que leurs navigateurs aient trouvé des chemins sur mer pour gagner les Indes.

— Mieux que cela. Il est vrai que cette année, un Portugais[2] a gagné les Indes par le sud, en doublant la pointe extrême de l'Afrique. Mais en outre, en 92, Colombo a découvert à l'ouest de nouvelles terres. Des îles. L'homme qui conduirait notre expédition, Gubbio, était l'un des lieutenants de ce Christoforo Colombo en 92 puis en 93. Il est rentré depuis deux ans de la seconde expédition. »

Elle se penche vers le truand pour parler bas :

1. *Mouros :* brigands arabes qui rançonnent les caravanes.
2. Vasco de Gama.

« Il s'est brouillé avec son capitaine désormais, parce que leurs avis divergent. Christoforo Colombo pense que les îles nouvelles sont une sorte de ceinture au large de l'Asie. L'autre homme, celui qui m'intéresse, croit, lui, que l'Inde se trouve beaucoup plus à l'ouest encore. Et que les terres qu'ils ont abordées sont en réalité l'orée d'un énorme continent neuf. Énorme et plein de richesses. Un Eldorado.

« Il voudrait longer les côtes, reconnaître et accoster ce continent, puis trouver le passage vers les Indes, car il est sûr que le *paso* existe. Seulement voilà : Isabelle et Ferdinand d'Espagne patronnent en ce moment la troisième expédition vers l'ouest de Colombo. Ils n'ont pas voulu financer celle d'un autre navigateur visant au même but. Le roi du Portugal, pour sa part, persiste à préférer la voie par l'Afrique, vers l'est. Mon capitaine est donc... à sec.

« Or, sais-tu de ce qu'il adviendra de toutes les terres qu'on découvrira sur la route des Indes dorénavant ? Eh bien, elles seront adjugées à l'Espagne si elles se situent à l'ouest d'une certaine ligne, au Portugal si elles s'en situent à l'est. Ainsi en a décidé le pape il y a quatre ans, pour éviter la guerre entre ces deux nations. Tous les mondes nouveaux n'appartiendront plus qu'à elles. Il faudra être financé par elles ou les pirater. Dans dix ans, elles auront établi des comptoirs partout où elles auront abordé et le commerce des épices, de l'or, des esclaves, tous les commerces leur appartiendront. Pour l'heure, quiconque les devance peut encore, pour quelques années, s'enrichir sans leur payer tribut. C'est travailler pour elles, à long terme. En attendant... Comment protesteraient-elles qu'on pille leur royaume avant que ce royaume ne figure sur leurs cartes ?

— Mais si ce royaume est une illusion ? S'il n'existe que dans les rêves de ton marin ?

— Eh bien, dans ce cas, nous ne serons pas riches.

— Tu es une drôle de sorcière, Camilla Vespucci. N'importe qui me proposerait ce que tu proposes, j'éclaterais de rire et n'y penserais plus. Mais toi... Avec ces masures que tu as rachetées, tu t'es constitué un beau pécule, n'est-ce pas ? Tu as peut-être le flair des grands marchands.

— Mon pécule, justement, n'est pas suffisant, il faudrait en vue de l'expédition construire trois ou quatre navires spéciaux à Gênes. J'ai besoin de crédit. Dans une *commenda*, tes hommes et toi pourraient prendre des parts avec moi. Nous financerions la construction des navires, paierions les salaires des équipages, mais la vente de la cargaison rapportée, quelle qu'elle soit, nous reviendrait aux deux tiers. Et les bateaux seraient à nous, pour autant de voyages que nous le désirerions.

— Cela suppose une énorme mise de départ. Or il faudra bien compter deux ans avant de revoir ton expédition.

— Ton mont-de-piété prête gratis aux pauvres de Rome, parce qu'il dispose des cotisations annuelles d'un millier d'adhérents, sans compter ceux qui lui confient des dépôts plus importants, comme à une banque. Le fonds de roulement avoisine cinquante mille carlins. En outre, tous les six mois vous vendez aux enchères les gages non repris, ce qui représente une somme équivalente.

— Tu es bien renseignée...

— La *commenda*, c'est comme si je déposais en gage au mont-de-piété les trois navires et leur cargaison escomptée, et qu'en échange les adhérents me prêtaient le fonds de roulement comme à une pauvresse, c'est-à-dire gratuitement.

— Tout le fonds?

— Il faut bien cela. Et je demande ce crédit sur deux ans au lieu de six mois.

— Mais une *commenda*, c'est vingt-quatre parts. Nos adhérents sont un millier.

— Justement, cela diminue les risques. Ils peuvent s'associer à quarante pour prendre une part si leur dépôt est modeste. Un gros déposant peut en revanche prendre une part entière.»

Gubbio réfléchit:

«C'est plaidable. Mais il faut convaincre mes bonshommes. Il faut que ton navigateur soit autre chose qu'un rêveur, qu'il ait des arguments solides.

— Je vais l'aller voir, il est à Gênes. Je lui proposerai l'affaire et j'essaierai de l'amener à Rome pour qu'il nous expose en détail son projet.

— Tu lui proposeras l'affaire? Tu veux dire qu'il n'y a pas encore consenti?

— Je ne le connais même pas.

— Tu te moques de moi?

— Il fallait bien commencer par un bout, non? Sais-tu ce que fait une courtisane quand elle veut avoir chez elle en même temps deux capitaines? Elle dit à l'un que l'autre viendra et à l'autre que le premier a dit oui...»

Gubbio ne peut se retenir de rire.

«Mais alors, comment sais-tu tout ce que tu m'as raconté de ses projets si tu ne le connais pas?

— J'ai mes informateurs dans les ports de Gênes et de Venise, des gens que je paie pour me signaler les bonnes *commendae* à réaliser. Ce capitaine cherche désespérément fortune et raconte son projet à ceux qu'il pourrait convaincre. Comme en outre il porte le même nom que moi, tout le monde m'a naturellement renseignée sur lui.

— Le même nom ?

— Amerigo Vespucci. C'est un cousin de mon père, d'une puissante famille florentine. Le cousinage est si lointain, toutefois, qu'il ne nous a jamais servi. L'heure est venue de s'en prévaloir. »

L'homme aux cheveux noirs dévisage la frêle jeune femme rousse.

« Ainsi, dit-il, nous sommes cousins ? »

Elle sourit.

« Nous ne nous ressemblons guère, n'est-ce pas ? C'est que notre parenté remonte loin. Mais lorsque j'ai commencé de m'intéresser aux navires, dès que je prononçais mon nom, l'on me parlait de vous. Cela m'a donné le désir de vous rencontrer, d'autant qu'on vous disait momentanément sans commanditaire. »

Il soupire :

« C'est exact. »

Il a une quarantaine d'années, les épaules musclées et le teint cuivré d'un marin ; les cheveux très noirs grisonnent aux tempes, les yeux sombres fixent sans ciller. Cet homme est habitué à commander des équipages, ses manières le décèlent. Visiblement aussi, il se demande quoi penser de sa « cousine ». Néanmoins, il a risqué le voyage de Gênes à Rome pour la rencontrer, c'est donc qu'il a réellement besoin d'un soutien financier.

« J'ai un peu d'argent, dit-elle, et j'ai trouvé par ailleurs des actionnaires qui constitueraient avec un capitaine et moi une *commenda*.

— Qui sont-ils ? »

Elle est debout près de la fenêtre de son *studiolo*, à contre-jour (elle a remarqué que cela la fait paraître plus grande, plus imposante). Elle porte un costume de chasse masculin en cuir et les cartes accrochées aux murs, les livres, les épées, font autour d'elle un décor très viril.

« Peut-être avez-vous pris vos renseignements sur moi ? »

Elle comprend, à son fléchissement de paupières, qu'il n'a pas omis cette élémentaire précaution.

« Vous devez donc savoir que je fus courtisane, avant de gagner la faveur du cardinal Cesare Borgia. Durant les vicissitudes que j'ai traversées, je me suis liée avec des gens de sac et de corde. Si l'on meurt par la corde, on s'enrichit par le sac. J'ai convaincu ces personnages de l'ombre qu'une *commanda* serait lucrative pourvu que l'expédition fût intelligemment conçue et la valeur du capitaine avérée. Cela, c'est à vous de les en persuader, à présent. »

Amerigo Vespucci pèse à nouveau la valeur humaine de cette mince fille aux cheveux roux, belle à figurer une madone dans une église plutôt qu'à porter l'habit d'homme — et se décide à parler. Il croit, en effet, qu'au-delà des îles découvertes par Colombo, se trouve un vaste continent qui descend loin au sud, un réservoir de richesses pérégrines, épices, métaux précieux. Les navires qu'il construirait seraient expérimentaux. Il n'a pas vraiment besoin de caravelles car il n'ira pas contre le vent. Il va descendre très bas à l'aller au long de l'Afrique, pour être porté vers l'ouest par les alizés. Au retour, il remontera loin vers le nord pour retrouver les vents portants inverses et les courants qui ramenèrent Colombo vers l'Europe. Il compte profiter de cette remontée nécessaire, le long des côtes du nouveau continent, pour le reconnaître, l'aborder, et revenir ainsi les cales pleines.

Il lui faut des navires qui possèdent les qualités conjuguées des nefs marchandes et des caravelles rapides : une carène point trop effilée pour jauger plus, une voile latine triangulaire au mât d'artimon, des voiles carrées au milieu et à l'avant. Il déroule un plan, l'étale sur le lutrin de Camilla. Elle pose des questions, se fait expliquer en détail les modifications qu'il apporterait à la caravelle portugaise, le sens des vents et des courants, la capacité qu'aurait la coque de ces vaisseaux mixtes... Et ce que tout cela coûterait. Elle hoche la tête.

« Combien de temps faut-il pour construire ces navires dès lors qu'on produit l'argent nécessaire ?

— À Gênes, six mois. »

Elle lui demande s'il accepterait d'expliquer à nouveau ce qu'il vient de lui dire devant ses associés potentiels. Il opine. Alors, elle lui tend la main, comme un homme.

« Je crois qu'ils se laisseront convaincre. Je plaiderai en votre faveur. »

Amerigo Vespucci ne saurait expliquer pourquoi, mais il n'a plus le moindre doute, à présent, sur la capacité de cette étrange fille à réussir ce qu'elle a décidé.

Camilla n'aurait pas pu demeurer dans la maison du Borgo. Elle l'a vendue aux Torlonia, dont le palais s'édifiait juste à côté ; ainsi, ils y logeront des parents. Elle est allée s'installer pour sa part dans un quartier nouveau, encore tranquille, entre le Pincio et le Quirinal. Elle n'y est pas loin du palais Colonna, en outre elle y dispose d'un jardin, ce qui est agréable pour l'enfant.

La maison fut construite il y a dix ans pour un Florentin, dans le style toscan. Bâtie en pierre, elle comporte douze pièces sur trois niveaux et ne s'ouvre pas par des *loggie* sur l'extérieur comme presque toutes les maisons romaines. Elle se referme au contraire sur un beau *cortile* rectangulaire à colonnade, où cascade une fontaine. Le rez-de-chaussée est dévolu au cellier, aux voûtes où l'on serre les provisions, au bûcher, à l'écurie. Au premier étage, une antichambre, deux salles de reception, le studio et la chambre de Camilla. Elle y a fait installer également une vaste cuisine, ce qui n'est pas d'usage : on la place en général au dernier étage. Mais la maison est dotée de cheminées à la française dans toutes les pièces ainsi que dans cette cuisine, où elle s'orne d'une hotte monumentale. Les problèmes de fumées et d'odeurs s'en trouvent résolus. Un puits logé dans un conduit intérieur monte jusqu'au dernier niveau. À chaque étage, une poulie permet d'y puiser l'eau directement, deux portes à deux battants y donnant accès depuis deux pièces différentes.

Ces conforts séduisirent l'esprit pratique de Camilla — bien que les palais qu'on construit à la mode nouvelle en fassent justement peu de cas. Il n'y a plus dans les plans de leurs architectes que des pièces « nobles ». On rougirait d'y prévoir des cabinets d'aisances, plutôt la beauté que l'efficacité. Camilla fut une paysanne pauvre. Pour elle, l'eau profuse, la chaleur rayonnante restent les luxes dont elle a manqué dans l'enfance. Elle a voulu chez elle d'immenses cuves de bois pour le bain, des latrines à chaque étage. Et de la lumière — dégoût remémoré de la chaumière enfumée. Elle n'a qu'un seul voisin mitoyen et les fenêtres nombreuses donnent beaucoup de jour. Celles sur l'extérieur, à cause du bruit et du froid, sont vitrées. Celles ouvrant sur le *cortile* et le jardin s'ornent de «drapés» à la florentine, des châssis tendus d'une toile de lin huilée, ce qui la rend translucide. Au dernier étage se trouvent les chambres des domestiques, de l'enfant, de Gennaro quand il dort là. Une terrasse abritée surplombe la maison.

L'intérieur ressemble à Camilla. De beaux meubles sculptés, point trop nombreux. Elle préfère conserver l'habitude ancestrale des tréteaux que l'on monte et démonte où l'on veut, plutôt que d'asservir une pièce à l'usage d'une table massive et inamovible. Tout ce qu'on peut enferrer, ustensiles, vêtements, vaisselle, linge, est serré dans des coffres. Au lieu d'étaler son argenterie sur la crédence, elle préfère orner les meubles de candélabres anglais, de photophores, de lampes à huile mauresques en cuivre ouvragé. Ses amis, sachant sa passion de la clarté, lui font cadeau de tous les luminaires originaux qu'ils découvrent dans leurs voyages. À ses soirées, on ne lésine ni sur les chandelles ni sur les bûches dont garnir les cheminées.

La lumière et les fleurs: c'est la seconde coquetterie de Camilla. Bouquets et plantes en pot posés sur les fenêtres, les coffres, les cheminées, font pendant aux luminaires; sur les beaux pavages de son sol, elle préfère des jonchées odorantes à des tapis; sur ses murs, des fresques ouvrent des jardins trompe-l'œil qui se répondent en abîme.

C'est une maison sans vrai luxe, qui ne possède aucune des richesses ostentatoires communes aux palais. Mais elle est d'un charme infini et les soirées qu'on y donne sont prisées des plus raffinés, des plus cultivés. Aquilano a composé sur la demeure de Camilla un sonnet métaphorique qui la compare, fraîche, lumineuse, mais dédaignant les ors, à sa maîtresse elle-même, dont la simplicité de parure est devenue si célèbre que d'autres dames s'essaient à l'imiter sans y parvenir.

Elle vit en apparence une vie peu différente de naguère. La rupture avec Cesare fut discrète, elle sait qu'il n'a jamais proféré contre elle la moindre parole désobligeante en public, de sorte que leurs amis communs peuvent s'offrir le plaisir de rester communs. Ce sont toujours les mêmes artistes, les mêmes poètes et gens de goût qui constituent la cour de Camilla. S'y sont adjoints quelques familiers de Baldassare, tel Agostino Chigi, mécène et banquier. Mais ils sont assez peu nombreux, les amis des Colonna boudant cette « Borgia de la main gauche », comme disaient les libelles satiriques accrochés au socle du Pasquin[1].

Et puis, surtout, ce n'est qu'en apparence que sa vie semble la même. Il existe une grande différence : elle n'est pas « Colonna de la main gauche ». Elle attend Baldassare quand il veut venir, et il s'en faut que ce soit chaque jour comme Cesare le faisait.

Il s'en faut qu'elle éprouve la même égalité d'âme qu'alors. Elle n'a jamais été rassurée par le cardinal de Valence, jamais sûre de conserver sa faveur. Mais elle sentait qu'il ne la quitterait pas pour un caprice, les caprices ne l'empêchaient pas de se soucier d'elle, ne troublaient pas leur ordinaire, dîners à donner, solliciteurs à recevoir. Ils vivaient ensemble. Elle avait pré-

1. Voir note p. 115.

paré des positions de repli matériel en cas de répudiation — ses « investissements immobiliers ». Mais elle ne songeait pas chaque jour avec angoisse qu'elle pourrait, l'ayant quitté à matines, ne pas le revoir à vêpres.

Baldassare, lui, c'est une torture permanente. Il ne vit pas avec elle. Il a sa clef, vient quand il veut, mais loge toujours au palais Colonna. Il ne prévient jamais s'il disparaît — malgré la menace que Cesare tient suspendue sur sa tête. Surtout, il tombe amoureux tous les trois jours et, tous les trois jours, celle qui l'éblouit vaut qu'il s'évanouisse dans l'air. Quand il reparaît avec un jouet pour Ottavio, qu'il grimpe, sourire aux lèvres, l'escalier et soulève Camilla de terre : « Habille-toi, il y a fête ce soir chez Alessandro Farnese », c'est d'autant plus bouleversant de le revoir qu'on l'a cru perdu. Elle passe sûrement plus de temps à souffrir qu'à sourire, mais elle l'a voulu et ne songerait pas à s'en plaindre, ni à tenter de le réformer.

En cette dernière nuit de février, par exemple, elle est seule. Mais il n'a pas d'heure, il peut encore venir. Aussi, quand le pas de trois ou quatre chevaux, qui résonnait dans la rue pavée, s'arrête devant sa porte, elle sent son cœur bondir. La déception vient vite. On a discrètement manœuvré le heurtoir ; ce n'est donc pas Baldassare, qui entrerait avec la clef. Elle envoie demander qui est là, la servante revient avec une lettre. « Pour l'amour de moi, recevez ce messager de ma part. Votre Lucrezia. »

Le messager en question monte jusqu'à elle, pendant qu'on introduit son escorte dans l'antichambre. Camilla passe dessus sa chemise une chamarre fourrée qu'elle vêt souvent comme robe d'intérieur en hiver. Un jeune homme s'avance, la salue. Elle ne le connaît pas mais quand il dit son nom, Pedro Calderon, elle se souvient l'avoir entendu. C'est un camérier du pape. Il semble bouleversé, le visage pâle et les yeux fiévreux.

« Madame, la requête que j'ai à vous exposer est des plus délicates, sachez qu'il y va de l'honneur de Donna Lucrezia.

— Parlez, monsieur, je ferai ce qui est en mon pouvoir. »

Elle voudrait pouvoir l'aider, le tirer de son mortel embarras, mais elle ne sait comment, ignorant tout des soucis de Lucrezia, retirée depuis des mois dans un couvent. Elle le prie de s'asseoir, il reste debout, ses belles mains nerveuses triturant le pommeau de son épée. Les flammes du foyer dessinent sur son visage des ombres, un masque de carnaval fluctuant. Enfin, avec une inspiration d'air, la regardant, il se jette dans les aveux. La liaison, la fuite à San Sisto, Donna Lucrezia consentant au divorce et se voyant à présent contrainte au remariage. Il prend tous les torts sur lui. Il a profité de son désarroi, l'a poursuivie jusqu'en ce couvent. À propos de son amante, il ne profère que des paroles d'adoration, elle est fragile, merveilleuse, innocente.

« J'étais sûr, si l'on apprenait cet amour, de le payer de ma vie. Nous autres, Espagnols, avons un sens de l'honneur que ne comprennent pas les Italiens. Le fait de savoir que je courais ce risque me rachetait à mes propres yeux, je n'étais plus vil puisque j'en mourrais.

— Je comprends, dit Camilla, émue parce qu'il est sincère et fervent, parce que c'est un amant, en effet, non un séducteur. Si Baldassare éprouvait pour elle un soupçon de cette dévotion...

— Je me suis aveuglé. J'ai placé Donna Lucrezia dans une situation tout aussi cruelle que la mienne. Elle n'y risque peut-être pas sa vie, mais la mort n'est pas toujours le pire qu'on puisse attendre. Elle... elle est enceinte de huit mois. »

Camilla comprend ce qu'impliquent ces quelques mots et ne lance pas d'exclamations inutiles.

« Elle espérait rester en paix à San Sisto, y accoucher discrètement, puis j'aurais emmené l'enfant en Espagne. Mais son frère presse son remariage, elle ne voit plus comment retarder les choses ni, surtout, refuser de paraître en public. La dernière fois fut juste avant Noël, pour la prononciation du divorce. Elle était enceinte de six mois, mais elle a tant maigri que cela pouvait encore ne pas se remarquer. À présent, il n'en va plus de même. Donna Lucrezia pense que sa famille ne laisserait pas survivre l'enfant. Elle va donc chercher un asile plus secret pour la naissance. En attendant, il faudrait maintenir la fiction de sa présence à San Sisto. Lucrezia songe à vous demander de l'y remplacer. Vos cheveux sont de nuance différente, mais une perruque peut dissimuler cela. Pour le reste, vous vous ressemblez en effet.

— J'abuserai peut-être des étrangers, non ses parents. Et surtout pas son frère Cesare.

— Lucrezia croit que vous n'aurez pas lieu de le rencontrer. Il ne s'est jamais présenté à San Sisto depuis des mois qu'elle s'y cloître. Et rien ne devrait se décider avant Pâques avec les ambassadeurs de Naples. En fait, à part moi, il ne vient au couvent que quelques envoyés du Vatican. Toutefois, il est certain que nous vous prions de prendre un risque. Vous êtes notre unique recours. »

Elle sourit.

« Cesare ne me fera pas de mal. Faut-il... Faut-il que j'aille à San Sisto dès cette nuit ?

— Si cela vous est possible, madame. »

Elle réfléchit vite. Ses serviteurs sont capables de tenir la maison, la nourrice s'occupera de l'enfant, ce sont gens de confiance. Il faut trouver encore un prétexte pour Baldassare. Qu'il accepte sa « fugue » et n'aille rien ébruiter. Elle sonne sa servante, s'assied à sa table, commence d'écrire tout en parlant :

« Il me faut rédiger deux lettres, l'une à porter tout de suite. L'autre attendra demain. »

Elle s'interrompt pour donner ses recommandations à la servante qui vient de paraître.

« Isabella, prépare-moi le bagage indispensable qui tienne dans une sacoche et un costume de cavalier. Que le palefrenier selle Zéphyr. »

Puis elle reprend sa lettre, la signe, y jette de la poudre pour la sécher, la plie sans la cacheter.

« Quand mon cheval sera prêt, qu'on aille ensuite porter ce mot à Gennaro. Toi, Isabella, demain matin, tu remettras cette lettre-ci, que je vais écrire, sceller et poser sur le lutrin, au seigneur Colonna. As-tu compris ? »

Elle se tourne alors vers Pedro Calderon.

« Si vous voulez m'attendre dans l'antichambre, je serai prête à partir dans un moment. Le temps de passer un pourpoint. »

Ils sont à San Sisto, avec les trois hommes d'escorte, une heure plus tard. La prieure en personne reçoit les cavaliers masqués qu'elle attendait. Mais Camilla comprend devant le visage diaphane et les yeux plombés de Lucrezia, que ce serait folie de la faire voyager plus d'une heure. Elle prend la prieure à part, devinant en elle une femme de décision.

« Je suppose, ma mère, qu'on vous inclut de force dans le complot... »

Mère Girolama sourit.

« La seule force qui me contraigne est celle de la charité. Donna Lucrezia fut coupable, sans doute. Mais avant de songer à la condamner, à condamner son complice, il faut sauver leur vie et celle de l'enfant. Je vois bien, depuis que Donna Lucrezia est dans nos murs, l'enjeu politique qu'elle représente pour les siens. On m'a envoyé l'armée une fois, déjà. Tous les moyens seront bons pour faire disparaître les preuves et les témoins de cette... faute.

— Malheureusement, elle a trop tardé à prendre son parti.

— Je le crains, en effet... Si les cahots de la route ne la tuent pas, ils provoqueront l'accouchement. »

Lucrezia, lasse, les yeux clos, repose à demi étendue sur son simple lit de religieuse. Sa servante lui fait boire un bouillon fumant, car elle ne parvient pas à se réchauffer et les objets glissent de ses doigts gourds. Pedro Calderon a saisi les derniers mots de la prieure. Il s'approche des deux femmes.

« Sommes-nous donc perdus ? » murmure-t-il.

Camilla réfléchit. Elle marche de long en large, à grandes foulées, comme lorsqu'une décision prompte et grave s'impose à elle — c'est un spectacle un peu curieux, on dirait un page qui a chaussé les bottes de son maître et tente de l'imiter. Mais personne ne songe à sourire.

« En allant vers Frascati, suggère la prieure, nous avons une vigne avec des caves où l'on fait du vin, une petite chapelle et un prieuré. C'est modeste mais confortable, nos religieuses âgées y vivent. Les cellules sont chauffées. Celles qui ne peuvent plus accomplir les tâches ordinaires y font retraite, à deux lieues d'ici.

— Soit, acquiesce Camilla, si vous voulez donner une litière à Donna Lucrezia. Elle ne peut voyager à cheval, pas même à dos de mule. J'ai fait prévenir un médecin de mes amis qui va nous rejoindre ici. Il n'est pas diplômé d'une université mais possède beaucoup de science et de pratique. En outre, il ne nous trahira jamais. »

Elle s'approche de la gisante.

« Accepterez-vous les soins d'un homme plutôt que d'une sage-femme ? Il m'accoucha moi-même, je ne crains pas de l'avouer. Si c'est de votre vie qu'il s'agit, non de votre pudeur, il sera plus compétent.

— Oh, je ne suis pas Isabelle la Catholique, qui refuse de se faire soigner pour ne pas montrer son corps. Je suivrai vos conseils. »

La fille du pape lui tend une main translucide.

« Merci, ma douce amie, de me sauver la vie. Je vous laisse mes coffres, vous y trouverez toutes les parures que je porte d'habitude. Et une perruque qu'on a faite de mes cheveux. Quand j'avais huit ans, j'eus la fièvre, j'en ai tant perdus qu'on me les a coupés comme à un page, pour qu'ils repoussent. Vous rappelez-vous, ma mère ? dit-elle à la prieure. Cela se passait ici. Je hurlais, je ne voulais pas. Pour me consoler, on m'a promis de garder mes cheveux et d'en faire une perruque. Ainsi, quand je serais vieille, m'a-t-on dit, je pourrais cacher mes fils d'argent...

— La Providence divine veille à tout, ma fille, dit la prieure avec aplomb. »

Il doit être tard, Camilla dormira, bien que Baldassare sache qu'elle l'aura secrètement attendu jusqu'après minuit. Elle sourira qu'il l'éveille, ne demandera pas d'où il vient quoiqu'elle respire, dans ses cheveux, dans l'épaisseur de ses velours, les fumets d'un souper fin, le jasmin d'Espagne d'une autre femme. Elle n'avouera pas que, depuis deux jours qu'il a disparu sans prévenir, elle s'est consumée d'angoisse, l'imaginant cent fois assassiné. Elle s'inquiétera de savoir s'il a faim, elle aura prévu le médianoche nécessaire s'il répond oui.

Pourtant elle n'est pas son esclave. Elle dirige sa vie seule. Elle ne voulait pas émigrer en France, préférant Gênes. Comme Baldassare pour sa part refusait de céder devant les menaces de Cesare, tacitement, ils restent à Rome. Mais Camilla s'est lancée dans l'armement de navires — ce qui l'oblige à voyager —, elle achète des maisons, mène des affaires que Baldassare ignore avec des associés qu'il connaît — les gueux du Trastevere — mais dont elle ne lui permet pas de se mêler. Elle voit qui lui chante, y compris des amis de Cesare qui sont restés les siens... donc, souvent, les ennemis des Colonna.

« Si vous ne voulez pas les rencontrer, ne venez pas chez moi, brave-t-elle. »

Il lui faut du courage pour affirmer cela, quand elle se mine de ses absences. L'ironie, c'est qu'il se mine aussi. Il ne garde sa liberté que pour en mettre à l'épreuve le principe. Il tente de rendre Camilla jalouse, de la conduire à l'une des scènes où se complaisaient celles qui l'ont précédée, non par méchanceté mais pour s'assurer qu'elle est différente de celles-là, justement. Elle ne manifeste jamais ni ruse, ni coquetterie, ni aigreur. S'il la blesse, elle saigne en souriant. Alors il se traite intimement de brute et s'émeut. Ils ont un pacte, Camilla est la première femme au monde qu'il découvre capable de le respecter. Elle a dit qu'elle le prenait comme il était, c'est ce qu'elle fait. Or elle l'aime certainement plus qu'aucune auparavant. Elle se jetterait au feu pour lui. Au feu, pas à genoux. Parce qu'elle est ainsi, elle le séduit. Souvent, il traîne comme ce soir dans des fêtes où il s'ennuie, pour ne pas s'avouer qu'il désire la rejoindre. Il finit, quand la nuit blêmit, par se retrouver à sa porte, parce qu'il ne pourra dormir que dans le parfum de ses cheveux, aux heures de l'aube où l'on se sent triste et frileux.

Comme il arrive au coin de la maison qu'elle habite, il entend renâcler des chevaux, la pureté de la nuit d'hiver propage loin les bruits. Puis il distingue, grâce au fanal allumé sous la voûte de l'*androne*[1], la vapeur soufflée par leurs naseaux. Il en compte trois, quatre, ainsi que le grand bai brun favori de Camilla, qui attend tout sellé. Un palefrenier surveille les bêtes, gourdin à la main ; la rue est tranquille mais encore peu bâtie, ses terrains vagues pourraient abriter des voleurs. À l'instant où Baldassare va s'approcher, cinq silhouettes apparaissent sous la voûte, débouchant du *cortile*. Quatre hommes et Camilla, en tenue de cavalier. Aucun des quatre n'a le moindre bagage aux fontes de sa selle, elle-même n'emporte qu'un petit sac de cuir. Ils montent à cheval et prennent aussitôt le trot vers le Quirinal, ébranlant d'échos la nuit silencieuse.

Où diable va donc cette folle, avec quatre inconnus, à trois heures du matin ? Baldassare se demande s'il va se montrer puis, par une sorte de loyauté, il renonce à se jeter dans l'affaire nocturne de Camilla tel un chien dans un jeu de quilles. En revanche, il l'aurait bien

1. *Androne :* entrée.

suivie s'il avait disposé d'un cheval. Tant pis pour lui, qui erre dans Rome la nuit, à pied, sans escorte. Si elle savait cela, elle en serait déchirée d'angoisse, mais il pense pour sa part que c'est une façon de se protéger. Une troupe de dix hommes ne sert à rien si les agresseurs sont vingt. Il préfère aller seul, jouer de l'ombre, apparaître et disparaître à la faveur de l'obscurité, se perdre en marchant dans les foules le jour. Malin qui le repérera, qui le suivra sans qu'il s'en doute.

Les cavaliers disparaissent au coin de la rue. Baldassare gagne la maison en trois bonds, glisse sa clef dans la serrure.

« Eh bien, Isabella, demande-t-il à la servante ensommeillée qui mouche les chandelles dans l'antichambre, où donc est partie ta maîtresse ? »

CHAPITRE 11

17-19 MARS 1498

SI grand que soit son sang-froid, quand Cesare la voit pénétrer dans la salle des Pontifes entre deux dames d'honneur, vêtue d'une robe de brocart feuille morte appartenant à Lucrezia, portant une perruque blonde, imitant jusqu'à la façon de marcher et les inflexions de voix de sa sœur, il se sent blêmir.

L'agitent à cet instant des sentiments confus. L'inquiétude de ce qu'il est advenu ; la colère de se supposer floué par une supercherie ; et quelque chose d'indéfinissable, un plaisir douloureux, un mélange de glace et de feu, parce qu'il la revoit, elle. Ne pas se troubler devant les Napolitains, sinon le mariage sera manqué. Il comprend aussi que la substitution n'a pu s'effectuer sans la complicité de ceux qui approchent Lucrezia, donne l'ordre à Corella, qui l'escorte, de les arrêter tous immédiatement. Mais d'abord, il faut empêcher son père, avec sa luxuriante émotivité, de se trahir et de les trahir.

Cesare vient d'entrer avec le conclave, les courtisans et la légation napolitaine — en l'honneur de laquelle se donne cette audience — par les appartements Borgia, traversant les salles successives où les visiteurs ont admiré les fresques de Pinturicchio, avant d'aboutir à cette pièce d'apparat, la plus belle et la dernière de l'enfilade. Camilla, comme une actrice de théâtre, surgit par la coulisse, le couloir qui dessert l'escalier des étages. C'est toute la salle qu'il faut traverser pour la devancer aux marches du trône et, cela, sans paraître grossier. Cesare s'est insinué dans la foule massée sur le seuil, progresse vers l'estrade en longeant les murs.

Ils s'observent tous deux, de part et d'autre de cette vaste étendue carrelée où les tapis jetés les uns par-dessus les autres offrent des pièges, causes de fréquents trébuchements. Elle a sur lui l'avantage de pouvoir emprunter la diagonale, puisqu'elle est l'héroïne du jour, venue là s'offrir aux regards. Mais elle ne porte pas l'habit d'homme usuel, qui lui permettrait des enjambées. Cesare, si. Il arrive premier au but et, sous prétexte de donner le bonjour au pape en lui offrant son front à baiser, lui glisse dans l'oreille :

« Mon père, je n'ai pas pu vous prévenir à temps, mais Lucrezia est très malade de la gorge... »

Cette maladie de gorge était le prétexte trouvé par Camilla pour ne voir personne depuis son arrivée quelques heures plus tôt au Vatican.

« Elle se sent si mal et si peu à son avantage qu'elle préfère ne pas se montrer. Camilla Vespucci joue son rôle. »

À l'instant, ladite Camilla s'agenouille pour baiser la mule papale. Le père de Lucrezia, ne s'étant pas soucié de la dévisager — le regard glisse sur ce qui est trop familier —, n'a pas décelé la supercherie. La considérant dès lors attentivement, il ne peut réprimer un tressaillement.

« Mon père ! » supplie Cesare, resté près de lui, penché comme une ombre au-dessus du trône.

Le pape est devenu très pâle, mais Cesare pressent que c'est de simple colère contre Lucrezia, l'obstinée qui fait sûrement semblant d'être malade. Alexandre VI ne soupçonne rien de plus grave, aveugle qu'il est toujours lorsqu'il s'agit de ses enfants. Il parvient à se contenir durant l'audience mais sans se résoudre à regarder Camilla. Une certaine solennité convenant aux circonstances, le détail passe inaperçu.

« Dieu merci, songe Cesare, nous avons de la chance dans notre embarras, Sancia et Joffré ne sont pas à Rome. Sancia nous aurait trahis à coup sûr. De corps elle est autant Borgia qu'il se peut, il s'en est failli d'un cheveu qu'elle ne croquât le père après avoir goûté des trois fils. Mais d'âme, elle est plus Aragon que jamais... »

Dès que les ambassadeurs napolitains ont pris congé — ils reviendront dîner, puis assister au bal masqué dans la soirée — le pape manifeste sa rage, une fois les courtisans éloignés.

« Je veux que Lucrezia vienne me voir immédiatement ! Je suis sûr qu'elle se porte à merveille. Et je tiens à ce que, ce soir, elle soit à la fête en l'honneur des ambassadeurs.

— Calmez-vous, père, plaide Cesare, Lucrezia est vraiment dolente, je vous l'affirme. D'ailleurs, à présent que les légats ont vu Camilla, mieux vaut qu'ils voient ce soir la même personne... »

Durant qu'il parle, il la regarde. Il n'a pas cessé de l'observer, à vrai dire, et d'admirer son habileté d'actrice. Elle a pris les tours de Lucrezia, ses gestes de mains volubiles, sa manière de pencher la tête en souriant, même sa voix flûtée — la sienne est plus grave. Malgré leur intimité passée, elle a pu le tromper jusqu'au moment d'entrer dans cette salle.

C'est un peu sa faute propre, d'ailleurs, par un paradoxal excès de ruse, si Cesare se trouve dans une situation si délicate à manier. Quand il a su que les Napolitains venaient en légation proposer les noces d'Alfonso et Lucrezia de la part de leur roi, il a jugé préférable de n'en pas parler à sa sœur et d'attendre le dernier moment pour l'envoyer chercher sous bonne escorte à San Sisto, afin qu'elle ne pût se dérober. Il suppose que Camilla s'est trouvée prise de court lorsque l'escorte s'est présentée.

Sous prétexte d'un mal de gorge, elle est restée dans la voiture, emmitouflée, durant le trajet jusqu'au Vatican. Le même mal l'a conduite à s'aliter dans l'obscurité dès son arrivée à Santa Maria in Portico. Cesare, passé lui dire bonjour, fut arrêté sur le seuil de sa chambre par la mine contristée de Penthesilea, par la pénombre répandue dans la pièce dont on n'avait pas rabattu les contrevents et par l'odeur des fumigations d'aromates. Rien de plus banal qu'un mal de gorge, cependant nul ne souhaite l'attraper. Au lieu d'embrasser sa sœur, il s'est donc contenté de lui parler depuis la porte. La voix mourante, feutrée, qui parvenait du lit semblait sortir, en effet, d'une gorge meurtrie.

« Quel dommage, devant les Napolitains, a-t-elle soupiré. Vous parlerez pour moi, qu'ils n'aillent pas rapporter à Don Alfonso que j'ai la voix d'une scie rouillée ! »

Ils ont ri tous deux, au travers de la chambre sombre. À présent qu'elle est seule en face du pape et du cardinal, elle ne semble pas émue. La manœuvre a réussi. Non seulement ses parents ne savent où trouver Lucrezia, mais c'est Camilla que les Napolitains ont vue. Cesare a besoin d'elle désormais, besoin qu'elle continue de jouer son rôle. Il ne peut agir contre elle, ni même l'atteindre à travers ses complices. Quand il a envoyé tout à l'heure Michelotto se saisir de la servante Penthesilea et du camérier Perroto — qu'il supposait du complot —, le sicaire est revenu bredouille. La servante est repartie de Santa Maria in Portico il y a plusieurs heures. Quant à Perroto, il a demandé douze jours auparavant un congé pour aller se marier en Espagne...

« Mon père, dit Cesare au pape, la présence de Camilla nous est nécessaire. Lucrezia ne sera peut-être pas rétablie de plusieurs jours.

— Bien, soupire le pape, qui de toute façon abdique depuis des mois devant Cesare. Je te laisse régler cette affaire. Mais je n'aime pas cela. Si quelqu'un déjoue la substitution, que ne colportera-t-on pas dans Rome ?

— J'ai pris soin de tout », rassure mensongèrement Cesare.

Son père se retire, laissant seuls dans la vaste salle des Pontifes désertée le cardinal de Valence et la Cyprina, à laquelle il tend son améthyste à baiser au passage, sans la regarder. Elle se redresse. Les deux adversaires s'observent, longuement. Cesare se rappelle leurs joutes à l'escrime, celles-là qui finissaient parfois en étreintes amoureuses.

« Où est ma sœur ?

— Je n'en sais rien.

— Pourquoi se cache-t-elle ? S'est-elle enfuie avec ce Calderon qui est, comme par hasard, parti se marier en Espagne ?

— Il est étranger à l'affaire. Lucrezia reprendra sa place dans quelque temps.

— Elle est enceinte, c'est cela ? »

Camilla ne répond pas, mais ils se sont compris. Cesare soupire :

« Si elle ne s'est pas enfuie, le pire est évité. Au fond, j'en aurais été surpris. Lucrezia s'exiler, perdre son rang, renoncer à tout par amour ! Il n'y a que toi pour commettre une telle folie, Camilla. »

Il y a plus de regret que de colère dans ce reproche.

« Il n'empêche qu'elle aurait dû me mettre dans la confidence, j'ai failli la trahir et mon père aussi, de simple surprise.

— Elle craignait que tu ne tues l'enfant. Et le jeune homme. »

Il la dévisage attentivement :

« Et toi ? Elle ne craignait rien pour toi ?

— Je ne sais pas où elle se cache, Cesare. J'ai préféré l'ignorer, puisque tu me le demanderais. »

Il caresse sa lèvre de l'index, signe d'agacement.

« Tu es ravie, n'est-ce pas, de jouer avec le feu. D'être la seule au monde à ne pas redouter Cesare Borgia. »

Il est sur elle si vite qu'elle n'a pas le temps d'esquisser la moindre défense. Une main bloque ses deux bras derrière son dos, l'autre l'a prise à la gorge.

« Et si je t'étranglais maintenant, Camilla Vespucci ?

— Alors... tu n'aurais plus de sœur à montrer... aux Napolitains... jusqu'à ce qu'elle veuille bien... reparaître », articule-t-elle avec peine.

Il desserre la pression de ses doigts, qui laissent leur empreinte décolorée sur la gorge mince. Inutile de se rendre fol à tenter de la faire plier, il la connaît, elle ne pliera pas. Elle masse son cou, avale sa salive avec effort.

« Je vais avoir réellement mal à la gorge, à présent, dit-elle d'un ton tranquille.

— Tu sais que je ne toucherai pas la mère de mon fils. Mais les tortionnaires du castel Sant'Angelo peuvent bien, en revanche, couper en morceaux la servante Penthesilea. Ils sont à l'ouvrage présentement. »

Le regard vert fléchit, entre le velours des cils. Elle ne sait donc pas que la servante a pu fuir.

« Tu ne te doutais pas que je ferais arrêter ta complice ?

— Elle sait que j'ai remplacé sa maîtresse, voilà tout. Ce secret, le seul qu'elle connaisse, n'en est plus un. Cesare, tu es en colère, tu l'es toujours quand tu ne domines pas les événements. Mais réfléchis que je ne travaille pas contre toi, en aidant Donna Lucrezia. »

Elle le regarde en face, sincère, plus Camilla que jamais sous sa trompeuse blondeur. Dieu, qu'il voudrait être capable de la tuer ! Alors, c'en serait peut-être fini de souffrir comme un fauve aveuglé de son propre sang.

« Tu as deux solutions, poursuit-elle. La première, c'est d'essayer de faire parler ceux qui savent peut-être quelque chose de plus que moi pour découvrir la retraite de ta sœur, l'enfant, le nom de l'amant. Si jamais tu y parviens, ce qui n'est pas assuré, tu risques beaucoup. Tu risques de répandre la rumeur et, dans tous les cas, de dresser définitivement Lucrezia contre tes projets — alors que pour l'heure elle ne refuse pas de s'y soumettre. Elle ne tenait pas à concevoir un enfant, tu t'en doutes. Mais nous autres femmes ne pouvons rien à l'amour qui nous vient alors. À présent, le petit va naître, il est vivant, il bouge en elle. Elle haïrait quiconque le tuerait. Comprends-tu cela ? »

Bien sûr, elle le sait. Elle a porté son fils à lui, s'est débattue, arc-boutée pour le faire naître. C'est habile de réveiller cette douceur, cette déchirure.

« Tu as un autre choix. Tu peux profiter du secret qu'elle a pris soin de garder, de ma présence qui abusera les étrangers à votre famille, en attendant simplement qu'elle reparaisse et reprenne sa place. Cela veut dire oublier ta colère et la laisser cacher quelque part un enfant secret. Mais quelle importance si tu la maries comme tu le désires et que le duc de Valentinois devient roi d'Italie ? »

Il fronce les sourcils.

« Un enfant secret ne le reste jamais, surtout si son père est vivant. Ne crois-tu pas que l'amant de Lucrezia resurgira pour réclamer le prix de son silence, lorsque son silence sera devenu précieux pour nous ? Après le mariage de ma sœur, par exemple ? »

Il a théoriquement raison. Tort dans ce cas parce que Pedro Calderon ne commettrait jamais telle bassesse. Mais il vaudrait mieux que Cesare cessât de soupçonner Perroto. Sinon, tôt ou tard, il les retrouvera, lui et l'enfant. En Espagne, les Borgia ont beaucoup d'amis.

« *Hijo de puta*[1] ! murmure-t-il justement entre ses dents à l'adrese du compatriote. Je tuerai ce Calderon. »

Camilla se raidit. Il faut jouer comme à ces jeux de cartes menteurs des zingari — Vanina, au bordel, les avait enseignés à Camilla. Aux échecs, toutes les pièces sont devant l'adversaire, mais aux cartes, on peut dissimuler son jeu, il n'est pas besoin d'être grand stratège, seulement bon menteur, voilà pourquoi Vanina gagnait toujours. Le moment est venu de se montrer aussi rouée qu'elle l'était.

« Tu te trompes en fixant tes soupçons sur l'Espagnol.

— En vérité ?

— Il ne sait même pas qu'elle est enceinte, elle

1. Esp. « Fils de putain ».

le recevait chaque jour étendue dans l'obscurité, eu égard à son statut familier. Il admire Donna Lucrezia, il n'est pas son amant.

— Qui donc, alors ? »

Elle respire avec effort, se détourne comme si l'embarras l'empêchait de regarder Cesare en face.

« Je... Je vais suivre Baldassare Colonna. »

Elle l'entend retenir un temps de respiration.

« Pour le protéger de toi, justifie-t-elle, avec un empressement faussement maladroit. J'ai découvert que, depuis des mois, il allait rendre des visites nocturnes à San Sisto. »

Cesare laisse échapper un grondement feutré, un de ces cris presque silencieux des fauves. Dieu du ciel, il goûte l'appât. Va-t-il le happer ?

« Donna Lucrezia, bien entendu, ne sait rien de... mes relations avec lui. Et je n'ai pas eu la cruauté de les lui apprendre. »

Elle avale sa salive :

« Mon Dieu, comme c'est ridicule, en un sens ! »

Le cardinal de Valence est l'un des hommes les plus intelligents qu'elle ait rencontrés. Il a toutefois une faiblesse, la haine, qui aveugle, qui égare. Il hait trop violemment Baldassare pour ne pas croire avec une sorte de volupté ce mensonge qui justifie doublement sa haine. Camilla espérait ne pas en venir là. Mais puisque Cesare avait déjà promis de tuer Tête d'Or, en se servant de son nom elle ne peut le perdre plus qu'il ne l'est virtuellement. Elle sauve Calderon et l'enfant. Tant pis s'il faut trembler mille fois plus fort pour Baldassare, qui vagabonde à toute heure sans escorte et se moque du danger.

Elle a supplié Gubbio et ses soldats de la misère de veiller sur lui. On dirait que Baldassare prend plaisir à se perdre seul la nuit, à s'exposer.

Les hommes sont différents des femmes, amoureux de la mort. Calderon, par exemple : la mort fait partie de son attirance pour Lucrezia. Cesare lui-même... Camilla ne redoute pas la mort mais ne la brave pas pour autant, ne s'exalte pas de la rencontrer. Baldassare n'est pas séducteur par frénésie sexuelle, comme un Juan de Gandia. C'est risquer sa vie dans l'escalade des balcons qui l'excite. Sans les menaces de Cesare, il aurait peut-être oublié déjà Camilla. Cesare la dévisage attentivement, cherchant à la deviner.

« Voudrais-tu, par hasard, que je le tue pour toi ? »

Elle ne répond rien.

« Bien, dit-il, tu joueras donc le rôle de ma sœur jusqu'à sa réapparition svelte et innocente. Ce qui signifie que tu ne sortiras pas du Vatican. »

C'est de bonne guerre. Elle avait prévu les précautions de Cesare s'il découvrait la substitution. Gennaro l'informera des événements extérieurs par l'envoi codé de livres. Cesare se doute qu'existe un tel code. Il fera surveiller attentivement tout ce qu'on adressera, objets ou personnes, à « Donna Lucrezia ». Les livres n'échapperont pas à sa vigilance. Comme il n'aura pas la clef de leur signification, il relâchera sa prisonnière alors, en espérant qu'elle le conduise à sa sœur. Ce que Camilla se gardera bien de faire, il en sera pour ses frais, mais il n'a pas d'autre marge d'initiative. Cesare est excellent joueur d'échecs et vient de « clouer » la reine. Seulement, ce n'est pas aux échecs, c'est aux cartes qu'on joue. Et la bohémienne a fait disparaître le valet dans sa manche.

« Ce soir, je dois paraître en tant que ta sœur au souper puis au bal masqué, rappelle-t-elle en souriant. Il me faut songer à ma toilette de carnaval. Me permets-tu de me retirer ? »

Le cardinal s'amuse. Depuis le début du repas, il converse à double sens et provoque impunément Camilla.

« Quel portrait ferez-vous de ma sœur à votre jeune seigneur, messieurs ? » demande-t-il aux Napolitains.

Ceux-ci louent la beauté de Donna Lucrezia avec une conviction qui ne semble pas feinte.

« Dites-lui, surtout, que c'est l'âme la plus fidèle. L'homme qui l'aimera la gardera. »

Parle-t-on vénerie :

« Donna Lucrezia n'est pas très chasseresse. Vous souvient-il, ma sœur, d'une courre au daim, sur les monts Tiburtini ? L'orage éclata, nous dûmes nous réfugier dans une cabane de bûcherons. Ensuite, nous avions perdu la chasse, bien sûr, et la nuit venue, les autres nous cherchaient encore à travers la forêt. »

Trempés jusqu'aux os, ils avaient allumé du feu, ôté leurs vêtements pour se sécher dans la cabane... Puis, ensuite, fait l'amour sur une brassée de fougères avec une intensité particulière, électrique, tandis que la tempête au-dessus d'eux semblait appeler la fin du monde. Ils étaient restés dans cette île étrange, au milieu du déluge, bien après que leurs vêtements furent secs ; la lueur des éclairs leur sculptait des corps de marbre bleu, des visages presque démoniaques, inconnus ; c'était d'épuisement amoureux qu'ils étaient tombés foudroyés, pendant que le reste de la chasse affolé battait la forêt à leur recherche...

Camilla sent une rougeur l'envahir à cette évocation. Mais le sourire de Cesare est tellement ingénu que nul n'y voit malice. Quand il est question de poésie, il cite les vers de Pétrarque

que préfère Camilla et qui louent, bien sûr, la constance. Puis propose sa ballade florentine favorite, « Ma dame, c'est contre ma volonté que je dois vous quitter... », priant sa sœur de la chanter puisque Josquin-des-Prés la lui mit en musique. Elle doit s'exécuter et, tandis que les Napolitains se répandent en murmures flatteurs, elle sent sur sa nuque la brûlure du regard sombre.

Se trouve-t-elle sur un sujet des plus anodins — les saveurs comparées des crus qu'on leur a servis — en désaccord avec lui, il sourit :

« Vous ne m'en ferez pas démordre, je préfère les vins du Sud.

— Vous nous flattez, monseigneur, disent les Napolitains.

— Non, j'ai gardé de mon séjour dans votre pays un souvenir inoubliable.

— On dit pourtant que vous y êtes tombé fort malade.

— Il s'agissait de ce mal dont on ne parle pas devant les chastes oreilles, intervient suavement Camilla, mais qu'on attrape en des circonstances... capiteuses.

— C'était de la peste, ma sœur. J'y survécus d'avoir été soigné avec amour.

— Vous avez prétendu cela, mais je crois, moi, que le Vésuve vous avait tourné les sangs.

— Non, ce n'est pas à cause du Vésuve que j'ai la nostalgie de votre province, messieurs. Les délices de Capoue furent pour moi particulièrement délicieuses. »

Après souper, faisant valoir combien sa sœur est légère danseuse, il l'entraîne dans le bal avec lui. Sans y paraître, il trouve de fugaces et discrètes occasions de la frôler. Personne ne remarque l'épaule pressée par une main qui s'attarde, la tempe effleurée par des lèvres impassibles au détour d'une figure, la taille enlacée trop haut. Jamais sous le masque le regard ténébreux n'a paru plus ténébreux, presque ecclésiastique en vérité.

Les Napolitains prennent congé tard, enchantés, éblouis par le spectacle d'élégance, de beauté, d'esprit, que leur ont donné les Borgia présents. Cesare escorte sa sœur prétendue jusqu'à ses appartements de Santa Maria in Portico. Sur le seuil, s'étant assuré d'un regard que personne ne traîne indûment dans les couloirs du palais, il l'embrasse d'une manière assez peu fraternelle, mais sans chercher à forcer l'avantage, au contraire. Quand il sent qu'elle se trouble et pèse soudain contre sa poitrine, il se détache d'elle.

« Bonne nuit, ma sœur, Dieu vous accorde de beaux rêves », et s'éloigne sans se retourner. Camilla reste le dos appuyé au chambranle, légèrement étourdie. Il est bien trop fin pour songer à récolter déjà ce qu'il a semé. Il continuera ce jeu, sapant progressivement les défenses de l'adversaire. Lui résister sera difficile. Elle sourit néanmoins, parce qu'elle a perçu combien leurs efforts s'annulaient mutuellement. Le masque d'impassibilité ne la trompe pas. À cette heure, Cesare ne dormira pas mieux qu'elle.

La lettre laissée par Camilla, dans laquelle elle prétendait partir pour Gênes s'occuper de la construction de ses navires, n'a pas abusé Baldassare. L'ayant vue s'élancer à cheval dans la nuit, il avait constaté qu'elle n'emportait pas le bagage d'une voyageuse prête à parcourir cent vingt lieues. Mais il n'a rien pu tirer d'Isabella ni des autres domestiques. Quant à Gennaro, il ne l'a trouvé ni chez Camilla ni dans son atelier les jours suivants. La piste tourne court, il ne lui reste qu'à patienter jusqu'à ce qu'elle daigne reparaître.

Ce n'est pas de son goût, il est inquiet. Cette folle, qui s'obstine à se conduire en cavalier, n'est tout de même qu'une femme fragile dont la beauté ne passe pas inaperçue. Les quatre hommes avec lesquels elle est partie, peut-on leur accorder confiance? Baldassare vient chaque jour chez elle à présent, n'obtient pas de nouvelles et, pour se consoler, s'amuse avec l'enfant, qu'il aime et qui le lui rend — bien que sa ressemblance avec son père soit parfois pénible à supporter, témoignage vivant de l'empreinte laissée par l'*autre*.

Cette empreinte est omniprésente. Cesare est passé partout avant lui. Il l'a découverte, instruite du latin comme de l'escrime, pourvue d'un fils. Il fut en outre le premier de ses amants : les autres, les clients, elle dit ne pas se les rappeler, ne pas vouloir se les rappeler. L'attitude de Camilla, son farouche silence à propos de l'évincé, sur lequel elle refuse de livrer le moindre des détails triviaux qui confortent le rival heureux, la passion qu'elle trahit parfois quand on prononce sur lui des infamies, meurtre, inceste, empoisonnement, tout révèle qu'elle avait pour Cesare de l'attachement. L'ayant connue frigide, il s'était persuadé qu'elle l'avait toujours été — donc avec le supplanté. Elle l'a détrompé.

« C'est le comportement que l'on a vis-à-vis de moi qui compte. Avec certains hommes, même après mille ans, je n'aurais toujours pas d'émotion.

— En somme, c'était ma faute quand tu n'en avais pas.

— Oui, reconnut-elle calmement. Il y avait moins d'amour dans tes gestes que de science.

— Je pourrais te retourner le reproche. On aurait dit que le chaland suivant attendait derrière la porte. »

Il avait mérité la réponse qu'elle lui fit :

« Cesare, lui, ne pensait jamais aux clients qui l'avaient précédé. C'est pourquoi il fut le premier.

— Alors, que ne l'as-tu préféré, s'il te faisait mieux jouir ? »

Elle l'a regardé avec cet air que prenait parfois sa mère, un air qui l'écrase et le plaint.

« Peut-être, a-t-elle répondu, parce que je fus putain par accident, non par inclination.

— Je déteste entendre tout le temps parler de cet homme, a-t-il pesté, témoignant d'une absolue mauvaise foi.

— Ne me questionne donc pas à son sujet. Qu'espères-tu ? Que je mente, en prétendant que j'étais avec lui parce qu'il est le cardinal Borgia ?

— Je sais, a-t-il soupiré, que tu dis toujours la vérité. Parfois, je t'aimerais moins scrupuleuse. »

Il se rappelle avoir trouvé naguère l'obsession de virginité répandue chez les hommes assez ridicule. En fait, malgré les méchancetés qui lui échappent parfois, le passé du bordel le dérange infiniment moins que les « années-Cesare ». Camilla, un jour, avoua que Baldassare lui découvrait l'amour. Elle se trompe elle-même. Plus il en sait sur sa liaison précédente, plus il pense que c'était déjà de l'amour, un autre amour parce qu'il n'est pas deux histoires identiques, simplement.

Tête d'Or ne festoie pas beaucoup cette année pour le carnaval, le second depuis qu'il a rencontré la déesse aux yeux pers — dont l'absence inexplicable le déroute, l'obsède, le rend irascible et mauvais commensal. Il faut tout de même, ce soir, se rendre au Vatican. L'alliance de Naples et des Borgia commence d'inquiéter les Colonna, qui ne négligeraient pas de placer sur l'échiquier leurs propres pièces. Un Aragon siérait bien à la sœur de Baldassare, par exemple, qui va sur ses douze ans. L'idéal consisterait, bien sûr, à lui donner Alfonso, mais le mariage avec Donna Lucrezia semble très engagé désormais — ce dont il faudra s'assurer ce soir.

Le souper, c'est trop demander, Baldassare n'y paraîtra pas, d'autant que la table d'Alexandre VI est redevenue médiocre depuis que Giulia Farnese est repartie chez les Orsini, remmenant son cuisinier. Mais le bal offrira l'occasion d'écouter les rumeurs, de humer le vent. Et ce n'est pas là, sur son propre terrain, que Cesare prendra le risque de faire tuer le rival.

Il est plus d'une heure à présent, s'il en croit sa montre. Les derniers invités prennent congé, les Napolitains sont partis dormir au Belvédère et même le pape, pourtant enragé de danse, s'est retiré. Des serviteurs vont et viennent, mouchant les chandelles, dans les couloirs de Santa Maria in Portico. Bientôt le palais sera désert, Baldassare ne peut plus demeurer là. Il se croyait fou de rage, il n'est que malheureux. Transi, parce qu'il se tient depuis une heure raide derrière cette tapisserie, dans un corridor si froid que les respirations des hallebardiers de faction devant *sa* porte y font des vapeurs blanches. Mais surtout malheureux.

Il l'a reconnue dès le premier regard posé sur elle, pourtant alors il se tenait trop loin pour distinguer que les yeux, sous le loup, étaient verts, non bleus. Pourtant l'actrice composait parfaitement son personnage dans les gestes, les rythmes, la voix, et personne parmi la foule des courtisans ne soupçonnait rien. Elle était masquée, certes, mais ce n'est pas forcément le visage qui trahit le mieux quelqu'un. À quoi donc, lui, l'a-t-il reconnue sous sa fausse blondeur, dans ses atours empruntés ? Impossible à dire. Il est entré dans une salle illuminée, bruissante, immense, où des travestis dansaient, il a posé son regard sur une silhouette en robe de brocart bleu qui tournoyait dans une figure de gavotte et son cœur a cogné dans sa gorge.

C'était donc cela, sa disposition mystérieuse. Un « remplacement » urgent. Donna Lucrezia souffre peut-être de rougeole, ou d'une autre maladie disgracieuse la décourageant de se montrer aux ambassadeurs du futur mari. Une maladie du genre « Pulcinella dans le tiroir », comme on dit à Naples sur les foires... La substitution n'était pas si risquée. Hormis Baldassare et Cesare, qui connaissait la Cyprina très intimement dans ces salons ? Quant à Donna Lucrezia, les courtisans présents ce soir ne l'avaient vue pour la plupart qu'en des circonstances officielles et ne se permettaient pas de la dévisager sous le nez. La distinction entre les deux femmes ne peut être effectuée que par des familiers.

On avait sans doute forcé Camilla d'accepter le rôle. Cesare... Oui, il était bien capable de l'avoir tenue par quelque chantage. Baldassare a compris qu'un esclandre ne résoudrait rien. On le ferait passer pour fou, d'ailleurs un coup de dague est vite arrivé, dans la cohue. Mieux valait répandre habilement la rumeur parmi la foule masquée :

« Donna Lucrezia s'est fait remplacer par une courtisane. Ce n'est pas Lucrezia, c'est la

Cyprina», et laisser dès lors les soupçons faire leur chemin. Aurait-il eu la tête à la politique, il aurait songé qu'il ruinait ainsi le mariage aragonais des Borgia. Mais il ne pensait qu'à tirer Camilla d'affaire.

Il a failli réaliser son projet. Puis il les a regardés ensemble, le «frère» et la «sœur». Ils ne se quittaient pas, dansaient, riaient, se frôlaient, se parlaient à l'oreille. Ils ne jouaient pas la comédie, en tout cas pas elle. Elle n'était ni terrorisée ni contrainte de rester là. Il les a regardés Dieu sait combien de temps. Quand il s'est arraché de cette contemplation, il n'avait plus envie de colporter aucune rumeur, de susciter aucun scandale. Il n'avait plus envie de rien. Il était envahi d'un dégoût, d'une lassitude tels qu'il n'en avait jamais éprouvé.

Il est resté. Pour avaler l'amertume jusqu'au fond de la coupe. Il a connu cette abominable sensation qu'il avait infligée tant de fois à des cocus — saisi d'un remords rétrospectif envers ceux-là, car il n'imaginait pas le désarroi si violent. Se tenir là, trompé, perdu, gelé, devoir se taire et regarder les deux autres rires...

Après que les ambassadeurs de Naples eurent pris congé, «Donna Lucrezia», lasse, voulut se retirer. Cesare la raccompagna jusqu'à Santa Maria in Portico. Baldassare s'est glissé sur leurs traces par le passage de la chapelle Sixtine, ainsi qu'il l'avait fait quelques années plus tôt bien des fois, pour rejoindre Giulia Farnese. «Dans un palais, disait-il alors en riant, plus il y a de gardes et de serviteurs, plus il est facile d'entrer. On remarque un galant s'il s'introduit au logis vide, pas au milieu d'une foule. Il suffit de marcher avec assurance. Aucun Suisse n'ira jamais douter de votre droit d'être là ni vous questionner.»

Il a refait le chemin dans une humeur très différente. A trouvé refuge derrière une tapisserie, quand le couple s'est arrêté sur le seuil des appartements de Lucrezia. Pas assez loin pour ne pas voir la manière dont ils se souhaitaient bonne nuit. Cesare n'est pas resté, c'est vrai. En outre, il a placé des hallebardiers en faction devant la porte de « Donna Lucrezia ». Elle est prisonnière. Mais ce n'est pas la première détenue qui s'émeuve pour son geôlier. L'enlever à présent du Vatican n'est pas concevable. Il ne faut même pas songer lui parler. Pourtant Baldassare n'a pu se résoudre à quitter l'abri de sa tapisserie. Il reste dans le couloir agité de vents coulis à regarder la porte devant laquelle les hallebardiers battent la semelle, comme un soupirant de quinze ans sous le balcon de sa belle — mais à quinze ans, déjà sans vergogne, il ne permettait pas aux belles de le laisser piétiner.

Les Napolitains sont repartis, ce matin 18 mars. Et, ce matin, une Bible marquant d'un signet bleu le jour de Noël — un garçon — a prévenu Camilla. Elle s'est rendue chez Cesare, qui habite juste au-dessus des appartements Borgia et qui se confiait aux mains du barbier. Une corbeille de fruits vernissés et les restes d'une collation demeuraient sur la table. Piquant une pomme rouge dans la nature morte, elle l'a frottée contre sa manche et s'est assise en face de lui, mordant dans la chair dense. La façon qu'il la regardait alors a suspendu le geste. À son tour elle s'est souvenue : un rite ancien, machinalement observé. Le valet de Camilla rasait Cesare dans son cabinet de toilette, elle y venait parler avec lui chaque matin et, toujours, volait ainsi la plus belle pomme de la corbeille, la lissant d'un geste immuable contre le velours de sa robe. La coutume est tombée en désuétude, Baldassare est de ces hommes qui se lèvent à midi. D'ailleurs il n'écoute que la moitié de ce qu'elle dit, aussi lui demande-t-elle rarement conseil.

Cesare fait sortir le barbier lorsqu'il en a terminé.

« Je suppose que tu viens me demander ta liberté ? L'enfant est né. Il faudra que tu sortes en litière fermée très discrètement et que tu sois prête à revenir si quelque circonstance imprévue réclamait Lucrezia.

— Il suffira de m'envoyer un messager chez moi, je tiendrai la promesse faite à ta sœur.

— Pourquoi te montres-tu si dévouée ? »

Elle y réfléchit.

« Nous avons de l'amitié l'une pour l'autre. Entre femmes, il faut que la solidarité joue. Vous, les hommes, nous utilisez bien trop souvent à vos fins, nous serions sottes de ne pas nous unir.

— Tu lui as sauvé la vie. Décidément, les Borgia sont en dette envers toi. »

Il songe à Velletri. Peut-être même à Capoue, quand elle l'a soigné. Camilla soupire, il est vraiment temps qu'elle parte. Tout est prétexte à faire saigner des souvenirs entre eux, qu'il vaudrait mieux oublier. Camilla s'est éprise d'un autre mais elle n'a pas pour autant changé de nature. Cesare, lui, est transmuté d'âme. Il a tué Juan. Ce fut son Rubicon. À présent, personne ne peut plus le ramener en arrière, même pas Camilla, surtout pas Camilla. Écorcher des souvenirs ne sert à rien, ni se frôler comme des fauves en cage et découvrir qu'on se désire encore. Ils savent chacun la vanité, la cruauté secrète de leur jeu des derniers jours. La nécessité de la libérer le soulage autant qu'elle, le tête-à-tête devenait une torture pour un rien, pour un mot, pour une pomme.

« Au fait, dit Cesare d'un ton léger (trop léger, aussitôt Camilla se tend, sur le qui-vive), sais-tu qu'hier soir, au bal masqué, Baldassare Colonna s'est montré ? »

Comment ne l'aurait-elle pas remarqué dans l'assistance ? À moins que, l'ayant identifiée, il ne se fût dissimulé.

« C'était me braver impunément, je ne pouvais rien contre lui parmi cette foule. »

Elle n'ose plus respirer, le connaissant trop pour ne pas attendre une suite. Cesare la regarde en souriant, le plus séduisant sourire du monde.

« Mais, tu l'as remarqué, les gens restent eux-mêmes quelles que soient les circonstances. Baldassare Colonna, ce voyou téméraire, aurait pu rentrer chez lui tranquillement après avoir dansé trois heures sous mon nez. Il a fallu qu'il nous suive dans les couloirs de Santa Maria in Portico. Qu'il nous épie. Il a croisé Don Michele Corella sur le chemin du retour. »

Camilla est devenue blême, jusqu'au-dedans de ses veines dont le sang se retire.

« Il est mort, dit-elle.

— Oh non ! sourit toujours Cesare, lissant les ongles de ses belles mains soignées. Je l'ai simplement fait enfermer au castel Sant'Angelo pour espionnage. J'ai pensé qu'il te plairait de décider s'il mourra. »

Par la fenêtre de son appartement, il jette un œil, en bas, sur les jardins du Belvédère.

« Ta litière est prête. Tu es libre, Camilla. Tu peux l'aller voir si tu veux, j'ai prévenu les geôliers. Tu peux aussi le laisser pourrir dans son cachot. Il sera pendu, comme un criminel qu'il est, après avoir subi la question. »

Il prend un temps, aussi long qu'il est possible pour Camilla de tenir sans respirer, car il voit bien qu'elle ne survit que suspendue à ses paroles.

« Tu peux enfin te montrer magnanime et lui pardonner... ce qui arrive à ma sœur. Dans ce cas, viens m'en parler, Camilla. Qui sait, tu trouveras peut-être des arguments ou une monnaie d'échange susceptibles de m'inciter à le relâcher. Au revoir, ma mie. "C'est contre ma volonté que je dois te quitter." Le conclave m'attend. »

Il s'incline sur sa main pour la baiser, se retourne et marche vers la porte.

« Attends », dit-elle dans un souffle.

Il se suspend sur un pied, félin, la regarde par-dessus son épaule.

« Que... Que veux-tu en échange ?

— Je ne sais pas. À toi de proposer. Mais, je t'en prie, ne précipite pas ta décision. Va le voir sur la paille-humide-de-son-cachot. Sait-on, parfois, si l'on aime ou si l'on hait ? »

Cette fois, il est sorti.

Elle rabat le capuchon de sa mante sur ses épaules, révélant un visage transparent à force d'être pâle, où les veines se dessinent aux tempes, aux paupières. Elle s'élance vers lui dès que le geôlier ouvre la grille.

« Pourquoi es-tu venu te jeter dans la gueule du loup ? » crie-t-elle.

Enchaîné qu'il est des quatre membres, il ne peut la repousser, mais détourne le visage.

« Geôlier ! »

Le bonhomme, sur les marches de l'escalier, s'arrête, revient dans un cliquetis de clefs.

«Je ne veux recevoir personne. Faites sortir cette femme.»

Elle s'accroche à sa chemise.

«Je t'en prie, il faut que je te parle, Baldassare.»

À quoi bon? Il l'a prise à Cesare, Cesare l'a reprise, c'est la règle du jeu, doit-on se soucier d'une pièce d'or qui passe de main en main?

«Tu as toujours ri de mes craintes, quand je te parlais du Valentinois. Si tu m'avais crue...

— J'aurais dû te croire, en effet. Feindre de te supposer à Gênes et te laisser avec ton Borgia.»

Elle affecte son air maternel.

«Ne sois pas puéril. Était-ce le moment de jouer les jaloux, n'as-tu pas compris que je n'agissais pas de plein gré?»

Il la regarde bien en face et lâche entre ses dents:

«Putain. En un sens, on peut t'accorder crédit chaque fois que tu promets ton amour. Tu ne mens pas, non, c'est pire. Tu as autant de vérités que tu as d'hommes.»

L'insulte brouille de larmes les yeux verts.

«Je vous ai vus, hier soir, lui et toi.

— Je le sais.»

La colère évapore les pleurs:

«Seigneur, seras-tu toujours le même enfant gâté? Pourras-tu jamais peser tes actes, envisager qu'il existe des nécessités plus souveraines que ton caprice? Oui, Cesare m'embrassait hier soir en me quittant. Le fait qu'il y prenait plaisir n'empêchait pas qu'il aurait profité de ma faiblesse si je lui avais dit ce qu'il cherchait à savoir — et qui lui livrait le sort de plusieurs personnes. Oui, j'en étais émue moi-même. Je ne suis ni ne serai jamais indifférente à Cesare, je ne t'ai rien promis de tel et je peux t'aimer sans le haïr. Le fait que j'étais émue ne m'empêchait pas de garder en mémoire les vies suspendues à mon silence. Je l'ai embrassé, mais je ne l'ai pas prié dans mon lit ni ne lui ai cédé ce qu'il voulait savoir. C'est cela qui comptait, Baldassare, alors ! Non le frisson que soulevait un souvenir, mais les vies que je sauvais ! Toi, sais-tu ce que tu as fait, avec ta jalousie ? Tu m'as remise à Cesare pieds et poings liés, aussi tangiblement enchaînée que tu l'es à présent ! J'ai le choix : ou bien je te laisse torturer puis exécuter, ou bien je trahis Donna Lucrezia — et son amant, ses complices, son enfant seront tués ! »

Elle crie si fort que sa voix casse, elle tousse, scandant ses imprécations de petits coups de poing secs dont l'enchaîné ne peut se garder.

« Qui dois-je choisir, Baldassare ? Dis-moi ! Qui dois-je condamner désormais ? Qui va mourir parce que ton imbécile vanité n'a pu souffrir que le père de mon fils me donne un baiser ? Et tu me traites encore de putain ? C'est tout ce que tu comprends de la situation ?

— Le problème me semble résolu, Camilla. Il te suffit de passer cette grille. À présent que tu m'as joué cette belle scène que le geôlier a entendue, que presque toute la prison a entendue, ta conscience est sauve. Tu sacrifies ton amant pour sauver des vies. Tout le monde admirera ton courage, ta noblesse. Va, laisse-moi tranquille. Je ne veux plus te voir. »

Elle tombe assise sur le bat-flanc de pierre qui sert de lit à ceux qu'on n'entrave pas. Des larmes silencieuses glissent sur ses joues, elle comprime sa poitrine à deux mains comme si le cœur lui faisait mal.

« Tu es méchant », dit-elle d'une voix sans timbre.

Pourtant il ne ressent déjà plus rien de cette

rancune éventée. S'il n'était scellé à ce mur, il la prendrait dans ses bras. Avec les gestes il s'en tire mieux qu'avec les mots, peut-être parce que les mots ont servi trop souvent à mentir, à tromper, les mots brillants qu'il maniait avec celles de sa caste. Les petites Mauresques, Esclavonnes ou Sardes qui ne parlaient pas sa langue, il fallait bien trouver avec elles un autre chemin vers la sincérité. Pour Camilla, c'est le contraire. Ce sont les gestes de l'amour qu'elle a vendus, jamais les paroles. Alors elle accorde au verbe une valeur magique, incantatoire. Elle respire avec effort, se relève du bat-flanc, s'approche de lui, pose les paumes sur sa poitrine, contre la peau que dévoile la chemise arrachée — on l'a dévêtu sans précaution de son travesti et de sa cotte de mailles, en le jetant ici.

« Je t'en prie, ne nous séparons pas ainsi... »

Le geôlier, qui n'a pas quitté les marches de l'escalier, se délecte de la scène, dont il ne perd pas une miette. « Quel imbécile, se reproche Baldassare, que de l'avoir appelé ! Plus moyen de s'en débarrasser à présent. »

Camilla s'est encore rapprochée de lui, l'épouse de tout son corps, et l'expression déroutante de son visage alerte le prisonnier. Les yeux brillants et fixes ne le voient plus, leur opacité lui rappelle une farce trop souvent jouée — mais pas avec elle, justement. Jamais elle ne s'est perdue dans l'égoïsme des sensations, sans plus se soucier de lui que d'un simple instrument. Or elle est en train de l'oublier, d'oublier même le geôlier qui écoute et observe. Elle achève de déchirer la chemise, le caresse, le mord, supplie d'une voix qui feule qu'il lui fasse l'amour, non, qu'il la baise. Abasourdi, il ne réagit pas.

Ces gestes fébriles, cette voix écœurante, cet œil égaré d'animal, il les observait chez Giulia

Farnese, quand elle s'offrait debout derrière une tapisserie de Santa Maria in Portico, excitée par l'imminente ronde des Suisses. Il prenait plaisir alors à détruire la façade de ses partenaires. Puis il s'est presque offensé de ne pas leur suffire, et qu'il fallût à leurs désirs émoussés la crainte du mari jaloux ou le regard voyeur du palefrenier. Les simples qui consentaient sans ruse laissaient l'eau à la bouche, non le goût cendreux qui succède aux abus de vin, de gibiers faisandés.

Camilla vint, qui le détourna définitivement des à-côtés de l'amour — volupté du risque encouru, du scandale déclenché. Il les recherchait surtout pour provoquer son père et ceux de sa sorte. On ne saurait vivre selon les principes d'autrui, quand ce serait à rebours. Baldassare aime en Camilla une ferveur qui n'est jamais servile, un désir qui ne désire que lui. Si elle se révèle semblable aux autres, il se dégoûtera d'elle comme des autres.

« Tu es folle, dit-il.

— Je t'en prie ! »

Elle dégrafe, dénoue ses propres vêtements, fait glisser sa robe de ses épaules.

« Mais le geôlier regarde ! s'insurge-t-il.

— Qu'il regarde ! »

Eh bien, c'est cela. Il s'est trompé, mon Dieu, Camilla n'est pas différente. Il se croyait malheureux hier, derrière la tapisserie, dans le corridor glacé. La désillusion présente le meurtrit plus profond.

« Putain », redit-il, mais il ne s'agit plus d'une insulte et c'est pire.

« Je t'en prie, Baldassare, je t'en prie ! »

Le gardien s'est assis sur la marche, tête entre les poings, comme à la foire. Du mur où il est rivé, Baldassare distingue ses gros genoux dans des chausses rapiécées. Il ne se cache absolument pas de les observer. Camilla le caresse et c'est indifférent, totalement indifférent. Il ne refuse pas de répondre à son désir, il ne peut pas, simplement. Elle s'est dénudée jusqu'à la taille, cheveux épandus. Elle paraît soudain déceler dans le regard figé de Baldassare ce qui se passe derrière son dos ; se retourne et découvre l'homme qui les épie. Alors, elle ramasse et drape sur elle sa mante, vient cogner contre les barreaux de la cellule.

« Geôlier ! »

L'homme se lève, redescend les trois degrés et s'approche sans se presser, goguenard, passant la langue sur ses lèvres tandis qu'il la regarde. Elle tire une grosse bourse de sa robe et les gestes qu'elle fait pour la dégager des plis du tissu révèlent des croissants subreptices de chair blanche.

« Voilà pour vous si vous nous laissez en paix un moment. »

Il soupèse le sac, confortablement lourd. Cette fille l'excite mais, avec la somme qu'elle lui donne, il s'en offrira dix comme elle.

« Pouvez-vous... le détacher ? »

Un rire gras.

« Vous aviez l'air de bien vous débrouiller malgré ça, hein ?

— Je vous en prie... Il y a deux cents carlins dans la bourse, comptez-les. »

Après tout, le bougre sera torturé puis pendu demain. Pourquoi ne pas lui concéder un dernier moment de plaisir ? Le bonhomme hoche la tête, entre dans la cellule et ouvre avec une des clefs de son trousseau les anneaux scellés dans la paroi qui enserrent les chevilles et poignets du prisonnier.

« Ça va, je repasserai dans un moment. Bon amusement ! »

Il ressort, referme la grille, remonte l'escalier de son pas lourd. Dès que la porte de l'étage est retombée sur lui, là-haut, Camilla achève de se dépouiller sans plus regarder Baldassare.

« Tes vêtements, vite ! Déshabille-toi aussi ! Tu vas prendre ma place, tu sortiras avec les miens. Dépêche-toi, pour l'amour de Dieu ! »

Elle se dépêtre de sa robe avec nervosité, de sa *gamurra*, de sa chemise. Baldassare ne bouge pas. Enfin, il parvient à former lentement une phrase :

« Tu... resterais ici ?

— Je ne risque rien, moi. Cesare ne me touchera pas. »

Elle est venue pour le sauver. Sa mère. Sa mère était ce genre de femme — dont il déchiffrait mal les attitudes parce qu'il la jugeait à son aune. Elle était tellement plus grande que lui. Il ne pouvait rien comprendre à la délicatesse infinie, à la noblesse écrasante de ses calculs. « Pauvre Baldassare, disait-elle, qu'a-t-il encore imaginé, dans sa vilaine petite tête ? » Elle est morte de la peste. Tête d'Or l'entendit crier de souffrance des heures durant mais son père ne le laissa pas pénétrer dans la chambre. Elle avait demandé cela comme une faveur. Il est resté derrière la porte, recevant les effluves d'aromates et de sanie quand on l'ouvrait pour laisser passer un médecin, une servante.

Camilla ne le regarde pas, elle paraît concentrée sur ce qu'elle fait.

« Camilla...

— Tais-toi. Tais-toi, surtout. »

Les heures d'immobilité, membres serrés dans les étaux, l'ont engourdi, il a des gestes malhabiles. Elle l'aide à mouvements précis mais brusques, lui fait passer ses robes par-dessus la tête.

« Les souliers aussi. J'en ai pris de très grands pour qu'ils t'aillent. J'ai besoin de tes bottes en échange. La mante, à présent. »

Visage crispé dont il ne parvient pas à croiser le regard, elle roule et rentre ses épais cheveux comme elle peut dans le col de la chemise, serre la ceinture trop large.

« Je vais cogner à la grille de nouveau, crier que je veux sortir. Quand il arrivera, tu seras prêt, capuchon rabattu sur les yeux, tu passeras devant lui en baissant le nez comme la chienne honteuse que je devrais être. Moi, je serai affalée par terre, la tête dans la paille ainsi qu'un mâle repu, il ne verra que mes bottes. Le temps qu'il me relève, comprenne et donne l'alerte, tu auras bien réussi à passer le pont-levis, si tu cours assez vite. »

Il avance la main pour lui caresser la joue. Elle se dérobe d'une torsion de nuque.

« Dès que tu seras libre, cache-toi, évite le Vatican, évite les Borgia quelque temps, évite Rome même. »

Cette fois, il l'agrippe aux épaules fermement. Elle redresse la tête et le regarde, Athéna aux yeux pers, qui sont à présent noirs, durs, hostiles.

« Lâche-moi. Je déteste ce que je viens d'être forcée de faire, je te déteste pour ce que tu as pensé de moi et je me déteste par-dessus tout de t'aimer. »

Elle ramasse dans la paille une timbale, la cogne contre les barreaux.

« Geôlier ! Geôlier, s'il vous plaît, je voudrais sortir ! »

Cesare est arrivé vite, par le couloir reliant le castel et le palais du Vatican. Souriant, il ouvre la grille de la cellule et, d'un geste de la main, fait signe à Camilla de passer. Elle hésite, déconcertée.

« Je t'en prie, va, tu es libre. Baldassare m'a échappé, certes, mais je n'ai pas tout perdu, puisque j'ai retrouvé ma sœur. »

Elle ne répond pas, c'est peut-être une ruse.

« Elle ne pouvait être loin. Et dans son état, il fallait un médecin. Gennaro m'a paru parfaitement indiqué. J'ai fait surveiller son atelier, à tout hasard. »

Notant son petit tressaillement, il précise :

« Impasse des Schiavone. Je sais cela depuis longtemps. Gennaro y est allé prendre des remèdes, on l'a suivi jusqu'au prieuré. Ma sœur vient d'être ramenée au Vatican.

— L'enfant ? » questionne Camilla.

Il pince les lèvres. Elle esquisse un mouvement vers lui, incontrôlé.

« Oh, Cesare, tu n'as pas fait cela ? »

Elle se met à pleurer soudain, violemment, tremblant de sanglots convulsifs.

« Je ne veux pas... Pas *cela*. »

Il hausse les épaules.

« Serait-ce plus grave qu'avoir tué Juan ?

— Oui. Juan était malfaisant.

— Allons, soupire-t-il, calme-toi. L'enfant est vivant. Les religieuses n'ont pas voulu le rendre et je n'allais tout de même pas faire égorger ces saintes femmes. Il sera élevé... comme Ottavio. On se débrouillera pour en faire un Borgia. Un bâtard de plus ou de moins dans la famille, quelle importance ? »

Elle le dévisage entre ses larmes, incertaine encore.

« Mais, dit-il, la servante, ton Colonna... Je n'aurai pas de faiblesse pour eux. Trop de gens savent ce secret.

— Moi aussi, je le connais.

— Toi, Camilla ? Je serais peut-être soulagé de penser que tu peux t'en servir. Alors j'aurais une bonne raison de te tuer, tu cesserais de me poser problème. »

Il dessine dans l'air un geste fataliste.

« Mais il y aura bientôt quatre cents lieues de distance entre nous. Mieux vaut que l'un cède la place. Ne trouves-tu pas que Rome est trop étroite pour nous deux ? Dès que j'aurai fait de ma sœur une Aragon, je m'occuperai de me marier moi-même.

— Te marier ?

— Ne sursaute pas ainsi. Ce n'est pas parce que tu n'as pas voulu de moi qu'une autre ne m'acceptera pas, tout cardinal défroqué que je serai. Je vais aller me marier en France. Ainsi, nous ne nous verrons pas de quelque temps. D'ici là... Peux-tu éviter de te mêler des affaires des Borgia, même pour l'amour de ma sœur ? »

Elle sourit, passe devant lui, gravit l'escalier. Le geôlier, qui avait cru sa dernière heure venue en découvrant la fuite du prisonnier, jette un regard interrogateur à Cesare Borgia demeuré en bas, contre la grille de la cellule. Le cardinal, d'un hochement de tête, lui fait signe qu'il peut ouvrir. Son regard sombre reste fixé sur la mince silhouette en habits masculins qui sort sans se retourner.

Baldassare attend Camilla chez elle. Il n'a pas suivi le conseil de quitter Rome et ce n'est pas par inconscience. Il est un Colonna. Cesare n'osera pas le faire arrêter hors du Vatican, il n'a pour cela aucun motif avouable. La situation n'a donc pas évolué, ce que Baldassare risque, aujourd'hui comme hier, c'est l'attaque nocturne au détour d'une ruelle, l'assassinat discret par un sicaire.

Fuir tel le seigneur de Pesaro serait plier devant un Borgia.

Camilla voulait le détester. Mais quand elle l'a trouvé près d'Ottavio — auquel il avait porté un costume d'ours en fourrure pour carnaval et qui rampait sur le tapis de sa chambre ainsi déguisé —, quand Baldassare a levé sur elle ses yeux d'or et qu'elle y a lu la même question que dans ceux de son fils: «Va-t-elle me punir?» alors, elle lui a pardonné. Tête d'Or ne peut pas changer, l'enfant chéri des Romains, obstiné, charmant, inconséquent. Et puis, Cesare l'avait dit, pour lui Camilla ne sera jamais qu'une putain.

— Tu te trompes, dit-il et, à petits baisers brefs, il parcourt, redessine le fin visage. Mais on est toujours beaucoup plus jaloux de celui qu'on a supplanté que de tous les autres.

— Penser qu'il y a eu "tous les autres", c'est justement me traiter de putain.

— Pardonne-moi.»

En diversion, il montre les cadeaux apportés: une viole de gambe de Crémone, le récit des voyages de Christoforo Colombo dans l'édition latine de 1493, et un cœur de diamant en pendentif.

«Pour compenser le mien, qui n'est que d'artichaut.»

Il donnera pour elle une fête, non pas au palais Colonna, où son père reste seigneur et maître, mais chez Agostini Chigi, le banquier, qui prêtera sa demeure. Une fête somptueuse.

«Cela va coûter très cher, s'alarme Camilla.

— L'argent existe pour être dépensé. Et celui que je n'ai pas, Chigi me le prête.

— Tu vas te ruiner. Toutes ces dettes que tu fais!

— C'est le privilège des grands seigneurs. Toi,

prévoyante abeille, on ne te les permettrait pas, aussi dois-tu te les interdire. Moi, qui songe jamais à me demander de payer ? »

Elle n'a pas le courage d'argumenter, mais cette prodigalité l'inquiète. Le père de Baldassare, le vieux despote Onofrio Colonna, n'en est guère ravi non plus. S'il décidait de ne plus répondre pour son fils ? En outre, Camilla remarque avec amertume que l'entourage des Colonna, qui ne lui pardonne pas d'avoir été l'amie de Cesare, la rend responsable de ces dépenses inconsidérées. Elle que Baldassare raille : « prévoyante abeille » remplace aujourd'hui « souris besogneuse » parce qu'il veille à ne pas la vexer, trop récemment rentré en grâce.

« Laisse-les dire ! Ils prétendent que tu m'ôteras jusqu'à ma chemise ! Eh bien, cela me plaît, à moi, que tu me l'ôtes. Que tu me l'arraches comme tu l'as fait dans la cellule. »

Le regard vert s'aiguise, tremble d'éclairs.

« Je plaisante. Ne me dévisage pas ainsi, Athéna, avec ton air d'être sortie casquée du cerveau paternel... J'ai été méchant parce que j'étais malheureux. Garde-moi, Camilla Vespucci, garde-moi de moi. »

Lucrezia ne dort pas, dans les velours de son vaste lit, derrière la porte de sa prison virtuelle. Elle se sent seule, perdue, désertée. On lui a retiré son petit enfant et elle n'aura sûrement pas l'occasion de l'aimer : si Cesare l'épargne, mieux vaut cependant qu'il ne le revoie plus, qu'on lui fasse oublier cette vivante preuve du faux pas.

Il est venu lui-même au prieuré, grâce à Dieu ! S'il avait envoyé son horrible spadassin, celui-là n'aurait pas hésité, quitte à massacrer les religieuses. Cesare, heureusement, est attaché à sa sœur. Et puis, ce petit d'elle appartenait à la famille. Le sang des Borgia crée un étrange lien, fort, encombrant. Parfois bénéfique, comme en ce cas, pour le salut du paquet emmailloté qu'elle serrait contre elle. Parfois néfaste, car il les rend complices les uns des autres : jusqu'à quel point, Lucrezia ne l'a pas encore mesuré.

Elle persiste à refuser l'idée que Cesare ait assassiné Juan, mais devine qu'il tuera sans remords quiconque contrariera ses desseins. La seule étrangère qui soit, comme le clan, protégée de sa fureur possible, c'est Camilla Vespucci. Sans doute parce que Camilla, en lui donnant un fils, est entrée dans la parentèle d'une manière confuse, qu'il n'analyse pas lui-même. Lucrezia découvre en ce moment où elle voudrait crier sa frustration de mère dépossédée, combien l'enfant est un être particulier, important. Elle ne s'en doutait pas, c'est une chose banale de faire des enfants et il en meurt tant au maillot, elle ne croyait pas qu'on pût s'y attacher très tôt. Elle en a vu beaucoup autour d'elle qu'on traitait avec la même indifférence gentille que le lévrier domestique. Peut-être les « enfants de l'amour » sont-ils plus chers au cœur ? Aurait-elle autant voulu que vécût un fils de Giovanni Sforza ?

Pedro Calderon... Elle ne le reverra pas, le revoir eût signé son arrêt de mort. Il n'est pas du clan, lui. Même en Espagne, il lui faudra se méfier longtemps encore des amis de la famille Borgia. Elle frissonne... Tant de solitude ! L'amour lui sera désormais interdit, comment exposer la vie de qui l'on aime ? À dix-huit ans, savoir qu'on n'aura plus jamais que des devoirs, un rang à tenir...

Camilla, elle, ose braver Cesare. Faire sortir son amant du castel Sant'Angelo ! Si Lucrezia possédait cette audace, peut-être pourrait-elle gouverner sa propre vie. Mais la volonté de Cesare pèse plus fort que la sienne, annihile même celle de leur père. Il y a bien quelques têtes de mule comme Sancia, mais Cesare n'est pas seulement volontaire, il est supérieurement intelligent, comment l'emporter sur lui ? Camilla seule le vaut, voilà sans doute pourquoi il l'aime tant, bien qu'il refuse de l'avouer.

Penthesilea n'avait fait que servir sa maîtresse, elle a gagné son retour en grâce. Lucrezia la réclamait sans désemparer, éprouvant vraiment le besoin d'une présence amicale à ses côtés. Cesare a haussé les épaules, rasséréné par la docilité de sa sœur qui consentait à tout par ailleurs. Pourquoi ne pas épouser les fils du roi de Naples, en effet ? On répète à l'envi qu'Alfonso d'Aragon est l'un des plus beaux gentilshommes d'Italie, qu'il est sensible, plein d'esprit. Elle sera donc sa femme.

Le velours damassé des courtines frémit, la servante se glisse jusqu'à elle, un bol de faïence fumant entre les paumes.

« Madame, dit-elle à voix basse, Pedro est dans ma chambre depuis ce matin... À présent, les Suisses somnolent devant la porte, ils n'entendront rien de ce qui se passe ici. Puis-je le faire entrer ? »

Lucrezia tressaille, se redresse contre le dossier du lit :

« Es-tu folle ? Lui, ici ? Tu l'as conduit ici ?

— Madame, il m'a saisi au vol dans un couloir. Le téméraire était entré au Vatican, profitant de ce que son visage est familier à tous.

— Il aurait pu rencontrer Cesare !

— Il ne veut pas quitter l'Italie sans vous revoir.

— Je le croyais en Espagne depuis deux semaines ! Quelle folie ! Quelle folie ! »

La chambre de la servante communique directement avec les appartements de la maîtresse, heureusement. Mais comment quittera-t-il le Vatican, maintenant ?

« Demain, dans la journée, en profitant du va-et-vient de la semaine sainte et en priant le Ciel qu'il ne croise pas le cardinal de Valence ou son Michelotto... Puis-je lui dire de venir, madame ?

— Oui. Non, attends... Comment suis-je ? »

Penthesilea tend un miroir à main, arrange la chevelure déployée sur les oreillers, les plis de la chemise de soie.

« Va, appelle-le ! »

Il entre, se jette à genoux au pied du lit et saisit la main frêle comme quelqu'un qui se noie.

« Il fallait fuir, Pedro, je veux que vous viviez !

— Cela m'est bien égal de vivre sans vous », dit-il, calme et sombre.

Ce n'est pas forfanterie, il constate un fait. Lucrezia en est meurtrie, parce qu'elle ne l'aime pas à ce point.

« Je vous en prie, je vous en prie ! Comment pourrais-je affronter votre mort, il ne faut pas m'imposer cela.

— Je vivrai pour l'amour de vous, si vous consentez à ce que j'emmène l'enfant.

— Où cela ?

— En Espagne, à Barcelone, où ma mère, la senora Calderon, l'élèvera.

— Oh, c'est bien loin ! »

Elle soupire.

« Sans doute est-ce plus prudent pour cela même. Cesare peut un jour changer d'avis. Soit, Pedro, prenez soin de lui. Penthesilea va écrire une lettre pour les religieuses, qu'elles vous laissent l'emmener. Mais... mais si vous étiez pris au sortir de Rome ?

— Aussi n'est-ce pas moi qui l'irai chercher au prieuré, ni qui l'emmènerai à Barcelone. J'ai fait venir ma mère d'Espagne.

— Penthesilea ! Écris s'il te plaît, l'ordre que je signerai : "Prière de confier l'enfant au porteur de la présente. Lucrezia." Et tu ajoutes : "Ora pro nobis", c'est le code que j'ai avec les dames de San Sisto. »

Elle retombe contre les oreillers, regarde Pedro, prend une de ses mains et la porte à ses lèvres.

« Vous êtes fou, mais je suis heureuse de vous voir, tellement heureuse ! Oh, Pedro, il faudra m'écrire ! Je veux savoir ce qu'il deviendra. Il vous ressemble et je lui ai donné votre nom. Nous trouverons un moyen, n'est-ce pas, pour communiquer ? Des lettres qui puissent tomber entre toutes les mains et qui, pour nous seuls, parleront d'amour. Vous continuerez de m'aimer un peu, Pedro ? J'en aurai tant besoin. »

Elle s'est endormie quand le jour venait, tandis que Penthesilea reconduisait le jeune homme à sa cachette. Ensuite, Lucrezia ne s'est réveillée qu'au soir, le médecin Torrella, que son frère lui prête, lui avait fait boire une potion calmante pour qu'elle reposât plusieurs heures. Une servante est alors venue, qu'elle ne connaissait pas. Elle a demandé Penthesilea, la femme a répondu qu'elle la remplaçait sur l'ordre du cardinal...

« Il m'avait promis de me la laisser ! Oh, mon Dieu ! Dites à mon frère qu'il me vienne voir, s'il vous plaît... »

Elle l'a longtemps attendu. Il n'est arrivé que tard dans la nuit, plus sombre que l'ombre dans son costume noir, avec sur le visage une expression qu'elle ne lui avait jamais vue. Comme un masque de cendre. Même son regard était mat, un regard de statue. Il a jeté sur sa courtepointe un rouleau à lettres qu'elle a fébrilement ouvert. Il contenait le message écrit pour les religieuses. L'encre en était délavée, le papier humide gondolait.

« On a trouvé cela dans le pourpoint de Calderon. Il a été repêché du Tibre à l'instant, ainsi que ta servante Penthesilea. »

Elle ne pouvait ni parler, ni bouger, ni même respirer. Elle s'est seulement rappelé ce qu'avait dit Pedro, en la quittant :

« Adieu, madame. Je vous aimerai jusqu'après ma mort. »

Son esprit enténébré, son cœur engourdi ne trouvent plus à présent que la force de prier, prier, prier, pour que cela soit vrai.

CHAPITRE 12

JUILLET 1498

IL y a foule dans le port miroitant, embrumé de chaleur, particulièrement autour du bassin de radoub où des charpentiers s'affairent sur trois squelettes dressés contre le ciel, que soutiennent des étançons. Amerigo arpente le quai, expliquant à Camilla, qui peine à suivre ses enjambées, la technique des « bordés à franc-bord » qui permettront de donner à la coque une courbure continue. Pour l'heure, seuls les trois carcasses et les mâts sont élevés, mais le travail progresse rapidement, grâce à l'importante main-d'œuvre employée. Des hommes sont venus à Gênes de toute la campagne alentour, alertés par la rumeur spécifique aux ports qui se répand toujours plus vite qu'ailleurs — qu'il s'agisse d'un arrivage d'épices, d'une quarantaine pour cause de peste ou d'un naufrage au large. Les salaires élevés accordés par Camilla, qui prend le parti de ne rogner sur rien, ont encore accéléré la propagation de la nouvelle.

Parallèlement au travail de charpente en cours sur le port, dans les ateliers des faubourgs les corporations s'activent pour la *commenda* Vespucci. Des tisserands fabriquent les voiles, des corroyeurs les mauges, des cordiers les drailles et les drisses, des forgerons les estropes et les canons — car des batailles seront peut-être livrées. En outre, il faut embarquer de tout, et par énormes quantités, puisqu'on ne sait combien de mois passer en mer. Des biscuits par milliers de livres, des sacs de farine, de riz, des fromages, de la viande salée, du sucre et du vin, ainsi que du bétail vivant. Chaque espar ou pièce de métal doit être emporté en double ou triple, et les voiles, et les cordages... Des troncs d'arbre entiers si les mâts cassaient ; des outils ; de la poix, de l'étoupe, du goudron pour calfater les fissures ; des hameçons et des harpons, quand la viande fera défaut ; des armes, des cuirasses, de la poudre ; quatre cents livres de chandelle ; des astrolabes, des cadrans, des compas, des cartes, des livres de bord ; une pharmacopée ; des menottes et des fouets pour les mutins, des flûtes et des tambours en prévision des veillées ou des attentes insupportables de l'encalminage ; et la verroterie pour les sauvages qu'on rencontrera peut-être, miroirs, peignes de corne, colliers...

Produire, puis engranger, fait travailler agriculteurs, commerçants et artisans dans la ville. Sans parler d'un équipage compétent à recruter, marins, mais aussi médecin, cuisinier, charpentier. C'est un monde en soi, une arche de Noé que chacune de ces trois *Santa* — *Santa Anna, Santa Margherita* et, bien sûr, celle du capitaine, *Santa Camilla* — qui jaugeront quatre cents tonneaux comme de grosses nefs marchandes dont elles ont la panse un peu lourde. Mais elles élanceront aussi des châteaux d'avant en caraque effilés, triangles surplombant la mer, agressifs. De très hauts mâts. Et des voiles, un déploiement de voiles : outre les grandes ailes classiques accrochées aux trois mâts, une civadière au-dessus du beaupré, une voile de gabie au-dessus de la hune, innovations que Vespucci n'a pas conçues mais qu'il adopte avec intelligence.

« Je n'ai pas le génie précurseur, dit-il, mais je sais sentir quand une voie ouverte est bonne à suivre. »

Camilla, l'autre Vespucci de la *commenda*, s'inquiète pour sa part des sommes englouties. La totalité des biens des partenaires est transformée déjà en voiles, en cordages, en vivres. À présent, on laisse courir les factures sans plus les payer. Si l'expédition échoue, la prison pour dettes attend Camilla. Ses compagnons truands restent dans l'ombre, nominativement elle seule se présente aux fournisseurs. Elle seule répondra donc en cas de ruine. Elle respire large, gave ses poumons des odeurs de sel, de goudron et d'espace qui emplissent le port. À ne rien risquer, on meurt comme on a vécu, petitement.

« Quand serez-vous prêt à partir ? » demande-t-elle à Vespucci, mains en visière sur ses yeux aveuglés.

« Dans deux mois. Mais pas plus tard. Septembre, c'est déjà la saison des tempêtes. Il faut gagner l'océan avant l'hiver. L'année prochaine, à cette époque, nous devrions aborder les mondes nouveaux.

— C'est une idée qui grise comme du vin.

— Vous n'êtes jamais allée en mer ?

— Non. Mais je compte que vous m'emmènerez quand la *Santa Camilla* recevra son baptême. Au moins pour faire le tour du golfe de Gênes.

— Je suis sûr que si vous n'étiez une femme, vous feriez un grand marin.

— Je ne sais même pas nager ! rit-elle.

— Cela s'apprend. Ce qui ne s'apprend pas, c'est... l'élan. L'envie du vent, du ciel, de la vastité. L'océan n'est pas la mer. C'est un dieu. Le *mare nostrum*[1], si traître soit-il de Charybde en Scylla, reste une clôture, un giron féminin. Passé les colonnes d'Hercule[2] commence un monde ouvert, de sel, d'équinoxes. Les grands taureaux marins s'y hèlent par d'étranges chants. L'horizon est un appel, non une butée. »

Elle le regarde, déconcertée. Ce marin pratique, concret, qui compte au *baiocco* près les livres de chandelle et les vases de nuit, voilà qu'il témoigne du lyrisme d'Homère, qu'il trahit dans le regard cette nostalgie d'espace, cette faim d'ailleurs qu'elle n'a vues chez aucun homme des terres ou des villes. Sinon chez son professeur de mathématiques, le Polonais qui croit que dansent de silencieuses planètes dans l'infini nocturne.

Elle aime les êtres de cette race.

Lucrezia est encore un peu pâle, mais elle a repris de la chair, ses yeux ont perdu leurs cernes. Le soleil d'été, dont un mois durant, à Subiaco, elle a protégé son teint délicat, a rendu ses ors à sa chevelure ondoyante. Elle porte aujourd'hui une *cioppa*[3] de satin cramoisi, qui pose sur ses joues un éclat rose du plus heureux effet et dont les manches crevées laissent bouffer la fine soie rebordée de la chemise. Les cheveux sont lissés sur les épaules en vagues, seules deux tresses entremêlées de rangs de perles ont été prises aux tempes, tirant un peu les yeux et dégageant le front. Elle est vraiment

1. Le « Mare Nostrum », « notre mer », est la Méditerranée des Latins.
2. Le nom que donnaient les mêmes Latins au détroit de Gibraltar.
3. *Cioppa* : robe de dessus.

belle, songe Cesare en la regardant. Surtout, elle ne paraît que ses dix-huit ans, taille mince, formes gracieuses. Rien ne permet de penser que cette jouvencelle mettait au monde un enfant quatre mois plus tôt.

La rumeur en a bien fini par filtrer, les chroniqueurs l'ont répandue. À Naples, heureusement, on s'est gardé de l'entendre, car Lucrezia représente quarante-cinq mille ducats de dot et, croit-on, la protection du pape contre les Français.

La foule n'est pas très dense, inutile de ressusciter les fastes d'il y a cinq ans pour ces secondes noces qui n'abusent personne. La cérémonie s'est tenue presque en privé dans les appartements du Vatican et les réjouissances d'à présent sont discrètes. Le banquet, la danse et les représentations théâtrales dureront jusqu'à l'aube: ce ne sont plus les trois jours d'agapes du mariage Sforza. D'ailleurs, elles ont mal commencé, ces réjouissances. Un des hommes d'escorte de Cesare s'est pris de querelle à l'entrée de la salle des Pontifes avec un des pages de Sancia d'Aragon, pour le motif futile de savoir qui passerait le premier. Cette harengère de Sancia, qui peut se montrer parfois d'une invraisemblable grossièreté, a pris la défense de son page à hauts cris. Agacé, Cesare a répandu vertement et la dispute a dégénéré, Sancia excitant sa suite au pugilat. Le cardinal Ascanio Sforza, qui tentait de ramener le calme, a reçu un coup qui l'a fait saigner du nez.

L'incident n'a pas réchauffé l'atmosphère. Sancia est si violemment montée contre Cesare que le mariage de son frère avec Lucrezia lui devient odieux. Il y a quelques mois, le bruit courait que Cesare et Joffré permuteraient leurs places: Joffré se ferait cardinal, Cesare, laïcisé, deviendrait duc pour épouser Sancia. Le projet paraissait complexe à réaliser, mais quelques bulles y auraient remédié. Sancia piaffe, son mari Joffré n'a pas l'envergure d'un roi de Naples, encore mois d'Italie. Cesare, c'est autre chose. L'infante a tout de suite compris le beau parti qu'il ferait — et ce n'était pas seulement pour le souvenir brûlant de leurs chevauchées érotiques, se dit-il avec lucidité.

Seulement, voilà : Cesare s'est avisé — et de bonnes âmes le répétèrent à Sancia — que sa belle-sœur n'était qu'une bâtarde et ne le conduirait jamais directement au trône. Il a donc tourné ses visées vers une fille légitime du roi de Naples, Carlotta, qui vit à la cour de France. Cet affront, Sancia ne le lui pardonnera jamais. Elle écrit à sa demi-sœur, depuis un mois, des lettres où elle peint Cesare en monstre assoiffé de sang, en pourceau d'Épicure incestueux propre à terrifier la chaste suivante d'Anne de Bretagne. Heureusement, Cesare les fait intercepter, Carlotta n'en a reçu aucune : il répond à sa place sur un ton d'épouvante. Sancia s'est intéressée, en outre, à la rumeur d'enfant secret autour de Lucrezia. Cesare se félicite d'avoir réglé ce problème-là, fût-ce cruellement. Il a confié l'enfant à des gens qu'il paie pour se taire. Quant aux témoins, il a fallu les supprimer, nécessité pénible. Sancia n'a trouvé personne pour la renseigner — et pour faire de la sorte échouer le mariage. Elle a colporté des ragots, suggéré devant témoins à son frère que « la forêt noire, non seulement, il n'y serait pas le premier, mais y entrer le conduirait au trépas ».

Peine perdue. Un événement s'est produit aujourd'hui que personne n'attendait et dont Cesare est le premier surpris, car il sait seul combien la mort de Calderon a meurtri, terrifié, dégoûté d'aimer sa sœur fragile. Le premier regard entre les deux promis, la blonde Mélusine et le duc aux yeux bleus, ce premier regard les a brûlés, éblouis, fondus ensemble de manière indissoluble, au su de tous. Ils sont depuis des heures quasi muets, l'air égaré, perdus dans un rêve qui abolit l'assistance présente, se parlent sans rien se dire, sans même oser se toucher la main. Alfonso et Lucrezia sont amoureux l'un de l'autre.

Cesare sait à présent que le camérier Perroto fut l'amant de sa sœur. La culpabilité de Baldassare Colonna n'était qu'une habile invention de Camilla. Lucrezia, sans doute, laissa le Catalan l'admirer, l'entourer, la consoler, puis céda peu à peu, moins de son propre élan qu'entraînée par la passion sincère qu'il éprouvait pour elle. Sincère, car cet homme qui n'a pas voulu fuir savait ce qu'il risquait. Il a donné sa vie pour la revoir. Conscient de cela, Cesare répugnait à décider la mort de Calderon. Mais c'était prendre un trop grand risque que le laisser vivre. Les amoureux ne parlent pas pour de l'argent, ils parlent néanmoins, à tel ami supposé, à l'inconnu croisé dans un bal, parce qu'ils sont pleins de ce qu'ils aiment et qu'il leur faut le louanger, le célébrer.

La camérier connaissait trop les affaires du Vatican pour ne pas comprendre cela. Il est mort d'aimer Lucrezia. Lucrezia, en retour, ne le payait pas d'une ardeur, d'une ferveur aussi totales. Elle n'avait pas chaviré, muette, foudroyée, dès le premier regard échangé, comme cela lui advient aujourd'hui.

Curieusement, Cesare, qui a tant œuvré pour le succès de ce mariage, n'est pas heureux du « coup de foudre ». Calderon aimait à en mourir, cela vaut qu'on n'oublie jamais sa mémoire.

Alfonso d'Aragon, pour susciter une passion dévote, s'est seulement donné la peine de paraître, avec son teint mat et ses yeux clairs, dans un habit blanc. Certes il est beau, charmant, mais Calderon ne l'était pas moins, l'amour est déni de justice.

Alfonso d'Aragon ressemble à Baldassare Colonna. Il n'y est pour rien mais cela le rend irritant pour le cardinal de Valence. Les amours comblées que rien ne justifie, qui échoient sans qu'on ait agi pour les mériter, pour les conquérir, Cesare les déteste.

Gennaro n'habite pas chez Camilla, qui refuse de le traiter en serviteur, le voulant libre de se consacrer à ses travaux. Ce serait gâcher son talent que l'employer à des besognes domestiques. Toutefois il a une chambre chez elle — encombrée de livres, de cornues et d'herbiers —, ainsi que la clef de sa porte. Entre les occasions de l'envoyer chercher et les visites qu'il accomplit de son gré, il est à la « maison du Florentin » presque quotidiennement.

Camilla ne sait se passer de lui. Elle le chérit comme s'il était de son sang, quoique cette affection demeure timide dans ses manifestations, parce qu'il l'impressionne. Quand elle surprend chez autrui des réactions condescendantes à cause de l'infirmité qui l'afflige, elle s'agace, s'insurge. Gennaro lui inspire des sentiments mêlés, mais certes pas de la pitié. D'abord, si l'on excepte la déviation de sa colonne vertébrale, il n'est pas laid. Son visage fin, bien architecturé, éclairé par des yeux gris trop intelligents, presque transparents dans des orbites vastes, est un visage de philosophe. Ou de prédicateur — dont il a la voix grave et modulée.

Dès qu'il parle, les auditeurs se taisent et ne le quittent plus du regard.

« Invente une réforme religieuse, tu subjugueras les foules », plaisante-t-elle parfois.

Ses muscles sont déliés. Il se sert de son corps à sa manière et sa force physique a surpris plus d'un imprudent qui pensait l'estourbir au coin d'une rue pour lui voler sa bourse, quand elle ne lui permet pas de terrasser un fou furieux, de dénouer les membres d'un éclamptique dans les hôpitaux. Ses mains sont habiles, nerveuses, rassurantes. Des mains qui guérissent. Camilla ne lui connaît pas de femme, mais des femmes, il en a sans doute. S'il ne sourit pas souvent, quand il veut sourire elle se sent éclairée de l'intérieur. Inimaginable que d'autres n'y soient pas sensibles.

Camilla voue à l'intelligence, au génie inventif, une admiration plus grande qu'à toute autre qualité humaine — peut-être parce qu'elle n'a jamais rencontré personne qui fût bon ni beau sans cette lueur particulière dans l'œil. Gennaro, savant qui s'est fait seul, est son oracle. Car elle peut lui demander n'importe quoi, il consent toujours à l'aider de ses conseils, sans jamais juger l'importance du motif. D'elle, il n'ignore rien. Il fut le témoin de son plus affreux secret, il l'a sauvée de la mort et délivrée de son enfant. Elle croit qu'il irait en enfer si elle le lui demandait. En retour, quiconque tenterait de nuire à Gennaro la trouverait en travers de sa route.

Elle devait rentrer de Gênes ce matin, 25 juillet, mais les voyages sont choses incertaines et les retards si fréquents qu'elle aurait pu n'arriver que demain. Aussi, découvrant que Gennaro l'attend chez elle devant l'âtre du studio, veillant tout vêtu bien qu'il ne fasse pas encore jour, elle sent son cœur se pincer d'angoisse. Il a dû passer la nuit dans ce fauteuil pour être sûr de la trouver là dès la première heure.

« Qu'arrive-t-il ? Ottavio ? »

Signe de dénégation.

« Alors, Baldassare ! » s'écrie-t-elle, car c'est d'abord par ces deux êtres qu'elle peut souffrir.

Il lui apprend la nouvelle avec des mots aussi sobres, aussi limés aux arêtes qu'il peut les trouver. Elle ne crie ni ne pleure, c'est plutôt comme si un feu s'allumait en elle, qui l'agite, la tord, flamboie dans ses yeux. Elle ressemble aux maniaques qu'il doit parfois ceinturer dans les hospices. Elle va et vient à travers le studio, cognant dans les meubles en aveugle, se broie les mains, s'assied, se relève, va tomber à genoux sur le prie-Dieu, éclate en sanglots, reprend son va-et-vient. Il l'écoute. Il ne peut faire mieux, elle n'entendra pas ses conseils.

« Je savais que cela finirait mal ! Toutes ces dettes ! Il a la folie de découvrir de jeunes talents et de leur commander des œuvres. Il lui faut les plus beaux marbres antiques qu'on déterre du Forum, les plus beaux meubles, le plus beau barbe. Quand il offre un cadeau, même à son cocher, c'est un cadeau de roi. »

Gennaro n'est pas loin de penser qu'un séjour au castel Sant'Angelo moins bref que le premier serait bénéfique à Tête d'Or. Mais elle ne saurait admettre de telles raisons. À peine parvient-il à la dissuader d'aller se jeter tout de suite aux pieds du banquier Chigi, qui déposa la plainte.

« Attends une heure décente.

— Pour le vieux baron, il n'y faut pas songer. Il doit être trop content de ce qui arrive à Baldassare, le père et le fils sont en guerre. Notamment à cause de moi. »

Elle a bondi de nouveau debout, reprenant son périple à travers le studio, et de son habit tombe la poussière des lieues de route qu'elle vient d'avaler.

« Pourquoi diable ai-je lancé cette *commenda* ! se désole-t-elle. Je n'ai plus rien. Les frais sont si énormes, chaque jour une pile de factures s'ajoute aux précédentes. J'ai tout vendu, Gennaro. Il ne me reste que cette maison et je devrai la vendre aussi. »

Il sursaute.

« Je ne te savais pas téméraire à ce point.

— Oh, je ne comptais pas m'engager autant ! Mais cet homme, Vespucci, je ne peux plus le décevoir maintenant. Il voit son rêve se concrétiser, il touche à son Eldorado. Comment lui dire : "C'est assez, j'arrête les frais" ? Je paie, Gennaro, je paie sans sourciller. J'étais allée à Gênes pour cogner du poing sur la table, montrer que j'étais le patron... Il m'a ensorcelée, pour un peu je m'engageais dans son équipage. Seigneur, à qui puis-je emprunter cinquante mille ducats ? Donna Lucrezia ne les a pas en propre, il n'y a que les courtisanes et les veuves pour avoir une fortune personnelle. Ah, être femme ! Pourquoi est-ce ainsi, pourquoi devons-nous obéir et nous taire comme si nous étions en faute de quelque chose ? Qu'avons-nous fait aux hommes ? »

Elle tombe assise de nouveau, pour un instant.

« Où en étais-je ? Il faut trouver cinquante mille ducats ! »

Gennaro fait une tentative :

« Crois-tu vraiment que son père le laisserait en prison ? Il ne veut sans doute que lui donner une leçon. Après quelques jours, il estimera le châtiment suffisant et paiera.

— Non, soupire-t-elle. Oh, je sais ce que tu penses ! Baldassare gagnerait un peu de mesure et de réflexion au cachot. Seulement, voilà : il y restera. Son père n'est pas seulement un vieux barbon irascible, c'est un vieux barbon ruiné. Il ne paiera pas les dettes de Baldassare, il doit lui-même des fortunes à ses créanciers. Toutes les terres des Colonna, à Subiaco, à Zagorolo, sont affermées à des marchands et ne leur rapportent plus que des rentes dérisoires.

« Il n'y a pas que les fêtes, les peintures et les statues antiques pour se ruiner ! Il n'y a pas que les courtisanes rousses ! Il suffit bêtement de s'en aller faire la guerre, par exemple, comme le cher vieux baron. On commence par se commander une armure tout en or, qui ne sert à rien mais qui brille au soleil. Puis on lève son armée, parce que l'on ne saurait être baron sans armée ! On s'empresse de la prêter aux Français, on offre aussi ses châteaux pour la garnison des mêmes Français, qui arrivent à trente mille ! Après quoi les conquérants repartent en ne remerciant pas et en n'ayant rien fait de ce qu'on escomptait d'eux... »

Gennaro sourit de cette colère, il se souvient d'avoir entendu naguère des propos très semblables dans la bouche de Cesare Borgia. Camilla poursuit, marchant de long en large, s'exaltant à mesure pour un auditoire imaginaire — tout le clan Colonna rassemblé, sans doute.

« Ensuite, il faut doter ses filles. Si le pape n'avait interdit qu'on dépassât trois mille cinq cents florins d'argent, Dieu sait ce qu'ils paieraient pour marier leurs rejetonnes ! Il faut se faire bâtir un palais pour vivre, et puis un tombeau pour être mort, et une église pour rester éternel ! Il faut tenir son rang, montrer qu'on est riche même si on ne l'est plus ! Enfin, surtout, il ne faut pas se commettre, comme moi, à entreprendre. On est noble. On vit donc du travail d'autrui, c'est fixé jusqu'à la fin des temps.

« Il fallait voir comme tous en chœur ils ont raillé leur cousin Colonna quand il envisageait d'exploiter les mines de vitriol du duché de Nettuno ! À présent, le clan serait content de l'avoir encouragé. En revanche, ils n'ont pas de honte à réclamer de l'argent sur un cadavre. Quand la mère de Baldassare est morte l'été dernier, ç'a été un règlement de comptes sanglant parce que son père, le vieux Tolomei, n'avait toujours pas payé la dot vingt-cinq ans après les noces et que les Colonna exigeaient son règlement. Mais ils ne l'obtiendront pas. Et ils cherchent désespérément des filles de banquiers à épouser. »

Gennaro soupire profond. Cela change tout. La prison à vie est une chose qu'on ne peut souhaiter à personne, même à son ennemi. Gennaro n'aime pas beaucoup Baldassare. Il le souffre moins bien que Cesare. Mais quant à le savoir pourri par la vermine et mordu par les rats dans un cul-de-basse-fosse sans air ni lumière... D'ailleurs, Camilla l'aime, elle.

« Il n'y a qu'un seul recours. Obtenir la clémence d'Agostino Chigi. Baldassare est son ami et je ne comprends d'ailleurs pas qu'il l'ait fait jeter en prison. Ce n'est pas du tout dans ses façons.

— Agostino Chigi n'est plus à Rome.

— Comment cela ?

— Il a obtenu du pape la charge des mines d'alun de la Tolfa et confié la gestion de la banque à son frère Bartolomeo. C'est Bartolomeo qui a déposé la plainte, dès le départ d'Agostino. Il en profite pour éliminer les amis de son généreux frère, qui sont tous des débiteurs insolvables.

— Agostino ne doit rien savoir, dans ce cas. Je vais lui faire tenir un message pour qu'il intercède en faveur de Baldassare.»

Elle s'accoude au lutrin, gratte une plume nerveuse sur le vélin.

«Agostino est un ami pour Baldassare et l'était déjà pour sa mère, native de Sienne comme lui. En outre, il m'aime bien.»

Gennaro n'a pu réprimer une ombre de sourire.

«Évidemment, dit-elle en haussant les épaules, il ne m'aimerait pas tant s'il ne me trouvait jolie. Mais il a toutes les femmes qu'il veut et ce n'est pas une brute. Je ne le vois pas profiter de la situation. En attendant que sa réponse me vienne, ajoute-t-elle en poursuivant sa lettre, cours au castel Sant'Angelo, s'il te plaît, assure-toi qu'il ne manque de rien et dis-lui que je l'irai voir tout à l'heure... Il est possible que ce Bartolomeo Chigi, que je ne connais pas car je l'ai à peine aperçu chez son frère, mais qu'on prétend impitoyable, ait refusé de payer la pension de Baldassare, de sorte qu'il n'aura reçu ni linge, ni nourriture depuis qu'on l'a incarcéré. S'il te plaît, Gennaro, veux-tu faire cela pour moi?»

Il hoche la tête. Y a-t-il rien qu'il puisse lui refuser?

Bartolomeo Chigi dévisage la femme sobrement vêtue qui se tient devant lui.

Lui la connaît très bien. Toutes les fois qu'elle est venue chez Agostino, il ne l'a pas quittée des yeux. Au bras de son bel amant, entourée par tant d'hommes qu'elle éblouissait, elle n'accordait pas le moindre regard au frère du brillant

Agostino. Personne ne lui accorde jamais un regard, surtout pas les femmes. Depuis des années, il le leur fait payer.

Celle-là, la Cyprina, son dédain lui coûtera particulièrement cher. Il sait ce qui l'amène. Il a fait jeter Baldassare Colonna en prison dans l'espoir de la conduire à cette démarche. Elle lui tend la lettre d'Agostino. Évidemment, elle a réclamé le secours du grand frère et le grand frère prie Bartolomeo de libérer son ami Colonna, de lui conserver son crédit jusqu'à ce qu'il regagne Rome et prenne lui-même une décision. Bartolomeo parcourt la missive en hochant la tête.

« Mon frère est généreux, comme à son habitude. »

Camilla esquisse une tentative de sourire, qu'il casse net avec délectation.

« Mais moi, je n'ai pas les mêmes raisons de l'être.

— Votre frère demande qu'on l'élargisse, n'avez-vous pas lu ? dit-elle, déconcertée.

— Mon frère est loin. Il m'a cédé les pleins pouvoirs. Je peux avoir en main des éléments qu'il ignore et qui justifient parfaitement que j'aie pris la décision de maintenir ma plainte. Je vais d'ailleurs lui écrire, moi aussi. Je lui expliquerai que le seigneur Colonna, son ami, a imité sa signature sur des lettres de change...

— C'est faux ! bondit Camilla, qui connaît assez les défauts de Baldassare pour ne pas lui imputer ceux qu'il n'a pas.

— Les lettres existent.

— C'est vous qui les avez forgées, affirme-t-elle, comprenant soudain le sens de sa jubilation.

— Qu'importe ? Ma parole contre celle du débiteur de ma famille... »

Elle n'est pas sotte, admire-t-il. Toutes les autres se jettent à genoux, pleurent, le supplient. Elle le regarde en face avec calme, ayant compris ce qu'il voulait d'elle.

« Je paierai pour lui, dit-elle. Mais il faut me donner quitus de toute la dette. »

Ses yeux sont comme de la glace, si transparents qu'ils semblent sans couleur. Il sourit.

« Tout beau, madame ! La dette fut contractée envers Agostino, il prétend s'en charger à son retour, je lui en laisse le soin. Moi, mon affaire, ce sont les lettres de change falsifiées. Je veux bien retirer ma plainte et les brûler, mais c'est tout ce qu'il est en mon pouvoir d'offrir. Je ne reprends jamais deux fois du même plat. C'est pourquoi vous comprenez que je ne puisse le payer cinquante mille ducats, si habile... cuisinière que vous soyez. Vous êtes libre de refuser ma proposition. Moi, je suis libre de déposer mes preuves devant un tribunal. Baldassare subira la question et peut fort bien avoir été jugé, puis pendu, avant que mon frère ne revienne pour lui pardonner — si c'est là votre calcul.

— Très bien, dit-elle d'une voix de froid mépris. Écrivez que vous retirez la plainte et donnez-moi le papier signé de votre main. »

Avec des gestes de souveraine, elle commence à dégrafer sa *cioppa* de damas vert, sans le quitter des yeux. Si elle croit s'en tirer ainsi... Ce n'est pas cela qu'il veut. Pas ce regard qui le brave, ce corps cédé dans l'indifférence. Il faut qu'elle pleure d'humiliation, qu'elle se traîne à genoux. Qu'elle abdique dignité, volonté. Qu'elle paie, comme les autres, le mépris qu'elle a de lui, justement. Il va le lui faire ravaler. L'en étouffer, la garce.

Camilla laisse glisser sur la table le rouleau d'une lettre, sans lever les yeux.

« Gennaro, s'il te plaît, tu voudras bien la porter au castel Sant'Angelo et t'occuper au palais Colonna qu'on lui envoie son cheval et ses gens ? »

Pourquoi faut-il qu'elle l'aime à ce point ? Gennaro sait gré à Cesare Borgia de les avoir tirés tous deux de chez la Crespini puis d'avoir donné mieux que l'aisance à Camilla : les outils du savoir, la paix, le respect. Baldassare Colonna... Du jour où il apparut dans leur existence, l'infirme devina qu'il ferait souffrir la Cyprina. Qu'elle perdrait pour lui ce que Cesare lui avait gagné. Elle a juré, quoi qu'il advienne, de ne plus jamais revenir à l'ancien métier. Si sa vie propre eût été menacée, elle n'eût pas trahi la promesse. Pour Baldassare, elle l'a fait. Elle irait en enfer le rechercher. Gennaro peut se douter comme elle est meurtrie, déchirée, brisée du sacrifice consenti.

Il n'a que vingt-cinq ans. C'est comme s'il en avait cent. Il n'a jamais eu ni âge ni sexe. Il est d'abord, il est seulement un infirme, un bossu. De l'amour physique, il ne connaît que ce qu'il obtint en payant. Souvenirs si désolants — quand bien avant la satisfaction génésique, il cherchait de la chaleur humaine — qu'il n'y a que rarement goûté. Il comprend mieux que personne le désespoir de devoir séparer les crampes du corps des élans de l'âme. Encore était-il l'acquéreur et pouvait-il espérer de la sorte qu'on l'appelât pour une fois « monseigneur » et non « toi, là-bas, Pulcinella ! ». Lorsqu'on est celle qui se vend, ce sont le mépris, les insultes, la grossièreté, les sévices même...

Il se trouvait là, en 1493, quand on a tué la petite fille. Il sait que certains hommes cherchent en payant bien autre chose que l'assouvissement du besoin physique. Bartolomeo Chigi est de la race du prince Djem. C'est plus que son corps qu'il a pris à Camilla, un peu de son âme. Gennaro la connaît comme on connaît ceux dans l'ombre desquels on respire et l'on rêve. Elle ne peut lui cacher son désarroi, sa nausée, l'écume des sales souvenirs remontés à la surface.

« Isabella, appelle-t-elle d'une voix lasse, prépare-moi un bain. »

Il sent la révolte exploser en lui. À cause de cette douleur qu'elle a rapportée, qui lui colle au corps comme un manteau, pétrifie ses gestes, et dont l'étuve ne la lavera pas, Gennaro redeviendra fou. Le démon va le reprendre. Si Bartolomeo Chigi a fait ce qu'il croit, il le saura ; il donnera ce soir à Camilla l'herbe du sommeil, il faut qu'elle dorme ; qui a pris l'herbe du sommeil répond sans réticence à toutes les questions ; si Bartolomeo Chigi l'a fait, Gennaro le saura — et tuera. Il ne pourra s'en empêcher, il tuera celui-là comme les autres.

Juan aussi, il l'aurait tué, malgré ce qu'il s'était juré. L'an passé, quand elle l'appela pour soigner Baldassare au palais Fiano, il lut sur son visage qu'une chose grave s'était produite. L'herbe du sommeil, plus tard, fit parler Camilla. Il avait affirmé qu'il ne tuerait plus, mais il continuait de ne pas souffrir qu'on la meurtrît. C'était plus fort que lui. Cesare l'a devancé, cette fois-là. Cesare est le seul qui ait aimé Camilla jusqu'au meurtre, ainsi que Gennaro. Baldassare... À sa manière, il est fou de sa Cyprina. Mais sacrifier quoi que ce soit pour elle ! Quant à ce qu'elle a payé pour lui ce matin, il ne s'en doutera jamais. Il a dit un jour qu'elle ressemblait au petit Spartiate de l'Antiquité qui avait volé un renard et, plutôt que consentir à la honte d'un aveu, se laissait dévorer les entrailles en souriant par l'animal caché sous sa tunique. Baldassare ne croyait pas sa comparaison si juste.

Le seigneur Onofrio n'a pas levé le petit doigt pour tirer son fils du cachot. C'est encore, c'est toujours l'amazone qui le protège, comme Athéna le faisait pour Ulysse. Baldassare n'attendait rien de son père, à dire vrai. Ils ne se sont jamais aimés, jamais compris. Unique survivant des quatre garçons parmi les cinq enfants Colonna, Tête d'Or fut particulièrement chéri de sa mère, échappant pour cela peut-être au pouvoir et aux projets paternels.

Elle était une Tolomei de Sienne, grande et ancienne famille marchande un peu déchue; c'est par elle que Baldassare s'est lié d'amitié aux Chigi, Siennois également. Après ce dernier fils, elle n'eut qu'une fille puis une succession de grossesses avortées, de sorte que Baldassare garde d'elle l'image d'une femme presque toujours allongée. Cette impotence physique ne l'empêchait pas, d'ailleurs, de régenter la maison depuis sa chambre.

Onofrio ne songea jamais à l'épargner: une femme est faite pour enfanter. Quand elle est morte l'été dernier, elle venait de subir une nouvelle fausse couche, qui l'avait affaiblie, offerte sans défense à la mort rouge. C'était, à quarante-deux ans, sa seizième grossesse. Baldassare, dès qu'il eut l'âge de comprendre, en voulut à son père de cette brutalité, qui n'avait pas même la sensualité pour excuse. Les seules choses que savait faire Onofrio, c'étaient des enfants et la guerre. Il a pensé toute sa vie et continue de penser que c'est le devoir d'un gentilhomme. Il voulait élever Baldassare dans cet esprit, en faire un condottiere et un étalon — en le mariant tôt. Sa mère a contrarié le dessein.

Quand il n'était encore qu'un *putto*[1] d'un an, Baldassare devint l'héritier Colonna, son troisième frère étant mort en bas âge comme les deux aînés. Le jour des obsèques, Onofrio fit irruption dans la chambre de sa femme, en chassa la nourrice qui s'y trouvait, allaitant le petit.

« À partir de ce jour, je ne veux plus que mes enfants boivent du lait étranger, cela les empoisonne. Vous les nourrirez vous-même ! »

À quoi la calme et ferme Pia Tolomei répliqua :

« Mon ami, il vous faut choisir : vache laitière ou poule pondeuse. La nature ne permet pas qu'une femme exerce ces deux fonctions à la fois. La nature a prévu les maris sans pitié et protège les épouses en dépit d'eux... »

Plus tard, ce fut à propos de garde-robe que le couple se disputa l'enfant aux boucles d'or. Ces boucles d'or, d'abord, indisposaient le père : il les voulait couper. Ensuite, Pia préférait que Baldassare courût en robe, au lieu des chausses et du pourpoint qui seyent aux petits garçons. Il était ainsi mieux à l'aise, mais il avait tout à fait l'air d'une fille, estimait le baron. Onofrio voulait l'envoyer au collège à sept ans, non tant pour qu'il apprît mieux la grammaire, le latin et l'arithmétique — dont un homme de guerre peut se passer — que pour l'éloigner des femmes de la maison. Sa mère, au contraire, soucieuse qu'il acquît une éducation qu'elle pourrait suivre et

1. *Putto :* l'angelot de l'iconographie Renaissance. Le terme « bébé » n'existe pas encore.

contrôler (étant elle-même lettrée), choisit de lui donner les meilleurs précepteurs à domicile.

Son père lui trouva grâce parce qu'il excellait aux services virils, l'escrime, l'équitation, la lutte. Mais Baldassare n'avait de courage physique que pour la volupté de dépasser ses limites, se griser de tous les dangers. Le métier des armes ne l'intéressait pas. Jouer à la guerre l'amusait moins que pincer les cordes du luth ou disputer une partie d'échecs, quand ce n'était pas marier ses soldats miniatures aux poupées de sa sœur !

Onofrio était absolument persuadé que le petit deviendrait homosexuel — il disait « florentin », ayant comme beaucoup d'hommes excessivement virils une répugnance à même formuler verbalement cette « déviation ». Quand Tête d'Or devint le chef d'une *brigata* d'adolescents, il y vit la confirmation de ses soupçons. Aussi le premier père éploré qui vint lui demander réparation pour sa fille séduite quand Baldassare avait quinze ans fut-il accueilli comme une bénédiction. Onofrio affecta dès lors avec son fils une complicité grossière — qui hérissait son épouse et contribua sans doute, dans sa première adolescence, à pousser le garçon dans des débauches faciles.

Paradoxalement, sa frénésie dépensière actuelle, qu'on attribue à son éducation « efféminée », est moins ruineuse que celle d'autrefois, qui naissait d'habitudes « viriles » encouragées par son père. Alors, les Colonna étaient riches, Onofrio ne refusait rien à Baldassare tant qu'il s'amusait comme lui l'avait fait au même âge. Des chevaux, des maîtres d'armes, une meute et des gens pour la chasse, le jeu, les beuveries, les filles (mieux valait en ce domaine le pluriel que le singulier, estimait le baron). Il espérait, une fois rassuré sur sa normalité sexuelle, marier jeune son héritier pour l'assagir sous la pression des charges familiales. De cela, Tête d'Or ne se souciait pas et sut mettre sa mère de son côté tant qu'elle vivait — jouant sur la jalousie des femmes quand elles doivent céder à une autre leur fils préféré : elle trouvait toujours chez les prétendantes un défaut décourageant.

Baldassare n'avait jamais souffert d'aucune vraie douleur avant la mort de sa mère — horrible, laide, pitoyable. Cette épreuve l'a bouleversé. Il n'est pas sûr que Camilla s'en doute, mais il avait commencé de changer quand il l'a connue et son influence l'a confirmé dans ce changement. Vingt-trois ans, c'est un âge raisonnable pour devenir adulte.

Malheureusement, Onofrio n'est pas sensible à cette forme de maturité, qui n'encourage pas Baldassare à convoler ni à restreindre ses dépenses : car à présent qu'il songe à se dessiner une route, à forger de sa vie une destinée, il ne voit guère que le mécénat pour l'intéresser, n'ayant toujours pas plus de goût pour les armes que pour la politique. Aussi le discord va-t-il s'aggravant entre père et fils et les reproches tombent-ils toujours à côté. Baldassare fait de son argent un usage plus judicieux — permettre à des ingénieurs d'inventer, à des artistes de créer — or on l'incarcère pour dettes, tandis qu'à dix-huit ans il volait impunément des gens bien moins riches que Chigi. Il était dévoyé, prêt à tout pour séduire la fille, l'épouse, la nonne, et l'on souriait avec indulgence. Désormais on lui reproche Camilla, qui est la délicatesse même et ne lui demande jamais rien.

Camilla qui s'est chargée de le sortir de prison. Ce n'est pas elle qui est venue, ce matin.

Elle avait envoyé Gennaro et prévenu sa famille, de sorte que son écuyer et son cheval l'attendaient au pont-levis. Avec une injonction du seigneur Colonna, bien sûr, qui voulait le voir sur-le-champ. Baldassare ne s'en est pas soucié, c'est chez Camilla qu'il est allé tout droit.

Elle l'attend dans sa chambre, à contre-jour, ce qui, déjà, figure un signe: elle ne veut pas livrer son visage. Assise raide dans une cathèdre pour se donner le dos droit, habillée en homme et lacée jusqu'au cou. Quand elle parle, c'est d'une voix mate, exsangue. Elle est pathétique, ventre rongé par le renard. Ne pas lui peser, ne pas l'obliger envers elle. Elle a tellement promis de le laisser libre qu'elle n'ose plus l'aimer.

Il se moque d'être libre à présent, il a dompté les mots, le jeu de la fausse indifférence lui paraît futile.

« Tu m'as manqué affreusement, Camilla. Et tu es tout ce qui m'a manqué au monde. »

Il la prend dans ses bras, sachant qu'il ne faut pas lui demander de paroles en retour, pas encore, elle a le cœur plus sauvage que lui. Longtemps après, quand il lui a fait l'amour et qu'il l'a sentie céder, se perdre, quand elle est renversée dans le feu de ses cheveux et semble apaisée, lavée de ce qui lui poissait l'âme et scellait les lèvres, il dit enfin, doucement, qu'il l'aime.

Lui échappe une crispation ténue, ainsi qu'aux taureaux au moment de l'estoc ultime. Elle ne répond pas, tourne la tête sur le côté dans un soupir et pleure, en silence, secouée, comme font les enfants. Alors il la grise de ces paroles ressassées à son oreille, embrasse ses paupières, son cou d'oiseau fragile, la reprend pour l'arracher aux larmes, plutôt des cris que des larmes. Il l'aime avec une douleur encombrante fichée dans le cœur, comme un chien qui aurait avalé un os de travers.

Chapitre 13

AOÛT 1498 - OCTOBRE 1498

Sur le château d'avant de la *Santa Camilla*, dans l'air qui tremble de la touffeur d'août, Amerigo Vespucci passe l'ultime revue de son équipage. La tour de Babel. Espagnols, Italiens, Grecs, Portugais, Catalans, Allemands... Il faudra tenir ensemble ces hommes qu'aucune communauté de mœurs ou de langage ne lie. La mer unifiera les disparités, elle en a maté d'autres.

La plupart d'entre eux ne sont pas marins et ont embarqué contraints par la nécessité. Amerigo devra veiller particulièrement à la discipline. Mais s'il est dur, il n'est pas cruel. Il fut matelot et sait le prix de certains détails. Il a recruté des hommes nombreux pour qu'ils puissent se relayer au travail après des repos suffisants. On emporte assez de vivres, ainsi qu'un bon cuisinier, pour les nourrir décemment. Un médecin compétent, à bord, soignera les malades.

Au reste, Dieu pourvoira. Si le voyage est facile, on reviendra sans incident. Si tout va mal, qu'on est fatigué, affamé à cause des gros temps, des batailles, des avaries... rien n'empêchera probablement qu'on s'entretue. Amerigo, qui fit sa première traversée comme mousse à treize ans entre Gênes et Kaffa[1], n'en a plus accompli d'autre, depuis trente-deux ans qu'il navigue, sans affronter pirates, mutinerie, mât cassé, scorbut ou tempête...

« Il faut être fou pour être marin, a dit tout à l'heure Camilla Vespucci quand il la conviait à son bord pour le baptême de la mer qu'elle attendait depuis des mois. Mais elle disait cela avec un sourire dans les yeux. On a fait donner tous les canons et l'odeur de la poudre pique les narines de l'équipage. Le long des quais, une foule est massée pour assister au départ des trois nefs. Elles viennent d'accomplir le tour du golfe flanc à flanc, en l'honneur de Camilla. Elles jettent l'ancre dans le port devant le palais San Giorgio, siège de la banque qui, de fait sinon de droit, gouverne la ville. La chaloupe qui va ramener la visiteuse à terre descend au bout de filins. Camilla, sur le gaillard de la *Santa* qui porte son nom, au côté d'Amerigo Vespucci, ne regarde pas la ville étagée dans son anse, l'amphithéâtre grandiose sous sa voûte de ciel bleu, la foule cosmopolite qui l'anime, agitant des fanions. Tournant le dos au port, elle fixe l'horizon, la ligne indécise, trémulante, de la haute mer.

— Pour partir ainsi, soupire-t-elle, il faut ne rien laisser derrière soi.

— Et puis, vous êtes une femme », dit Amerigo.

Elle hausse les épaules.

« Oh, cela... »

Le capitaine hoche la tête.

« C'est curieux, en effet, de constater à quel point vous agissez sans y songer. Vous en êtes

1. Comptoir génois en mer Noire, repris par le khan de Crimée en 1475.

une néanmoins. Mes rustres auraient vite fait de vous le rappeler.»

En vérité, autant embarquer avec une mèche allumée sous un canon... Dommage. Amerigo n'aurait pas refusé de l'emmener, s'il ne s'agissait de longs mois en mer avec des loups mal dégrossis. Au début, il ne voyait en sa «cousine» qu'une femme de tête décidée à réussir en affaires. Puis il l'a découverte attentive à ses récits, novice ignorant tout de la mer mais fascinée par elle. En général, les histoires de marins agacent les femmes. Elles aimeraient garder les hommes à terre, les transformer en géniteurs, en cultivateurs. La mer est la rivale éternelle, l'ennemie. Camilla Vespucci n'a pas réagi comme ses pareilles. Il a senti qu'il lui communiquait sa passion. Tant et si bien qu'elle a pris fait et cause pour l'expédition, accordant à son capitaine tout ce qu'il demandait.

Ces derniers temps, Amerigo s'en est trouvé gêné. Il sait qu'elle a misé tous ses biens jusqu'au dernier *baiocco* dans la *commenda* et contracté des dettes pour dix à vingt mille ducats de surcroît. Il n'en était pas trop inquiet tant qu'il la croyait dotée d'un amant riche. Or, il paraît que les créanciers de Baldassare Colonna l'ont fait jeter en prison et que c'est elle qui l'en a tiré. Si l'expédition échoue... Amerigo, qui ne se soucie pas beaucoup des femmes, estime sa cousine. Il serait désolé qu'elle retournât au bordel. L'expédition réussira.

«J'en suis sûre», dit-elle en souriant.

Brave petit mousse. La chaloupe est à flot, contre la coque brillante. Il veut aider sa passagère à y descendre, elle le devance, emprunte l'échelle de corde avec une agilité que n'entrave pas le costume d'homme, saute dans l'esquif. Les matelots, appuyant leurs rames contre le flanc de la nef, s'en écartent et dirigent la chaloupe droit sur le palais San Giorgio. Camilla fait au capitaine un signe de la main puis se détourne, restant debout dans l'embarcation sur ses jambes campées. Il admire avec quel instinct elle épouse les mouvements de l'onde. Elle ne montrera plus que ce dos ferme jusqu'à l'accostage, devenue point noir parmi des points noirs sur le quai.

Se détournant lui aussi de la ville, des humains, du connu, Amerigo pose ses yeux sur l'horizon, lève le bras pour donner le signal du départ, que la vigie transmet aux autres *Santa*. Son cœur est serré d'une anxiété joyeuse. L'Eldorado l'attend. Non, pas l'Eldorado. L'Amérique. La *terra incognita* portera son nom.

La maison rue Del Pellegrino a considérablement embelli, à la mesure de la prospérité grandissante de maître Niccolo Vespucci. Au-dessus de la *loggia* du rez-de-chaussée, étal couvert où le passementier reçoit clients et amis, Philomena s'est fait construire, comme dans les demeures patriciennes, une *altana* où prendre le frais le soir. Autour de la murette en brique ajourée de cette terrasse, des orangers et des acacias en caisse forment un rideau protecteur contre le regard des vis-à-vis : la rue est étroite, comme toutes les rues de Rome.

Elle a tout d'une bourgeoise, à présent. Sur ses robes s'étalent les multiples variétés de galons, de lisérés, de franges, de brocarts d'or que fabrique l'atelier Vespucci — doté de deux apprentis et d'un compagnon. Elle est la devanture ambulante des produits de son commerce. Elle dispose d'un banc à son nom en l'église Santa Maria della Pace proche, car elle lui a fait une dotation comme une vraie dame. Et si les élus admis sur la terrasse ne sont guère que quelques marchands voisins ou membres de la corporation, Philomena préside ce cercle intime comme Isabella d'Este sa cour. Sa gorge encore belle est décolletée, elle a rasé ses tempes et le haut de son front — la nature le lui ayant fait un peu bas —, sur les tresses compliquées de sa chevelure teinte en roux, un voile transparent volette avec la brise. Une belle femme, charnelle, appétissante, impérieuse.

Autour d'une table ronde, on a fini de souper. Se trouvent là un couple de voisins apothicaires, leur fille de neuf ans, Niccolo, Philomena, les deux sœurs et le compagnon Anselmo, devenu six mois plus tôt l'époux d'Antonia, la cadette et la moins laide. Une servante, accroupie dans un coin, écosse des pois qu'elle fait rouler avec un bruit frais dans une bassine de faïence emplie d'eau.

Quand elle paraît au sommet de l'escalier, tous les regards se tournent vers Camilla dont l'habit d'homme, d'abord, est une provocation. C'est devenu si manifestement le signe de la prostitution que son port public est interdit. Mais Camilla n'est pas trahie par des rotondités trop féminines, par un maquillage outré, par une coiffure voyante, il faut l'aller dévisager sous le nez pour constater qu'elle n'est pas un adolescent. Aussi ses pourpoints de brocart rouge narguent-ils la loi.

La conversation s'interrompt, même la partie d'échecs qu'avait entamée l'apothicaire avec maître Niccolo, sur un tabouret à l'écart du caquet des femmes. Camilla souhaite le bonsoir à la ronde et ne paraît pas remarquer la distante froideur des réponses.

« Je te croyais à Gênes, dit son père.

— J'en suis rentrée tout à l'heure.
— Comment se porte notre cousin ?
— Il a pris la mer il y a quatre jours. C'est à ce propos que je viens vous voir. »

Maître Niccolo ne trouve pas déplaisant d'appeler le navigateur « son cousin » et ne dément jamais lorsque ses clients ou voisins le croient initiateur de la *commenda* Vespucci, donc armateur de navires. En présence de sa fille, il n'ose pas affabuler ouvertement et emploie le « nous », propre à maintenir l'équivoque. Il avait d'abord renié Camilla. Mais elle l'a établi, elle est célèbre, riche, les affaires qu'elle entreprend l'enrichiront plus encore. Il a donc demandé à ses femmes de lui faire meilleure figure désormais.

« Asseyez-vous, ma fille, dit Philomena, poussant un tabouret vers la visiteuse. Goûtez ces cerises.
— Non, merci, répond Camilla le plus aimablement qu'elle peut. Pouvons-nous parler dans votre bureau, mon père ? »

La femme de l'apothicaire comprend, se lève.

« Ma chère Philomena, il se fait tard, merci pour le délicieux souper, mais il faut que Giovanna aille dormir... »

Lorsqu'ils ont pris congé, le cercle de famille se resserre autour de Camilla. Elle prend son élan, explique le but de sa visite. L'expédition qui vient de lever l'ancre l'a fortement endettée. Elle a besoin d'un prêt et, plutôt que se faire voler par un usurier, elle a songé demander ce prêt à son père.

« Je vous associerais en échange aux bénéfices que j'escompte pour un certain pourcentage. Une sorte... d'intérêt, ou plutôt une prime de risque. »

Le prêt usuraire reste condamné par l'Église,

des gens qui ont un banc à Santa Maria della Pace ne peuvent s'y adonner. Mais la prime de risque, c'est autre chose.

« L'expédition rapportera beaucoup d'argent. Vous feriez un placement très lucratif. »

Philomena ne laisse pas à son mari, lent d'esprit, le temps de réfléchir. Elle cingle aussitôt, toutes voiles dehors, la mousseline qui gonfle sous la brise autour de son visage accentuant la ressemblance avec un gros bateau marchand, ainsi que les seins décolletés et plantureux — qu'on sculpte d'ordinaire aux figures de proue. « Il y a les taxes à payer, il en existe même pour le nettoyage des rues à présent ; puis le *magister viarium* les a mis à l'amende parce que la *loggia* dépassait sur la rue, je vous demande un peu, est-ce que tous les commerçants de Rome n'en font pas autant, mais les autres sont installés là depuis toujours et savent à qui graisser la patte, alors on ferme les yeux pour eux ; les fournisseurs ne font pas crédit, et la matière première de la boutique, c'est l'or ; enfin, les travaux d'extension de l'échoppe, l'appartement installé pour Anselmo et sa femme, l'*altana* ont coûté cher. Bref, il ne reste pas un *baiocco*. »

Anselmo et sa femme joignent leur voix à cette chanson. Le compagnon succédera plus tard à maître Niccolo et considère le commerce Vespucci comme son bien virtuel. Si l'on voulait prêter à Camilla les dix mille ducats qu'elle demande, il faudrait vendre le fonds !

« Mais, rétorque celle-ci, vos magasins sont vides. Vous avez plus de commandes que vous n'en pouvez fournir et devez employer des extras à la journée. Les gens de Cesare Borgia vous ont dévalisés, comme tous vos confrères, pour se parer en vue des noces françaises de leur duc. Vous n'aurez jamais fait meilleure année, ils paient partout comptant, je le sais, ils le peuvent car c'est l'argent du pape, c'est-à-dire l'argent que le pape a volé aux Juifs, mais c'est une autre histoire... Je ne peux pas croire que vous n'ayez pas de numéraire à la banque. »

Niccolo se gratte la nuque, reconnaît qu'il a fait quelques bénéfices et que, peut-être... Philomena s'interpose entre père et fille.

« Si tu prêtes la dot de Theodora, comment se mariera-t-elle ? »

Theodora va sur vingt-cinq ans et, se sachant moins jolie que sa sœur — laquelle n'est déjà pas une beauté —, compte sur sa dot plus que sur son impérial prénom pour convaincre un galant.

« Ne suis-je pas votre fille aussi ? proteste Camilla, tournée vers son père. Quand je l'ai pu, je vous ai aidé sans rien réclamer en échange. À présent, je traverse des difficultés momentanées...

— Vos clients ne peuvent-ils vous prêter l'argent qui vous manque ? lance Antonia perfidement.

— Je n'ai pas de clients, vous le savez, rétorque Camilla. Il y a cinq ans que j'en ai fini du bordel. Et vous devriez avoir honte de me suggérer la prostitution.

— Vous n'avez pas eu besoin de nos suggestions pour vous y livrer ! ricane Philomena. Votre père a bien voulu vous pardonner la vie que vous menez et vous recevoir, je crois qu'il a fait son devoir envers vous. »

Niccolo, soudain rouge, frappe sur la table.

« Ça suffit ! Vous parlez tous en même temps, vous m'empêchez de penser !

— Mon mari...

— Ma femme, interrompt-il, vous pourriez vous rappeler que vous devez votre fortune présente à Camilla. Il fallait refuser son argent si vous méprisiez sa manière de le gagner. Par ailleurs, je me suis occupé de vos filles comme un père, mais on ne saurait me demander pour autant de renier la mienne.

— Prestigieuse fille, ma foi ! Une putain ! »

De rouge, Niccolo devient pâle, se dressant debout.

« C'est bien par votre faute, Philomena, et je fus coupable de vous écouter !

— Par ma faute, par ma faute ? glapit-elle.

— Oui, votre faute ! Vos airs de dévote me vont sur les nerfs ! Vous avez vendu ma fille à une maquerelle, je le savais et je vous ai laissée faire.

— Si vous le saviez, dit-elle froidement, vous êtes assurément un grand pécheur. Pour ma part, je l'ignorais. Vous êtes libre de penser de moi ces infamies, libre de galvauder notre argent, gagné à la sueur de nos fronts. Mais dans ce cas, je ne vois pas ce que je ferais encore ici. Je quitte donc cette maison sur-le-champ, avec Theodora. Si Antonia et Anselmo veulent me suivre, nous trouverons bien un patron charitable pour nous employer dans son arrière-boutique. »

Ce fut dit d'un ton noble, pétri de douleur, avec de vraies larmes dans les yeux. Niccolo reste muet, désemparé, hésitant entre s'asseoir, rester debout ou se jeter aux pieds de sa femme, royale sur son siège, accoudée contre la murette de la terrasse, l'œil vague planant sur les toits voisins. Les deux sœurs donnent le ton, venant s'affaler à grands cris dans les genoux potelés de leur mère. Écœurée de ce gluant, Camilla épargne à son père la peine des explications. Elle se lève du tabouret qu'on avait bien voulu lui avancer.

« Fort bien, vous refusez de m'aider. Désormais, donc, je ne reverrai plus aucun de vous, vous pouvez achever de me rayer des membres de la famille. Mais je serai riche un jour, puissante et implacable. Vous regretterez de n'avoir aucun titre à ma clémence. »

Elle quitte la terrasse à grands pas, faisant craquer sous ses bottes d'homme les fougères jetées au sol, et dévale l'escalier sans se retourner.

Elle se tient assise en face de lui dans le studio du palais Chigi qui domine le Corso. Agostino n'ose pas la regarder, feignant de contempler par la fenêtre les bas-reliefs de marbre blanc qui ornent la colonne de Marc Aurèle. Il n'a pas voulu la recevoir à la vigne où il prend ses quartiers d'été, où souvent elle vient souper avec Baldassare. Il éprouvait le besoin d'un lieu moins intime, plus solennel, pour discuter avec elle le délicat sujet qui le préoccupe.

À trente-cinq ans, Agostino se flatte de tous les succès : créateur d'une des plus grandes banques d'Italie, mécène des meilleurs artistes, séducteur des plus jolies femmes — et sans payer pour cela, car il n'est pas dénué de charme. Camilla Vespucci, cependant, qu'il pourrait emporter sur son épaule comme un fétu, l'intimide. Les motifs de la « convocation » aggravent encore son malaise.

« Je vous ai demandé de venir, dit-il, parce qu'après la mort de mon frère, j'ai découvert dans ses papiers une sorte de... journal dans lequel il consignait le détail de certaines... transactions particulières.

— Oh, je vois... dit-elle d'une voix blanche.

— J'ignorais absolument que mon frère fût...

ce personnage. Je ne peux dire à quel point je suis atterré, bouleversé de ce qui advint en mon absence, et qui s'est produit avec d'autres victimes, chaque fois qu'il en avait latitude. »

Le plus écœurant n'était pas que son frère fût un monstre, ce n'était pas que la dernière proie fût Camilla : c'était le plaisir maniaque pris, des années durant, à relater, avec une précision démente et un vrai talent d'écrivain, les horreurs accomplies. Les mots poissent sa mémoire. Plus meurtriers que s'il avait assisté en personne aux tortures. Sûrement, alors, des détails lui auraient échappé que Bartolomeo n'a pas omis de rapporter, de fixer, de ciseler.

« Je ne peux réparer, il y a des offenses irréparables. Mais je peux vous témoigner mon amitié, vous apporter mon aide.

— Merci », murmure-t-elle.

Elle est assise très droite contre le dossier du fauteuil, dans une robe noire finement gansée d'or au col et aux manches, sans bijoux, cheveux serrés dans une résille d'or. Jamais elle n'étale d'extravagance dans ses toilettes, peut-être parce que sa beauté, en soi, est une extravagance. Comment s'en tiraient-ils, les clients du bordel, sous le mépris de son regard clair, étaient-ils tous des dévoyés comme Bartolomeo, qui se délectait d'humilier, de meurtrir ? Agostino resterait sans moyens dans de telles conditions.

« En premier lieu, poursuit-il, le moins que je puisse faire est d'effacer la dette de Baldassare. Je le lui annoncerai tout à l'heure, je vais à la chasse avec lui. »

Elle a violemment sursauté.

« Ne craignez rien. Pensez-vous que je puisse être assez stupide ou cruel pour vous citer, pour lui apprendre ce secret que je voudrais oublier, que je prie Dieu d'oublier? J'attribuerai ma générosité à ma seule amitié.

— Merci, dit-elle à nouveau, d'une voix moins maîtrisée, qui chevrote. Baldassare ne doit jamais rien soupçonner, à aucun prix...

— Je voudrais encore faire quelque chose pour vous. J'ai appris que vous aviez d'énormes dettes avec votre *commenda*. Je vous ouvre le crédit que vous souhaitez dans ma banque.

— Non, dit-elle, je ne peux accepter. Comment l'expliquerais-je à Baldassare?

— Eh bien, toujours mon amitié.

— Envers lui, passe. Envers moi, il ne le croira pas.»

Comprenant, Agostino rougit.

«A-t-il si peu d'estime pour vous qu'il vous imagine capable d'un tel marché?

— Il est tout à fait exceptionnel, en ce monde, qu'un homme offre de l'argent à une femme par seule amitié.»

Ils se dévisagent.

«Je serai franc avec vous, Camilla. Vous me plaisez infiniment. Et je trouve que Baldassare ne vous mérite pas toujours. Mais j'ai l'orgueil de vouloir être agréé pour moi-même, non pour mon or. Si je vous le prête, je le ferai si ouvertement que nul n'y verra scandale, pas même Baldassare.

— Merci, dit-elle, je suis sensible à votre geste. Mais je m'arrangerai seule. L'expédition Vespucci réussira. Mon étoile ne m'a jamais abandonnée. Jamais.»

Elle fait soudain peser sur lui le froid d'un regard de Gorgone, un regard sans âge chez cette madone aux lèvres gonflées d'enfance.

«J'avais prié Dieu de toute mon âme, Dieu ou le diable, que votre frère crevât d'une très longue agonie, dans d'horribles souffrances. On a dit que les médecins ne voulaient plus l'approcher, à la fin, parce qu'il se décomposait vivant. Qu'il a supplié durant des jours qu'on le tuât pour abréger son tourment, mais n'a trouvé personne pour le délivrer fût-ce en payant, car ses serviteurs l'avaient fui. Que vous avez brûlé tout ce qu'il avait touché mais que la puanteur n'en est pas dissipée, de sorte que vous avez condamné l'étage qu'il habitait, au-dessus de nous. »

Elle lève les yeux vers le plafond.

« Dieu ou diable, je le remercie de m'avoir exaucée. C'était un des êtres les plus immondes que j'aie rencontrés. Il est mort parce que son âme est remontée à la surface, s'est répandue sur son corps.

— Je frissonne, parfois, de penser que nous étions du même sang. »

Elle sourit, la haine s'efface, il n'y a plus de nouveau que la madone.

« Vous n'avez rien de commun.

— Camilla, dit-il, cédant au mouvement secret de son cœur, vous avez tort d'agir envers Baldassare ainsi que vous le faites. De lui épargner les épreuves de la vie, quitte à payer à sa place et à payer trop cher. Sa mère se comportait déjà de la sorte, je ne suis pas sûr que vous ayez raison plus qu'elle. Un homme doit assumer ses responsabilités pour être un homme.

— Croyez-vous ? dit-elle. À cet argus, qui mériterait vraiment le titre d'homme ? »

Les pentes des monts Prenestini coulent en graviers sous les sabots du cheval épuisé qui commence à broncher. En bas, Palestrina la quiète dort encore autour de son Duomo, caressée par les rayons étirés, pâlis, du dernier soleil de septembre. Depuis trois jours qu'il est ici,

Baldassare n'a pas dormi plus d'une couple d'heures. C'est comme s'il avait besoin de soûler son corps pour pouvoir réfléchir.

Il a choisi la Villa Viridis parce qu'il aime cette maison aérienne, dont les fenêtres se répondent de sorte que la lumière la traverse de part en part. Et puis, la demeure où naquit son histoire avec Camilla semblait indiquée pour décider de leur futur. Naturellement, c'était une erreur. Camilla hante les lieux comme une ombre, l'obsède, le trouble, l'empêche de penser sereinement. Il passe son temps à la fuir en chevauchant dans la campagne.

L'étalon arabe ne comprend rien à sa brutalité, bouche meurtrie par une main rigide, flancs labourés par les éperons. Il tord sa souple encolure pour regarder son cavalier avec reproche. C'est un des présents du roi Charles VIII, parmi ceux que les Colonna emportèrent pour prix de leur alliance. Ils n'en reçurent pas les gages qu'ils escomptaient. Le pape Borgia est resté pape, les Français ont pillé leurs amis sans plus de vergogne que leurs ennemis, voilà tout ce qu'a rapporté cette guerre. La guerre d'Onofrio, bien sûr, dans laquelle Baldassare s'engagea sans conviction et qui les endetta tout autant que les fastes de Tête d'Or — mais ces dettes-là, le clan les excuse.

Les barons romains ont tout de même compris la leçon. À présent que le fringant Louis XII chausse les bottes de Charles VIII — avant de se glisser dans ses draps auprès d'Anne de Bretagne — les ennemis séculaires songent à s'unir enfin pour se défendre. Il y a trois jours, 28 septembre 1498, les chefs des deux maisons Orsini et Colonna se sont rencontrés en terrain neutre, au palais du cardinal Alessandro Farnese, pour conclure une alliance. Une alliance dont, ironie, Baldassare fait les frais.

Les Colonna sont aux abois. La dot de Ginevra Orsini, soixante mille ducats, des vignes, des terres à Bracciano, des bijoux, leur permettra de respirer. Baldassare se serait peut-être résigné à ces noces. Ginevra n'est pas belle, sèche, le teint jaunâtre, un long nez, et n'a pas le caractère assez plaisant pour faire oublier ce peu d'attraits. Mais ils pouvaient se marier en associés. S'entraider et mener leur vie chacun de son côté. Baldassare eût traité sa femme avec respect, pris garde de ne pas dilapider sa dot, lui aurait donné deux ou trois beaux enfants et ne se serait jamais mêlé de vérifier si ses amants de cœur étaient plus que des amants de cœur. En échange, il aurait vécu de fait avec Camilla.

Malheureusement, les Orsini réclament beaucoup pour ce qu'ils offrent. C'est ce qui rend Baldassare ombrageux depuis trois jours. Qu'ils aient osé poser de telles conditions lui donne envie de les étrangler tous.

D'abord, il doit s'engager à laisser Ginevra gérer sa dot et les biens qu'elle apporte — ce qui revient à la laisser gérer leur train commun, car lui-même ne possède que les quelques centaines de ducats de rente de fiefs affermés. Elle acquittera les factures de son mari si elle le juge bon — pas question, donc, d'espérer lui faire payer des dépenses effectuées pour une autre femme... Enfin, les Orsini répondront sur leurs biens des dettes Colonna, à la condition expresse, mentionnée dans le contrat de mariage, que Baldassare n'entretiendra jamais de liaison régulière notoire. Auquel cas la belle-famille couperait les vivres.

Les Orsini ont plaidé que la dispendieuse

réputation de certaine dame les incitait à ces précautions. Ginevra se tenait là, participant aux négociations, et pour épargner ses pudeurs de jeune fille — bien qu'elle ait passé vingt-sept ans et jure comme un charretier —, on s'égarait en périphrases. Agacé par le long nez de sa promise et cet air de supériorité qui l'a toujours irrité chez les patriciennes, Baldassare jeta le pavé dans la mare :

« Nommez-la donc. Camilla Vespucci est la femme que j'aime.

— Dans ce cas, répliqua Ginevra, qu'attendez-vous pour l'épouser ? »

Elle l'a sidéré par cette repartie. Il n'a pas eu le temps de trouver réponse que la jeune fille enchaînait :

« C'est qu'elle n'est pas riche et qu'elle est putain. Je possède soixante mille ducats de dot et autres babioles, je suis fille de Paolo Orsini, chef du clan. C'est moi que vous épousez. Par conséquent, vous romprez avec la femme-que-vous-aimez.

— Pouvez-vous espérer une telle chose ? a sifflé Baldassare devant l'assemblée muette, mais secrètement goguenarde.

— Je ne vois pas que vous ayez le choix, a conclu calmement Ginevra. »

Depuis cet instant, il la hait.

Bien sûr, personne au monde ne l'empêchera de voir Camilla. Mais il lui faudra se cacher, la cacher comme un mal honteux. Cacher aussi l'enfant qu'elle attend de lui et qu'il ne pourra pas reconnaître. Renoncer à un art de vivre. Il y a trois jours, en arrivant à ce banquet de réconciliation, il sortait de chez elle. Il y avait rencontré l'Ariosto, un poète de vingt ans, découvert par Camilla, qu'elle prétend l'égal de Dante — et Bramante l'architecte, de passage à Rome.

La réunion était sans faste, Camilla ne dissimulant pas qu'elle n'a plus le sou, mais l'atmosphère plus raffinée que chez tous les Orsini de la terre.

Elle portait une robe simplissime copiée sur la *Primavera* de Botticelli. Pas de bijoux, à son ordinaire. Ceux qui se trouvaient autour de la table étaient amoureux d'elle; aucun n'aurait pourtant osé la moindre privauté. Il la laissa devant un souper frugal servi comme une nature morte, dans des étains aussi beaux que de l'argent. Elle sait faire oublier les économies nécessaires par des délicatesses de mise en scène. Un art de vivre, en vérité, grâce auquel le plaisir survit à l'impécuniosité. Il ne connaît pas de femme qui trouverait encore tant de grâce à ses yeux sans la parure, chez laquelle les soirées demeureraient délicieuses, drôles, imprévues, malgré le brouet clair et les chandelles comptées.

Le cheval est désemparé. Baldassare se penche sur l'encolure soyeuse, la caresse:

« Mon pauvre Kalife, je me venge sur toi, pardon. »

Il a parcouru trois lieues depuis l'aube sans accorder de repos à sa monture, avalant du vent jusqu'à ce que ses tempes cognent. Comportement puéril. La seule initiative raisonnable serait de rentrer à Rome voir Camilla. Mais il redoute son intransigeance. Jouer les honteuses, les furtives, sa nature s'y pliera-t-elle? Au fond, Ginevra Orsini plaçait l'autre soir Baldassare au pied du mur, posant l'alternative telle qu'elle se présente. C'est pour cette lucidité qu'il déteste la fille Orsini.

Il suffirait d'avoir le cran d'épouser Camilla et

de se faire donner une *condotta*[1] quelconque pour entretenir sa famille. Il ne manque pas de seigneurs qui seraient heureux de prendre Tête d'Or à leur service si les Colonna le répudiaient. Il n'aime pas le métier des armes, mais il y a des *condotte* tranquilles, de quasi-sinécures. En outre, l'expédition Vespucci rapportera la fortune, Camilla sait agir en affaires et retrouvera vite la richesse perdue.

Qu'est-ce qui le retient d'adopter ce parti? L'opinion des siens, la gêne matérielle momentanée, qu'importe. L'alliance Orsini-Colonna? Bien sûr, ce serait odieux de voir les Borgia rois d'Italie. Mais dans le péril, les divisions secondaires s'oublient, la ligue se fera sûrement par force, même si Baldassare n'épouse pas Ginevra.

Toutefois, il n'épousera pas Camilla pour autant. Il est fier de l'afficher après l'avoir volée au fils du pape, amoureux de sa beauté, touché même par son caractère. Pourtant, secrètement, il lui pardonne mal le bâtard Borgia. Il n'a jamais rien voulu savoir des bordels de ses débuts mais l'idée qu'il soupe peut-être certains soirs avec d'anciens clients le dérange. Il lui en veut de n'avoir pas définitivement rompu avec Cesare, d'être en trop bons termes avec Chigi. La dette providentiellement effacée, ces réceptions auxquelles, parfois, Agostino prie Camilla sans Baldassare... Elle lui aura cédé pour délivrer son amant de ses ennuis d'argent. N'importe, ce sont services qu'on accepte d'une maîtresse, non d'une épouse — et pas seulement par crainte des bâtards qui pourraient s'ensuivre.

1. La *condotta* est une charge militaire. Contre salaire, le condottière au service d'un seigneur apporte sa compagnie d'hommes d'armes, ou se charge de la recruter.

Ginevra Orsini, par exemple, n'opterait jamais pour cette solution. C'est une pécore, Camilla une sublime courtisane. Courtisane tout de même. Quelque chose en restera toujours. Ce n'est pas l'opinion des autres que redoute Baldassare, mais la sienne. Un jour, fatalement, il penserait que sa femme est une putain. Pour pardonner à Marie-Madeleine, il faut être le Christ

Puisqu'il n'épousera pas Camilla, autant agréer Ginevra, avec ses soixante mille ducats. Aucun meilleur parti ne s'offrira. C'était l'un de ces vœux enfantins auxquels Baldassare s'accroche parfois, que d'espérer qu'une fiancée laisse la maîtresse au-devant de la scène, permette à Tête d'Or les avantages de la bigamie sans ses inconvénients. Même parmi sa caste, ceux qui se résignent à de telles situations ne le font qu'après bien des années de lutte — le pauvre Orsino Orsini, par exemple, avec sa Giulia Farnese. Ou le falot Giovanni Sforza, qui ne se consolera jamais d'avoir été « divorcé » de la fille du pape...

Octobre apporte dans Rome des odeurs de poussière mouillée par les pluies, secoue les feuilles des arbres. Ce matin, le petit a bougé pour la première fois. Précocité qui semblerait annoncer un garçon, de nouveau. Il la fatigue beaucoup, elle ne garde presque aucune nourriture. Elle a maigri, ses yeux sont bleuis de cernes. Elle se trouve moins belle et elle a peur, sa beauté constitue sa dernière richesse.

Le courrier est arrivé de Tanger à l'aube. Il avait fait la route en huit jours. Vespucci avait écrit la lettre de sa main. Avant même d'avoir passé les colonnes d'Hercule, d'avoir atteint l'océan tant convoité, le *mare nostrum* — que le capitaine comparait imprudemment à un giron de femme — les avait trahis. Amerigo sauva la *Santa Camilla*, bien qu'elle eût perdu son grand mât. Ses deux lieutenants, moins habiles marins, furent jetés sur des récifs par les courants inverses du détroit de Gibraltar, la tempête les ayant conduits à carguer toute la voilure et naviguer au gouvernail. La *Margherita* et l'*Anna* furent mises en pièces. Vespucci n'a récupéré que les équipages naufragés.

Il propose à sa commanditaire de chercher, à Tanger ou à Ceuta, un marchand portugais auquel louer les services de la *Santa Camilla* pour transporter une cargaison jusqu'à Gênes. Ce marchand pourrait payer les réparations et le voyage de retour de l'équipage. Si la *Santa Camilla*, en effet, reste échouée dans le détroit, soit en territoire portugais, elle sera réquisitionnée par les autorités portuaires de Tanger comme épave. Alors qu'à Gênes, sa propriétaire pourra vendre un bon prix la nef réparée. Son salaire de capitaine, ou la part de bénéfices que devra lui accorder le marchand pour le transport d'une cargaison, jusqu'à Gênes, Vespucci propose de les céder à la *commenda* pour aider à régler les dettes.

C'est très honnête, car il va se retrouver dans l'histoire au même point que l'an passé, sans bateau, sans patron. Malgré tout, la solution n'offre qu'un pis-aller, qui ne paiera pas les frais de l'expédition. C'est la ruine pour elle, pour Gubbio, pour les gueux. Elle a joué, elle a perdu.

La nouvelle la laisse dans un complet détachement. On ne peut deux fois amputer le même organe. Hier soir, elle a senti qu'on lui ôtait le cœur du ventre. Une bonne âme s'est chargée de claironner au dîner chez Agostino, où des amis s'étonnaient que Baldassare ne l'eût pas accompagnée :

« C'est qu'il est chez les Orsini, avec sa fiancée. Le contrat se signe demain et les noces sont pour novembre. »

Depuis le grand concile entre les clans du 28 septembre, soit depuis une semaine, Camilla n'avait pas revu Baldassare, parti pour Palestrina. Ce silence ne présageait rien de bon, cette séparation était la plus longue qu'il leur eût imposée. Elle a compris, hier soir, que la colporteuse de ragots disait vrai. Pour en finir vite, d'un seul coup de poignard plutôt que de l'agonie lente du doute, des mensonges, des fuites, elle a fait porter un message au palais Colonna tout à l'heure, priant Baldassare de venir la voir. Elle l'attend. Elle n'a pas dormi, le cœur lui lève. Sans doute le vertige de ce grand vide que laisse l'amputation, justement. Sur les vitres du studio, le vent d'octobre chasse les feuilles tombées, qui s'y plaquent comme de petites mains.

Elle se compose un cadre pour s'y enfermer, ne pas s'épancher, offrant sa seule ombre chinoise contre la fenêtre.

« Tu aurais dû me l'apprendre toi-même, dit-elle seulement, sans le regarder. Cette garce de Capitani était trop contente.

— Camilla, je ne te quitterai pas.

— Mais si je préfère, moi, ne plus te revoir ?

— Que deviendrais-tu ? Et l'enfant ? »

Elle redresse le menton, profil encore aiguisé.

« Je n'ai jamais eu besoin de toi pour vivre. »

Elle prétend cela, fragile, transparente, or il a vu sur le lutrin, ouverte, une lettre signée d'Amerigo Vespucci qu'il n'a pas besoin de lire, dont le grand paraphe lui suffit : des informateurs ont déjà porté partout dans Rome, ce matin, la nouvelle du naufrage. Camilla est ruinée, chacun le sait. Depuis une semaine, elle ne semble guère avoir dormi. Ni mangé, comme elle est mince, à présent ! Il vient vers elle, la prend dans ses bras :

« Camilla, personne ne m'empêchera jamais de t'aimer, même pas toi.

— Si.

— Non. »

Il l'embrasse et ses mains retracent presque inconsciemment, sans calcul, les gestes qui lui ont toujours permis de la reprendre. En même temps qu'elle se laisse décoiffer, dévêtir, emporter jusqu'au lit, elle garde les yeux clos d'une morte ; sur chaque tempe, se perdant dans les cheveux, coule un chemin de larmes silencieuses.

« Non », dit-elle encore, sans timbre, sans élan, à l'instant de leur plaisir conjugué, mais elle le retient longtemps ensuite au-dedans d'elle.

Il respire le poivre de ses cheveux. Cette semaine sans la voir fut un purgatoire, du temps à tuer. Le courage du petit Spartiate lui manquait. La féminité différente aussi, plus fébrile, plus ardente, du corps qui ne trahit pas encore l'enfant à naître dans ses lignes mais qui se révèle habité, déjà. Elle se meut autrement, comme il imagine saint Denis portant sa tête ou une vestale antique la flamme du temple. Il aime la regarder bouger de façon nouvelle, prêtresse de leur mystère. Surprise, plus que sa présence physique, l'odeur de sa peau ou la couleur instable de ses yeux, il a regretté l'inattendu des phrases qu'elle profère parfois, s'interrompant au milieu d'un geste, et qui laissent un sillage de silence pensif entre eux :

« Si la terre tourne, en voyageant dans le sens contraire de sa révolution, on doit pouvoir remonter le temps. »

Et puis, ce matin, Baldassare a reçu la visite de Chigi, qui repartait pour les mines de la Tolfa. Agostino n'est pas resté longtemps.

« Baldassare, j'ai deux choses à te dire. La première, c'est qu'hier soir, quand nous avons appris ton mariage, j'ai déclaré devant mes invités que j'épouserais Camilla Vespucci selon ses conditions, quand elle voudrait de moi. La seconde, c'est qu'elle a refusé, comme elle a refusé déjà et refusera tout autre homme que toi, pour amant, pour époux — ou même pour simple ami : j'ai proposé aussi de lui prêter de quoi payer ses dettes, elle n'a pas accepté non plus. Sais-tu pourquoi ? Par peur de ce que tu en penserais, et que tu penses de toute façon... Tu n'es pas digne d'elle, Baldassare, pas plus que tu ne l'étais de ta mère. Tu as le cœur trop étroit. »

Il est parti sur ces mots, laissant Baldassare abasourdi car il sentait le banquier vraiment fâché, vraiment peiné. Leurs dix ans de différence font qu'Agostino l'a toujours traité, sinon en fils, du moins en jeune frère, avec indulgence. Ce matin, Agostino le méprisait.

Mais il avait tort. Baldassare avait décidé, la veille au soir, en rentrant du souper chez les Orsini, qu'il ne signerait pas le contrat et l'avait calmement annoncé à son père. Onofrio n'est pas habitué à considérer les avis d'autrui ; il haussa les épaules, convoqua le notaire pour sept heures ce matin, sachant que son fils se lève d'ordinaire à midi ; puis, agissant en *pater familias*, il signa le contrat au nom de Baldassare, imité par le procurateur de Ginevra — car elle non plus ne s'était pas dérangée personnellement.

Baldassare s'est donc réveillé marié sans le savoir. Il l'était à l'heure où parlait Agostino. Qu'importe. Un contrat peut se rompre tant qu'on n'est pas époux de fait. Il en est sûr à présent, c'est Camilla qu'il veut, rien ne l'arrête plus lorsqu'il a pris un parti, il est venu le lui dire.

« Non », répète-t-elle une troisième fois, l'abandonnant, se dégageant de lui par une torsion des hanches. « Cesare avait raison de penser que, pour toi, je serais toujours une putain. »

Il éprouve un sentiment curieux, confus, une douleur qui lui donne presque envie de la battre. Elle n'aurait pas dû parler de Cesare. Il venait d'entrevoir quelque chose de très simple, de lumineux, quelque chose qui le comblait. Voilà qu'elle le renvoie dans un combat de coqs, une rivalité tellement dépassée. Camilla, Camilla, qui a toujours pensé plus haut, aimé plus fort ! C'est elle qui le tire vers le bas, maintenant.

« Ne parle pas de Cesare, dit-il violemment.

— Pourquoi ? Il ne me cachait pas, lui. »

Non, non arrête. Bientôt, elle prononcera des mots qui blessent et qu'elle n'a pas envie de proférer. Elle l'aime, il le sait. Il l'aime, puisqu'il l'a finalement choisie. Elle s'est levée du lit, éclat d'ivoire de la peau, marche vers sa table à écrire, ouvre un coffret de métal, en sort un vélin, le jette sur la courtepointe :

« Il m'avait tout pardonné, même toi. Il m'aurait faite duchesse. »

Baldassare déchiffre, de loin, la calligraphie particulière d'un contrat de mariage. Ce qu'il veut proposer ne sera donc pas son premier témoignage d'amour mais une simple surenchère sur le rival. Cesare est passé devant lui, là aussi. La fureur, la fureur du sale gosse meurtri, l'emporte, déferlante.

« Eh bien, va donc le rechercher, va te faire cardinale, qu'attends-tu ? Il est plus riche que moi et un nouveau bâtard à reconnaître ne saurait faire peur aux Borgia, même s'il n'est pas d'eux ! »

Ils sont dressés face à face. Les corps dans leur nudité ne peuvent pas mentir, ils se cherchent, ils n'ont faim que de se reprendre, le premier qui ferait un geste vers l'autre effacerait tout. Mais les bouches trichent.

« Crois-tu que je garderai cet enfant ? Crois-tu que je veuille d'un bâtard de ton sang ? Va engrosser ton Orsini si tu souhaites un descendant, il sera noble, celui-là, non fils de putain ! »

« Putain, tu l'as dit ! Putain et infanticide, cela va de pair. »

Les yeux se sont obscurcis. La main vole, marque la joue de Baldassare d'une trace rouge qui, très vite, devient blême. Il rend la gifle instinctivement. Mais soit que la colère ait décuplé sa force, soit qu'elle soit plus faible qu'il n'y songeait, le coup la fait basculer, s'effondrer contre la table à écrire. Il s'élance pour la relever. Elle a saisi parmi les plumiers un stylet, le brandit vers lui, poing fermé.

« Va-t'en. »

Le corps est une nouure, crispations de l'éclampsie comme il a vu des cadavres de pestiférés, image de sa mère dans le cercueil. On la dirait contrefaite, les os tordus ou cassés, et ce visage mangé du dedans, atone, inerte. La douleur est laide, il ne veut pas qu'elle ait mal. Il avance encore. La main, décolorée aux jointures, se soude au manche de la lame, la voix mate se morcelle en éclats de souffle :

« Va-t-en. Habille-toi et va-t'en d'ici. Si tu m'approches, je jure que je te tue. Je ne veux jamais te revoir, je te maudis. »

Il comprend qu'elle est incapable de l'entendre en ce moment, qu'il doit obéir. Quand il sort, rhabillé en hâte, elle est restée dans la même position contre la table, haletante, le poing crispé sur le stylet, nue dans ses cheveux épars de Gorgone, une sorcière. Son œil fixe ne voit rien, ne cille pas, elle ne prononce pas un mot et le dernier regard qu'il tente, sur le seuil, se retournant vers elle, ne réussit pas à l'atteindre.

Camilla s'est habillée, somnambule, a sellé son cheval, est sortie sans prévenir personne. Chevaucher jusqu'à tomber, vaincre l'esprit par l'épuisement du corps. Ne plus penser, ne plus saigner. Elle a pris droit devant elle sans savoir où elle allait. Elle n'a pas atteint le fleuve, arrêtée par une foule en avant du pont Sant'Angelo. Rome regarde passer le cortège du duc de Valentinois qui part se marier en France — et porter au roi Louis la bulle lui permettant de répudier sa femme pour épouser la veuve de Charles VIII.

Le cortège ducal compte bien deux cents personnes. Les cinquante mules, les seize chevaux de surcroît qui les accompagnent sont caparaçonnés d'or et de velours cramoisi. Le défilé se clôt par une douzaine de chariots portant les lits de voyage, la vaisselle plate, les coffres et les divers présents pour la fiancée de Cesare. Le duc lui-même, sur l'étalon gris pommelé qu'il fut quérir au haras des Gonzague, porte un pourpoint de damas blanc brodé d'or.

La rumeur court que s'en vont là, vers Paris, deux cent mille ducats de fastes ; que le pape, pour faire face aux dépenses, a condamné comme hérétiques trois cents Juifs afin de pouvoir les mettre à l'amende ; qu'il ne reste pas une aune de brocart, pas une once d'or dans les boutiques ; depuis deux mois, tout ce qui arrive de précieux en ville, soie de Naples, drap de Florence, verrerie de Venise, est dirigé d'office vers le Vatican. Juan de Gandia est oublié. Le fils chéri du pape, à présent, c'est Cesare, enfin devenu laïc. Dans les milieux soucieux de politique, ce n'est pas son ostentation qui occupe les conversations. On s'alarme plutôt du coup double que va jouer l'ex-cardinal, épouser Carlotta d'Aragon et lier la papauté au roi Louis, se concilier Naples et la France, les deux obstacles sur le chemin de conquérir l'Italie...

Sans l'avoir cherché, par les imprévisibles mouvements de la foule agglutinée sur le passage du cortège, Camilla se voit propulser au premier rang des badauds, pour la plupart à pied. Elle est à cheval et domine de la sorte la masse indistincte alentour. Leurs yeux sont à même hauteur, aucun obstacle n'interfère. Il passe à vingt pas d'elle, sur son étalon ferré d'argent dont il guide le poser de chaque pied avec les reins, ainsi qu'il en avait enseigné la technique à Camilla. Il faudrait un bien grand hasard pour que leurs regards ne se croisent pas.

Ils s'accrochent en effet, restent longtemps mêlés, chacun des deux cavaliers tournant la tête de côté pour suivre l'autre à mesure que la distance les éloigne. L'œil noir a tout embrassé, la mise débraillée, la pâleur, l'expression défaite.

Parce qu'il est Cesare Borgia, qui paie les meilleurs informateurs pour connaître en permanence ce qui se passe en Italie, il sait forcément la nouvelle, rien moins que secrète, du mariage Orsini-Colonna et des féroces conditions qui s'y rapportent; il sait encore la nouvelle moins galvaudée du naufrage au large de Gibraltar et la faillite inévitable de la *commenda* Vespucci.

Le duc a compris, exactement, ce qu'il en est pour la cavalière. Il pourrait triompher, sourire du symbole éclatant: il s'était voué au noir pour oublier sa pourpre, le voilà désormais en blanc et or, acclamé des foules, espéré du roi de France. Elle était la perle de Rome, la voilà perdue parmi la plèbe. Mais il ne triomphe ni ne sourit. Il laisse peser sur elle son regard sagace, tournant le col jusqu'au dernier instant pour prolonger le dialogue muet.

Chapitre 14

OCTOBRE-NOVEMBRE 1498

Giulia Farnese, avec Orsino son mari et tous les Orsini, assistait à la réunion des clans puis au dîner de fiançailles qui scellèrent la défaite du Colonna. Défaite à ses yeux : connaissant Baldassare, elle ressent une délectation secrète à le voir brimé, contraint de renoncer à ce qui tissait auparavant son existence. Cela la venge enfin, mieux que si le meurtre commandé deux ans plus tôt avait réussi, mieux que si Cesare Borgia l'avait empoisonné ou percé de coups au détour d'une ruelle. L'envie de sang, même chez les plus forcenés, même chez le terrifiant Corella par exemple, passe dès que vient la réflexion. Lui succèdent le *re*-sentiment, les colères froides, les rancunes lentes, et c'est bien ainsi. Giulia plaint les emportés, ils se frustrent eux-mêmes du meilleur de la vengeance : l'ourdir, la répéter comme une pièce de théâtre, la peaufiner, bref, y songer chaque jour, des années durant peut-être. Il y en a dont l'art ou l'amour occupe la pensée. Faute de cela, la haine offre une raison de vivre. Si Giulia n'avait plus Baldassare à détester, elle mourrait de désœuvrement.

À présent que leurs clans sont amis, elle le verra dans toutes les circonstances officielles et politiques. Elle pourra suivre les progrès de son asservissement. D'abord, plus de Cyprina — s'il croit la voir en cachette, c'est qu'il ne connaît pas Ginevra et sa marotte de l'espionnage.

Enfant, elle épiait ses compagnons de jeux, soudoyait les servantes pour savoir le secret des alcôves et des coffres. Giulia se rappelle, lorsque Orsino commença de la courtiser, cette ombre s'attachant à leurs pas qu'elle devinait derrière un arbre, au détour d'un rocher. Orsino ne semblait rien soupçonner. Quant à Giulia, adolescente déjà, il lui plaisait que sa guenon de cousine assistât impuissante à son triomphe, elle a tojours trouvé son plaisir densifié par le fait que d'autres le lui enviaient.

Donc, Baldassare sera privé de sa putain rousse. À la place, il devra satisfaire la guenon justement, qui attend depuis quinze ans qu'on la délivre de son pucelage. Giulia est sûre qu'elle aura des exigences... Enfin, il devra lui soumettre ses factures et lui mendier son argent de poche. Si brillant amant qu'il se montre la nuit pour cette affamée, le jour, devant la gouvernante de sa maison, il rampera. Rien n'a jamais fait perdre la tête à Ginevra quand il s'agit de compter des piles de ducats. Son mari pourra bien essayer de l'attendrir sur la beauté d'une Vénus antique ou d'un Giotto! Elle feint de s'intéresser à l'art comme toutes les patriciennes, elle sait assez de grec pour citer deux ou trois phrases d'Aristote, mais au fond, cela l'ennuie, autant que Giulia d'ailleurs. Ginevra, depuis toujours, a préféré les jeux brutaux de garçon, la chasse, les courses de taureaux... Le mécène devra se faire bourgeois, et rien ne peut punir plus cruellement Tête d'Or, le fou de beauté, que ces entraves boutiquières.

Giulia dévisage sa cousine, à laquelle elle est venue ce matin rendre visite. Jamais elle ne l'a trouvée si maigre — mais, depuis deux ou trois ans, elle s'est mise à détester chez celles de son sexe l'absence de chair, à la mesure de son embonpoint grandissant. Elle prend conscience, d'ailleurs, d'avoir toujours exécré chez autrui ce qui ne lui ressemble pas : c'est pourquoi, positivement, Ginevra lui inspire de l'aversion, car elles sont les absolus contraires l'une de l'autre. Cette haine ne s'est jamais avouée. Amies depuis l'enfance, elles le sont apparemment restées.

Sa mère étant morte quand elle avait six ans, Ginevra n'a pas auprès d'elle la conseillère tellement utile aux jeunes filles qui vont se marier. Giulia joue ce rôle avec l'approbation du clan, bien qu'elle ait quasi le même âge que la fiancée. Quoique tombée en disgrâce, l'ex-maîtresse d'Alexandre garde le crédit d'avoir su conquérir un pape — et en faire profiter les siens. Même les Orsini, chez lesquels elle a pourtant fait entrer l'adultère le plus ostentatoire, l'ont sacrée, auprès de Ginevra, professeur ès mariage...

Giulia et Ginevra se connaissent depuis toujours. Elles ont passé de nombreux étés ensemble non loin du lac de Bolsena, dans leurs fiefs presque voisins, les Farnese à Capodimonte, Orsino et Ginevra à Bassanello. Les deux cousins faisaient la guerre à la sœur et au frère Farnese — le cardinal Alessandro qu'on a surnommé le cardinal « Jupons » parce que c'est Giulia qui lui conquit son chapeau. Dans les deux clans, ils étaient quatre de même âge. Un jour, sans prévenir, Orsino se dégoûta des jeux guerriers, plantant là Ginevra sa complice, et se mit à regarder Giulia d'un air stupide. Elle l'épousa parce que leurs familles étaient d'accord sur ces noces et qu'elle était sûre de mener. Orsino par le bout du nez. Depuis son mariage, elle a fait effectivement ce qu'elle a voulu, sans jamais se soucier de son pauvre mari taciturne, qui a la même tête de cheval que sa cousine. Quand Giulia feignit de vouloir le rejoindre en épouse repentie, c'était pour mieux fuir Alexandre VI qui l'ennuyait, et pour mieux tromper pape et mari dans les bras de Baldassare Colonna.

Baldassare Colonna, qui va payer désormais ses insultes. Contempler, assis côte à côte au banquet, Tête d'Or et Ginevra, fut une suave revanche. Quand ils avaient dix ans et que, durant leurs trêves, les Farnese et les Orsini jouaient à des jeux communs de chevalerie, ils s'écriaient ensemble, avec l'inconsciente cruauté des enfants :

« Non, non, c'est Giulia qui sera la princesse ! Ginevra fera la sorcière. »

Pour la pauvre guenon, se marier, et se marier au plus bel éphèbe d'Italie, est une chance inespérée. Elle ne se doute pas pour quelles raisons sa cousine en est tellement ravie... Mais il faut veiller à ce que le rusé ne leur échappe pas. Cela, Ginevra n'a peut-être pas le doigté suffisant pour y réussir. Orgueilleuse, elle fonce tête baissée, montrant clairement qui commandera dans leur maison : c'est provoquer Baldassare, que rien n'excite autant qu'un défi.

Les deux jeunes femmes se tiennent dans la chambre de Ginevra, au palais Orsini. Elles ont renvoyé leurs servantes respectives pour plus d'intimité, admiré les cadeaux que Ginevra, déjà, reçoit de toute l'Italie. À présent, l'heure est aux confidences. La future épouse a fait servir du thé de Cathay, une belle corbeille de fruits d'automne et des massepains. Giulia essuie sa bouche et ses mains blanches sur une serviette de fine toile brodée.

« Personne n'a jamais dompté Baldassare, dit-elle. Si tu l'attaques de front, tu échoueras. Il faut user de ces expédients chers aux princes et aux papes : l'espionnage, la calomnie, la corruption... Ta nature droite y répugne peut-être (ne pas rire, surtout, en proférant de telles énormités), mais crois-moi, lorsque la cause est bonne, tous les moyens sont permis pour la faire triompher. L'obstacle principal sur ta route est encore, pour l'instant, la Cyprina. »

Ginevra soupire.

« Comment le détourner d'elle ? Ce n'est pas par mes charmes que je peux y parvenir.

— Bah, la moitié de la route est parcourue, puisqu'il n'a pas la moindre intention de l'épouser. Ce n'est donc pas une vraie rivale. Ce qu'il veut, c'est la garder dans l'ombre, les hommes veulent toujours tout à la fois. Il suffirait que la courtisane, comme il est d'usage pour les femmes de sa sorte, préfère la lumière, les fastes, et donne à Baldassare un remplaçant.

— Malheureusement pour nous, il semble qu'elle l'aime sincèrement. »

On sait dans Rome que Camilla, ruinée par l'échec de la *commenda* Vespucci, a dû vendre à Gênes le seul navire survivant de l'expédition. Les trente mille ducats récoltés ne paient pas ses créanciers, lesquels organisent la semaine prochaine une adjudication de sa maison et de ses meubles, bijoux, vêtements. La Cyprina pouvait l'éviter en acceptant de s'installer chez Agostino Chigi — il désire même l'épouser — ou quelque autre de ses amis qui ont proposé de l'héberger et d'assumer sa dette.

« Elle a refusé. Te rends-tu compte ? Agostino Chigi est l'un des hommes les plus riches d'Italie, il est aimable de surcroît, et elle l'a refusé ! dit Ginevra. C'est à l'intention de Baldassare qu'elle agit ainsi. Je ne suis pas loin de l'admirer.

— Il n'empêche qu'elle a commencé dans un bordel. Du temps qu'elle était à Cesare, il voulut l'imposer au Vatican. Il réussit même à la faire inviter par le pape pour carnaval. Je me trouvais là, je fus témoin de sa honte. Autour d'elle, ce n'étaient que ricanements, beaucoup des personnes présentes savaient d'où elle venait. Juan notamment, le duc de Gandia, l'a reconnue, elle avait été putain chez une maquerelle Crespini dont il était client... Elle a fini par s'enfuir ce soir-là, et le pape ne l'a plus jamais invitée. On pourrait exhumer ce passé récent.

— Il plaidera aussi bien en sa faveur, car elle s'est amendée.

— Suppose toutefois qu'à l'adjudication, on achète tous ses biens au nom d'un gentilhomme génois, disons. Et qu'au nom du même Génois, on les lui rende aussitôt publiquement. Que penserait l'opinion ?

— Que l'homme est amoureux d'elle, comme Chigi et d'autres. Mais elle serait capable de refuser la restitution et sa réputation en sortirait intacte.

— À moins que le bruit ne se soit répandu déjà dans Rome, depuis plusieurs jours, que le même homme est l'acquéreur du navire et qu'il a payé ses dettes. »

Ginevra semble ébranlée.

« Rien n'empêche, objecte-t-elle tout de même, qu'elle et Baldassare se voient, s'expliquent, qu'elle parvienne à se justifier.

— Une calomnie réussie doit creuser une ornière déjà dessinée. Nous possédons deux atouts : les doutes de Baldassare quant à l'intégrité de cette femme, qu'il ne veut pas épouser ; et le fait qu'elle-même, ulcérée de ces doutes, blessée par les exigences de votre contrat de mariage qui la visent tacitement, condamne sa porte à son ancien amant. Ils en sont donc à se soupçonner mutuellement de trahison sans plus se voir.

— Ils peuvent s'écrire.

— Mais des lettres, cela s'égare. Pourvu qu'on paie les courriers... »

Ginevra scrute attentivement le visage plein de sa cousine.

« Pourquoi déploies-tu tant d'efforts, Giulia ? Que moi je complote, j'espionne, c'est explicable. J'ai vingt-sept ans, je suis laide, Baldassare est ma seule chance... Mais toi ? Que t'a-t-il fait ? »

Giulia rit, de son beau rire de gorge.

« Oh ! rien ! Je sais, justement, qu'il est ta dernière chance, et à quel point il est vital pour une femme de se marier. J'en suis l'exemple. Si je n'étais aujourd'hui qu'une concubine de pape répudiée, crois-tu que quiconque me recevrait dans Rome ? La Cyprina est une sotte de refuser Chigi.

— Tout de même. Pour me marier, je n'ai pas besoin de la briser.

— Ginevra, il faut savoir ce que tu veux. Baldassare le sait, lui. Il vous veut toutes deux, ce qui signifie manger ta dot avec cette fille — et crois-moi, si tu acceptes qu'il la voie, même secrètement, c'est ce qui arrivera. Par ailleurs, si tu le prends de front, que tu exiges et tempêtes, il est capable de te planter là, avec tous tes cadeaux de mariage. Donc, tu dois éliminer l'obstacle. »

Comme Ginevra ne répond toujours pas, elle ajoute :

« Si l'organisation de cette affaire te pèse, laisse-moi m'en charger...

— Tu crois qu'il est nécessaire d'agir ainsi ?

— Tu ne te maries pas pour que ton mari te

ruine et t'enferme à la campagne. Tu veux régner ? Suis donc l'exemple des Borgia... »

Sa mère lui a mis l'habit qui lui déplaît, raide aux coudes et à la taille, mais qui-tient-chaud-pour-voyager. Ceci compense cela, Ottavio aime bien rouler en coche.

« Où on va ? À Fontanarosa ?

— Non, mon chéri, dans une ville que tu ne connais pas. »

Elle a expliqué qu'on attendait la nuit pour que personne ne les vît partir. Les vilains bonshommes qui sont venus regarder la maison puis qui ont inscrit chaque objet, chaque meuble, même ses jouets à lui, Ottavio, dans un grand livre, ces bonshommes veulent vendre leurs affaires. C'est pour cela qu'ils ont noté les prix dans leur livre. Mais ils seront bien attrapés demain, sa mère a chargé les plus belles choses dans le fourgon. À présent, il faut attendre la nuit pour se sauver sans bruit.

« Mon cheval à bascule, il est dans la carriole ? s'inquiète soudain l'enfant.

— Oui.

— Et mes soldats de bois ?

— Oui.

— On emmène Gennaro ? »

Avec lui, on ne s'ennuie jamais. On peut le regarder classer ses plantes séchées, ouvrir délicatement une grenouille morte comme la cuisinière le fait d'un chapon. Il explique sans se lasser, montre les étamines et le pistil, ou le petit cœur de l'animal, et l'on comprend ce qu'il y a au-dedans des fleurs, des bêtes.

« Non, il nous rejoindra plus tard, quand nous serons arrivés. Cette nuit, nous partons tous les deux, je conduirai la voiture. »

Elle a parfois des idées comme cela, sa maman, elle fait des choses que ne font jamais les autres dames. « Elle n'a pas de mari », lui a dit un jour un garçon du voisinage. « Mais elle a une épée, et un bateau avec son nom à elle dessus », a répliqué fièrement Ottavio.

Elle l'a couché sur un coffre, dans l'antichambre. Il tarde à s'endormir, ne reconnaissant plus rien, à cause des lampes et des tapis qu'elle a retirés. Elle n'a laissé que les grosses pièces de mobilier trop lourdes pour qu'on les emporte, et qui dessinent contre les murs nus des formes devenues menaçantes. Tous les domestiques sont partis, elle les a renvoyés, la maison ne résonne plus des bruits de pas, de vaisselle entrechoquée, des murmures qui le berçaient d'habitude. C'est trop silencieux.

« Essaie de dormir quand même. Je te réveillerai quand l'heure viendra. »

Ce n'est pas elle, pourtant, qui le tire du sommeil, c'est la lumière, si étrange, si rouge, erratique. Et puis le grondement, comme quand il pleut en septembre, dans le grenier de Fontanarosa, et qu'il s'installe sous les tuiles du toit pour écouter la cataracte. Il appelle :

« Maman, maman ! »

Mais elle ne répond pas. Il sent une odeur de caramel, il a peur, est-ce qu'elle est partie, est-ce qu'elle l'a oublié ? Rassemblant son courage, il s'assied, glisse du coffre, marche jusqu'à l'autre pièce, la chambre de sa mère. C'est de là que vient le rouge. Ça flambe, ça craque, le dais du lit s'est effondré, renversant la lampe qui a enflammé les courtines. Sa mère est en travers du lit, elle a reçu le dais sur la tête sans doute, ses yeux sont fermés, une grosse bosse déforme son front.

Il la secoue, il crie ; il pense au puits pour

quérir de l'eau, mais il est trop petit pour atteindre la poignée de la porte... Il revient près d'elle, la supplie, essaie de l'éveiller en la pinçant, en soulevant de force ses paupières. Elle les ouvre enfin, lentement, elle a l'air drôle, comme si elle ne le voyait pas. Quand il dit :

« Maman, viens ! »

Elle fait « oui » de la tête et se lève. Elle rassemble les genoux, pose les deux pieds au bas du lit précautionneusement et marche deux ou trois pas, comme un jouet mécanique. Il la prend par la main, la guide vers la porte. Elle le suit sans résistance, fait tout ce qu'il dit. Il descend l'escalier avec elle, l'emmène dehors. Le fourgon est dans le *cortile*, le cheval, affolé par l'odeur du feu, hennit et s'agite entre ses brancards. Ottavio essaie de faire monter sa mère dans la carriole :

« Il faut nous conduire chez Gennaro. »

Mais cela, elle n'y parviendra pas, il le devine. Il regarde le cheval. Il sait bien comment est attaché le brancard, il a souvent vu faire le palefrenier. Alors, il ordonne avec précision le geste à exécuter — lui-même n'en aurait pas la force. Ainsi guidée, elle obéit. Délivre l'animal qui s'échappe aussitôt, l'œil blanc de panique, mais sans faire aucun bruit — car on avait enveloppé ses sabots de chiffons.

« On va aller chercher Gennaro en marchant, dit-il à sa mère. Je ne sais pas le chemin, mais toi, tu le sais. Tu me montreras. »

Elle fait encore « oui » comme un mandarin chinois, ceux en ivoire, dont la tête bouge : son père lui en a envoyé un pour son anniversaire. Des gens se montrent aux fenêtres des autres maisons, dans la rue, commencent à s'interpeller :

« Ça sent le brûlé ! Où est-ce ? Il y a le feu ! »

Ottavio ne s'en occupe pas, c'est Gennaro qui sait les choses à faire. Il tient sa mère par la main et s'en va sur ses petites jambes, la traînant derrière lui, pour retrouver Gennaro.

Giorgio Barbarelli séjourne à Rome depuis deux mois. Il s'est rassasié de ruines, de palais, d'églises ; a couru de bibliothèque vaticane en musée capitolin, de thermes en catacombes, tenant à la main son guide des *mirabilia*[1] ; a pénétré chez les grands seigneurs, admiré les collections d'Agostino Chigi, de Giuliano della Rovere, du cardinal Farnese. La recommandation de son maître, le grand Giovanni Bellini[2], lui ouvre toutes les portes. Il s'est repu de beauté. Mais il n'avait pas fait le voyage pour vendre son talent au pape ou à un mécène comme tout un chacun. Quoiqu'il ne soit pas riche, sa palette et son inspiration s'avouent si farouchement vénitiennes qu'il ne croit pas pouvoir se faire apprécier hors de Venise. Il est seulement venu respirer le parfum d'une ville où tous les talents convergent comme phalènes.

Or, la ville en question est dispendieuse. Son logement lui coûte vingt ducats par mois — il est vrai que c'est à la célèbre Auberge de l'Ours, où l'on achète aussi le privilège de rencontrer les artistes les plus prestigieux d'Europe, et qu'il occupe deux pièces, une chambre puis un atelier. Mais il faut tout payer, les repas, les livres si tentants aux devantures des librairies, les canevas et les huiles, les pigments et les brosses...

Il n'est pas difficile, dans cette ville éperdue

1. *Mirabilia :* les merveilles de Rome. Ce type de guide existait.

2. Giovanni Bellini, dit Giambellino (1430-1516), peintre vénitien. Les Bellini furent une dynastie de peintres.

d'art, de vendre ses œuvres à de riches amateurs, surtout lorsqu'on est l'élève de Bellini. Il n'est même pas rare qu'un épicier ou un aubergiste les accepte en paiement aussi franchement que de bons ducats. Néanmoins, Giorgio n'a plus un sou devant lui, or réussir un tableau ou même un simple dessin exige du temps. À vingt ans, on a de l'appétit : s'il doit attendre pour manger que sa peinture soit sèche...

D'ailleurs, il commence à s'ennuyer de Venise. Rome est belle, certes, mais aucun Vénitien n'a jamais pu préférer une autre ville à la sienne. L'or blond qui frissonne le soir au long des canaux lui manque, et la langueur de l'automne ensuquant la lagune, et les drapeaux de mouettes sur le Lido. Et le silence, le bienfaisant silence ! Rome est une cacophonie ; un bourbier, un dédale sans cesse ébranlé du pas des troupes, du galop ferré des courriers, du grincement des coches. Même sur le Tibre, les bateliers communiquent par braillements. Giorgio ferme les yeux pour entendre dans sa mémoire le frôlement si particulier, soyeux, des gondoles sur les eaux du Grand Canal... Venise n'est pas seulement une architecture. Il a découvert en la quittant, en la comparant à d'autres cités, qu'elle est d'abord une lumière, un climat, un état d'âme.

Certaines sensations qui venaient facilement sous son pinceau à Venise se désenchantent à Rome. Les femmes, par exemple. À Venise, on peut interpeller gentiment, sur la piazzetta, une servante revenant du marché aux épices du Rialto et crayonner son portrait le temps d'une conversation. Ici, les gens n'ont pas le temps de s'arrêter. Et puis, les servantes sont souvent mauresques, esclavonnes ou napolitaines. La grâce particulière, dorée, songeuse, qu'il aime à saisir chez la Vénitienne, il ne la trouve guère ici au hasard des rencontres. D'ailleurs, lorsqu'elles acceptent de poser même un quart d'heure, les Romaines de la rue, pour lesquelles la vie n'est pas tendre, ne le font pas gratis.

Pour toutes ces raisons — et aussi parce que ce matin, lorsqu'il a ouvert ses contrevents, il a reçu au visage une bouffée de brouillard gras, chargé d'odeurs poivrées, l'odeur des ordures de Rome quand le temps est à la pluie, parce que la lumière était terne à pleurer, terne surtout à ne pas pouvoir peindre —, Giorgio a décidé qu'il avait vu, de Rome, tout ce qu'il fallait voir. Il a payé sa note, rassemblé son bagage, empaqueté à part les peintures sur bois qui lui serviront de monnaie d'échange en cours de voyage. Il se dirige à présent vers le fleuve, car en bon Vénitien il préfère voyager sur l'eau. Il remontera le Tibre aussi loin que possible, puis gagnera Ancône, pour longer la côte adriatique jusqu'à Venise. Il va chercher à Ripa quelque batelier qui veuille l'embarquer parmi les tonneaux et les balles de grain, c'est la solution la plus économe.

Il est encore très tôt, des vapeurs s'effilochent sur les collines. En passant devant l'église Santa Maria in Cosmedin, Giorgio remarque un spectacle courant, dans la ville où des milliers de pèlerins passent la nuit au coin des porches faute d'avoir trouvé meilleur asile : une femme, son enfant pelotonné contre elle, dort sous les arches du portique, près de la Bocca della Verità. L'œil du peintre est alerté pourtant, au point d'arrêter le marcheur dans son élan. Le portique et ses arcs dessinent un cadre classique, selon le nombre d'or, autour des deux endormis. La mère, étendue tête inclinée sur son bras ployé, s'inscrit dans une diagonale. Les plis du pourpoint d'homme, alourdis par le brouillard qui les a imbibés durant la nuit, la courbe du corps enfantin niché dans le creux des genoux maternels, semblent taillés par le ciseau de Michelangelo — que Giorgio découvrit ici, à Rome.

La lumière grise, sale, d'un matin sans lyrisme ne réussit pas à vaincre la couleur que tous deux, la mère et l'enfant, irradient : les cheveux de ce cuivre pur que Giorgio croyait introuvable ailleurs qu'à Venise et qui ne doit rien à l'artifice — puisque la nuance de l'enfant reproduit celle de la mère ; le brocart rouge du costume ; la cape également rouge du petit garçon. À mesure que Giorgio s'approche, son cœur se serre. Non seulement le cadre, la palette, l'attitude offrent l'un de ces cadeaux du hasard qui mènent à glorifier Dieu, l'Artiste suprême. Mais les visages aussi se révèlent miraculeux. L'élève de Bellini sent ses yeux s'embuer. Il faudrait que le maître vît cela ! Machinalement, à gestes presque hypnotiques, il sort des fusains, un cahier, s'agenouille contre un pilier du portique et commence à dessiner...

C'est plus tard, l'esquisse achevée, qu'il sent venir une autre émotion, remarquant les petites mains bleuies de l'enfant, la pâleur de la mère dont le front est meurtri, l'humidité qui englue leurs vêtements, trahissant la nuit passée là, contre la pierre froide. L'enfant, justement, s'éveille, frottant ses yeux de ses poings retournés. Giorgio s'approche. C'est un garçonnet de trois ou quatre ans à l'expression vive, bien élevé :

« Bonjour, monsieur », dit-il aussitôt.

Cela, et les vêtements que portent les deux vagabonds, dénote une position sociale confortable, ce qui rend leur situation tout à fait incongrue.

« N'avez-vous pas de maison, ta mère et toi? demande le peintre.

— Elle a brûlé. Je voulais aller chez Gennaro, mais je me suis perdu.

— Ta mère ne pouvait pas t'y emmener?

— Le lit est tombé sur sa tête et... elle ne répond pas quand je lui parle. »

Giorgio se penche en avant, secoue l'épaule de l'inconnue. Elle murmure, entame un geste de défense, s'éveille en sursaut. Ce sont les yeux les plus sublimes qu'il ait vus, mais ils sont vides et Giorgio comprend ce que veut dire le petit: la commotion, sans doute, a engourdi l'esprit de la mère.

« Gennaro, sais-tu son adresse? »

L'enfant fait « non » de la tête.

« N'as-tu personne d'autre à prévenir?

— Mon père est en France. Les domestiques sont partis parce que maman n'a plus d'argent, et on voulait vendre nos affaires, même mes jouets... Mais tout a brûlé maintenant... »

Une femme seule, des dettes, plus de ressources. Personne ne voudra s'en charger, hormis ce Gennaro, peut-être.

« Qui est Gennaro?

— C'est... Gennaro.

— Tu connais son nom? »

Dénégation.

« Toi, qui es-tu?

— Ottavio-Augusto. Ma mère s'appelle Camilla.

— Camilla comment?

— Je sais pas. »

Giorgio pourrait les conduire à l'hôpital. Mais ils ne sont ni blessés ni malades. On ne les gardera pas en pension, surtout gratis. Comme on ne saura pas à qui les rendre, il n'est pas difficile de deviner ce que deviendra la mère une fois jetée sur le pavé... Giorgio frissonne, tente un dernier essai.

« Ta maison, celle qui a brûlé, tu peux m'y conduire ?

— Par là, fait l'enfant, tendant vaguement vers l'est son petit poing. »

Sans espoir. À moins qu'il ne s'adresse aux édiles de Rome pour essayer de savoir quelles maisons ont brûlé dans la ville cette nuit. Il n'a pas dû s'en trouver des centaines.

« Tu veux bien venir avec moi ? Je vais essayer de t'aider à trouver Gennaro. Ta maman peut marcher ?

— Oui. »

C'est pitié de voir le petit bout d'homme se pencher, tirer sa mère par la main.

« Viens, on s'en va », et la mère suivre docilement, mécaniquement.

10 novembre 1498, Saint-Léon. Il pleut sur Rome, le ciel est de plomb, à trois heures on avait allumé déjà toutes les lampes. Dans sa chambre, entourée de ses femmes, Ginevra subit sans patience le centième essayage de la robe qu'elle portera demain pour la *ductio ad maritum*, la conduite au mari qui consacrera son entrée dans la maison Colonna au titre d'épouse.

L'échange des anneaux s'est fait dans le cercle restreint des deux familles, sans faste particulier, il y a trois jours. Pour la fête des noces, demain, les membres de chaque lignage sont convoqués jusqu'au troisième degré. On attend plusieurs centaines de personnes venues de toute la péninsule — au point que se pose le problème de les loger à Rome selon leur rang. Les parents et amis des Colonna, depuis trois jours, envoient au palais du marié, où se tiendra le banquet, des tonneaux de vin, des paniers de fruits, des épices, des confiseries et même des animaux rôtis entiers, moutons et porcelets.

Ginevra, depuis l'annonce des fiançailles, a reçu les cadeaux de chacun des deux clans ainsi que d'alliés que ravit ce mariage mémorable, symbolique. Ludovico le More, dont Louis XII revendique le duché de Milan, est enchanté d'une alliance Orsini-Colonna contre le pape et les Français. Pour le manifester, il a fait parvenir à Ginevra des vases et une aiguière d'argent massif. Le roi de Naples, qui s'inquiète aussi du rapprochement entre le pape et la France, se demande s'il ne serait pas judicieux de s'allier avec les barons romains. En témoigne auprès de Ginevra une couple de juments arabes immaculées, dressées par les meilleurs écuyers de l'école de Naples, caparaçonnées de drap d'or, ferrées d'argent, le chanfrein, le poitrail et la crinière ornés de rubis, qui sont arrivées par bateau jusqu'à Rome la semaine passée.

Le pape ne veut pas paraître s'agacer de cette ligue évidemment dirigée contre lui. Il a écrit à chaque chef de clan qu'il se félicitait de leur réconciliation. La *ductio*, avec son cortège d'invités, de musiciens, de bouffons, passera sous les fenêtres du castel Sant'Angelo d'où Alexandre VI, faveur exceptionnelle, bénira les jeunes époux. La foule de Rome, le long des rues, se massera pour admirer un déploiement de fastes presque égal à celui de Cesare partant le mois dernier vers la France.

Aucun des atours somptueux qui l'enchâsseront de leur épaisseur rigide ne fera passer Ginevra pour belle. Ce fut même un grand problème que de trouver une couleur de robe seyante à son teint bistre — pour ne pas dire olivâtre. On a rejeté tour à tour le bleu, le blanc, le noir, l'or. Il n'y a guère que le rouge, mais Ginevra est condamnée au rouge quasi depuis qu'on lui ôta ses bandelettes de nourrissonne et, le jour de ses noces, elle aurait souhaité tenter une audace vestimentaire. Tant pis. Elle a cédé pour un damas incarnat rehaussé d'hermine et brodé de rubis sur le corselet.

Ses tempes sont pétries d'une migraine violente. Comme elle voudrait être plus vieille de deux jours et que tout fût enfin consommé ! Elle n'est pas encline aux remords. Lorsqu'elle sera sûre de l'irréversibilité des actes accomplis, elle cessera de s'interroger sur leur bien-fondé. Pour l'heure, des doutes, des craintes la tracassent.

Elle attendait depuis dix ans ce qui lui advient à présent. N'étant pas belle, elle a vu ses sœurs, ses cousines, toutes les filles Orsini se marier devant elle. Sa famille comptait qu'elle deviendrait religieuse, le tempérament rebelle de Ginevra ne s'y prêta pas. Deux fois, elle s'enfuit, en escaladant le mur, d'un couvent où on l'avait conduite dans l'espoir que la lumière divine l'y éclairerait sur sa voie. On s'est alors résigné à faire d'elle l'une de ces tantes dévouées, bréhaignes, qui prennent à quarante ans du poil au menton et auxquelles on confie les enfants du lignage quand ils encombrent leurs parents.

Ginevra raffole des enfants. À dix ans, c'était un garçon manqué — ou une sorcière, quand on jouait aux chevaliers. Depuis qu'elle en a quinze, elle traîne après elle, l'été, en villégiature, une constante ribambelle de neveux, de cousins, de petits frères, avec lesquels elle se montre d'une patience et d'une douceur inaltérables et qui lui obéissent en retour avec dévotion. L'idée n'a jamais effleuré pour autant son entourage qu'elle pût désirer des enfants à elle, sa laideur la vouait au célibat. Ginevra n'acceptait pas ce verdict, elle *aurait* des enfants.

En outre, rester dans l'ombre en parente dévouée lui semblait stupide. Elle se connaît. Point jolie — elle en a pris son parti depuis belle lurette. Mais intelligente. Toujours elle a rongé son frein, passant derrière les hommes du clan parce qu'elle était femme et derrière les plus sottes parce qu'elle était disgracieuse. Se sachant pourtant le meilleur cerveau des Orsini, elle veut donner enfin sa mesure. Régner aux côtés d'un homme dont la puissance étaie la sienne est le seul moyen. Pour désargentés que soient les Colonna, l'alliance avec leur futur baron, réunissant à la fois des fiefs et une aura d'influence, fera d'elle une des premières dames d'Italie. Elle a voulu cette union. Demain, une fois entrée « en fonction » chez son époux, elle sera définitivement mariée. La dot est payée, rien ne peut plus faire obstacle à la formalité dernière de la *ductio*.

Pourtant, Ginevra se sent inquiète, tourmentée même. Dans son élan vers le but, elle a broyé, écrasé, deux êtres : Baldassare Colonna survit. Mais jusqu'au dernier instant, elle ne sera pas sûre de l'avoir réduit à merci. Parfois, le désespoir provoque d'étranges sursauts chez les vaincus les mieux vaincus... Camilla Vespucci, elle, en est morte. C'est Giulia qui a tout fait, mais Ginevra consentait et ne s'absout de rien.

Autrefois, on lui désigna du doigt Camilla Vespucci, dans quelques occasions publiques. La distance entre les deux femmes, sur le plan de l'attrait physique, décourageait la comparaison. D'ailleurs Ginevra n'est pas jalouse des femmes belles, elle a compris depuis longtemps que, dans son cas, mieux valait cultiver le détachement. Sinon, il lui faudrait envier tout son sexe sans exception et crever de ce fiel accumulé... Non, Ginevra ne haïssait pas sa rivale. Elle lui trouvait du panache, une certaine force de caractère. Elle méprisait presque son promis de n'avoir pas le courage d'afficher la maîtresse en envoyant paître la fiancée. Il ne savait pas se donner un destin. Ginevra s'estimait donc autorisée à se l'annexer, à faire de Baldassare l'instrument de sa réussite.

Mais hier, elle a exigé que Giulia lui remît les lettres interceptées entre les deux amants. Giulia s'est fait prier, a prétendu les avoir brûlées. Ginevra sait ce qu'elle veut :

« Désormais, c'est moi qui l'espionnerai s'il le faut, qui interviendrai s'il le faut. Je dois donc savoir quels coups parer. »

Giulia lui a remis les lettres. Trois missives de Baldassare, restées sans réponse puisque Camilla Vespucci ne les a jamais reçues. Ginevra les tient serrées, pliées, entre sa chemise et sa *gamurra*[1], sur sa poitrine étroite. On dirait qu'elles brûlent sa peau comme des cataplasmes. La première date du jour où fut signé le contrat. Tête d'Or y disait ne l'avoir pas signé lui-même, avoir été pris de court par son père. Un tel contrat se rompt, il le romprait. Il aimait Camilla, il la prendrait pour femme et se moquait du prix à payer, ruine, scandale, délais.

En réponse, il reçut la rumeur propagée dans Rome : Camilla ne se souciait pas d'un amant pauvre, ayant pris un riche protecteur génois. Il récrivit qu'il ne croyait pas les rumeurs. Eussent-elles dit vrai, il pensait que le dépit animait Camilla. Il se rendait. L'espérait, selon

1. *Gamurra :* robe de dessous.

ses conditions à elle. Pourquoi persistait-elle à lui condamner sa porte ?

Camilla, bien sûr, ainsi que l'avait prévu Giulia, refusait de le recevoir, interdisait à quiconque de lui parler en faveur de Baldassare — de sorte que les amis qu'il avait priés d'intercéder pour lui ne pouvaient l'aider. La troisième lettre, plus violente, plus belle que les précédentes, fut écrite il y a dix jours. La nuit suivante, la maison de Camilla brûlait.

Ginevra ne connaît de l'amour que ce qu'elle a lu dans les livres et ce que sa perspicacité lui permet de deviner. Elle en sait assez pour percevoir le diabolisme de leur machination. Giulia et Ginevra tenaient en leur pouvoir deux êtres dont les attitudes ont prouvé qu'ils s'aimaient. Elles ont persuadé chacun des deux que l'autre avait trahi. C'était un péché, un meurtre. Il y a dix jours, la « maison du Florentin », qu'habitait Camilla Vespucci au Pincio et qui devait être vendue le lendemain aux enchères avec ses meubles, a brûlé jusqu'à la charpente. On suppose que l'occupante et son enfant sont morts dans l'incendie.

Il y a dix jours que Baldassare le sait aussi. Ginevra ne l'a pas revu depuis leur dîner de fiançailles. À la cérémonie d'échange des anneaux, mercredi dernier, il s'est fait représenter, comme il le fit à la signature du contrat. Avant la *ductio*, un mariage n'existe pas vraiment. Si demain l'époux ne paraît pas à ses noces, elles seront virtuellement dissoutes. Que décidera-t-il ? Se résignera-t-il à Ginevra ? Elle ne lui est pas plus odieuse qu'une autre, dès lors que celle qu'il voulait a disparu... Le désespoir peut aussi lui emplir l'âme de colère, la bouche de blasphème. Si le sort frappait avec cette cruauté Ginevra — qu'elle eût un enfant, par exemple, et que l'enfant mourût — elle deviendrait implacable, terrible. Elle aurait envie de mettre le monde à feu et à sang. Les lettres de Baldassare, les lettres volées que la belle morte n'a jamais lues, révèlent un homme qui n'est pas l'insouciant Tête d'Or des légendes. Comment peut-il accepter ce bûcher spectaculaire et symbolique, cette disparition de sorcière? Camilla Vespucci va devenir une héroïne. Agostino Chigi, annonce qu'il veut faire édifier pour elle un tombeau. Des poètes ont composé des odes funèbres, Donna Lucrezia commande des messes pour le repos de son âme. On assure que, sur la route de France, recevant le courrier qui lui livrait la nouvelle du décès, Cesare Borgia s'est enfermé seul un jour entier sous sa tente, interdisant qu'on plaisante ou parle autour de lui. Cesare Borgia, qui sans doute aimait cette femme et qui était le père de l'enfant, Cesare Borgia, lui, va mettre le monde à feu et à sang.

Les servantes s'affairent autour de la robe, font bouillonner la chemise sur la gorge maigre de Ginevra. D'autres lui tirent les cheveux, s'essaient à peindre son visage de couleurs qui la transforment aussitôt en histrionne: le rose le plus délicat, sur sa peau, vire au lie-de-vin, un cauchemar. Elle voudrait crier que rien ne l'amendera, qu'on la laisse en paix. D'ailleurs, sa laideur est sans importance, serait-elle Vénus sortant de l'onde, Baldassare ne lui consentirait pas un regard.

Tristes noces. Si le marié daigne s'y présenter, Ginevra se doute qu'on murmurera sur le passage du cortège. La plèbe les accusera peut-être d'avoir tué cette Cyprina qu'aimaient les petites gens. Ils recevront poignées de riz et sarcasmes pour moitié.

Tout le jour, accueillant félicitations, plaisanteries, bourrades rituelles avec le même calme, il a souri, répondu mot pour mot. Ginevra commençait à respirer plus librement. Enfin, l'heure est venue de conduire les époux à la chambre nuptiale, de laisser deux témoins de chaque clan assister au coucher, puis de se retirer. La mariée, assise droite dans sa chemise de soie contre le dossier du lit, sa longue chevelure noire lissée sur les épaules, attend ce qu'il va faire, assis à côté d'elle, tout aussi droit.

Elle n'est pas rougissante d'émotion, n'ayant pas une nature à se jouer la comédie. Mais elle le trouve beau et, depuis tant d'années qu'elle muselle ses appétits, elle s'estime chanceuse de pouvoir s'accorder l'abandon dans les bras d'un homme attirant. On a beaucoup vanté Tête d'Or, l'amant magnifique. Elle sait qu'on peut aimer d'une façon sans aimer de l'autre, combler les sens sans que batte le cœur. Cette première satisfaction lui suffira, c'est déjà beaucoup pour Ginevra la noiraude, condamnée dès l'enfance par l'impitoyable jugement des nourrices :

« Celle-là, il n'y a guère que Dieu qui voudra l'épouser ! »

Baldassare Colonna se lève du lit et, calmement, reprend les vêtements de noces pliés sur un coffre par les témoins du coucher.

« Que faites-vous ? demande Ginevra.

— Je m'en vais, ma mie, répond-il en se rhabillant. Je vais dormir dans mon lit de garçon.

— Avez-vous le dessein de m'humilier publiquement ? demande-t-elle d'une voix qu'elle retient de trembler.

— C'est vous, Ginevra, qui m'avez humilié

publiquement, contraint de signer un contrat infamant. Sachez que j'avais décidé d'en faire fi, de vous laisser avec vos soixante mille ducats et d'épouser celle que j'aimais. Elle est morte. Peut-être le bruit de nos noces y est-il pour quelque chose. Je ne le saurai jamais et ne pourrai me délivrer d'un remords à ce propos. Tout m'étant égal désormais, j'ai choisi de vous épouser parce que vous payez mes dettes et que c'est ennuyeux d'avoir des dettes. Si vous vous étiez montrée vis-à-vis de moi belle joueuse, j'aurais agi, à mon tour, en mari courtois, sinon passionné. Vous avez décidé de me traiter comme un de vos domestiques, en me comptant chaque *baiocco* de gages. Comme un domestique, je vais donc m'appliquer à vous voler, vous tromper. Tout d'abord, je ne vous toucherai jamais, je le jure. Je ne serai pas votre mari de fait. »

Ginevra demeure interdite un instant, puis recouvre sa combativité.

« Un tel mariage n'a aucune validité.

— Libre à vous de le faire annuler. S'il vous plaît de révéler à toute l'Italie qu'à vingt-sept ans vous êtes encore vierge... Ma virilité, du moins ce qu'on entend bêtement par ce mot, n'étant plus à prouver, on dira que c'est vous qui ne m'inspirez pas. »

Comme elle ne réplique pas, il sourit ironiquement :

« Vous avez trop d'orgueil pour avouer une telle chose, Ginevra. Dès demain, je quitte cette maison et n'habiterai plus avec vous. Je vous laisse en tête-à-tête avec mon père, il n'est pas facile à régenter, mais vous vous entendrez quand il s'agira de compter.

« Sachez encore qu'il n'est de clause d'un contrat, pour imparable qu'elle semble, qu'un valet rusé ne puisse tourner. Il m'est interdit d'entretenir une liaison régulière, mais je peux prendre toutes les passantes que je désire. À dater d'aujourd'hui, Ginevra, il ne s'écoulera pas de nuit que je ne mette dans mon lit la première venue, en le claironnant, bien sûr. La première venue me plaira toujours mieux que vous. Quant à mes dépenses, comme je n'entends pas vous donner le plaisir de les éplucher, je vais me faire condottière pour les payer. Et vous verrez que je peux rester Tête d'Or si je le veux, que ni vous, ni mon père, ni le diable ne m'en empêcherez.

« J'étais peut-être un imbécile insouciant, Ginevra. En ce cas, je vous remercie de m'avoir métamorphosé. Dorénavant, je suis en guerre. Avec notre monde, qui va apprendre à me craindre. Avec Dieu, qui n'avait pas le droit de tuer Camilla Vespucci — je ne me priverai pas de l'insulter. Avec vous, Ginevra Orsini. Une sale guerre où tous les coups sont permis, comme les Français nous l'ont enseignée. Elle vous coûtera du sang et des larmes, je vous jure que vous allez regretter affreusement de m'avoir acquis comme on acquiert un cheval. Adieu. Dormez bien. »

Il sort sans plus la regarder, la laissant atterrée. Elle ne peut pas le haïr, elle comprend trop bien cette méchanceté blessée, elle rugirait de même, à sa place. Mais c'est de son mariage qu'il s'agit, d'elle, de la seule chance qu'elle avait d'échapper à l'enterrement de son vivant. Cruauté. Comme si le sort voulait qu'après tout elle fût ensevelie. Trop laide pour vivre. Baldassare l'a laissée seule dans ce grand lit de noces qui ressemble à une couche funèbre, avec ses draps trop blancs ; des fleurs immobiles pendent en grappes lasses dans un vase, sur la table prévue pour la collation d'après minuit qui restaure les amants épuisés — et qui n'est plus qu'une grotesque nature morte, avec son vin sanglant, ses viandes cadavériques.

Les fleurs en train de faner dégagent un parfum de chambre mortuaire, veillée par la pâle flamme des candélabres. Des pleurs de cire chaude tombent sur la courtepointe. Elle redoutait des noces tragiques. Il lui fait des funérailles. Le diable, quelque part, doit ricaner.

Giorgio Barbarelli avait tenté d'obtenir une audience auprès du *magister viarum*, qui lui avait expliqué que les maisons brûlées n'étaient pas de son ressort. En fait, il semblait que le problème ne concernait pas l'administration municipale mais celle du pape. Toutefois, lorsque le Vénitien fut parvenu à se faire recevoir par la Congrégation pour l'entretien des voies, celle-ci le renvoya vers l'autorité des édiles au Capitole. Un casse-tête dont un huissier du Vatican le tira, lui expliquant qu'il fallait graisser un peu les rouages si l'on voulait que la machine fonctionnât...

« Du diable ! s'exclama Giorgio. Je suis un peintre sans le sou, j'ai ramassé dans la rue une femme et un enfant dont la maison a brûlé. Je veux retrouver la maison pour confier ces deux-là à qui de droit, car la femme a perdu la mémoire...

— Mon ami, votre désir est louable, mais sans un peu d'or, vous ne serez pas reçu et l'on ne se donnera pas la peine de chercher ce renseignement pour vous. Songez aux centaines de solliciteurs qui encombrent les administrations chaque jour. La tâche serait irréalisable sans un critère de sélection. »

Cela ne faisait pas l'affaire de Giorgio, qui avait prolongé son séjour à Rome de deux nuits déjà, deux nuits qu'il avait fallu payer à l'Auberge de l'Ours où il était revenu avec ses protégés. Le lit qu'il avait fait dresser pour eux dans son atelier, on le lui avait compté pour quinze *baiocci*. Ils ne mangeaient guère, ils mangeaient tout de même, cela aussi se payait.

« Je vais aller à l'hôpital, disait la jeune femme. Ma famille, mes amis doivent me chercher, ils me trouveront forcément. »

Elle avait recouvré sa lucidité après quelques efforts, quelques questions de Giorgio. Ce qui lui manquait, c'était la mémoire. Elle ne savait plus rien, son nom, sa vie passée, son adresse, pas même ce qui était arrivé, l'incendie, l'errance dans la nuit guidée par le petit. « Plus rien » n'était pas l'expression juste, d'ailleurs. Curieusement, elle gardait comme des pans de mur intacts. Elle écrivait le latin, pouvait réciter entiers certains poèmes de Pétrarque — mais pas se souvenir en quelles circonstances elle les avait appris. Elle connaissait le nom de toutes les voiles, de toutes les pièces constitutives d'une caravelle — science également inexplicable. C'était en quelque sorte la mémoire du cœur qu'elle avait perdue. Tout ce qui était connaissance pure lui restait.

Cette culture dénotait, en tout cas, une condition sociale élevée et laissait espérer, en effet, qu'on la rechercherait. On ne « perd » pas une dame de qualité comme une servante. L'enfant pouvait seulement dire que son père était en France et citer Gennaro. Mais il était très jeune. Sa mère possédait sûrement tout un réseau de relations humaines qu'il ignorait, même si elle semblait ne pas avoir de mari. On devait la chercher dans Rome, nécessairement.

« Je vous assure que je ne resterai pas deux

jours à l'hôpital; quelqu'un viendra me réclamer, je ne peux pas continuer de vous être à charge ainsi.»

Toutefois, si ces recherches furent entreprises, elles n'eurent pas le temps d'aboutir. La Congrégation de la Sainte Inquisition envoya, un matin, à l'Auberge de l'Ours, un enquêteur se renseigner sur la femme folle qui prétendait avoir survécu au feu... Giorgio prit peur, un procès pour sorcellerie était si vite monté, si vite jugé! Il crut prudent de quitter la ville. À Venise, l'Église était un peu moins présente et soupçonneuse. Il ne pouvait être question de laisser interroger par ces obsédés de Satan la madone sans mémoire, ils ne feraient d'elle qu'une bouchée. Giorgio la persuada de le suivre avec l'enfant. Ils s'étaient aperçus qu'elle était enceinte à certains indices, des nausées, son costume qui la serrait à la taille, indiquant qu'elle avait légèrement épaissi. Elle ne se souvenait pas de cela plus que du reste, c'était une déduction qu'ils avaient faite en confrontant leurs observations. Mais elle semblait encore loin d'accoucher, voyager n'était pas un problème. Giorgio céda une peinture au gérant de l'auberge pour payer les jours de surcroît et, le 28 octobre, s'embarqua, chargé de famille, sur un bateau ragusain, à Ripetta. Depuis lors, en attendant de se rappeler qui elle est, Camilla (puisque l'enfant dit que tel est son nom) vit à Venise dans la maison de Giorgio.

Il n'est que l'élève d'un grand maître. S'installer à son propre compte supposerait qu'il obtînt des commandes. On ne le connaît pas encore assez. Pour l'heure, il habite un logement très modeste de la Giudecca, en plein ghetto juif — c'est d'ailleurs un Juif qui le lui loue. La construction n'est pas, comme chez les Bellini, conçue pour permettre de travailler au jour même lorsqu'il pleut. Giorgio est tributaire du temps. S'il fait assez beau, il peint dans la petite cour intérieure, avec son puits et son acacia au tronc paillé. S'il fait frais, il se retranche dans la chambre des combles transformée en atelier — qui est froide car elle n'a pas de cheminée, sans être claire, car elle n'a pas de verrière.

Il a un peu honte de n'offrir que cela, pas même une servante, à Camilla. Il donne le linge à une lavandière, commande les repas tous prêts à la boutique casher du coin de la rue. Mais Camilla se croit tout de même obligée de tenir les trois pièces dans un ordre parfait, de remonter l'eau du puits, de s'affairer à des besognes de femme pénibles, d'autant plus dans son état. Il comprend qu'elle se sent en dette envers lui, qu'elle veut lui peser et lui coûter le moins possible. Les prières pour qu'elle se repose restent lettre morte.

Il a finalement trouvé un marché : elle lui servira de modèle pour des peintures qu'il essaiera de vendre. Grâce à cela, il gagnera de l'argent et pourra dès lors engager une servante. Elle a consenti. Durant les séances de pose, ils parlent, cherchent les déclics qui pourraient éveiller la mémoire engourdie. Du moins... Giorgio cherchait sincèrement, au début. Le peu d'éléments glanés, grâce à l'enfant, grâce aux indices indirects de ses réactions, lui donne à penser qu'elle était la maîtresse d'un gentilhomme, non sa femme. Et que le gentilhomme l'avait abandonnée, la laissant dans la plus grande gêne, puisque une vente aux enchères la menaçait.

S'il supposait un malheureux éperdu poursuivant à travers l'Italie son fils et sa femme enceinte, il aiderait Camilla dans ses efforts mnémoniques. Mais un personnage qui l'a quittée n'est pas un amour digne d'elle. Se souvenir signifierait probablement ranimer des blessures. Comme s'ils le pressentaient, ils s'acharnent de moins en moins à reconstituer l'histoire passée. Ils en construisent insensiblement une autre. Leurs goûts, leurs émotions les rapprochent. Ils parlent de Platon. Giorgio, s'il ne peint pas, joue du luth tandis qu'elle fredonne. L'emmène chez des amis qui ne doivent pas être très différents de ceux qu'elle fréquentait à Rome, dans son autre vie.

Aujourd'hui, elle se prête à une Diane chasseresse, un thème profane qu'il aborde à l'insu de son pieux maître. Camilla s'approche de l'étude préparatoire, l'examine attentivement :

« Qui donc a posé pour cela ?

— Un modèle, il y a longtemps. Je n'étais pas satisfait, je n'avais pas trouvé Diane. À présent, je suis sûr que c'est vous.

— Mais elle a posé nue.

— Je ne vous le demande pas. »

Il n'oserait pas. Ses modèles habituels sont des filles pauvres qui font cela par nécessité, mais qui le font régulièrement, de sorte que la situation perd son équivoque.

« Est-ce parce que je suis enceinte ? »

Il rougit. Non, ce n'est pas visible au point de la rendre invraisemblable en Diane. Simplement, il n'est pas encore fréquent de peindre nus les corps féminins, pas encore admis d'en exalter la beauté. Or ce sera son propos. Il a plié son thème à l'identité de Camilla. Diane dégrafant son pourpoint rouge de garçon, en surgissant révélée, féminissime. Rapport amoureux avec le spectateur, avec l'artiste surtout. Elle sourit tandis qu'il s'empêtre dans la phrase, on dirait qu'elle l'entend penser.

« Vous allez donc peindre mon visage et prendre un autre modèle pour le corps. Ne serez-vous pas gêné de la discordance? Nos corps et nos visages sont faits pour aller ensemble. D'ailleurs, ajoute-t-elle, voyant qu'il ne répond pas, puisque ce sera mon visage, on pensera que c'est aussi mon corps. Or, vous ne trouverez pas de modèle qui me ressemble. J'aurai l'air... contrefaite, ce qui est désobligeant. »

Il soupire :

« Alors, renonçons-y, c'est égal. »

Mais sans attendre, avec des gestes aussi simples que si elle les répétait chaque jour, elle commence à se dévêtir. Le déshabiller d'une reine, en vérité. Il fait gris, c'est à la lueur des lampes qu'elle se révèle, d'or fauve et de nacre, intolérablement belle — comment la peindre, comment l'égaler? Elle s'installe dans la position qu'indiquait l'esquisse, exactement. Il faut tout de même l'approcher pour ordonner les étoffes, sculpter leurs plis, calculer leurs reflets. Quand il doit obtenir une correction de l'attitude, il la demande en paroles, impossible de la toucher. Il se pose derrière son chevalet, son bras se tend pour ébaucher le premier trait sur le panneau de bois paré de son seul enduit. Sa main tremble et elle le voit. N'étant ni sotte, ni méchante, elle ne les a pas enfermés par hasard dans cette situation. Elle choisit de briser l'irrespirable silence, avec cette franchise qu'il admire chez elle — une pensée qui suit son élan, sans jamais s'effrayer de rien formuler.

« Depuis que je vis chez vous, Giorgio, vous avez peur. Peur que je me souvienne.

— Oui.

— Pour l'instant, je n'existe que par vous, une figure de vos tableaux. Si je me rappelle, cette figure s'effacera. Je m'en irai, parce que j'aurai des devoirs ailleurs.

— Ou plus simplement, des amours, des désirs ailleurs.

— C'est la crainte qui vous retient de m'aimer ? »

Il sourit, dessine un orbe dans l'espace avec la craie.

« Peut-on se retenir d'aimer ?

— En tout cas de le dire, de le montrer. Moi, Giorgio, je n'ai pas peur. Demain sera ce qu'il sera. Aujourd'hui, celle que je suis aime cet endroit, l'odeur du vernis, la ville autour de nous, dorée, paisible. Et vous. Tant pis pour l'autre Camilla. Tant pis si je dois apprendre sur elle des infamies. »

Il jette la craie, secoue la tête.

« Les souvenirs absents ne vous ont pas changée dans votre nature. Vous ne vous trouverez pas différente de ce que vous êtes. Mais vous découvrirez que vous appartenez à quelqu'un. Le père de vos enfants.

— Il m'avait abandonnée. Cela se devine. Quelle autre explication ?

— Si j'en étais sûr...

— Eh bien ? »

Il la garderait. Il l'aime, évidemment. Comme un peintre peut aimer la femme de ses visions s'il la rencontre incarnée. Mais il a peur, en vérité, il a toujours eu peur de l'autre homme, de l'amour pour l'autre homme qui reviendrait avec la mémoire. Si Camilla est abandonnée, si personne ne peut la réclamer, alors il n'aura plus de remords à la détourner du passé, à l'enfermer dans leur bulle de présent suspendu. Il osera même la toucher. Tout le monde la prend pour sa femme. L'enfant qu'elle attend, il ne peut s'empêcher d'y penser comme au sien. Vivre avec elle, cela va de soi. La peindre, la rendre immortelle.

« Tu ne peux pas en être sûr, Giorgio. »

Le tutoiement le fait tressaillir.

« Il faut accepter le risque que dans une autre vie, j'aime quelqu'un qui ne sera pas toi. Mais peut-être que j'ai cessé de l'aimer. Peut-être est-ce pour cela que je ne me souviens pas. Peut-être ne me souviendrai-je jamais. En attendant...

— En attendant ?

— La nature me dit que je suis une femme mais je ne me rappelle pas avoir jamais fait l'amour. Tu viens le premier. Je serai peut-être à toi deux jours ou dix ans, je l'ignore. Mais à cette heure, je suis à toi, si tu me veux. »

S'il la veut, grands dieux !

Il n'a pas commencé la Diane ce jour-là. Il l'a conduite jusqu'à l'ombre des courtines et, tandis que la pluie douceâtre achève au-dehors d'étouffer le jour, il lui découvre les premiers gestes de l'amour, la première fièvre et le premier plaisir.

Chapitre 15

FÉVRIER 1499

En noir, Ginevra ressemble à une sorcière. Mais ce constat devant le miroir l'indiffère. Ce qui l'oblige à se déguiser de la sorte mériterait même qu'elle dansât de joie ! Onofrio, le vieux baron son beau-père, a commandé pour l'ouverture du carnaval, il y a trois jours 22 février, une platée de crêtes de coq et de rognons en sauce dont il s'est empiffré à crever — en une nuit, à peine le temps de lui administrer les sacrements, ouf, la peste soit de son âme !

De son vivant, il lui gâchait si bien l'existence que c'est elle, sans doute, qui aurait succombé sans cet accident. Le bonhomme était solide, il aurait vécu quatre-vingts ans en se montrant moins goinfre. Seigneur ! Lorsqu'elle le voyait rentrer gaillard de huit heures de chasse, le découragement la rendait folle. Simple bru, elle devait se soumettre à l'autorité du *pater familias*. Se rendre à la messe quand lui le voulait, en l'église qu'il choisissait. Lui demander conseil pour ses lectures — il jetait par la fenêtre les livres qui lui déplaisaient. Onofrio n'aurait pas souffert qu'un seul membre du lignage vivant sous son toit s'absentât, par exemple, au repas du soir fixé rituellement à sept heures. Pas question de donner une fête au palais sans son consentement et il fallait alors lui présenter la liste des invités, le menu, le budget.

Aujourd'hui, on l'enterre. Baldassare devient le nouveau chef de lignée. Ginevra, sa femme, régnera seule au palais Colonna sans plus de comptes à rendre. Son rôle exige qu'elle régisse cette vitrine du clan. Rome attend déjà les fêtes qu'elle va donner, pour les comparer à celles qui rendirent célèbre Pia Tomolei, la mère de Baldassare. Ce n'est pas lui qui l'entravera — du moins leur mariage présente-t-il cet avantage. Les funérailles de son père seront l'occasion de la seconde rencontre de leur vie conjugale. Depuis quatre mois, Baldassare, qui est entré au service des Aragon de Naples, a recruté pour eux dans les Abruzzes ou en Ligurie, s'accordant au passage, grâce aux bénéfices de sa *condotta*, des chasses, des fêtes, des villégiatures chez tel ou tel de ses amis. Quand par hasard il vient à Rome, il s'invite chez Agostino Chigi — ce qui faisait, jusqu'au 22 février dernier, fulminer Onofrio.

Ginevra, par sa discrétion et son habileté, a su maintenir l'illusion qu'ils se rencontraient tout de même de temps en temps, s'écrivaient, entretenaient des relations cordiales. Ses espions la renseignent si bien qu'elle a toujours l'air de savoir parfaitement ce que fait son époux, d'en être d'accord avec lui ou de ne pas s'en soucier si c'est répréhensible. Mais cette fiction construite carte sur carte, un courant d'air la renverserait. Il suffirait, par exemple, que Baldassare veuille la démentir. Dieu merci, comme il n'est jamais à Rome et que lui ne se soucie pas d'espionner sa femme, il ne sait rien des légendes qu'elle élabore. Elle a fort à faire pour les préserver.

Dès le lendemain des noces, quand il eut quitté le palais Colonna, Tête d'Or, ainsi qu'il l'avait promis, tourna la clause de son contrat sans que Ginevra pût y redire. Les femmes qu'il séduit, Baldassare ne leur accorde jamais de devenir « liaisons régulières » ni ne les « entretient ». Il donne donc la publicité la plus éclatante à ses nuits. Les pères et les époux ont appris à le redouter dans toute la péninsule, plus encore qu'au temps de ses frasques adolescentes. Il attache à son dessein de conquête un acharnement impie, se plaisant à tourner en dérision les sentiments nobles, les valeurs sacrées.

Il s'était débauché pour braver l'opinion de sa caste et par goût de l'exploit. S'amusait de cocufier un barbon sous son nez, de voler le mieux protégé des avares, d'entraîner une prude dans un bordel où s'avouer bacchante. À présent, c'est à Dieu qu'il en veut. S'il enlève une nonne au matin de ses vœux, une fiancée à la veille de ses noces, c'est moins par désir du scandale ou griserie du danger que pour le plaisir de pervertir leurs âmes.

Qu'importe. Ginevra va prendre sa revanche sur les sourires entendus, faire du palais Colonna le centre de Rome. Cela vaut bien une messe de funérailles célébrée par le cardinal de la famille, deux heures durant, dans la glaciale église de Santa Maria in Popolo. Cela vaut bien de s'habiller en noir un jour de carnaval.

C'est arrivé d'un coup, une douleur comme un estoc de lance au travers du ventre, puis elle l'a senti se décrocher. Elle se tenait dans la salle, seule avec Ottavio, la servante était partie au marché. Elle a pu faire trois pas, pliée en deux, appeler Giorgio qui peignait dans l'atelier, à côté.

Puis, tout est devenu noir tourbillon.

Les battements d'ailes rouges d'un feu, dans la cheminée, l'éveillent. Un visage de femme inconnu se penche. Camilla se redresse sur un coude. Où est-elle, elle n'identifie aucun objet. Une silhouette sort de l'ombre, un jeune homme en vert, elle pense qu'il est vénitien. Les Vénitiens ont souvent cette grâce, ces yeux châtains entre des cils très sombres, ces mains fines. Il sourit, elle ne le connaît pas cependant, comme tout est confus ! Une douleur traverse sa mémoire, Baldassare, puis elle se rappelle : on est le 2 novembre.

« Le Jour des Morts. Il ne devait pas vivre... Était-ce un garçon ou une fille ?

— Un garçon, dit la femme. La sage-femme, bien sûr. "Mais il est bien vivant et affamé ! Il pèse dix livres[1] !"

— Ce n'est pas possible, pas avec quatre mois d'avance. »

La femme fronce les sourcils.

« Vous avez dû vous tromper dans vos lunes, votre garçon m'a l'air normalement fini. »

Le Vénitien s'approche, elle aime son sourire. Il fixe sur elle un regard intense, une brûlure.

« Camilla, c'est le 25 février 1499, non le 2 novembre. Ne te souviens-tu pas ? »

Sans qu'elle comprenne pourquoi, cette question la meurtrit, une supplication, un appel, elle n'y peut répondre.

« Qui êtes-vous ? »

Comme si elle le poignardait : le sang quitte le visage inconnu jusqu'à ce que se perde le dessin des lèvres, les mains se crispent. Elle retrouve un instant l'exacte sensation qui précéda son

1. V. note p. 12.

évanouissement, la seule dont elle se souvienne, le puits sans fond qui tournoyait. Dans son esprit, c'est le même abîme. Puis un éclair de lumière, un orage d'été. La douleur foudroie. Elle crie, elle se souvient. D'elle, de lui, de Venise. Mais aussi de la petite fille vendue, des quatre cavaliers, du naufrage des navires, de la maison brûlée... De tout. Elle ouvre la bouche, suffoque sous le déferlement. Camilla Vespucci.

« Giorgio, c'est revenu. Je me rappelle... Je sais qui j'étais... »

Elle pleure sans s'en apercevoir, attentive à suivre, ordonner en mots le flux des souvenirs. Entre les sanglots, elle jette des phrases précipitées, haletantes. Elle s'est accrochée à lui des deux mains, qui s'est assis à son chevet, au bord du lit. Elle parle, replace les pièces une à une sur l'échiquier — reconstituer l'histoire de cette femme, Camilla Vespucci. Pourtant chaque souvenir ainsi reconquis pèse, chaque mot proféré l'englue, l'amenuise.

Elle a oublié l'enfant. La sage-femme l'amène pour qu'elle le nourrisse, elle prend entre ses bras la petite vie fragile, la petite âme lisse et vierge comme la sienne le fut quatre mois durant, sans mémoire, sans identité, sans douleur. Le regardant, elle redouble de larmes. Pourquoi faut-il qu'elle se souvienne ? Giorgio ne dit rien, elle n'ose pas le regarder. Enfin, il demande :

« Tu aimes cet homme, le père de ton enfant ? »

Oui. Mais sans bonheur, sans espoir ; parce qu'elle ne peut se déprendre de lui. Elle aime autrement, avec autant de nécessité, l'innocence de ces quatre mois vénitiens. La naufragée sans blessures ni cicatrices qu'elle fut. Giorgio.

Tous les portraits d'elle, dans l'atelier, sont

autant de repères, d'amarres, qui perpétuent l'autre Camilla, l'amnésique. Et puis l'univers qu'il crée par la force de son talent la fascine. Jamais une œuvre ne l'a touchée si juste, au nœud du corps et de l'âme. Cela, entre eux, est un langage, un partage. Enfin Venise, qu'il lui a offerte, lui ressemble. Baldassare est une plaie qui l'élance et ne se refermera pas, une brûlure, une soif. Giorgio, comme sa ville, c'est de la lumière, de l'eau, la paix. Elle ne veut pas repartir. Elle se sent parvenue à destination.

La décision de rompre avec Rome, avec la Cyprina, elle l'avait prise cette nuit-là, quand la maison flamba. Le fourgon était prêt pour une fuite de voleuse. Le feu purificateur, la mémoire effacée furent peut-être symboliques : elle avait décidé, en effet, de « tout brûler ».

Au début, dans la douleur de la déchirure, tandis que Baldassare se préparait pour ses noces, le premier mouvement de Camilla fut de rester à Rome, de respirer l'air qu'il respirerait. Elle voulait s'enorgueillir de sa solitude, demeurer libre, prouver à Baldassare qu'il s'était trompé sur elle. C'était la raison qui la retenait — l'espoir secret de lui donner mauvaise conscience. Il eût été probablement soulagé de la savoir entretenue par Agostino Chigi, quitte à supporter l'embarras de la rencontrer chez son ami quand il y venait.

Elle crut pouvoir se tenir ainsi, Némésis, figure de femme abandonnée, enceinte et ruinée, par l'homme qu'elle avait sauvé de la mort puis de la prison. Mais il y avait dans ce rôle quelque chose d'étranger à sa nature, une passivité, une volupté du malheur qui la rebutèrent. Camilla n'est pas de la race des victimes édifiantes. Pour édifier qui, d'ailleurs ? Elle ne s'aveuglait pas sur celui qu'elle avait aimé. Peut-être la vision d'un gros ventre et de vêtements rapiécés, croisés sur son chemin de brillant seigneur, l'aurait-elle ému de remords la première fois. Mais Tête d'Or n'est pas tel qu'en lui le remords puisse provoquer des métamorphoses. À la troisième rencontre, il l'aurait trouvée laide; elle l'aurait perdu plus définitivement encore qu'en devenant la maîtresse d'Agostino ou d'un autre; elle aurait détruit jusqu'à son regret d'elle, jusqu'aux souvenirs parfois lancinants qu'il doit garder de leur histoire.

Lorsqu'elle comprit cela, elle choisit de partir. La première ville accueillante sur la route leur donnerait asile, à Gennaro — le fidèle ami qui les escortait —, elle et l'enfant. Ce pourrait être Venise. Gennaro, il suffit de lui écrire à présent, peut-être acceptera-t-il de s'installer à Venise. C'est le seul que Camilla désire informer de sa «résurrection». Cesare... Il est le père d'Ottavio, certes, mais il est parti se marier à Blois, se soucie-t-il encore du bâtard qu'il avait promis de reconnaître et n'a pas reconnu? Cesare va vers son destin, point n'est besoin de l'entraver d'un passé.

Ce pourrait être Venise, cette ville flottante où le carnaval dure six mois... Il faut que Giorgio désire la garder. Désire garder la Camilla qui fut courtisane, qui a deux fils sans père et avoue continuer d'aimer l'homme qui l'a trahie, même si cet amour ne cherchera plus jamais d'assouvissement. Ce qui pousse Camilla, soûle de mots, à tout dire, c'est l'espoir que Giorgio veuille la garder *quand même.*

«Je n'ai pas grand-chose à t'offrir, pourtant. Bien moins que l'autre Camilla.»

Il la regarde gravement, oui, décidément, elle aime son sourire.

«Je n'ai pas choisi de te croiser, mais à

présent tu es ma vie. Je ne te demanderai jamais compte de tes pensées ni de tes actes, je ne te prendrai pas ta liberté. Seulement quelquefois de ton temps, parce que l'art des peintres est chose lente, que la vie est brève et que je suis né pour laisser d'urgence cette empreinte-là, ce qui émane de toi.»

Elle se laisse aller contre le dossier du lit, l'enfant qui boit pèse sur son bras. Il pose la main sur la joue de Camilla, descend le long de la gorge jusqu'à la tête du nouveau-né.

«Je te peindrai. Tu es Vénus endormie, cela, il y a déjà des mois que j'y songe[1]. À présent, j'ai une autre vision, plus impérieuse. Toi, le petit enfant. Au-dessus de vous, des feuillages suspendus. Le ciel frémit d'attente, on sent peser la prémonition du sirocco. Un éclair unique déchire alors les nuages. La tempête. Non, l'instant précédant la tempête. Moi aussi je me tiens dans ce paysage. Une sorte de guetteur fidèle, mais je suis loin, un fossé me sépare de ton île, tu es une île et je te regarde...»

Baldassare est là par défi. Parce qu'il y a six jours on enterrait son père à Rome et que le clan s'est plongé dans l'affliction. Le nouveau baron Colonna n'entend pas laisser passer carnaval. Pour le célébrer de la manière la plus éclatante, il cède à l'invitation des Corner de Venise, qui fêtent en même temps leur palais sur le Grand Canal, bien que la construction n'en soit pas achevée.

Le scandale de ses liaisons n'est plus assez scandaleux. Se moquer du deuil de son père,

1. *La Vénus endormie* de Giorgione est au musée de Dresde. L'autre tableau évoqué, *La Tempête,* est à l'Académie de Venise.

cela, peut-être, possède encore un pouvoir subversif. Étrange fièvre. Érostrate. Détruire, faire voler en éclats le monde des apparences, des lois hypocrites qui tuèrent Camilla. Elle s'était retranchée dans un hautain silence, ne répondait pas à ses lettres, refusait de le recevoir. Et puis cette mort atroce d'hérétique, d'insurgée. Rien ne lui reste d'elle, pas même un portrait.

Baldassare en veut à l'univers entier de ce blasphème, qui ne sera jamais payé. Bianca Corner, son hôtesse, qu'on dit vertueuse, il va la damner comme les autres. Mais quoi encore? Quel crime, quelle insulte pourraient blesser irréparablement Dieu, le punir d'une Création où Camilla ne marche plus, ne respire plus? La lassitude, parfois, l'étourdit. Sa rage a si peu de pouvoir! Le monde continue d'aller son chemin d'or et de sang, d'ambitions et de haines. Baldassare n'a pas assez de constance, peut-être, pour faire un démon véritable. Il ne parvient pas à s'acharner sur ses victimes, passe de l'une à l'autre... Alors, elles en réchappent. Sa femme Ginevra, par exemple, qui n'est pas sa femme. Il s'est fatigué de se venger d'elle, or il pourrait la torturer aisément, ruiner d'un mot son effort patient pour avérer leur pseudo-mariage et régner dans Rome à l'égal de sa mère.

Pia Tolomei manque à Baldassare, l'unique dont la lumière l'aurait peut-être réchauffé.

Son entrée chez les Corner lève un sillage de murmures. Non seulement il vient danser à cette fête, mais il s'habille de l'or le plus voyant, déguisé en Phébus, pour que nul n'ignore sa provocation. Ses hôtes sont un peu froids, ils avaient lancé l'invitation le mois dernier, avant le décès du baron Onofrio; ils ne croyaient pas que Baldassare y répondrait. Les devoirs de l'hospitalité les obligent de l'accueillir mais la bienséance leur commande de respecter le mort, qui leur était connu. Dilemme qui les désempare, Baldassare s'amuse de constater leur flottement.

Toutes les belles, discrètement, laissent filtrer des éclairs de curiosité sous la protection de leurs masques, il n'en est pas une qu'effraie sa réputation de cynisme au contraire. Ce qui permet à Baldassare de renouveler sans cesse le scandale, c'est la vanité des grandes dames. Chacune, sans exception, se persuade qu'elle parviendra, au rebours des autres, à l'attacher durablement. De sorte que plus son tableau de chasse s'allonge, plus la victoire envisagée sur lui prend de valeur.

Corner s'enorgueillit de faire visiter le palais au mécène éclairé qu'est Baldassare, une merveille, en effet — du moins ce qui en existe déjà, car les travaux ne sont pas achevés.

« Je voudrais faire peindre à fresques tout un appartement, j'ai découvert un jeune artiste exceptionnel. D'ailleurs, tenez, il y a dans mon studio une de ses petites peintures à l'huile qui vous intéressera sûrement, vous qui aimez découvrir des inconnus...

Il introduit Baldassare dans son bureau, une pièce immense, où les lutrins de ses clercs se dressent comme des épouvantails, approche son chandelier d'une composition sur bois rectangulaire.

« *La Femme en brocart rouge.* »

Baldassare s'est arrêté, pétrifié, devant le tableau. Après un long silence, il demande d'une voix blême :

« D'où tenez-vous cette œuvre ?

— Barbarelli est un élève de Giambellino. Il signe ses tableaux Giorgione et je crois qu'il deviendra célèbre. N'est-ce pas merveilleux ?

— Merveilleux.
— Ai-je raison, à votre avis, de lui confier la réalisation de mes fresques ?»
Baldassare ne répond pas.
« Me vendriez-vous ce tableau ?
— Mon cher, je viens de l'acquérir et je trouve cette femme ravissante, elle m'aide à travailler chaque fois que je la contemple.
— Je vous en offre cinq mille ducats. »
Corner sursaute, le dévisage, puis sourit.
« Elle n'est pas à vendre, je vous l'assure. »

« Tu es fatiguée de la pose ?
— Non, pas encore. »
Mais elle ne le dirait pas. Giorgio lâche la brosse et la palette.
« C'est assez pour aujourd'hui, repose-toi. »
Camilla se redresse parmi les oreillers, enfile la chamarre de velours qui gisait à ses pieds. Il la voit frissonner.
« Tu as froid. »
Il vient vers le lit en deux enjambées, prend ses mains entre les siennes.
« Je suis lasse de l'immobilité, c'est cela qui m'engourdit. Je pourrais bien me lever. Dans mon enfance, à la campagne, les accouchées travaillaient aux champs après trois jours.
— Et en mouraient. Ménage-toi donc. D'ailleurs, j'ai besoin de te peindre allongée. »
Il faut s'ingénier à la garder au lit, depuis une semaine. Elle ne veut pas se soucier du sang qu'elle a perdu. Giorgione a engagé une nourrice pour l'enfant aux cheveux blonds, presque blancs, de petites plumes, et une servante pour les travaux domestiques ; il s'est inventé l'urgence de repentirs sur *La Vénus endormie* ; a prévenu leur étroit entourage, les amis de l'ate-

lier Bellini, le groupe de poètes que dirige Pietro Bembo, d'ajourner les visites de rigueur à la jeune mère. Heureusement, Gennaro, ce Gennaro qu'il ne connaissait pas mais qui semble avoir été toujours le recours de Camilla, est arrivé hier de Rome. Giorgio, tout de suite, a constaté sa compétence. Et lui, Dieu merci, Camilla l'écoute.

Le problème du peintre, à présent, sera de trouver l'argent pour payer la sage-femme, la nourrice, la servante et les remèdes... Ladite servante, une robuste femme de pêcheur de Torcello, aux bras brunis, entre à l'instant dans la pièce. Elle n'a pas la moindre idée qu'une chambre puisse supposer du calme, de l'intimité. Sans malice, elle surgit en boulet de canon sans jamais s'annoncer.

« Monsieur, il y a là le seigneur Corner, il veut vous voir tout de suite. Il dit que c'est important.

— Reçois-le, Giorgio, l'invite Camilla. Je te promets que je vais dormir. Gennaro viendra-t-il ce matin ?

— Sans faute. Je regrette de n'avoir pu le loger ici, mais j'ai trouvé une confortable auberge à deux pas.

— C'est toi qui la paie ? »

Il rougit.

« Giorgio, tu es fou. Comment régleras-tu toutes les dettes dont je suis cause ?

— En vendant tes portraits, si tu veux bien te reposer pour redevenir belle.

— Je ne suis plus belle ?

— Non, très laide », sourit-il.

Sans attendre la réplique, il quitte la chambre, en repousse la porte et va souhaiter la bienvenue au « seigneur » Corner — comme dit la servante —, qui se tient dans la salle près du feu. Le marchand s'avance pour l'embrasser avec transport et se met à parler sans plus respirer :

« Mon cher Barbarelli, je me permets de venir aux aurores parce que je vous porte d'excellentes nouvelles : d'abord, je vous commande les fresques de mon palais et voici mille ducats d'acompte... »

Il joint le geste — ample et sonore, bourse lancée sur la table — à la parole.

« ... Ensuite, poursuit-il, Bianca, ma femme, veut son portrait en allégorie antique — je n'ai pas pu la convaincre qu'il n'y avait guère de déesses habillées décemment, vous verrez cela, elle vous écoutera mieux — les dames Barbaro et Contarini veulent elles aussi que vous les figuriez en Dianes ou en Psychés — hier soir, il y avait chez moi un seigneur romain, un des amateurs d'art les plus enragés d'Italie, auquel j'ai montré votre *Femme en brocart rouge* — il en est tombé fol amoureux, j'ai dû la lui vendre — dix mille ducats — votre fortune est faite, mon ami, tout Venise était chez moi hier — c'est un amateur très éclairé, on sait qu'il ne se trompe guère — votre atelier ne va plus désemplir aujourd'hui, vous verrez — votre épouse est accouchée, m'a dit la servante, je l'ignorais, pardon — présentez-lui mes vœux — et, au fait... »

Il se penche en avant, baisse le ton, toujours sans reprendre souffle. Giorgione en suffoque pour lui.

« ... Si jamais mon ami venait vous voir — cela se pourrait, il voulait savoir le nom du modèle — je ne lui ai pas dit que c'était votre femme, car je vous préviens en toute amitié — mieux vaut ne pas le laisser l'approcher — sans offense pour elle — Baldassare Colonna est un séducteur invétéré... »

Par la porte entrebâillée de la chambre, Giorgione entend fuser un léger cri.

«... Venez demain, les fresques attendront, mais Bianca veut son portrait tout de suite — à présent, je vous laisse, j'ai à faire — mes amitiés à votre femme — c'est un garçon, je crois — comment l'appelez-vous ? »

Il est déjà sorti quand Giorgio, abasourdi, parvient à prononcer :

« Gabriele. »

Lorsqu'il pousse à nouveau la porte de la chambre, il constate à la pâleur de Camilla, recrue parmi les oreillers, qu'elle n'a pas perdu un mot du monologue haletant. Sa voix sonne calme, mate :

« Tu cacheras tous les portraits de moi qui sont ici. Ottavio... Que Gennaro le garde à son auberge et ne se montre pas, lui non plus. Je m'enfermerai, on ne s'en étonnera pas, on sait que ta femme n'est pas relevée de couches. Tu prétendras que tu as peint la Diane en rouge pour Cesare Borgia, à Rome, il y a deux ans. Que tu n'as jamais revu Camilla Vespucci et ne sais rien d'elle depuis lors. »

Giorgio soupire. Demande, héroïque :

« N'avoueras-tu pas, au moins, que tu as survécu ? Et Gabriele ? C'est son fils, après tout. »

Les yeux marins se vitrifient, deux obsidiennes.

« Dix mille ducats ! Mon image, je ne peux la lui reprendre. Mais c'est tout ce qu'il conservera de moi. Pour lui, je suis morte, je veux être morte, entends-tu ? Ne me trahis pas, Giorgio. Jure-le. »

Les cloches de San Marco sonnent pour la messe des Cendres. Sous la pâle lumière qui tombe d'aplomb dans l'atelier, Giorgio sent sa nuque raidir. En un mois, sa fortune a basculé, Venise s'arrache le nouveau jeune prodige. Soulagé d'offrir à Camilla le cadre qui lui sied, il a loué une maison plus vaste, plus belle, l'ancien atelier de Carpaccio, avec l'avance reçue de Corner pour les fresques. Mais la verrière protège mal du froid et Pâques est frileuse cette année. À rester assis au chevalet, il s'enkylose.

Camilla s'est rendue à l'office avec Ottavio. Cette inquiétude aussi le glace. Si Baldassare Colonna revenait à Venise? Si quelqu'un d'autre, un Romain de passage, identifiait la Cyprina? Giorgio ne songe pas à entraver sa liberté de la moindre manière, elle sera donc reconnue tôt ou tard. Le mois dernier, il cacha les portraits d'elle et répéta le mensonge qu'elle désirait à Baldassare Colonna. Tandis qu'il lui parlait, il examinait avidement le beau visage. Tête d'Or. Autour de son nom bruissait une rumeur de scandale, de débauche, presque de diabolisme — on disait que seule sa haute naissance lui épargnait les foudres de l'Inquisition. L'homme que Camilla ne voulait pas revoir l'avait trahie, abandonnée. Pourtant, celui qui questionnait dans l'atelier soudain dénudé ressemblait... à Giorgio. Un fou de la même déesse. Malheureux de la croire morte, perdue. Impie par désespoir.

Le peintre a compris que seul un malentendu pouvait avoir séparé les deux amants. Si Camilla, ce jour-là, avait écouté Baldassare, elle aurait oublié l'amertume, les blessures, et l'aurait suivi. Mais elle s'enfermait avec l'enfant — l'enfant de l'homme qui poursuivait un fantôme. Baldassare Colonna, apparemment convaincu par le mensonge, est reparti, la précieuse peinture sous le bras, sans rencontrer Camilla qui reposait à quelques pas de lui.

À présent, Giorgio ne cesse plus d'y songer, ne se considère plus qu'en sursis. Elle et lui se retrouveront. Ici, à Venise, au détour d'une calle, ou ailleurs. Tête d'Or continue peut-être de chercher sa Diane dans la ville même. Alors, Giorgio peint. Frénétique. Pour garder au moins la chair impalpable des tableaux, le sang des couleurs. Il oublie le manger, le dormir, il peint comme s'il devait mourir demain. Elle n'est plus à lui pour très longtemps.

« Tu sais, disait-elle quelques jours auparavant, même si ta fortune semble faite, je n'aime pas dépendre de toi. »

Bien sûr. Elle ne se l'avoue peut-être pas encore, mais au bout de ce chemin-là, il y a Rome, la reconquête d'un cénacle, l'affrontement avec son passé, la revanche d'une princesse qu'on fit putain malgré soi. La Cyprina ne peut pas se contenter d'être heureuse, elle a des comptes à régler. Peut-être croyait-elle les oublier. Baldassare Colonna, passant par Venise, réhabilita la créance sans s'en douter. Par son pouvoir de gentilhomme, il fit en une nuit un peintre célèbre dont il acheta la compagne dix mille ducats. Elle ne pouvait ressentir cette manière de l'acquérir en effigie que comme une provocation. Il pulvérisa le refuge qu'elle voulait se construire — et le rêve de Giorgione. Il ne le sait pas, mais il l'a déjà reconquise. Fût-ce pour qu'elle le détruise et l'emmène en Enfer. Camilla s'écartèle entre l'envie de paix, glisser sur les canaux de Venise, poser pour Giorgione, et l'envie de guerre, mettre Rome à genoux devant elle, Rome et Tête d'Or. Il n'est pas difficile de deviner ce qui l'emportera.

« Camilla, a-t-il demandé hier, si tu me quittais... »

Elle s'est avancée vers lui, prenant entre ses mains le visage du peintre, l'embrassant pour l'empêcher de poursuivre.

« Je ne pourrais pas me séparer vraiment de toi. Tu es le seul qui me rassure, peut-être parce que tu me fixes pour l'éternité dans tes tableaux, cela donne à penser que tu m'aimeras toujours. Je ne croyais pas qu'un homme pourrait me rassurer, Cesare ni Baldassare n'étaient des hommes rassurants. »

Elle reviendra donc parfois, au hasard de sa route, quand elle sera lasse des ornières du chemin, transie par les averses. Il sera son asile, le temps d'une pose. Il sera ce qu'elle voudra bien, depuis longtemps, il sait qu'on accepte l'amour tel qu'il vient, même si c'est pour en souffrir. Elle frissonnera, il la prendra dans ses bras, la réchauffera, l'aimera, puis, lorsqu'elle sera endormie, la peindra. Il est le gardien qui veille au bord de la tempête.

[illegible]

Chapitre 16

10 ET 11 NOVEMBRE 1499

Ce soir, l'armée de Cesare Borgia, duc de Valentinois, campe sous la chartreuse de Parme. De sa tente, il aperçoit les flèches et les coupoles de la ville, le campanile de son Duomo, à travers un rideau de pluie. Parme fait la morte, craintive de cette armée sous ses murs. Elle est aux Sforza. Or les Français amis de Cesare viennent de chasser les Sforza de Milan et la campagne qui s'engage a pour but de les chasser aussi de Romagne. Parme est à mi-chemin, en travers de la route du Valentinois. Qui sait si, au passage...

Mais Cesare ne veut pas de mal à Parme, pas pour l'instant. Il tient à conserver, dans ses conquêtes, l'apparence de la légalité, sans laquelle il n'obtiendra jamais la reconnaissance des souverains étrangers lorsqu'il sera leur pair. Son objectif présent est la Romagne — Imola, Faenza, Forli, Urbino et Pesaro, dont le pape a déclaré les seigneurs déchus, puisqu'ils ne paient pas leur redevance à l'Église. Un prétexte qui n'abuse personne mais reste de bon aloi.

En fait, Cesare Borgia s'est arrêté près de la première ville qui s'est trouvée sur son chemin quand il s'est dégoûté de la pluie battante et glacée qui transformait son armée — qui transformerait n'importe quelle armée — en troupeau blafard. Il fallait se sécher, se réchauffer, on n'enlève pas des villes avec le poil mouillé. Puis les cantinières avaient besoin de remplir leurs fourgons. Enfin, les recruteurs voulaient faire le point des enrôlés, leur donner des armes, un uniforme, les organiser en régiments.

Avec les quarante-cinq mille ducats alloués par son père, Cesare compte se constituer une troupe de douze mille hommes. Quand il a quitté Milan deux jours plus tôt, il n'y avait avec lui que quatre mille fantassins, mille huit cents cavaliers et huit cents artilleurs. Tous français ou allemands, sauf Cesare lui-même et ses gentilshommes d'escorte. Il souhaite remédier à cela, qu'on ne puisse dire que des étrangers lui auront gagné ses batailles. Depuis le départ de Milan, on a donc engagé tous ceux qu'on croisait, paysans, pèlerins, alléchés par les soldes coquettes, pourvu qu'ils fussent italiens — quatre cents hommes en deux jours.

La tente du Valentinois est une tente de général d'armée. Un lit de camp recouvert de fourrures, des braseros, une table à écrire sur des tréteaux, un siège pliant et des lanternes closes, la flamme ainsi protégée du vent. Un seul coffre fut sorti des fourgons, il n'y a pas ce soir de dîner en ville auquel paraître en habits de fête. C'est une vraie nuit de campagne, avec les feux au-dessus desquels, pendues à des trépieds, cuisent les marmites des bivouacs, avec les sentinelles battant la semelle dans leurs cuirs huilés que la pluie commence à imbiber, les groupes jouant aux dés ou aux cartes sous un coin de bâche. Les chevaux renâclent doucement, piétinent dans la boue qui aspire leurs sabots, serrent leur queue mouillée contre leur croupe. L'eau tambourine en s'égouttant dans les bassines des cantinières, grésille sur les braises des foyers qui rougeoient dans la nuit. Une odeur de métal, de crottin, de chaleur animale et de cuisine, l'odeur des camps, monte aux narines, exaltée par la pluie.

Cesare a soupé légèrement, bu très peu de vin. Quand il doit chevaucher longtemps, il veille à la sobriété de ses repas. Or demain, il repart pour Bologne. Il a étalé sur la table de travail divers rouleaux et convoqué son état-major.

Le secrétaire de Cesare, Agapito da Amelia, prend en note la conversation. Il ne s'agit que d'intendance, de vivres à prévoir pour un siège éventuellement prolongé, mais Cesare accorde à ces à-côtés de la guerre une grande attention. Il insiste beaucoup, aussi, sur la nécessité d'une ferme discipline, vis-à-vis des nouvelles recrues et plus encore des Suisses et Gascons. Quiconque sera pris à piller, à tuer, à violer, sera pendu sur-le-champ.

« Les seigneurs romagnols se sont si mal conduits depuis toujours envers leurs sujets qu'il suffira de traiter ceux-ci juste un peu mieux que des bêtes pour s'en faire des alliés. Aucun paysan n'a envie de se battre pour ses hobereaux et c'est notre principal atout. Si les troupes de Cesare Borgia se comportent aussi brutalement que les anciens maîtres, les populations résisteront aux unes comme aux autres. On peut conquérir des cités par la force ; mais pour y asseoir un gouvernement stable, mieux vaut des lois, de la sagesse et de la justice. Je compte sur vous, messieurs, pour que nos soudards redoutent leurs chefs, à tout instant, beaucoup plus que les pires dangers. »

Les membres de l'état-major s'inclinent, saluent le duc et se retirent sous leurs propres tentes, suivis par le secrétaire. Quand Cesare est tout à fait seul, la paroi de peau qui ferme sa tente s'agite d'un mouvement particulier. Reconnaissant le code, il dit simplement :

« Entre. »

L'Espagnol chargé de ses basses œuvres, l'assassin de Juan et de Pedro Calderon, le meilleur espion d'Italie — Don Michele Corella, en un mot — fait son entrée sous la tente ducale. Il a chevauché contre la pluie, c'est visible car il n'a pas pris le temps de se changer pour venir rendre des comptes à son maître.

« Depuis quand as-tu quitté Rome, Michelotto ?

— Deux jours, monseigneur. À l'heure où vous quittiez Milan. J'ai laissé là-bas quelques informateurs qui m'enverront des courriers tout au long de la campagne.

— Quelles nouvelles ? »

Il tend à Cesare un rouleau fermé par le sceau pontifical. Cesare le décachette d'un coup de dague et lit rapidement, en arpentant le tapis jeté au sol où son pas ne fait pas le moindre bruit. Corella commente les nouvelles — dont il connaît évidemment la teneur.

« Les Orsini et les Colonna sont toujours cul et chemise contre vous, monseigneur.

— À ce qu'il paraît. Ils se sont déclarés solidaires des pauvres seigneurs romagnols dépossédés par le pape. Voyez cela ! Si c'est suivi d'autant d'effet que leur soutien à Ludovico le More... »

Depuis trois mois que les Français ont repassé victorieusement les Alpes, deux blocs d'alliance se sont constitués en Italie. Le pape et Louis XII, conjuguant leurs efforts, ont forcé les anciens rivaux à s'unir devant le danger : Naples et Milan ont oublié leurs querelles comme Orsini et Colonna. Tous se battent à présent dans le même but: chasser les Français, neutraliser Cesare Borgia. Quand Louis XII a violé le duché de Milan, les barons romains ont aussitôt promis leur soutien en or et en troupes à Ludovico Sforza pour l'exhorter à résister. Mais le courageux More a préféré fuir...

«Il y a tout de même une chose que votre père ignorait quand il écrivit la lettre et qu'un de mes informateurs a rajoutée, en note, au courrier: Baldassare Colonna, à qui les Aragon ses employeurs et les Orsini ses parents ont donné chacun cinq mille ducats pour lever une armée, marche sur Imola.»

Cesare tressaille.

«Pourquoi Imola?

— Il pense que vous attaquerez d'abord cette ville.»

Cesare est furieux. Un espion quelconque aura parlé. Qu'importe. Baldassare Colonna ne pourra pas recruter une bien forte troupe. Dix mille ducats contre quarante-cinq mille, il part battu. C'est donc sous les murs d'Imola que s'offrira l'occasion de le tuer. Baldassare eut beaucoup de chance. Camilla le sauva d'abord, puis le mariage du Valentinois l'éloigna presque une année pleine hors d'Italie. Mais Cesare n'accorde pas grâce au rival d'autrefois. Son fils et la seule femme qu'il aura jamais vraiment désirée pour reine à ses côtés sont morts par la faute de Tête d'Or. La cavalière perdue, malheureuse, que le duc croisa près du pont Sant'Angelo quand il s'en allait en France, la femme qui n'avait plus envie de vivre, Baldassare l'avait réduite à son dénuement.

Cesare s'était tellement alarmé pour elle ce jour-là qu'il avait prié Corella de s'informer de son sort, afin de pouvoir l'aider si nécessaire. Comme il passait les cols alpins, un courrier vint s'abattre à ses pieds, apportant la nouvelle de l'incendie. Il n'avait jamais cru qu'on pût mourir d'une douleur autre que physique. Ce jour-là, reclus sous sa tente, loin de toute présence humaine, il a pensé que sa mécanique allait s'arrêter, simplement. La vitalité du corps a gagné. Mais Baldassare Colonna... Baldassare Colonna paiera ce meurtre, c'en fut un.

« Tête d'Or fait la guerre à présent, c'est vrai, dit-il avec dérision. Quelles autres nouvelles plus inquiétantes ? Le roi de Naples ?

— Le roi de Naples a peur. Il multiplie les ambassades auprès de votre père et parle d'en appeler aux Turcs si son royaume est menacé.

— Hum... Cela serait grave. Que répond le pape ?

— Il temporise. Pour rassurer Don Federigo d'Aragon, il comble de grâces son fils Alfonso. Demain, on baptise pompeusement à la chapelle Sixtine l'enfant d'Alfonso et de votre sœur Lucrezia. Les ambassadeurs de Naples sont invités à lancer des dragées...

— Voilà qui devrait calmer un peu leurs inquiétudes. »

Chaque adversaire en son temps. Cesare n'a pas encore les moyens de détrôner les Aragon de Naples. Mais il a juré leur ruine, en représailles. Le roi Federigo croyait l'an dernier pouvoir se passer du pape, puisqu'il avait le soutien de son cousin Ferdinand d'Aragon, roi d'Espagne. La fille de Federigo, Sancia la folle, croyait pouvoir se venger de Cesare. Tous deux liguèrent leurs efforts pour qu'échoue le mariage qu'envisageait le Valentinois avec Carlotta d'Aragon.

Ces manœuvres ont réussi. Mais qui n'est son allié sera son ennemi. Il s'est conquis une épouse tout aussi stratégique en Charlotte d'Albret, la sœur du roi de Navarre. Et lorsque c'en sera fini des Sforza, il s'occupera des Aragon. Que Federigo tremble, qu'il baise la mule du pape ou la babouche de Bajazet, il n'en sera pas moins détrôné.

« Quoi encore ? poursuit Cesare.

— Le reste est d'ordre... privé, monseigneur.

— Ah ?

— J'ai rassemblé des éléments nouveaux dans mon enquête sur la signora Vespucci. Je sais ce qu'il est advenu d'elle. »

Cesare a toujours voulu garder espoir. Pour cela, il a réclamé la preuve tangible des deux décès. Corella, par une perfidie peut-être inconsciente, a tourné sa phrase de manière ambiguë. Cesare va devoir poser les questions redoutables.

« Mon fils est-il en vie ?

— En parfaite santé, monseigneur...

— Enfin, dit-il. Pourquoi fallait-il attendre un an cette nouvelle ? »

À l'époque de l'incendie, Corella comme tous ceux qui cherchèrent Camilla ne parvint à aucun résultat. L'espion rappelle les démarches effectuées, sans succès, par les meilleurs spécialistes de sa profession pour le compte de Baldassare Colonna, Ginevra Orsini, Agostino Chigi. Ce qui met en valeur sa réussite d'aujourd'hui.

« Même votre sœur l'a fait rechercher. »

Cesare hausse un sourcil.

« À qui s'est-elle adressée ?

— À moi, monseigneur, avoue Corella sans vergogne.

— Tu te fais donc payer deux fois le même travail, à ce que je vois.

— Oui, mais moi, j'aboutis.

— Ce que tu me vends, l'as-tu vendu déjà ?

— Pas tout à fait, monseigneur. Votre sœur ne s'intéresse pas aux secrets de Camilla Vespucci.

Elle voulait seulement savoir si son amie était vivante et n'avait pas besoin d'aide. »

A-t-il conscience qu'il vient de répondre à la question que Cesare n'osait pas poser directement, la question obscène? S'il y a des secrets, c'est qu'elle a survécu.

« Comment l'as-tu retrouvée? Assieds-toi, dit Cesare, y songeant soudain. Tu dois être mort des lieues avalées. »

Corella remercie, s'exécute. Le duc reste debout, arpente le tapis, une main crispée sur la dague passée dans sa ceinture.

« Tout de suite après l'incendie, j'avais interrogé l'apothicaire bossu de l'impasse des Schiavone. Je l'avais menacé de révéler le secret de ses empoisonnements. Mais il la croyait morte aussi, je pense. Par acquit de conscience, j'ai continué de faire surveiller ceux que Camilla Vespucci pouvait tenter de revoir si elle était vivante. Au printemps dernier, l'apothicaire réussit à m'échapper en quittant Rome sans laisser trace. Quand il est revenu, il y a cinq mois, il ne s'est pas seulement remis à fabriquer des potions dans son antre. Il a cherché une maison modeste et discrète à louer, en a trouvé une à la porte Salaria et l'a meublée. Parmi les meubles, un lit d'enfant et des jouets. Tenant pour admis que Camilla et son fils étaient en vie, j'ai menacé de nouveau l'infirme. Je ne l'ai pas menacé, lui. Je l'ai menacée, elle. On la rechercherait dans toute l'Italie pour trois empoisonnements de hauts personnages: elle serait vite retrouvée, dénoncée. Et brûlée comme sorcière. Il a parlé. »

Cesare suspend son souffle, ainsi que son va-et-vient nerveux.

« Où est-elle?

— Elle a vécu d'abord à Venise. Depuis cinq

mois, elle a regagné Rome. Mais elle n'habite déjà plus la bicoque de la porte Salaria. Vous ne devinerez jamais ce qu'elle est devenue...

— Pas putain, en tout cas.

— Non, en effet. Bien mieux... »

D'un geste bref de la main, le duc lui intime silence. On piétine derrière la tente.

« Qu'est-ce que c'est ?

— Un courrier du gouverneur de Parme, monseigneur, qui vous prie demain pour la messe en son palais... »

Ginevra est arrivée ce matin 11 novembre à Rome par la voie Flaminia, escortée d'une petite troupe de cavaliers bien armés, car jamais les brigands n'ont montré tant d'audace et d'habileté pour détrousser les voyageurs. Elle n'en a pas rencontré, heureusement, et les quatre jours de coche furent presque tolérables, si l'on excepte l'inconfort des routes et des auberges, les pluies défonçant les premières et emplissant les secondes, au point que les stalles d'écurie se louaient au prix des chambres.

Elle a passé quelques jours de villégiature chez Orsini et Giulia, à Bassanello. À vrai dire, Giulia n'est pas restée, laissant les cousins en tête-à-tête. Orsino et Ginevra ne manquaient pas de souvenirs à évoquer. Ils ont chassé sur les chemins de leur enfance, chapardé dans les vignes des raisins verts pour la volupté bizarre de retrouver le mal de ventre d'autrefois, galopé jusqu'aux rives du lac. L'automne sucré, doré, semblait en suspens. Orsini n'avait pas très envie de rentrer à Rome. Mais son nouveau rôle y réclamait Ginevra, ils ont donc pris la route ensemble.

L'été, précoce et poisseux, avait chassé la

noblesse, craintive de la peste, vers des séjours plus aérés, de sorte de Ginevra n'avait pas eu l'occasion de « lancer » le palais Colonna comme elle le voulait, d'y fixer les cercles intellectuels et politiques qu'elle désire animer. La saison mondaine était trop avancée. Ensuite, les nécessités de la guerre l'occupèrent hors de Rome.

En juillet, quand les envahisseurs français menaçaient Milan, les clans romains envoyèrent deux députés symboliques — Baldassare Colonna, le condottière, figurant le dieu Mars, Ginevra Orsini, son épouse, représentant plus prosaïquement la déesse Finance — pour exhorter le duc à tenir le siège. Les époux se rencontrèrent à Milan dans les appartements ducaux du château Sforza, chacun venu de son côté. Mais ils n'eurent pas le temps de proposer leur aide respective. Ludovico le More avait résolu de rejoindre au Tyrol l'empereur Maximilien d'Autriche et faisait acheminer par les souterrains du château les bagages nécessaires à sa fuite. Les deux députés tombaient mal. Ils n'eurent que le temps de s'échapper à leur tour en empruntant les mêmes souterrains — creusés jadis par les Visconti sous l'enceinte de brique et débouchant dans le parc.

Pendant ce temps, la garnison, sur la place d'armes de façade, s'empressait d'ouvrir les portes aux Français, de grandes dames milanaises leur jetaient des fleurs et des œillades depuis la tour de Filarete[1].

Baldassare et Ginevra, par force, sont restés avec le More, donc ensemble, jusqu'à Bergame, puis chacun des deux a repris sa route séparée.

1. Filarete (Antonio Averlino, dit le), 1400-1465, architecte, sculpteur et fondeur florentin. Cette tour du château Sforza fut détruite par la foudre quelques années plus tard.

Mais à présent qu'elle a regagné Rome, elle entend tailler à cette fuite un manteau d'épopée, transformer l'association bancale en complicité d'un couple intrépide.

Tête d'Or chevauche vers Imola, pour y faire la guerre aux Français et aux Borgia. Ginevra peut affabuler sans crainte qu'il la démente ou la contrecarre. Elle n'aura même plus à redouter qu'il la ridiculise. Par calcul politique autant que par amour-propre, elle va se donner une légende, donner une légende au mariage Orsini-Colonna. Comparées à l'odyssée milanaise, les aventures tapageuses de Baldassare se décoloreront, perdront toute signifiance.

En ce jour anniversaire de son triste mariage, Ginevra revient au palais Colonna pour réaliser son ambition la plus chère. Pour ouvrir les volets — symboliquement et concrètement. Elle a préféré que le palais fût fermé tant qu'elle n'y habitait pas. Dès l'enterrement d'Onofrio, elle avait d'ailleurs congédié les vieux et fidèles serviteurs de Baldassare — dont il ne payait pas les gages, arguant que selon le contrat le train de maison incombait à Ginevra. Elle avait répliqué qu'en ce cas, elle choisirait le personnel.

Lorsqu'elle pénètre dans l'antichambre du palais, assaillie par l'odeur de poussière et de moisi spécifique aux maisons inhabitées depuis des mois, Ginevra comprend cependant que la petite guerre domestique ne s'est pas close à son avantage. Baldassare lui rend la monnaie de sa mesquinerie. Dans les trente-deux pièces, du haut en bas des trois étages, ne reste pas un meuble, pas un tapis, pas un tableau. Il a tout déménagé. Si Ginevra veut tenir une cour et offrir des dîners, elle devra dépenser une fortune à décorer et remeubler les vastités nues de « sa » maison...

Morose, elle fait déballer ses coffres, organiser un campement de fortune. Il lui faut dès aujourd'hui paraître au Vatican pour le baptême du petit duc de Bisceglie, fils d'Alfonso et Lucrezia d'Aragon. Elle avait espéré prendre un bain chaud, laver ses cheveux, s'offrir quelques heures de repos dans un vrai lit. Mais bien entendu, voûtes, celliers, greniers furent vidés également, il ne reste pas une bûche pour allumer un feu...

Une guerre, en vérité. Sans doute l'un des deux époux finira-t-il par y laisser plus que l'amour-propre.

Cet été, Alfonso s'est enfui du Vatican, comme son prédécesseur Giovanni Sforza, le premier mari. Baldassare Colonna, après avoir préparé l'évasion, cacha quelque temps le duc dans son fief de Gennazzano, puis lui fournit l'escorte pour gagner Naples.

Lucrezia, alors enceinte de six mois, pleurait tant que le pape, agacé, la nomma gouvernante de Spolète pour l'expédier en Ombrie. Le fugitif tint quatre semaines à Naples, quatre semaines sous un soleil poisseux, au bord d'une mer bête et bleue, souvenirs d'enfance qui le laissaient désormais froid.

Un matin de septembre, il prit un cheval, deux palefreniers et galopa jusqu'à elle, poursuivi par Baldassare qui le rattrapa le second jour, l'insulta vigoureusement, mais se joignit finalement à lui puisqu'il ne pouvait le convaincre de rebrousser chemin.

« Vous trouvez mon comportement stupide, Tête d'Or, parce que vous n'avez jamais aimé.

— Qu'en savez-vous ?

— Oh, vous êtes le plus grand séducteur d'Italie, je vous l'accorde. Aimer, c'est autre chose. Je sais, depuis le premier jour, que les Borgia sont peut-être ma mort. Mais quand j'ai vu Lucrezia, j'ai su qu'elle, elle était ma vie. Quoi qu'il arrive, au fond, je ne le regretterai pas. »

Baldassare, alors, un Baldassare surprenant, lui raconta l'histoire de Camilla Vespucci. Mieux que les services rendus aux Aragon, ce sont, sur la route de Spolète, ces confidences douloureuses qui firent de Baldassare l'ami d'Alfonso.

Quand il a retrouvé sa femme après quatre semaines de séparation, après la fuite si semblable à celle du seigneur de Pesaro, une immense gêne a pesé de part et d'autre, un instant. Puis ils se sont regardés. Alfonso d'Aragon, à cheval dans la cour du château, la petite gouvernante de Spolète, au balcon de la *loggia*. Tout est redevenu simple. Ne restait que la douleur d'avoir été séparés, la certitude qu'une nouvelle déchirure dépasserait leurs forces. Alfonso, tranquille, a décidé de ne plus quitter Lucrezia.

Elle était si fragile, à contre-jour dans la lumière de septembre, au-dessus de lui. Encombrée de l'enfant qu'elle portait, elle a couru vers lui au long de la *loggia*, aperçue, perdue, aperçue au rythme des arcades, a dévalé les marches pendant qu'il sautait de cheval. Elle est tombée contre sa poitrine, souffle bref :

« Mon Dieu, comme ce fut long de vous attendre ! »

Les jours suivants, dans l'odeur de thym que charriait le vent depuis les collines de Monteluco, ils se sont persuadés que le danger, sans doute, n'avait jamais existé. Comme si l'intensité de leur jeunesse, de leur amour, leur servait de bouclier. Alfonso d'Aragon ramena sa femme à Rome en litière, au pas mesuré des mules, pour ne pas la fatiguer. Il revint vivre avec elle à

Santa Maria in Portico. Ils ne sauraient dormir l'un sans l'autre, s'il se tient dans une pièce, elle a besoin de chercher, d'agripper sa main, lorsqu'ils se séparent une heure, ils souffrent un siècle. Ce n'est pas le bonheur, c'est un peu trop violent pour cela. Des monstres siamois sont-ils heureux ?

Mais chacun des deux s'applique à ne pas montrer ce qu'il boit de souffrance avec l'ivresse. À sourire, à plaisanter, à prolonger tard les veillées au rythme d'airs napolitains. À ne pas voir la figure d'assassin de ce Corella du diable, les bizarres regards que le pape attache sur son gendre quand il ne se croit pas observé, les tentures derrière lesquelles s'agitent des formes indéchiffrables, les boiseries qui craquent la nuit sous des pas fantômes et les rapprochent l'un de l'autre, encore plus étroitement soudés, dans leur léger sommeil ; les statues, même, dont les yeux opaques semblent épier leurs mouvements, réprouver leurs rires.

Lucrezia n'a pas la volonté de la rébellion, du scandale. Elle a celle, plus féminine, plus magique, de préserver autour d'elle l'espace de bonheur, le jardin imaginaire où elle se réfugie. De le faire exister réellement. Peut-être cette fiction fragile l'emportera-t-elle sur la force des choses...

Aujourd'hui, on baptise leur fils, le Vatican pavoise. La chambre où l'accouchée reçoit les visiteurs avant la cérémonie est tendue de velours alexandrin, la couleur favorite du pape. Le lit est de satin rouge frappé d'or. Dans le berceau, le petit enfant dort niché parmi les dentelles. On a jeté des tapis jusque sur les pavages de l'escalier et de l'atrium. Dignitaires et amis défilent devant le lit où Lucrezia, pâle encore de ses couches, s'adosse aux coussins, avant la cérémonie qui les tiendra deux heures durant dans la chapelle Sixtine.

Debout, appuyé de la hanche au dossier du lit, Alfonso repose une main sur l'épaule de sa femme. Dans le miroir qui leur fait face, il aperçoit leur reflet, à l'autre extrémité de la pièce. Lucrezia est en bleu d'azur. Alfonso lui a offert un saphir en pendentif, elle veut ainsi le mettre en valeur et ne porte pas d'autre bijou. Le duc est vêtu de satin blanc. Dans le tain du miroir le bleu et le blanc s'affadissent, deviennent presque transparents, comme leurs yeux clairs, comme les cheveux de lune de Lucrezia. Les dentelles du berceau s'évaporent en fumée.

Combien pèsent-ils, chimères dans le miroir, fétus ballottés par l'épais flux des ambitions humaines, avec leur enfant de vent qui dort sans un murmure?

Ginevra, contemplant le petit duc endormi dans le berceau, pleurerait de frustration sans témoins. Mais elle sait dissimuler ses émotions. Fait diversion, évoque la guerre, Caterina Sforza qui jure de défendre Forli au prix de sa vie... On ne prend pas parti car, si l'on est entre amis de la petite cour aragonaise, c'est tout de même à l'intérieur du Vatican des Borgia. Souhaiter la défaite du Valentinois serait déplacé, il ne manquerait pas d'espions pour le rapporter au pape en outre.

On aborde également un sujet qui échauffe beaucoup les Romains et présente l'avantage de n'avoir aucun arrière-plan politique: les brigands. Ils sont devenus ces derniers mois d'une audace et d'une efficacité prodigieuses. Non seulement ils rançonnent les courriers extraordinaires, le *procaccio*, les voyageurs, sur les trois grandes routes de Rome, mais ils s'attaquent aux convois sur l'eau. Tel marchand de Florence qui, évitant la voie Cassia, avait cru habile de faire naviguer son or de Livourne à Ostie, vient de découvrir l'inutilité de ses efforts car son bateau fut piraté à Ripetta.

Ce n'est pas tout. Les voleurs s'attaquent dans la ville même aux riches demeures, qu'ils dévalisent. Si l'on veut retrouver ses meubles, on peut toujours se rendre à la vente aux enchères que tiennent les brigands deux fois l'an au Trastevere, quand ils liquident les objets non dégagés de leur mont-de-piété. On a quelquefois la chance de pouvoir racheter ses propres biens...

Après un quart d'heure d'entretien, Ginevra juge séant de gagner le salon où, avec d'autres seigneurs, elle formera l'escorte du baptême. Comme elle se retire de la chambre dans la file ordonnée des sortants, elle jette un regard distrait à la file des entrants.

Son cœur s'immobilise. Une peur panique la rend un instant stupide, incapable de penser. La figure qui se dresse à l'autre bout de la pièce, sur le seuil, ne peut pas être vivante. C'est un mirage suscité par ses remords.

Qui d'autre qu'une apparition s'habillerait de noir pour un baptême, sans le moindre galon, la plus fine broderie, sans un seul bijou ? Rien que du velours noir et de la chair blanche, la chair trop blanche d'une statue, d'une morte... On la regarde, tous les yeux se braquent sur elle. Il se fait alentour, à mesure qu'elle avance, un sillage de silence, comme si l'on craignait de la frôler. Tout le monde la reconnaît, se souvient qu'un an plus tôt — n'est-ce pas la date anniversaire ou presque ? — elle périt dans les flammes.

Cependant, en agissant de la sorte, tous attestent voir la figure aussi distinctement que Ginevra — ce qui apaise ses terreurs. Si c'est un fantôme, ce n'est pas *le sien*, il n'est pas venu là pour l'accuser en particulier. Redressant le menton, l'épouse de Baldassare Colonna continue sa progression, détaillant la femme en velours noir.

Elle est plus sublimement belle que naguère, si c'est possible. Cette constatation fait remonter à la gorge de Ginevra l'écume de ses mauvais souvenirs, son passé de petite fille laide. Camilla Vespucci, elle aussi, l'a reconnue dans la file opposée. Elle rend à Ginevra son regard scrutateur — mais il n'y a dans les yeux verts, clairs comme de la glace, ni haine, ni jalousie. C'est plus terrible, en un sens : on dirait une morte revenue parmi les vivants, qui plus jamais n'éprouvera de passions humaines et qui les regarde s'écarteler, se déchirer, se consumer. Qui froidement, calmement, piquera sa lame au cœur pour voir si le cœur tressaille, brûlera la chair palpitante pour voir si la chair crie. Comme les enfants inconscients jouent avec les papillons.

Ginevra se raidit, redresse sa stature, passe le seuil en n'offrant que son profil aux angles acérés. Dans l'embrasure des portes, leurs lourdes robes se froissent l'une contre l'autre, velours noir et damas rouge. Ginevra frissonne, alertée par le petit cri des étoffes meurtries.

Au passage du seuil, Camilla dévisage celle qui porte la robe rouge, raide et royale. Ginevra Orsini, décidément, n'est pas belle. Maigre, mate, un nez comme un rostre. Mais c'est une laideur qui a du caractère. Quelle force, quelle intelligence dans le regard noir ! Elle lui rappelle le Cesare d'il y a six ans, qui portait sa pourpre cardinalice avec le même air de la détester. Ginevra Orsini se vêt toujours de rouge, un uniforme pour elle aussi, que diable porter d'autre avec ce teint mauresque? On cite d'elle des traits d'esprit qui ne manquent pas de sel, des rébellions audacieuses. Une rivale à la mesure de Camilla — puisque tout les fera rivales, au-delà de leurs personnes, quand bien même elles se trouveraient naturellement sympathiques.

Camilla jouit du silence qui suit son entrée, superstitieux, effrayé. Ceux qu'elle croise ici, elle les fera trembler en effet. De désespoir, d'amour, d'humiliation. De peur. Et même de froid, quand elle les aura dépouillés. Le destin aime emprunter des méandres. Il a semblé quelques années durant que la nuit, la misère étaient vaincues, que Camilla pouvait s'offrir de pardonner. Répit trompeur. Il a semblé, quelques mois durant, que Venise deviendrait un refuge. Baldassare est venu l'y traquer.

La Femme en brocart rouge arrachée pour dix mille ducats, c'est un symbole et une insulte: le tableau achète le pardon d'un meurtre. Car si Camilla est vivante, Baldassare ne le sait pas. Que peut-il faire de ce fétiche? Quelles émotions lui permet-il de susciter? Elle voudrait que ce fussent des tourments, des remords, mais elle ne le croit pas: il a payé trop cher, justement, comme on paie pour une indulgence à la Daterie.

Depuis son retour à Rome, Camilla ressuscite la fille dure, insolente, meurtrie, qu'avait découverte Cesare Borgia et qu'il avait civilisée — en lui offrant une certaine idée du bonheur. Les années creusent les sillons, pétrifient les cicatrices: Giorgio, cette fois, ne l'a pas guérie.

Quand elle est revenue voir Gubbio dans son antre du Trastevere, Camilla craignait qu'on ne l'égorgeât. Elle n'avait pas porté chance à ses camarades truands. Au contraire, on lui fit fête. Il ne se trouva pas un voleur, pas une brigande pour lui reprocher l'or du mont-de-piété. La notion de ruine, pour des gens aux revenus si fluctuants, n'était pas la même que pour des marchands. Ensuite, elle avait subi dans l'affaire un préjudice encore plus grave qu'eux, elle l'avait subi sans se plaindre, ils admiraient ce courage. Enfin, elle possède peut-être l'aura de ceux qu'on suit où qu'ils aillent, car ils étaient prêts à recommencer avec elle l'aventure qu'elle voudrait.

Les gueux ne sont pas mus, ainsi que croient les braves gens, par l'appât du gain. Pas uniquement. Ils aiment leur existence de risque, leurs poches légères, leur belle étoile. Ils ne tiennent à personne ni à rien, sauf à la communauté solide, efficace, qu'ils ont créée et qui leur permet de survivre en marge de la cité. Lorsque Camilla vint leur parler de refaire fortune, cette fois sur une vaste échelle, ils ne la chassèrent pas mais s'intéressèrent à son projet, proposant d'eux-mêmes de reconstituer une association. Elle avait la rage au cœur, les gueux le sentaient, cela leur plaisait.

L'idée de Camilla était d'adopter les règles, les usages, les structures des hommes d'argent honnêtes. Ils spéculaient, tournaient les lois sur l'usure et l'intérêt impunément, parce qu'un voleur qui a pignon sur la rue des Banchi Xecchi n'est plus un voleur. Détrousser quelqu'un par un jeu d'écritures est tellement plus habile que tricher aux cartes...

Donc, il fallait organiser la truanderie comme les marchands le faisaient de leurs entreprises, avec des succursales et des filiales, des réseaux de courriers et d'espions, des lettres de change. Savoir quand, où, par quel moyen de transport, circulaient les marchandises précieuses. Répartir le soin de les détourner entre divers groupes selon leur compétence, sur terre ou sur mer. Créer des dépôts pour le recel, des messageries pour écouler très vite les objets volés aux quatre coins de la péninsule, des banques qui permettraient à l'argent de ce négoce de circuler sur papier et d'en tenir la comptabilité.

Ensuite, il fallait choisir la cible : ceux-là même qui leur serviraient de modèles, leurs rivaux installés et considérés.

« Quand vous piratez le blé en amont du Tibre, disait Camilla, qui manque de pain le jour suivant ? Le pauvre. Qui fait grimper les cours parce qu'il a ses greniers pleins et peut attendre ? Le riche. Jamais nous ne volerons les pauvres. Mais le superflu des riches nous revient de droit. »

On attaquerait sur tous les fronts : la richesse circulant sur terre et sur l'eau, mais aussi la richesse cachée dans les demeures. On s'initierait à de nouvelles techniques truandières : l'art du déguisement pour s'insinuer dans les maisons, faire parler les domestiques ; l'acrobatie pour escalader les toits, enjamber les terrasses, glisser le long de cordes ; et l'escrime, l'équitation, la comptabilité...

Les gueux s'exaltaient à mesure que Camilla parlait. Ils étaient prêts à risquer tout dans l'aventure, plus encore que dans la *commenda* Vespucci. Berner la société en utilisant ses propres méthodes leur stimulait l'esprit. Lorsque se tint l'élection annuelle des officiers, ils créèrent une nouvelle compagnie, les *burchiaroli*[1], pour en nommer Camilla générale.

Durant plusieurs mois, ils protégèrent sa retraite. Elle se cachait dans une maison discrète près de la porte Salaria, tout à fait au nord de Rome, loin du quartier général des gueux au Trastevere. Elle ne sortait que déguisée. Gennaro, se supposant surveillé, n'allait chez elle que par l'accès secret que possédait la maison dans les catacombes de Priscilla. Elle contrôla la formation des troupes, centralisa les renseignements, commanda le plan des opérations en accord avec Gubbio qui, de bonne grâce, suivait ses décisions.

Ce fut très vite efficace. Rome, en six mois, ne parla plus que de la féroce vague de brigandage qui s'abattait sur elle. Fait sans précédent, cette vague était sélective. Elle attaquait les convois d'or, d'épices, d'étoffes des plus riches marchands de la péninsule, non les transports de biens des humbles. On ne touchait pas aux denrées de première nécessité, le blé, le bois, ou même l'alun nécessaire aux tisserands, la chaux et le travertin indispensables aux *muratori*. On préférait acheter un ministre du *procaccio* pour savoir quand passeraient les mulets portant l'impôt annuel des États pontificaux ou le courrier de Venise, si souvent porteur de joyaux.

Quant aux palais dévalisés, ce furent les mieux meublés, les mieux pourvus d'œuvres d'art. Camilla n'épargna que la maison de Cesare, celle d'Agostino Chigi et des quelques amis qui lui avaient témoigné de la bonté. Laissant ses deux fils à une nourrice choisie parmi les gueux, mais qui se serait fait tuer pour

1. *Burchiaroli:* Les brigands qui attaquent les chevaux sur les routes. *Burchio* signifie « cheval » dans l'argot des truands.

eux, elle s'engageait comme un homme dans nombre d'opérations.

Elle ne voulait pas qu'on assassinât et, même dans les duels, exigeait qu'on ne fît pas de blessures mortelles — les bretteurs durent apprendre à viser le gras du bras ou du mollet chez l'adversaire. Quelquefois, face à des gens trop bien armés, elle préférait donner l'ordre de la retraite: on trouverait un autre traquenard pour les réduire à merci. La ruse plus que la violence était la devise de la générale.

Elle avait à peu près décidé de reparaître dans Rome, où elle réunirait ouvertement les anciens amis et redeviendrait la Cyprina, quand les événements précipitèrent sa décision. L'espion de Cesare Borgia la débusqua. Cesare et Lucrezia, chacun de leur côté, s'étaient souciés de la retrouver pour lui proposer leur aide.

Elle n'est pas encore riche. Mais elle n'est plus dans la gêne, comme aux premiers mois de retraite porte Salaria, dans une maison qui n'avait pas de puits, où l'on comptait chaque mesure d'huile et de farine, où l'on se blottissait autour de l'unique cheminée le soir, elle, Ottavio, la nourrice, la servante et le *putto*. Ottavio ne se consolait pas qu'on eût vendu ses coffres de jouets, qu'il n'y eût plus jamais de fête avec de la musique. Camilla, pour sa part, regrettait surtout de lui avoir refusé le professeur promis pour lui apprendre à lire et compter.

Dans la maison que les brigandages lui ont déjà permis d'acheter au Panthéon, elle va s'empresser d'installer à demeure un précepteur. Cesare, dès qu'il sut ce qu'il en était d'elle, lui écrivit. Il regrettait qu'elle l'eût laissé, un an durant, les croire morts, elle et son fils. Il proposait de l'aider s'il en était besoin: elle répondit en lui demandant un maître pour Ottavio.

En la retrouvant, il l'a conduite juste un peu plus tôt à la décision qu'elle voulait prendre. Camilla va se montrer beaucoup, éblouir les Romains, se rendre désirable et n'être à personne, jamais. Chez elle, les plus belles fêtes, les plus grands artistes attireront les plus riches seigneurs. On se bousculera pour la voir. Délicieuse perversité, elle fera piller sur les routes les princes dans le temps même qu'ils souperont chez elle ; s'éclipsera des bals pour aller en personne dévaliser la maison des marchands ses invités, puis reparaîtra, avant qu'ils ne prennent congé, de l'air le plus innocent. Elle s'offrira des audaces éclatantes.

Elle choisit aujourd'hui la circonstance solennelle du baptême Aragon-Borgia pour reparaître au Vatican — sur la demande de Donna Lucrezia, il est vrai. L'une des premières personnes qu'elle croise est Ginevra Orsini, ce qui ne manque pas d'ironie.

Rivales, les femmes le sont par nécessité, autour des hommes qu'elles se disputent. Réussir en courtisanerie ou se marier intelligemment, voilà la seule alternative. Une femme n'a pas l'espoir de s'anoblir ou s'enrichir en faisant la guerre ; les affaires ne lui sont possibles qu'avec la signature du père, du frère ou de l'époux qui gère ses biens, tant pis si c'est un imbécile ; les carrières intellectuelles ou artistiques lui sont quasi condamnées du fait qu'on ne prend pas la peine, en général, de lui apprendre à lire. Restent les joies de la maternité pour celles qui veulent bien s'en consoler (mais ce sont surtout les hommes qui parlent de ces joies, oubliant d'en citer les peines). À la rigueur, le couvent peut devenir, pour une abbesse, le territoire où régner. Ou sa cour, pour une grande dame. Encore faut-il qu'elle soit exceptionnellement grande.

Il existe une troisième voie, que Camilla se flatte d'avoir découverte. La truanderie lui permettra de redistribuer les cartes selon son désir, d'échapper à l'homme légitime ou non, de régner sans consort. En ce sens, l'avantage que l'autre femme, en épousant Baldassare, semblait lui avoir volé se révèle illusoire. Ginevra Orsini, pour exister dans le monde, a besoin du crédit de ses père et frères, du nom et du palais de son mari. Camilla Vespucci convoite cette souveraineté, mais l'obtiendra par elle-même.

Elles seront ennemies malgré l'homme, au-delà de lui. Sans haine personnelle, quoique avec une absolue détermination, Camilla prendra dans Rome et en Italie la place que convoite Ginevra, suscitera les débats d'idées, parrainera les artistes, pèsera sur la politique. Elle l'emportera parce qu'elle n'est pas seulement aussi forte que sa rivale. Elle a la chance d'être belle à rendre les hommes fous. Les plus grands de ce monde attendront six mois le privilège de lui dire deux mots tandis qu'elle sera dans son bain — un bain pudiquement obscurci de lait, bien sûr, dont le niveau ne révélera que la naissance d'une gorge. La malheureuse Ginevra ne dispose pas de cet atout.

Plus secrètement, la Cyprina représentera pour Ginevra et pour sa caste une ennemie « sociale ». Elle a dessein d'encourager la confrérie des gueux à devenir État dans l'État, à saper les fondements d'une société d'injustice absolue, qui veut les riches chaque jour plus riches et les pauvres plus pauvres. Grands seigneurs et marchands seront pillés pour que la redistribution de leurs biens venge toutes les Camilla de la terre.

Cesare, il y a quelques années, admirait le dominicain Savonarole, qui avait si bien secoué Florence, y créant une république populaire. Mais Savonarole avait une faiblesse, son fanatisme religieux. L'imprécateur se fit d'Alexandre VI un ennemi, délibérément. On le brûla sur un bûcher, comme un sorcier, en mai 98. Camilla Vespucci, ressuscitée du feu, n'y retournera pas, car elle se gardera de prêcher, de fanatiser. Elle agira dans l'ombre, fera sa république occultement. Les Orsini comme les Colonna sont sur sa liste: on a commencé de vider leurs maisons, détourner leurs convois, rançonner leurs membres à travers la péninsule.

Enfin, il est un dernier triomphe que Camilla s'accordera sur Ginevra. Elle lui reprendra son mari. Non pas qu'elle attende encore de lui son bonheur. Gratuitement, pour la beauté du geste. Pour la volupté de le voir faire antichambre, lui aussi, jusqu'au jour de baiser une main dans une baignoire — c'est tout ce qu'elle accordera. Pour qu'il se consume, durant le reste de sa vie, d'avoir gâché l'amour qu'elle ressentait pour lui. Il l'aimera. Il finira par l'aimer, au bout des épreuves. Les hommes comme lui aiment les femmes qui les méprisent et les torturent. Elle n'aura plus de cœur pour s'en émouvoir, toutefois.

Les personnages qui la précédaient dans la file ont accompli leur devoir, présenté leurs vœux à l'enfant, aux parents. À son tour, Camilla s'avance vers le lit. Aussitôt, Donna Lucrezia sourit: la seule ici qui ne songe pas au diable, que la robe noire n'impressionne pas.

Pourtant, une terrible ironie du sort s'attache

à cette jumelle fragile, lumineuse, tendre de cœur — bien plus tendre que Camilla ne l'est désormais. Elle a l'air d'un ange, or elle porte malheur. Cela confirme Camilla dans sa conviction secrète que les anges ont depuis longtemps perdu le combat contre les démons.

Si le duc et la duchesse ne s'aimaient pas, lui vivrait à Naples sous un ciel de cobalt et pourrait espérer atteindre un âge avancé. Au lieu de quoi sa silhouette adolescente, sa beauté radieuse se parent d'une aura douloureuse — parce que ses yeux pensifs, profonds, avouent ce qu'ils savent : il ne vieillira pas.

Chapitre 17

DÉCEMBRE 1499 - FÉVRIER 1500

La nuit est épaisse, ceinte d'un ciel aussi bourbeux que le paysage. Les trois chevaux butent sans cesse, l'encolure ployée jusqu'aux genoux. Celui de Baldassare s'est déferré d'un antérieur et boîte. Les deux soldats dodelinent du col, tenus droits sur leur selle par la cuirasse. Voilà trois jours et trois nuits qu'ils chevauchent depuis Forli, achetant un pain, une fiasque de vin aux paysannes croisées sur la route sans descendre de monture, dormant de même, à tour de rôle. Ils ne se sont arrêtés que pour prendre aux relais des chevaux frais, mais il a fallu que les garçons d'auberge les hissent en selle ensuite comme des paquets : le temps de halte avait suffi pour refroidir les muscles, crisper les articulations, ils ne pouvaient plus ni bouger, ni marcher, ni s'enlever sur les étriers.

Depuis qu'ils ont passé Florence, la route est un peu plus fréquentée, mais on ne voit guère de convois marchands ni de coches. Sans doute à cause des brigands, plus personne ne circule de nuit sur les routes de Rome s'il tient à ses biens. Seuls les courriers extraordinaires continuent de chevaucher malgré tous les risques. On a croisé, en revanche, une foule pédestre considérable, les pèlerins qu'attire le jubilé de l'an 1500. Rome en attend deux cent mille, qui dormiront Dieu sait où et propageront la peste comme s'enflamme une traînée de poudre.

Baldassare connaît l'état hallucinatoire des longues veilles, où fantasme et réalité se confondent. Parfois, un cliquetis de ses propres armes le secoue dans un sursaut, il lui faut quelques instants pour identifier la poix qui l'entoure, l'ombre des cyprès bordant la voie Cassia, ses deux cavaliers d'escorte... Il fut plusieurs fois trempé jusqu'à l'os puis recuit par le vent dans les mêmes vêtements à présent cartonnés, tous les plis de sa peau le démangent, sa barbe de trois jours lui sculpte une figure de bandit. Et sa blessure encroûtée se rouvre parfois dans un mouvement malencontreux, il la sent alors saigner sous le bandage qui, lui non plus, n'a pas été changé depuis Forli. Il en crèvera peut-être, c'est égal. Pourvu qu'il atteigne Rome.

Imola fut un désastre. Baldassare ne put lever les troupes qu'il escomptait. Les Romagnols ne montraient pas le moindre désir de soutenir leurs seigneurs Riario, malgré la noble figure de Caterina Sforza, leur dame, qui se retranchait à Forli. Quant à ceux qui voulaient bien s'enrôler, ils préféraient aller s'offrir au Valentinois, plus généreux. Baldassare prit avec Dionigi Naldi la tête d'un régiment courageux mais restreint pour défendre le château d'Imola «jusqu'à la mort». C'était avant que Cesare n'eût proposé d'engager Naldi dans sa propre armée, avec une solde confortable et des troupes d'élite...

Baldassare surprit dans la salle d'armes, une nuit, le messager qui repartait vers le camp de Cesare avec la réponse du traître. Les gardes de Naldi l'assommèrent, massacrèrent dans leur sommeil presque tous ses soldats. Quelques-uns parvinrent à se retrancher dans une tour, mais l'espion avait atteint les lignes adverses avec le renseignement vendu par Naldi : sur la face nord du château, une muraille était partiellement écroulée de l'intérieur, ce que les assaillants n'avaient pu déceler.

Quand Baldassare reprit conscience, l'artillerie française tonnait sans interruption. La muraille n'était plus qu'une béance par laquelle les fantassins suisses s'engouffraient. Il tailla son chemin jusqu'à la tour à coups d'épée pour délivrer ses soldats, y gagnant une blessure à la cuisse. Ils ne furent que trois survivants à sortir de la forteresse d'Imola, à galoper vers Forli dans le dessein de rallier la Rocca où Caterina Sforza tient le siège à présent.

Baldassare y est arrivé le 19 décembre et n'a pu pénétrer dans la ville, qui s'était livrée aux Français. Les sept à huit mille hommes de Cesare (son armée grossit chaque jour) et la population de Forli en liesse faisaient obstacle devant la citadelle.

Dieu veuille que Caterina Sforza tienne le temps nécessaire... C'est à Milan qu'il faut agir. Le roi de France est reparti, ne laissant là-bas que quelques centaines d'hommes qui se conduisent abominablement et que les Italiens haïssent. Si l'empereur Maximilien veut bien confier quelques troupes à Ludovico le More, celui-ci peut reconquérir son duché qui, après tout, s'était livré sans combattre. Cesare devra se porter au nord sur ce nouveau front, renonçant à Forli.

Au fond de lui-même, s'il n'avait le souci de sauver Caterina, une des rares femmes au monde qu'on puisse admirer, Baldassare s'avouerait que l'enjeu n'a pas la moindre importance. Son courage, qui éblouit les gens d'épée, n'est qu'un détachement vis-à-vis de la mort. Il s'invente des buts à gagner d'autant plus urgents, impérieux, que son âme est vide. Fait la guerre pour la raison qu'il séduisait naguère les femmes réputées imprenables : parce que la difficulté de l'entreprise, en de brefs instants privilégiés, lui permet d'oublier certaine douleur nauséeuse, inguérissable, qu'il traîne avec lui.

À la mort de Camilla, il crut découvrir le désespoir. Celui qui pousse à la sainteté aussi bien qu'à la vésanie. Envie de meurtre, sang à la bouche, il aurait tué comme on s'enivre de vin. Depuis lors, il touche un degré supérieur dans la souffrance, un point au-delà duquel l'âme se méduse. On ne veut plus tuer, seulement se tuer. Camilla morte, cette pensée dévore comme un cancer. Un cancer si douloureux qu'il faut en finir vite, plaise à Dieu ! Rien n'a plus de saveur, plutôt, tout a goût de nuit, tout est pourriture, son regard perce les corps et ne discerne que danses macabres. Aimer les femmes en frénétique ne le protège plus, n'offre plus de répit. Reste la guerre. Foncer tête nue au-devant des boulets de canon. On dit souvent que la Mort dédaigne ceux qui la cherchent, ce doit être vrai, vingt fois il aurait dû mourir à Imola.

L'hiver dernier, une nuit durant, un espoir le tint fébrile. Cette Diane rouge découverte à Venise, un tableau qui semblait récent, vernis à peine durci. Il voulut croire, contre toute logique, que Camilla survivait. Le peintre, qu'il rencontra, dissipa l'illusion. Le tableau demeure néanmoins dans les fontes de sa selle. La seule chose qu'il emporte partout, dont il ne se sépare jamais.

Devant les trois guerriers fourbus, dans le déluge de pluie, une silhouette un peu plus opaque que le ciel se dessine sur la route : un coche, qu'escorte une demi-douzaine de cavaliers. Il va si lentement, si lourdement à travers les ornières et les flaques, que le trio va le dépasser, à l'abord d'un bosquet dont les fossés fournissent abri pour la nuit à des pèlerins. À l'instant même, Baldassare prend conscience qu'il ne s'agit pas de pèlerins.

Les silhouettes indistinctes ont bondi de part et d'autre de la route. Deux hommes maîtrisent les chevaux de tête et le cocher, cinq ou six autres s'attaquent aux cavaliers, tentant de les jeter à bas de leur selle. Un combat s'engage dans la nuit, combat d'aveugles qui ne se repèrent qu'au bruit de leurs lames entrechoquées, de leurs ahanements ou de leurs cris d'agonie. Il y a déjà des gisants dans la boue, impossible de savoir de quel camp. Depuis l'intérieur du coche, la voix d'un homme âgé appelle à l'aide.

« En avant », dit Baldassare.

Et les trois hommes se lancent dans la mêlée, comme s'ils étaient encore capables de se battre. Tout ce que le condottière peut distinguer, c'est qu'il y a des lutteurs à pied, d'autres à cheval, et qu'il est du côté des cavaliers... Il saute à terre pour porter secours à l'un de ces derniers, assailli par une grappe de brigands, et croise le fer avec une énorme silhouette noire, un gaillard qui connaît l'escrime, à l'évidence. Des nuages s'effilochent, dégageant une lune grasse et molle. Baldassare jure :

« Nom de Dieu ! Gubbio ! »

Un juron réciproque lui fait écho, en même temps qu'on lui porte la botte florentine qui faillit le tuer trois ans plus tôt. Mais cette fois, il la pare sans difficulté.

« Tête d'Or ! Que faites-vous là, Monseigneur ? On vous disait à Forli !

— Brigand, en es-tu donc à détrousser de pauvres vieillards ?

— Vieillard, je veux bien, mais pauvre ! Ce bonhomme-là cache dans sa voiture assez de joyaux pour vous lever la plus belle armée d'Italie. Passez plutôt de mon côté, nous partagerons. Il paraît que c'est une armée qu'il vous faut, justement... »

Ils ne cessent pas pour autant de ferrailler, à l'instar des pantins indistincts qui les entourent.

« Je n'en suis pas réduit à cette extrémité, Gubbio, Dieu merci !

— Alors, retirez-vous de ce combat, je serais navré de vous tuer par inadvertance... »

Mais l'affaire a l'air de tourner à l'avantage des cavaliers. Un sifflement bref, depuis le fossé, rassemble la bande des brigands, les replie vers la lisière du bois.

« Il me semble, Gubbio, que tu as parlé trop vite, constate Baldassare. Tes amis battent en retraite.

— C'est leur affaire ! Mais ce vieillard-là, qui est magistrat, a fait pendre un ami, je règle donc une affaire personnelle en le volant ! »

Un appel étouffé monte de l'obscurité des arbres, pressant :

« Gubbio ! Reviens donc ! Fuyons ! »

Baldassare s'est figé si brusquement en l'entendant qu'il manque prendre en travers du corps la lame de Gubbio, étonné le premier de cette garde abaissée. Le *grancetto* se redresse avec un hennissement, ouvre la bouche pour protester contre la faute grossière ; avec Tête d'Or c'est pour la beauté de l'art qu'il se bat, non pour tuer... Toutefois, dans la nuit faiblement argentée de lune, il ne distingue plus le moindre adversaire. Il tournoie sur lui-même. Oubliant totalement le duel engagé, Baldassare a bondi dans la direction d'où émanait la voix. Il empoigne à bras-le-corps une silhouette qui se débat, tandis que ceux qui s'étaient déjà jetés à l'abri dans le fossé rebroussent chemin pour porter secours à l'agressé.

Baldassare conquiert le dessus. Pointant son épée vers les brigands, il enserre du bras gauche son prisonnier, le menaçant de sa dague courte sous le menton.

« Si vous approchez, je l'égorge, alerte-t-il.

— Ça m'étonnerait, dit tranquillement Gubbio, s'avançant à son tour. C'est Camilla.

— Je l'emmène. À moi, Niccolo, Giambattista ! crie Baldassare à ses deux soldats. Mon cheval ! »

Gubbio réfléchit. Bien entendu, Tête d'Or n'égorgera pas Camilla. Il est pris à présent entre les brigands et Gubbio. Encombré par sa captive, il ne se battrait pas très efficacement si le capitaine des larrons voulait engager le fer. Mais le capitaine des larrons se dit à part soi qu'on ne doit jamais se mêler des querelles d'amoureux. Ce serait stupide de risquer de braves vies de brigands, ou même celle de ces deux excellents soldats titubants de fatigue, pour tirer Camilla des bras d'un homme où elle ne souhaite probablement que demeurer — même si elle se persuade du contraire. Gubbio n'est pas stupide, il a remarqué que la générale n'a pas d'amant et qu'elle se soucie beaucoup des mouvements du seigneur Colonna, à Milan, à Imola, à Forli...

D'un signe de la main, il fait donc comprendre aux voleurs qu'ils doivent battre en retraite. Lui-même, spectateur paisible, laisse les deux soldats rejoindre leur maître avec les chevaux, l'aider à hisser le fardeau sur sa monture.

Lequel fardeau, se débattant comme une furie, hurle à s'arracher la gorge :

« Les gueux, à moi, les gueux ! Le capitaine est un traître ! Gubbio, ordure, espèce de chien, que les rats te bouffent les entrailles ! Gubbio ! Au secours ! Oh, tu me le paieras, je te le jure ! Je te tuerai ! Je te tuerai ! »

Baldassare est parvenu à remonter en selle et la tient en travers de son pommeau, devant lui. Son cheval, habitué à galoper sans bride, répond à l'injonction seule des jambes. Le cavalier n'a pas trop de ses deux bras, en effet, pour empêcher la prisonnière de glisser, de s'échapper. Elle continue de crier jusqu'à ce qu'une main, plaquée sur sa bouche, transforme les éructations en borborygmes. Les trois chevaux prennent un trot lourd vers Rome, sous la pluie qui, dix pas devant, les avale.

Le heurtoir est manié si fort, résonance amplifiée par la voûte de l'entrée, que le quartier du Quirinal a dû s'éveiller en sursaut. Les yeux gros de sommeil, Ginevra cherche à tâtons la servante qui dort au pied de son lit de camp, sur le coffre, et la secoue.

« Qu'est-ce que c'est ? Qu'on aille voir... »

La petite obéit, se lève, réunit prudemment d'autres domestiques sur son chemin. Ils descendent ouvrir en cohorte et la servante revient annoncer, palpitante :

« C'est monseigneur Baldassare avec trois hommes d'escorte. Il est à faire peur, blessé je crois ! »

Aussitôt réveillée, Ginevra ordonne qu'on prépare de l'eau pour des bains, du vin chaud, un souper, des lits pour les visiteurs impromptus. La servante s'affole, comment s'acquitter de tout cela dans un palais presque vide encore ?

« Qu'on envoie deux valets chez mon père,

pour ce qui manquera. Ils ramèneront aussi le médecin des Orsini. Et, ma foi, mon père lui-même, s'il peut venir. »

L'arrivée de Baldassare à cette heure, dans cet équipage, suppose des événements graves et des décisions urgentes à prendre. Elle endosse en hâte une robe, bousculant la servante excitée qui s'emmêle les doigts dans les lacets du corsage, et descend jusqu'à la salle de réception du premier étage. Quatre corps sont affalés sur les bat-flanc de chêne scellés au mur qui en constituent le seul ameublement désormais, amplifiant ses vastes dimensions. Ils sont indistincts dans la pénombre : une seule veilleuse à huile rougeoie poussivement, éclairant les contours de leurs silhouettes.

Le palais Colonna fut vidé si consciencieusement qu'il n'y restait pas une lampe. Depuis une semaine, Ginevra y fait entrer, pour remplir les voûtes et fournir l'essentiel des commodités domestiques, des fourgons de vivres et de bois, de linge, de vaisselle ; tous les meubles que les Orsini ont bien voulu lui prêter ou lui céder et les cadeaux de mariage qui étaient restés chez son père. Mais cela fournit à peine l'indispensable. On est encore en campement : lits de sangles, tréteaux, coffres de voyage.

Ginevra, tenant un chandelier à bout de bras, s'approche du groupe. Elle distingue le visage barbu, maigri, traits tirés, de Baldassare Colonna et s'arrête sur lui, l'isolant dans un halo tremblotant. À petites phrases hachées, économes, il explique :

« Naldi a trahi... Imola et Forli sont tombées. Caterina Sforza résiste à la Rocca de Forli. Je n'ai pu la rejoindre... je n'avais plus d'armée... Il faut tenir conseil, je dois voir votre père...

— Je l'ai fait chercher, il va venir. »

Baldassare soupire, laisse aller en arrière contre le lambris sa tête lasse. Ses soldats ne bougent pas, peut-être endormis comme des pierres, là où ils sont tombés.

« Mais que diable avez-vous fait de mes meubles, pourquoi vider ainsi ma maison ? Voilà d'étranges façons », dit-il, regardant l'immense salle déserte.

Ginevra le dévisage, abasourdie.

« Mais... J'ai trouvé le palais en l'état la semaine passée, quand je suis arrivée. Il n'y restait ni une bûche, ni une écuelle, ni une once de chandelle. Je croyais que vous étiez le responsable de ce sac minutieux...

— Non, ce sont les brigands de Rome », dit une voix dans l'ombre.

Ginevra tressaille si fort qu'elle manque lâcher son chandelier. L'affermissant dans son poing, elle le déplace vers l'ombre qui a parlé, réprime un haut-le-corps. Une voix de femme, c'était déjà déroutant. Mais que cette femme soit Camilla Vespucci, voilà qui passe l'imaginable. En outre, Ginevra constate qu'elle a les poignets entravés d'une corde et un bâillon autour du cou — qu'elle a dû réussir à faire glisser pour parler.

« Ils vous ont dévalisés, poursuit tranquillement la fille rousse en habit d'homme.

— Que fait cette femme avec vous ? questionna Ginevra.

— Je l'ai enlevée.

— Enlevée ?

— Oui. Et pour l'heure, je compte la garder ici... »

Ginevra se demande un instant s'il est fou, si la fatigue ne le fait pas délirer.

« Je n'ai pas la moindre intention de rester ici, dit calmement la Cyprina, pour tout simplifier.

Si vous me gardez, je porterai plainte pour séquestration.

— C'est cela ! Appelons le gouverneur de la ville, propose Baldassare. Nous lui dirons qui vous êtes.

— Libre à vous.

— Qu'a-t-elle à voir avec Imola, avec Forli, avec la guerre ? s'interpose Ginevra.

— Rien. Elle était sur ma route, c'est tout. Je la cherche depuis un an... Je veux m'expliquer avec elle...

— Elle ne semble pas y tenir, moi non plus. Nous avons des soucis plus urgents, mon père sera là tout à l'heure.

— Camilla est mon souci le plus urgent. Elle restera.

— S'il vous plaît que les Orsini vous coupent les vivres, menace Ginevra.

— En attendant, vous êtes la maîtresse de ma maison. Faites donc préparer la chambre alexandrine pour notre hôtesse, donnez-lui une servante, veillez à respecter la tradition des Colonna. »

Camilla intervient, tranchante :

« Cette tradition implique-t-elle qu'on m'enferme à clef et garde ma porte ? Faute de cela, je ne manquerai pas de m'enfuir cette nuit, je vous en préviens. »

Il pâlit, chancelle et se rattrape à son épaule.

« Je vous en prie, nous parlerons de cela demain... Je n'ai pas dormi depuis soixante-dix heures, je suis blessé... Et j'ai encore un conseil à tenir... »

Elle paraît hésiter. Puis, se tournant vers Ginevra, la salue d'une révérence, visage impassible.

« Je vous sais gré, madame, de votre aimable hospitalité. »

Elle n'a pas dormi, elle n'a même pas essayé. Elle arpentait cette chambre bleue — il n'a pas choisi par hasard de la lui faire préparer, c'est celle où il l'avait installée deux ans auparavant lorsqu'il l'avait enlevée à Cesare. Décidément Baldassare ne sait pas la traiter autrement...

Seule notable différence avec le décor du premier rapt, dans l'alcôve où se tenait alors une *Vierge* de Cimabue, se trouve à présent *La Femme en brocart rouge* par Giorgione. Baldassare doit l'emporter partout avec lui — elle n'était pas parmi les trésors du palais Colonna lorsque la générale et les gueux sont venus piller les lieux, emportant, justement, la *Vierge* de Cimabue. C'est une improvisation du maître de maison, conçue cette nuit même, que de l'avoir placée là. Pour impressionner l'invitée.

L'aube grisaille dans les rainures des volets, une rumeur monte de la ville, les couvents appellent les fidèles pour la première messe. Camilla tremble, un vertige lui serre le ventre. C'est le signe de Baldassare, cette soudaine anarchie dans son corps, cette fébrilité qui l'empêche de penser. Cela ne s'émousse pas avec le temps, la désillusion ni la douleur ne l'entament, les caresses d'autres hommes ne l'effacent pas.

Mais elle ne cédera pas. Même après une nuit de veille dans une chambre emplie de souvenirs, même devant lui, quand il va venir. Camilla savait que Baldassare la laisserait un jour malheureuse, perdue, blessée, c'est malgré cela qu'elle l'a suivi. Cesare l'aimait — elle l'a su trop tard, mais elle le croit. Giorgio l'aime, l'aimera sans doute au-delà de tout, comme un franciscain aime Dieu... Baldassare est Tête d'Or, qui ne peut la désirer que s'il doit la voler à quelqu'un. Ils sont allés au terme de cette aventure-là, déjà; la recommencer ne changerait rien à sa fatalité, les reconduirait à la même issue, exactement.

Camilla le sait. Baldassare croit peut-être qu'en rejouant d'anciennes scènes, en l'enlevant pareillement sur une route, en la séquestrant dans *leur* chambre, il ressuscitera des émotions intactes. Il est assez comédien d'âme pour rappeler en lui, répéter ce qu'il ressentit naguère.

Camilla ne lui ressemble pas. C'est au contraire ce qui la rebute. Elle ne revient jamais en arrière, ne repasse jamais dans ses propres traces. Baldassare, en l'enfermant dans cette pièce, prouve qu'il n'a rien de neuf à lui proposer. Dès lors, même si le cœur bat, que l'estomac se crispe, que les mains sont moites, elle ne cédera pas.

Elle veut une revanche sur lui. Mais non pas à titre personnel, dans l'espoir de renouer des liens. Il ne figure dans son plan que comme symbole. Dans un conte d'initiation, la prostituée devrait devenir reine, l'ancien roi s'abaisser. Ils sont les figures emblématiques d'une *impresa*[1] désormais.

Quand on heurte à la porte, elle devine que c'est lui, qui malgré sa fatigue n'a pu reposer plus de quelques heures, qui sans doute, comme elle, a les entrailles chavirées: mais Camilla sait, c'est la différence entre eux, que l'essentiel de l'amour ne tient pas dans cet émoi. Elle se redresse contre le mur, serre les poings derrière son dos.

1. *Impresa:* emblème, armoiries. C'est également un jeu, une sorte de rébus.

« Entre. »

La lassitude froisse encore les traits du condottière. À présent toutefois qu'il est lavé, rasé, qu'il a dormi, elle voit que ce n'était pas seulement la poussière et l'épuisement qui le déguisaient. Son visage a réellement changé, dépouillé le velours d'adolescence perverse qui parait l'archange de 1493. Elle comprend cette flambée de scandales qui l'escorte. À la beauté de Tête d'Or s'ajoute une force, une détermination neuves. Dans les yeux, non plus le seul éclair du charme rusé, de l'insouciance : une amertume sagace, un peu cruelle, qui doit faire des ravages amoureux ; un homme meurtri attire plus une femme qu'un adolescent sans cicatrices ni remords. Il a donc un peu souffert, après tout.

« As-tu bien dormi ? »

Elle ne le tutoiera pas.

« Non. Jamais lorsque je suis enfermée. Comptez-vous me garder longtemps prisonnière ?

— Je ne te laisserai plus jamais partir. »

Elle hausse les épaules.

« C'est avant de vous marier qu'il fallait y songer. Je ne crois pas que votre femme supportera que vous me teniez ici.

— Elle n'est pas ma femme de fait, j'obtiendrai le divorce sans difficulté. Oh, Camilla... »

Il serre le poing, cogne contre le mur nu, à côté d'elle, comme s'il la frappait indirectement.

« Nom de Dieu ! Comment as-tu pu disparaître ainsi, me laisser croire que tu étais morte, et de cette horrible manière ? Sais-tu ce que j'ai enduré ? »

Elle le dévisage attentivement.

« Vous et moi n'avions plus rien de commun.

— Pourquoi n'as-tu pas voulu répondre à mes lettres ?

— Des lettres ? Vous, Baldassare Colonna, vous m'avez écrit des lettres ?

— Tu ne les as pas reçues ? »

Il a bondi vers elle, l'enlève dans ses bras, la serre à l'étouffer. Elle se débat mais ne parvient pas à se dégager, il est galvanisé par l'exultation.

« Bien sûr, c'est cela ! Tu ne les as pas reçues. Sinon, tu serais venue. N'est-ce pas ? Dis que tu serais venue, que nous serions partis, que tu m'aurais épousé. N'est-ce pas, Camilla ? Tu ne pouvais pas, tu ne peux pas ne plus m'aimer. »

Elle résiste mal, se laisse embrasser, dénouer les cheveux, caresser le visage. Mais c'est la chair, la chair sans courage. L'esprit refuse de croire qu'une lettre ou deux auraient suffi pour modifier leur existence.

« Comment puis-je ne pas les avoir reçues ?

— Parce qu'elle les a volées ! J'ai soupçonné souvent qu'elle me faisait espionner. Oh, la garce, l'ignoble garce ! Je n'aurai pas scrupule à la traîner devant un tribunal ! »

C'est donc la faute de quelqu'un d'autre. Comme il doit désirer s'en convaincre !

« Camilla... Et... l'enfant que tu attendais ? »

Elle hoche la tête en dénégation, elle ne lui donnera pas cette arme contre elle.

« Je l'ai perdu.

— Dieu du ciel ! Je n'ai pas connu un instant de paix, pas même un instant de plaisir depuis une année ! »

Elle le retrouve, s'exagérant à lui-même la douleur — peut-être réelle — qu'il a ressentie.

« Pas un instant de plaisir ? Et toutes ces femmes séduites ?

— C'était avec rage, avec rancune, avec

méchanceté. J'étais engourdi d'âme, je les haïssais de n'être pas toi, non, vraiment, je n'y trouvais pas de plaisir. Sinon le plaisir diabolique de blesser, de bafouer, de détruire... Camilla, m'aimes-tu? chuchote-t-il à son oreille, la reprenant contre lui. En as-tu aimé d'autres que moi?

— Comment crois-tu que j'aurais survécu? Le Génois d'abord. Et puis, toute cette année, sinon le temps de mes couches, j'ai travaillé dans un bordel. Avec le jubilé, je peux te dire que les putains ont de quoi faire...»

Mais il ne la croit pas.

«Et tu trouves quand même le temps de mettre à sac les palais et détrousser les voyageurs? sourit-il. Camilla, brigande! Tu l'as fait exprès, n'est-ce pas, de vider cette maison des voûtes aux combles?

— Oui. J'ai dirigé l'opération personnellement.

— Tu m'enrôleras dans ta troupe?

— Pour quoi faire?

— Pour être avec toi. Et puis, je serai pauvre si je divorce, j'aurai besoin de m'enrichir.»

Il essaie de délacer le pourpoint de l'amazone, parlant contre ses cheveux. Elle écarte sa main.

«Sais-tu ce qui t'attend? C'est toi qui seras l'accusé dans un procès de ce genre. Les cardinaux réuniront un congrès de médecins. Des matrones viendront te tâter les génitoires et t'examiner, devant leur regard éclairé tu seras sommé de besogner ton épouse. Et cela durera des heures, jusqu'à ce qu'on se résigne à te déclarer impuissant, seul motif admissible de la non-consommation. L'homosexualité représente un autre recours. Préférable, peut-être. Comme tout cela sera cruel pour elle!

— Pour elle ?

— Ginevra. Elle sera publiquement humiliée. Que peut penser en ce moment cette femme qui n'a jamais connu d'homme, sachant que toi et moi sommes enfermés ici, sous son toit ? Que tu vas la traîner devant des juges pour la répudier ? À sa place, j'aurais envie de te tuer... Garde-la, Baldassare. D'ailleurs, est-ce qu'on épouse les filles comme moi ? »

Il ne répond pas, il se moque de Ginevra en ce moment, il ne veut plus rien savoir. Camilla est là, l'ambre de ses cheveux coule sur les doigts de Baldassare. Un parfum de vent émane de ses vêtements ; Camilla la voleuse de grand chemin... Elle a perdu sur les joues un arrondi d'enfance, ce qui ne la rend pas moins belle, le sublime dessin des os s'affirme ainsi. Le corps est moins frêle, plus musclé — le genre de vie qu'elle mène, sans doute, escaladant les toits — et pourtant plus féminin, plénitude dans l'échancrure de la chemise. Il a dit vrai, depuis un an il fait l'amour sans appétit ni volupté. Elle lui rend la brûlure et l'émerveillement, il n'a jamais désiré, ne désirera jamais d'autre femme avec cette urgence.

Ses doigts s'agacent et trébuchent sur les lacets qu'elle ne l'aide pas à dénouer, elle n'esquisse aucun geste qui consente encore, le petit Spartiate lutte contre lui-même. Mais dans ces joutes-là, elle capitulait toujours par le passé, flancs palpitants de biche épuisée par la course, un peu furieuse de sa faiblesse. L'esprit pouvait résister à toutes les ruses, toutes les menaces. Le corps ne savait pas lui dire non. Baldassare a rarement écarté la tentation d'user, d'abuser d'un pouvoir aussi délectable.

Il embrasse la bouche haletante, ses mains glissent entre chair et vêtements, impatientées par la résistance bête que ces derniers lui opposent, ligatures qui se recroquevillent et s'arcboutent à mesure qu'il tire, tissus qui se cramponnent au corps, alliés d'une vertu déconcertante. Il a séduit trop de femmes pour ignorer qu'il n'est d'obstacles dans leur parure que délibérés, que les carcans qui résistent furent cadenassés pour attiser l'attente, que les chemises qui glissent au premier geste sont le résultat d'un habile travail préparatoire. Ce laçage compliqué, ces nœuds, ce cuir rigide, tout ce que porte Camilla dit la citadelle imprenable. C'est émouvant, l'aveu d'une fidélité, la preuve qu'elle a peur de lui céder. Mais il veut qu'elle se rende maintenant, ils furent trop longtemps séparés.

D'une torsion brève du corps, qui entraîne en écho, en sillage, l'onde des cheveux dénoués, Camilla se dégage de l'étreinte. Deux foulées, elle atteint la porte, l'ouvre à la volée, bondit sur la *loggia*. Elle enjambe la balustrade, glisse le long du rideau de brocart et retombe sur le carreau du *cortile*, fléchissant les genoux lorsqu'elle touche le sol. Baldassare n'a même pas atteint la balustrade quand elle gagne, en bas, la voûte de l'entrée, déserte à cette heure. Il se penche.

« Camilla ! »

À voix distincte et calme, elle répond :

« Si vous me voulez, seigneur Colonna, j'habite à présent rue du Panthéon. Lorsque vous serez divorcé, venez donc y demander ma main. »

Il pleut sur Venise mais Giorgione peint. Ce qu'il peint s'engrave au plus profond de sa mémoire, il n'a presque pas besoin de lumière pour le transcrire. La même figure, toujours, une obsession qui ne le quitte plus. Dans l'atelier obscurci, il s'acharne sur un rêve qui fuit, que ses pinceaux ne capturent jamais qu'imparfait.

Le corps est allongé, la tête au creux d'un bras replié prolongeant la diagonale, comme sous le portique de Santa Maria in Cosmedin, la première fois qu'il l'a vue. Les cheveux d'or rouge sont coiffés en bandeaux à l'antique, autour de l'ovale absolu du visage endormi. Endormi, toujours, reclus sur un songe, un secret. Il ne se lassera pas de poursuivre la sensation du crémeux, du moiré de la chair au grain serré — une opale sous laquelle, en transparence, affleure le sang —, de dessiner les courbes du corps idéal à ses yeux, malgré le renflement léger du ventre. Presque effacé par la position couchée, il demeurait pourtant perceptible : pour cette raison, elle avait décidé de ne plus poser, à quatre mois de sa délivrance. Désormais, pour Giorgione, la beauté n'aura plus que les flancs délicatement bombés[1].

Il savait qu'il ne la garderait pas. À présent qu'elle est partie, il la peint, il voudrait envahir le monde de ses icônes. Il n'aura plus d'autre femme que ce fantôme de pigments broyés, mirage plat, jeu de lumière. En bas, le heurtoir ébranle la porte en retombant, mais il ne descendra pas ouvrir, il a donné congé à la servante pour rester seul avec sa Camilla d'illusion.

Il peint. Il n'entend rien. Ni la pluie dehors, ni les marches qui craquent, ni le froissement de robe dans l'atelier, derrière lui. C'est l'ombre qui se pose sur son tableau qui le fait se retourner.

« Pourquoi n'as-tu pas ouvert, Giorgio ? Heureusement que j'avais la clef. »

Ses cheveux sont alourdis d'eau, frisottés aux tempes, où de fines gouttelettes prisonnières

1. Il s'agit de *La Vénus endormie*, voir note p. 384.

tremblent en diamants. Les mèches plus longues tordent des serpents sur les épaules. Elle a les yeux cernés, sa robe est grisâtre.

« J'ai voyagé en coche. Quatre jours, pour passer Noël avec toi. Je suis fatiguée. J'ai faim. »

Trois mois, trois siècles depuis sa dernière visite. Cette fois-là, déjà, elle avait dit, s'abattant contre lui comme un oiseau de mer aux ailes engluées :

« Réchauffe-moi. »

Comme alors, trois siècles auparavant, il l'emmène près du feu, glisse les doigts en éventail au travers des cheveux pour les déployer à la chaleur, la débarrasse du manteau humide. Elle vient devant le châssis posé sur le chevalet, l'examine longuement.

« J'arrive à temps, n'est-ce pas ? Tu n'as plus besoin que du sourire. »

Ginevra voulait demander conseil à sa cousine, mais quand elle atteignit Bassanello, Giulia l'avait déjà quitté — préférant passer Noël chez les Farnese. Comme d'habitude, Ginevra s'est retrouvée seule face au taciturne Orsino. Cette fois, même la présence de sa cousine semble lui peser, quand il sort il ne l'emmène pas. Ce matin, 24 décembre, lasse de rester devant l'âtre avec les lévriers pour compagnie, elle a prié :

« Je ne sais pas chasser au faucon, c'est vrai. Mais justement, tu m'apprendras. »

Depuis une heure qu'ils chevauchent, il n'a pas descellé les lèvres, visage renfrogné.

« Du diable ! éclate-t-elle à la fin, ne fais pas cette tête, Orsino, tu te mets à me ressembler encore plus quand tu es en colère et ce n'est pas une ressemblance très enviable ! »

Il consent à la regarder de côté, à sourire.

« Excuse-moi, Ginevra, je n'en ai pas contre toi. C'est Giulia.

— Giulia ? Mais elle n'est jamais là. Tant d'hommes sont harcelés d'épouses acariâtres...

— Justement, elle n'est jamais là. Cinq ans durant, je fus le cocu le plus moqué d'Italie. Quand le pape s'est lassé d'elle, j'ai cru qu'elle reviendrait chez son mari. Qu'elle consentirait à me faire un fils. Au lieu de quoi, la vie de zingara continue... »

C'est vrai qu'il a des motifs d'amertume. Même à l'intérieur du clan, tout le monde ricane d'Orsino et de ses cornes. Le propre père de Ginevra, Paolo le beau parleur, emploie, lorsqu'il parle de lui, une périphrase figée, « mon-neveu-le-cerf-dix-cors »... Ce n'est pas délicat et c'est injuste. Orsino méritait mieux que ce destin dont sa propre mère, Adriana Mila, fut l'entremetteuse au Vatican. Ginevra se souvient que, dans l'enfance, on prenait les deux cousins pour frère et sœur : ils se ressemblent en effet, de visage et de destinée.

« Tu te souviens, dit-il, soudain déridé et cheminant mentalement sur les mêmes voies qu'elle, comme nous étions d'horribles chenapans ? Aussi têtus et casse-cou l'un que l'autre. Je me suis rappelé cela cet automne, quand tu es venue. J'avais oublié qu'il pouvait exister des êtres partageant mes goûts — donc, ne les trouvant pas ridicules. Il est vrai que dans notre enfance, on nous les reprochait déjà. On disait que nous ne ferions rien de bon, que nous étions des sauvages... C'est peut-être pourquoi le clan n'est pas très soucieux de nos problèmes.

— Oui, soupire Ginevra. Qu'importe que nous

soyons cocus, pourvu que nous soyons discrets. Malheureusement, toi et moi, contre notre gré, sommes des cocus éclatants. Mon Dieu, cette affaire me rend folle ! Des servantes de ma maison vont venir devant le tribunal dire que je suis vierge, des matrones m'examineront à la loupe... Et tout ce que souhaite la famille, c'est que j'aille me cloîtrer dans un couvent pour que Baldassare n'ait pas la peine de divorcer, qu'on puisse éviter le scandale ! »

Des larmes lui piquent les yeux, sa voix s'éraille. Elle lance avec violence le faucon, fixe sur l'essor de l'oiseau son regard noir.

« Va ! Comme je voudrais avoir tes ailes ! »

Orsino, à son tour, suit des yeux le rapace, qui pique et vient refermer ses serres sur une palombe.

« Ginevra, est-ce que ce qu'on raconte est vrai ?

— À toi, je peux le dire, Orsino, tu n'en ricaneras pas. C'est vrai. Baldassare a juré, le soir de mes noces, qu'il ne me toucherait jamais. À cause de la Cyprina. »

La faucon revient se poser sur son poing ganté, ses serres agrippant avec violence le cuir épais.

« C'est bien, commente son cousin. Mais tu l'as lancé trop tôt, la palombe a failli lui échapper par en dessous.

— Si seulement j'étais moins laide ! explose-t-elle sans plus chercher à cacher ses larmes. Je suis peut-être vierge, mais pas effarouchée. Si je le pouvais, je prendrais un amant. N'importe quelle femme dans ma situation s'en tirerait ainsi et se présenterait, agressivement enceinte, au procès d'annulation. On dit que ce fut le cas pour Lucrezia Borgia, laquelle désirait, au contraire, dissimuler son état. Hélas ! aucun homme ne voudrait coucher avec Ginevra Orsini, même si je le payais ! Il y a, bien sûr, les amants du hasard — entraîner un masque un soir de carnaval. Mais d'abord, je risquerais de me faire détrousser, ou égorger, ou contaminer par quelque maladie infecte. Ensuite, il faudrait que je fusse sûre de me retrouver enceinte. C'est à pleurer de rire. Le principal tourment des femmes normalement constituées autour de moi, ce qu'elles passent leur vie à tenter d'éviter, moi, je ne parviens pas à l'obtenir...

« J'ai des amants de cœur. Les beaux esprits qui fréquentent ma maison se font un devoir de me dédier leurs poèmes. Mais ils seraient fort en peine si je les sommais de prouver leur flamme littéraire. »

Orsino tire de sa manche, sous son gant, un mouchoir de linon, le lui tend. Elle se mouche sans précaution, comme un homme, avec bruit. Il sourit.

« Pourquoi souris-tu ? Parce que je me mouche comme un soudard ? »

Elle hausse les épaules.

« Je ne serais pas plus séduisante si je faisais des mines de chatte. Je serais plus ridicule.

— Tu te trompes. Ton problème n'est pas d'être laide. Je ne trouve pas que tu le sois.

— Évidemment, tu me ressembles !

— Ton problème, poursuit-il, est que tu te crois, tu t'affirmes laide. Comment veux-tu que les autres en doutent ? »

Elle éclate de rire au milieu de ses larmes, c'est plus fort qu'elle :

« Ça alors ! Est-ce que tu as oublié, Orsino, que tu as passé toute notre enfance à me dire que j'étais un pou ? Que même les singes me montreraient leur cul s'ils me voyaient ? »

Il rougit.

« Je n'ai jamais dit de telles choses !
— Oh si ! Et Ginevra la gitane, et Ginevra la mauvaise fée ! C'était toujours Giulia qui faisait la princesse, j'en crevais, j'aurais vendu mon âme pour jouer, une seule fois, le rôle de la princesse...
— Nous étions des enfants.
— Oui, mais tout était déjà dit. Nos vies ressemblent étrangement à ce que nous imaginions dans nos jeux d'alors. Te souviens-tu ? Quand le chevalier Orsino, après avoir terrassé la sorcière Ginevra, épousait la princesse Giulia, c'était Alessandro qui vous mariait... »
Le lac de Bolsena apparaît soudain, au travers des arbres, en contrebas, noir et lisse comme une pierre. La légende prétend qu'on y voulut noyer sainte Ursule. Ginevra aime l'étrangeté de ces eaux enchâssées dans le cratère du volcan, de ces sombres collines du pays étrusque. Orsino les contemple d'un regard dur.
« Giulia n'est pas une princesse. Je voulais même te le dire depuis longtemps, Gina : ne te fie pas trop à ses conseils... »
Il reste le regard rivé sur le lac immobile.
« Je me suis trompé. Quel imbécile, de tomber amoureux d'elle !
— Tu l'aimes toujours ?
— Non. Mais le mal est fait, ma vie est gâchée. Tu as dû m'en vouloir, à l'époque ?
— Pourquoi ?
— J'y songeais, cet automne, quand tu es venue. Nous avons fait des promenades que je n'avais plus faites depuis quinze ans, tu m'as rappelé un temps où je n'étais pas seul, où je savais partager mes joies. Giulia n'a jamais été comme nous, n'a jamais aimé ce que nous aimions. J'aurais dû le comprendre. Du jour où je l'ai regardée comme une femme, j'ai trahi tout

ce qui était moi. Et, bien sûr, je t'ai complètement abandonnée. La cabane, par exemple... »

Au cours de leur guerre avec les enfants Farnese, les cousins s'étaient édifié, sur les collines, un quartier général de rondins dans les branches épaisses d'un chêne.

« Je n'y suis plus retourné, cet été-là.

— Moi, se rappelle Ginevra, j'ai continué d'aller t'y attendre durant le reste de la saison. Crois-tu que la hutte existe encore ?

— Oui. Après ton passage, j'ai eu la même curiosité. Il n'y a plus guère de gamins sur mes terres pour y jouer, mais les chemineaux s'y abritent. Veux-tu y aller voir ? »

Elle hoche la tête, ils prennent le petit trot, côte à côte.

« Ton mari, tu l'aimes ?

— Non. Je ne lui demande que son nom et un enfant, je n'ai jamais osé songer à l'amour. As-tu déjà vu un pou amoureux ?

— Je t'en prie, arrête avec cela ! »

Il a crispé les mains sur les rênes et son cheval, bouche cisaillée, bronche de surprise. Il lui tapote l'encolure en manière d'excuse.

« Je n'aime pas les femmes trop charnues, pour ma part. »

Il sourit brièvement.

« Si tu veux la vérité, une des raisons pour lesquelles j'ai cessé d'aimer Giulia, c'est qu'elle a terriblement engraissé ces dernières années. J'ai découvert ainsi... son vrai visage, tu comprends ? Sa vraie personne. Quand elle était mince, à quinze ans, elle avait l'air d'un ange.

— Oui, soupire Ginevra, elle était belle...

— Mais elle trompait le monde. C'est maintenant que son corps la révèle. Une femme soumise à ses appétits, esclave de ses appétits, même. Dépourvue de toute humanité. Oui, vraiment, méfie-toi d'elle... Et pour ce qui est de ta laideur... Dis-toi qu'en Turquie, par exemple, la beauté ne se conçoit qu'avec un teint d'olive et des cheveux aile-de-corbeau. »

Ginevra secoue sa crinière, échappée de la toque.

« C'est une idée! Je pourrais aller me faire engrosser par le Grand Turc... »

De nouveau, elle sent qu'Orsino s'agace de ce persiflage. Mais c'est devenu chez elle une seconde nature que se moquer de soi — pour devancer les sarcasmes d'autrui, les étouffer à la naissance. Elle poursuit :

« Dommage que tu sois mon cousin germain, je t'aurais demandé ce service. Mais nous ferions sûrement un attardé, à cause du sang proche... »

Tournant la tête vers lui, elle s'aperçoit qu'il a rougi. Ce n'est plus de colère, plutôt d'embarras. Alors elle se tait et, dans le quart d'heure qui suit, chacun des deux feint de ne se soucier que du chemin pour retrouver la cabane dans l'arbre.

« Il va pleuvoir, dit-il enfin comme ils s'en approchent.

— Le premier au but ! » défie Ginevra.

Ils prennent le galop du même mouvement, côte à côte, ressemblance accusée par l'habit d'homme presque identique qu'ils portent. Ils sont au milieu de la clairière, devant le chêne, quand la pluie vient en rafales méchantes, d'un coup, sous un ciel obscur qui semble toucher la plume de leurs toques. Laquelle pend bientôt lamentablement.

« Abritons-nous dans la hutte, propose Orsino. Elle n'est plus très entretenue mais le toit tient bon. »

Ils descendent de cheval, Ginevra prend la

première l'escalier grossier taillé dans le tronc, une simple suite de prises pour les mains et les pieds. Elle manque tomber parce que c'est calculé à la mesure de corps d'enfants et qu'elle a grandi... Il la rattrape d'un bras solide, ils se hissent sur la plate-forme, assez large, qui sert d'assise à la cabane entre les premières branches de l'arbre. Il est là depuis le temps des Romains et déjà servait de refuge aux enfants ou aux amants, car des inscriptions latines sont gravées sur sa carapace grenue.

Quand c'était leur quartier général, Orsino avait ouvert dans le toit un conduit de cheminée coudé, comme dans les vraies maisons, pour que la pluie n'y tombât pas, et construit un âtre de briques. Tout demeure à peu près en l'état, mais on sent que depuis quelques saisons, personne n'a plus joué là. Les enfants de fermiers sont partis avec leurs parents travailler en ville — ou se faire brigands — depuis qu'on remplace, un peu partout, le blé par des pâtures.

Il reste néanmoins, dans le coin de la cheminée, un tas de bûches et des branchages secs, la cabane doit parfois servir à des pèlerins, elle est vaste et confortable. Ginevra en est surprise, souvent la vision d'adulte rapetisse les lieux de l'enfance, mais pas ici. Tandis qu'Orsino prépare le feu, elle dépoussière un coin de terre battue pour s'y asseoir et dénatte ses cheveux mouillés, à demi défaits déjà, qui tombent noirs et luisants jusqu'à ses genoux.

« Tu as l'air d'une sorcière, en effet », constate Orsino, se tournant vers elle pour la considérer.

Elle se mord les lèvres. Il se redresse, vient près d'elle d'une enjambée.

« Sotte, je ne voulais pas te peiner. »

Sans savoir comment, ils sont l'un contre

l'autre, bouches mêlées. Il enroule sur ses mains les cheveux lourds, délace les vêtements de chasseresse. Elle l'imite avec impatience, elle a toujours fait tout ce qu'il faisait, le jeu consistait à ne pas se laisser distancer, qu'il s'agît de galoper jusqu'au sommet de la colline, de grimper dessus un mur, de plonger dans le lac... Le cuir de leurs vêtements, mouillé par la pluie, chauffé contre leur peau, semble vivant, son odeur se mêle à celle des essences qui brûlent, c'est le parfum des automnes enfuis. Front à front comme des béliers, fébriles, ils se mesurent, s'entrecognent, tombent enfin, roulent ensemble sur la terre battue. Les corps nerveux ont une odeur jumelle, un grain semblable, la même couleur presque brune.

« C'est toi que j'aurais dû épouser, Ginevra. Tu es ma pareille... »

Elle ressent une douleur intense et nette à l'instant qu'il la pénètre, mais elle ne crie pas, l'attire contre elle plus étroitement encore. Aussitôt, la douleur est emportée par une sensation beaucoup plus violente, qui se diffuse, se prolonge, irradie, reflue puis revient, plusieurs fois, abolissant toute conscience périphérique, les enfermant dans une éternité suspendue.

Pour prélude au carnaval de l'an 1500, le pape a offert un triomphe au vainqueur de Forli. Un vrai triomphe à la romaine, avec un général prénommé Cesare, le défilé des huit mille hommes de son armée composite, des trophées disposés sur cent chars — les œuvres d'art que le Valentinois confisqua — et même un ennemi vaincu qui chevauche à ses côtés, Caterina Sforza. On ne lui fit pas courber la nuque sous les fourches caudines, elle s'était rendue au roi de France, non à Cesare ; et comme sa digne beauté, son intrépidité célèbre touchaient le peuple, on la ramena vite au Belvédère, après un tour de piste.

Camilla, de sa terrasse, a regardé passer le cortège qui s'acheminait vers le Vatican. Cesare, qui a le sens du spectacle, était de noir vêtu, sublimement simple. Tous les chars du triomphe se drapaient de noir également, les trompettes ne sonnaient pas, on avait même enrobé les pieds des chevaux, de sorte que le défilé silencieux semblait fantomatique. Le duc entendait marquer ainsi le deuil de son cousin le cardinal Giovanni Borgia, mort dans son propre camp de Romagne. Décès qu'on impute comme d'habitude au miraculeux poison de la famille, quoique la raison d'un tel assassinat reste difficile à trouver. Cesare, avec ses airs de panthère, n'a jamais rien fait pour amender sa légende, au contraire...

À présent le soir est tombé, la nuit pure de février tremble d'étoiles. Le Palais de Verre, rue du Panthéon, à l'orée de Santa Maddalena, est illuminé des voûtes à la terrasse. Un palais que les Sevriano ont dû vendre en catastrophe il y a six mois, les brigands l'ayant trop bien pillé pour que leur fortune dédorée permît aux propriétaires de le remeubler.

Camilla Vespucci l'a racheté pour une bouchée de pain. Elle en a fait aussitôt parer de verre blanc toutes les fenêtres, de sorte que Rome a rebaptisé la demeure gentilice, dépouillant définitivement les Sevriano d'un lieu qu'ils occupaient depuis trois siècles. Comme ils n'ont pas d'héritier mâle de toute façon, le marquis étant mort jeune d'une horrible peste il y a cinq ans, le nom s'éteindra.

La Cyprina, ce soir, donne une fête. Y assistent l'ambassadeur de Venise et celui de Constantinople, qu'elle oblige à souper côte à côte.

« Au moins ce soir, et pour l'amour de moi. »

Puisque c'est chez elle qu'ils ont choisi de se divertir, quittant le Vatican où le pape prolonge les réjouissances de la journée. Il y a là Bramante, auquel la maîtresse des lieux a commandé *son* église. Le poète Pietro Bembo qui s'est, pour l'amitié d'elle, distrait du carnaval de Venise. Copernic, le savant polonais dont elle fut l'élève, qui enseigne à présent à la Sapienza, l'université fondée par le pape.

« On dit, murmure une dame à sa voisine, qu'*elle* se déguise en homme pour aller assister aux lectures qu'il y donne...

— Elle ne se déguise pas en homme dans ce seul but... »

L'assistance féminine est nombreuse mais aussi renfrognée que les deux chuchoteuses. La Cyprina draine chez elle tous les gens bien nés, riches, beaux, talentueux. Les autres dames, duchesses ou courtisanes, en sont réduites à se recevoir entre elles ou venir de mauvais gré chez la rivale pour croiser des hommes intéressants... et même leurs propres maris. Le pire est que la rusée n'accorde sa faveur à personne — de sorte que tous peuvent espérer et piétinent dans son antichambre. Sans protecteur avoué, elle est riche pourtant. Ses soupers, ses bals, ses chasses sont les plus somptueux de Rome. Mais il est vrai que nombre de transis, bien qu'assurés de ne pas l'émouvoir, se ruinent pour la combler de cadeaux.

« Comme si ce n'était pas assez des brigands qui nous dévalisent, cette garce plume notre jeunesse... »

La phrase est proférée par une sonore douairière, flanquée de sa fille montée en graine, qui considèrent ensemble le jeune et charmant Amedeo Tolomei. Récemment arrivé de Sienne, ce cavalier se voit plus favorisé que son cousin Baldassare Colonna chez lequel il loge — et que la Cyprina ne veut pas recevoir. Amedeo Tolomei, ébloui comme on l'est à dix-huit ans, a offert à Camilla dix mille ducats de statues antiques. Pour l'heure, sous le regard admiratif de bien des filles à marier et de bien des épouses délaissées, il est engagé dans une partie de dés animée — un des autres plaisirs qu'il a découverts à Rome. Camilla s'approche de lui.

« Donnez-moi le bras pour monter à la terrasse. On y voit le feu d'artifice du castel Sant'Angelo.

— Reine de mon cœur, me permettez-vous d'achever cette partie, que je suis sûr de gagner ?

— À votre aise. »

Elle appelle un valet d'une voix qui porte :

« Escortez le seigneur Tolomei. Il prend congé. Et je crains dorénavant qu'il ne paraisse plus ici. »

Le jeune homme devient pâle, se lève d'une pièce.

« Madame ! Je ne voulais pas vous offenser, pardonnez-moi, je vous en prie ! »

Sans souci du sourire narquois des rivaux, de la réprobation dépitée des dames, il se jette à genoux. Les regards à présent convergent vers Camilla, guettant sa réaction.

« Vous aimez donc les dés tant que cela ? » s'enquiert-elle avec trop de douceur.

Confus, il se tait.

« Eh bien, je vous propose un enjeu pour en relever l'intérêt. Une nuit d'amour dans mon lit. »

Elle a dit cela pour que tous l'entendent. Une rumeur secoue l'assistance.

« Allons, Amadeo ! Ne voulez-vous pas de mon enjeu ? Je suis sérieuse. »

Il n'ose pas bouger, genou fléchi en terre.

« Madame, y songez-vous ? »

Elle se tourne vers l'auditoire.

« Le seigneur Tolomei ne veut pas jouer. Qui prend sa place ? »

Le jeune homme pince les lèvres, se redresse, puis se rassied à la table, encore plus pâle.

« Soit, jouons. Mais si je perds ?

— Vous me céderez votre héritage », dit-elle, s'asseyant en face de lui.

La rumeur, cette fois, s'amplifie, petits cris parmi les dames. Les rivaux attendent. Que Camilla prenne pitié du jeune homme. Ou que le jeune homme se perde d'honneur. Il déconcerte l'expectative. Rassemblant les dés dans le cornet, il les lance d'un élan sur la table de jeu.

« Sept, compte la voix claire de Camilla. »

Sa main nacrée, dépourvue de bagues, ramasse les dés dans le cornet, l'agite délicatement entre deux doigts, en lance à son tour le contenu.

« Onze. »

Mais tout le monde a vu le geste qu'elle n'a guère tenté de cacher, le coup d'ongle qui fit basculer le dé d'une face sur l'autre après qu'il eut touché le tapis, transformant un en six. Amedeo la dévisage, exorbité, et parce qu'il est jeune encore, l'évidence lui échappe :

« Vous avez triché ! »

Elle sourit, plus féline que jamais, tournant la tête vers la masse agglutinée des rivaux qui font demi-cercle autour du jeu.

« Qui demandera raison pour moi de cet outrage ? Lequel sera mon chevalier ? »

Agostino Chigi, resté près d'elle, se penche sur l'oreille de Camilla.

« De grâce, épargnez-le, il ne sait pas se battre, vous l'enverriez à la mort. »

Mais deux soupirants, d'un même élan, se sont avancés déjà, offrent leur épée. Camilla se lève avec lenteur, hausse les épaules.

« Bah ! supposons que je n'ai rien entendu. C'était pour rire. Je ne veux pas l'héritage de ce jeune homme. Qu'il aille seulement jouer ailleurs dorénavant. »

Elle fait impérieusement signe au valet, puis détourne ses épaules nues. Et, prenant par le bras un grand homme à barbe noire qu'elle a présenté comme un chevalier vénitien de ses amis, s'éloigne vers la terrasse.

« Allons admirer ce feu d'artifice, mon cher. J'ai deux mots à vous dire. »

Les rivaux sont verts. Mais quand le couple est seul là-haut — où d'ailleurs Camilla crève de froid — ce n'est pas un conciliabule amoureux qu'ils tiennent, éclairés par les lueurs multicolores du spectacle pyrotechnique.

« La foule baguenaude devant le castel Sant'Angelo, regarde ! Tout Rome dîne et danse dehors. Belle occasion pour les brigands. »

Gubbio — c'est lui, en effet, un peu emprunté dans ses vêtements de brocart — secoue la tête, buté. Trois fois déjà, Camilla est revenue à la charge. Mais il a ses raisons pour refuser, sa « déontologie », comme dit un clerc devenu truand, lui interdit de s'attaquer à des amis. Celui que Camilla veut détrousser ce soir, Gubbio l'a pris en sympathie depuis le premier jour. D'ailleurs, la générale triche. Il sait bien qu'elle ne le vole pas pour le voler. Et qu'elle ne maltraite de pauvres petits jouvenceaux comme celui de tout à l'heure qu'à cause du même personnage-qu'elle-ne-nomme-jamais, avec lequel elle règle des comptes par procuration.

« Vous n'auriez qu'à surveiller les abords, rien de plus, insiste Camilla. Il n'y a personne, les quelques domestiques qui ne sont pas au feu d'artifice logent dans l'aile nord-ouest. La dame est à un souper, le seigneur à un bal. L'huissier qui garde le palais tout seul est ivre chaque soir. Et la chambre qui m'intéresse se trouve à l'est, de l'autre côté du *cortile*.

— C'est prendre des risques pour pas grand-chose. Il ne doit rien rester, nous avons dévalisé très proprement il y a six mois.

— Tu te trompes, c'est fort bien remeublé. Cependant je ne m'intéresse qu'à un seul objet dans ce palais.

— Précieux ?

— Oui, mais qu'on ne monnaiera pas.

— Alors pourquoi diable...

— Je le veux, c'est tout.

— Et tu es prête à risquer la vie de mes hommes pour ça ? Sacré Nom, vos querelles d'amoureux me rendent fou !

— De quoi parles-tu ?

— De Tête d'Or et de toi ! Chaque fois, nous y laissons de braves brigands étendus sur le pavé !

— Pas cette fois, j'entrerai seule.

— Tu es folle !

— Non, puisque le palais sera vide. Et je vous offre une compensation. Dans la foulée, nous allons mettre à sac une maison dont les coffres sont pleins d'or, en ducats ainsi qu'en brocarts, en galons, en passementeries. La maison de maître Niccolo Vespucci.

— On ne fait donc que régler tes affaires de famille, ce soir...

— Celle-là, vous ne la regretterez pas. Nous

allons tout emporter. Que ces garces n'aient plus une seule chemise, plus un peigne, plus une écuelle.

— Soit, elles ne l'ont pas volé. Mais Baldassare Colonna, pourquoi t'acharner contre lui ? Il est pauvre, il a perdu la guerre, il a même été blessé. Et il t'aime. Il a demandé l'annulation de son mariage au pape à cause de toi.

— Comment le sais-tu ?

— Lui et moi sommes amis. Il vient me voir de temps à autre au Trastevere.

— Et tu le renseignes sur moi, c'est cela ?

— Je lui donne de tes nouvelles, ce qui est différent. À qui d'autre peut-il en demander, tu lui condamnes ta maison ! La preuve que je ne me trompe pas sur lui, c'est qu'il en sait assez sur nos activités pour nous envoyer tous pendre, nous l'avons même détroussé complètement, or il ne nous trahit pas.

— Il t'a raconté qu'il voulait divorcer ?

— Il ne pense qu'à toi, Camilla. Ç'en est même fatigant. On ne peut l'intéresser à rien d'autre.

— Il te l'a raconté pour que tu me le dises, mais c'est un mensonge. Il n'est pas près de déposer sa demande d'annulation auprès du pape et pour cause : sa femme, Ginevra Orsini, est enceinte. »

Gubbio ouvre des yeux sincèrement étonnés.

« Impossible, il...

— J'en ai la preuve. Ce n'est pas seulement le bruit qu'elle répand : son médecin, que Gennaro connaît bien, confirme la rumeur. Tu vois que Tête d'Or continue de me mentir ainsi qu'il l'a toujours fait. Je me vengerai donc cette nuit. Je lui ferai comprendre que je ne suis pas sa dupe et que s'il me veut, il doit payer le véritable prix.

— Serais-tu à vendre, Camilla ?

— Pour Baldassare Colonna, oui. Il m'a toujours considérée telle une putain.

— Tu agis comme si tu avais décidé qu'il était mauvais sans recours. Pourtant tu l'aimes. Je ne comprends pas cela.

— Moi non plus, Gubbio, soupire-t-elle soudain d'une voix lasse, moi non plus... »

Au premier regard échangé, Giulia s'est rassurée. Les années l'ont empâtée, mais Corella reste affamé d'elle, peut-être même la préfère-t-il aujourd'hui, ce n'est pas un homme à s'attendrir devant les frêles fétus comme Lucrezia Borgia, par exemple.

« J'ai besoin de vous, don Michele. Je suis si seule, soupire-t-elle. L'appui d'un courage masculin me fait défaut.

— Je suis venu dès que j'ai reçu votre message, j'ai quitté pour vous les réjouissances du Vatican. »

On entend en effet, lointaines, à travers la nuit, les détonations des fusées du feu d'artifice.

« Je vous en sais gré, car le triomphe du Valentinois est un peu le vôtre aussi...

— Habitez-vous ici ? demande-t-il, tandis que son regard fait le tour de cette maison un peu trop modeste et dépourvue de domestiques — cela, elle a constaté qu'il s'en assurait dès son entrée, quand elle est venue lui ouvrir la porte en personne.

— Non, je l'ai louée sous un nom d'emprunt. Ce que j'ai à vous dire, et le fait même que nous nous rencontrions, doit demeurer secret. »

Il se caresse la lèvre du doigt. La situation lui plaît. Giulia s'aperçoit dans le miroir avec satisfaction. Elle a dénoué ses cheveux, dévoilé sa gorge par une robe audacieuse — ce sont les deux appas qui ne l'ont pas trahie. Paupières baissées, elle se laisse détailler, manger des yeux par l'exécuteur des Borgia. Un frisson la trouble. En vérité, voilà longtemps qu'elle dort seule, ce n'est pas déplaisant de se retrouver femme.

« Voulez-vous du vin ? »

Il est préparé sur la table, dans une carafe. Elle le sert, se penchant sur lui, entend la respiration s'accélérer quand le geste dévoile un peu mieux ses seins. La vigilance, toutefois, n'est pas endormie par le désir. Il la laisse boire la première, attend qu'elle ait avalé le vin, avant d'y goûter à son tour.

« Mon mari, dit-elle, s'est mis en tête de me faire enfermer dans un couvent pour détourner mes biens. »

Ce n'est pas vrai, qu'importe ? Orsino le cocu légendaire et Ginevra, le laideron le plus laid d'Italie, se sont ligués ensemble pour la tromper. Rien ne pouvait ulcérer Giulia plus profond. Elle ne tuera pas sa cousine : en termes d'échecs, Ginevra « cloue » Baldassare, elle est nécessaire. Mais Orsino, cet encombrant crétin qui la gêne depuis des années et qu'elle avait scrupule à faire disparaître... Il paiera pour deux.

Comme si son intuition l'avait alertée, Giulia, à l'improviste, est arrivée début février à Bassanello. Le fait que sa cousine y demeurait depuis Noël lui semblait bizarre. L'incroyable, l'inadmissible soupçon s'est avéré dès le premier regard, ils étaient bien incapables de dissimuler leurs émotions, aussi incurablement Orsini l'un que l'autre. En d'autres temps, Giulia aurait ri. D'abord, parce qu'ils sont objectivement risibles, les deux plus grands cocus d'Italie se consolant ensemble... Ensuite parce qu'il n'y a guère, elle eût été ravie de voir l'attention de son mari détournée d'elle. Au temps des amours avec Baldassare, par exemple.

Ce temps est caduc. La faveur du pape s'est tournée vers de petites jouvencelles furtives qui se succèdent au Vatican sans régner, mais que Giulia ne supplantera plus. Sa beauté s'est fanée. Au point qu'elle n'a plus ni pape ni personne dans sa vie depuis des mois. Orsino, qu'elle a méprisé, qui priait le soir en vain derrière la porte conjugale, ose être amoureux et payé de retour, quand elle se tourne vingt fois par nuit sans trouver le repos dans son lit désert: c'est intolérable. Mais elle peut encore inspirer du désir, Corella la regarde comme un loup.

« J'aimerais qu'il eût... un bel accident. Quelque chose de banal et d'insoupçonnable. »

Les yeux de l'Espagnol, fendus verticalement tels ceux des chats, s'étrécissent.

« Mes services sont d'un prix élevé.

— Je n'ai pas d'argent à offrir », dit-elle, relevant les paupières et le fixant cette fois sans détour.

Avec un sourire très lent, il porte son verre à ses lèvres dans une apparente nonchalance. Mais il est sur elle avant qu'elle l'ait vu se mouvoir, l'a renversée dessus la table, immobilisée aux poignets, écrasée de son poids. Voudrait-elle lui échapper maintenant, ce serait trop tard. Elle ne le veut pas. Souriant, elle ploie la tête en arrière, amollit ses membres. Ses très longs cheveux s'épandent sur la table, animés de reflets par les flammes du feu.

Depuis son retour de Romagne, Baldassare a réintégré le palais Colonna pour résidence ordinaire. Ce fut peut-être une erreur, elle permet à Ginevra de faire croire qu'ils vivent ensemble et de répandre cette stupide rumeur d'enfant, à laquelle il ne croit pas, qui ne vise sans doute qu'à l'empêcher de demander l'annulation.

Ses appartements sont dans l'aile opposée à ceux de sa femme. Il a pris pour lui la chambre alexandrine, la «chambre de Camilla». Une alcôve y abrite la sublime *Femme en brocart rouge* qu'a peinte le Vénitien Giorgione. Le jour, la lumière d'une fenêtre exposée au sud l'éclaire de biais, dans une gloire compacte. La nuit, un photophore qu'il exige allumé dès la tombée du jour l'enrobe d'un halo. Ainsi, lorsqu'il revient chez lui, quelle que soit l'heure, Camilla l'y attend.

Lui aurait-on dit naguère qu'il succomberait au culte des fétiches, il aurait ri. Pourtant, conserver la chevelure d'une femme, c'est vouloir oublier que l'âge l'a blanchie; serrer entre chemise et peau son gant parfumé de jasmin, c'est nier qu'elle respire un jour l'odeur noire de la terre; garder des gages, c'est défier le temps. Camilla n'est pas encore entamée par les années, elle n'a même jamais été si belle. Mais la reine adulée, superbe, qu'il croise presque chaque jour ici ou là, l'obsession qui le poursuit partout dans Rome est une autre Camilla, une inconnue. La vraie, celle de ses souvenirs, celle qu'il aime, Giorgione l'a capturée, fixée sur le bois en deux dimensions. Si Baldassare a besoin de ce tableau près de lui, ce n'est pas seulement parce que la présence physique de Camilla lui est refusée, c'est parce qu'il est *fidèle*.

La Cyprina de chair et de sang a changé. Elle s'applique à se trouver partout où vient Baldassare, feint de ne pas le voir, ne lui parle jamais, refuse de le recevoir chez elle — où elle reçoit tout Rome. Son esprit est célèbre, mais il est devenu cruel. Elle aime voir lanterner dans son antichambre des soupirants qu'elle traite plus mal que ses fournisseurs. Elle mène cette bande de truands qui dicte la loi dans la cité. Baldassare, au fait de ce secret-là, l'a vue se montrer particulièrement délectable, particulièrement chatte, chez tel marchand qu'elle avait dévalisé la veille en personne... Au fond, un satanisme pareil à celui qui possédait le baron Colonna l'an passé.

À présent qu'il l'a retrouvée, lui-même dédaigne le soufre. Il s'est réconcilié avec l'espèce humaine et ne lui demande plus compte de sa douleur. Le monde offre aussi de la beauté. C'est l'autre raison qui l'attache au tableau de Giorgione. Il adulait à dix-huit ans la beauté pour le plaisir exclusif d'en jouir, plaisir esthétique et sensuel. À présent, il aime plutôt sa signification, sa résonance en lui. Contempler un chef-d'œuvre donne un sentiment plus profond, plus exalté, d'être vivant, emplit de reconnaissance. Le tableau de Giorgione, ou telle statue de Michelangelo, ou la prison d'espace qu'est la Villa Viridis, tiennent en respect Baldassare, suspendent sa rage obscure contre l'existence de la laideur et de la mort. Contre le fait que, parfois, les petits Spartiates se trahissent...

Il continue pourtant d'espérer Camilla, persiste à courir aux bals, aux sermons, aux audiences où la rencontrer, même s'il ne parvient pas à capter son regard. Ce soir, elle a déçu son attente. Il a fait le tour de deux ou trois fêtes qu'elle ne hantait pas. Ayant appris par la rumeur qu'elle donnait à souper chez elle pour faire admirer, de sa terrasse, le feu d'artifice, il a choisi de rentrer. Il va vers la chambre alexandrine en traversant la pénombre de la *loggia*, guidé par la lueur du photophore qui fuse par la porte entrouverte — pour qu'il puisse ainsi, la nuit, se repérer à ce phare comme les navigateurs à Vénus. Un rite.

« Tu commences à jouer les vieux garçons maniaques », lui disait Agostino Chigi quelques jours auparavant.

Mais Agostino Chigi soupe chez Camilla ce soir. Il s'enivre de son sourire, l'écoute jouer du luth, danse avec elle. Il peut se passer de fétiches. Sur le seuil de la chambre, Baldassare tourne le regard vers l'alcôve et son sœur s'immobilise. Le tableau de Giorgione a disparu. Il s'élance en trois enjambées, trouve une lettre enroulée et cachetée dans la niche à présent vide. Il en brise le sceau violemment.

« Il ne convient pas que votre femme enceinte puisse se trouver confrontée, dans votre chambre, avec la représentation d'une prostituée. Le choc risquerait de lui faire enfanter un monstre. Par charité chrétienne et par décence, nous avons donc repris l'objet scandaleux. Signé : Congrégation de la Sainte Inquisition. »

Il respire le vélin, y décèle un soupçon de parfum subtil — un parfum que lui prépare Gennaro depuis des années, à la fois frais et poivré, un parfum roux... Démone. Elle est venue jusqu'ici. Pour avoir imaginé vengeance aussi subtile, il faut que la fausse nouvelle l'ait sincèrement affectée. Il se sent partagé entre la déception réelle d'avoir perdu le tableau, l'attendrissement pour elle qu'il voudrait consoler enfin, convaincre de déposer les armes, ils se font souffrir si sottement ; et puis une sorte d'amusement. Il va vers le lutrin, prend une plume, griffonne une réponse :

« L'enfant de Donna Ginevra, s'il n'est une chimère, sera toutefois un monstre, malgré vos charitables précautions. Car seul le diable peut l'avoir engrossée, si ce n'est moi.

« Continuez de me dépouiller, je n'en ai pas rancune. Respirer votre parfum dans ma chambre suffit à mon bonheur. Je vais m'appliquer à la remplir d'objets qui puissent vous y attirer — dans la mesure de mes pauvres moyens de condottière. »

Il sonne l'huissier — tous les autres domestiques sont de sortie —, et le prie d'aller porter la lettre dans l'heure. Le souper que donne Camilla ne sera pas fini, elle a la fantaisie notoire de prolonger ses soirées jusqu'à l'aube et d'emmener alors ses fidèles voir le soleil se lever dans sa vigne au bord du Tibre. Certains matins, rentrant d'une autre fête, Baldassare l'a croisée sur la route, diaphane, cheveux épandus sur les épaules, en costume d'homme et montant un bai brun — une robe de chevaux qu'elle affectionne, les alezans et les bais châtains rivalisent avec sa propre crinière, en tuent la flamme.

Quelques fantômes l'escortaient, qui semblaient aussi douloureux qu'elle, dodelinant sur leurs selles. Elle se forçait à la gaieté mais ses yeux s'agrandissaient de cernes. En vérité, elle est malheureuse, Baldassare sait que c'est à cause de lui, existe-t-il rien de plus absurde que ce jeu ?

« Attends ! » crie-t-il à l'huissier.

Il reprend la lettre, brise le sceau, rajoute sous la signature : « Ma sorcière, mon tourment, quand ferons-nous la paix ? Je t'aime », sèche l'encre, scelle de nouveau le rouleau.

« Va, cette fois. »

Puis il étouffe la mèche du photophore inutile désormais, se jette sur la courtepointe de brocart tout vêtu, pour dormir en rêvant d'elle, si Dieu veut.

Chapitre 18

JUILLET-OCTOBRE 1500

La maison est retirée et n'a pour voisines que les franciscaines d'un couvent, près de l'enceinte d'Aurélien, au nord de Rome. Giulia y vient la nuit pour retrouver Michelotto. Il exige que, comme la première fois, ils y soient toujours seuls, sans domestiques. La servante qui la tient en ordre y passe le matin et n'y habite pas plus que la maîtresse.

Cette liaison a pris en très peu de temps caractère d'habitude, par le fait que leurs tempéraments se sont accordés. Au-delà de la sensualité sans détours, exigeante de part et d'autre, une complicité les lie: Corella aime raconter certains de ses hauts faits ou des secrets qu'il a surpris lorsqu'ils sont ignobles; Giulia aime les entendre. Ce rite remplace entre eux les préliminaires érotiques.

L'exécuteur est prudent: pas de noms, ni de dates, ni de localisations précises. Ce n'est pas cela qui importe à l'auditrice, ce sont les *autres* détails. Exceptionnellement, elle est partie prenante ce soir, personnellement ulcérée. Comme elle expliquait en fulminant que les brigands de Rome ont dévalisé la nuit dernière sa maison du Corso, pendant qu'elle était ici avec lui, Don Michele Corella révéla, en riant, qu'une femme les menait, une dame qui a pignon sur rue dans Rome.

«Qui? Qui? a-t-elle crié, exaltée de fureur. Je veux son nom, la garce! Je t'en prie!»

Il a refusé. Quoi qu'elle essaie pour le convaincre...

«Je ne peux courir ce risque, persiste-t-il. Tu es une emportée. Tu chercherais peut-être à te venger de la générale des brigands.»

Et comment! Mais elle sourit innocemment, poursuit la savante caresse entamée.

«J'ai besoin que cette femme continue ses activités. Elle a un ami, une âme damnée, qui est un chimiste et médecin extraordinaire. Cet homme fabrique la *cantarella*[1], moi, je la vends. J'espionne depuis si longtemps, je sais qui, en Italie, a besoin de poison, quand et pour qui... Ce commerce m'enrichit sans peine. Mais le chimiste ne travaille pour moi que parce que je connais les secrets de son amie brigande et que je les garde. S'il arrivait malheur à la dame, il cesserait de me fournir.

— Dis-moi au moins les secrets, alors. Sans citer de noms.

— Elle est générale des truands de Rome, je te l'ai dit, et les entraîne à dévaliser la nuit.

— Ce n'est pas tout. Tu as parlé de *ses* secrets. Quoi encore?

— Le chimiste l'a aidée à empoisonner trois personnes, à ma connaissance.

— Et pourquoi les a-t-elle empoisonnées?

— C'étaient des hommes qui l'avaient violée.»

L'œil de Ginevra s'aiguise.

«Raconte.»

1. Ce poison, dont on parle alors, était sans doute un sel arsénieux. Il reste à démontrer qu'il ait eu une véritable efficacité.

Pour cela, il ne se fait pas prier. Il donne tous les détails d'une nuit de juin 1493.

« Comment sais-tu l'histoire ?

— La maquerelle avait signé une confession. Malheureusement, celui qui me l'acheta la brûla.

— L'imbécile ! »

Il l'attrape à la gorge, serre juste assez pour ne pas laisser de traces.

« Tiens, tiens... Tu vois que tu te vengerais, si je t'en offrais les moyens... »

Elle hausse les épaules sans répondre, affecte un air d'insouciance. Son assassin d'amant ne lui fait pas peur, elle se délecte même de lui avoir soutiré exactement ce qu'elle voulait savoir, sans qu'il s'en doute. Il a beau se montrer prudent quant aux noms, l'histoire des quatre cavaliers se trouve être connue de Giulia depuis longtemps — avec l'identité de ses protagonistes. Baldassare Colonna, à Capodimonte, un soir de mélancolie, la lui raconta. Il n'en savait d'ailleurs qu'une partie, puisqu'il croyait que la petite putain était morte. Ce souvenir le poursuivait, pauvre cœur sensible, il aurait aimé s'en délivrer.

À l'époque, Giulia n'y prêta guère attention. C'est plus tard, un soir de carnaval au Vatican, en 1497, qu'elle rapprocha les diverses pièces de la composition. Le soir où Cesare Borgia voulut montrer à tous la Cyprina, le murmure courut dans les salons qu'elle venait de chez la Crespini, où Juan de Gandia l'y avait connue. Giulia, alors, devina que la fille rousse avait dû survivre, tout compte fait. Par une boucle du destin comme la Fatalité les aime, Baldassare la retrouva la nuit même, devant le palais Fiano...

La Cyprina, Camilla Vespucci, fut prostituée

chez la Crespini. Empoisonna Cenci, Sevriano et Djem qui l'y avaient violée. Est devenue générale des brigands du Trastevere. Voilà qui sera peut-être utile un jour à savoir...

« Et mon mari ? demande-t-elle à Corella. Il est toujours bien vivant !

— Je ne peux prévoir l'heure exacte de sa mort, mais je puis t'assurer que le dispositif est prêt, comme une épée de Damoclès pendue dessus sa tête. Personne n'y verra jamais autre chose qu'un accident. »

Ce matin, alors qu'ils se croisaient par hasard dans un couloir du palais Colonna — ce qui n'arrive presque jamais —, Ginevra barra le passage à Baldassare de son ventre, qu'elle portait agressivement, reins cambrés.

« Votre bâtard bouge, seigneur Colonna ! a-t-elle souri. Êtes-vous sûr, après tout, que ce soit un bâtard ? Qui sait, vous me l'avez peut-être fait un soir que vous étiez ivre, ou pendant carnaval, tandis que j'allais masquée ? Personne ne me croit capable d'avoir réussi à vous cocufier. Ma laideur garantit ma vertu. »

Mais il l'a déroutée, comme il la déroute depuis qu'il sait la réalité de cette grossesse — c'est peut-être pourquoi Ginevra le provoque autant. Il a souri sans animosité.

« Ai-je jamais dit que vous étiez laide, madame ? Mon seul problème vis-à-vis de vous fut, du premier jour, d'aimer une autre femme. Vous n'y êtes pour rien, vos qualités et vos défauts n'y sont pour rien.

— Malheureusement, a-t-elle insisté (quelle rage étrange, plus il est calme, plus elle mord), malheureusement, vous hésitez toujours entre deux partis, Baldassare Colonna. Vous n'avez pas eu le courage de ne pas m'épouser, vous n'avez pas eu non plus celui de m'épouser pour de bon. Or je voulais un mari pour avoir des enfants.

— J'avais pris le parti d'épouser Camilla Vespucci. Vous avez détourné des lettres que je lui adressais, elle a disparu, je l'ai crue morte.

— Si vous l'aviez vraiment aimée, vous vous seriez tué ou fait chartreux, vous n'auriez pas choisi de vous marier à moitié. Cet enfant que j'ai conçu sans vous est la seule issue que vous m'ayez laissée. Que diable ne me l'avez-vous fait vous-même, vous auriez au moins cette consolation, un fils ! Vous n'obtiendrez jamais rien en ce monde, Baldassare Colonna. Même pas votre Cyprina. Car elle est de ma race, elle, elle sait ce qu'elle veut et n'éprouve jamais de repentirs.

— Ginevra, je pourrais vous assassiner impunément, je ne serais pas le premier à fabriquer un flagrant délit d'adultère. Je pourrais tout aussi tranquillement tuer votre enfant à sa naissance ou refuser de le reconnaître et l'abandonner sous un porche. Je m'engage à ne rien faire de semblable. Si vous consentez à divorcer, je m'engage à légitimer et doter votre fils ou fille, à sauvegarder votre réputation. Trouvons une argutie, un vice de forme. Et payons un peu le grand Pénitencier, nous ne serions pas les seuls démariés de la sorte, même avec enfants.

— Vous me proposez cela parce que vous n'avez plus de motif pour une annulation.

— Mais, je le répète, j'ai droit de vie et de mort sur vous et l'enfant.

— Vous n'oserez pas vous en servir. Vous hésiterez, là encore.

— Me le reprocheriez-vous ? Prenez garde. Il y a des barbaries qui me répugnent, à moi. Mais si jamais votre clan découvre votre adultère... Il suffirait qu'un domestique, par plaisir de jaser, confirmât que vous et moi n'avons jamais dormi ensemble. Qu'un autre racontât que vous avez passé l'hiver seule avec votre cousin Orsino, à Bassanello, et que vous êtes enceinte de cette époque. »

Le teint mat est devenu de cendre.

« Vous voyez qu'il n'est pas difficile de deviner la vérité. Votre père Paolo, qui parle tellement de son honneur, vous tuerait sûrement de sa propre main. Or, il se peut que malgré moi le secret se découvre. Accordez-moi le divorce pour vice de forme, Ginevra. Réfléchissez-y. »

Elle n'a pas répondu, passant son chemin. Mais elle y songe longuement à présent, assise à sa table de toilette, tandis qu'on démêle ses cheveux noirs. Au fond, a-t-elle besoin de Baldassare pour autre chose que donner un nom à l'enfant ? S'il consent à le reconnaître... Le divorce signifierait pour elle une autonomie plus grande, comme un veuvage. Elle pourrait voir Orsino sans crainte : Baldassare est le seul, en effet, qui hésiterait à la tuer si son inconduite se révélait ; le clan Orsini, en revanche, ne badinerait pas sur le sujet ; mais une femme divorcée est une femme libre, relativement libre ; son honneur ne dépend que d'elle, père, frère, mari, nul ne s'en mêle plus.

Ce n'est pas Giulia qui les dérangera, elle ne partage pas la vie d'Orsino. Ginevra aime, est aimée en retour, pourquoi devoir se cacher en restant l'épouse d'un autre ? Elle n'a pas de haine envers Baldassare à titre personnel. Qu'il soit heureux s'il veut avec sa courtisane. En vérité, elle a peut-être réagi vis-à-vis de lui ces derniers temps avec agressivité, parce que la situation lui pesait *à elle*. Le rencontrer dans ce palais l'agaçait comme de rencontrer un geôlier.

La petite esclave mauresque, penchée à la fenêtre ouverte sur le *cortile*, sautille sur place :

« Un extraordinaire, madame !

— Va voir si c'est pour moi. »

La petite bondit, ravie de cette occasion de courir, elle a tout d'un animal en cage, les grands yeux sombres, la fièvre à s'échapper. Elle revient un peu plus tard avec le courrier, tout poudreux, non rasé de trois jours.

« J'arrive de Bassanello, madame. »

Ginevra saisit avec vivacité le rouleau qu'il tend, arrache dans son impatience un fragment du papier avec le sceau. À mesure qu'elle déchiffre, le sang reflue, la quitte, elle sent une douleur si intense lui traverser le ventre qu'elle y porte d'instinct les deux mains, lâchant la missive qui tombe, réenroulée, sur la courtepointe du lit. Les femmes aussitôt s'affolent, la portent pour l'étendre parmi les coussins, l'une sort quérir le médecin, l'autre lui bassine les tempes avec de l'eau de fleur d'oranger.

« Le petit... »

Ginevra montre le masque pincé de la souffrance, mais ce n'est pas la souffrance qu'on croit. Dieu merci, son état lui permet de s'abandonner à ses sentiments sans éveiller la méfiance. Plus tard, il faudra se cacher, retenir les larmes. Elle ne pourra pas s'accorder la volupté du chagrin.

La lettre n'est pas même une lettre. Quatre phrases laconiques que Giulia n'a pas écrites de sa main mais dictées à un secrétaire. Elle ne s'y donne pas la peine de feindre ce qu'elle n'éprouve pas. Sans aucun doute, elle n'attendra pas la fin du deuil de rigueur pour danser au carnaval.

Dieu n'est pas bon. Dieu ne veut pas que les hommes soient bons. Ginevra était prête à déposer les armes, à permettre à Baldassare des amours heureuses. Orsino est mort. D'une mort bête, pas même glorieuse, enseveli sous un plafond effondré, il y a trois jours. Giulia, ne jugeant pas utile de réunir le clan pour un parent si négligeable, l'a fait aussitôt enterrer comme un indigent — prétextant la chaleur de juillet. Personne ne l'a pleuré, pas même sa mère.

Ginevra serre les dents. La douleur est revenue dans son ventre, à présent, elle en est sûre, l'enfant s'est décroché. Elle attrape convulsivement le cordon de la sonnette pour appeler du secours, que fait donc le médecin ? De nouveau, le coup d'épée, puis la sensation que tout son sang la quitte. La chambre chavire et tourne, Ginevra s'agrippe à la courtine, elle ne veut pas sombrer, elle résiste :

« Ne bouge pas, ne bouge pas, je peux encore te garder... »

Mais le flot emporte tout, les deux vies mêlées, indistinctes, s'écoulent dans le ruisseau de sang qui rougit le lit. Le soleil de juillet s'est évanoui, il fait froid dans la chambre, un froid qui l'engourdit, qui ralentit son cœur et dévore la lumière. Il fait nuit.

À l'instant qu'elle se réveille, elle sent tout de suite le vide. Elle n'a pas besoin de questionner le médecin aux yeux graves penché sur elle, son esclave mauresque qui pleure près du lit. Un cri monte depuis son ventre, mais il ne s'exhale pas par sa bouche, il éclate dans sa tête, l'ébranlant toute.

Dieu n'est pas bon. Il a tué le seul homme qui l'aura jamais aimée, il a tué le seul enfant qu'elle pourra jamais concevoir. Elle ne souffrira plus qu'on ose sourire autour d'elle, elle ne souffrira plus que d'autres soient heureux. Ginevra la sorcière... Oh, ils vont voir, en vérité. Si c'est ce que Dieu veut, il sera satisfait.

Elle retombe dans ses oreillers, regard fixe, sans larmes, sans timbre :

« Laissez-moi, laissez-moi tous. Dans le noir. Éteignez les lumières. »

Le château se dresse au-dessus des remparts de Nepi, près de la porta Romana, dominant toute cette région d'Étrurie. Les pluies d'automne ont grossi les deux torrents qui enchâssent la cité fortifiée, on les entend cascader sur les rochers. Dans la cour du château, ce sont les cliquetis d'armes, les roulements de chars, les piétinements de chevaux d'une armée qui campe pour la nuit.

Ce 1er octobre 1500, Lucrezia Borgia préside le souper qu'elle offre à Cesare et son état-major, contrainte et forcée. Elle l'a fait servir dans l'une des tours, laissant à dessein les murs nus, ornés des seuls blasons enchevêtrés des Aragon et des Borgia. Pendant tout le repas, les armoiries de sa victime furent pendues dessus la tête de l'assassin comme un reproche. Mais Cesare n'est pas d'une nature que puissent impressionner de tels symboles. Il a soupé gaiement, parlant à sa sœur sans paraître noter qu'elle répondait à peine.

Elle n'a presque pas touché les plats, raide dans ses vêtements de deuil, et les capitaines de

Cesare semblaient plus gênés que lui-même, à la fin, de ce climat morbide. Aussitôt le repas achevé, ils se sont retirés, laissant seuls le frère et la sœur. Elle le regarde bien en face, pour la première fois de la soirée, fléchissant un peu ses paupières lasses — elle a tant pleuré, depuis deux mois...

« N'as-tu jamais de remords, Cesare ? Ne reste-t-il rien de toi ? »

Il détourne la tête dans un geste d'agacement.

« Je ne comprends pas de quoi tu veux parler.

— Oh, si. N'espère pas que je continuerai de me taire. Tu viens ici, avec tes dix mille soudards, me demander l'hospitalité, comme si de rien n'était. Pourquoi me persécutes-tu ? Que t'ai-je fait, moi ? Je t'ai toujours défendu lorsque l'on t'accusait...

— Je le sais, dit-il d'une voix sourde. Ne vois-tu pas qu'il est des circonstances politiques qui ne laissent pas le choix ?

— Quelles circonstances politiques pouvaient justifier l'assassinat de mon mari ?

— Il complotait contre les Borgia. »

Elle secoue la tête.

« Tu mens.

— Non. Lui et sa sœur Sancia, et leurs amis Colonna, ne cessaient d'ameuter contre moi l'Italie entière, et le roi d'Espagne leur cousin, et l'empereur Maximilien d'Autriche...

— On ne tue pas les gens pour cela ! Il te faudrait à ce compte massacrer les trois quarts de la péninsule.

— Je ne sais pas. Je sais seulement que tu ne peux empêcher les autres princes d'Italie de s'alarmer de tes conquêtes et de le dire. C'est le seul crime qu'Alfonso ait jamais commis. Comment aurait-il pu comploter, gisant dans ce lit où il guérissait d'un premier attentat? C'est pourtant là qu'on est allé le poignarder une seconde fois... Dieu du ciel, pourquoi suis-je sortie de cette chambre? Pourquoi l'ai-je laissé seul un instant?

— Ne te tourmente pas de culpabilité, Lucrezia, cela ne sert à rien.»

Elle s'insurge, secouant sa tête voilée de noir:

«Mais à quoi puis-je penser, Cesare, à quoi m'agripper? Tu ne m'as fait que des souvenirs funèbres! Vaut-il mieux me rappeler Pedro Calderon? Sans doute, il complotait contre toi, lui aussi...

— Il aurait trahi ton secret tôt ou tard, le souhaitais-tu?

— Pedro serait mort plutôt que de me nuire. Il est mort de m'être resté fidèle.

— Je ne pouvais courir de risque.

— Et l'enfant? Devenait-il dangereux, à son tour? Menaçait-il de parler contre les Borgia?»

Cette fois, Cesare est venu vers sa sœur d'une enjambée.

«C'est assez des crimes que j'ai commis, Lucrezia, ne fais pas comme la rumeur, ne m'en prête pas d'imaginaires. L'enfant est mort de la peste, les soins de Gaspare Torella n'ont pas pu le sauver. Il vivait dans une campagne salubre, il avait bonne santé, le fléau devait l'épargner. En tout cas, il était bien traité, il a toujours été heureux.

— Je ne croirai jamais que Dieu soit assez cruel pour m'avoir enlevé mon enfant le 19 août, après qu'on m'eut tué mon mari le 18.

— C'est pourtant la vérité, je le jure sur la tête de notre mère. Pourquoi tuer ton enfant maintenant, Lucrezia, si je l'avais laissé vivre il y a deux ans ? »

Cet argument la touche, elle ne réplique pas. Il se tait un instant, écoutant dans la nuit les bruits de garnison et le grondement des eaux.

« Dieu est cruel, en vérité.

— Et toi, tu es un démon. »

Elle éclate en sanglots, convulsive et frêle dans ses voiles noirs. Elle ne savait pas qu'on pouvait s'enfoncer si profond dans la douleur ni, surtout, qu'on y pouvait résister si loin. Elle pensait qu'on en mourait bien plus tôt. Mais on ne meurt pas. Les saisons continuent de couler, les jasmins d'embaumer, le crépuscule de faire trembler la lumière... On vit, on respire et l'on a faim. La peine n'en est que plus déchirante, d'être un divorce, une insurrection de l'âme contre le sang, contre la chair.

Cesare pose deux doigts légers sur la joue mouillée de sa sœur.

« Pardonne-moi si tu le peux. »

Puis il sort sans bruit, laissant la jeune veuve sous les blasons suspendus des Aragon et des Borgia, à la lumière frémissante du feu.

CHAPITRE 19

L'ÉTÉ 1501

24 JUILLET 1501. Capoue n'est plus qu'un cri, les eaux du Volturno charrient des corps emmêlés. Dans l'écrasante lumière d'été, la ville des délices est devenue cauchemar. Les Suisses, les Gascons, les Italiens de Sanseverino se sont répandus dans les rues l'épée nue et tuent pour tuer. Les femmes, emportant leurs petits, se jettent par grappes depuis les remparts au-dessus du fleuve, préférant cette mort aux tortures des vainqueurs. Il y a dans l'air une odeur de poudre et de sang, dans les yeux des soudards une ivresse rouge, dans le ciel de Capoue la fumée grasse des maisons incendiées avec leurs occupants. Et le cliquetis des armes, la rumeur de douleur traversée de clameurs plus violentes, l'explosion des canons qu'on fait tonner pour le plaisir ont étouffé le murmure du fleuve, le crissement des cigales, le chant des oiseaux.

Baldassare Colonna défend avec quelques derniers fidèles la route d'Ischia, où le roi Federigo et sa famille se sont retranchés. Les Aragon se savent perdus, mais se rendre à la soldatesque déchaînée qui met la ville à sac serait folie. Il faut tenir, jusqu'à ce que le chef ait pu reprendre en main ses troupes. Cesare Borgia, terrassé par les fièvres qui avaient déjà failli le tuer trois ans plus tôt à Capoue, n'est plus en état de chevaucher à la tête de son armée, de l'endiguer. Et Sanseverino, qui la commande, est un fou sanguinaire.

Tête d'Or a fait barrer la route par une sorte d'édifice de pierres, de terre, de branchages, derrière lequel quelques centaines d'hommes retranchés peuvent efficacement en retenir des milliers. La route est creusée dans le flanc d'une montagne escarpée où même les mules ne s'aventurent pas, c'est le seul passage praticable vers Ischia. Mais leurs munitions s'épuisent, il ne croit pas qu'ils tiendront au-delà du matin. Une longue nuit de veille les attend.

Cesare ne le tuera sans doute pas — pas tout de suite. Il préférera le ramener dans Rome enchaîné, sur un des chars de son second triomphe. Pour que Camilla, de son balcon, puisse le voir passer. Camilla...

Baldassare avait presque convaincu Ginevra d'accepter un divorce amiable, l'an passé. Puis, lorsqu'il vint à son chevet, le matin de juillet qu'elle perdit son enfant, elle le regarda de son regard obscur, qui semble avaler la lumière.

« Désormais, seigneur Colonna, je vous condamne à me garder. Vous ne serez pas heureux, puisque Dieu ne veut pas que je le sois. Prenez-vous-en à lui. Ou alors, tuez-moi. Ce serait peut-être merci. »

Elle souffrait d'une souffrance si nue qu'il ne lui en voulait pas, n'éprouvant pour elle que pitié. Il écrivit une longue lettre à Camilla, exposant l'état de ses relations avec sa femme, l'impossibilité de recouvrer sa liberté, sinon dans le sang. Il priait Camilla d'accepter néanmoins de le revoir. Elle n'a pas répondu.

Alors il a de nouveau quitté Rome, reprenant

du service auprès des Aragon. La guerre couvait. Au début d'octobre, Cesare repartit en campagne pour achever de conquérir la Romagne. Baldassare était à Faenza, en novembre, aux côtés d'Astorre Manfredi, quand le Valentinois campa sous les murs ses dix mille hommes. Dirigeant efficacement le tir des canons, Manfredi et Colonna tinrent en échec le duc de Romagne (c'est le nouveau titre de Cesare), l'obligeant à prendre ses quartiers d'hiver à Cesena. Cesare avait laissé des hommes sous les murs de Faenza pour bloquer l'approvisionnement. Baldassare Colonna réussit à les attirer tous dans une escarmouche de diversion sur la face nord de la Rocca. Par les portes sud entrèrent des fourgons de vivres pour trois mois de siège.

C'est jusqu'en avril qu'ils ont tenu, toutefois. Les vivres avaient fondu depuis longtemps, quand Cesare donna son troisième assaut en trois jours, avec le renfort des lanciers que lui envoyait le roi de France. On eut encore le courage de le bombarder sept heures durant, de déverser sur la tête des assiégeants de la poix chaude. Si l'on avait écouté Baldassare, on aurait peut-être fini par décourager le Valentinois. Mais Astorre Manfredi, jeune et naïf, s'est laissé tenter par les offres mielleuses de Cesare, qui promettait de le prendre comme capitaine dans ses armées. C'est au côté du Valentinois qu'il est entré en juin au castel Sant'Angelo.

Baldassare ne croit pas qu'il en ressortira jamais vivant. Pour sa part, renouvelant la ruse de Milan, il s'enfuit par les souterrains, peu soucieux de se livrer à Cesare. Il gagna Naples à marche forcée, essaya de convaincre le roi de se préparer à la guerre. Federigo d'Aragon, confiant dans Ferdinand d'Espagne son cousin, haussait les épaules :

« Le roi de France n'osera pas venir chez moi me détrôner et risquer la guerre avec l'Espagne. »

Le condottière n'obtint pas les moyens de lever, d'armer, de former des troupes. Son cousin Prospero Colonna, qu'il avait appelé près de lui pour l'épauler, se laissait séduire par les œillades de Sancia d'Aragon, en villégiature chez son père, et ne se souciait plus de la guerre, entretenant avec elle une des liaisons tapageuses dont elle est coutumière...

Un soir d'été mauve et dense de cigales, à l'heure où l'on s'évente dans les patios, parvint la nouvelle que la France et l'Espagne s'étaient, par traité, entendues sur le démembrement de l'Italie. Louis XII marchait sur Naples avec trente mille hommes, sans compter les dix mille du Valentinois. Ce fut un coup de foudre. Dans un concert de lamentations très napolitaines, la cour d'Aragon trahie prépara son repli sur Capoue — où les canons, les troupes, les vivres réclamés depuis des mois par Baldassare faisaient cruellement défaut.

Alors que les yeux du roi Federigo auraient dû se dessiller, au milieu des tentures hâtivement dépendues de sa salle du trône, il continuait de dicter de nobles lettres à Ferdinand et Louis XII, traitant de cousin à cousins, se persuadant qu'ils n'oseraient pas le découronner. Les Colonna n'ont pas eu les alliés qu'ils méritaient. Entre Ludovico le More qui fuyait et les Aragon qui rêvent... Pour le clan, tout est perdu. Le pape va confisquer leurs fiefs et les proscrire.

Par le dernier courrier qui prenait librement la route de Rome, Baldassare fit porter une lettre à Camilla. Il annonçait sa mort probable, sa ruine et sa privation de liberté pour le moins, dans les jours à venir. Avec amertume, il regrettait qu'elle continuât de l'ignorer. C'était pourtant à elle qu'il pensait dans son heure dernière. Il lui léguait la *Diane* de Giorgione, c'était tout ce qu'il pouvait léguer — en la lui volant, elle l'avait préservée de la confiscation par les Borgia.

Le courrier avait été intercepté par les troupes françaises. Ce matin, quand Camilla l'a reçu, on savait déjà dans Rome la chute des Aragon de Naples et la ruine des Colonna. Depuis une semaine, leur palais est réquisitionné, Ginevra Orsini est retournée vivre chez son père. Le pape est parti avec une troupe armée prendre possession de leurs fiefs latins, dont il les a destitués par une bulle. Tous les hommes du clan ont fui, dispersés à travers l'Italie. On attend le retour du Valentinois triomphant dans la capitale avec, entre autres prisonniers, Baldassare Colonna lui-même, le célèbre Tête d'Or, capturé après une longue résistance sur la route d'Ischia.

En l'absence du pape, Donna Lucrezia, qui a quitté sa triste retraite de Nepi, règne au Vatican, son père lui ayant confié la charge des affaires. Camilla reste son amie et l'est venue voir souvent depuis le retour de la veuve à Santa Maria in Portico. La duchesse n'y accueille que la modeste cour d'artistes qui en étaient familiers du temps d'Alfonso d'Aragon. Elle y conserve intact le souvenir du duc assassiné. Ses chevaux, ses chiens, son négrillon, ses vêtements dans sa chambre, déployés chaque matin sur le lit comme s'il allait les endosser. Parfois, on prétend qu'elle se laisse aller à lui parler, à rire même avec lui. Ce sont peut-être ces conversations, surprises par des domestiques ou des visiteurs, qui firent naître la légende que le fantôme de Don Alfonso d'Aragon hante la tour Borgia[1]...

Il ne hante que la mémoire de sa trop jeune veuve, il ne survit que dans la ressemblance que manifeste avec lui, en grandissant, Rodrigo, l'enfant solitaire. Lucrezia voue à ce petit duc une passion d'autant plus inquiète qu'elle a perdu son autre fils, l'enfant secret de Pedro Calderon, durant l'été de 1500.

« Cesare prétend que ce fut de la peste, a-t-elle confié, dans un moment d'abandon, à Camilla. Pauvre petit, je l'aurai vu si rarement, quatre fois dans sa brève existence ! Je voudrais croire que ce fut la peste, en effet... »

Camilla l'a rassurée, se rassurant elle-même.

« Cesare ne voulait pas sa mort. Il l'aurait fait Borgia, il me l'avait dit.

— Je le crois, je le crois, répétait Lucrezia, farouche comme un enfant qui veut braver ses peurs. »

Camilla s'avance vers la figure en deuil, dans la salle des Sybilles que Lucrezia choisit d'occuper délibérément pour les audiences — parce que c'est là que fut poignardé son mari. Sa robe noire n'est éclairée que d'un seul bijou, un saphir en pendentif, celui que le duc lui avait offert. Elle est brodée d'iris, symbole funèbre. Dans les vases qui l'entourent, chrysanthèmes alternent avec myosotis — « je me souviens » signifie cette fleur, bleue comme le saphir bleu d'Alfonso.

« Camilla, dit-elle à celle qui s'incline en révérence, je suis heureuse de vous voir, nous nous comprenons. N'ayez crainte, je sauverai Baldassare — car, bien sûr, c'est cela qui vous amène.

1. Une légende qui circula en ce temps.

Mon père et mon frère veulent trop que j'épouse le duc de Ferrare pour rien me refuser en ce moment.

— Est-ce le prix que vous devrez payer?

— Ce n'est pas un prix si lourd. Il me faut me remarier, de toute façon. Je suis submergée de propositions depuis un an. La sœur du Valentinois, la fille du pape, ne peut se permettre de demeurer veuve. Alfonso de Ferrare plaît à mon frère parce que leurs duchés se touchent. Mais il me plaît à moi aussi.»

Elle sourit, Camilla ayant levé les sourcils d'étonnement.

«Oh, ne croyez pas que j'en sois amoureuse. Ferrare est une cour puissante. J'y serai loin de Rome, loin des miens. Je sens la nécessité d'un tel éloignement. On m'y traitera de haut, en particulier cette peste de marquise de Mantoue, ma belle-sœur. Mais contre mon propre sang, je n'ai jamais su me révolter. Mieux vaut pour moi la compagnie d'étrangers. Ce sera plus simple.

«Alfonso d'Este ne ressemble pas à mon Alfonso. C'est un homme pesant, un homme qui ne se soucie pas de poésie et qu'on ne tuera pas facilement. J'ai besoin... de sécurité, je crois. L'amour est une grâce à laquelle je préfère renoncer.»

Camilla est émue de cette amertume chez une femme dont le sourire montre encore tant d'enfance.

«Je n'obtiendrai pas qu'on rende ses biens à Tête d'Or, autant vous en prévenir. Ni même qu'on lève son bannissement. Mais il sera libre. Vous et lui pourrez être heureux ensemble. À présent, pauvre et proscrit, il constituera plutôt un boulet pour Ginevra. Elle acceptera peut-être le divorce. C'est une femme si étrange! Un peu folle. Elle est venue me voir il y a quelques jours, avec son faucon sur l'épaule. Elle l'appelle Orsino et lui parle ainsi qu'à un humain. Elle se promène dans Rome sur un cheval noir, en costume de chasse masculin, avec l'oiseau. Elle fait peur au petit peuple, qui l'a surnommée «l'épouse du diable.»

Camilla hoche la tête.

«Elle reste celle de Baldassare, néanmoins. S'il est vrai qu'elle a perdu l'esprit, il lui doit protection. De toute façon, je pars bientôt pour Lisbonne, où mon cousin Vespucci va m'apprendre la mer. Puis je naviguerai. Rome ne me reverra guère moi non plus. Mieux vaut que Baldassare ignore mon intervention d'aujourd'hui et m'oublie. Nos chemins se sont séparés et la vie va, qui accuse plutôt les distances qu'elle ne les comble.»

Camilla pleura, en lisant la lettre de Capoue. C'était la plus belle lettre d'amour du monde. Mais les aveux dont elle se fût contentée autrefois ne suffiront plus aujourd'hui, et ce n'est pas parce qu'elle réclame revanche. Elle a reçu la réparation souhaitée. Reine et brigande, elle a tenu Rome sous son empire. Baldassare l'aime sans doute enfin. Mais elle ne veut plus que la passion l'avilisse et le détruise, cela représentait la vengeance de la brigande. La reine, pour rendre les armes, préférerait que l'amour conduisît Tête d'Or à se grandir — à devenir roi d'Italie comme Cesare, à réaliser une œuvre comme Giorgio. Elle ne l'en croit pas capable. Ainsi ne reviendra-t-elle pas vers lui.

Elle va partir. Les étoiles au-dessus d'elle lui donnent faim d'espace et voler de riches imbéciles commence à perdre son piment. La mer comblera mieux son âme. Amerigo Vespucci a écrit de Lisbonne, où le roi du Portugal finançait sa récente expédition, semblable au projet de

1498: «lorsqu'on a une bonne idée, il faut s'y tenir», disait le marin. Aux derniers jours du siècle, il a vu l'Eldorado. Considéré désormais, il souhaite, pour se libérer de sa dette morale envers Camilla, lui apprendre à commander des navires, si la mer l'intéresse toujours.

Elle rachètera la *Santa Camilla* au Génois qui l'acquit et qui se contente de lui faire faire le tour de la péninsule. Elle emmènera ceux des gueux qui voudront bien la suivre et laissera Gubbio gérer leur fortune, car il prétend n'avoir pas le pied marin.

« Vous, Donna Lucrezia, supporterez-vous Ferrare ? »

La duchesse exhale un soupir douloureux, presque une plainte.

« Mon Dieu, si vous saviez comme Alfonso est là, quelquefois ! Je sens son souffle, sa main sur mon épaule... J'ai tout fait en ce sens, j'ai rendu la place accueillante à son ombre. Mais ce n'est qu'une ombre, Camilla, de la fumée. Il est là et c'est pire que si je l'avais oublié. Oh, Ferrare sera la sagesse. Dans ce palais massif, sous ce ciel gris, il me faudra discuter chaque *baiocco* avec le vieux duc Ercole, qui est d'une avarice invraisemblable. Je guérirai.

— Oui, Lucrezia. Dieu vous accorde un long, un heureux règne à Ferrare. Je serai toujours votre amie. Quand il fera trop gris dans votre duché du nord, faites-moi signe, je viendrai vous divertir... »

La nuit de septembre est si douce que toutes les fenêtres de la maison sont ouvertes. Camilla fit dresser des lits de camp sur sa terrasse et s'y est installée pour dormir à la belle étoile. Dans l'air embaumé par le chèvrefeuille qui vrille autour des arcades, on devise à voix basse, on chantonne en pinçant mollement le luth. Il n'y a, ce soir, que des femmes et des enfants, Camilla ferme sa porte à tout visiteur. Ses fils sont revenus d'un séjour à la campagne bruns comme des Africains. Celui de cinq ans sert de monture à celui de deux, qui caracole autour de la terrasse en battant l'air d'une épée de bois.

La maîtresse a lavé sa chevelure, qui sécha tout le jour à l'air libre et ondule à présent sur ses épaules. Elle est en chemise et en mules comme les servantes, ce fut une journée d'oisiveté, consacrée aux seuls soins de beauté. Dans la nuit tiède, depuis les *loggie* des maisons voisines, montent des rumeurs en écho — rires paisibles, notes de musique égrenées. Tout Rome, cette nuit, s'attarde dans les jardins, sous les portiques, au bord des fontaines, goûtant cette soirée d'été plus savoureuse d'être parmi les dernières.

La maison mitoyenne est inoccupée — ses propriétaires ne sont pas encore rentrés de la campagne — et sa terrasse à peine en surplomb offre une échappée vers les mondes inconnus bien tentante pour les deux garçons. L'aîné, déjà, franchit la balustrade et se hisse sur l'autre *loggia*, tendant la main au petit frère, quand une grande silhouette noire le cueille et l'enlève dans les airs entre ses bras. Ottavio crie, de surprise plus que de peur car, malgré son masque de velours, il reconnaît l'homme en noir au premier regard. Sa mère, alertée, s'est précipitée vers lui et se jette au-devant de l'intrus pour lui arracher l'enfant, quand Ottavio éclate de rire, perché là-haut dans les bras du masque noir.

« Papa ! »

Ils se voient rarement, Cesare est plus souvent

dans son duché qu'à Rome, à présent. Mais il paraît avoir besoin de compenser la mort supposée de cet enfant et s'en soucie très sincèrement. Dès qu'il est en ville, il le fait venir chez lui. N'oublie jamais Noël, ni l'anniversaire d'Ottavio. Lui envoie des cadeaux depuis les places qu'il conquiert... Son fils, quant à lui, sait tout de la carrière du Valentinois et s'en glorifie, car il ne doute pas d'être un Borgia. Cesare le lui répète chaque fois qu'il attend de lui un exploit nouveau :

« Tu peux galoper, tu es un Borgia.

— Le fils du Valentinois doit savoir compter. »

Camilla n'a jamais voulu détromper cette certitude d'Ottavio quant à son nom, jamais rien demandé quant aux projets de légitimation qu'évoquait Cesare lorsqu'il était encore cardinal. Elle ne songe pas à décourager l'amour, l'admiration du fils pour le père, ne refuse pas d'envoyer le premier au palais de San Clemente qu'habite le second — mais jamais au Vatican, elle l'a remarqué, Cesare ne peut ou ne veut y admettre l'enfant. Les cadeaux qu'Ottavio reçoit la laissent parfois amère, mais c'est simplement parce qu'elle songe au petit Gabriele, qui lui ne reçoit rien de personne.

Cesare se tourne vers elle, pantelante d'avoir couru dans l'air épais.

« Pardon de l'intrusion, c'était si tentant de bondir de toit en toit... »

Il laisse glisser à terre Ottavio qui proteste, ôte son masque et s'incline brièvement devant Camilla pour la saluer.

« Puis-je t'entretenir d'Ottavio, justement ? »

Elle reprend son souffle.

« Oui, descendons dans le bureau, si tu veux bien. »

Mais comme elle a noté la manière qu'il a de la regarder, si légèrement protégée par la chemise de soie qu'elle porte pour seul vêtement, elle pique au passage, des épaules d'une servante qu'elle fait tournoyer sur elle-même pour le lui ôter et qui arrondit la bouche de surprise, un caftan à la turque dont elle s'enveloppe. Et précède Cesare dans l'escalier. Lorsqu'ils sont dans le studio, la porte refermée sur eux, le duc tire de son gant deux vélins enroulés l'un sur l'autre.

« Ce sont des copies que je te confie. Par l'une de ces bulles, Ottavio-Augusto-Giovanni Borgia est reconnu pour mon fils ; par l'autre, pour celui du pape — au cas où il m'arriverait malheur. Tu vois, même s'il y faut du temps, je tiens toujours mes promesses.

— Merci.

— J'ai prié en outre ma sœur Lucrezia, qui va devenir duchesse de Ferrare, de veiller sur lui, de le protéger, à supposer que ni le pape ni moi ne puissions le faire. Elle sera la tutrice d'Ottavio, si tu y consens, évidemment. »

Camilla hoche la tête en assentiment.

« Elle m'a demandé la liberté de Baldassare Colonna, poursuit Cesare doucement. Je la lui ai consentie. Je sais bien que c'est toi qui la demandais, en vérité. Tu l'aimes donc toujours ? »

Elle détourne le regard.

« Son fils lui ressemble. »

En traversant la terrasse, l'instant précédent, il a jeté un bref regard à l'enfant aux boucles d'or qui riait dans les bras des servantes...

« Il s'est battu avec beaucoup d'intelligence et de courage à Faenza, puis à Capoue. En vérité, s'il n'était Baldassare Colonna, je l'aurais enrôlé comme capitaine. Mais il n'a plus rien à t'offrir, désormais. Ni mariage, ni fortune. L'exil.»

Il la dévisage, un éclat de lumière glissant dans ses yeux noirs, sur ses dents. Elle frissonne, pourtant la nuit est tiède, poisseuse.

«Veux-tu souper avec moi? propose-t-elle pour s'épargner de répondre.

— Non, merci, j'ai conseil à tenir au Vatican, je ne suis venu que pour te porter ces documents dès qu'ils furent copiés. Au revoir, Camilla.»

Il prend sa main, en baise la paume et sort de la pièce sans se retourner. Pourquoi moi? songe-t-elle, pourquoi faut-il que cet amour soit perdu? Pensive, elle remonte à la terrasse, regarde le ciel piqué d'étoiles, la Voie lactée qui s'étire phosphorescente, tant la nuit est pure. La nourrice est allée coucher les enfants, les plus jeunes servantes se sont endormies, l'une serrant le luth contre son corps comme un amant. Camilla pique une grappe de raisin emperlée d'eau dans un compotier, s'accoude à la balustrade pour respirer la nuit en l'égrenant.

Tous les cycles semblent accomplis. Celui de la vengeance — les quatre cavaliers sont morts et Bartolomeo Chigi leur semblable. L'évidence qu'elle ne fut pour rien dans leur fin est devenue, avec le temps, une sorte de satisfaction philosophique. Le cycle de la conquête est également achevé. Elle a racheté sa pauvreté, sa honte de fille vendue.

Celui de l'amour, enfin. Elle ose s'avouer qu'elle vénérait une chimère. Baldassare ne fut jamais l'archange saint Michel, mais le cinquième cavalier, qui refusa de soustraire la victime à la brutalité des autres. Cet initial péché d'abandon condamnait leur histoire, ver dans le fruit.

Sont accomplis tous les cycles. Gagnés, donc

désenchantés, tous les enjeux que ce monde ancien, trop ancien, peut offrir. Elle n'y trouvera plus d'aliment, de ferveur, il faut s'inventer de nouveaux horizons. Créer, construire.

Partir, en vérité.

Chapitre 20

L'ÉTÉ 1503

Gubbio lève les yeux de la table où, laborieusement, il récapitulait des chiffres et son visage se déride.

« Camilla ! Tu es de retour ! »

La salle d'auberge de son quartier général au Trastevere est déserte à cette heure matinale, hormis les valets qui balaient et récurent.

« Tu t'inities aux mathématiques, je vois... sourit-elle.

— Il faut bien ! À présent que tu n'es plus là pour tenir les comptes. Mais cela m'ennuie. Je préfère voler l'or que le transformer en écritures. Les temps changent. La richesse devient une chose... qu'on ne voit pas.

— Abstraite.

— Oui, c'est cela. Quel bonheur y a-t-il à être riche sur papier ?

— Un bonheur intellectuel.

— Comment te portes-tu ? demande-t-il, l'examinant attentivement. Ta peau a bruni. C'est la mer ?

— Oui. L'espace, le vent, le soleil...

— Ne m'en parle pas, je suis malade rien qu'à l'idée de traverser le Tibre en bac... Mais le bruit de tes exploits est parvenu jusqu'ici. Il paraît que tu es un grand capitaine, les Musulmans t'ont surnommée Melikat El Abhar, ce qui veut dire chez eux “la reine des mers”. »

Elle secoue ses cheveux que le soleil a balayés de traces plus claires, tandis qu'il dorait sa peau.

« Bah ! c'est surtout parce que l'idée d'une femme commandant un navire est invraisemblable à leurs yeux. Ils ne savent que les enfermer dans des harems et les échanger contre des chameaux...

— Ce n'est pas si différent chez nous. Donc, tes affaires vénitiennes marchent.

— Les leçons de mon cousin furent profitables. Quand on sait s'embarquer à la bonne saison, tirer parti des vents et des courants, on va plus vite. On peut être la première à rapporter d'Alexandrie l'épice manquant depuis des mois, les cuirs de Barbarie, les parfums d'Arabie. On peut mieux échapper aux pirates que les galères vulnérables.

« Mon comptoir du quai des Esclavons est noir de monde deux jours à l'avance, chaque fois qu'on annonce le retour à Venise de ma *Santa Camilla* ou d'une autre de mes caravelles, j'en ai quatre à présent. Et puis, être marin, c'est aussi savoir recruter les équipages.

— Commandés par toi, comment les matelots ne se dépasseraient-ils pas ? Il y a cela, surtout. Ton pouvoir de femme.

— Ne crois pas que j'embarque avec chaque expédition. Je ne prends la mer que lorsque la négociation sur place, avec tel sultan ou tel raïs, promet d'être délicate. Alors, le prestige de Melikat El Abhar fait merveille. J'ai obtenu des accords privilégiés avec presque tous les petits tyrans d'Afrique du Nord. Ce qui me permet de vendre mes cargaisons à l'arrivée moins cher que d'autres capitaines, car les tributs que je paie sont moins élevés. »

Elle sourit :

« Au fond, tu dis vrai. Être femme est une faiblesse, un empêchement pour accéder aux mêmes libertés, aux mêmes pouvoirs que les hommes. Mais lorsqu'on y atteint, cela devient un avantage. Toutes les portes s'ouvrent, toutes les têtes s'inclinent sur le passage d'une femme qui commande.

— Oui, soupire Gubbio. Il paraît que tu es reine à Venise comme ici. Que ton peintre t'a reproduite dans tous les palais du Grand Canal où il a travaillé, il ne sait peindre que toi...

— C'est exagéré. Quand je ne suis pas en mer, je voyage sur terre. Je suis allée à Paris, à Vienne... En fait, je ne suis pas plus souvent à Venise qu'à Rome.

— Oui, soupire Gubbio, et l'on ne se guérit pas ici de t'avoir perdue. Sans toi, la truanderie n'a plus l'ancien charme. Ne reviendras-tu pas parmi nous ?

— Peut-être, si j'ai des revers de fortune, ce qui arrive souvent sur la mer.

— Qu'est-ce qui te ramène à Rome ? »

Le duc de Valentinois propose à Camilla de prendre son fils avec lui, pour lui donner l'éducation qu'il mérite. Ottavio a sept ans, maintenant. Mieux vaut pour lui apprendre les mathématiques avec Leonardo da Vinci et l'art politique avec Niccolo Machiavelli[1] que de passer sa vie perché dans les hunes avec les marins. Le duc de Romagne sait choisir les hommes qui l'entourent, les meilleurs dans cha-

1. Vinci et Machiavel étaient tous deux, à l'époque, au service de Cesare Borgia.

que discipline. Camilla se rassurera que son fils les ait pour maîtres.

Gabriele, en revanche, est encore bien jeune, elle hésite en ce qui le concerne. La duchesse de Ferrare propose d'en faire son page et de l'élever à sa cour. Camilla ne le verrait plus... Mais elle ne veut pas se cacher la vérité : à Venise, c'est Giorgio qui l'élève, non elle. Il l'élève bien d'ailleurs, ne lui fait rencontrer que des gens de culture et de talent. Gabriele parle à peine et parle déjà le latin autant que le vénète. Giorgio est un admirable père de substitution. Mais la duchesse de Ferrare assurerait à l'enfant un avenir brillant. Gabriele n'est pas un Borgia, ni même un Colonna — ce qui de toute façon ne vaudrait plus grand-chose. C'est un bâtard de Camilla Vespucci, pour ainsi dire rien.

« À propos de Baldassare Colonna », dit Gubbio, se raclant la gorge.

Il sent Camilla se raidir aussitôt.

« Sais-tu qu'il est en bonne voie pour son divorce ? »

Elle renifle.

« Baldassare Colonna et la légende de son divorce ! Combien d'années encore en entendrons-nous parler ?

— Tu as tort de te moquer, il va parvenir à ses fins. Et puis, je voulais te dire autre chose...

— Eh bien ? Ton nez remue, c'est mauvais signe.

— Baldassare est des nôtres.

— Des vôtres ? Comment cela ?

— Il entend reconquérir son palais de Rome et ses fiefs. Alors il s'est fait capitaine de mes troupes. Donnant-donnant : je les lui prête et il vole pour moi. C'est un excellent meneur d'hommes, Camilla... Je n'avais aucune raison de refuser...

— Bien sûr. Tu es libre, Gubbio, tu enrôles qui bon te semble.

— Camilla...

— Oui ? »

Les yeux verts ont foncé, la voix s'aiguise. Mais Gubbio poursuit, bravement.

« Il est toujours amoureux de toi, tu sais.

— Peux-tu me faire servir à déjeuner ? réclame-t-elle doucement, comme si elle n'avait pas entendu sa dernière phrase. J'ai très faim et surtout soif. La route était terrible, sous le soleil... »

Depuis le chemin de ronde du château, le lac de Bracciano miroite douloureusement sous la lumière de midi. Ginevra l'a fixé si longtemps qu'elle ne voit plus rien. Avec la joue, machinalement, elle caresse les plumes du faucon perché sur son épaule.

« Je ne crois pas que Cesare se risquerait à nous donner le siège ici, dit-elle enfin, se tournant vers le jeune homme debout derrière elle.

— La citadelle a des failles, pourtant, réplique Giangiordano Orsini, son cousin, le frère cadet d'Orsino. Il a le front vaste, les yeux noirs, le teint mat de leur sang, mais ces traits réunis chez lui composent un masque de beauté virile quand, chez Ginevra, ils sont devenus presque démoniaques.

— Ce n'est pas la question, réplique-t-elle. Tu es chevalier de Saint-Michel comme le Valentinois, ce qui vous interdit de vous combattre. Surtout, tu es l'ami personnel de Louis XII et Cesare ne veut pas déplaire à Louis XII.

— L'espion que j'ai au Vatican m'assure en effet que le pape et son fils se disputent sans cesse à ce propos. “Prends donc Bracciano, crie

Alexandre VI, et c'en sera fini des Orsini comme naguère des Colonna."

— À propos des Colonna, intervient Giulia Farnese, qui restait en retrait sur le chemin de ronde — elle a beaucoup grossi et grimper jusqu'ici lui a coupé le souffle —, *mon* espion me rapporte un bruit extraordinaire... Camilla Vespucci est revenue à Rome. Elle serait la complice des truands, celle qui les a si bien organisés ces dernières années. C'est du brigandage que lui viendrait sa fortune, plus que de ses fameux bateaux qui font commerce en Méditerranée. Et ton mari l'aurait priée de l'accepter dans sa bande.

— En vérité ? »

Ginevra sourit.

« C'est donc elle, la garce, qui dévalisa le palais Colonna en 99... Ma foi, ce n'est pas une mauvaise idée de la part de Baldassare. Il faut bien qu'il se fasse une armée s'il veut reprendre ses fiefs. Pourquoi pas une armée de gueux ?

— Mais Ginevra... Tu portes toujours son nom ! Cette situation est une insulte à ton honneur !

— Tu te trompes, Giulia. En fait, depuis hier 30 juillet 1503, Baldassare a cessé d'être mon mari. J'ai signé ici les derniers papiers qu'un courrier venait m'apporter. »

Giulia est devenue plus grise que les moellons du chemin de ronde. Elle porte la main à sa poitrine, que comprime un corset à l'espagnole. Elle s'est mise à cette mode, le noir et les carcans qui sont en vogue à Madrid l'amincissent.

« Tu... tu n'as pas fait... cela ? bégaie-t-elle.

— Pourquoi non ? Baldassare Colonna n'est plus personne en ce monde, en outre il ne fut jamais mon mari, je ne pouvais espérer qu'il me donnât d'enfants. J'ai donc fini par consentir à ce qu'il réclamait: une annulation du contrat de mariage pour vice de forme. Comme il n'avait pas d'argent pour payer la Pénitencerie et que, moi, je ne souhaitais pas dépenser un centime, la procédure a traîné dix-huit mois. Mais la voilà conclue, à la fin.

— Tu ne m'en as jamais parlé!»

Ginevra la transperce d'un regard aigu.

«Le devais-je? Je suis habituée depuis si longtemps à régler mes affaires seule! D'ailleurs, depuis la mort d'Orsino, je ne t'ai guère vue en deux ans.»

Giulia comprendra l'allusion: elle a sans cesse joué double ou triple jeu; tantôt Farnese, tantôt veuve d'Orsino, tantôt ex-amie du pape, selon ses intérêts du moment. Si elle est à Bracciano ces jours-ci, se souvenant que les Orsini sont ses «cousins», c'est que la politique du pape contre les grandes familles d'Italie menace de n'épargner plus personne. Après la ruine des Colonna, puis des Orsini, vient le tour des Farnese. Alors, Giulia cherche des alliances.

«Qu'importe Baldassare! interrompt brutalement Giangiordano, sourcils froncés — il n'aime pas Giulia. Notre problème, c'est le Valentinois. Attaquera-t-il ou non?

— Notre problème, c'est le pape, corrige Ginevra. C'est lui qui veut Bracciano. D'ailleurs, sans le pape, il y a longtemps qu'il n'y aurait plus de duc de Romagne. C'est ce que j'ai vainement tenté d'expliquer au clan depuis trois ans!»

Giangiordano hoche le chef. Il a toujours respecté, lui, l'intelligence politique de sa cousine, sans se laisser dérouter par son costume de chasse, ses rires de sorcière et son faucon sur l'épaule. Il l'a soutenue dans les conseils de famille, y prenant la place d'Orsino. Les aurait-on écoutés, le clan ne serait pas à cette heure décimé, quasi vaincu.

Quand le vieux Paolo, père de Ginevra, entra dans la conjuration des condottières de Cesare contre leur duc, Ginevra et Giangiordano s'y opposèrent violemment. Cette conspiration était une hydre de Lerne, elle avait trop de têtes, c'était n'en pas avoir du tout. On ne les écouta pas. Grisés par la facile prise d'Urbino, les conjurés s'installèrent dans des discussions sans fin au lieu d'agir. Agir, une chose que Cesare Borgia sait faire avec promptitude, le moment venu. Il attendit d'abord, laissant la conspiration flotter. Les Romagnols, que son sage gouvernement lui avait acquis, choisirent de lui rester fidèles. Les Français finirent par lui envoyer les renforts qu'il réclamait. Alors, usant de son charme légendaire, il proposa la paix aux condottières, offrit de reprendre à son service les capitaines séditieux.

« Avez-vous perdu l'esprit ? hurlait Ginevra devant le conseil du clan. A-t-on jamais vu le Valentinois pardonner une trahison ?

— Femelle, tu n'y entends rien », trancha le vieux baron.

Le malheur pour le clan fut que le père de Ginevra régnait, non pas sa fille. Les Orsini se jetèrent tête baissée dans le piège de Sinigalia, où Cesare referma son filet sur les condottières. À ce jour, des trois survivants du carnage de Sinigalia, Paolo et Francesco ont été exécutés, le cardinal Orsini empoisonné dans sa cellule du castel Sant'Angelo. Le clan tente, ici ou là, des coups de main pour sauver ses fiefs, que menace l'armée de Joffré Borgia. Jusque dans Rome aussi, pour effrayer le pape. Mais ce sont des coups de main. Ils ne contrarient pas le grand dessein de Cesare sur l'Italie. À présent, ne reste qu'une ultime traverse possible à placer sur sa route. Giangiordano devine, toutefois, que Ginevra ne parlera pas devant Giulia, alliée trop fluctuante.

« Gino, viens donc faire un galop jusqu'au lac, j'ai besoin d'air frais, je n'ai pas la tête claire pour discuter. »

Il la devine toujours très bien. Ils rebroussent chemin ensemble vers l'escalier, laissant Giulia s'essouffler derrière eux. Quand ils sont à cheval au bord du lac, seuls sous le plomb de midi qui décourage même les cigales de crisser, elle révèle son dessein :

« La pierre d'achoppement des édifices de Cesare, c'est son père. Ceux qui le soutiennent aujourd'hui le font parce qu'ils ont besoin du pape. Qu'Alexandre VI meure, ils se sont préparés à faire élire un pontife à leur solde. Ils abandonneront Cesare dans l'heure.

— Il faut donc tuer le pape, bien sûr. Mais comment l'atteindre ?

— Le poison. J'ai ma petite réserve de *cantarella*, comme tout un chacun. Cela fait fureur dans Rome, cette poudre qui n'a pas de goût... On ne sait qui est à l'origine du trafic, car il y a des intermédiaires, moi, c'est chaque fois un homme différent qui me livre. Mais celui qui organise ce commerce doit avoir amassé une fortune. »

Il est descendu de cheval, enlève sa cousine de selle pour la poser à terre. (Le faucon n'a pas quitté l'épaule mince, habitué à en suivre tous les mouvements sans cesser d'agripper son perchoir.) À l'intérieur de leur lignage, les mariages ont mêlé les sangs. Certains sont Orsini de nom qui héritent, en fait, le caractère d'autres familles. Paolo, par exemple, n'était pas des *leurs*. Orsino, Ginevra, Giangiordano étaient pareils, de traits et de cœur. Cette ressemblance les isola du reste de la famille et les rapprocha les uns des autres. Orsino et Ginevra eurent la chance de passer leur enfance ensemble. Plus jeune, Giangiordano ne fut pas de leurs jeux. En fait, quand il retrouva Ginevra, au conseil du clan où il prenait la place de son frère mort, il ne l'avait rencontrée depuis dix ans que cinq ou six fois, aux noces et funérailles.

Aussitôt, il redevint le petit garçon qu'impressionnait l'adolescente noire et farouche. Il prit son parti, avec une totale complicité, devinant ce qu'elle allait dire avant qu'elle ne parlât parce qu'il pensait de même. Il décela le secret qui semblait échapper à tous mais l'accablait, lui, d'évidence. Ginevra avait été la maîtresse d'Orsino. Il comprenait parfaitement la fatalité qui les avait réunis. Ginevra n'est pas belle, sans doute, selon les canons des esthètes. Mais elle le fascine, figure inverse de la sienne dans le miroir, femme gémellaire. Du même mouvement qu'il prenait la place d'Orsino dans le conseil, Giangiordano choisit de la prendre près de Ginevra. De renouer le lien.

« Il suffirait de soudoyer un cardinal, dit-elle. Les Borgia ont fait beaucoup de cardinaux ces derniers temps, auxquels cela ne porte pas bonheur : ils meurent très vite après avoir payé leur chapeau et le pape alors hérite leurs biens, comme il est d'usage...

— Crois-tu qu'Alexandre VI, lui aussi, emploie la *cantarella* ?

— Il se peut. Éliminons le cardinal Remolines, ami d'enfance de Cesare, et le cardinal Monreale, son cousin, Borgia lui aussi... Ceux-là leur resteront fidèles. Mais prenons, par exemple, le cardinal Adriano Castellesi de Corneto, qui vient d'être nommé. Envoyons-lui un valet que le pape aurait prétendument payé pour l'empoisonner. Ayant été longtemps le confident d'Alexandre, Corneto sait ce dont il est capable, il croira l'espion. Lequel, alors, suggérera, pour des gages supérieurs, de retourner le dessein contre son auteur.

— Tu es habile, Ginevra», sourit Giangiordano.

Elle s'est avancée jusqu'au bord du lac, qui vient lécher ses bottes.

«Je te rendrai la fortune et la puissance des Orsini.»

Il la croit. Il éprouve pour elle une admiration totale, pourvu qu'elle le soutienne, cela sera. Gino et Gina. Elle représente le clan, ce que fit le clan: l'intelligence, l'audace, l'orgueilleuse indifférence à l'opinion publique. Elle est sa maîtresse et, maintenant qu'ils ont acquis le divorce, il demandera la dispense nécessaire pour l'épouser.

Elle secoue sa crinière.

«Tu sais que je ne peux plus avoir d'enfant.»

Après celui qu'elle a perdu — un enfant d'Orsino, elle avoue sans vergogne n'avoir jamais été la femme de son mari —, les médecins lui assurèrent qu'elle n'en pourrait plus concevoir. Mais il ne croit pas ces augures. Ensemble, ils fabriqueront une quintessence d'Orsini. Ginevra est la folle, la sauvage qui lui convient. Comme amoureuse, parce qu'elle préfère aux chambres closes les fougères de la forêt, le sable des bords du lac; aux poèmes d'amour les morsures; parce que c'est souvent elle qui exige, qui prend, qui chevauche. Comme épouse parce qu'il mènera le clan un jour et qu'elle le secondera de son intelligence. Comme soldat, encore: elle se bat virilement, sait tuer sans émotion. Quand ils ont investi dans Rome le pont Nomentana, elle se tenait à ses côtés, son épée s'est rougie de sang plusieurs fois.

Giulia n'a pas tenté de les suivre. Elle sait ce que complote Ginevra, il ne faut pas être grand clerc pour le deviner. Qu'on assassine le pape la laisse froidement indifférente. Les Borgia doivent être éliminés, cette famille ne peut grandir qu'en étouffant les autres.

En revanche, elle ne tolérera pas plus à présent que naguère le bonheur de Baldassare Colonna. Il serait finalement libre? Libre de se remarier avec sa garce rousse, la voleuse — qui dévalisa même la maison de Giulia? Après toutes ces années à le poursuivre, à ourdir contre lui des machinations complexes, il faudrait s'avouer vaincue? Voilà trop longtemps que sa manie persécutrice tient lieu de raison de vivre à Giulia. Trop longtemps qu'elle ne se souvient plus de l'avoir aimé et se contente de le haïr. Aimer, savait-elle ce dont il s'agissait? Alors, déjà, l'épaisseur de la sensualité submergeait le sentiment. Ce qu'elle éprouve désormais vis-à-vis de Corella par exemple n'engage pas ses émotions, elle apprendrait sa mort sans frémir d'un cil. Baldassare l'avait devinée, au fond.

Sept ans plus tard, seule survit la volupté de nuire. Elle a, sur son cabinet florentin, une collection de pots à onguents. D'abord, ils furent pleins. Une fois vides, elle les a conservés pour le parfum qui les imprégnait. Avec le temps, tout vestige d'odeur s'est évanoui, mais elle les a vus là chaque matin depuis si longtemps qu'elle ne peut se résoudre à les jeter. Les confidences imprudentes de Michelotto, naguère, placent

Giulia dans la situation de menacer gravement Camilla Vespucci. Tant que Ginevra tenait Baldassare prisonnier de leur mariage, il était inutile de s'en servir. Mais Ginevra va probablement se remarier avec Giangiordano, ce fou qui est plus jeune qu'elle et semble pourtant l'aimer réellement... Comment peut-on aimer Ginevra ?

Désormais, donc, le seul moyen d'atteindre Tête d'Or est de nuire à la Cyprina. On peut sûrement monnayer avec la Crespini, qui vit retirée à Gennazzano, une seconde confession, identique à celle qui fut brûlée. L'accusation d'empoisonnement conduira Camilla Vespucci au bûcher pour sorcellerie. Comme l'Inquisition préserve l'anonymat des délateurs, nul ne saura jamais d'où venait le coup.

Parce que le suisse de faction ne s'effaçait pas assez promptement, Cesare l'a bousculé sur le seuil, le plaquant contre la porte dans un cliquetis de cuirasse et de hallebarde entrechoquées. Alexandre VI, qui donnait une audience tranquille dans la salle des Pontifes, lève les yeux sur l'entrée brutale de son fils.

« J'ai à vous parler, mon père, annonce le duc de loin. En privé. »

Son visage est blanc de colère, ses yeux foudroient. Les quelques courtisans qui se trouvent là, ayant appris à connaître les humeurs du Valentinois, se retirent avec précipitation.

« De quoi s'agit-il ?

— De Camilla Vespucci. À peine a-t-elle rouvert sa maison dans Rome, j'apprends que la Congrégation de la Sainte Inquisition l'a fait arrêter, enfermer dans un cachot à Sant'Angelo, ainsi que le médecin Gennaro. Et qu'on l'accuse de sorcellerie !

— D'empoisonnement, mon fils, corrige le pontife.

— Qu'importe! Je veux qu'on la libère, qu'on renonce à toute idée de procès, qu'on la laisse en paix! Entendez-vous?

— Mais si elle est coupable?

— Je m'en moque!»

Il a hurlé, ce qui n'est pas du tout dans ses habitudes et fait sursauter le pape.

«Vous et moi savons ce qu'il en est de ces choses et serions mal venus de l'accuser!

— Il y a des preuves, Cesare. La machine du procès est en route et... dans le climat de suspicion qui nous entoure à présent, si je faisais libérer une empoisonneuse avérée, ce serait l'émeute.

— Que n'êtes-vous intervenu d'emblée! Vous savez ce que cette femme est pour moi.

— Non, mon fils. Vous avez une épouse, une fille en France. On vous connaît une Dorotea que vous avez enlevée sur le chemin de ses noces il y a deux ans. Et la courtisane rousse n'est plus votre amie depuis... le siècle dernier! Je ne pouvais deviner que...

— C'est la mère du seul fils que j'aie à ce jour, et qui porte mon nom. Ne serait-ce que pour cela...»

Alexandre VI songe à Vanozza, la propre mère de Cesare. Évidemment, il ne supporterait pas qu'on l'incarcérât. Il se mordille la lèvre, embarrassé.

«Si demain matin elle n'est pas libre, j'irai moi-même la tirer du cachot avec ma troupe. L'effet produit sera sûrement plus néfaste encore pour notre réputation.»

Il le fera. Alexandre VI, hélas! sait que rien n'arrête Cesare. Il soupire, autant à cause de la situation qu'en raison de la moiteur de l'air.

Depuis qu'il ne chasse plus, ne monte plus à cheval, il est devenu obèse. Encombré de sa graisse, il étouffe sous la chaleur d'août. D'ailleurs, il n'ose pas vraiment respirer, sinon à travers un mouchoir de linon imprégné d'essence de bergamote qu'il porte sans cesse à ses narines — à cause de la malaria qui sévit dans Rome. Il n'a pas la moindre idée du recours à employer pour élargir cette femme — assurément criminelle. Mais il faut calmer Cesare, éviter les actions violentes de sa part. Gagner du temps.

« C'est bon, dit-il, je la ferai libérer.

— Le médecin aussi.

— Le médecin aussi. Allons, mon fils, rassérène-toi. Tu es si sombre, si emporté ces derniers temps...

— C'est que mes affaires ne vont pas aussi vite que je le veux. Les Orsini ne sont pas tout à fait écrasés ; Venise me sourit le matin, semble prête à me laisser m'installer en Toscane ; puis le soir, l'ambassadeur me fait grise mine ; or je ne puis m'aliéner Venise si je veux Florence... »

Il ne dit pas le fond de sa pensée, mais son père la devine au regard sombre que Cesare pose sur lui. La santé du pape a bien décliné. S'il mourait maintenant, c'en serait fait du roi d'Italie. Cesare a besoin qu'Alexandre vive encore quelque temps.

« Je me sens beaucoup mieux qu'hier, grâce à la saignée que m'a faite votre Gaspare Torella — et au seul bouillon que j'ai pris dans toute la journée, dit le pape, avec l'intuition qu'aucune nouvelle ne pourrait mieux dérider Cesare ni le distraire de son souci quant à la sorcière rousse. C'est un excellent médecin.

— N'est-ce pas ? Mais celui qui est au cachot

en ce moment soigne également à merveille. Je voulais justement vous l'envoyer.

— Il sera libéré, je m'y engage. Ah! soupire-t-il d'un air enjoué, je me sens tellement mieux que j'ai faim! Le cardinal Adriano Castellesi de Corneto, pour me remercier de son chapeau, m'avait invité à souper dans sa vigne de Monte Mario. Je ne pensais pas être en état de m'y rendre, mais je me trouve tellement gaillard que je vais honorer l'invitation. Que ne viens-tu, Cesare, toi aussi? Il y aura cette petite duchesse espagnole dont on parle tant et d'autres belles. Castellesi, qui n'aime que les garçons, s'entoure de jolie femmes pour donner le change. »

Cesare s'incline, baise l'améthyste papale incrustée dans le doigt boudiné de son père.

« Soit. Je vais me changer et faire préparer ma litière, dans laquelle je vous mènerai chez le cardinal. »

« Gubbio, il faut prendre le castel d'assaut.

— Rien que cela?

— Veux-tu qu'on la torture? Qu'on la brûle en place publique? C'est ce qu'elle risque, tu sais. Il faut que je la ramène à Venise. Là, nous embarquerons sur la *Santa Camilla* et adieu l'Inquisition.

— L'Inquisition est partout.

— Pas sur mer.

— Encore faudrait-il qu'elle accepte ton projet. Elle n'a toujours pas voulu faire la paix avec toi.

— Je vais l'épouser, Gubbio. Je suis enfin libre, mon mariage a été rompu.

— Admettons que nous réussissions à prendre le castel d'assaut... Hum, tu me fais vraiment admettre n'importe quoi. Bon, le castel est pris, nous délivrons Camilla et Gennaro, vous partez pour Venise. Reste le petit, qu'il faut mettre à l'abri.

— Je croyais que son père l'avait pris chez lui ?

— Il ne s'agit pas d'Ottavio, mais de Gabriele, ton fils à toi. »

Baldassare devient si pâle, l'œil exorbité, la bouche bée, que Gubbio s'alarme, le secoue.

— Hé, compère ? Tu as vu un fantôme ?

— En... en quelque sorte, murmure Baldassare après un temps. Je ne savais pas que j'avais un fils... »

Gubbio, à son tour, écarquille les yeux, puis hoche la tête, sourcils froncés.

« Cela, ce n'est pas bien. Elle n'avait pas le droit de ne pas te le dire. Mon Dieu, si tu le voyais ! Une figure d'ange et un caractère de diable. Tu ne peux pas le renier...

— Ah ! Camilla, Camilla ! Quelle mule que cette femme ! Quelle lionne plutôt. Tu sais, Tête d'Or, ce dont on l'accuse, l'empoisonnement des trois gentilshommes, je crois qu'elle l'a fait.

— On l'accuse de cela ? Comment le sais-tu ?

— Mes informateurs... Oui, elle les a tués, mais elle avait de bons motifs. J'ai connu Camilla quand elle avait treize ans, c'était en juin 93. Elle s'était sauvée de chez sa maquerelle, la Crespini, et nous autres gueux l'avons persuadée d'y retourner, parce que nous la trouvions jolie. En principe, une jolie fille a plus d'avenir comme courtisane que comme truande... »

Il s'interrompt, constatant que le teint de Baldassare vire de nouveau à l'ivoire.

« Allons, bon... Ne me dis pas que tu ne savais pas...

— Qu'elle fut putain ? Tout Rome le sait...

Continue ce que tu avais commencé de raconter...

— Eh bien, plus tard, nous avons regretté de l'avoir ramenée là-bas, chez la vieille garce. Une fille de la Crespini, la sœur d'un de nos tire-laine, a raconté comment Cenci, Sevriano, Djem et le petit Borgia l'avaient traitée. C'était une gosse, et je crois bien qu'elle n'avait jamais eu d'homme. Alors, elle s'est vengée d'eux et selon moi, elle a bien fait. Même si c'était elle et non pas Cesare Borgia qui avait tué le duc de Gandia, je l'absoudrais encore. »

Baldassare pousse un profond soupir.

« Quoi qu'elle me fasse souffrir, Gubbio, je crois que je le mériterai. »

Il secoue son casque d'or, déride son front.

« Qu'importe. Alors, tu vas m'aider à le prendre, ce castel ? »

Tôt ce matin, 19 août 1503, la rumeur s'est répandue parmi les prisonniers :

« Le pape est mort hier soir à vêpres, empoisonné. Le Valentinois aussi a bu le bouillon, il est au plus mal et ne passera pas la nuit... »

De cellule en cellule, le bruit circule, s'enfle, ponctué par la cacophonie des chaînes qu'on secoue contre les barreaux :

« Le pape est mort, le pape est mort ! »

Les geôliers ont d'abord essayé de démentir la nouvelle. Mais les prisonniers dont les cellules donnaient sur le pont Sant'Angelo se sont hissés jusqu'à leurs fenêtres pour interpeller les passants :

« Eh... C'est vrai que le pape est mort ? »

La nouvelle, confirmée, s'est propagée comme la peste. Comprenant ce qui s'ensuivrait, les geôliers ont préféré tout simplement abandonner leurs postes. Quand un pape meurt, le temps que le conclave en élise un autre s'installe dans Rome une frénésie de violence ; la vacance du Saint-Siège suspend tous les pouvoirs, tous les contrôles, toutes les polices. C'est à qui pillera, tuera, violera, incendiera, à la faveur d'une impunité momentanée. Dans les prisons, chaque fois, les grilles sont arrachées, piétinées, les criminels libérés se répandent à travers les rues. Le nouveau pape se contente d'entériner le fait dès son intronisation, accordant à tous les condamnés du pontificat précédent une amnistie.

Camilla n'a pas eu besoin de s'évertuer contre les grilles de sa cellule. Les premiers qui avaient réussi à se libérer sont venus délivrer les autres facilement, grâce aux trousseaux abandonnés par les geôliers — fatigués de devoir chaque fois resceller les grilles lorsque l'ordre est rétabli. Ils n'en sont pas encore à les ouvrir en grand avant de se sauver, mais presque... Dans le tumulte de la débandade, elle n'a trouvé personne pour la renseigner sur Gennaro et l'a cherché de cellule en cellule, se perdant dans le dédale souterrain. Elle le découvre enfin, seul dans un cachot, étendu, immobile, sur un bat-flanc.

« Gennaro ! Nous sommes libres ! »

Elle essaie sur la serrure de la grille les clefs du trousseau qu'elle a ramassé dans un couloir. L'une d'elles fait jouer le pène. Camilla pousse la grille, s'avance dans la cellule pour secouer Gennaro :

« Viens, lève-toi ! » mais pousse un cri en même temps ; le pied qu'elle a touché par inadvertance est froid comme un marbre. Pourtant, lorsqu'en retenant son souffle elle se penche sur lui, elle le découvre parfaitement vivant, les yeux grands ouverts fixés sur le mur nu — un écran pour ses images intérieures. Il tourne la tête vers elle et sourit.

« Qu'as-tu, Gennaro ? Pourquoi souris-tu ainsi au lieu de te lever ?

— Parce que la liberté vient trop tard.

— Que veux-tu dire ?

— Je devais être soumis à la question, ce matin. Je n'étais pas sûr de résister à la torture, de ne pas raconter n'importe quoi. J'ai pris de la ciguë. Pour mourir comme Socrate. »

Elle pousse un cri, le trousseau qu'elle a lâché tombe à ses pieds dans un fracas métallique qui résonne sous les voûtes à présent désertes, pesamment silencieuses.

« Mais tu as l'antidote, songe-t-elle après un temps de douleur pétrifiante.

— Pas sur moi.

— À ton atelier.

— Je ne peux plus marcher déjà, l'engourdissement a pris mes pieds.

— Je te soutiendrai.

— Tu es bien trop frêle. Je suis grand et le muscle pèse lourd, c'est un fait que j'ai longuement étudié. »

La voix de Camilla se casse, feutrée d'angoisse.

« Je t'en prie, ne parle pas ainsi. Il faut que tu te lèves et que tu viennes. »

Sans répondre, il obéit, se redresse, s'assied sur le bat-flanc, pose les pieds au sol. Mais quand il se hisse debout, il s'effondre, elle ne le rattrape qu'avec peine et l'aide à se rasseoir.

« Mon Dieu, mon Dieu, s'affole-t-elle. Eh bien... Je vais aller chercher Gubbio, les autres... On te transportera à ton atelier et tu prendras le contre-poison. »

Il secoue la tête, si tranquille, si étrange.

« Non, non, c'est trop tard. D'ici une heure, le

poison aura fait son œuvre. D'ores et déjà, la nécrose des membres inférieurs est irréversible. »

Elle pousse un gémissement, tombe à genoux et lui attrape les mains :

« Mais je ne veux pas ! Gennaro, je ne veux pas que tu meures, ce n'est pas possible ! »

Les sanglots l'étouffent, elle tremble, elle a mal, elle ne sait plus.

« Qu'est-ce que je deviendrai sans toi ? Je t'en prie, ne meurs pas. Pas toi.

— Ne te tourmente pas, Camilla. Je suis soulagé de partir. Depuis trois ans, le prix me semblait trop lourd. »

C'est depuis ce temps qu'elle l'a trouvé changé. Quand il n'a pas voulu suivre Camilla dans sa « vie de marin », elle a cru que c'était par souci de poursuivre ses recherches à Rome, où il avait une réputation bien assise. Mais les quelques fois qu'elle l'a revu, lors de ses passages en ville, elle l'a découvert si clos, si douloureux, qu'elle en a ressenti de la peine, elle s'est même demandé s'il avait une faute à lui reprocher.

« Qu'est-il arrivé, Gennaro, qu'est-ce qui t'a éloigné de moi ?

— Voilà des années que je portais le fardeau d'une culpabilité. Mais le pire vint quand quelqu'un découvrit mon secret. Le tueur des Borgia, Corella. Depuis trois ans, il m'oblige à le fournir en poisons... Si je n'avais pas obéi, il s'en serait pris à toi. »

Elle est toujours agenouillée, en larmes, lui agrippant les mains si fort qu'elle y laisse des empreintes livides.

« Je ne comprends pas... De quelle culpabilité, de quel secret parles-tu, Gennaro ?

— Des meurtres que j'ai commis. Sevriano,

Cenci, le prince Djem. Puis, plus tard, Bartolomeo Chigi. »

Elle tressaille violemment, le regarde avec des yeux d'abîme.

« Tu... tu les as tués ? Toi, Gennaro, toi ? Toi qui es la charité même ? »

La révélation la replie dans une horreur intérieure, silencieuse.

« Camilla...

— C'est pour cela que nous sommes ici. Je ne comprenais rien aux accusations. Oh, naïve ! J'ai cru durant toutes ces années que le Destin, la Providence, des entités majuscules s'étaient chargées d'eux ! Mais qui donc peut t'avoir trahi ?

— Corella n'y avait pas intérêt, c'était tuer la poule aux œufs d'or. Cesare Borgia... »

Elle sursaute.

« Il savait ?

— Oui, mais depuis tant d'années ! Je ne vois pas la raison qui l'aurait fait parler à présent. Non, ce ne peut être lui.

— Gennaro, pourquoi as-tu... Pourquoi empoisonner ces hommes ?

— Ils t'avaient fait du mal.

— Mon Dieu... »

Il sourit.

« Pas seulement. C'était égoïste également. Parce que j'étais jaloux. Même ceux qui... qui te faisaient plaisir, je les haïssais. Cesare, Baldassare, Giorgione, lui aussi. Ils avaient ce qui m'était refusé. »

Elle ouvre des yeux démesurés.

« Ne me regarde pas ainsi, Camilla Vespucci. Est-ce tellement invraisemblable ? On voudrait que les infirmes, les malades, les vieux n'aient pas de désirs, ce serait tellement plus propre, n'est-ce pas ? Seulement, voilà... Moi qui ai fréquenté les hôpitaux, je peux te dire que tous, les lépreux, les culs-de-jatte, les pestiférés, ils bandent, jusqu'à leur dernière goulée de vie! »

Elle secoue ses cheveux, sourcils froncés.

« Ce n'est pas *moi* qui en ai jamais refusé l'idée. Ce n'est pas *moi* qui t'ai jamais regardé comme... un esprit. Tu me mentais, Gennaro. Quand je te racontais mes égarements de "faible femme", j'avais honte devant toi. Tu semblais au-dessus de cela, tu avais dépassé les mesquineries, les convoitises, les jalousies. Je t'enviais. Tu me paraissais tellement sage, tellement supérieur. Je me disais que tu devais me trouver stupide, une femelle engluée dans sa chair. Plus les années passaient, plus tu m'impressionnais. Je me sentais incapable de rien résoudre sans ton conseil, j'avais besoin de toi pour penser. Depuis deux ans, depuis que tu t'es éloigné, si tu savais combien de fois je me suis demandé ce que tu ferais à ma place lorsque j'avais une décision à prendre! Tu m'as manqué. Et j'étais triste, je pensais que... Que tu m'avais dépassée, en quelque sorte. Que tu étais trop haut pour pouvoir encore échanger quelque chose avec moi. Pourquoi ne m'as-tu jamais dit ce qu'il en était réellement? »

Il hausse les épaules, dos au mur lacéré de graffiti.

« Aurais-tu persisté dans tes confidences, si tu avais su ce que j'éprouvais? Cela t'aurait gênée, dégoûtée. »

Elle se lève d'un élan, lâchant la main qu'elle serrait.

« Mais c'est faux, tout à fait faux! Je le jure! »

Elle l'a toujours regardé comme un homme; qui montait à cheval, qui soignait avec ses mains, qui, comme d'autres, pouvait aimer des femmes. Ils parlaient librement de ces choses, ainsi Camilla n'a-t-elle jamais supposé qu'il fût amoureux d'elle. Elle croyait qu'il s'agissait entre eux d'une de ces fraternités intenses, comme par exemple entre deux jumeaux. Il est difficile d'imaginer quel autre au monde elle aurait aimé — dès lors que Baldassare existe. Mais ce n'est pas l'infirmité de Gennaro qui l'a découragée. Elle ne la voyait pas. Elle aurait pu s'attacher à lui comme à Giorgio, qui offre une île où accoster, qui rend l'innocence d'un temps où les hommes et les femmes n'étaient pas d'irréductibles ennemis, où l'amour n'était pas une guerre. Ces deux sortes d'amour coexistent dans le monde sans se mêler, chacune également tentante.

« À présent, tu devrais partir, dit-il. Il n'y a plus de police dans Rome mais ailleurs, en Italie, l'Inquisition reste souveraine et te pourchassera. Prends la mer, Camilla, sauve-toi. »

Elle secoue la tête.

« Je reste avec toi, je ne te quitte pas. »

Ils se taisent. Gennaro a fermé les yeux, respire plus calmement, elle n'ose pas troubler ce répit. Après un moment, il demande :

« Camilla, si j'avais été beau comme Tête d'Or, m'aurais-tu aimé en retour ?

— Je t'aime, Gennaro.

— Pas de cet amour-là.

— Si, de cet amour-là. »

Elle regarde le visage maigre, les yeux plus vastes encore, plus brillants, pupilles dilatées par le poison. Il sourit, ce qui tire ses lèvres sèches — elle n'a même pas d'eau à lui offrir.

« Un mensonge qui te sera pardonné... Camilla, il y a une chose... À Venise, j'avais rencontré chez Giorgione cet imprimeur, Aldo Manuzio[1].

— Oui.

— Je lui ai remis un manuscrit, un traité de mes découvertes. Il l'a composé et devait l'imprimer très bientôt. Je voudrais que tu t'en occupes, que ce traité soit publié. Il révèle le secret de mes poisons mais aussi de leurs antidotes. Tous mes poisons ont des antidotes, Camilla. Si le livre circule, les victimes pourront se protéger.

— Je te promets de m'en charger. »

Elle s'est assise sur le bat-flanc, à côté de lui. Pose la main sur son épaule. Il se dégage d'un geste vif, sourcils réunis.

« Ne me donne pas de pitié, j'aurais horreur de cela !

— Imbécile ! »

L'expression des sourcils se modifie, parce qu'il a décelé de la colère dans le ton de Camilla.

« Toutes ces fois où tu étais là, près de moi, où j'étais seule, désemparée ! Mais je n'aurais pas osé venir à toi, j'avais le sentiment que tu aurais froncé les sourcils comme tu viens de le faire et que tu m'aurais donné une potion pour dormir d'un air paternel. »

Il secoue la tête en dénégation.

« On ne peut désirer un monstre. Serais-tu laide, je t'aimerais, je ne te désirerais pas.

— Si j'étais bossue, je ne serais pas laide pour autant. Mon visage, le reste de mon corps seraient les mêmes. J'ai vu souvent des femmes te sourire avant qu'elles ne découvrent ton dos. Alors, elles se détournaient, parce qu'elles

1. Aldo Manuzio (1450-1515) francisé en Alde Manuce, humaniste et imprimeur vénitien.

étaient sottes, parce qu'elles croyaient ces sornettes sur le diable et les bossus. »

Elle dessine du doigt le contour du visage aigu et, cette fois, il ne s'écarte pas.

« Imbécile. »

Ses yeux sont brouillés de larmes. Elle les ferme, pour qu'il ne voie pas qu'elle pleure. Seigneur, tant d'amour perdu, toujours, sur sa route... Elle se penche en avant pour l'embrasser. Il reste immobile, adossé à la muraille où les graffiti lui font une auréole profane, grotesque autant que tragique, parce qu'ils parlent d'amour et de liberté. Ses muscles sont compacts, sa respiration retenue.

« Je t'en prie, Gennaro, ne me laisse pas là, dans le froid, dans le noir, ne meurs pas sans moi... Tu ne peux plus me repousser, plus maintenant. »

Les bras se referment sur elle, enfin, les mains qui soignent et qui savent, la chaleur, la dernière chaleur qui lui reste, Dieu leur donne le temps de la partager...

Dieu regarde ailleurs, ce 19 août 1503. Peut-être au Vatican, vers le pauvre cadavre déformé que nul ne pleure, que nul ne veille — et qui fut pape. Avant que le froid ne l'emporte, Gennaro a le temps de faire l'amour à cette femme offerte entière, de savoir qu'il ne s'agit pas de pitié, de lire dans ses yeux son propre désir reflété, de s'envoler avec elle, loin, en même temps, et de s'arrêter juste à ce moment d'éternité, quand la main de glace lui saisit le cœur.

Elle s'est trouvée dehors sans rien voir. Sur le pont Sant'Angelo, elle a croisé des hordes sauvages. Une Espagnole, échevelée, son enfant dans les bras, s'est effondrée devant elle au détour de la rue Alessandrina, poursuivie par des hommes l'épée au poing. Ils l'ont percée d'une multitude de coups, elle et l'enfant, tandis qu'elle invoquait la Vierge dans sa langue. Et pendant qu'on la tuait, une femme en noir, à cheval, un faucon sur l'épaule, excitait les assassins, criant d'une voix démente :

« Mort aux Borgia, mort à tous les Espagnols ! »

Elle a lancé son faucon sur le cadavre sanglant. Plus loin, des maisons brûlaient, leur contenu, meubles, vaisselle, papiers, répandu dans la rue par les pillards. Le tocsin sonnait à toutes les églises ; des pénitents tentaient de réunir, sur les places, quelques fidèles, les exhortant à la prière et au pardon, mais les bandes d'émeutiers les dispersaient parfois à coups de feu, à coups d'épée. L'air lourd, gavé d'un orage imminent, pesait sur la ville en folie, cela sentait la poudre et le sang.

Camilla a longtemps erré, détournée de son chemin par des barricades, des processions de flagellants scandant des *Dies Irae*, des combats de rues, des lignes entières de maisons flambant dans un ronflement gigantesque. Parfois aussi, on l'a pourchassée, éclairs d'épées nues. Mais la générale des brigands sait se faufiler dans le dédale de Rome, escalader les murs, sauter de terrasse en terrasse. Elle a déjoué les poursuites.

La nuit tombe, violette, épaissie d'une fumée qui cache les étoiles, révélant une lune sanglante. L'air colle aux poumons. Cendres et pourriture, parfum de mort. Elle parvient enfin devant chez elle, à l'instant où crève l'orage, dans une unique fulguration. La pluie chaude s'évapore avant de toucher la poussière du sol. Sa maison brûle et le combat y fait rage, confusion de visages rendus méconnaissables par le sang et la suie, que la pluie délaie. Elle avance, quelqu'un la saisit par un bras, la tire à l'écart, sous le portique d'une maison voisine.

« Camilla, ne reste pas là ! »

Elle reconnaît Ernesto, l'un des lieutenants de Gubbio. Haletant, il hache des phrases brèves. Les gueux avaient prévu de la faire évader mais la mort du pape les a pris de court. Un groupe s'est rendu ce matin au castel Sant'Angelo pour délivrer les deux prisonniers, tandis qu'un autre, mené par Gubbio, se chargeait d'évacuer la maisonnée de Camilla et de déménager rapidement ses biens avant le pillage. Sur place, ils ont été surpris par une troupe vaguement affidée aux Orsini qui a surgi pour saccager la demeure, sous prétexte que Camilla est l'amie de Cesare Borgia. Les gueux se sont retranchés, les pillards ont mis le feu pour les déloger. Alors, quelques-uns viennent de tenter une sortie, espérant ouvrir un passage.

« Mais ceux du castel Sant'Angelo ? s'exclame-t-elle.

— Tête d'Or les menait. C'est lui qui avait organisé le plan de l'évasion, à l'origine. Avant que le pape n'ait l'idée de mourir. »

Malgré Gubbio, malgré les gueux qui adorent leur nouveau compagnon, Camilla refusait, depuis son retour en ville, de rencontrer Baldassare Colonna. Elle restait crispée dans une certitude dont elle mesure à présent la cruelle, l'absurde fausseté. Tête d'Or les menait, bien sûr. Elle s'est trompée, lui niant la possibilité de changer, de se grandir. Cette erreur de jugement, ce terrible égarement, elle n'en a compris le mécanisme et la portée que ce matin. Gennaro lui en donnait la clef. Seigneur, il aura fallu qu'il meure pour qu'enfin Camilla voie clair...

Elle s'est abusée sans cesse sur l'amour qu'elle inspirait. À Cesare, à Gennaro, à Baldassare. Elle est passée sans voir, sans mesurer la valeur de ce qu'on lui offrait, parce qu'elle se pensait putain, irréparablement putain. C'était *elle* qui pensait cela, non pas eux. La guerre qu'elle a menée pour se faire reconnaître, elle l'avait gagnée bien avant de le savoir. Cesare, Giorgio furent convaincus sans lutte dès les premiers instants. Mais encore Chigi, ou Gubbio, ou Vespucci, à leur manière; mais encore Copernic ou Leonardo da Vinci. Même les femmes, Ginevra Orsini aussi bien que Donna Lucrezia. Amies ou rivales, amoureux ou compagnons, ils l'admirèrent ou la haïrent parfois, aucun ne l'a méprisée.

Les seuls êtres qui la traitèrent jamais en putain (elle ne compte pas les clients du bordel, masse indistincte, figures peintes d'un théâtre de foire) furent parfaitement, également infects. Ces cinq-là sont morts parce que leur ignominie, ceux qui aimaient Camilla, Cesare ou Gennaro, ne la supportèrent pas. La guerre était vaine, sans objet, ses adversaires ne voulaient pas gagner. Et Baldassare, s'il ne l'a pas aimée du premier jour, l'aime depuis longtemps.

Elle s'agrippait à son ressentiment, vieilles hardes, par manque de foi. Elle-même, qu'a-t-elle de commun avec celle qu'elle fut? Cesare ressemble-t-il encore au sombre évêque de 93? Tête d'Or pouvait, enfin, devenir saint Michel. Ne pas le revoir, ne pas savoir, ne pas capituler devant lui. À présent, cela semble tellement futile. Elle voudrait avoir *déjà* capitulé. Le hasard continue de les séparer, le hasard la punit d'avoir différé ces retrouvailles dont l'attente les consume l'un et l'autre. Ils ont dû se manquer de peu, et sans doute à cette heure la cherche-t-il dans Rome. Oh, pouvoir lui demander pardon, déposer les armes!

«Où est Gabrièle, où sont les domestiques?

— Dans les voûtes... On n'a pas réussi à les faire sortir encore.

— Mais le feu!

— Les voûtes ne brûleront pas, c'est de la pierre et il y a le puits. En fait, cette bande d'assassins ne se doute pas que les nôtres sont en bas. Mais on aurait bien besoin du renfort de Tête d'Or et de sa troupe. Ils sont plus nombreux que nous, les chiens!»

Soudain, sur la petite place qui s'ouvre devant la maison — où l'on prenait parfois le frais le soir, autour du banc de pierre et des trois cyprès —, surgit un cheval épuisé qui trébuche contre les pavés luisants de pluie. Sa robe est salie d'auréoles d'écume, son cavalier trempé tient un faucon sur son poing. C'est Ginevra Orsini, la femme de ce matin, chevelure déployée en serpents noirs. Elle entraîne une meute mi-à pied mi-à cheval, qu'elle lance en avant dans un cri sauvage:

«Le fils de Cesare Borgia habite cette maison, dénichez-le, tuez le bâtard!»

La meute fond sur l'avant-garde épuisée qui a tenté la percée hors de la maison — et qui chancelle sous le nombre. Gubbio secoue cinq hommes en grappe accrochés à lui et saigne par plusieurs blessures.

«Une épée, qu'on me trouve une épée!» hurle Camilla.

Ernesto la retient en arrière, il n'a pas même un bâton à lui offrir.

Presque au même instant, par l'autre issue de la place apparaît une petite troupe lasse: l'homme à leur tête porte un casque d'or de cheveux. Camilla s'élance à travers l'esplanade, court, court si vite qu'elle trébuche et s'affale contre lui, criant et pleurant :

« Baldassare. Ton fils... Ton fils est dans la maison, ils veulent le tuer ! »

D'un bras, il la retient, la rétablit debout, tremblante de tous ses membres. L'autre bras dégaine une épée.

« Sauve-le, c'est ton fils, sanglote-t-elle.

— N'aie pas peur, je vais le ramener. »

Il la regarde et lui offre le sourire de la première fois, celui de l'archange saint Michel, la boucle est enfin bouclée, l'errance achevée.

Tout s'accomplit très vite. À l'instant de ce sourire échangé, la cavalière aux cheveux de nuit surgit au galop depuis le *cortile* de la maison, qui s'écroule par grands pans enflammés. Elle tient en travers de sa selle un petit enfant blond en larmes qui se débat :

« Je l'ai ! J'ai trouvé le sang du Borgia ! » hurle-t-elle, levant l'enfant comme un trophée.

Gabriele a dû s'affoler du feu et des rumeurs au-dessus de lui, vouloir s'échapper ; elle est entrée dans la cour à cheval et l'a cueilli au vol.

« Gabriele ! crie Camilla », courant vers lui.

Mais son cri n'entame pas l'épaisseur de la nuit, sa course dérisoire ne paraît pas la faire progresser... Baldassare est en avant d'elle. Il se rue le premier, agrippe le cheval aux naseaux pour l'affoler. La bête hennit, se dresse sur les postérieurs, tandis qu'il essaie d'attraper la jambe de la cavalière. Elle parvient à s'arrimer au pommeau mais, dans ce mouvement, lâche l'enfant qui glisse au sol, sous le ventre du cheval.

Camilla crie encore, gorge arrachée. Gabriele a roulé, s'est relevé, court à l'aveuglette vers la nuit. Le cheval retombe lourdement sur les antérieurs, éclair des sabots frottant le pavé, sa cavalière toujours en selle. Tête d'Or saisit l'étrier, tente de se hisser sur la monture à son tour pour la désarmer, car elle a tiré du fourreau son épée maculée de sang séché et, déjà, éperonne le cheval qu'elle a tourné en direction de l'enfant.

« Cours, Gabriele, cours ! » hurle Camilla, qui tente en même temps de le rejoindre, de s'interposer entre le cheval et son fils.

Presque simultanément, une fulguration déchire le ciel opaque ; au bout du bras dressé de la cavalière noire, l'épée accomplit un orbe qui vient s'achever en travers de la gorge de saint Michel, la perçant de part en part ; il chancelle très lentement, comme s'il n'allait jamais tomber, dans une fusée de sang ; emportée par l'élan du cheval, la cavalière a dépassé déjà la confusion des combattants quand Gubbio, qui a détaché comme des mouches la grappe pendue à lui, lève son arquebuse ; elle reçoit la décharge en pleine poitrine ; le choc la désarçonne, mais l'étrier retient sa chute et le cheval fou s'engouffre dans la rue en pente devant lui, la traînant dans la boue, accrochée par le pied.

Camilla rejoint Gabriele, se penche, bras ouverts, va s'emparer de l'enfant, quand une douleur venue de nulle part la coupe en deux, bloquant son souffle. Elle tombe en avant, dans un silence soudain, un suspens de toute sensation. Elle a le temps de se demander si c'est un coup de feu ou le froid d'une lame qui l'a tuée. Puis la nuit l'engloutit.

Le palais de San Clemente, dans le Borgo, est une immensité vide. La guerre avec les Orsini et les Colonna brasille encore chaude sous la cendre; par précaution, Cesare a fait déménager et transporter ses biens précieux à Ferrare, chez sa sœur, pour le cas où on l'assiégerait chez lui. Giangiordano Orsini et Prospero Colonna, les meneurs des deux clans, haïssent le Valentinois avec une sorte de démence. Prospero est devenu l'amant de Sancia d'Aragon, cette folle que le pape et Cesare tenaient enfermée au castel Sant'Angelo depuis l'été, l'ayant surprise alors qu'elle tentait d'empoisonner le vin de leur dîner. Dès l'ouverture du conclave, elle est sortie de la forteresse avec la nuée des prisonniers mutins; Prospero Colonna, venu la délivrer, l'a fait porter en triomphe par sa troupe et promener ainsi dans Rome. Puis ils ont repris le palais Colonna et tué, à travers la ville, autant d'amis des Borgia — ou d'Espagnols à défaut — qu'ils en pouvaient trouver.

Giangiordano Orsini semble encore plus fou. C'est un cadavre, lui, qu'il a montré toute une journée par les rues, sur un char drapé de noir: celui de sa cousine Ginevra, tuée dans une émeute devant la maison de Camilla. On dit qu'ensuite, en raison de chaleur malsaine, il s'est empressé de la faire embaumer et qu'il l'assied à présent à sa table, devisant avec elle lorsqu'il mange. Chez les chevaux de race trop pure, les croisements du même sang donnent des bêtes imprévisibles, cruelles ou débiles, dégénérées. Sans doute, pour les humains, en va-t-il de même.

Dans son studio, où les marques des tapisseries enlevées dessinent des fenêtres plus claires sur les murs, Cesare a convié Camilla. Une pluie de septembre, fine et tiède, ruisselle sur les carreaux de verre au-dehors. Pour s'en protéger, la visiteuse s'est enveloppée d'une mante. Elle en repousse la capuche sur ses épaules:

« Tu désirais me voir. »

Cesare la scrute attentivement. Elle a maigri, mais cela se réparera. Gaspare Torella, qui l'a soignée de sa blessure à la demande du duc, assure qu'elle est remise. La cicatrice sous le sein, qu'il a tenté de faire petite, se résorbera, deviendra presque invisible. La lame a manqué le cœur de la distance d'un cheveu, mais l'a manqué.

Cesare lui-même n'a peut-être pas si bien recouvré la santé, depuis l'empoisonnement dont il fut victime. Son visage n'a pas encore perdu sa vilaine couleur, il s'essouffle dans l'effort et les mets épicés lui brûlent l'estomac. Mais Torella prétend que sa vitalité prendra le dessus, comme il en fut pour Camilla.

« Je te remercie, dit-elle, de m'avoir envoyé ton médecin quand tu as su mon état. À l'hôpital San Giovanni dei Genovesi, où l'on m'avait transportée dans *leur* quartier du Trastevere, les gueux ont d'abord failli l'étriper, ils se méfiaient de tout le monde.

— C'est vrai que tu es général. Moi, j'ai failli n'être plus rien. »

Pourtant, les Romagnols veulent garder leur duc et se sont soulevés pour lui. Il a réussi à s'emparer du trésor du pape le jour de sa mort, puis à faire élire ce fantôme de Pie III qui le soutient. Son armée lui reste fidèle et campe dans Rome. Mais il sait la précarité de sa situation. Pie est malade.

« C'est pourquoi j'use de mon crédit tant qu'il agit encore, sourit-il, lui tendant un vélin. Une bulle du pape qui te rétablit dans tes biens et t'autorise, escortée par des suisses pontificaux, à les récupérer auprès de tes voleurs. C'est amusant, car après tout, ta fortune à toi vient du vol... »

Elle sourit en retour.

« Pas seulement. Mon commerce sur mer est très florissant désormais. Je te remercie aussi d'avoir pris soin de Gabriele.

— En fait, je me suis contenté de l'emmener à Ferrare avec Ottavio. Je crois qu'ils sont très heureux chez ma sœur, et plus en sûreté qu'avec moi. Elle a voulu t'écrire à leur sujet, voici sa lettre. Elle te propose d'assurer leur éducation. Je ne puis plus, hélas ! te promettre de m'en charger avec certitude moi-même.

— Peut-être est-ce sage. Mais il me faut réfléchir. Ils sont tout ce que j'ai désormais, dit-elle, tendant la main vers le second rouleau. Elle le décachette, lit la lettre de Donna Lucrezia, hoche la tête tout en lisant.

— Ta sœur est une grande dame.

— J'ai obtenu de Pie III que le procès contre toi soit abandonné par l'Inquisition. Mais il y a cette rumeur de brigandage dont, entre-temps, les magistrats civils se sont avisés. Ils seraient trop heureux d'affirmer leur autorité face au Vatican. Si tu acceptes un conseil de ma part, dès que tu auras récupéré tes biens, vends-les et quitte Rome. Tu n'y seras plus jamais tranquille et moi, je n'y resterai pas pour t'assurer ma protection.

— Je ne comptais pas y demeurer.

— Où iras-tu ? À Venise ? Il y a ce peintre, Giorgione... »

Elle sourit.

« Tu sais toujours tout, Cesare. Mais non, je ne resterai pas à Venise, ce n'est qu'un endroit paisible où je me pose quand je suis lasse. Ma patrie, désormais, c'est la mer. Il n'y a plus que là que je pourrai vivre. »

Cet aveu, et celui concernant les enfants à l'instant révèlent l'énergie têtue, masculine, dont sont empreintes ses manières, pour ce qu'elle est : le masque d'un désespoir absolu, que les yeux trahissent. Des yeux de mer, en effet, des yeux où se perdre. Cesare la devine, elle lui ressemble, elle ne parlera pas de Baldassare Colonna. C'est justement parce qu'elle choisit de n'en pas parler qu'il mesure combien ce fantôme est présent. Il la suivra partout, longtemps, où qu'elle cingle, où qu'elle accoste. Cesare connaît ce tourment.

« Et toi, Cesare ?

— Je vais repartir en campagne. Je me bats contre le temps, désormais. Pie ne vivra pas vieux. Et Giuliano Della Rovere attend depuis si longtemps d'être pape...

— Tu ne renonceras jamais à te tailler ce royaume, n'est-ce pas ?

— Non. Pas plus que tu ne renonceras au tien, Camilla. Tu le déplaces, il est tantôt chez les gueux, tantôt parmi les grands seigneurs de Rome, tantôt sur les mers : les Musulmans t'appellent Melikat El Abhar, reine des mers, n'est-ce pas ? Mais c'est toujours un royaume que tu cherches. Un jour, tu trouveras où le situer.

— Ton désir a changé, pourtant. Ton motif.

— La mort qui est venue très près m'a peut-être changé, en effet. J'ai perdu... ma rage. Il y a longtemps, avant que je ne tue Juan, alors que j'étais encore innocent, Gennaro m'avait averti. Il m'avait dit que le meurtre était un vertige. Ces dernières années, je fus ivre, en effet. Je haïssais l'idée de la clémence, le bonheur des autres m'ulcérait. Je voulais le pouvoir, mais tout ce qu'il y avait d'humain entre ce rêve et moi, je l'écrasais. À présent, je trouve plus de prix à la fidélité de mes Romagnols, que j'ai gagnée par la justice de mes lois, qu'à la terreur de mes ennemis.

«Je n'ai pas le remords d'avoir tué ceux qui m'avaient nui, tels mes condottières félons. Notre monde n'est pas assez civilisé pour qu'on y pardonne les insultes si l'on veut survivre. Je n'en ai pas même pour les disparitions par nécessité politique, parce qu'elles m'ont coûté, quoi qu'on en puisse penser. Tuer Pedro Calderon fut une décision difficile à prendre.

«Ce qui n'est pas à mon honneur, je crois, c'est la passion personnelle que j'ai mise dans certaines éliminations. Alfonso d'Aragon me gênait, certes, et Lucrezia n'aurait pas divorcé de lui, elle l'aimait. Mais c'est justement parce qu'elle l'aimait, parce qu'ils s'aimaient, que je ne pouvais lui faire grâce. Chaque fois que je les voyais ensemble, je pensais à Baldassare et toi.

«Je suis un fauve. On m'avait muselé dans un carcan ecclésiastique qui m'interdisait un grand destin. La douceur, l'amitié allaient aux autres, à Juan. Quand tu es venue, j'ai cru que je pourrais échapper à ma sauvagerie, à mes années de rancœur accumulée. Tu m'as refusé... la paix. J'étais l'homme le moins préparé aux souffrances d'amour. Cette douleur incernable, insurmontable, m'enrageait. Un fauve enragé déchire et griffe, c'est sa nature, il ne sait pas pardonner. J'ai fait payer aux humains leur résistance à m'aimer. Je les ai voués à m'admirer et me craindre. Les femmes... Je les punissais en ton nom. Soit qu'elles fussent à prendre comme des citadelles, soit qu'elles fussent respectables comme Caterina Sforza — alors je les traitais durement.

«Rien ne m'arrêtait, je me moquais éperdument de mourir. Peut-être même allais-je au-devant de la mort dans mes entreprises. »

Camilla s'est approchée de la fenêtre, où son miraculeux profil se découpe dans la lumière grise.

« Si j'avais réussi à te haïr, ajoute-t-il, à te rendre responsable de mon mal, c'eût été plus simple. Mais je ne m'en prends qu'à moi de ce que je suis. Un homme d'une autre nature, après ton refus, serait peut-être devenu un grand saint. Ou un grand peintre, comme ce Giorgione. »

Il sourit.

« Moi, j'ai toujours eu la tête d'un assassin. Même à huit ans. »

Elle secoue ses cheveux, auréole d'or tremblant.

« Ce n'est pas si... tranché. Fallait-il que Juan survécût ? Et puis, il y a tant de meurtres qu'on t'impute et dont je te sais innocent ! Djem, par exemple... Je connais aussi de grands esprits qui pensent que toi seul peux faire l'unité de l'Italie. Je connais un garçon qui est fier de t'avoir pour père.

— Camilla... »

Il ne la regarde plus, s'éblouissant délibérément sur la fenêtre, dans le cadre de laquelle ils cisèlent deux ombres chinoises.

« Si mon étoile ne me fait pas défaut, si je parviens à mon but, tu es la seule que je veuille imaginer à mes côtés. Je sais que tu ne cesseras jamais d'aimer Baldassare, du moins je sais qu'à présent tu le crois. Si je te touchais, tu crierais. Mais il est mort, je ne crains pas les morts. Où que tu sois, au jour de mon triomphe, je viendrai te chercher. Si je ne viens pas, c'est que j'aurai échoué. »

Elle hoche lentement la tête, rajuste la capuche sur ses cheveux roux — c'est comme si elle emprisonnait de la lumière — et enfouit la bulle roulée dans sa large manche.

« Merci pour tout, Cesare. Dieu te garde. »

Elle sort sans bruit, laissant la grande figure vêtue de noir appuyée pensivement de l'épaule, seule dans le cadre d'une fenêtre qui la sertit à contre-jour.

TROISIÈME PARTIE

Les sillages de la mer

1503-1510

Chapitre 21

7 AOÛT 1504

« Voile en vue ! » crie la vigie.

Camilla, pesant de la hanche contre le bastingage, ajuste la lunette dans la direction que pointe le matelot. « 7 août 1504, a-t-elle noté ce matin dans le journal de bord, nous voguons vers les Baléares, le temps est calme, rien à signaler. » Expression combien de fois ressassée comme une sentence, depuis presque une année ? Une année moins douze, soit trois cent cinquante-trois jours depuis que Baldassare est mort. Le décompte ne signifie rien. Le temps s'est figé sur une image désormais indélébile, imprimée par-dessus toute vision. Dans mille ans, qu'elle soit en enfer ou ailleurs, l'impression demeurera.

La meule continue de rouler, les saisons se succèdent, des rois sont couronnés, d'autres détrônés, des enfants grandissent et des vieillards sont décrépits. Camilla vogue sur la mer, quitte Venise, se rend à Palma, retourne à Venise, repart pour Chypre. La vie s'obstine et s'opiniâtre et semble chercher quelque chose à atteindre. Mais la voyageuse ne veut pas se demander quoi, elle ne veut surtout pas prendre de répit pour écouter son cœur. Son cœur s'est arrêté, horloge au ressort dévidé, le 19 août 1503.

Pour le journal de bord de sa vie, il n'y a plus jamais «rien à signaler».

L'image persiste, l'épée de la cavalière dessinant une parabole et fauchant à la gorge l'Archange saint Michel, fulguration de sang et d'or — l'or des cheveux. Un mouvement, une blessure de lumière dans l'œil. Rien ne l'efface.

Plus tard, à l'hôpital où on l'avait conduite, quand elle retrouva conscience, on dut répondre à l'insistance de ses questions psalmodiées. Les Colonna avaient fait emporter le cadavre, elle ne le reverrait pas, sans doute l'avaient-ils enterré vite à cause de la chaleur et de l'épidémie, mais qu'importait après tout de revoir un corps déserté, de savoir même dans quelle église s'incliner sur sa tombe? Il était mort et toujours elle porterait le fardeau de l'avoir méconnu, d'avoir prolongé entre eux des années de vaine guerre.

Elle s'est embarquée tout de suite. Naviguer. En novembre, il a pourtant fallu capituler devant les tempêtes, rentrer au port. Durant l'hiver 1503-1504, le palais qu'elle s'était fait bâtir sur le Grand Canal n'a pas désempli. Venise fut comblée, qui attendait ses fêtes pour la saison du carnaval. Elle s'y étourdissait, éternisait bals, spectacles, soupers comme si la nuit lui faisait peur. Elle jouait à parler, à rire, à respirer. L'aube finissait toujours par venir — la trace mauve d'un coup sur la lagune engourdie. Les noctambules rentraient dormir, l'abandonnant malgré ses prières, malgré les lubies qu'elle inventait pour les retenir. Elle a lancé des modes ainsi, la partie d'échecs avec pions vivants sur les dalles de la place San Marco, les poursuites en gondole, les baignades frileuses au Lido, à la naissance du jour. N'importe quoi pour ne pas céder à sa mémoire dans l'instant d'absolue vulnérabilité, quand la fatigue du corps livre sans défense l'âme aux démons. Ce n'est pas la nuit qui est terrible, les saints le savent et même le Christ sur Sa croix : c'est la fin de la nuit, le trouble intervalle quand la lumière n'a pas reconquis pouvoir.

Alors, Camilla montait en gondole à son tour, fuyant sa maison dont les arcades illuminées tremblaient en reflets sur le Grand Canal, passait sous le pont de bois du Rialto et se réfugiait, sur l'autre berge, près de Giorgio. Il ne venait guère à ses fêtes, qu'il pouvait presque apercevoir de ses propres fenêtres. Surchargé de commandes désormais, il avait renoncé au carnaval éternel de Venise, menant la vie plus calme et disciplinée d'un acharné travailleur. Souvent, quand elle accostait au lever du jour au ponton di San Silvestro, elle l'apercevait, à travers les verrières de son atelier, devant son chevalet, avant même le réveil des apprentis.

Elle s'est réchauffée de sa constance, de sa force, il l'a beaucoup aidée, beaucoup plus qu'elle ne peut dire et qu'il ne le sait. De même que Cesare, qui voulait son royaume pour l'en faire reine, Giorgione voulait la gloire pour Camilla. Il savait qu'elle aimait Baldassare, mais Baldassare était mort. Il ne pouvait s'empêcher d'espérer qu'un jour, elle s'apaiserait. Que, sans l'oublier, elle oserait revivre. Qu'il le crût, cela permettait à Camilla, par ricochet, d'essayer de le croire aussi. C'était peut-être un leurre, mais elle s'y agrippa, cet hiver, tout autant que Giorgio. Il travaillait avec frénésie parce qu'il voulait lui prodiguer le luxe, les ors, les fêtes qu'il lui supposait indispensables. Elle ne l'a pas détrompé, n'a jamais dit combien cette vanité lui semblait beaucoup plus vaine qu'à lui. Elle préférait qu'il la supposât futile qu'inguérissable. Qu'il s'acharnât à devenir riche pour la combler plutôt que d'admettre qu'elle ne serait plus jamais comblée.

À l'atelier, des moments d'harmonie rares, délicats, s'improvisaient. Les enfants, que Camilla avait repris auprès d'elle lorsqu'elle avait regagné Venise, y venaient au moindre prétexte, comme chez eux : Gabriele plus particulièrement, pour s'y installer dans un coin avec des couleurs, des fusains, et s'essayer à imiter les apprentis. Pietro Bembo, le meilleur ami de Giorgione, y était également assidu, ainsi que la fille bâtarde du Doge, Bianca Loredan, récemment arrivée du couvent. Seul Giorgio semblait ignorer qu'elle était amoureuse éperdue de ses yeux graves et n'apprenait le luth que pour jouer avec lui en duo...

Camilla avait besoin de ses fils, de leur innocence, du velours intact de leurs rires ; de les voir changer, grandir, apprendre, projetés dans l'avenir et non dans le passé. Elle désirait les garder près d'elle. Toutefois, les événements politiques ont retenti sur sa vie. Pie III n'a régné que quelques semaines avant de mourir. Giuliano Della Rovere, enfin devenu le pape Jules II, s'est acharné contre le Valentinois, l'a dépouillé de ses États, de son armée, emprisonné par traîtrise. Tous ses alliés de naguère l'ayant abandonné, Cesare a cru trouver refuge à Naples, où les Aragon qui le haïssent l'ont vendu à leur cousin d'Espagne.

Le nouveau pape, oubliant qu'il les avait tant aimées (au point d'attraper le mal français auprès d'elles), menaçait d'interdire de résidence dans les villes toutes les femmes suspectes d'avoir, à un moment de leur vie, exercé cette « activité ». Oubliant de même qu'il avait une bâtarde à marier comme Alexandre VI, il concoctait des lois pour interdire qu'on dotât désormais les bâtards. L'avenir s'annonçait frileux pour les fils de Camilla.

Donna Lucrezia s'était attachée à eux lors de leur séjour à Ferrare. La correspondance régulière qu'entretenaient les deux femmes posait chaque fois la question des garçons. La duchesse répétait que « venaient des temps de troubles, aussi seraient-ils plus en sécurité sous son aile ».

Non que les Este fussent des hôtes accueillants. À présent que le Valentinois semblait tombé dans les oubliettes de la Renommée, ils ne se souciaient guère d'élever son enfant. Pourtant Donna Lucrezia cédait d'autant moins sur ce point qu'elle avait dû capituler quant à son propre fils. Alfonso d'Este, le troisième mari, refusait que Rodrigo de Bisceglie vécût à Ferrare.

La similitude de leur situation, mères condamnées pour le bien de leurs enfants à se détacher d'eux, renforce le lien qui unit la duchesse et Camilla. Leur amitié s'est approfondie, ce n'est plus seulement l'affinité d'adolescence aiguisée par le piment d'une ressemblance physique, ni même la gratitude mutuelle pour les services rendus. C'est le secret d'une douleur partagée seulement de femme à femme, une douleur plus lente, plus exténuante que celle des amours perdues : les souvenirs vivants de ces amours, les enfants qui en sont nés, doivent vivre éloignés d'elles. Aucun homme ne comprendra jamais mieux cette peine que Lucrezia pour Camilla, Camilla pour Lucrezia.

Pas même Giorgione ni Pietro Bembo. Il y a cette circonstance aussi qui rapproche les deux femmes : Pietro le poète aime la duchesse de Ferrare comme Giorgione le peintre aime la Reine des mers. Une nouvelle parenté de destinée que leur donne le sort, les deux amis aiment les deux amies, ainsi que dans les cours d'amour du temps passé. Pietro se trouvait en 1502 chez les Strozzi, quand la fille du pape vint vivre à Ferrare en troisièmes noces. Ercole Strozzi fut tout de suite favori de la petite cour qu'elle se donna — et Pietro suivit. Dès qu'il l'a vue, il s'est pris pour Donna Lucrezia d'un amour aussi fiévreux, absolu, désespéré, que Giorgio Barbarelli pour certaine inconnue sans mémoire, un matin de 1499. Désespéré, car si Bembo est aimé, il ne l'est pas comme il aime lui-même. Et puis l'ombrageux époux fit comprendre qu'il ne voulait plus le voir à Ferrare, le menaçant très froidement de lui passer l'épée au travers du corps s'il le croisait dans les appartements de sa femme.

Les allées et venues de Camilla entre Ferrare et Venise n'avaient plus de sens, Ottavio-Giovanni et Gabriele devaient vivre quelque part. En juillet de cette année, avant d'embarquer, elle les a conduits pour les confier en mains propres à leur tutrice. Pietro Bembo l'escortait, prétexte délicieux à revoir sa dame. Il osait risquer l'aventure puisqu'on n'allait pas à Ferrare même mais à Medelena, où, l'été, Donna Lucrezia tient son « jardin », tandis que son époux chasse ailleurs.

« Une cour, cela sonne froid, je la laisse à ma belle-sœur. »

Le « jardin » se compose d'Espagnols fidèles, transfuges du petit cercle aragonais de Rome, des Strozzi, d'Angela Borgia sa cousine, de jolies dames... Un cénacle gai, élégant, soucieux de musique et de poésie. Aux portes de ce « jardin » semble se suspendre le temps, s'oublier les complots de la cour ducale, les guerres et soubresauts du monde extérieur. C'est une illusion fermement entretenue par la duchesse: durant son bref séjour, Camilla s'en aperçut.

D'abord, le vieux duc Ercole, le beau-père, surgit un soir à l'improviste pour demander l'hospitalité et se permit des remarques acerbes sur la foule qu'entretenait sa belle-fille. Elle répondit, insolente:

« Si j'arrive à leur faire fête avec le peu que vous m'allouez, vous devriez plutôt admirer mes talents de magicienne... »

Puis avant de souper, elle lui demanda:

« Voulez-vous que je fasse supprimer le rôt et que nous nous contentions d'un brouet clair? Cela siérait mieux à votre goutte et le duché réaliserait une économie... »

Si bien que le vieux lion prit le parti de rire. Il y eut aussi un certain nombre de messagers de la cour de Mantoue qui s'éternisaient et ressemblaient furieusement à des espions de Donna Isabella. Puis l'écuyer d'Alfonso vint apporter deux chevreuils pris par son maître et vérifier par la même occasion, jusqu'en la chambre à coucher de la duchesse, qu'elle n'y cachait pas d'amant. Là encore, elle prit les choses avec ironie.

« N'oubliez pas d'aller regarder sous le lit! »

Elle profita du passage de son beau-père pour lui réclamer — ce devait être la centième fois — des subsides en faveur de Cesare. Elle ne les obtint pas. Elle lui expliqua calmement aussi, avec un front buté de chèvre combative, que les enfants de Camilla seraient ses pages et qu'il fallait cinq cents ducats pour les habiller avant l'hiver: elle les obtint... Durant les trois jours que Camilla resta près d'elle, Lucrezia écrivit six lettres, au pape lui-même, à des cardinaux, aux souverains d'Espagne Isabelle et Ferdinand, pour solliciter la liberté de son frère — ce devait être la centième fois également.

Elle reçut des suppliques de paysans locaux, qui furent attentivement interrogés, et promit d'intervenir auprès de son époux pour appuyer leurs doléances. Camilla découvrit que Lucrezia était devenue femme et souveraine. Elle la quitta rassurée du soin qui serait pris de ses deux garçons. Mais comme elle avait le cœur vide! Elle voyagera frénétiquement désormais, toujours plus avant dans l'hiver. Elle n'accordera plus à Giorgio que de fugitives escales. Sans la présence de ses fils, la mascarade vénitienne deviendra trop difficile à jouer.

La mer est plus propice à l'oubli, à des instants de répit, du moins. Le vent, les chemins d'étoiles dans les beaux ciels nocturnes, les frissons d'écume parmi lesquels tournoient les dauphins qui suivent les navires sont des spectacles qui parfois distraient l'âme. La beauté : les entailles rouges dans le ventre de la montagne d'un côté de la mer ; la ligne d'or des sables sahariens de l'autre ; la transparence des fonds où parfois reposent des amphores grecques, des têtes serties de coquillages que les marins prétendent « médusées » jadis par un regard de Gorgone ; l'aurore d'Homère posant sur les récifs ses doigts de rose. En mer, parfois, quand ses tempes cognent du vent engoulé, de l'espace bu, quand la lumière n'est plus que blessure au bord des cils, elle éprouve des instants de légèreté, elle se fait mouette, tout est neuf et pur de nouveau.

Il y a aussi la peur : les écueils de Charybde et les bouillons de Scylla, l'opacité pourpre des tempêtes d'automne, le coup de sirocco soudain qui transforme le jardin d'azur en géhenne. Et la menace des abordages.

« Barberousse ! »

Le matelot de vigie manque basculer dans les haubans. Aussitôt, sur le pont, c'est le branle-bas de combat. Tandis qu'on bourre les canons, qu'on décroche les escopettes des râteliers, la *Santa Camilla* déploie ses ailes au vent dans des tremblements de membrure. Pas de panique. Cette rencontre est familière, les hommes d'équipage ont presque tous déjà traversé l'épreuve et les novices sont préparés à faire face à l'abordage par un corsaire.

Pas de panique, mais une anxiété, une tension. Car ce n'est pas un corsaire, c'est *le* corsaire. Barberousse. Le capitaine en pourpoint de cuir, tête nue, flamme de chevelure nouée dans le dos que le vent tord, est debout près du pilote, un pilote arabe qui sait naviguer aux étoiles et se repérer où qu'il soit sur l'étendue bleue. Elle commande un virage qui va les soumettre à l'ampleur du molvent, pour qu'il les enlève sur l'écume des eaux, hors de portée du Barbaresque. La nef, ainsi, gîtera dangereusement. Il est un instant critique, au milieu de la manœuvre, où le moindre coup de frais coucherait l'oiseau des mers sur le flanc comme un fétu. Camilla n'a pas peur.

« Bâbord, toute. »

La roue file, dévidée par le pilote. La *Santa* réussira, elle réussit toujours, docile prolongement de sa volonté. Le bâtiment s'incline, frôle les eaux de ses gréements. Camilla s'arrime au timon pour ne pas glisser sur le pont verni par la bruine de l'aube. La nef vire, majestueuse, montrant sa carène mouchetée d'espalme comme un ventre blanc de requin. Dans le creux du virage, car c'est alors, non en fin de manœuvre, qu'il faut une poussée d'accélération, les gabiers, qui, agrippés des orteils sur les vergues et les galhaubans, guettaient son signal, exécutent aussitôt l'ordre attendu, déploient toute la toile, chuintements le long des drailles et des drisses, claquements des voiles. Elles se gonflent comme des gorges d'oiseaux, la civadière, le foc, la brigantine, la misaine, la fortune carrée même, qu'on a dégagée des estropes et gréée aux vergues d'artimon. Des personnes, parfaitement individualisées, chéries de leurs gabiers.

La nef craque et se livre au vent, épousailles. Elle bondit en avant. Barberousse ne la rattrapera pas encore cette fois — sans un coup de canon tiré. Camilla est l'âme, le bateau le corps. Ce sentiment grisant, face auquel tous les autres cèdent, vaut bien d'affronter la menace que fait peser Barberousse — outre que le danger constitue un envoûtement, une distraction aux souvenirs. Elle lève les yeux vers la voilure dans son plus grand déploiement. Alors, la *Santa* révèle sa beauté, harmonie des sveltesses de la coque, de la proue en forme de poisson-licorne, des trois mâts et de l'envolée blanche sur le ciel.

Sa nef. C'était, des trois *Santa* de l'expédition Vespucci, la plus élancée, la moins lourde, sans doute sa légèreté l'a-t-elle sauvée de se fracasser contre les colonnes d'Hercule. Vespucci comptait sur elle pour ouvrir la voie et sur les deux autres pour gaver leur coque de richesses. Cette hauturière qui n'était pensée que pour conquérir les nouveaux mondes, il avait fallu la construire à Gênes parce que, là-bas seulement, on trouvait des charpentiers capables d'incurver des bordés. Pourtant, le Génois qui la racheta, après le naufrage de l'expédition, n'en faisait pas grand cas à cause de sa jauge trop faible, justement. Il commerçait du blé, de l'alun, denrées bon marché qu'il fallait transporter en grosses quantités si l'on voulait en tirer profit, et les massives *nave* génoises contenaient facilement deux fois plus que la *Santa Camilla*. De Raguse à Ancône, de Gênes à Syracuse, longeant les côtes, il ne vit jamais en outre l'utilité de toutes ses voiles, carguées presque en permanence.

Mais à Venise, on prédisait à Camilla qu'elle échouerait à concurrencer le vaisseau traditionnel. On y fait fortune depuis des siècles en transportant les épices, les perles et la soie sur la galère à peine modifiée des ancêtres latins. La plus grosse d'entre elles, le *Bucentaure*, une forteresse à rames, emmène symboliquement le Doge épouser la mer chaque année au 15 août. Comment imaginer, dans ce pays d'eaux basses et de lidos, un vaisseau qui n'aurait le fond plat ? Pour ronde qu'elle soit toutefois, la *Santa* file aussi légère que la plus légère galère. Son faible tirant d'eau l'autorise à s'ancrer sans risque au quai des Esclavons, où son arrivée devient fête. Cette aristocrate des hautes étendues pélagiques mouillant dans la lagune y paraît aussi insolite qu'une voiture attelée dans les calles de la ville aux dix mille gondoles.

Elle n'a pas de chiourmes à nourrir, à tenir enchaînés aux bancs, à cadencer au fouet — économie, liberté. Elle peut tirer des salves de canon depuis ses sabords sans devoir arrêter les rameurs. Les pirates, dans leurs petits chebecs de rien du tout, ne surplombent jamais son haut bastingage — difficile de l'aborder. Ses apparents défauts devinrent vite ses avantages et bientôt sa légende. Reine des mers du ponant à l'orient, Camilla et sa *Santa* forment une entité bicéphale. Elle possède trois autres navires à présent. Mais ils ont leurs capitaines. Elle ne commande que sa *Santa*.

Armateur libre, elle n'est pas assujettie par Venise à des itinéraires, à la navigation en convoi qu'organise l'État. Toutefois, elle se soumet aux règles maritimes du Conseil des Douze et à son contrôle; souscrit ses contrats d'assurance auprès des banquiers vénitiens; paie des impôts à la ville. Elle appartient à l'entreprenante classe mercantile qui fit la renommée de la lagune. Mais elle se sentira toujours plus proche de Marco Polo que des armateurs désormais sédentaires, plus aventurière que marchande. La *Santa* se réserve les traversées périlleuses. C'est un des rares vaisseaux italiens qui osent encore échanger les fourrures du Khanat de Crimée contre du sucre cypriote ou des métaux hongrois, à présent que les Ottomans contrôlent la mer Noire: leurs galères ne rattrapent jamais la caravelle solitaire, infiniment vulnérable, infiniment rapide, infiniment libre.

Elle ne craint ni les Turcs, ni les pirates. Il est fatal de croiser les uns ou les autres, le Mare Nostrum est une étendue plus fréquentée qu'un caravansérail. Des barques cabotent de port en port l'huile et le vin, des galères vénitiennes, des nefs génoises, des caravelles portugaises à présent concurrentes font les routes d'Alexandrie, de Barbarie ou de Crète. Les vaisseaux de guerre des Turcs et des Chevaliers de Rhodes s'épient et se cherchent.

Les pirates, ludions fondant à l'improviste sur tel gros animal pansu, sont eux-mêmes chassés autant que chasseurs, à la merci des mauvaises rencontres. On se cogne, on se heurte sur les avenues de la mer. Il en va depuis des millénaires ainsi, pour les mêmes motifs. Seuls les noms changent: Byzance, Constantinople ou Istanbul tremble toujours des mêmes reflets élancés sur la Corne d'Or. Non seulement Camilla ne redoute pas pirates et corsaires mais, tacitement, depuis deux ans qu'elle sillonne ce paysage d'écume et de bleu, elle mène une guerre avec eux. Et récemment, avec les plus habiles d'entre eux, ceux que la vigie vient de repérer. Les trois frères de Lesbos.

Camilla connaît leur histoire, leur légende. Il y a, en Méditerranée, de modernes Ulysse, quelques hommes rares dont les marins psalmodient l'épopée aux veillées, en grec, en arabe, en catalan. Actuellement, ils n'ont que deux noms à la bouche: Foulque, le chevalier de Rhodes sans visage, et les trois frères Barberousse à la crinière de feu, aux yeux bleus; leur père fut janissaire du premier sultan ottoman Mehmet, un Turc de Roumélie[1]; quant à leur mère, c'est une Chrétienne. Les trois constituent une entité, dénommée génériquement Barberousse. Ils sont devenus célèbres en Occident quelques mois plus tôt, en capturant deux trirèmes papales.

L'affaire fit un bruit considérable. Les deux galères, chargées de marchandises génoises, voguaient à rames sur la mer encalminée vers Civita Vecchia. Les Barberousse les abordèrent au large de l'île d'Elbe. Toute la cargaison et cent douze captifs furent ramenés à Tunis. À Venise, l'un des membres du clan Bembo, qui avait été libéré contre une rançon de cent mille ducats, racontait l'aventure aux soirées du dernier carnaval. Camilla entendit l'histoire, mais elle connaissait déjà les frères Barberousse de réputation. Entre gens de mer, on ne s'ignore jamais longtemps. Bien avant l'affaire des trirèmes, elle savait la liste des navires qu'ils avaient pillés, les petits ports razziés, les centaines d'Arabes qu'ils avaient transportés en Barbarie depuis dix ans, après la chute de

1. Roumélie : Bulgarie actuelle.

Grenade, sous le nez des Espagnols impuissants.

Elle sait qu'ils ont leur base en l'île de Djerba, qu'ils se soumettent au roi de Tunis volontairement, lequel leur a donné des galiotes — mieux vaut corsaires que pirates. Elle sait tous les bruits colportés sur ces favoris de Neptune insaisissables, sur leurs spectaculaires évasions lorsqu'on parvient à les capturer. Ces derniers temps, les relations commerciales favorisées entre Tunis et les marchands vénitiens se sont distendues. L'effondrement de l'empire arabe livre la côte barbaresque à une poussière de petits potentats, on ne sait plus à qui payer tribut, les échanges se négocient au coup par coup. Malheur à qui se fait prendre. Tacitement, les Barberousse ont déclaré la guerre à la *Santa Camilla*. On a trop répandu de légendes sur la Reine aux cheveux de cuivre, le troisième personnages fétiche dans les contes de marins, avec le chevalier Foulque et les Barberousse. Ces derniers convoitent de l'aborder pour piller les richesses qu'elle transporte et tirer de la capture de ses passagers d'énormes rançons. Enfin, leur réputation de séducteurs a fait le tour de la Méditerranée : une femme capitaine, et prétendue belle, doit exciter leur curiosité.

Pour l'heure, les trois galiotes, une dévolue à chaque frère, ne sont plus que des points vacillants sur l'horizon, distancées sans recours. La *Santa* remet le cap sur les Baléares, la manœuvre de fuite l'ayant déviée de sa route. Camilla regarde ses adversaires disparaître. La lumière déjà blanche agace ses yeux. Soudain, sans semonce, sa douleur — la vision gravée — la meurtrit de nouveau. Il n'y a décidément que l'urgence, la peur des tempêtes et des pirates ou, quelquefois, plus fugitivement, l'éblouissement devant les beautés de la mer, qui parviennent à lui donner répit.

Mais Dieu se montre miséricordieux, ce matin. Voici qu'Il accorde une seconde diversion.

« Capitaine ! Les Barberousse continuent la course ! Ils se rabattent sur le *Valladolid* !

Une nef plantureuse est apparue hier matin dans la lunette, au large de la Sardaigne, faisant route vers l'Espagne depuis Naples, probablement. La *Santa Camilla*, plus rapide, l'a dépassée, la gardant dans son sillage, guide bienvenu pour le galion. Souvent s'improvisent ainsi des caravanes, contre les dangers possibles de la mer. Les frères turcs n'ont pas manqué d'observer que le gros Espagnol lourdement chargé filait plus lentement que la caravelle vénitienne et fondent à présent sur cette proie.

Les lois non édictées mais partout respectées de la mer interdisent à Camilla de s'enfuir en laissant le galion se défendre seul. Ce serait une tache indélébile pour la réputation de la *Santa* et de sa Reine. Elle donne aussitôt l'ordre de virer de bord pour se porter au secours du vaisseau menacé.

Prospero Colonna n'adresse pas la parole à Cesare, lequel lui en sait gré, d'autant qu'il se voit traité par ailleurs en gentilhomme, avec courtoisie. Prospero et lui dînent à la table des officiers, Cesare occupe une des meilleures cabines du pont supérieur. Pour le reste, qu'auraient-ils à se dire ? Ils se sont fait la guerre trop longtemps pour feindre une superficielle amitié. À moins d'évoquer Sancia d'Aragon, qui les loge à même enseigne puisque, lorsqu'ils ont embarqué, elle s'affichait à Naples avec un nouvel amant, Gonçalve de Cordoue —

celui qui trahit sa parole envers Cesare, le livrant aux Espagnols.

Jules II a rétabli les Colonna dans toutes leurs possessions et c'est un prisonnier que Prospero conduit en Catalogne. Le triomphe lui serait aisé, or il a l'élégance de ne pas abuser de la situation. C'est plus que le fils du pape n'osait espérer. L'ex-duc de Romagne n'est pas enchaîné, il se promène librement sur le pont. Depuis la veille, un spectacle l'y distrait du voyage dont il n'attend pas d'atteindre le but.

Il n'est pas marin, pour lui la mer se résume à de l'eau monotone. Mais hier matin, leur galion s'est calé comme un dauphin dans le sillage d'une caravelle élancée, rapide, qu'il a plaisir à regarder filer de toutes ses voiles, qu'il perd parfois de vue et cherche alors des heures durant, étonnamment satisfait quand il en retrouve le signe blanc sur l'horizon. Allégorie de la liberté — confisquée désormais pour Cesare Borgia.

Il a demandé sa lunette à Prospero Colonna pour l'observer de plus près. Elle était trop loin pour en distinguer le nom sur la coque ou même le grouillement de l'équipage. Pour respecter leur tacite pacte de silence, il n'a plus osé réclamer la longue-vue. Même lorsqu'ils se sont rapprochés au point qu'il aurait pu satisfaire ainsi sa curiosité. Tout à l'heure, la caravelle, très en avant d'eux, s'est écartée de sa route inexplicablement, puis évanouie sur l'horizon. Il la voit à présent reparaître, plisse les yeux dans un effort pour la détailler. On donne l'alerte au moment même qu'il constate son erreur :

« Corsaire en vue, trois galiotes ! » crie la vigie.

Ce n'est pas la caravelle, en effet, qu'il aperçoit, mais le premier de trois petits bateaux à fond plat qui filent droit sur eux de toutes leurs rames et grossissent à vitesse vertigineuse. Un désordre, une confusion s'installent aussitôt de la poupe à la proue du galion *Valladolid*. Cris, ébranlement d'hommes courant en tous sens, escaladant les haubans, maniant les cordages, chargeant les fusils ; s'affolant, surtout, semble-t-il à Cesare.

Le mot « corsaire », dès que proféré, lui a broyé le cœur : s'ils s'emparent de lui, il ne voit pas qui lèverait le petit doigt pour payer sa rançon dans le monde chrétien. Sa douce Lucrezia s'y évertuerait, mais on l'évaluerait si cher qu'elle ne pourrait réunir la somme. « Bon débarras », se diraient ensemble toutes les familles régnantes d'Europe. Il finirait esclave chez les Turcs dans le meilleur des cas.

Une onde de haine le traverse pour ses ennemis, ceux-là qui l'on vendu, dépouillé, trahi. Il était bon souverain, son peuple le regrette, les paysans romagnols ont tous une arquebuse désormais sous leur tas de foin et l'y garderont longtemps. Mais il n'était pas de *leur* monde, un parvenu, un bâtard, un étranger. Voilà l'impardonnable.

« Ce sont les Barberousse ! » se renvoie-t-on de matelot en matelot sur le pont capharnaüm.

L'affolement se fait alors, pour certains, pétrifiant. Cesare perçoit un découragement, il a trop dirigé d'hommes pour ne pas déchiffrer les plus légers mouvements d'enthousiasme ou de désespoir qui agitent les troupes dans les instants décisifs. Il ne voit pas de raison raisonnable à cet abattement. Certes, les trois bateaux, vivement maniables grâce à leurs rames, se maintiennent nez à nez avec le galion, donc hors de portée de ses canons. Mais ce ne sont que trois coques de noix, on a de la poudre et des armes, des hommes en nombre supérieur probablement. La superstition, cette adversaire imparable, pèse plus lourd présentement que le poids tangible des munitions.

La confusion grandit encore du contre-courant soulevé. Ceux qui s'immobilisent, décidés en leur for intérieur à ne pas résister, forment sur le pont un écueil auquel se heurte l'élan des autres. Les vaillants sont soldats espagnols pour la plupart, les pétrifiés marins grecs, arabes ou cypriotes. Le constat de cette déroute rassure un peu Cesare. Une situation si flottante — la moitié de l'équipage résistant, l'autre se mutinant plus ou moins ouvertement — va provoquer un tumulte dès avant l'abordage. À la faveur de la mêlée, il sera peut-être possible d'échapper, dans une chaloupe, aux Espagnols comme aux Barberousse. Ensuite, à Dieu vat, le risque vaut d'être couru. Si les corsaires étaient sa chance? Une chance qui semblait l'avoir fui.

Cesare se dirige vers la partie du pont où l'on remise la chaloupe. Il ne se cache pas ni ne modifie le rythme habituel de sa marche. L'embarcation, qu'il a vu calfater la semaine précédente et qu'il sait donc en parfait état, est protégée par une bâche huilée, dont il faudra se débarrasser sans être vu. La mettre à l'eau tout seul ne sera pas facile.

Il n'a pas le temps d'exécuter plus avant son projet. La situation, sur la mer, change soudain. La caravelle revient vers eux. De travers comme un crabe, presque couchée, elle amorce un orbe sur l'eau qui la rapproche du navire espagnol tout en prenant les galiotes entre enclume et marteau. À présent, les corsaires, s'ils essaient d'échapper aux canons de l'un, tombent sous ceux de l'autre. La caravelle lance d'ailleurs une salve, panaches bleus comme grains de chapelet, détonations nettes dans l'air calme.

À la vision du renfort qui vient, le courage se ranime sur le galion, soude les factions. La salve touche à quelques palmes en avant de la première galiote, un tir remarquablement précis qui soulève des hurlements de joie, des acclamations. Le second tir, mieux ajusté, plus court, fera mouche, car la nef se rapproche d'eux en biais. Cesare admire le jeu des voiles permettant d'utiliser le vent contraire. Les corsaires comprennent qu'ils sont piégés, virent d'un bloc sans demander leur reste et s'enfuient.

Cesare jure entre ses dents. Mais il est dit que Dieu ou diable veulent érailler ses nerfs aujourd'hui. La caravelle vogue bien visible maintenant, on peut presque en déchiffrer le nom sur la coque à l'œil nu. Comme le *Valladolid* échange avec elle une bordée de remerciement, parmi l'équipage une houle éclate, enfle, exulte :

« La Reine des mers ! C'est la *Santa Camilla* qui nous a sauvés ! »

Entre ses cils en écran, Cesare lit sur le flanc le nom de la caravelle, qui les escorte un instant dans une sorte de chevauchée d'honneur puis qui reprend la tête, s'éloigne, rapetisse à nouveau devant eux sur l'horizon.

Elle, entre toutes. Qui ne peut savoir qu'en croyant sauver le *Valladolid*, elle a sans doute perdu Cesare... Le prisonnier hausse les épaules, renverse la nuque pour embrasser le ciel limpide et rit, silencieusement. Rome était trop petite pour eux, déjà. Même la mer n'est pas assez vaste pour que leurs destins, filés par les Parques, ne s'y enchevêtrent de nouveau.

« La sacrée garce ! tempête Oroudj en arpentant le pont de sa galiote, où sont réunis ses frères Ishacq et Hizir.»

Hizir le connaît assez pour déceler sous sa rage une sorte de jubilation. Oroudj aime qu'on lui résiste et se montre meilleur vainqueur avec les courageux qu'avec les pleutres, leur rendant les honneurs, les traitant courtoisement lorsqu'il les capture. Cette femme qui le nargue depuis des mois l'obsède, mais c'est une obsession plaisante autant qu'agaçante. Souvent, Oroudj questionne à propos de Melikat El Abhar un des matelots, un Bulgare qui servit deux ans plus tôt sur la *Santa Camilla*, entre Venise et Alexandrie.

«Tu dis qu'elle n'a pas d'homme? Comment fait-elle pour qu'on la respecte?

— Elle reste vigilante. Toujours le poignard à la ceinture. Et elle sait se battre, celui qui s'y risquerait perdrait sûrement la vie. La nuit, sa cabine est verrouillée.

— Elle ne s'habille jamais en femme?

— En tout cas, pas devant les hommes d'équipage. Mais quelquefois, elle reçoit à souper dans sa cabine ses lieutenants. Alors, l'officier de bouche dit qu'elle porte des toilettes de soie, de brocart. S'il fait doux, par ses fenêtres ouvertes on l'entend rire et jouer du luth. Une fois, j'ai vu l'intérieur de sa cabine par la porte entrebâillée, alors qu'elle en sortait. Des tableaux aux lambris, des tapis d'Orient au sol. Une garde-robe ouverte avec des lueurs de satin, des fourrures. Cela sentait bon...

— Mais comment procède-t-elle pour... pour ses ablutions, par exemple?

— Sa cabine est attenante à des latrines personnelles, en surplomb de la mer, ainsi qu'à une petite étuve. On lui fait chauffer des pierres aux cuisines et quand elles sont brûlantes, on les empile dans l'étuve avec un grand baquet d'eau. Alors, elle s'enferme à clef dans ce réduit. Elle est toujours soignée. Il faut vraiment qu'on ait eu gros temps et pas l'occasion de se ravitailler en eau douce pour qu'elle ne lave pas ses cheveux une fois la semaine — on le sait parce que, ce jour-là, le barbier lui prépare une décoction de thé et de hêtre.

— Est-elle aussi belle qu'on le prétend ? Le soleil a bien dû lui tanner le cuir...

— Elle porte de grands chapeaux pour s'en protéger. Elle est un peu dorée, mais cela ne l'enlaidit pas.

— Par la barbe du Prophète, c'est invraisemblable ! »

Oroudj prend un regard rêveur et gronde que, pour sa part, il aurait depuis longtemps trouvé moyen de la surprendre, de la séduire...

« Impossible. Un désir que des dizaines d'hommes partagent s'annule. Le premier qui oserait, ce sont tous les autres, par jalousie, qui le massacreraient.

— Évidemment », soupire l'aîné des Barberousse.

Hizir, lui, ne pose pas de questions. Sa nature est plus subtile, ses émotions moins avouées. Mais il écoute le Bulgare avec autant d'attention que son frère, évoque aussi souvent que lui la Reine rousse. La capturer, c'est leur plus ardente ambition depuis des mois.

Le jardin d'Éden avant le péché ressemblait probablement aux Baléares. Camilla devait débarquer à Palma des passagers juifs exilés par la rigueur du fisc vénitien et s'y approvisionner en eau douce. L'équipage a sollicité quartier libre, elle n'a pas eu le cœur de refuser. La *Santa* s'est abritée dans une crique de roche rouge et de sable blanc pour la nuit. Presque tous sont descendus à terre faire la fête avec les gitans. Les hommes de quart, sur le pont, rêvent en se laissant caresser par une brise qui fleure les orangers et le thym.

Seule Camilla ne quitte pas le bateau par choix. C'est l'endroit du monde le plus habitable pour elle, le plus sauf. Sa mélancolie garde un charme dans les bals vénitiens, y suscite même une fascination. Dans les tavernes des ports, elle gênerait, glacerait les hommes en bordée. Les marins sont des gens frustes, qui mènent une vie sans merci et qu'on ne peut garder disciplinés que si l'on sait leur accorder des moments de liberté sans entraves. La présence d'un capitaine triste au milieu de leurs beuveries, d'une femme qu'il faudrait continuer de respecter, gâcherait tout. Elle reste donc dans sa cabine de bois sombre, avec ses livres, ses tableaux les plus chers (par exemple, *La Femme en brocart rouge* volée jadis à Baldassare), son journal de bord auquel elle en vient à confier des pensées personnelles plutôt que le détail matériel du voyage, sa correspondance enfin : elle relit souvent les lettres de Lucrezia dans lesquelles il est question de ses fils. À chaque escale, ainsi que cette nuit, elle écrit à la duchesse et aux deux garçons.

Elle achève la missive à Gabriele. Elle a pris garde de la faire aussi longue que celle à l'aîné et de raconter dans le détail comment elle a mis en fuite les Barberousse. Au cœur de la nuit silencieuse, à peine émue de cigales, les coups frappés contre la porte de la cabine résonnent lourdement. Camilla lâche sa plume, qui griffe le papier d'une blessure noire. La montre de bord indique minuit passé de peu, à la lueur d'une chandelle qui expire, dégoulinant sur le coffre cerclé de fer du chevet.

« Nous avons pris le contrôle de votre vaisseau, madame, annonce derrière la porte, en bon toscan, une voix à l'accent étranger. Nous vous prions de bien vouloir sortir. »

Du moins sont-ils courtois, constate-t-elle, comprenant ce qu'il en est.

« Un instant », réclame-t-elle.

Sans hâte, elle plie et scelle ses lettres, amollissant son pain de cire à la chandelle ; referme la serrure métallique du journal de bord ; rendosse et relace son pourpoint clouté ; puis déverrouille la porte. Trois hommes s'encadrent dans la découpe de ciel noir, éclairés par les battements de lumière de la chandelle mourante. Ils ont un air de parenté — traits aigus, yeux clairs presque incolores dans le bois patiné des visages — qui ne peut tromper, quoiqu'ils la déroutent par leur système pileux : deux d'entre eux n'ont pas de barbe du tout, celle du troisième est du plus beau noir.

« Messieurs Barberousse, je présume ? s'enquiert-elle calmement. Pourquoi diable vous surnomme-t-on ainsi ? »

Celui qui semble le chef, le barbu justement, s'avance d'un pas, s'incline dans un salut, sourire aux lèvres, et répond dans le sabir mêlant tous les idiomes de Méditerranée que comprennent les marins de Syracuse à Malaga, de Chypre à Bougie :

« Mon nom est Oroudj. Les Musulmans qui ont fui l'Espagne grâce à moi m'appellent par reconnaissance Baba-Oroudj, ce qui, déformé par des palais latins, devient Barberousse. »

Camilla s'avance hors de la cabine, s'arrête, surprise par l'opacité de la nuit. À la lueur des torches barbaresques, elle distingue sur le pont ses hommes de quart ligotés, surveillés par des corsaires. Trois autres d'entre eux guettent la passerelle pour surprendre les matelots qui pourraient rentrer de bordée — mais la nuit est encore longue, Camilla n'espère pas le retour de son équipage avant plusieurs heures.

« Comment pouviez-vous prévoir que je mouillerais ici ? Et que je laisserais aller à terre ? »

Baba-Oroudj sourit :

« J'ai mes informateurs. Je savais que vous deviez faire escale à Palma. J'ai prié Allah que le charme des îles fît son effet. Peu de marins lui résistent après quelques semaines de traversée. »

Elle regarde sur la mer alentour, n'y voit aucune embarcation.

« Vous êtes venus par l'intérieur ? En dévalant la montagne ?

— Oui. Nos galiotes sont ancrées juste de l'autre côté de cet éperon rocheux qui vous surplombe. »

Les factionnaires bien ficelés ne semblent pas blessés. Pas un coup de feu ne fut tiré.

« Aucun de vous n'a donc rien vu ? les apostrophe-t-elle. Vous dormiez ?

— Ne les accusez pas. »

Certes, la nuit n'a jamais pesé si bas, fuligineuse, compacte. Les étoiles, à l'abord de ces îles, sont parfois voilées d'une brume nocturne, vapeur condensée brutalement au crépuscule quand le jour fut très chaud. Mais c'est tout de même la lune d'août ! À l'instant qu'elle fait ce constat, l'opacité s'éclaircit au-dessus d'eux, un mince croissant apparaît dans le ciel, s'élargit, caresse les voiles de la *Santa*, s'épanouit en un cercle complet.

« Une éclipse, sourit Camilla. Pour cela aussi, vous avez prié Allah ? »

Le second frère secoue la tête, ironique.
« Les astronomes musulmans sont fort savants et leurs tables précises. »
Elle soupire.
« Évidemment. Si j'avais su cela moi-même, je me serais méfiée. »
Elle dévisage les trois hommes successivement.
« Vous êtes Ishacq », dit-elle à celui qui paraît le plus jeune et n'a pas encore parlé.
Puis s'adresse au troisième, l'ironique :
« Et vous, Hizir.
— Vous connaissez nos noms ?
— Votre histoire, aussi. Vous êtes nés à Mytilène[1], votre mère s'appelle Catalina, votre quatrième frère est un savant qui préfère la fréquentation des ulémas à celle des navires. Mais toutes vos légendes n'ont peut-être pas plus de fondement que celle de la barbe rousse.
— Vous n'avez rien rapporté d'erroné. Quelle fausse légende redoutez-vous ?
— On affirme que vous êtes corsaires, non pirates. Donc, que vous traitez vos captifs en prisonniers de guerre.
— C'est exact.
— Mais suis-je un prisonnier ou une prisonnière ?
— Les deux. C'est ce qui fera votre prix. »
Hizir ne la quitte pas de son œil aigu, peseur d'hommes. Des trois frères, c'est le plus intéressant, celui que Camilla engagerait comme capitaine s'ils se présentaient à elle. Il lui rappelle Cesare. Il a poursuivi l'échange en toscan, qu'il semble parler couramment. C'est le plus maîtrisé des trois, son visage ne trahit pas d'émotions, ni la timidité de son cadet, ni l'exubérant triomphe

1. Mytilène : Lesbos.

de son aîné. Oroudj est le bras qui agit mais Hizir doit être la tête qui pense.

« Que comptez-vous faire de moi ? demande-t-elle par acquit de conscience, car la course a ses lois et l'on ne fera pas d'exception pour elle.

— Vous êtes prise de guerre. Nous vous remettrons au roi de Tunis avec votre cargaison, votre équipage et votre navire.

— Espérez-vous qu'il réclame une rançon pour ma liberté ?

— Une fort belle rançon, en effet, sourit Oroudj, dont nous recevrons dûment notre part.

— Je ne suis pas rançonnable.

— Vous êtes riche, nous le savons. Une compagnie maritime, quatre navires, un palais sur le Grand Canal et près de cinq cents mille ducats chez les banquiers vénitiens.

— Si vous savez cela, vous devez savoir que je ne suis pas rançonnable, insiste-t-elle, secouant ses cheveux. Du premier jour où j'ai lancé mon commerce maritime, j'ai pris des précautions à cet égard et je les ai fait largement connaître pour décourager les pirates. Mes comptables ont l'ordre de ne payer aucune rançon pour ma liberté. D'ailleurs, nul n'a procuration sur mon compte en banque.

— Une lettre de votre main...

— J'ai prévu qu'on pourrait m'extorquer par la force un tel document. Mes commis et mes banquiers n'en auraient cure, il faut que je me présente en personne à eux pour réaliser toute opération. »

Il existe un code, en fait, par lequel Camilla, en empêchement physique de joindre ses collaborateurs et financiers, correspondrait avec eux. Mais elle garde ce secret.

« Si je disparais, poursuit-elle, il est prévu que

ma fortune reste bloquée jusqu'à la majorité de mes fils, dans le cas où ma mort ne serait pas certifiée. Tôt ou tard donc, ils héritent de moi pour moitié, l'autre moitié de mes biens permettant de fonder des institutions pour les pauvres. Les chevaliers de Rhodes ont pour règle de ne pas racheter ceux des leurs capturés par les Infidèles. Je juge la mesure sage et l'applique pour moi.

— Vous avez des parents, des amis...

— Pas assez riches pour payer ce qu'on réclamera, car ma rançon sera sûrement lourde.

— N'importe quel banquier chrétien, sur l'aval de votre furtune, leur prêtera la somme réclamée pour votre liberté.

— Non, car cet aval, moi seule puis le donner. Si je ne rentre pas à Venise, ils ne seront pas remboursés. Or même si mes ravisseurs tiennent parole, je peux naufrager sur le chemin du retour, être capturée de nouveau par d'autres. »

Elle décèle dans le regard bleu du puîné que l'éventualité ne lui paraît pas invraisemblable. Il se penche d'ailleurs vers Oroudj et lui glisse quelques mots à l'oreille. L'homme à la barbe noire hausse les épaules.

« Nous pourrions nous entendre entre nous, suggère Camilla. Vous me laissez libre ainsi que mon équipage mais vous gardez la cargaison sans partage. Ce n'est pas moi qui l'irai raconter au roi de Tunis

— Nous sommes obligés de ramener votre bateau à La Goulette pour le décharger, le butin ne tiendrait pas sur nos petites galiotes.

— Pourquoi Tunis ? Il ne doit pas manquer de baies tranquilles...

— Partout, les tribus locales nous tomberont sur le dos et réclameront leur part. Et puis, nous sommes marins, non marchands. Vos richesses, il nous faut trouver moyen de les vendre. Le roi de Tunis est pour nous le plus sûr des partenaires, et sa capitale le plus grand marché de Barbarie.

— En ce cas, soupire-t-elle, Inch Allah, comme vous dites. Mais je sollicite une grâce.

— Laquelle ?

— Levons l'ancre tout de suite. N'attendez pas le retour de mes hommes, laissez-leur la liberté. De toute façon, ce sont de pauvres bougres, ils ne vous rapporteraient guère. Pourquoi les faire mourir au bagne ? »

Hizir la scrute d'un regard translucide, qui s'adoucit un peu.

« Ce souci vous honore. Soit, la grâce est accordée. Nous n'emmenons que ceux-là », dit-il en désignant d'un geste du menton les sentinelles ficelées sur le pont.

CHAPITRE 22

AOÛT 1504

DEPUIS qu'ils font route vers Tunis avec la *Santa* prisonnière, Hizir réfléchit. Ce qu'a dit Melikat El Abhar est vrai, le bruit en court dans les ports, on sait que sa capture ne rapportera pas de rançon. Un pari audacieux qu'elle a fait mais non stupide. Un esclave, en soi, n'est pas une denrée précieuse, il y en a pléthore. On ne peut faire monter son prix aux enchères que si l'on prouve qu'il est d'une noble famille, à laquelle demander une forte somme pour sa liberté. Voilà pourquoi les Barberousse consentirent à laisser l'équipage de la *Santa* dans les tavernes de Palma.

D'ailleurs, la loi coranique oblige de permettre à l'esclave une chance de rachat, or les captifs pauvres restent dans les bagnes où ils meurent rapidement de faim, n'ayant pas de quoi payer les geôliers pour leur nourriture. Ou bien quelque trafiquant les achète trois sous et ils crèvent de leurs fers, de leurs chaînes, des coups de fouet et de la soif sur les routes d'Alexandrie ou d'Andrinople, qu'ils parcourent à pied. Embarquer un prisonnier médiocrement monnayable, c'est charger son bord d'une bouche à nourrir inutile. À la rigueur, un adolescent chrétien qu'on fera castrer se vendra cher comme eunuque. Ou une fille vierge. La « précaution » de la Reine n'est donc pas absurde. Sachant qu'elle ne rapportera pas de rançon, la plupart des pirates auraient seulement pillé la cargaison, laissant la Reine libre après l'avoir violée peut-être, mais ce n'est même pas sûr. S'ils sont sans foi ni loi (au contraire des corsaires), ils ont des soucis mercantiles. On n'a pas oublié telle fille d'un noble catalan capturée vierge, qu'il refusa de racheter lorsqu'il sut qu'elle reviendrait enceinte — car il n'avait plus espoir de la marier en Occident. Et puis, les riches qui achètent des esclaves veulent en être les premiers usagers, l'examen médical préalable à la vente est sévère.

Toutefois, les Barberousse ne sont plus pirates, mais corsaires. Ils ont reçu lettres patentes du sultan hafside, s'engagent à lui rapporter leurs prises — navire, équipage, fret — dont une part leur est allouée par jugement, et sont protégés par lui pour leurs actes. Un pirate capturé est pendu ; un corsaire peut être racheté par la nation qui l'emploie, il est prisonnier de guerre. Laisser la Reine partir est donc hors de question pour les trois frères. Néanmoins, ne rien retirer de sa capture serait irritant. Oroudj a balayé cette crainte d'un haussement d'épaules :

« On ne paiera pas sa rançon ? On n'en fera pas un eunuque et ce n'est pas une vierge ? Mais c'est la Reine des Mers, as-tu vu comme elle est belle ? Pour aller la vendre en Arabie, n'importe quel Bédouin nous en offrira la lune. La part qui nous reviendra sur la vente sera toujours coquette. »

Hizir en doute. La Reine est si belle, justement, que l'on n'aura pas besoin d'aller la vendre loin. Le walli Abou Abdallah, grand amateur de femmes, la voudra pour lui. Il traitera l'affaire dans les règles. Recevra la captive en son palais, avec tous les témoignages de l'hospitalité arabe. Pour respecter la loi coranique, il publiera le montant d'une rançon. On n'a pas de preuve formelle qu'elle ne puisse être payée... D'ailleurs, par sûreté, il fixera un chiffre astronomique. Fraternel, il prendra les Barberousse contre son cœur.

« Mes amis, vous savez que mes coffres sont vides. Mais je vous paierai pour cette esclave dès que j'aurai reçu sa rançon. Vous ne refuserez pas de me faire crédit jusqu'à ce terme. »

Le moyen de refuser, en effet ? Il leur offrira, généreusement, un caftan d'honneur ou une épée damasquinée. La belle affaire, qui ne rapportera pas un dinar ! Outre le dépit de voir le roi de Tunis, qui n'aura rien risqué pour la conquérir, qui ne l'aura pas pourchassée des mois durant sur la mer, obtenir gratuitement cette merveille...

La Chrétienne partage les prévisions du second frère Barberousse, mais elle le brave :

« Je m'enfuirai.

— Ne l'espérez pas. D'ailleurs, c'est une chance, si votre beauté vous conduit au sérail royal. »

Elle hausse les épaules.

« Je suis au fait de vos lois. Si je donnais un garçon à votre sultan, comme un Musulman ne peut être fils de serve, je deviendrais d'office princesse-mère. Mais je ne lui donnerai rien. Je le tuerai. »

Il sursaute.

« Vous ne m'en croyez pas capable ? Vous qui êtes Turc, je vais vous confier un secret. Le frère de votre sultan Bajazet, le prince Djem que les chevaliers de Rhodes avaient capturé et ramené à Rome... »

Ils tiennent cette conversation dans la cabine du capitaine. Hizir, qui commande à présent la caravelle, la laisse à Camilla mais y passe dix fois par jour sous le moindre prétexte. Elle délace le col de son pourpoint, dégage du cuir une sublime épaule.

« Regardez cette marque. Il me l'imprima quand j'avais treize ans. Quand j'en eus seize, on le fit mourir en mon nom par le poison. J'agirai de même envers Abou Abdallah. Aucun homme ne m'a forcée sans le payer de sa vie. »

Il n'en doute pas, ayant découvert que rien ne l'effraie : les gens de cette sorte ne se donnent pas la peine de mentir. Mais il n'éprouve pas de colère. Ils se comprennent assez bien l'un et l'autre. Elle pourrait essayer des ruses femelles avec succès, amollir par des larmes, séduire, dresser pour ses beaux yeux les trois frères l'un contre l'autre. Elle est parfaitement au fait de l'émoi qu'elle inspire. Or, elle a l'orgueil de vouloir traiter de capitaine à capitaine, de prisonnier de guerre à corsaire. Ce dont elle les menace, s'enfuir, tuer le sultan, ce sont des recours d'homme. Une « virago » comme disent les Chrétiens.

Elle enjoint à ses quelques matelots restés à bord de maintenir entre eux la discipline comme si c'était encore elle qui commandait au lieu d'Hizir. À cette poignée de malchanceux qui, se sachant non rachetable, s'inquiète de mourir au bagne, elle a promis de négocier leur liberté avec le roi de Tunis.

« Il ne pourra pas me refuser cela », a-t-elle souri.

Depuis quatre jours que la *Santa* navigue sous contrôle étranger, la Reine (Camilla Vespucci est son nom) reste de longues heures debout à la proue de la caravelle, profil découpé sur le bleu que les marins contemplent avec ferveur — même les captifs, à travers la grille de la cale. Hizir n'a jamais vu moral si élevé parmi des prisonniers, cela l'inquiète. Toute tentative d'évasion qu'elle ferait serait unanimement couverte et suivie par ses hommes. Heureusement, ils ne sont que dix, et se relaient par cinq aux divers postes.

Le reste des tâches est assuré par des matelots de sa propre galiote. Lorsqu'il a pris le commandement de la *Santa*, il a constaté en connaisseur le parfait entretien de l'armature, des voiles, des mauges, des espars. Les canons étaient graissés et polis, par un étron sur le pont récuré, pas une drisse lâche dans laquelle trébucher. Hizir s'avoue avec agacement que ses corsaires n'ont pas maintenu les choses en si bon état, même s'ils doivent se partager entre deux bateaux.

Elle est un fier capitaine. En outre, le peu de discours qu'elle consent à échanger avec lui — c'est Hizir qui ne peut s'empêcher de les rechercher, d'aller la visiter «chez elle» — révèle un esprit supérieur. Il a demandé si elle était de haute naissance. Elle a répondu froidement, le regardant sans ciller :

«Non, d'une famille de paysans pauvres. Ils m'ont vendue à un bordel où Djem me trouva, j'en suis sortie.»

Il l'admire peut-être plus encore de savoir cela. Il a même confié en retour :

«Notre père est potier. Naguère, j'étais pirate, un jour, je serai roi. Il y a ceux qui héritent et perpétuent. Pour qu'ils trouvent quoi hériter, il en faut d'autres qui fondent, découvrent, érigent.»

Elle a souri.

«Vous ressemblez à un homme de ma connaissance qui n'était que bâtard et se fit duc.»

Pourquoi pas ? Hizir sent fermenter en lui de vastes desseins. Depuis quelque temps déjà, il diverge d'avec Oroudj quant au choix du maître à se donner, n'attendant rien du roi de Tunis. L'intelligence serait de prendre le contrôle de la Barbarie ; d'en chasser les rejetons débilités des Hafsides, des Mérinides, des Béni-Zian, qui dépendent du bon vouloir de leurs vassaux à leur fournir des troupes pour rester sur leur trône. Lesdits vassaux ne gouvernent pas non plus leurs tribus, auprès desquelles les sectes religieuses font la loi. L'Espagnol et le Portugais ont beau jeu de grignoter l'Afrique du Nord et finiront par l'avaler. En vérité, comment ne pas admettre que l'âge d'or des Arabes a vécu ? Ne restent que ruines de leur hégémonie, or on ne peut construire du neuf qu'en rasant les ruines.

Une fois le pays unifié de Tanger à Tripoli sous la houlette d'un vrai chef — un Barberousse, par exemple —, une erreur resterait à éviter, celle de la présomption. Au crépuscule almohade succède aujourd'hui l'aurore ottomane. Ce sont les Turcs qui reprennent le flambeau d'un empire islamique. La griserie serait de croire qu'on peut être roi de Barbarie sans s'inféoder à la Sublime Porte. Si Oroudj voulait bien écouter Hizir, les frères soulèveraient les tribus, se rendraient maîtres des royaumes de la côte africaine, puis iraient les offrir en hommage à Bajazet, lui demandant en échange des janissaires pour tenir le terrain et de l'or pour construire une flotte. Les Turcs sont de bons guerriers, non de vrais marins. Un amiral Barberousse remédierait à cette faiblesse[1].

Mais Oroudj reste au fond un pirate. Il aime

1. Il le fera...

écumer les mers, piller, partager des butins... Il se verrait bien sultan pour le palais, le trône, les bijoux et le harem. Pour jouir d'un privilège statutaire, non pour régner. Hizir voudrait, lui, laisser son empreinte sur les choses, créer l'ordre, la force, bâtir des villes. Son frère aîné l'appelle rêveur et fou lorsqu'il l'entend échafauder.

« Il n'a peut-être pas tort, insinue Camilla Vespucci. L'homme dont je parlais à l'instant n'est plus personne aujourd'hui. Tout ce qu'il avait conquis, il l'a perdu.

— Cet homme vous aimait, avance-t-il.

— Oui.

— L'aimiez-vous ?

— Il m'a donné un fils.

— Ce n'est pas la réponse à ma question.

— Pourquoi la posez-vous ? »

Parce qu'il a de moins en moins envie de la ramener à Tunis. Ce serait vraiment un gâchis d'enfermer Camilla Vespucci derrière les moucharabiehs d'Abou Abdallah. Elle vaut mieux que cela. Le second des Barberousse sait peser les humains et les placer là où leur compétence fera merveille. C'est lui qui constitue les équipages, non Oroudj. Une telle femme à ses côtés, réunissant les qualités de l'associé talentueux et celles de la houri qu'on promet aux valeureux dans le paradis de Mahomet, serait l'aiguillon de son ambition. Voilà pourquoi il demande des détails quant à l'homme qui faillit devenir roi. Assurément, ce fut pour elle, en son nom, que cet homme agissait. Hizir veut savoir si la Reine des mers est encore... attachée. Mais elle secoue la tête.

« Que vous importe ? C'est mon corps que vous allez vendre, pas mon cœur. »

La nuit, allégée, éclaircie par l'orage récent, caresse de brise les acacias du parc au parfum dense, les peupliers qui bordent le Pô de Volano. On entend à peine bruire ses eaux. Ou, peut-être, ce sont les dernières traces de l'ondée qui s'égouttent de feuille en feuille. Des torchères éclairent la terrasse désertée de la villa. À cette heure, la compagnie s'est retirée, ainsi que toutes ses femmes. Lucrezia n'a gardé que Niccola, une Florentine, sa favorite — « plus qu'une amie », prétend Ferrare, colportant le bruit des bains qu'elles prennent ensemble, usage pourtant fort répandu dans l'aristocratie.

La ville ferait mieux de se soucier de ses ducs. Les infamies réelles des Este dépassent celles prêtées aux Borgia par la calomnie. Or, personne ne semble s'en offusquer ni dans le peuple ferrarais ni dans le clergé. C'est au contraire Lucrezia que la cité ducale traite de haut.

Sous les torchères, près de Niccola qui chante en sourdine un air florentin, elle relit les *Asolani*, les très beaux poèmes que Pietro Bembo écrivit pour elle. L'aimer plus tangiblement, il ne peut en être question. Alfonso n'est pas épris de sa femme, ils sont trop différents pour vraiment se rejoindre. Mais il est assidu dans ses devoirs et jaloux d'une fidélité que, d'ailleurs, il s'estime dispensé de lui rendre. Échanger des lettres et des poèmes reste la seule liberté que la duchesse puisse s'accorder sans nuire à Pietro Bembo.

Elle n'est pas capable, comme son amie Camilla Vespucci, de transformer sa solitude en royauté. Mais elle n'est plus la timide de naguère. Elle se sentait engourdie comme dans les cauchemars, empêchée de se défendre, lorsqu'il s'agissait de son sang. Les Este ne s'en doutent pas, mais par leur sauvagerie ils l'ont guérie de cette impuissance. Elle juge autrement sa propre famille. Oh, elle n'absout rien! Elle rêve encore la nuit de Juan à la gorge béante, d'Alfonso sacrifié dans la tour Borgia, de Pedro jeté au fleuve... S'éveille moite, froide, s'agrippant à Niccola qui dort à son côté, jamais plus elle ne pourra dormir seule...

Mais à la cour des Este, elle a découvert que ce qu'elle prenait pour une idiosynchrasie familiale, une dépravation de son sang espagnol, est le fait de tous les princes du temps, le fait du pouvoir. Au-delà du dégoût, ce constat la délivre paradoxalement. Contre la fatalité d'une perversion, étant elle-même Borgia, elle se croyait désarmée. Cette crainte l'a longtemps paralysée, réduite à des abîmes de sanglots, des fuites éperdues près des dominicaines de son enfance. Contre la barbarie de son époque, en revanche, elle peut opposer une façon de penser plus féminine, une exigence de civilisation plus élevée: «le jardin de Lucrèce», ainsi que dit le poète français Richer, qui vit à la cour de Ferrare. Elle n'est pas une tête politique comme sa belle-sœur Isabella d'Este, marquise de Mantoue. Mais elle s'évertue à susciter, infuser dans les esprits qui l'entourent des valeurs autres que l'appétit de puissance.

Savoir que Ludovico le More, pour devenir duc de Milan, empoisonna son frère, que les deux frères d'Alfonso d'Este, Giulio le bâtard et Hippolyto le cardinal, complotent de s'entre-tuer, cela ne rend pas moins atroce le meurtre de Juan par Cesare. Mais d'un blasphème, d'un crime métaphysique, cela fait un assassinat politique. Non pas Abel et Caïn, une affaire humaine, trop humaine.

Un galop se rapproche, ébranlant la nuit paisible. Alertée, Niccola lâche son luth, se penche dessus les balustres de la terrasse. Un extraordinaire. Lucrezia espère aussitôt soit des nouvelles de Cesare, soit un message de Pietro Bembo, annonçant peut-être sa visite... Le vœu est presque exaucé, la lettre émane du poète vénitien. Mais le rouleau glisse aussitôt des mains de Lucrezia, qui tombe assise sous le coup : Camilla Vespucci est l'otage du roi de Tunis, qui réclamera sans doute une énorme somme contre sa liberté.

Les deux garçons, Ottavio et Gabriele, séjournent ici, à Medelena. Comment leur cacher la nouvelle ? Ils parlent de leur mère chaque jour, suivent ses voyages avec des épingles de couleur fichées dans un portulan — et savent aussi l'interdiction qu'elle a faite de payer pour elle une rançon... On peut emprunter, prendre sur soi de la délivrer malgré elle. Mais emprunter à qui ? Au vieux duc Ercole ? À Chigi, qui connaît parfaitement l'insolvabilité de la duchesse depuis que le pape n'est plus là pour éponger les dettes de ses enfants ?

« Mon Dieu, dit-elle tout haut pour elle-même plus que pour Niccola, faut-il donc toujours que les choses se résolvent à un manque d'argent ? Cesare aussi, si j'avais les ducats nécessaires, je le sauverais ! »

Elle marche nerveusement sur la terrasse, la frappe du lourd brocart de sa traîne comme, de sa queue, un animal en colère.

« Est-ce là ce qui gouverne le monde ?

— On peut le déplorer, ma sœur. »

Lucrezia sursaute violemment, se retourne vers la longue silhouette qui s'encadre dans une ogive de la galerie.

« D'où surgissez-vous, monseigneur, à cette heure avancée ? Vous m'avez effrayée.

— Ce n'était pas mon intention, pardonnez-moi. Je chassais avec votre mari non loin d'ici, à Bosco. La nuit était rêveuse, je n'arrivais pas à dormir, j'eus l'envie de pousser jusqu'à vous...

— Je vous pardonne parce que vous surgissez à point. Je vous conterai mes inquiétudes et vous demanderai votre aide, voilà le prix de votre escapade. »

Le marquis de Mantoue, son beau-frère, s'incline et baise la main de Lucrezia.

« De mauvaises nouvelles ? demande-t-il, jetant un regard vers le rouleau. J'ai croisé un courrier poudreux dans la cour, à l'instant. »

Elle apprend à Francesco da Gonzaga la capture de son amie et se sent réchauffée par la part qu'il prend à son souci, comprenant bien la nécessité d'épargner la nouvelle aux enfants, cherchant aussitôt le bailleur de fonds que lui-même, en son nom propre, pourrait solliciter. Lucrezia, sans savoir pourquoi, se fie à sa parole, y puise réconfort.

Ils se connaissaient de dix ans avant qu'elle ne vînt à Ferrare, mais sans se connaître réellement. En 1496, la très jeune Lucrezia reçut au Vatican Francesco da Gonzaga, marquis de Mantoue, auréolé du prestige d'avoir forcé, à Fornoue, les Français au repli. Le guerrier célèbre et la fille du pape soupèrent ensemble puis ouvrirent le bal. Mais il était un homme déjà, l'époux de l'éclatante Isabella d'Este, tandis que Lucrezia sortait à peine des timidités de l'enfance.

Elle fut frappée par l'étrange personnage longiligne, à la laideur séduisante — il ressemblait à Virgile, cet autre Mantouan. On le trouvait d'abord trop noir, trop maigre, trop accusé de traits. Puis le sourire révélait le velours d'un regard pénétrant, une bouche sensuelle aux belles dents. Il parlait d'une voix grave, dont il jouait comme d'un luth. Le corps délié dessinait des gestes félins, une parenté morphologique avec les Borgia. Ce genre ténébreux n'étant pas de mode, on réputait Gonzaga « l'homme le plus laid de son temps ». Lucrezia le trouva tel au premier survol mais le quitta, après le bal, tout à fait subjuguée.

De son côté, Francesco de Mantoue, flanqué d'une épouse un peu trop martiale, s'émouvait devant les femmes fragiles. La diaphane comtesse de Pesaro le charma, mais ainsi qu'une enfant dont la fraîcheur attendrit un homme fait. Ils se manquèrent alors, leurs années d'écart empêchaient une véritable rencontre. À présent, cette différence est devenue négligeable, Francesco reste jeune à trente-six ans, Lucrezia ne l'est plus guère à vingt-quatre. Ils se sont trouvés, à Ferrare, en affinité dès la première conversation. Mantoue n'est pas loin, les occasions de visites impromptues se trouvent aisément, comme ce soir. Francesco est le seul qui promette à Lucrezia son soutien près du pape quant à la délivrance de Cesare ; le seul qui regarde avec compréhension sa manière de vivre si peu nordique ; qui, dans le clan d'Este, même s'il n'est d'Este que par alliance, fréquente et apprécie le « jardin de Lucrèce ».

Ce soir, la duchesse prend conscience qu'il s'agit peut-être d'autre chose que d'amitié. Cette manière de surgir près d'elle en pleine nuit, sans escorte, probablement à l'insu du duc de Ferrare comme de la marquise de Mantoue... L'hiver dernier, déjà, quand elle fut si malade des suites d'une fausse couche qu'on lui administra l'extrême-onction, elle crut remarquer dans la sollicitude de son beau-frère une tendresse vraiment particulière. Mais elle restait sous l'impression de 1496, quand le vainqueur de Fornoue souriait des primesauts d'une adolescente. Elle ne se croyait pas capable de rivaliser avec l'impériale marquise. Peut-être justement son charme est-il de n'être pas impériale ? Elle sent, quand Francesco parle avec elle, qu'il n'a rien à lui prouver, qu'il n'est pas en représentation. Mais aussi ne lui dispute-t-elle pas son terrain d'homme, la guerre, la stratégie politique.

Elle-même... Les vers de Pietro l'épanouissent, héliotrope caressé de leur soleil. Elle a pourtant besoin d'une solidité virile à ses côtés. Non pas celle, sans fissure, d'Alfonso la forteresse. Celle de Francesco, capable en même temps d'émotion devant l'ineffable féminin, d'attention, de subtilité, répond exactement à son désir secret. Elle frissonne, sentant appuyé sur sa nuque pâle le regard du marquis.

« Je n'ai guère sommeil moi non plus, dit-elle. D'ailleurs, l'aube est proche. Attendons le jour ici, tenez-moi compagnie. »

Avant d'obéir, dans l'élan pour venir s'asseoir près d'elle parmi les coussins à la turque jonchant les nattes de la terrasse, il prend sa main en passant et la marque d'un baiser. La nuit commence à bleuir. Sans oser le regarder, Lucrezia écoute la voix grave, attentive à l'émotion, à la plénitude que suscitent en elle cette vibration, ce murmure dont la musique sonne aussi signifiante que les mots.

Leurs épaules se touchent à présent qu'il est assis près d'elle et Lucrezia s'écarte un peu, résistant à son propre trouble. Le temps est révolu des foucades, des emportements sans réflexion. Choisir d'aimer, consentir à ressusciter ce paysage mort dans son cœur, un parc qu'elle ne visite plus, c'est prendre une décision grave, s'engager sans retour. Tout la sépare matériellement de Francesco, si tout les rapproche en affinités. La distance n'est pas grande de Ferrare à Mantoue, mais tous les Este ligués s'assembleront contre eux. Elle devrait se garder, un tel amour la fera nécessairement souffrir.

Le port fortifié de La Goulette paraît écrasé par le ciel d'un bleu épais, comme ces aplats d'apprentis que Giorgio corrigeait à l'atelier. Sur l'eau calme, des centaines d'embarcations diverses, esquifs de pêcheurs, mais aussi quelques chebecs, un brigantin, une galère vénitienne captive, forment un ponton dansant, coque à coque. Des grappes humaines, les enfonçant jusqu'à la quille, y agitent leurs turbans dénoués. La *Santa*, cernée, remonte lentement jusqu'à Tunis.

Camilla avait demandé qu'Oroudj lui accordât les conditions d'une prisonnière de guerre — elle devait insister sur ce point, il oubliait parfois que Melikat El Abhar était capitaine avant que femme. Heureusement, Hizir veillait, lui, à respecter les usages de la course. La *Santa* est donc entrée dans la rade de La Goulette en pantenne, vergues apiquées, brassées en différents sens comme des gibets lamentables, pavillon en berne, son capitaine debout à la proue, tête nue, jambes campées et fers aux poignets, les dix marins enchaînés rassemblés silencieux sur le pont.

La nef arrive enfin sous les remparts de Tunis.

La foule qui encombre les petits rafiots alentour profite de l'immobilisation de la caravelle pour lancer des grappins, s'arrimer comme singes dans les haubans. À grand-peine, les hommes des Barberousse les repoussent à la mer avec rudesse. Grâce au pont mobile qu'improvisent les barques, les corsaires commencent à décharger le butin, que des centaines de bras s'offrent à faire passer jusqu'au quai. Puis des mules et des ânes transportent les ballots de soie, les fûts de vin italien jusqu'à une cave sur le port où des hommes du sultan en font le décompte précis, en prévision des enchères et du jugement qui allouera aux partenaires leur lot. Les captifs sont dirigés vers une sorte de prison d'attente, une cave également, pareille à celles où s'entreposent les marchandises. Camilla s'apprête à suivre ses dix hommes mais Oroudj, au bord de la passerelle, la prend par le bras pour l'arrêter.

« Non, je vous réserve un séjour plus confortable.

— Dois-je en conclure qu'eux seront maltraités ? »

Il hausse les épaules.

« Ce serait stupide de notre part que de faire défiler dans deux jours, en parade solennelle, dix captifs abîmés. Ils sont déjà ridiculement peu nombreux, nous essaierons au contraire de leur donner l'air fastueux. Et puis, cela fera monter les enchères à la vente qui suivra.

— Dans ce cas, je désire être logée avec mon équipage. »

Elle le sent embarrassé, capte un échange de regards avec Hizir, lequel paraît mécontent.

« La maison où je vous mène, explique Oroudj, est dotée de tous les conforts nécessaires à une dame. On vous y fera belle.

— Oh ! persifle-t-elle. Ne le suis-je pas ? »

Oroudj préfère ne pas répondre. Ces joutes oratoires avec la prisonnière, auxquelles Hizir se montre habile, le décontenancent. Camilla s'engage sur la passerelle, très droite, le regard fixé dessus le moutonnement des têtes. Un mouvement s'y dessine comme un sillage, une rumeur s'élève :

« Melikat ! Melikat El Abhar ! »

Le sillage devient une plaie nette, un espace tranché dans la masse. Camilla découvre alors qu'une très belle litière aux rideaux clos, encadrée de gardes aux caftans damassés, aux cimeterres étincelants, s'est frayé passage jusqu'au pied de la passerelle. Une main baguée, blanche, fine, écarte l'un des rideaux. Le walli n'a pas eu la patience d'attendre, pour la voir, la fête solennelle prévue deux jours plus tard.

Un gros homme aux manières commerçantes — elles sont partout les mêmes, tête penchée, mains papelardes, sourire mécanique — s'approche à son tour de la passerelle. Le coup d'œil professionnel qu'il jette à Camilla la renseigne aussitôt sur le métier qu'il exerce.

« Je suis l'impresario de l'école d'esclaves où vous serez logée, madame », dit-il dans un toscan approximatif, avec une courbette.

Camilla se tourne vers Oroudj :

« C'est donc à un maquereau que vous confiez le soin de me rendre belle. Je croyais être une prisonnière de guerre. Je n'oublierai pas cette insulte. »

Hizir, en retrait de son frère, esquisse un mouvement incontrôlé d'irritation. Elle voit ses sourcils se réunir, ses yeux foncer.

« J'ai eu tort de vous faire certaines confidences, lui jette-t-elle, car c'est à lui qu'elle en veut bien plus qu'à l'aîné, même si c'est l'aîné qui commande.

— D'ailleurs, ajoute-t-elle, tant de soins seront bien inutiles. Le roi vient de me voir telle que je suis, sans fard ni parure. »

Elle pivote en même temps vers la litière, plonge dans un salut bizarre, car elle a les mains entravées par-devant : ses cheveux suivent le geste, balaient le sol comme un rideau de flammes. Lorsqu'elle se redresse, elle a pour les rejeter en arrière un ample mouvement de tête qui fait valoir la perfection de son cou.

La main du souverain répond par un signe à ce salut, puis se retire à l'abri du rideau. Hizir glisse quelques mots gutturaux à l'adresse de son frère qui répond sur le même ton, entre ses dents. Elle comprend qu'ils se disputent. Mais Oroudj ne saurait céder son pouvoir d'aînesse devant tant de témoins. Prenant Camilla par l'épaule, il l'entraîne sur le quai, la confie à l'impresario. Camilla ne résiste pas mais se dégage de tout contact physique et passe, très raide, devant la litière royale, dans le sillage que la foule à présent silencieuse, déroutée par l'incident, n'a pas refermé.

On traverse des rues chaulées aux maisons roses et blanches, sur les terrasses desquelles de beaux yeux seuls visibles sous les voiles suivent le passage de la Chrétienne. L'itinéraire permet d'entrevoir les larges passages des bazars spécialisés, les fameux souks couverts, les fondouks et les marchés : ici les épices, senteurs de girofle, d'ambre, de safran ; là les bois, macassar, santal, que leur odeur annonce également de loin. Des marchands ambulants, sur des ânes, portent des pains de glace, des figues de Barbarie ou du linge à blanchir. Ils se bousculent, réclament place au cri de « balek, balek » et se perdent par les ruelles de traverse. Au-dessus d'eux, la Zitouna, la grande mosquée de Tunis, veille dans l'air bleu.

Tous les costumes de la terre se coudoient dans la foule, Ottomans, Perses, Slaves, Chrétiens du Nord ou de Méditerranée. Toutes les langues s'y vocifèrent, toutes les monnaies circulent de main en main. Tunis est le rendez-vous des marchands, le caravansérail de l'Afrique. Camilla, dans les éclairs, les fragments d'images saisis, sent le cachet particulier des villes cosmopolites découvert jadis en entrant dans Rome, retrouvé plus tard moins naïvement à Venise.

L'impresario d'esclaves a son école dans l'enceinte de la médina, la citadelle de Tunis. C'est à dos de mule qu'ils s'y rendent, suivis par la foule. En passant devant le quartier Montfleury, où sont installés les marchands européens, elle est apostrophée par des compatriotes, dans sa langue. Beaucoup sont inquiets : que vont-ils devenir si les corsaires du roi capturent leurs bateaux sur la mer ? À quoi sert d'avoir le droit de commercer librement à Tunis, si l'on ne peut plus y parvenir sains et saufs ? Il y a toujours eu un peu de course entre l'Afrique du Nord et les Européens, malgré les accords de libre circulation. Mais depuis que ces Barberousse sont au service du roi, plus moyen de naviguer en paix ! Si la Reine des Mers s'est laissé prendre, qui leur échappera ?

Ces compatriotes-là, marchands de chair humaine, ne lui inspirent aucune sympathie.

« Ils veulent récupérer le monopole du trafic d'esclaves. Ils m'ont laissé la vie parce que je ne transportais que de la laine et du vin, mais tous les marchands d'hommes qu'ils prendront désormais... »

Levant ses mains entravées dessus le pommeau de sa selle, elle fait sur sa gorge, avec un doigt, un geste significatif qu'elle accompagne d'un bruit très réaliste. Les négociants de Montfleury exhalent une rumeur d'épouvante, tandis qu'elle surprend, du coin de l'œil, un mince sourire sur les lèvres d'Hizir.

L'école d'esclaves est une vaste maison carrée dont les chambres donnent sur un jardin de sycomores et de grenadiers, et qui possède des bâtiments attenants, école de danse, de musique, hammam, pour éviter aux esclaves formées là les tentations de la liberté. À l'aube, après une brève nuit de sommeil, au chant du muezzin, deux élèves chrétiennes, une Grecque et une Slave arrivées dans l'enfance, conduisent Camilla aux étuves.

Avec l'indifférence qu'elle adopte lorsque la rébellion ne sert à rien, Camilla se laisse savonner, frotter, rincer la tête, poncer les pieds. Elle comprend un peu de ce qui se dit, la plupart des filles n'étant pas musulmanes et parlant des langues qu'elle connaît vaguement. Mais elle ne se mêle pas aux conversations. Son impuissance la rend morne. Elle ne croyait pas parvenir à s'échapper de la *Santa*, c'était pure bravade de le prétendre. Son véritable espoir se plaçait en Hizir, dont elle avait conquis l'estime, et qui se montrait moins empressé qu'Oroudj a servir le walli de Tunis. Quoique sans enthousiasme, il s'est pourtant soumis à la décision fraternelle. À présent, elle ne peut plus compter que sur elle-même pour se tirer d'affaire.

Lassitude. On lui épargne le henné rouge, qui ne convient pas à ses cheveux clairs, mais on l'épile avec une pâte d'orpiment et de chaux, on la masse, la manucure, lui peint les sourcils au wasma, lui cerne les yeux au khôl d'Ispahan. Ses dents sont frottées d'un mélange de nacre, de coquille d'œuf et de charbon de bois qui les polit en effet par abrasion, mais reste dans leurs interstices, de sorte qu'ensuite tout ce qu'on avale craque comme un fruit de mer ensablé. On maquille ses lèvres de poudre rouge, on natte sa chevelure en centaines de nattes piquées de perles, on l'habille de pantalons bouffants, on lui teint et polit les ongles... Ces tortures successives sont subies une fois la semaine par les esclaves d'hommes riches et les dames de qualité : les recluses doivent y consumer tant d'énergie que, dans l'intervalle, elles ne songent pas à fuir.

Camilla se souvient du bordel, des heures occupées à entretenir l'outil de travail. Dix années viennent de s'abolir, sensation désolante de déjà-vu. Même la main baguée du walli, entrouvrant le rideau, rappelait jusqu'à la nausée celle de Djem.

La journée s'écoule à ces soins, qu'on accomplit en outre avec la lenteur d'un rite religieux. Résonne dans l'enceinte tiède du hammam, fréquenté seulement par des femmes et des eunuques, un caquet familier. Non seulement par sa tessiture — les voix des castrats sont grêles également — mais par son contenu. Oisives soucieuses de recettes de beauté, de moyens de duper le maître nourricier pour rencontrer l'amant de cœur, de rivalités intestines. Gardiens qu'on flagorne, qui poussent au crime, complices sincères ou pervers, se vengeant de leur triste sort entre chair et poisson. Le caquet vain, pusillanime, borné par ignorance, qu'elle subissait avec dégoût chez la Crespini, le caquet des âmes serviles, qu'elle découvre sans surprise identique sous tous les climats. Passé le premier bien-être de soigner son corps dans ce frais décor de mosaïques après un mois de soleil et de sel, Camilla déteste l'atmosphère qu'elle y perçoit, régression vers un passé honni.

Elle arrache le voile qu'on veut fixer sur ses cheveux par des épingles cruelles. Refuse aussi le plateau de mouton rôti, de potage aux concombres, nausée au bord des lèvres.

« Laissez-moi tranquille. »

Elle a parlé violemment. Autour d'elle, le caquet s'interrompt un instant, des regards curieux la détaillent. A-t-elle trop vécu parmi les hommes — et, de tous les hommes, les plus libres, les plus rudes — qu'elle ne supporte plus les femmes ? Non, il ne s'agit que de pitié. Ouvrirait-on à ces captives les successives portes de la prison de luxe, construite en espaces concentriques comme l'Enfer de Dante, elles auraient peur de sortir. Les dames de Cathay, dont on bande les pieds, ne savent plus marcher, les oiseaux en cage ne savent plus voler. La liberté est comme un muscle qui s'atrophie si l'on ne l'exerce pas. Oh, bondir, cingler sur la mer ! Le Dieu de Camilla fit les hommes libres, mais il paraît qu'Allah n'accorde pas d'âme aux femmes. Celles qui sont ici, flottant comme des algues dans les bassins aux mosaïques polychromes, l'ont en effet perdue, dissoute dans le nard et l'encens.

Chapitre 23

AOÛT-SEPTEMBRE 1504

Bianca Loredan, sous ses paupières baissées de jouvencelle, filtre un regard acéré vers le peintre qui, devant le chevalet, s'applique à réaliser son portrait en robe de damas bleu, dans le cadre de sa chambre. Elle exige que les séances de pose aient lieu chez elle, au palais des Doges.

« Vous n'êtes guère à votre ouvrage, monsieur Barbarelli », constate-t-elle.

Il sursaute, distrait de sa rêverie. En vérité, sa main peignait toute seule, sans âme.

« Je ne suis pas un modèle à vous inspirer, semble-t-il.

— Madame, il faut me pardonner. C'est que j'apprends ce matin une nouvelle qui me bouleverse. »

Bianca sait déjà laquelle par son père le Doge.

« Mon Dieu, quelque malheur ?

— Camilla, capturée par des corsaires, a été conduite à Tunis. On ne sait pas encore le montant de la rançon, mais...

— ... Elle a pris des mesures afin qu'on ne payât pas pour sa liberté, achève Bianca.

— Je paierai, dit tranquillement le peintre, et la belle main nerveuse se crispe sur la brosse.

— Comment ferez-vous ?

— Je compte sur quelques amis, et aussi sur la République. Après tout, Camilla Vespucci est une contribuable considérable.

— Ses autres amis ne sont peut-être pas aussi généreux que vous.

— En ce qui me concerne, il ne s'agit pas d'amitié. »

Giorgione est ainsi, Bianca l'a découvert à ses dépens, totalement indifférent aux codes de leur monde — car ce fils de paysan appartient au monde aristocratique par son talent. Jamais il ne flatte ni n'affecte ce qu'il ne ressent pas — même s'il s'agit de clients. En vain Bianca cherche-t-elle à l'acculer dans des positions où, par courtoisie, un autre s'obligerait à la complimenter. À l'instant par exemple, quand elle a dit : « Je ne suis pas un modèle à vous inspirer », n'importe quel gentilhomme se serait récrié. Giorgione n'a pas démenti l'assertion. Il n'est pas rustre, la vérité qu'il avoue, il la profère toujours avec délicatesse, avec ingénuité, de sorte que, par comble, on ne peut la lui reprocher.

« J'aime Camilla Vespucci, ajoute-t-il pour achever d'être scrupuleux.

— Son passé ne vous importe pas ?

— Quel passé ? »

Bianca n'ose pas préciser. Elle se tait un instant, rajuste sa manche amovible, détourne les yeux sous le regard qui la cloue — un regard professionnel, arrêté sur la surface des choses, mais qui semble désagréablement pénétrant tout de même. Elle ne résiste pas longtemps, revient la première au sujet douloureux.

« N'a-t-elle pas refusé de vous épouser ? Sans doute suis-je indiscrète...

— Elle refuse, en effet. Elle ne veut pas qu'on l'aime, ni moi ni personne. Mais ce qu'elle consent à me donner, je sacrifie pour cela ce que toutes les autres femmes appellent l'amour, quand bien même elles me l'offriraient. »

Parle-t-il à dessein contre elle? Sans doute pas, mais Bianca reçoit le coup droit au cœur. Elle avale sa salive, consolée par une pensée méchante :

« Votre bel amour, Giorgione, couche en ce moment dans le lit d'un Infidèle. Et vous ne la reverrez pas de sitôt ! »

Bon débarras. Les Vénitiens seront peut-être consternés par la nouvelle, mais les Vénitiennes, éclipsées comme autrefois les Romaines par l'éclat de la putain rousse, vont danser de joie le long du Grand Canal !

Bianca Loredan, à vingt-trois ans, est fraîche, avenante, tout à fait digne d'amour et d'ailleurs courtisée. Son père Leonardo est Doge de Venise. Bien que Bianca soit bâtarde, on pense qu'il la dotera richement. Elle vit au palais ducal aussi considérée que la dogaresse, qui la hait mais doit la supporter. Les solliciteurs sont nombreux à rechercher la faveur ou briguer la main de Bianca depuis qu'elle s'est installée à Venise, après la mort de sa mère, patricienne de Pérouse qui l'avait élevée.

Pourtant Bianca refuse tous les partis. Elle a élu le sien. L'hiver dernier, alors qu'elle assistait à son douzième bal depuis douze jours qu'elle se trouvait à Venise, elle croisa sous les lustres du palais Barbaro un beau masque joueur de luth. Elle reconnut les yeux graves aux cils noirs, les mains fines pinçant les cordes de l'instrument. En douze jours, elle l'avait aperçu déjà dans plusieurs fêtes. On le signalait comme le grand peintre de leur temps. Elle l'avait trouvé simple, au milieu de tant de louanges.

Inaugurant sa première saison de carnaval

vénitien, Bianca figurait en quelque sorte le pendant de Giorgione: on se la disputait autant que lui, il fallait «avoir» le peintre et la fille du Doge, les deux nouveautés sensationnelles. Bianca ne douta pas qu'il la reconnaissait de même, sous son loup de soie. Il vint vers elle.

«Vous semblez triste et timide. Soyons-le ensemble.»

Ils ont devisé. Dansé. Devisé de nouveau, mangé des pâtisseries, chanté un air en duo, le luth accompagnant la chanteuse. Autour d'eux le cercle s'efforçait de ne pas troubler leur tête-à-tête et s'élargissait d'heure en heure. Questionné sur les motifs de sa tristesse, le beau masque avoua qu'il était amoureux. D'une insensible, évidemment.

L'erreur que commit Bianca ce soir-là était excusable. L'attitude et le discours de Giorgione appartenaient aux conventions d'usage dans leur monde, lequel feint toujours le contraire de ce qu'il éprouve, regarde une autre femme quand il se déclare à celle qu'il aime, écrit des poèmes à la «dame» qui n'est justement pas sa maîtresse. N'importe qui, avisé de ces conventions, aurait pensé à les écouter converser que «l'insensible» de Giorgione était Bianca. Quand elle s'éclipsa pour regagner le palais des Doges, refusant qu'il l'escortât (c'était encore une convention, celle de ne pas paraître s'être identifiés sous le masque), elle ne doutait pas que le musicien triste n'eût en réalité passé la nuit à lui parler d'amour.

Pour achever de la fourvoyer, il se trouve qu'elle ignorait alors ce que tout le monde savait, parce qu'on oublie d'informer les nouveaux venus sur ce que tout le monde sait: la liaison de Giorgione avec la Cyprina. Ou, plus exactement, la passion de Giorgione pour l'étrange femme rousse, qui ne lui répond pas avec la même ferveur, qui court les mers en été et les fêtes en hiver mais qui, du moins, n'accorde qu'à lui le peu qu'elle accorde.

Bianca l'apprit sur un parvis d'église, une conversation surprise parmi la foule qu'elle se fit confirmer. Elle n'y voulut pas croire pourtant, jusqu'à ce qu'elle revît le peintre. Alors, l'ayant interrogé, elle obtint de lui la tranquille évidence. Depuis lors, ils ont eu tant d'occasions de se parler qu'elle a compris son caractère : Giorgione n'est pas courtisan, ne ment jamais, imagine encore moins qu'on puisse ne pas croire ce qu'il affirme. Mais pour elle, le mal était consommé depuis le soir du bal. Bianca s'entête dans ses élans, elle n'admet pas que la vie lui donne tort. Le monde croit que Giorgione est de ses amis, Giorgione aussi le croit, ce qui est un premier pas. Elle s'est persuadée qu'un jour il l'aimerait d'amour, parce que l'occasion viendrait d'éliminer l'obstacle constitué par la Cyprina. Sa patience avait raison, semble-t-il.

« Bianca, oserais-je solliciter votre amitié, en cette circonstance ? prie le peintre.

— De quelle manière ?

— Votre père accorde grande confiance à vos avis. Si vous obtenez de lui que le Conseil participe au paiement de la rançon...

— Vous pouvez compter sur moi, évidemment », dit-elle, penchant une nuque patricienne, une nuque de madone miséricordieuse sous ses cheveux relevés à la grecque — le cou est ce qu'elle a de plus joli.

Il lâche sa palette, bondit vers elle, lui prend les deux mains et ne remarque pas même qu'elle rougit.

« Merci, merci, je n'oublierai jamais cela ! »

Sorcière, putain, écumeuse de mers, puisset-elle crever ! On va pourvoir à son sort, en effet ! Bianca dégage doucement ses mains, sourit.

« Je vais même aller tout de suite entretenir mon père de votre souci. Ayez confiance. Et revenez demain pour notre portrait, qu'il faut songer à finir. »

Demain... Il ne va pas en dormir mais n'ose réclamer de revenir plus tôt connaître le résultat de la démarche. Qu'il souffre, chacun son tour. Bianca se lève dans un froissement de damas, sort sans se retourner. Elle va rejoindre son père dans la salle des Écarlates, sous le plafond de bois doré à fond bleu qu'il a commandé aux frères Da Faenza et qui est fraîchement achevé. Le Doge Loredan y discute avec ses conseillers la beauté du travail et le moyen de rogner un peu sur la facture. Ce n'est donc pas le moment de lui réclamer de l'or, de toute façon... Les conseillers s'écartent, le père et la fille se retirent dans la salle des Philosophes voisine pour converser en privé.

« Tu sais que la Cyprina est captive ?

— Je viens de l'apprendre, dit le Doge.

— Peux-tu m'assurer que la République ne versera pas un ducat pour la délivrer ?

— Tiens donc ! Pourquoi cela ?

— Je veux Giorgio Barbarelli. Il faut à cet effet me débarrasser de la Vespucci. Il faut en outre commander à Giorgione les fresques du Fondacco dei Tedeschi.

— Nous y avons déjà songé de nous-mêmes et je crois que la décision sera votée à l'unanimité. Ce jeune homme a bien du talent, outre celui de se faire aimer de ma fille...

— Y a-t-il une avance prévue pour les travaux ?

— Oui.

— Quel montant ?

— Ma foi...
— Ne peut-il être... très élevé ?
— Qu'entends-tu par là ?
— Cent mille ducats, par exemple.
— Es-tu folle ? Cent mille ducats !
— Mais tu épargneras ainsi ma dot. Rencontre Giorgione en privé. Dis-lui que tu n'as pas de dot à me donner car je suis bâtarde, mais que s'il m'épouse, tu lui obtiens la commande des fresques et cent mille ducats d'avance. Il acceptera.
— Évidemment... Mais, ma fille, ne sais-tu pas qu'il offrira cet or au sultan de Tunis pour délivrer sa maîtresse ?
— Non, car je parie que la rançon dépassera de beaucoup cette somme. Ses cent mille ducats ne lui serviront à rien ; il les gardera donc par force.
— Il trouvera d'autres prêteurs pour compléter la somme.
— J'en doute.
— La Cyprina compte beaucoup d'admirateurs.
— Eh bien, tant pis, il paiera. Mais il sera néanmoins mon mari. Et cela se sera fait aux frais de la ville, non des Loredan. Tu n'as rien à y perdre.
— Tu veux Giorgione à ce point ?
— Oui.
— Lui ne te veut pas.
— Il y viendra. »

Le Doge soupire, hoche la tête.

« Prends garde, Bianca. Mon épouse aussi voulait mon nom à tout prix. Elle n'a pu empêcher que mes amours fussent ailleurs, toute ma vie durant, auprès de ta mère. Aujourd'hui, tu vis avec moi et elle toute seule à l'autre bout du palais. Qu'a-t-elle gagné ?

— Elle est dogaresse, c'est sa volupté. La mienne est d'avoir Giorgione. Qu'il ne m'aime pas aujourd'hui ne m'effraie pas. J'ai plus de volonté que lui, je le vaincrai. »

Le Doge ne répond rien. La ténacité des femmes l'a toujours confondu.

Oroudj a bien fait les choses. Son ami l'impresario d'esclaves, qui prépara Camilla, loue aussi costumes et accessoires pour le défilé. Des petits tapis brodés en guise de selles, des barbes blancs pour les trois frères et des caftans brodés, le gonfalon vert du prophète pour l'aîné ; puis des joueurs de derbouka et de flûte, quelques lévriers, des faucons. En pays islamique, le faste qu'on déploie honore celui qu'on va visiter, c'est une forme de la courtoisie. Les frères paient donc à l'impresario une sorte de forfait spécial « présentation au sultan », qui a servi maintes fois à d'autres qu'eux. Abou Abdallah, bien élevé lui aussi, feindra de ne pas remarquer qu'il voit à chaque entrée solennelle dans Tunis d'un corsaire vainqueur, d'un raïs de village, d'un ambassadeur étranger, les mêmes lévriers, étendards, tapis de selle et musiciens, loués au même commerçant astucieux.

Le défilé a tout de même une originalité. Après la procession de chameaux portant la cargaison arraisonnée, derrière l'équipage de la *Santa* suivant à pied, ne trotte qu'une seule mule, car le seul otage de marque est Camilla. Sur son passage chemine une rumeur admirative, bien qu'elle soit parfaitement empaquetée dans des voiles de la tête aux babouches, ne montrant que ses yeux :

« Melikat el Abhar ! »

Le roi recevra ses corsaires en son palais du Bardo, hors de la médina. Sur le chemin pentu qui les y mène, on a jeté des pétales de rose et des grappes de jasmin.

Une première présentation publique a lieu sur l'esplanade devant le palais. Une vaste tente s'y dresse, à l'intérieur de laquelle le roi trône. Autour de lui, les mamelouks, gardes et dignitaires de sa suite. Les trois frères viennent baiser sa babouche, reçoivent de lui des cadeaux, amènent alors leur prisonnière, à laquelle le roi donne une place à ses côtés pour assister aux réjouissances — un tournoi de tir à l'arc auquel participe tout le peuple et une joute de djerid, un jeu réservé, en revanche, aux seuls officiers, courtisans et princes de la maison royale. C'est Ahmed, le frère cadet du walli, qui remporte la victoire.

Ensuite, on laisse la foule poursuivre les festivités sur la place par une course de barbes d'un an montés à cru, par des spectacles de batteleurs et charmeurs de serpents. La cour, les Barberousse et Camilla gagnent l'intérieur du palais, pour y partager un repas. Il est servi dans la grande salle de réception du harem, avec ses quatre niches qu'occupent les quatre favorites. Cette partie de l'espace privé du sultan s'ouvre aux visiteurs en de grandes occasions. Ses épais murs lui gardent la fraîcheur. Les invités sont installés par les serviteurs sur des coussins lamés d'or.

Camilla, malgré l'incertitude de sa situation, garde sa curiosité de voyageuse, celle dont Marco Polo ne se départait jamais. Elle admire les stucs moulés du plafond, les dessins de faïence composés sur les parois, les lampes ouvragées.

Les nourritures et la manière de les accommoder lui paraissent supérieures à ce qu'elle a connu dans les meilleures maisons d'Europe:

aubergines, concombres, hachis de viande délicats, fruits de toutes sortes, pâtisseries aux amandes et au miel, sorbets...

Le roi traite Camilla en invitée de marque, lui sert de sa propre main le caviar d'Ispahan ou les olives de l'Inde, impose aux invités la langue toscane même entre eux, sollicite son avis sur la musique et les danseurs. Elle comprend qu'il y a chez les Musulmans, comme chez les Juifs, une politesse du différé. Qu'on peut consumer des heures avant d'aborder le sujet d'une entrevue. N'ayant aucun scrupule à paraître discourtoise, elle prend les devants, profite d'un momentané silence entre deux prestations musicales pour demander tranquillement :

« Quel est le montant de ma rançon ? »

Le roi, un peu surpris, choisit de sourire.

« Cinq cent mille ducats, annonce-t-il. Vous estimer à moins serait vous insulter. Je ne doute pas qu'elle sera promptement payée. En attendant, vous logerez dans mon palais, avec tous les honneurs dus à votre illustre personne. »

Camilla se tourne vers Hizir, qui fait la plus sombre figure du monde — en vérité, il a l'air d'un pirate, à cette heure — et se venge sur lui du désespoir que lui inspire le chiffre. Elle se doutait qu'il serait important, mais à ce point... Impossible d'imaginer que puisse se trouver quiconque en Italie pour risquer de l'avancer. Même Agostino Chigi ne possède pas tant d'argent dans ses coffres et devrait négocier des biens pour réunir la somme.

« Parfait, dit-elle méchamment au corsaire (en grec, espérant n'être pas comprise du roi), voilà une belle rançon de fumée ! Vous avez réussi la capture de votre carrière, souriez donc ! D'ailleurs, comme je ne crois pas que je reverrai jamais le monde libre ni vous par conséquent, faites-moi bon visage au moins, afin que je garde un souvenir aimable de vous. »

La réponse est à la mesure du personnage, souvent déroutant.

« Quel souvenir aimable garderez-vous d'un homme qui vous a vendue ?

— Votre Alcoran n'accorde pas d'âme aux femmes. Ce n'est donc pas plus pendable de les négocier que des ânes ou des chèvres. »

Le roi, à cet instant, se penche vers Hizir :

« Repartez-vous bientôt pour Djerba ? »

À la surprise d'Oroudj et d'Ishacq, qui apprennent visiblement la nouvelle, leur frère répond :

« Les Barberousse reprendront la mer dès que possible, mais, pour ma part, je sollicite une faveur de votre Seigneurie.

— Demandez ! »

La main lourde de chatons brasse l'air en un geste languide.

« Je désirerais demeurer quelque temps auprès de votre gouverneur de La Goulette pour étudier les défenses de la forteresse et, par la suite, vous proposer le plan d'aménagements que j'ai en tête, mais dont je désire vérifier le bien-fondé. »

Le roi se tourne vers ledit gouverneur qui assiste au repas, échange quelques mots en arabe avec lui. Le gouverneur salue Hizir. Sans doute lui offre-t-on l'hospitalité demandée. Le corsaire alors, bougeant à peine les lèvres et gardant les yeux fixés sur l'aiguière qu'on lui présente, dit en grec de nouveau, pour Camilla :

« Ne tentez rien contre le roi, vous seriez punie de mort. Je reste pour vous faire évader de Tunisie. »

Leurs regards s'affrontent — presque de même nuance, elle l'a remarqué.

« Me dites-vous cela pour que je me tienne tranquille ?

— Non. C'est la seule solution que j'aie trouvée.

— Du diable ! Ne pouviez-vous me laisser m'évader en mer ?

— Et nager jusqu'à Venise ? Oroudj refusait absolument de vous libérer.

— Il faudra du temps pour organiser votre projet. Comment ferai-je lanterner le sultan, s'il me veut pour concubine ? »

Ledit sultan se penche pour lui offrir une mangue, un fruit qui vient de l'Inde. Comme elle ne sait s'y prendre pour la manger, il la lui ouvre, en scarifie la chair et retourne la peau pour en écarter les morceaux ainsi taillés. Il ne semble pas redoutable, en vérité. Mais Camilla insiste sur ce qui la guette dès ce soir après souper. Elle sent à cette heure qu'Hizir est crispé, et c'est une sorte de consolation que de l'irriter.

La nuit s'illumine de flambeaux. Abdallah, qu'une révolution de palais faillit tuer dans son sommeil à six ans, redoute l'obscurité, dit-on. Les servantes du harem ont de nouveau lavé, poli, poncé Camilla, natté puis parfumé sa chevelure, enrobé le précieux objet de voiles successifs. Elle avance à présent vers l'estrade sur laquelle trône le lit du sultan. Les portes de la chambre se referment sur elle.

Au sommet d'un empilement des coussins, environné de brûle-parfums, le roi, à demi étendu et s'appuyant sur un coude, la regarde approcher. Ses yeux fardés ont une vague expression d'ennui. Elle s'arrête au pied des quatre gradins recouverts de tapis qui forment le socle du lit, se sentant dans l'humeur, suppose-t-elle, d'une actrice qui paraît sur le théâtre. Le cœur bat vite, la gorge est sèche, les mains moites. Il ne faut pas qu'elle se soit trompée. Les servantes, les eunuques, effrayés par son idée, ont conjugué leurs efforts pour l'en dissuader. Dieu veuille qu'elle ait eu raison dans son entêtement.

Encore un pas. Le souverain se tait, il attend le spectacle comme jadis les empereurs romains, qui d'un mouvement de leur pouce sauvaient ou condamnaient le gladiateur. Camilla ôte le premier voile. Jusqu'au troisième, rien n'avive le regard brun du sultan. Au quatrième s'y allume un éclair de surprise. De surprise agréable au cinquième. D'amusement au dernier. Piétinant le tas de soies multicolores à ses pieds, elle se campe dans ses bottes et ses chausses de marin, qui lui dessinent des jambes nerveuses. Son pourpoint de cuir tanné, un peu cisaillé par l'usage et le sel, accuse les épaules très droites, efface la poitrine. Ses cheveux roux arrondissent, sur son front, un casque de page. Oh! le récri des servantes, quand elle a saisi le rasoir de l'eunuque coiffeur et tranché résolument la masse fauve qui coulait jusqu'à ses genoux! Se fût-elle coupé la gorge, on n'eût pas manifesté plus d'horreur. Elles ont ensuite natté la relique en se lamentant, l'ont imprégnée de nard puis enfermée dans une cassolette de santal. Le sacrifice, semble-t-il, était judicieux. Camilla tousse, respire large pour faire descendre sa voix d'un ton, gravit les gradins en trois brusques enjambées, se plante devant le roi mains aux hanches et le regarde dans les yeux.

« Seigneur, dit-elle, je suis un otage de guerre qui attend qu'on veuille payer sa rançon. Je ne me laisserai pas traiter en prostituée, j'emploierai tous les moyens quels qu'ils soient pour vous résister. Comptez-vous user de violence envers moi ? »

Le doux sire en frémit.

« Vous êtes trop noble cœur pour cela. Soyons plutôt amis d'homme à homme, pour le temps de ma captivité. Voyez-vous, à vivre sur la mer, j'ai oublié... ma nature d'origine. »

La fougue d'adolescent, la voix grave et le corps androgyne captivent l'attention royale, ce que n'avaient pas fait, durant la journée de fête, les yeux fardés au khôl, les ongles peints, le nombril incrusté d'un rubis ballai. Elle vient s'asseoir d'un bond, croisant les jambes, aux pieds du roi, parmi les coussins brodés.

« Cela restera notre secret. Demain matin, quand je quitterai cette chambre, nul ne saura par ma bouche ce qui s'y passa. »

Il faut bien lui ménager, en effet, de sauver des apparences qui lui coûtent tant de peine et d'argent — car l'entretien du harem doit vider ses coffres.

« Il se peut que je reste longtemps votre invitée, réunir ma rançon prendra des semaines. Si vous m'aviez pour ennemie, ce serait un souci permanent pour vous. Mais si vous me respectez, je vous respecterai. »

Elle l'a bien observé, aujourd'hui, durant les festivités successives. Cet homme d'environ trente-cinq ans, mince et fin, le descendant de la longue lignée des Béni-Haf, lui parut typique des dynasties finissantes, d'un raffinement confinant à la mollesse — ce raffinement où se réfugient les princes auxquels la guerre répugne et qui voient s'effriter leur pouvoir. Il ne semblait ni méchant ni sot, sensible par exemple à la musique, qui le plongeait dans une admiration extatique ; soucieux de son jardin, de son décor, qu'il voulait harmonieux avant que riche. En toutes choses, il manifestait la passion hédoniste qui pousse à collectionner, trait fort répandu dans le pays d'où vient Camilla. Elle a noté que son exigence de beauté ne se borne pas aux meubles, au jardin, à la musique, à la cuisine, mais encore à son entourage. Ses pages comme sa garde personnelle sont des hommes superbes, dont il se flatte d'avoir lui-même dessiné les costumes. Il y a fort peu de femmes dans cet entourage, des danseurs et non des danseuses, par exemple. Il accordait au repas des caresses attentives à son page préféré, un Abyssin, dans la chevelure frisée duquel il plongeait ses mains blanches. Toutefois les Musulmans sont connus comme les Italiens pour aimer indifféremment les deux sexes, le harem d'Abou Abdallah est en outre réputé dans toute la Méditerranée.

C'est tout à l'heure, en pénétrant au gynécée, qu'elle a senti ses présomptions s'affermir. Une réunion des plus beaux types féminins — comme si la volonté d'un collectionneur présidait au choix plus que le désir pour telle ou telle. Personne n'a le goût si varié, les hommes préfèrent toujours les mêmes finalement. Au bordel, le client des Napolitaines n'allait pas voir les Lombardes, et inversement.

Autre détail surprenant : avec un tel cheptel d'épouses, de concubines, d'esclaves, Abou Abdallah devrait posséder des dizaines de rejetons ; il n'en a pas. Les quelques enfants sont ses jeunes frères ou des bâtards que certaines portaient déjà lorsqu'elles sont arrivées — car les marchands savent fabriquer de fausses virginités, parfois.

Les quatre favorites ne le sont que de nom et le climat diffère, par exemple, de celui régnant à l'école d'esclaves. Là-bas pèse une rivalité palpable entre les filles, constitutive d'une hiérarchie et témoignant d'un enjeu : la « sultane » de l'école est celle que l'impresario préfère, donc vendra la première au meilleur acheteur. Au harem royal, on dirait qu'il n'y a pas de hiérarchie parce que pas d'enjeu : le roi se soucie également de chacune : est-ce à dire qu'il ne s'en soucie pas ?

Corollairement y règne le relâchement, l'insouciance insolente des groupes humains sur lesquels ne plane pas l'œil du maître. N'étant pas rivales, les femmes ont l'air d'y être amies, ou même plus qu'amies, se caressant entre elles sans se cacher. Elles parlent et rient fort, traitent les eunuques avec une familiarité, une impudeur surprenantes. Camilla fut apostrophée dès son entrée par des railleries grivoises, sans méchanceté, qui l'interloquèrent.

Tout cela l'a convaincue que le roi doit être plus attiré par les garçons que par les filles. Sa réputation d'amateur de femmes et sa collection-vitrine sont là pour sauver l'amour-propre. Le monde musulman (d'après ce que Camilla constate sur mer, où il ne faut pas avoir les yeux frileux) admet ce qui épouvante le monde chrétien, sodomie, pédérastie, bestialité, pourvu que ce soit accidentel. Il méprise, en revanche, les perversions exclusives, surtout s'il s'agit d'un sultan, censé produire une succession. Abou Abdallah entretient donc l'un des plus beaux harems d'Orient en alibi. Souscrire aux obligations afférentes l'ennuie sans doute à mourir. Sentant qu'elle l'a deviné et qu'il en est soulagé, Camilla s'amadoue, redevient charmeuse :

« Aimez-vous les histoires de marins ? J'en connais d'assez étonnantes pour vous tenir jusqu'à l'aube. Des histoires de pirates et d'abordages, de naufrages et de sirènes. D'îles au trésor, aussi... »

Elle le voit sourire, un sourire ingénu qui lui rappelle, pincement au cœur, celui de ses fils, le soir, quand ils ne voulaient pas s'endormir. Elle s'est constitué une réserve de récits, mêlant la chronique historique, la rumeur de la mer, des fragments d'*Odyssée* ou de *Décaméron*, autour desquels effectuer d'infinies variations. Le plaisir des contes tient à ce qu'ils se brodent sur des trames familières, utilisées depuis la nuit des temps et sous tous les cieux. Ce sont les mêmes en Chine, dans les Flandres ou à Tunis, seuls changent le parfum des épices, le prénom des princesses, la carte du ciel au-dessus du héros. Camilla se sent capable de distraire ainsi, jusqu'au jour où Hizir trouvera moyen de l'enlever, les nuits de son sultan.

Sous le soleil aveuglant, les quatre tours, l'enceinte et les bastions de Rhodes semblent se diluer dans l'air qui tremble. Les galères de guerre engourdies, dans la rade du Nord, évoquent des insectes dont les rames figureraient les centaines de pattes. Depuis son cabinet de travail, au palais, le Grand Maître contemple à l'arrière-plan le spectacle redoutable de cette flotte qui fait pièce aux Ottomans. Sous ses croisées se resserre la ville basse : le port d'Amboise, la rue des Chevaliers, la cathédrale Saint-Jean-Baptiste, les maisons des piliers de l'Ordre, les auberges des huit nations[1], les bâtiments

1. Les huit nations de l'Ordre étaient : Provence, Auvergne, France, Italie, Espagne (Aragon, Navarre, Catalogne), Angleterre, Allemagne, Castille (Léon, Portugal). On appelait aussi les nations : langues.

conventuels ; la puissante cité des chevaliers hospitaliers de Saint-Jean-d'Acre.

Emery d'Amboise, Grand Maître depuis une année maintenant, se tourne vers son amiral, le pilier de la nation d'Italie Villiers de l'Isle-Adam, et vers le chevalier qui l'escorte.

« Il faudrait que le Conseil Ordinaire fût consulté sur ce projet d'équipée. Les Turcs ne cessent de nous harceler dans les Sporades, à Simia, à Tilo, à Lango... Ce n'est pas le moment de disperser nos forces sur trop de fronts. Je songe à calmer un peu la course, à défendre plutôt nos positions acquises. Le temps de construire et d'armer de plus nombreux vaisseaux. Alors, nous attaquerons, j'en suis trop désireux moi-même.

— Maître, pour l'heure il ne s'agit pas des Turcs. Il suffirait de cinq galères pour contrôler entièrement La Goulette et dicter au sultan notre loi. Il n'a pas de flotte à lui, uniquement quelques corsaires et leurs galiotes. »

Emery d'Amboise contemple le visage de cuir de son interlocuteur, s'étonne pour la centième fois de cette cagoule qui englobe toute la tête, n'ouvrant de fente que pour les narines, la bouche et les yeux. Le masque, en soi, est banal. Il est couramment porté dans le pays du chevalier, l'Italie. La mer est pleine en outre de renégats qui ne désirent pas être reconnus, Rhodes aussi. Qui entre dans l'Ordre y gagne le droit qu'on oublie son passé, ce qui ne peut parfois se faire à visage découvert. Ce qui déroute Emery, c'est que cet homme-là, dont il connaît l'identité réelle puisqu'il l'intronisa, ait choisi de la garder secrète, de n'être plus que Foulque de la maison d'Italie, en hommage à

Foulque de Villaret[1]. Ce nom de guerre lui sied, mais en quelques mois, sur la mer, il en a conquis un autre: «chevalier sans visage». Au fond, la raison du mystère est peut-être... le mystère. Un masque frappe mieux l'imagination que le nom le plus illustre, un guerrier de Dieu fantomatique inspire de plus salutaires craintes aux Infidèles qu'un guerrier tout court.

Reçu de naissance dans l'Ordre, il vécut sa jeunesse très éloigné de l'idéal hospitalier. Un an plus tôt, il vint à Rhodes, sollicita la faveur d'accomplir ses caravanes[2] comme le premier venu des impétrants et se distingua tout de suite contre les Turcs. Villiers de l'Isle-Adam en fit son bras droit et ne cache pas qu'il l'aimerait son successeur un jour à la tête de la flotte. Mais l'action que le «chevalier sans visage» souhaite conduire aujourd'hui, le Grand Maître la juge téméraire.

«Je ne voudrais pas, Foulque, que des haines personnelles vous aveuglent.

— Elles me motivent, je l'avoue, elles ne m'aveuglent point. Mon plan est calculé, réfléchi, réalisable, dit l'étrange voix cassée, rocailleuse, une voix presque inhumaine, qui rend l'homme au masque de cuir encore plus effrayant, une figure de conte en vérité.

— Le Conseil Ordinaire examinera demain matin votre proposition.»

Foulque s'incline, salue, présente ses respects et laisse seuls les deux dignitaires. Le Grand Maître, alors, hocha la tête.

«Je comprends, amiral, ce qui vous attache à

1. Foulque de Villaret, Grand Maître de l'Ordre de Saint-Jean-d'Acre quand celui-ci s'installe à Rhodes en 1308.

2. Une sorte de service actif que devaient accomplir les postulants à la chevalerie de Saint-Jean.

ce membre. Il a l'aura d'un grand hospitalier et même d'un grand saint.

— Il obtient ce qu'il veut des équipages. Les chevaliers de l'auberge d'Italie ne se sont jamais si bien conduits, comme si sa seule présence les exaltait.

— L'avez-vous remarqué, il faut souvent avoir été très loin de Dieu pour mieux Le trouver. Les grands incrédules, les grands pécheurs deviennent, au jour de leur conversion, des Paul de Tarse. Je connaissais Foulque lorsqu'il n'était pas Foulque. Rien, je le jure, n'annonçait le personnage d'aujourd'hui. Tant mieux. Notre Ordre a besoin d'hommes de cette trempe. De retrouver la ferveur, l'élan de Saint-Jean-d'Acre. Foulque est indifférent aux richesses, à la gloire, aux femmes. Ce feu dans ses yeux, quel exemple pour les chevaliers !

— J'en suis d'accord et pourtant... Si je lui permets toute latitude d'action, c'est qu'il faut donner aliment à ce feu. Faute de quoi, il s'autodétruirait. Nous ferons de cet homme un fer de lance si nous savons le conduire. Mais seulement dans ce cas... »

Giorgio relit le contrat de mariage. La plume tremble légèrement dans sa main. Relevant les yeux, il croise le regard anxieux de Bianca.

Agostino Chigi a réuni trois cent mille ducats à lui seul, une folie. La duchesse de Ferrare en prête trente mille et un seigneur à barbe noire aux allures d'aventurier, un chevalier de Sant'Anselmo qui paraît avoir fait des affaires avec Camilla, en offre soixante-dix mille. Ce qui manque à Giorgio désormais pour sauver la Cyprina, ce sont les cent mille ducats des fresques pour le Fondacco dei Tedeschi. La « dot » de la fille du Doge.

« Bianca, avertit Giorgione, j'ai un aveu à vous faire. »

C'est d'elle qu'il se soucie. Du malheur qu'elle est en train de se forger. Il n'a pas d'illusions sur l'innocence de Bianca dans l'affaire. Elle le sous-estime en croyant l'abuser. Il sait parfaitement qu'elle a tout machiné pour l'obliger à ces noces. Mais elle ne voit pas qu'elle se condamne la première. Il faut parler, lui donner une ultime chance de se sauver. Quitte à perdre les cent mille ducats.

« Je ne vous aime pas, je ne vous aimerai jamais. L'argent des fresques va servir à libérer Camilla Vespucci. Rien ne sera changé dans ma manière de vivre, d'être à elle. Quoi qu'elle me demande, son désir passera toujours devant le vôtre, devant tout au monde. Vous ne vaincrez pas ma passion, vous serez entraînée par elle comme quantité négligeable. Ce mariage sera votre enfer. Je dois vous le dire. »

Les quelques témoins, médusés, n'osent plus respirer. Giorgione est cet homme insupportable qui ne cache jamais la vérité. Bianca ne peut pas paraître admettre en public qu'elle savait cela, qu'elle achète un mari malgré lui. Elle va devoir se récuser, s'évanouir, crier qu'elle est trahie. Les noces seront rompues.

Mais la fiancée, très pâle, plus pâle que les dentelles de sa coiffure, soutient le regard de Giorgione.

« Signez », dit-elle.

Sans attendre, elle prend elle-même la plume dans l'encrier qui lui fait face, appose sur le contrat un paraphe qui ne tremble pas, y jette de la poudre, fiche à nouveau la penne dans son encrier et croise ses mains blanches sur sa ceinture.

Le vizir a couru si vite qu'il pantèle. L'excitation aiguise sa voix de plusieurs tons.

« Seigneur, seigneur, lumière des croyants ! Il y a dans le port une galère de Venise avec un ambassadeur ! Il veut racheter la sultane ! »

Abou Abdallah, éveillé en sursaut, manque en tomber de son lit.

« Es-tu fou ?

— Non, seigneur ! Il arrive avec des cadeaux de la République pour vous demander audience. Il a des lettres de créance, des promesses de paiement, tout ce qui s'ensuit.

— Pour cinq cent mille ducats ?

— Oui, seigneur. »

Le roi est tout à fait réveillé maintenant, assis sur son séant et pétrissant ses oreillers avec maussaderie.

« Mais je ne veux pas le rendre ! Je m'ennuierais à périr sans lui ! Pour une fois que j'ai un favori distrayant... Tu ne seras pas capable de m'en trouver un autre qui chasse si bien au faucon et raconte les histoires avec autant de talent.

— Seigneur, puisque vous avez fixé une rançon...

— Oh ! l'impudent ! Je n'ai rien fixé du tout ! C'est toi qui m'as conseillé de demander cinq cent mille ducats parce que, disais-tu, personne ne les paierait jamais, de sorte que c'était comme si de rien n'était. Je suis fâché, Haroun. J'ai presque envie de te faire jeter en prison ! »

Le vizir préférerait qu'on n'en vînt pas à cette extrémité, ce qui l'incite à faire preuve d'imagination.

« Seigneur, suggère-t-il, il faudra du temps

pour négocier les conditions de remise de la rançon. Et si durant ce temps l'ambassadeur est bien nourri, bien diverti, il oubliera de s'impatienter. »

Abou Abdallah se rassérène un peu :

« Tu as peut-être raison... Mais faut-il vraiment que je le reçoive ? Dis-lui que je suis malade, ce sera encore un peu de temps gagné.

— Non, seigneur, si tu agis ainsi, il se méfiera. Reçois-le avec empressement, aie l'air de discuter âprement la question d'argent, les modalités de paiement. L'homme croira que cela seul t'intéresse. Et pendant que les pourparlers traîneront, il se prendra aux charmes de l'Orient. »

Le roi soupire, convaincu. Le vizir soupire encore plus fort de soulagement.

CHAPITRE 24

FÉVRIER 1505

C'EST février de l'an 1505, mais selon le calendrier de l'Hégire, on ne compte pas ainsi. Si Camilla n'avait coché les jours sur le tronc d'un des sycomores du jardin, elle ne saurait plus rien du temps de son monde. Voilà six mois qu'elle est recluse à Tunis, six mois, soit cent quatre-vingts nuits. Aliocha, l'eunuque moscovite qui lui conte les « Alf Laïlah oua Laïlah[1] » en suivant scrupuleusement le découpage de Shéhérazade, ne doute pas de parvenir au bout.

Le légat de Venise, que Giorgione a chargé d'un engagement solennel de payer la rançon, avalisé par la République, est au palais depuis sept semaines sans avoir obtenu l'ombre du commencement d'une discussion quant à la liberté de Camilla.

Lorsqu'elle a su son arrivée, elle a pleuré de joie. Elle imagine ce qu'il a coûté à Giorgio de réunir cette somme, même si d'autres se sont joints à lui. Il a sans doute souscrit des engagements exténuants, de quoi peindre jusqu'à sa mort. Or ces efforts auront été vains. Il est

1. *Les Mille et Une Nuits.*

maintenant patent qu'Abou Abdallah ne veut pas la libérer.

« Cher seigneur, ne me permettras-tu pas de retourner embrasser mes fils ?

— Si tu t'en vas, qui jouera aux échecs avec moi ? Qui me suivra dans mes parties de chasse et distraira mes insomnies ? Je suis seul, sans amis, mon frère ne m'aime pas, je n'ose cueillir un fruit à mes arbres qui n'ait été goûté et les affaires politiques m'ennuient. »

Elle n'est pas strictement recluse. D'abord, ils séjournent le plus souvent ici, à la Marsa, dans le palais de la Abdellya qu'a fait construire le sultan. Le souffle qui vient de la mer en rend le séjour agréable. Le roi mène la Chrétienne dans les collines, chasser la gazelle ; en mer aussi, à bord de la *Santa Camilla* qui lui appartient désormais et mouille en bas, dans la baie ; il la convie presque systématiquement à ses côtés dans les circonstances officielles, quand il reçoit des vassaux ou des ambassadeurs. Elle échappe souvent au confinement du harem. Mais si l'ascendant qu'elle a conquis sur le roi lui donne un statut de sultane, avec ses privilèges et ses agréments, il l'éloigne paradoxalement de sa libération : Abou Abdallah ne peut plus se passer de « lui ».

Camilla monte à cheval, tire à l'arc, lance le faucon ; elle a commandé des hommes et connaît leur langage, leurs façons ; elle peut sans ridicule endosser le personnage de page qui plaît au monarque et, par bonheur, lui suffit. Il ne lui demande que sa présence à ses conseils ou ses divertissements et se satisfait avec elle d'une relation « d'homme à homme » dont l'illusion se dissiperait s'il la touchait. Par ailleurs, furieusement jaloux, il la tuerait si elle se donnait un amant. Aussi est-elle la seule du harem qui n'en ait point...

C'est un moulin que ce lieu — qui veut dire en arabe «sanctuaire». Sanctuaire, il l'est par son agencement, tous les bâtiments — appartements des femmes, uléma des jeunes princes, piscine, hammam — étant aveugles sur l'extérieur et s'ouvrant sur le jardin central. Il l'est par ses grilles et ses gardiens. Mais si les grilles se franchissent rarement vers l'extérieur, sinon pour aller à la Mosquée deux fois l'an lors des grandes fêtes religieuses, dans l'autre sens de nombreux personnages sont admis à les passer, marchands, médecins, astrologues.

Quant aux gardiens, ils ne le sont que de nom. Il en faut à toutes les prisons, mais aux prisons de femmes, il en faut qui ne soient plus des hommes. La loi coranique ne permet pas qu'un Musulman subisse la castration, aussi le trafic d'Infidèles impubères est-il florissant en Méditerranée. Les eunuques du palais sont tous étrangers. Capturés dans leur enfance au cours de razzias, d'attaques de caravanes ou de bateaux, ils furent opérés par des médecins juifs et s'estiment heureux d'avoir survécu à cette épouvante, souvent meurtrière. Aliocha, par exemple, l'eunuque moscovite qui conte à Camilla les Mille et Une Nuits, a quarante-six ans et vit là depuis trente-cinq années. Désormais, il n'est plus esclave. Le roi l'ayant affranchi, il se retirera dans quelques mois et s'achètera une famille, pour se constituer une descendance qui puisse hériter de lui — car le roi l'a doté. Il compte s'établir commerçant...

Camilla, pour passer le temps, lui fait aussi raconter son pays de naissance et apprend à parler les rudiments de sa langue en sus de l'arabe. Ce n'est pas facile d'ailleurs, Aliocha l'a presque oubliée. Fils d'un marchand de fourrures moscovite, il faisait route avec lui vers la mer Caspienne quand des *mouros* les pillèrent et capturèrent. Son père fut assassiné dans l'échauffourée.

L'émasculation transforme l'apparence des eunuques — lisses, blancs, imberbes, ils ont des rondeurs androgynes ; les rend doux de caractère aussi, sensibles à l'excès, influençables. Vivant avec les femmes dès l'enfance, ils établissent avec elles des liens d'affection véritable. Aussi sont-ils plus souvent des complices que des gardiens. Un harem où le maître peut surgir à tout moment, élire telle et répudier telle autre, s'autodiscipline un peu par la crainte et la jalousie. Mais ce harem où le roi ne vient jamais vit sans règles et sans vergogne, moins par vice que par ennui. Si l'on n'a pas d'espoir de séduire son propriétaire, à quoi diable s'occuper l'esprit ?

On se pare, on se baigne, on devise au jardin ; on va s'étriller au hammam, on mange des pâtisseries — la plupart des recluses sont grasses comme des cailles à ce régime. On se soucierait du sort des enfants s'il y en avait... Les astrologues n'ont pas grand-chose à prédire d'inattendu, on sait qu'on mourra captive quoi qu'il advienne au-dehors, les marchands déballent des merveilles à vendre qu'on ne pourra guère afficher qu'entre soi. Restent les intrigues amoureuses. Acheter ou séduire un eunuque pour qu'il porte les messages, recevoir un soupirant aperçu depuis la terrasse un jour et qui se déguise en médecin pour entrer, écrire un poème sur un fragment de soie dissimulé dans le calice d'un jasmin qu'on lance dessus le mur... cela distrait. Le risque mortel, si l'on est découvert, offre un piment de surcroît.

Camilla ne se comporte pas différemment des

autres, pour sultane qu'elle soit, et profite sans vergogne de la chienlit. Elle possède deux réseaux de relations avec l'extérieur, parallèles et indépendants : l'un avec Hizir, l'autre avec Ahmed, le frère cadet d'Abou Abdallah.

Camilla l'avait remarqué dès son arrivée. Âgé de vingt ans, d'une trempe bien différente de son frère, ombrageux, intelligent, Ahmed bout visiblement de se trouver écarté du pouvoir. Tant qu'Abdallah n'a pas d'héritier, il peut espérer lui succéder. Mais un tel malheur adviendra bien un jour, par la faute d'une sultane habile. Au début, quand Ahmed constata la faveur de la Chrétienne rousse, il la détesta. Elle le devina capable de se débarrasser d'elle, ou même de son frère. Aussi vint-elle à lui cartes sur table.

Le jeune prince, n'ayant quitté le sérail que depuis trois ans, y conserve des affections : sa mère, la princesse Zulma, et un eunuque nubien nommé Driss. Camilla s'efforça de gagner Driss à sa cause. Son ami le Moscovite Aliocha, qui sera libre dans quelques mois, ne peut plus prendre le risque de l'aider. Elle préféra courir sa chance avec le Nubien. En échange de cadeaux, Driss transmit le premier message au prince Ahmed. Depuis lors, ce dernier vient fréquemment rendre visite à sa mère au jardin du harem, où, par hasard, il rencontre la sultane.

« Je ne suis pas votre ennemie, lui dit-elle. Sachez d'abord que si le roi conçoit un fils, ce ne sera pas le mien, je ne suis sultane que de nom. Sachez en outre que je ne désire rien d'autre au monde que ma liberté. Si vous me la promettez, je vous aiderai en échange.

— À quoi ?

— À vous emparer du pouvoir. Mais il me déplairait qu'on trucidât Abdallah, qui est le meilleur homme du monde. Ne préféreriez-vous pas que je le persuade d'abdiquer en votre faveur? Vous lui laisseriez ses vergers, ses livres, sa musique et... quelques pages, il serait heureux. Le pouvoir l'ennuie, autant que l'inaction vous pèse à vous-même.

— Si vous obtenez cela de lui, je vous rendrai la liberté, en effet.»

Depuis quatre mois qu'ils ont conclu ce pacte, Camilla touche presque au but. Abou Abdallah ne s'est jamais senti si las de régner.

«Vraiment, tu crois qu'Ahmed aurait les capacités qu'il faut? Il est jeune encore, impétueux. J'ai peur que trop de puissance ne lui monte à la tête.»

Mais alors, quand le sultan s'interroge ainsi, loin de pousser l'avantage, Camilla fait écho:

«En effet, seigneur, c'est peut-être encore trop tôt.»

Car elle se méfie d'Ahmed et le croit capable de ne pas tenir ses promesses. De tuer le roi d'abord. Ensuite, de la garder, elle. À comploter avec elle, à la voir souvent, il a conçu des convoitises qu'elle décèle dans son regard. *Lui* préfère les femmes. *Lui* ferait du harem, dont il connaît les faiblesses présentes, une citadelle impénétrable. Ce n'est donc qu'en ultime recours que Camilla le conduirait au trône. Si Hizir échouait.

Avec ce dernier, un second eunuque, né à Lesbos, sert d'intermédiaire — à l'insu de Driss et d'Ahmed. Ils se sont vus quatre fois depuis qu'elle est sultane — au Bardo, puis ici, à la Abdellya. Le corsaire entre au harem déguisé en nécromant.

«Vous perdrez la faveur du roi, votre titre de corsaire. Votre frère ne vous pardonnera pas, s'est-elle étonnée d'abord.

— Je trouve Abdallah trop timide. Il nous a engagés à son service plutôt pour nous retenir que pour nous pousser à la course. Si les marchands d'Europe boudent Tunis, en effet, Tunis mourra. Abdallah ne veut pas les effaroucher. Je préférerais devenir corsaire pour Bajazet, lui ne me freinerait pas.

— Et moi ? Comptez-vous m'offrir en tribut au Grand Turc ? Est-ce pourquoi vous me délivrez ?

— Je vous délivre, a-t-il souri, pour que vous continuiez à commercer sur la mer et que j'aie de nouvelles occasions de m'emparer de vos cargaisons. Mais ne voyons pas si loin. D'abord, il va nous falloir patienter. Je ne peux, pour cette opération, compter sur mes hommes. Ils sont fidèles à Oroudj et Oroudj s'opposerait à mon projet s'il le savait. Je ne le convaincs jamais d'emblée. C'est ensuite qu'il me donne raison la plupart du temps. Ceux que je vais devoir recruter, je les éprouverai dans quelques opérations délicates, pour m'assurer de leur loyauté. Je me méfie d'Ahmed, en effet, qui achète tout le monde dans ce palais, car il a les moyens d'acheter... Ne vous étonnez donc pas si je ne donne pas de nouvelles, si rien ne semble avancer. La parole d'Hizir n'a jamais menti, parce qu'Hizir pèse ses actes. Quant à votre reconnaissance, a-t-il ajouté, vous saurez trouver les moyens qu'il vous plaira de la manifester... »

C'était insolent et tranquille. Ils se comprennent et ne sauraient se duper. Outre les quatre visites clandestines au harem qui, chaque fois, ont rendu Camilla plus nerveuse, plus impatiente, ils se rencontrent parfois chez le sultan. Ce sont des circonstances qui interdisent de s'adresser une parole, mais permettent éventuellement d'échanger un signe. En audience privée, tout à l'heure, s'adressant au souverain, Hizir signalait qu'il partait « en reconnaissance » la nuit même. Il appuyait sur le détail, précisant combien les nuits sans lune sont favorables aux corsaires... Camilla, qui assistait à l'audience, en a conclu que l'allusion la concernait : après tout, elle fut capturée par une nuit « sans lune ». Avant son départ, Hizir viendra la voir. L'eunuque de Lesbos ne semble pas au courant, mais le corsaire n'est jamais en défaut de ruses.

Elle l'attend. Le palais dort, enfin calme, la nuit s'émeut à peine du frisson des jets d'eau. Camilla s'est assise au pied du sycomore au tronc duquel, comme dans toutes les geôles du monde, elle marqua ses jours de détention. À Venise, c'est à présent l'époque du carnaval, l'eau glisse frileuse au long des canaux. Ici, il fait encore assez doux pour qu'on supporte de demeurer au jardin la nuit. Mais il fait trop doux, c'est comme un ventre d'où ne pas naître, une léthargie.

Au château Estense de Ferrare, les servantes attisent de grands feux dans les cheminées, ses deux garçons doivent se blottir sous leurs fourrures. Oh, partir enfin ! Comme si elle avait pensé tout haut, une voix, dans l'épaisseur des feuillages, murmure en réponse :

« C'est pour après-demain, Melikat. »

Elle sursaute à peine, se retourne. Il descend du sycomore, faisant jouer les articulations de ses membres.

« Je commençais à fourmiller de partout ! Je suis dans ce perchoir depuis des heures. »

Il a dû rester au palais après l'audience royale.

« Dans deux nuits, je serai de retour de mon expédition. Il n'y aura pas de lune. Vous m'attendrez ici, à dix heures, dans un vêtement d'homme à l'arabe, avec le minimum de bagages. Deux chevaux sellés seront prêts sous les murs.

— Il était temps. Abdallah comptait vraiment céder sa couronne à son frère. »

Le corsaire sursaute :

« Dieu nous en préserve ! Qui a pu lui souffler si dangereuse idée ?

— Moi.

— Pourquoi donc ? Si Ahmed régnait, bien des têtes tomberaient.

— Probablement. Mais j'avais négocié ma liberté avec le prince, en échange de mon travail persuasif auprès du roi pour qu'il abdiquât.

— Je vois. Votre confiance en moi n'était que très mitigée... Eh bien, vous pouvez encore réfléchir. Préférer Ahmed. Faites-le-moi savoir, que je ne risque pas ma vie pour rien ! »

Elle l'a fâché. Cet homme, souvent, la déroute. L'honneur ne le démange pas aux entournures prévues. Il est vrai que le corsaire risque sa vie en complotant avec elle. Ahmed aussi, mais Ahmed espère gagner un trône. Hizir n'agit que pour la beauté du jeu. Elle le rattrape par l'épaule alors que, déjà, il repartait sans se soucier d'être vu des gardes, marchant vers le mur d'enceinte.

« Hizir, si vous étiez prisonnier, vous placeriez toutes les cartes de votre main. Ce n'est pas un problème de confiance mais de probabilités. Savez-vous ce que c'est d'être enfermée depuis six mois ?

— Oh, ce n'est pas un bagne. N'étiez-vous pas heureuse d'être sultane ? Ahmed vous conserverait sûrement ce titre. Et lui ne passerait pas les nuits à se faire raconter des histoires de pirates. »

Évidemment, il a dû sonder l'eunuque compatriote pour savoir par le menu le quotidien royal.

« Ainsi, vous auriez tout à gagner. Au lieu que sur la mer...

— Je serai libre ! » s'écrie-t-elle.

Le visage aigu se plisse aux yeux, dans un sourire ironique.

« Mais je vous harcèlerai. Sans cesse. Je ne vous laisserai pas un instant de repos.

— Je garderai des chances de vous échapper. Avec Ahmed, je n'en aurais aucune. »

La colère a fui, ils ont retrouvé le ton de leurs passes d'armes.

« N'êtes-vous pas un peu vexée de n'avoir pas... détourné Abdallah de son penchant ? »

Elle se raidit.

« Je n'ai pas d'amour-propre en cet endroit de ma personne. On m'en a guérie très tôt dans l'enfance. »

À son tour de se troubler parce qu'il l'a blessée. Pour faire diversion, il se lance dans l'explication de leur évasion.

« Au lendemain de notre escapade, un messager portera une lettre au sultan détaillant les solutions à instaurer pour éviter dorénavant pareille mésaventure. Ainsi, je ne l'aurai pas trompé. J'ai vraiment travaillé, ces derniers mois, aux problèmes de défense de la baie de Tunis... Il me faudra vingt personnes pour neutraliser les gardes-côtes. Puis les vingt hommes et nous monterons à bord de votre nef et l'appareillerons. Mon propre bateau mouille au large, vous aurez la bonté de me déposer au passage. »

« Messieurs, il suffit donc de débarquer à vingt pour se rendre maître du port de La Marsa. À soixante, c'est La Goulette que nous aurions prise, mais les ordres sont les ordres... »

Le chevalier Foulque examine de son regard fauve tous ses frères hospitaliers, réunis sur le pont de la galère commandante.

« Il me faut dix-neuf volontaires pour nager jusqu'au rivage et s'emparer des gardes. »

Parmi les soubrevestes écarlates, dix-neuf bras se lèvent aussitôt. Le vingtième, ce sera lui-même, évidemment. La nuit est sans lune, lourde de nuages comme souvent en cette saison, la mer bonasse roule des vagues huileuses contre les murs du fort, apparemment paisible. Les trois galères de l'Ordre vont fanaux éteints, leurs pilotes sont tous trois tunisiens et connaissent la côte comme leur poche. Le bruit des rames et surtout celui des tambours de cadence retentiraient sur l'eau à cette heure. Elles avancent donc au vent qui, pour léger qu'il soit, suffit à les pousser gentiment. Les voiles sont invisibles : le chevalier Foulque en fit hisser un jeu teint en noir, un peu plus tôt au large. Les gabiers, les matelots du pont sont également vêtus de noir. Seuls les chevaliers ont l'orgueil et l'imprudence de leur célèbre tenue.

Les vingt volontaires, poignard entre les dents, glissent à l'eau le long des drisses, y entrent sans plonger et nagent vers la silhouette dense où ne brillent à cette heure que les feux des bastions. Sur les trois vaisseaux parfaitement calmes ne reste plus qu'à guetter leur signal, le signal annonçant que les gardes sont maîtrisés : un coup de canon, tiré depuis l'arsenal, qui s'entendra jusqu'au palais du roi et dira La Marsa conquise.

Foulque se hisse le premier au pied du mur d'enceinte et déroule la corde munie d'un grappin qu'il avait serrée autour de sa taille. D'un geste de la main, il invite les hommes chargés des poternes à s'élancer. Lui-même et les cinq chevaliers restants vont grimper jusqu'au chemin de ronde, où ils neutraliseront les factionnaires.

Ils surgissent au milieu d'une partie de targui, laquelle, n'osant pas s'avouer à l'officier, se dispute à la seule lueur d'une lanterne sourde. Les joueurs n'ont pas le temps d'invoquer Allah qu'ils entrevoient déjà son paradis, proprement assommés. Dix minutes plus tard, le coup de canon, tiré depuis l'arsenal, éveille La Marsa.

La détonation, dans la nuit paisible, l'arrache au sommeil, avertit tout de suite Camilla d'un événement extraordinaire. Elle imagine le pire : un coup d'État d'Ahmed, Hizir dénoncé, sa galiote arraisonnée... Ne voulant pas se trahir en courant aux nouvelles, elle attend, dans ses appartements, que les rumeurs extérieures, gagnant de proche en proche, atteignent enfin le dernier cercle du harem.

Avec inquiétude, elle voit Abou Abdallah paraître en personne à sa porte, pâle et crispé. L'a-t-on trahie, elle aussi ? Il semble bouleversé.

« Trois galères des chevaliers de Rhodes bloquent La Marsa. Ils menacent de raser la ville si l'on ne leur rend pas Donna Camilla Vespucci de Venise, ainsi que tous les otage chrétiens détenus au bagne de Tunis. »

Abasourdie, elle dévisage le sultan.

« Les chevaliers de Rhodes ? Pour moi ?

— Ne le savais-tu pas ?

— Comment l'aurais-je su ? Je n'imaginais même pas qu'ils pussent se soucier de mon sort.

— Tu es chrétienne. Ils réclament tous les Chrétiens. Mais je suis heureux que tu ne sois pour rien dans l'affaire. Ne veux-tu pas leur dire que tu restes ?

— Je mentirais.

— N'es-tu pas heureuse, ici ?

— J'ai de l'amitié pour toi, tu es un hôte généreux. Mais ma liberté m'est plus chère que tout. »

Il hoche la tête, inch Allah.

« Le commandant de l'expédition en personne est venu te chercher ainsi que Don Sebastiano, l'ambassadeur de Venise. Il vous attend, tout de suite.

— Je serai prête à l'instant. »

Abdallah s'incline dans un salut et se retire. Restée seule — les servantes n'osent se montrer — Camilla ressort d'un coffre son costume de capitaine et l'endosse. Elle ne l'a plus porté depuis le soir de ses « noces ». Il sent le cuir, la mer, l'espace, il sent si fort la liberté que les yeux lui piquent. Elle se croyait perdue, oubliée. Giorgio, Dieu sait comment, a réuni un demi-million de ducats pour la racheter. Un corsaire turc a misé sa vie dans un enlèvement qui ne lui eût rien rapporté. Et les chevaliers de Rhodes prennent La Marsa pour la délivrer !

On ne l'escorte pas jusqu'à la partie ouverte du palais dans laquelle l'attend Abou Abdallah. Elle n'appartient plus au « sanctuaire ». Sous les arcades du harem, elle se retourne, adresse un adieu collectif au groupe silencieux réuni dans le jardin. Les femmes lui furent amicales, le peu d'enfants distrayants par leurs rires, les eunuques déroutants — catégorie d'humanité qu'elle n'aura connue qu'ici, dont beaucoup pleurent à présent. Une servante sort tout de même timidement du cercle, lui tend un coffret, celui qui contient ses cheveux. Elle vécut en bonne intelligence avec ce microcosme qui parlait au moins huit langues différentes, dont les intrigues observées l'amusèrent. Mais combien de fois aussi n'a-t-elle pas regardé les oiseaux qui passaient dessus le mur d'enceinte, oh, surtout les hirondelles du soir, volant si bas, criant leur appel lancinant! Elle n'a faim ni de chaleur, ni de sécurité. Elle veut le vent et l'horizon, elle est ainsi.

Dans la grande salle du Conseil, Abou Abdallah, défait, est assis sur le trône, son poing droit soutenant sa tête lasse. À l'instant où Camilla paraît, un chevalier de Rhodes, éclat rouge de la soubreveste, fléchit le genou devant le roi. Il se redresse, Camilla marche jusqu'au trône, leurs regards se croisent quand elle passe à côté de lui.

Commotion. Le masque qui dissimule le visage et la tête entière n'est pas de ceux qu'on porte à Bergame ou Venise, il est pensé pour effacer l'identité du personnage, lui ôter tout trait parent avec le reste des humains. Cet homme n'a pas de corps, pas de chair visible: même ses mains sont gantées de cuir. Pour revendiquer si ouvertement l'exclusion, il faut qu'il se sache irrémédiablement monstrueux, sûr du rejet. La voix:

« Nous sommes venus vous délivrer, madame », corrobore ce qu'on devine caché sous le masque, renforce la certitude d'une horreur insoutenable aux regards. C'est une voix non humaine, du métal, des raucités animales.

Pourtant, la compassion ou le dégoût que pourrait inspirer un être si déshérité le cèdent plutôt au respect. On sent que l'horreur et la pitié le laisseraient également indifférent, qu'il est... ailleurs. Planté droit, parlant de son affreuse voix qui porte loin, il se présente à Camilla :

« Mon nom est Foulque, je suis chevalier de Saint-Jean. »

Les yeux, immenses et fauves, captent, subjuguent, soumettent, puis relâchent. L'âme de l'interlocuteur est pesée, dirait-on. Impossible de le plaindre, en vérité, ni même de l'aimer. Mais son contact doit laisser la marque d'une brûlure, son contact est une alchimie dont, sans doute, on sort transmuté.

Camilla l'entendit désigner, sur les mers, « chevalier sans visage ». Une sorte de révérence s'avouait chez ceux qui l'avaient approché. On dit que, sur une parole de lui, son équipage se jetterait au feu. Eh bien, ce Foulque mérite sa légende, autant que les Barberousse.

Hizir ! Sa fureur, demain, quand il rentrera dans le port de La Marsa, prêt pour un enlèvement, et trouvera la *Santa* partie avec son capitaine... Que serait-il advenu d'eux et de leur duel tacite ? Peut-être se retrouveront-ils sur les chemins de la mer, Hizir a l'étoffe qu'elle sait reconnaître désormais, ceux qui sont tissés de ce matériau ne restent pas là où Dieu les mit, ne rendent pas le monde tel qu'ils le trouvèrent en naissant.

Abou Abdallah fait présenter à Camilla, sur un coussin de velours, un merveilleux caftan brodé.

« Un vêtement d'homme, pour le prix des plus belles histoires qu'on m'ait contées, sourit-il avec mélancolie. Comme je vais m'ennuyer, désormais !

— Seigneur, demande Camilla, il est en outre une chose que je désirerais remporter. Je suis prête à la payer si tu le veux, car je ne méconnais pas sa valeur.

— Parle.

— La peinture qui était dans ma cabine...

— Au jugement, la nef me fut allouée, mais tout ce qu'elle contenait fut distribué parmi les corsaires. C'est Hizir qui a le tableau. Je te rends la *Santa* comme je l'ai reçue, Camilla, c'est tout ce que je puis faire. »

Le chevalier, impassible, laisse la captive remercier le sultan, échanger avec lui des adieux émus, vraiment touchants. Puis c'est au tour de Don Sebastiano, le légat de Venise, de venir baiser la babouche du walli, de renouveler avec lui les assurances échangées avant ce « coup de main malencontreux », puis, n'y résistant plus, de tomber dans les bras d'Abdallah en pleurant — de sorte que Camilla se demande soudain s'il n'est pas, lui aussi... et qu'elle se sent gênée vis-à-vis de leur sauveteur. Il fait presque figure d'empêcheur de négocier en rond.

« Si vous en avez terminé, nous allons gagner mon bord », dit le chevalier de sa voix désincarnée.

Et, sans attendre la réponse, il pivote, marche à grands pas vers les portes.

Don Sebastiano ne cesse de se plaindre de l'inconfort de la galère, de la médiocrité de la nourriture, du mauvais temps. Secrètement, il s'était accommodé de l'hospitalité d'Abou Abdallah, vivant fort agréablement à La Marsa. Tous les matins, il demandait audience au roi, se voyait reçu, jouait avec le monarque une partie d'échecs. Le reste du jour se passait à chasser, se baigner, dormir, hanter le bazar des *harabat*[1] — non pas chez les pauvres putains peintes,

1. *Harabat* : prostituées.

croquant des graines de pastèque grillées en s'éventant mollement devant leur antre, mais chez les plus belles courtisanes, celles que l'on conviait à des fêtes au palais royal, celles qui, discrètes, savaient laisser le légat vénitien seul au bord de leur piscine avec leur ravissant page au profil de pharaon... À Venise, il fallait toujours se cacher, accepter des circonstances un peu sordides, la sauvette d'un coin de porche...

Son échec à gagner la liberté de Camilla Vespucci ne le tourmentait pas outre mesure. D'abord, son mandat quant à la République était rempli, Abou Abdallah acceptant de laisser venir à Tunis les marchands vénitiens sans que ses corsaires les capturent. La négociation concernant la captive était une affaire privée dont il avait bien voulu se charger de surcroît, que Venise acceptait de cautionner moralement mais dont le Conseil des Dix ne lui demanderait pas compte.

En outre, il croyait de bonne foi qu'à son instar, Camilla Vespucci se plaisait en Afrique. Le roi ne la traitait pas en... rahat-loukoum. La vie des recluses aux yeux vagues qu'on voyait distiller les heures derrière leurs moucharabiehs aurait certes irrité la Cyprina. Mais elle était plutôt considérée comme un compagnon, portant l'habit d'homme, assistant aux audiences et conseils, y donnant son avis. Don Sebastiano s'en est parfois agacé, elle le rendait jaloux et le troublait alternativement, tellement garçonne. Comment imaginer qu'elle préférât reprendre la mer, griller sous le soleil, affronter les tempêtes ?

Don Sebastiano ne conçoit pas qu'on aime la vie de marin, secoué comme fétu par les éléments, en permanent danger de mort par naufrage, abordage ou accident (il n'est pas rare qu'un pied dérape sur les haubans et c'est la chute vertigineuse; qu'un espar en tombant écrase un malheureux). Le matelot est en outre souvent engagé de force, mal payé, mal nourri, trime quatorze heures par jour, ne se lave pas, s'habille de cuirs infâmes et graisseux, dort sur des paillasses étroites dans une promiscuité compacte, quand ce n'est pas enchaîné à son banc de chiourme ou sur le fût de son canon. Le manque d'hygiène et la mauvaise nourriture font qu'il est malade de scorbut, rongé de vermine et d'ulcères que le sel empêche de guérir. Aux escales, il s'en va dans les bordels attraper la vérole en sus et s'enivrer jusqu'au délire. En mer, l'absence de femmes conduit à des solutions de remplacement qui font frémir Don Sebastiano par leur barbarie. Quand on est las de se rendre sourd dans son coin, de malmener des outres ou les chèvres du bord (il y a toujours des bêtes sur les bateaux, pour leur viande et leur lait), on viole collectivement le mousse.

Il faut concéder à Camilla Vespucci que sa *Santa*, de par sa construction même, permet un confort incomparable à celui des autres vaisseaux. Le réduit de toilette attenant à sa cabine est un petit bijou, l'équipage dispose de couchettes décentes, de latrines, de braseros. Avant d'embarquer, elle a réclamé pour l'équipage qu'elle s'est choisi parmi les bagnards délivrés, les conditions qu'elle a toujours pratiquées depuis qu'elle navigue. Elle a signé à un marchand de Montfleury une lettre de change, afin qu'il lui avançât l'argent nécessaire. Grâce à quoi elle a embarqué, outre les vivres et le cuisinier, un médecin arabe et une pharmacopée permettant d'assurer les soins indispensables. Elle n'a pas le nombre d'hommes qu'elle juge nécessaire, il y avait trop peu de marins compétents et simplement valides parmi les pauvres bagnards. Aussi prend-elle les tours de quart avec eux, pour qu'on ne rogne pas trop leur temps de sommeil. Elle a précisé, enfin, qu'ils seraient tous payés double du salaire en vigueur à l'arrivée, que les fautes de discipline seraient sanctionnées par des amendes, mais les violences quelles qu'elles soient par la mise aux fers. Elle sert du vin tous les soirs, de sorte que le désir de rapine ou de soûlerie aux escales est grandement diminué.

Bon, c'est un bateau plus civilisé que la moyenne. Mais c'est tout de même un bateau. Don Sebastiano eût juré que la Cyprina naviguait par nécessité, en patron soucieux de surveiller le travail. Elle aime réellement cela. Elle a retrouvé sa caravelle comme on retrouve un amant, caressant ses lambris, grimpant dans ses haubans, manœuvrant elle-même la roue. Le pauvre roi, venu jusqu'au port la regarder partir, pouvait bien faire une mine lamentable, elle avait oublié son existence. Un homme vraiment délicieux, celui-là. Pas comme ce rustre de chevalier Foulque!

À cause de lui, on voyage dans des conditions atroces. La galère marchande qui conduisait le légat de Venise à Tunis et devait le reprendre au retour de Famagouste était spacieuse, supportable. Don Sebastiano voulut suggérer de l'attendre comme prévu, mais le damné chevalier de Rhodes avait décidé de rembarquer tout le monde avec lui, il n'a pas accepté. Par malheur, l'ambassadeur, qui avait d'abord choisi de naviguer sur la *Santa Camilla*, n'a pas supporté le roulis et le tangage beaucoup plus sensibles sur un vaisseau rond. Vert de nausée, il est repassé sur la galère commandante. Mais galère de guerre et galère marchande sont choses différentes. La première est bien plus petite, quarante mètres sur six, car elle doit rester maniable en cas d'attaque. Elle ne transporte pas de marchandises mais, en revanche, il y faut de la place pour les canons, les munitions, les râteliers des armes à feu, les tonneaux de naphte afin d'incendier la mer autour des ennemis. Pas question qu'elle se ravitaille en eau quotidiennement, comme le fait la marchande, il faut donc entreposer des tonneaux et des tonneaux. Pour comble, les trois galères de Rhodes sont à présent chargées à sombrer de tous les captifs qu'elles ramènent. Enfin, le nombre de chiourmes y est élevé. En combat naval, les voiles ne servent à rien sur des masses aussi délicates à manœuvrer. C'est alors la rapidité d'exécution des rameurs qui donne l'avantage. Ils sont donc cinq par rang au lieu de quatre. Mais ce ne sont pas des forçats, les chevaliers en refusent le principe et leur paient des salaires. Aussi ne les laisse-t-on pas dormir enchaînés à leur place par la cheville. Ils forment des équipes tournantes, de sorte que sont aménagées des couchettes pour ceux qui ne sont pas de quart.

Bref, la galère de Foulque, comme les autres d'ailleurs, est en permanence un capharnaüm où l'on bute sur des corps, des espars, des drisses au moindre pas. Pour peu qu'il fasse gros temps, on y reçoit partout des paquets de mer, aucun abri vraiment clos et sec. Les biscuits qu'on sert alors sont détrempés, la soupe de fèves arrive froide des cuisines. On n'a essuyé qu'une seule tempête depuis le départ mais Don Sebastiano s'en souviendra jusqu'à son heure dernière. Plus question d'accéder aux latrines, chacun se soulageait où il pouvait et lui, stupide, qui n'a pas songé d'abord à s'installer dans le bons sens du vent...

Le chevalier n'admet pas de privilèges pour les officiers ou les passagers valides, par rapport aux hommes d'équipage. C'est même régime, même règles. À la spartiate, en vérité. On peut reconnaître à ses galères qu'elles non plus ne montrent pas le spectacle de grossièreté fréquent sur la mer, mais c'est par une discipline féroce plus que par la douceur, à l'inverse de la Cyprina. Impressionnant de voir d'ailleurs combien ses marins en sont fanatiques, matés sans discussion. On dirait qu'il n'a pas un corps soumis au besoin de dormir, de se nourrir, de se chauffer. La peur physique non plus ne le touche pas. Don Sebastiano a vu, hier, une poutre s'affaler, passer à un quart de pouce de sa tête : le chevalier n'a pas même sursauté, ne s'est pas écarté.

Don Sebastiano se souvient de Geronimo Savonarole, qu'il a vu prêcher à Florence. Le chevalier sans visage est d'une trempe identique. Un fou de Dieu.

Chapitre 25

FÉVRIER 1505

Camilla se sent un peu maladroite sous le regard du masque silencieux qui l'écoute.

« Peut-être est-ce blasphématoire, mais j'ai le sentiment que mon navire est doté d'âme. »

Ils sont debout à la proue de la nef. La douzaine d'hommes engagés suffit à peine à la faire voguer et lui donne une allure fantomatique : point d'animation dans les haubans ni sur le pont, car les autres prisonniers délivrés sont en général mal en point et restent au sec dans la cale, aménagée comme on l'a pu pour leur confort. Néanmoins, le capitaine de la *Santa* peut supporter sans honte le regard professionnel de son visiteur.

« Trouvez-vous mon attachement à mon bateau condamnable ?

— Cela dépend, répond l'étrange voix cassée, une voix d'outre-tombe en vérité. (Elle se demande parfois si cet homme n'est pas réellement un masque creux). J'ai possédé jadis des œuvres d'art pour le fragment de divin qu'y avait enclos l'artiste, non pour leur valeur marchande. Ainsi, je peux admettre que la *Santa Camilla* soit pour vous plus qu'un assemblage d'espars et de voiles. En revanche, je m'étonne que cette affection semble avoir occulté toutes les autres. Ce qui est normal pour un hospitalier comme moi l'est moins pour... pour une mère, par exemple. »

Elle frémit, insurgée tout de suite.

« Que savez-vous de mes affections ?

— Qu'elles ne vous ont pas retenue à terre. En outre, vous avouez que vous n'auriez pas payé cinq cent mille ducats pour revoir vos fils, or vous étiez prête à les payer pour délivrer votre nef. »

Elle redresse le menton, arrime son regard à l'horizon.

« Mes fils sont fils de putain. Ce que je pouvais faire de plus généreux pour eux, c'était effacer cette tare de leur généalogie. Leur donner des protecteurs nobles et sûrs. Je crois que mes enfants, même s'ils me regrettent, ne sont pas malheureux. Ce que je ressens, en revanche, il n'y a que moi pour le savoir. »

Elle s'est laissé prendre à ce faciès impassible, une sorte de Bocca della Verità, comme celle de Santa Maria in Cosmedin. Elle en est venue à parler ainsi qu'on se confesse à ce presque prêtre sans timbre de voix, sans expression de visage. Elle se découvre impitoyablement jugée. Voilà des jours qu'elle devisait sans méfiance, heureuse d'aller retrouver sur la galère ou de convier à son bord un esprit venu du même monde, qui connût les mêmes philosophes qu'elle...

Elle sourit, crispation du col à force de ravaler la montée des larmes. Ses enfants ! Que sait-il des efforts qu'elle s'est imposés pour leur apprendre à vivre sans elle ?

« Vous me traitez de courtisane, en somme. Prête à se vendre pour un navire. »

Il esquisse un geste de sa main gantée, sa main toujours invisible elle aussi.

« Je ne m'autorise pas à vous condamner. Mais dans tout ce que vous m'avez dit depuis que... je vous connais, il ne fut jamais question d'amour. Je le remarque.

— C'est bien à vous de le remarquer! Vous êtes une grande flamme de guerre contre l'Infidèle. Mais rien d'humain ne vous émeut.

— Vous songez au gabier, hier? »

Elle hoche la tête. Sur la galère commandante, un des matelots s'est fait sectionner la jambe net par un filin, une fausse manœuvre. Le médecin de bord l'ayant amputé, l'homme a voulu qu'on salât et conservât sa jambe « pour pouvoir l'enterrer en terre chrétienne à son arrivée ». Foulque a refusé, on a jeté la chose à la mer.

« C'était du fétichisme, de la superstition.

— Sans doute. Mais il y a des épreuves si lourdes à supporter qu'on doit parfois s'inventer des... exorcismes pour y survivre.

— Je me suis occupé de sa survie en le confiant aux mains d'un des meilleurs médecins.

— Mais il a une jambe en moins, il ne grimpera plus jamais dans les haubans, il ne prendra plus la mer, en fait. Or je l'ai questionné, il ne sait pas d'autre métier, n'a personne au monde pour assurer son entretien...

— Je m'en suis également préoccupé. Je le ferai engager à l'auberge d'Italie, on trouvera une tâche qu'il puisse assurer.

— Vous n'avez pas de faiblesses, je vous l'accorde. Cela vous interdit la clémence envers celles d'autrui.

— Quelles faiblesses souhaiteriez-vous qu'on vous pardonnât? dit-il d'une voix plus douce. Vos faiblesses de femme? »

Elle scrute le visage de cuir. Heureusement, il

y a les yeux, qui lui rappellent... non, mieux vaut ne pas identifier ces souvenirs. Ce sont du moins des yeux dotés d'âme, qui atténuent ce que le reste du personnage a d'étranger au monde. Elle hausse les épaules.

« Voulez-vous évoquer... la place que j'avais conquise auprès du sultan ? Ce Musulman, cet Infidèle, est le premier homme au monde qui m'ait chérie justement pour ce qui, en moi, n'est pas d'une femme. Le premier que j'aie séduit en dépit de mes "faiblesses de femme". »

Elle sent, à ses côtés, un silence expectatif.

« Abou Abdallah, poursuit-elle, n'a pas le moindre goût pour les dames. Je l'ai séduit par mes allures de garçon, jamais il ne m'a touchée. Pauvre roi... Je l'aimais bien. Je lui racontais des histoires de pirates. Lui n'a jamais pensé que j'étais une putain. Qu'importe ceux qui le pensent, j'y suis accoutumée désormais. Dieu sait à quoi s'en tenir.

— Vous n'êtes pas si détachée. L'Ordre est la terre d'asile de qui cherche à racheter son passé. On y devient sagace pour reconnaître les êtres portant ce fardeau particulier, une faute à expier. Je suis l'un d'eux. Vous aussi.

— Sans doute, en effet, est-ce pour expier que je m'interdis de recevoir de l'amour, fût-ce celui de mes enfants. Que j'habite ce château de vent comme un guerrier son armure. Je ne sais pas ce que je cherche, mais si je le rencontre, je saurai que c'est cela : le rachat de ma faute.

— Une faute à ce point lourde ? »

Elle se délivre soudain, en phrases brèves, de Tête d'Or. Depuis la première rencontre fugitive jusqu'aux ultimes retrouvailles. Elle ne déguise rien de ses actes, ni la truanderie, ni la démarche auprès de Bartolomeo Chigi. Ni les crimes par procuration de Gennaro.

« Tout de même, interrompt la voix rauque, il n'était pas innocent, cet homme qui se laissait aimer avec insouciance, qui ne voulait rien savoir de vos sacrifices, qui a fini par vous trahir.

— Il ne m'a pas trahie !

— Il s'est marié, alors que vous portiez son enfant.

— Il me croyait morte.

— Comme vous le défendez ! »

Ils parlent très vite, se chevauchant : elle retrouve la technique des confesseurs, habiles à forcer le pécheur dans ses retranchements.

« Oui. Cet homme a commencé par m'aimer piètrement. Mais ce que je n'ai pas compris — et c'était un crime contre la foi, contre l'espérance, contre la charité — c'est qu'il avait changé. Le temps l'avait amendé. Je n'ai pas pu lui demander le pardon de mes doutes. Ce pardon me manque, par quelles voies l'obtenir, désormais qu'il est mort ? »

Ils se taisent. La mer chuinte, claque en paquets d'écume contre la coque, s'ouvre, entamée par l'étrave, dessous leurs pieds.

« C'est en vous que vous manquez de foi, c'est là votre péché, si vous avez péché, dit le chevalier. Vous ne vous pardonnez pas votre passé, aussi croyez-vous que les autres ne peuvent l'absoudre.

— Si. Je me suis donné quittus. Mais je l'ai su trop tard pour le dire à Baldassare.

— Là où il est, il le sait.

— Je voudrais le croire.

— Votre foi en Dieu serait-elle si défaillante ?

— Oui, oh ! oui. C'est pourquoi je recherche nos conversations. Vous êtes sûr.

— Détrompez-vous. Le combat le plus

acharné, c'est toujours celui-là. Sans cesse recommencé. Oh ! croire que Dieu est là-haut dans le ciel comme une image pieuse, c'est à la portée de tous. Mais croire en la divinité dont chaque homme porte une parcelle comme une flamme, croire que chaque homme peut faire de cette parcelle quelque chose qui vaille, un tableau, ou une guerre sainte, ou le sacrifice de soi pour le salut d'autrui... Cette foi-là est difficile à conserver. Parce que nous rencontrons beaucoup plus souvent la flamme morte, étouffée par les concupiscences, éteinte par les déluges de sang.

— Vous êtes un guerrier, pourtant.

— Un guerrier qui ne tue jamais. Je m'en fais une obligation. Je suis le corsaire de Dieu, je vole, je détrousse, je capture en son nom, je n'assassine pas.

— Dites-moi, chevalier, demande-t-elle brusquement, vous, me pardonnez-vous ?

— Qu'ai-je à vous pardonner ?

— Les péchés que je vous ai confessés, me les pardonnez-vous ? Si vous m'absolvez, il me semble que... c'est comme si lui le faisait.

— Vous m'arrogez un dangereux pouvoir.

— Je vous en prie. »

Il lui accorde son étrange regard, si rarement offert, comme si même cela devait être dérobé, masqué.

« Je vous absous, Camilla Vespucci. »

Chapitre 26

10 MAI 1505

Oroudj regarde son frère avec incrédulité.

« La nuit pour rallier Djerba, sans vent, avec seulement vingt hommes ! Ma parole, tu as ramé toi-même ! »

Mais il n'arrache pas un sourire à Hizir, muscles noués, visage ligneux.

« Oui, en effet, j'ai ramé comme tout le monde. Il n'y a pas de temps à perdre et si tu es d'accord pour m'aider, nous repartons tout à l'heure. »

Le corsaire à barbe noire, pour le coup, se lève sous la tente de peau, renversant au passage son repas d'aubergines et la table basse sur laquelle il est servi.

« Tu ne dormiras pas ?

— Fais-moi seulement préparer du café très noir comme notre mère le faisait. Le chevalier Foulque, lui, ne s'arrête que tous les deux jours pour s'approvisionner en eau. Si chargées que soient ses galères, elles doivent être en vue déjà de Syracuse. Veux-tu les rattraper, oui ou non ? Ce légat de Venise détient une promesse pour cinq cent mille ducats...

— Et tu ramèneras son gentil conteur d'histoires au walli ?

— Oroudj, je ne cours plus que pour mon

compte, si ce n'est pour la Sublime Porte. Tu agirais sagement en m'imitant. Le fait que le sultan se soit ainsi laissé souffler Melikat El Abhar... Écoute, sais-tu ce qu'elle avait manigancé durant ses six mois de captivité? Elle avait persuadé Abdallah d'abdiquer en faveur d'Ahmed, avec lequel elle complotait. Si je ne l'avais délivrée, d'ici quelques jours, Ahmed régnait.

— Mais ce n'est pas toi qui l'as délivrée!

— Je le sais bien! gronde-t-il, révélant la colère qui bout sous l'apparence froide. Ce que je veux te dire, c'est qu'Abou Abdallah est un faible qu'Ahmed détrônera tôt ou tard. Ou plutôt, qu'il assassinera, désormais. Ahmed nous craint, Ahmed est un fourbe, nous n'avons rien à en attendre. Allons donc nous louer à Istanbul.

— Et elle? Qu'en feras-tu?»

Une pensée non formulée fige l'eau des yeux verts.

«Elle s'est faite ce qu'elle est toute seule. Melikat El Abhar.»

Il contemple, devant lui, le plat paysage de Djerba.

«À quoi ressemblons-nous, avec nos trois galiotes rapiécées, campant sous nos peaux de mouton, sur ce banc de sable où l'on nous massacrerait si l'on voulait, car sa surface nous offre sans défense à l'attaquant? Il suffirait même de nous y bloquer, plus simplement. Nous crèverions de faim et de soif. Oroudj, depuis quinze ans nous nous tannons le cuir sous le soleil. Nous nous sommes bien amusés, mais tout ce que nous avons gagné, c'est ce bout d'îlot. Un beau royaume, en vérité!

— Je crois que, pour une fois, tu es diablement

amoureux. Cela m'inquiète. Les femmes sont la perte des aventuriers comme nous.

— Les autres femmes. Parce qu'elles t'entraînent au bas de la pente, vers la facilité ou la sécurité, au mépris de la gloire. Mais elle, elle conduit à se dépasser. Qui n'est pas roi doit le devenir s'il veut qu'elle l'accepte pour compagnon. Je veux cela. »

L'aîné soupire, d'un lent soupir qui vide ses poumons.

« Tu m'as toujours mené où bon te semblait, même à huit ans. C'est donc un royaume que nous allons nous tailler, à présent... »

« Nous aurons gros temps, n'est-ce pas ? »

Le chevalier dégage son œil de la longue-vue, se tourne vers Camilla. Il hoche la tête en assentiment. Mais sans paraître autrement ému d'une éventualité qui, sur la mer, n'est jamais neutre, il revient à l'objet de leur conversation.

« Vous n'avez que vingt-cinq ans. Croyez-vous pouvoir demeurer toujours solitaire ?

— Vous avez fait vœu de célibat en entrant dans l'Ordre, rétorque-t-elle. Jugez-vous les femmes moins capables que les hommes d'un tel vœu ?

— Au fond d'un couvent, non. Il existe autant de saintes que de saints. Mais sur mer... La mer est sillonnée de rustres, c'est un monde viril au sens le moins dégrossi du terme, vous serez une convoitise éternelle pour la plupart de ceux que vous y croiserez.

— Les chevaliers de Rhodes me protégeront », dit-elle en souriant.

Elle ne peut savoir s'il sourit aussi. Elle s'habitue mal à ces échanges sans échange, même la voix d'outre-masque ne révèle pas d'émotions.

« Ou bien je pourrais dissimuler mon visage comme vous. Pourquoi votre cagoule, chevalier ?

— Pour qu'on oublie mon apparence.

— On ne cesse de s'interroger à son propos, au contraire. Ne serait-il pas plus simple de la montrer ? Il faut accepter ce que l'on est. Gennaro, le médecin bossu, se croyait monstrueux. Mais moi, je l'aimais, je le trouvais beau, comme un enfant trouve que sa mère est belle. Les vraies amours opèrent cette alchimie. Pourquoi ne voulez-vous pas qu'on vous aime ?

— Je poursuis un but qui fait fi de cette nécessité.

— Vous refusez de vous attendrir par orgueil. Tirer au plus court, à Dieu, tout droit. Dieu n'est accessible qu'au travers de Ses créatures, chevalier. Prenez-y garde.

— Je méditerai cette leçon.

— Ne vous moquez pas de moi.

— Ai-je jamais laissé supposer une telle intention, Camilla ? »

Chaque fois que l'horrible voix prononce son prénom, elle reçoit le même coup au cœur, totalement bouleversant et totalement inexplicable. Comme un rivage qu'elle atteindrait après des heures de dérive, comme... elle ne sait pas. Il la déroute, c'est le premier être qu'elle ne parvienne pas à cerner.

— Votre but, quel est-il ?

— L'Islam se répand trop vite. Aux Indes, chez les Mongols, les Turcs, après les Arabes. Je veux, face à cette puissance montante, restaurer les remparts d'Occident menacés de l'extérieur, sapés de l'intérieur par les hérésies.

— Peut-être la Chrétienté a-t-elle trop vécu. Que reprochez-vous à l'Islam ?

— Ce que je reproche aux hérésies. D'inventer

un homme soumis à la volonté de Dieu. Dépossédé de sa liberté. Pour moi, cette idée conduit à la barbarie, à l'obscurité.

— Mais les civilisations meurent. L'espace explose, il est plus vaste que nous ne pensions. Les hommes de l'autre côté du monde ne voudront probablement pas du Christ. L'imposerez-vous ?

— Les idées ne gagnent que si l'on en fait des armes. Le bien est un combat. J'ai choisi l'Ordre à cause de cela.

— Vous préférez vous colleter avec les idées qu'avec les humains. »

Elle surprend une crispation du poing ganté sur la longue-vue.

— Oui, je sais, je vous agace, je ressasse, je lasse. Mais le christianisme, c'est l'amour du prochain. Si vous l'oubliez, vous risquez d'être brutal avec les sauvages des nouveaux mondes ou les Musulmans d'ici. On a vite fait du mal aux hommes pour leur bien, chevalier. »

Elle observe le ciel bas, plus sombre à présent que la mer.

« Je vais regagner mon bord. Il faudrait carguer très vite. En cette saison, les grains sont redoutables et celui-ci nous vient de travers.

— On pourrait le prendre de vitesse et s'aller abriter à Reggio, mais...

— ... Charybde nous avalera pour nous jeter sur Scylla, achève-t-elle. Pour ma part, je préfère affronter la tempête en haute mer. Ma *Santa* colle bien à la vague, sa carène est étanche et solide. Je mettrais plutôt le cap sur Corfou. »

Il réfléchit.

« En temps ordinaire, j'opterais pour Messine. Mais chargés comme nous sommes, nos galères sont impotentes. Par ailleurs, pas question pour leur fond plat d'épouser les lames... Un danger vaut l'autre. Restons donc en caravane.

— Alors, cap sur Corfou ? »

Il hoche la tête en signe d'assentiment, donne l'ordre de descendre la chaloupe pour ramener Camilla jusqu'à sa caravelle. Quand elle y parvient, la mer a pris une vilaine couleur laiteuse, le ciel — encore foncé. Cette inversion des valeurs est un signe redouté des marins. Camilla donne des ordres brefs, aide à la manœuvre son petit lot de bras, appelle à la rescousse les passagers les mieux valides. On cargue, on ferle, on sangle, on capelle, on serre tout ce qui se peut serrer. La *Santa* se fait compacte, se ramasse contre le vent. Le grand mât est jumelé, les mantelets de sabord cloués, les vergues appuyées.

Dans le même temps, les trois galères ont pareillement retiré pâture à la bourrasque qui s'enfle, soulève la mer en murailles plombées, huileuses. Les chiourmes, scellés à leurs bancs, cinglés par des paquets d'eau, se cramponnent aux rames. Camilla dessine un signe de croix, à Dieu vat. Sur les quatre vaisseaux en pantenne, à présent qu'on a pris les mesures de détresse, un silence tendu s'installe. Les gens de mer savent combien peu joueront les précautions observées, la solidité des vaisseaux, le savoir-faire des hommes, si la Grande Coléreuse décide de se déchaîner contre eux. Alors, simplement, ingénument, on s'agenouille sur les ponts et l'on prie, Allah ou Dieu, en égrenant des chapelets, le Musulman épaule contre épaule avec le Chrétien — parmi les équipages cosmopolites, on est frères sur mer avant qu'ennemis de croyance.

On prie. C'est le seul bruit perceptible sous la voûte pesante, prête à crever, que ce murmure de ferveur. Soudain, même les vagues se sont tues ;

les oiseaux ont fui ; le vent est mort. C'est le suspens terrible, quand la mer semble prendre sa respiration, son élan, avant de cracher sa rage. On espère. On l'a vue quelquefois s'apaiser, changer d'idée comme une capricieuse.

Puis cela déchire le ciel comme une pièce de soie, crissement douloureux. Un orage de lumière sans tonnerre, un de ces orages secs qui *la* rendent folle, l'aiguillonnent comme un taureau meurtri de guêpes et réveillent depuis les grands fonds des ires très anciennes, des bouillons monstrueux : après la tempête, parfois, on voit flotter, revenue des profondeurs, une épave phénicienne. Ou, plus sidérante, apparaît une île inconnue, un volcan né durant l'explosion.

La mer, prise de démence, se déchaîne avec une violence fulgurante, frappe, brise, tue de tous côtés en quelques instants. C'est l'Apocalypse, il n'y a plus de ciel, plus d'horizon, de la nuit blême. Un magma liquide déferle. La *Perséphone*, la galère la plus lourdement chargée, est soulevée de travers par une lame qui, retombant sur elle, casse dans un seul craquement l'arbre de mestre et le mât de trinquet. Quand la vague tueuse se retire, des matelots écrasés sous les espars jonchent le pont.

Une autre lame, inféodée semble-t-il à la première, achève le travail en emportant le gouvernail avec un grand pan de coque. Dès lors, dématée, désemparée, la *Perséphone* n'est plus qu'un jouet pour la houle. Les galériens le savent, les rames abandonnées, affalées en tous sens, attestent leur renoncement. Une seconde galère, le *Nérée*, est alors visée, broyée en deux par un éclair. Ses voiles prennent feu, qu'on essaie de tailler à la hache, de jeter à la mer. Mais la foudre a ouvert une plaie si large dans son ventre que l'eau furieuse s'y engouffre irréparablement. Dans l'affolement qui s'ensuit, les galériens arrachent leurs chaînes ou se jettent à l'eau encore arrimés à leurs bancs, sans attendre qu'on les libère. Le *Nérée* coule avec une effroyable promptitude, s'engloutit, aspiré, digéré.

Seul le vaisseau de tête que commande Foulque, le *Neptune*, demeure indemne. Les deux galères à flot lancent leurs chaloupes à la rescousse du *Nérée*, mais elles ne contiendront pas la moitié des naufragés. En outre, se charger de ce monde en surcroît, c'est risquer de sombrer. Enfin, sur les deux, la *Perséphone* n'est déjà plus un refuge, flottant encore mais ne se guidant plus dans la tourmente. Quant à la *Santa Camilla*, elle ne peut rescaper personne. Une lame a pris son canot de sauvetage, une autre la vergue civadière, une troisième la figure de proue avec l'éperon. La sainte patronne de bois sculpté danse à présent sur les eaux comme une naufragée.

Au temps des horloges, un quart d'heure s'est peut-être écoulé. La Méditerranée, lorsqu'elle tue, le fait ainsi, sans sommation, en quelques coups brièvement assenés. Puis se calme mensongèrement, le forfait accompli. Chez les marins courent des légendes de vaisseaux fantômes, trouvés vides sur des eaux bonasses, qui ne sont probablement que survivants de colères au cours desquelles l'équipage disparut.

Mais ce n'est pas assez de la tempête, aujourd'hui. Les forces du mal semblent s'être conjurées. Soudain, dans la lumière blême, douloureuse, qui remplace le soleil et donne aux vagues une phosphorescence trouble, devant les deux vaisseaux en détresse se dresse une hallucination, un cauchemar. Une masse noire, aiguë, déchiquetée. Un récif. Camilla se croit victime d'un mirage. En pleine mer, par cette région de grands fonds, elle n'a pas connaissance d'écueils. Ils ne peuvent avoir dérivé jusqu'à Leucade ou Céphalonie, d'ailleurs, cette ligne hérissée ne ressemble pas aux îles Ioniennes. Qu'est-ce donc que... cela?

La boussole, les astrolabes, tout fut emporté, et puis comment faire le point sans horizon? Sûrement, ils ont dérivé bien plus qu'ils ne pensaient. Qu'importe. Le vent les pousse droit sur la muraille inconnue, redoutable. La pauvre *Perséphone*, qu'on déserte en hurlant, va s'y écraser tête première sans recours, s'y émietter comme coquille d'œuf. La chaloupe du *Nérée*, enfoncée jusqu'à la quille, se maintient flanc à flanc contre le *Neptune*. Des grappes de naufragés, agrippés aux drisses, se hissent à bord de la galère commandante, en dépit des injonctions qui leur sont faites de s'éloigner des récifs à la rame, d'attendre l'accalmie: les chaloupes paraissent trop dérisoires à leurs occupants affolés. Mais le *Neptune*, alourdi, surchargé, peine à s'éloigner de l'écueil, d'autant que les chiourmes n'ont plus de prise dans le bouillonnement d'eau, les rames comme le gouvernail n'entament que l'air... Des survivants de la *Perséphone* tombés à l'eau nagent vers la *Santa Camilla*, plus proche d'eux et moins chargée.

La caravelle résiste, danse sur les vagues, étrangement camuse sans sa proue; pourvu qu'il reste un timon... Camilla s'y cramponne avec le pilote jusqu'à ce qu'une lame la fasse rouler sur le pont, lui sauvant la vie. Une autre lame en effet déferle, emporte timon, pilote et gouvernail. On va droit sur les brisants désormais, sans pouvoir rien empêcher. Le mât de misaine, cassé par le milieu, dresse des fragments hérissés.

« Des haches, vite! Dégagez-le! »

On va s'en faire un bélier pour tenter de se

rejeter au large, au moment de s'écraser contre le récif. Les hommes taillent le mât, achèvent de le détacher, l'emportent et s'y attellent de toutes leurs forces pour éperonner le roc. Le choc est d'une violence telle qu'il les fait basculer sur le pont, certains par-dessus bord, et que le bélier de fortune leur échappe, dessine une parabole pour aller s'engloutir dans les bouillons d'écume comme un simple javelot. Mais la manœuvre a réussi, une lame de ressac a pris la *Santa Camilla* sur son dos. Le jeu cruel, imprévisible, des courants et des vents entraîne la caravelle vers l'est, l'éloigne du redoutable écueil.

Camilla n'aura le temps que de murmurer « Ave Maria », puis c'est la fin du monde. Le courant et le vent, conjuguant leur vindicte, jettent l'un contre l'autre, dans une explosion qui les déchiquette, le *Neptune* et la *Santa Camilla*, qui avaient réussi l'un et l'autre à s'écarter des brisants. Tout est avalé par l'eau qui retombe, écrasant des débris de bois et de chair. Emportée par une lame, aveuglée, glacée, Camilla entrevoit dans la nuit un visage énorme et calme, aux yeux fixes. Elle prend conscience que c'est la figure de proue arrachée un peu plus tôt qui a flotté jusque-là. Elle s'agrippe, son instinct de vivre s'agrippe à l'éperon miraculeusement intact qui fait corps avec la statue de bois.

Elle distingue à travers le sel qui brûle ses yeux un de ses matelots, Beppo, un Sarde, qui vient s'y accrocher en même temps qu'elle. Mais combien de temps tiendront-ils, l'eau les aveugle, les étouffe, l'eau tire et pousse, essaie de les arracher à leur amarre dérisoire, de les aspirer par le fond. Une méchanceté active, rageuse, une ivresse de tuer, en vérité.

« Ave Maria », s'efforce de penser Camilla,

doigts gelés, écorchés, se cramponnant au cou de la sainte. Un corps surgit entre deux bouillons, est avalé, reparaît. Un masque de cuir.

« Beppo ! » crie Camilla pour attirer son attention.

Elle lâche la statue, nage vers le chevalier qui flotte, inerte, évanoui, mort peut-être. Elle l'emporte avec elle, un bras glissé sous son aisselle, maintenant le menton hors de l'eau. Beppo a compris la tentative. Accroché d'une main à l'épave salutaire, il tend l'autre main vers Camilla. La houle jette contre lui la nageuse et son fardeau puis la reprend, l'éloigne de nouveau, deux fois, trois fois. Au quatrième essai, Beppo parvient à saisir le poignet de Camilla comme elle sombre, épuisée.

Soudain, sans transition, la tempête cesse. Le vent tombe, un silence absolu, sans mouettes, sans plus un seul cri de détresse, le silence de la mort prend possession de la mer. Elle s'aplatit, s'épaissit comme une glu, trompeusement lisse, couleur de plomb. Le ciel crève alors, un déluge fade, tiède, tombe droit juste au-dessus de leurs têtes.

Lentement, si lentement, la gueuse emmène jusqu'aux brisants, dépose avec délicatesse la sainte de bois sculpté chargée de ses trois survivants dans une anse, au creux des rochers ; lèche leurs pieds comme un chien repentant de son accès de rage.

Le Sarde l'aide à tirer le chevalier inconscient sur le sable. La nuit venue n'est plus que déluge, ruissellement, confusion de l'espace et de la mer. Une lactescence révèle un relief en surplomb, avec des anfractuosités profondes, trous d'abîme.

«Si l'on pouvait se hisser jusqu'à l'un de ces creux, on y serait à l'abri..

— Je vais grimper en reconnaissance, suggère Beppo, j'ai l'habitude. En Sardaigne, tous les gosses ont des cavernes au trésor dans les rochers.»

Elle hoche la tête, écarte le paquet de ses cheveux ruisselants, se penche sur le chevalier, cherche le cœur parmi les épaisseurs trempées, poissées de sel. Il bat, régulier, puissant. Mais l'homme est inconscient. Une jambe cassée pend, le mollet formant avec la cuisse un angle inaccoutumé, il faudra réduire cela, Camilla se souvient des leçons de Gennaro, avec une attelle elle peut lui redresser l'os, il ne boitera pas... Si la pluie veut cesser, car pour l'heure, où trouver un morceau de bois sec?

Il a une blessure au visage aussi, invisible sous le cuir du masque mais trahie par le sang qui dégoutte dans le col. Elle essaie de lui ôter sa cagoule, cherche à tâtons des lacets, trouve un mécanisme, une huisserie dotée d'une sorte de molette comme les coffres d'Agostino Chigi; il y a un chiffre, faute de le connaître elle ne pourra pas ouvrir le casque.

Beppo a disparu dans la tourmente, elle ne parvient pas à le distinguer parmi les rochers, à la lueur grise des étoiles. Il revient toucher son épaule.

«J'ai repéré une grotte assez vaste et pas trop difficile d'accès. Je crois qu'on peut le porter jusque-là si vous me laissez guider la marche.

— Allons-y.

— Prenez-le par les pieds, ce sera moins lourd. Je vous dirai où placer chaque pas.»

Elle exécute attentivement les mouvements qu'il ordonne, c'est comme si elle était aveugle, elle ne voit rien et ne cherche pas à voir. Elle s'occupe seulement de ne pas lâcher le chevalier. Pas à pas, ils gravissent la masse rocheuse.

« Voilà. À gauche, nous y sommes. »

Elle sent sous ses pieds une surface plane, amollie d'une épaisseur de sable. Au-dessus d'elle, un répit : le fouet de la pluie a cessé, le bruit de mitraille s'étouffe. Ses yeux s'habituent, elle découvre les vagues contours d'une caverne. Ils posent le chevalier sur un sol sec, se laissent tomber à ses côtés. Envie de pleurer, intense volupté du repos.

« J'ai encore de l'eau dans ma gourde, chuchote le matelot. Quand il fera jour, on trouvera sûrement des flaques dans les creux de rocher, laissées par la pluie. Un abri et de l'eau, la vie ne demande pas plus, croyez-moi... Et puis, on glanera de quoi faire du feu. »

Gisante, incapable de bouger bien que le froid de ses vêtements mouillés l'engourdisse, elle ferme les yeux, murmure :

« Je sais attraper les lapins à la course. Tous les paysans savent cela.

— Moi, je pêche sans fil ni hameçon. Tous les Sardes savent cela.

— Et reconnaître les herbes et les baies comestibles... »

La lumière chauffe les paupières de Camilla, les picote. À travers la bouche de la caverne, il fait jour dans un ciel frais, lavé, bleu d'innocence. La mer en contrebas caresse mollement les rochers. N'était la jonchée d'espars qui dessine, haut sur la plage, la ligne qu'atteignirent les lames de la veille, on ne croirait pas à la tempête passée. Beppo dort, sa respiration sonore trahit un sommeil paisible. L'autre corps étendu ne bouge pas. Raide, encroûtée de sel dans son cuir séché, Camilla rampe vers Foulque, l'observe un instant. Puis avance une main qui hésite, touche l'épaule : souple, chaude, vivante. Il s'ébroue, s'éveille, regarde tour à tour Camilla, Beppo, le ciel.

« Où sommes-nous ?

— Je ne sais pas. Sur une île, au sec en tout cas. Quelque part dans une grotte au-dessus de la mer.

— Y a-t-il d'autres survivants ?

— Nous allons descendre nous en assurer. Auparavant, il faut vous soigner. Je m'occuperai de votre jambe. Votre visage, en revanche... Il faut nettoyer la plaie, sinon, avec le sel et sous le cuir, la macération va vous dévorer les chairs. »

Il esquisse un geste de refus.

« Oh ! ne faites pas la prude ! s'agace-t-elle, réveillant le Sarde en sursaut par son cri. Nous irons faire un tour pendant ce temps si vous voulez, mais ôtez votre damné carcan ! »

Le Sarde bâille, s'étire puis se lève pour examiner l'antre à la lumière du jour. C'est plus vaste que les naufragés ne le supposaient. Le fond de la caverne va s'étrécissant, devient un goulot en pente descendante. Un ruissellement s'y répercute de paroi en paroi. Beppo touche la roche lisse en cet endroit, polie par l'écoulement qui semble venir du ciel et se perdre dans les profondeurs.

« De l'eau douce. Parfaitement douce, constate-t-il, l'ayant goûtée.

— Nous allons vous tirer jusque-là, dit Camilla au chevalier. Vous laverez vos plaies. Pendant ce temps, Beppo et moi allons chercher s'il y a des survivants et trouver de quoi manger. »

Pour le protéger des bêtes, ils roulent un rocher devant l'ouverture de la grotte, qui laisse un peu de jour au blessé mais la condamne à tout animal plus gros qu'un chat.

« Beppo, rappelle le chevalier. »

Le Sarde se penche sur l'ouverture.

« Fais attention à elle. »

Ils sont rentrés au crépuscule. Ils avaient trouvé du bois sec, des coquillages et des fruits, des débris de galère. Mais pas de survivants. Au fond, aucun des trois n'en espérait. Ils ont dérivé jusqu'à cette île grâce à sainte Camille. En nageant, ils n'y seraient pas parvenus. Il n'y avait plus de chaloupes, anéanties comme le reste. Il n'y avait plus qu'éclisses, miettes, copeaux, le seul gros espar, Beppo, Foulque et Camilla s'y sont arrimés. Les autres, s'ils n'ont été tués sur le coup, ont dû se noyer d'épuisement faute de pouvoir s'accrocher au moindre débris flottant.

« La mer peut encore rejeter des choses au rivage dans les jours à venir, hasarde tout de même Beppo. »

Mais le chevalier courbe la tête en avant et ses compagnons se joignent à sa prière silencieuse au nom des disparus.

« Quand je pourrai marcher, je vous aiderai à planter une croix en leur mémoire.

— Vous ne marcherez pas de sitôt, dit Camilla. Beppo, aide-moi à lui découper sa botte. »

Elle prépare l'attelle, elle a trouvé des sortes de lianes pendant des arbres, avec lesquelles l'attacher. L'île, Dieu merci, semble couverte de faune et de flore, offrant des ressources de survie.

« Je vais vous faire mal, prévient-elle, mais ce sera bref. »

Il la regarde. Il a soigné son visage, sans doute, puis rajusté son masque. Cet homme-là mourra masqué, décidément. Sans hésitation, elle attrape la jambe et la tire d'un geste sec qui arrache au blessé un tressaillement de tout le corps. Il retombe en arrière, haletant.

« Voilà, dit-elle. À présent, je vais atteler serré et vous ne bougerez pas, ne vous appuierez pas sur ce membre tant que je ne vous le permettrai pas.

— Ce qui veut dire que je ne serai bon à rien combien de temps ?

— Vous prierez pour nous, chevalier, dit-elle. N'est-ce pas être bon à quelque chose ?

— Vous blasphémez, Camilla Vespucci. »

Elle lève les yeux sur lui, tout en achevant les ligatures de l'attelle.

« Non, dit-elle doucement. Je suis sincère. Je crois que notre salut, agrippés à cette figure dont je porte le nom, ne fut pas un hasard. Plus tard, je reviendrai dans cette île. J'y bâtirai une église en l'honneur de sainte Camille. »

Le garçon se tient contre la fenêtre, mince, regard sombre. Lucrezia croit revoir Cesare au même âge. Le père et le fils se ressemblent — c'est parfois cause de mouvements d'humeur chez les Este.

« Il faut partir. Le seigneur Pio, à Carpi, s'occupera bien de toi, tu apprendras tout ce qu'un homme doit savoir près de lui.

— Ne me cachez rien, ma tante. Si vous m'éloignez ainsi, c'est que je suis en danger à Ferrare. »

Elle tressaille involontairement, souvent il la déroute par sa précocité.

« Et si je suis en danger à Ferrare, poursuit-il, c'est que... c'est que mon père Cesare Borgia n'est plus à craindre. »

Heureuse, du moins, de le rassurer sur ce point, Lucrezia s'écrie :

« Non, non, je te le jure ! Ton père a été transféré à Medina del Campo, près de Madrid. Il est en parfaite santé.

— Alors, il s'agit de ma mère. Vous avez pleuré en lisant la lettre que vous avez cachée dans votre collerette et je sais qu'elle venait de Giorgione, j'en ai reconnu l'écriture. Je n'ai rien dit à cause de Gabriele, il est petit, lui. Mais je suis sûr que ce sont des nouvelles de ma mère, et de mauvaises nouvelles. »

Il serre les poings, tout en angles et en muscles, poussé trop vite, ses habits neufs d'il y a trois mois sont déjà trop étroits. Lucrezia sent sa gorge si coincée qu'elle ne peut parler.

« Est-ce que ce chien d'Infidèle ne veut pas nous la rendre ?

— Non, non, parvient-elle à balbutier. En vérité, il n'a pas eu le choix. Un chevalier de Rhodes a pris le port de La Marsa sous ses canons et délivré tous les Chrétiens détenus à Tunis. »

Le fin visage s'éclaire.

« Ah ! voilà un homme ! Si j'avais été plus âgé, c'est ce que j'aurais fait ! »

Mais aussitôt, l'anxiété le reprend, il vient jusqu'à la duchesse, cherche à capter le regard bleu. D'un élan, elle le prend dans ses bras, éclate en sanglots.

« Ils ont fait naufrage... Les trois galères de Rhodes et la *Santa Camilla*... Perdues corps et biens... »

Elle le sent se crisper contre elle, se nouer de tous les nerfs. Et cette douleur d'enfant qui se retient lui fait plus mal que toutes ses blessures de femme.

« Mon petit, mon garçon... »

Il se débat contre lui-même, il ne veut pas céder aux larmes, oh! comme il ressemble à Cesare! Un long moment se passe ainsi, sans qu'il fléchisse. Puis, soudain, il redresse la tête, se dégage un peu de l'étreinte, regarde la duchesse.

«Ne pleurez pas, ma tante. Je suis sûr qu'elle n'est pas morte. Pas elle. Pas Camilla Vespucci. Je le sentirais, si c'était vrai.»

Lucrezia ne proteste pas, elle sait ce qu'il en est des illusions qui aident à vivre.

«On ne l'a pas retrouvée, n'est-ce pas? Alors, comment affirmer? Elle a déjà disparu, on l'a déjà crue morte une fois. On s'était trompé.»

C'est vrai.

«Si vous écrivez à mon père, ne lui en parlez pas.»

Elle hoche la tête en assentiment.

«Mais tu comprends aussi la nécessité qui me fait t'éloigner? Les Este ne t'aiment pas, toutefois ils prenaient garde de ne pas déplaire à ta mère pour ne pas déplaire à Venise. À présent qu'elle est considérée comme disparue...

— Je comprends, ma tante.»

Ce n'est plus un enfant, depuis quelques minutes. C'est un Borgia. Le fils de Cesare, qui n'oubliera ni les insultes ni les blessures. La tenture des Flandres s'agite, face au lit. Lucrezia se raidit, le garçon, contre elle, sent le mouvement et s'éloigne instinctivement, recule vers la porte. Depuis qu'Alfonso d'Este a fait construire ce passage entre ses appartements et ceux de sa femme, elle n'est plus jamais tranquille. Heureusement, il y a les courants d'air, qui ont permis quelquefois d'éviter des rencontres inopportunes.

«Bonjour, ma mie, dit le duc de Ferrare, jetant ses gantelets de chasse sur un fauteuil au passage. Son lévrier affale aussitôt un pelage crotté sur la belle courtepointe alexandrine du lit, la courtepointe offerte par l'autre Alfonso.

— Comment te portes-tu ?

— Très bien.

— Et mon héritier ? dit-il, posant avant qu'elle puisse prévenir le geste une main propriétaire sur le ventre de Lucrezia.

— À merveille. »

Le ton est froid. Elle n'oublie pas qu'il l'a rabrouée, lors de sa dernière fausse couche : c'était sa faute, elle avait trop dansé.

« Je viens d'apprendre la nouvelle du naufrage, dit-il. Je suis désolé, Lucrezia, je sais combien tu l'aimais. »

Il examine d'un regard pénétrant le fils de Cesare.

« Mieux vaut que tu éloignes ce garçon. J'ai fort à faire avec mes frères et leurs complots. »

Il soupire, s'assied dans le fauteuil où il a jeté ses gants. Le lévrier vient poser le museau sur son genou, le duc lui caresse machinalement la tête.

« Mon Dieu, je comprends pourquoi mon père semblait si soulagé de mourir ! Quel fardeau que de régner ! Il est enterré depuis trois mois et j'ai déjà une inondation sur les bras, la perte de la récolte, la famine dans la campagne, une épidémie de malaria... J'ai dû faire pendre ce matin, sur le chemin de ma chasse, un affameur que les paysans avaient attrapé et je crois bien que c'était lui ou moi... Dieu merci, tu nous as obtenu ce crédit de Chigi. Mon père me disait bien que j'avais finalement une bonne petite femme... »

Voilà trouvée la raison de son changement d'attitude. Depuis qu'on les a couronnés duc et duchesse, il se montre plus amical envers la fille des Borgia, lui confie des affaires d'État, la consulte et respecte ses avis. Elle perd en liberté ce qu'elle gagne en estime, car il entre chez elle comme chez lui désormais. Mais c'est une consolation de pouvoir s'entendre dans l'adversité. Elle doit cela au vieux duc, elle a toujours pensé qu'il l'aimait bien malgré leurs disputes. Il avait sans doute pressenti que Don Ferrante le freluquet, Don Giulio le bâtard trop aimé des femmes et Don Hippolyto le cardinal qui voudrait régner, seraient les ennemis de leur frère et qu'il fallait contre eux former un couple solide.

« Envoie le garçon à Carpi.

— Oui, monseigneur, dit Lucrezia dans une révérence. »

Le chevalier encoche le tronc d'un cyprès, grâce auquel ils comptent les jours, soixante-douze depuis le naufrage. Sa jambe est guérie, sans trace de claudication, ce qui lui permet de parcourir l'île pour la reconnaître. Elle n'est pas très vaste, dix lieues de circonférence environ, de climat doux, giboyeuse, boisée. Elle serait cultivable en terrasses comme presque tous les reliefs semblables en Méditerranée. Accrocherait-on à ses flancs quelque cité fortifiée, elle deviendrait un bastion inexpugnable, à l'instar du Rhodes, par exemple.

Foulque et Camilla parlent souvent de cela. C'est une grande distraction, dans leur solitude démunie, que de construire en esprit pierre à pierre, rue à rue, la cité idéale, d'en imaginer les structures politiques et économiques. Lui pense plus aux premières, en hospitalier qu'il est, elle aux secondes, en navigatrice. Beppo ne participe pas au jeu, mais écoute avec plaisir : tous les marins aiment les fictions.

Ils habitent la caverne, c'était la solution la plus simple. Le naufrage n'a guère rapporté sur le rivage de débris utilisables, l'île est donc la pourvoyeuse de leurs besoins. Mais dès lors qu'elle fournit le manger, le boire, le bois pour se chauffer, le refuge sec de la caverne, on y peut attendre sans trop de peine le passage d'un vaisseau sauveteur.

Il y a diverses façons d'attendre, toutefois. Beppo, qui vécut dans sa Sardaigne natale une vie très peu différente et supporta le bagne de Tunis deux ans, trouve son temps suffisamment rempli par la chasse, la pêche, les vagabondages dans les rochers où son pied sûr l'entraîne sans risque. Il arpente son domaine avec la joie d'un propriétaire et s'endort le soir fourbu, bercé par les utopies de ses compagnons. Il n'a laissé nulle part de femme ou d'enfants, ne possède sur terre que sa peau tannée. Son bonheur est accompli depuis qu'il s'est taillé, dans des roseaux, une flûte de Pan grâce à laquelle il feule, aux veillées, des airs de son pays.

Foulque et Camilla sont d'une espèce différente, il leur faut plier les choses à leur dessein. Les quelques travaux qu'ils ont entrepris, délibérément ou non, laisseront une trace de leur passage sur l'île: la croix commémorative au socle de laquelle Foulque a gravé le nom des compagnons naufragés; le calendrier dans le tronc du cyprès; un cadran solaire sur la plage. Ainsi s'annexe-t-on le temps comme l'espace. Ils se sont fabriqué des rouleaux avec une sorte de papyrus local, les seiches ont fourni l'encre, les mouettes les plumes. Camilla tient le journal de leur exil. Le chevalier réalise des relevés topographiques de l'île, en décrit faune, flore, climat, relief — et consigne le fruit de leurs élucubrations aux veillées. L'Utopie, jour après jour, se donne une constitution, des lois, une morale.

On ne peut manquer de les découvrir sur cette

île. Des signes montrent qu'elle fut abordée, traces de foyers, scarifications de hache dans des troncs d'arbre. En outre, ils ne peuvent être tellement loin des routes commerciales. Comment parier, toutefois, que le premier vaisseau de passage sera génois ou vénitien plutôt que turc ou barbaresque ? Aussi la solution d'entretenir un feu dans les hauteurs de l'île en permanence fut-elle rejetée. On a préparé le nécessaire pour l'allumer si une voile amie, identifiée comme telle avec certitude, apparaît un jour à l'horizon. Et l'on se cacherait dans la caverne en cas de visite indésirable.

Les encoches du cyprès disent que c'est aujourd'hui le 18 mai 1505. L'île se couvre de mimosas, de cerisiers neigeux. Les parfums en sont presque trop denses, cela cogne aux tempes. Ou c'est d'avoir grimpé trop vite. Camilla se hisse sur le surplomb rocheux où les naufragés ont édifié la « vigie », au point culminant de l'île. Ce n'est qu'une cabane de bois où l'on se relaie à la tâche d'inspecter l'horizon, par périodes de quatre heures. C'est aussi le « studio » pour les travaux écrits. Les outils leur sont communs et Camilla aime savoir qu'elle use de « sa » plume et de « son » encre.

Une chèvre sauvage, dérangée par l'intruse, s'enfuit parmi les rochers qui s'éboulent sous ses sabots. Le bruit alerte Foulque. Il relève la tête de son travail, aperçoit en contrebas Camilla, mains en visière sur les yeux. Elle a profité du départ de Beppo pour une pêche au mérou et grimpé jusqu'à la vigie, sachant qu'elle trouverait le chevalier seul — c'est son tour de garde. Elle le rejoint, contemple en pivotant sur elle-même l'île tout entière dominée depuis ce point. L'horizon brûle déjà malgré l'heure matinale, oscillations de lumières fauteuses de mirages.

Sur l'écritoire improvisée s'étale une carte de l'île, dessus laquelle se suspend la main tenant la plume.

« Peut-être n'osez-vous pas me dire que je vous dérange, chevalier ?

— Vous ne me dérangez pas. »

Elle le croit, pourquoi cet homme se donnerait-il le mal de mentir ?

« Je veux vous avouer quelque chose. »

Camilla prend le parti de ne pas remarquer le sens unique de leurs conversations « privées », persuadée qu'un jour, sa sincérité sera payée de retour. D'ailleurs, elle trouve de la douceur à raconter des détails inédits sur son enfance ou ses fils, sentant en face d'elle un silence attentif.

« Le temps passe et je m'aperçois que je ne désire pas quitter cette île.

— À cause de sa beauté, de sa paix d'Éden retrouvé ?

— À cause de vous. »

Regard expectatif, sous le masque. Rien d'autre, mais c'est un encouragement.

« Je pourrais rester ici avec vous jusqu'à la fin des temps sans douleur. Je pense à mes fils sereinement. Je pense à l'homme que j'aimais, et vous me le rendez, je le retrouve en vous. L'autre Tête d'Or, le vrai, celui que je n'avais qu'entrevu. Je sais que vous ne pouvez m'aimer au sens humain du terme, que vous ne me prendrez jamais dans vos bras ni ne me montrerez votre visage. Je suis un peu... Marie-Madeleine face à Jésus. Mais je ne me suis jamais sentie en telle communion, tout entière, avec personne. Comment désirer retrouver la confusion, les soubresauts du monde, d'un monde où vous et moi irons nos chemins séparément ? Je ne sais si c'est bien ou mal de ressentir ainsi. »

Il ne répond pas aussitôt, les yeux perdus dans le bleu tremblant.

« Ce n'est ni bien ni mal. Je vais vous paraître prosaïque : c'est simplement inévitable. Nous vivons ensemble, nous attendons ensemble. Vous êtes lasse des hommes qui vous convoitent, vos confidences le prouvent. Moi, je n'ai pas de convoitises, pas de visage, pas de virilité avouée. Je suis rassurant. »

Elle rit, doucement.

« Si vous croyez n'avoir pas de "virilité avouée", vous êtes un grand naïf, chevalier ! »

Elle s'est assise au bord de la plate-forme rocheuse, les jambes pendant dans le vide, et ne le regarde pas. Ce serait trop difficile.

« Si je n'attends pas que vous puissiez m'aimer comme un homme, cela ne veut pas dire qu'à mes yeux vous n'en soyez pas un. Ne faites pas comme si les autres vous excluaient de la table. C'est vous qui avez choisi l'Ordre, la solitude et le masque. Je sais que vous l'ôtez chaque jour, ne serait-ce que pour vous laver le visage, mais vous attendez pour cela le moment du jour où nous sommes tous trois séparés. J'ai mille fois tenté de vous surprendre, vous avez mille fois déjoué mes tentatives. Croyez-vous que j'agisse par malsaine curiosité ? Le croyez-vous vraiment ? Vous ne répondez pas. Vous devinez qu'il s'agit d'autre chose. Je ne me demande pas si j'aimerai votre visage, je voudrais le regarder pour reconnaître que je l'aime. J'en suis sûre.

— Ce n'est pas seulement pour cacher des cicatrices que je porte le masque. C'est un vœu. Si je survivais à certaine circonstance, j'avais juré de me protéger moi-même des tentations de la vanité.

— Pourquoi refuser qu'on s'attache à notre apparence ? À nous de faire en sorte qu'elle ne trompe pas. Que notre corps et notre âme se ressemblent. C'est une question de volonté. Je sais que vous vous ressemblez à vous-même et je vous désire à cause de cela.

— Voilà longtemps que vous vivez solitaire.

— Voilà neuf mois que j'ai quitté Venise et n'ai plus fait l'amour. Mais sur mon navire, les hommes ne manquaient pas. Ici même, il y a Beppo. Il a le corps bien bâti, vingt-cinq ans et toutes ses dents. Je n'ai pas besoin d'un homme, je vous désire, vous. Si vous me dites que vous renoncez au bonheur possible entre nous au nom de votre idéal, je l'admettrai. »

Elle tourne la tête et le regarde dans les yeux.

« Mais si vous prétendez que je ne peux pas éprouver d'amour pour vous à cause de ce masque et de ce qu'il est censé cacher, si vous prétendez qu'il vous retient vous-même de m'aimer, alors, Foulque, je n'aurai pas pitié de votre hypocrisie, je vous harcèlerai jusqu'à l'avoir vaincue ! Le Christ n'a jamais prétendu qu'il ne désirait pas Marie-Madeleine. Il lui fit comprendre qu'il ne pouvait donner à une seule l'amour qu'il devait à tous. C'est différent.

— Je n'ai pas la force du Christ. Certains aveux seraient pour moi capitulation.

— Vous parlez comme s'il s'agissait de se rendre aux Turcs ! Croyez-vous que mon amour vous avilirait, vous conduirait à déchoir, à vous trahir, à vous perdre ? Croyez-vous que je sois une putain ? »

Elle a marché jusqu'à la table de pierres empilées, il se lève à son tour. Dressés de part et d'autre de l'obstacle, ils se contemplent, intenses.

« Non, dit-il enfin sans la quitter des yeux.

Non, je ne le crois pas. J'aime ce que vous êtes, Camilla Vespucci. »

Il avance sa main gantée pour empaumer l'arrondi de la joue. Mais son regard dévie, fixe un point au-dessus de l'épaule de Camilla, derrière elle.

« Une voile », dit la voix rauque.

Elle se retourne. Ils aiguisent leur regard sur un miroitement au bord du ciel, dont le pavillon n'est pas encore identifiable. Calme — mais elle voit que sa main tremble — il saisit parmi les plumes et les papiers la longue-vue téléscopique qu'il portait dans son pourpoint quand ils ont naufragé. Il l'a démontée, en a nettoyé et fait sécher les pièces, les a graissées avec de la graisse de chèvre puis réassemblées

« Il porte l'étendard de l'Espagne. »

Aucun des deux ne manifeste ce qu'il ressent, n'émet de commentaire.

« Je vais chercher Beppo, dit seulement Camilla. »

Elle est déjà lancée, dévalant la pente. La règle prévue, en cas d'abordage de l'île par un vaisseau, impose qu'un seul des deux hommes reste à la vigie pour allumer le signal, recevoir les arrivants et s'assurer de leurs bonnes intentions. Les deux autres, et Camilla dans tous les cas, resteront cachés dans la caverne jusqu'à ce que leur compagnon vienne les chercher. Camilla rejoint Beppo dans la crique où il pêche, de laquelle il ne peut voir le navire au large.

« Un vaisseau espagnol est en vue. »

De saisissement, le matelot lâche le poisson qu'il avait attrapé par la queue, jette en l'air son bonnet de laine, enlève Camilla dans ses bras, la fait voler sur un demi-tour, puis la repose à terre un peu confus.

« Sacrédié, capitaine, je serai quand même content de revoir Cagliari ! »

Il s'élance déjà vers la mer en criant des appels aux Espagnols, mais Camilla l'entraîne fermement vers la caverne. Ils masquent l'entrée d'une pierre et de feuillages, puis se postent en guetteurs à l'étroite meurtrière laissée libre pour la lumière. Le point sur l'horizon grandit, prend forme, un galion d'Espagne aux voiles blanches, qui vient droit sur eux. Ils vont le perdre de vue à l'accostage, ils seront trop en surplomb. Mais ils verront probablement passer les Espagnols grimpant à la vigie. Beppo, nerveux, impatient, parle comme un homme ivre, s'agite en contraste au grand calme de Camilla. Foulque a dit qu'il l'aimait. Mais qu'adviendra-t-il d'eux ? Vont-ils cheminer ensemble ou se séparer ?

Il est ce que Baldassare promettait de devenir s'il avait survécu. À cause de cette certitude d'un destin fauché avant de s'accomplir, Camilla traîne, au-delà de sa douleur de veuve, un sentiment de culpabilité. Elle a retardé, entravé Baldassare sur sa voie. Foulque ne la guérira pas de ce remords. Mais aimer le chevalier, c'est donner une continuité à sa vie, un sens à sa trajectoire. N'être plus une errante sur la mer, poursuivre un but. Ensemble ils pourraient réaliser quelque chose qui ressemble à l'Utopie consignée sur les papyrus, à l'encre de seiche... Elle se rachèterait.

Le galion doit avoir jeté l'ancre à présent, on entend monter la rumeur de son équipage, crier des ordres. Pas en espagnol, s'alerte soudain Camilla. Des éboulis de gravier, sur la pente rocheuse, annoncent les premiers grimpeurs. Les cris, les vociférations se précisent, mais aucun des arrivants ne passe à portée de regard des guetteurs. Ils attendent encore, deux siècles.

« Ils sont là-haut maintenant, capitaine, non ?

— Oui.

— Ils ne vont plus tarder à venir nous chercher.

— Oui. »

Sauf, bien sûr, si ce sont des pirates. Que le galion est une prise dont ils ont gardé le pavillon. L'éboulis de nouveau.

« Voilà, ils redescendent ! »

Elle attrape Beppo par la chemise.

« Ne bouge pas, nom de Dieu ! »

Ils redescendent en effet, se rapprochent de l'entrée de la caverne. Passent devant elle. Le nez au ras du sol, Camilla et Beppo ne voient que les jambes des passants mais reconnaissent les bottes du chevalier parmi des pieds bruns et nus de matelots. Le groupe, pieds nus et pieds bottés, poursuit sans ralentir, disparaît du champ de vision des deux naufragés. Il s'arrête pourtant un peu plus loin, invisible mais audible. Le chevalier lance à voix forte :

« Où m'emmenez-vous, tas de pirates ? »

Des phrases s'échangent alors en sarde entre les matelots. Camilla se tourne vers Beppo, elle a reconnu le son de la langue mais ne la comprend pas. Il traduit à mi-voix : les hommes se demandent si le chevalier de Rhodes se trouvait seul dans l'île, où est l'épave de sa galère, si elle ne contenait pas d'or... Beppo caresse à sa ceinture son couteau de marin bien affûté.

« Ils sont cinq ou six, aux voix. Nous pourrions leur sauter dessus par surprise et leur faire dégringoler la pente.

— Cela attirerait les autres, dit Camilla. Attendons la nuit, ils vont probablement rester amarrés ici et se soûler comme des porcs. »

En reculant dans l'ombre, à sa manière un peu nerveuse, Beppo roule sous son pied un peu de gravier. Le bruit alerte un des pirates qui se tourne vivement dans la direction de l'abri, examine, les yeux plissés, la couverture de branchages. Camilla, sans attendre, entraîne par le bras son matelot jusqu'au fond de la caverne, le goulot sur les parois duquel ruisselle l'eau douce et qui se perd dans des obscurités inexplorées. Foulque, dehors, dit calmement :

« Une chèvre sauvage. »

Dissimulés dans un renfoncement, accroupis, car la galerie où ils se sont engagés se rétrécit, Camilla et Beppo retiennent leur souffle. Elle crochète ses doigts dans le bras du Sarde qu'elle immobilise, écoute décroître le bruit de la descente. Ce n'est qu'après un long moment de silence qu'elle débloque ses poumons, ose respirer à fond.

« Ils sont partis. Attendons la nuit, à présent, pour attaquer le galion. »

Mais ils n'ont que des arcs, des pieux aiguisés, leurs couteaux de marin. Cela suffit pour tuer des chèvres ou des perdrix, non pour s'attaquer à une troupe de brigands dix fois supérieure en nombre.

« As-tu peur de mourir, Beppo ?

— Non, capitaine. »

C'est tranquille. Beaucoup d'hommes ont cette attitude et Camilla n'a jamais su la part qu'y prennent le courage, le défaut d'imagination et la foi dans un monde meilleur après la mort. Beppo tressaille soudain, montre du doigt un point, dans l'obscurité du goulot derrière eux. Camilla esquisse une mimique d'incompréhension.

« J'ai vu quelque chose scintiller, s'écrie le matelot. Comme des étoiles.

— Un reflet du ciel dans une flaque. Il doit y avoir des fissures qui laissent passer le jour.

— Non, ça ressemblait à... Du diable! J'ai toujours eu envie d'aller voir au fond de ce tunnel et le chevalier m'en a toujours empêché.

— C'est dangereux. Tu pourrais tomber dans un trou.

— La pente est douce, progressive. D'ailleurs, lui, il y est allé.

— Comment le sais-tu?

— Je l'ai surpris. Avec l'espèce de chanvre qui pend des arbres, il a fabriqué une corde bien solide. Il est descendu très avant dans le tunnel, ainsi retenu. Je suis arrivé comme il remontait et réenroulait sa corde. Si vous ne me croyez pas, allez voir sous la pierre grise, là-haut, dans la caverne, où on faisait sécher le poisson. Il y a dissimulé sa corde.

— Et alors? Il n'a rien trouvé d'intéressant, apparemment, déclare Camilla, qui remonte déjà vers la lumière.

— Je crois plutôt le contraire, sourit Beppo. Si le chevalier a trouvé de l'or au fond du trou, il se sera gardé d'en parler, de peur qu'on ne s'entretue pour sa possession...

— Les trésors sont comme les lutins, Beppo, des histoires qu'on se conte aux veillées.

— Rien ne coûte d'aller voir, en attendant la nuit.

— Retourne au moins prendre la corde du chevalier pour t'arrimer.

— Pas la p... »

Il s'est élancé, sûr de son agilité, de ses pieds nus dont les orteils indépendants savent agripper la moindre prise du sol, petit singe de la rocheuse Sardaigne. La fin de sa phrase se perd dans un long cri décroissant, que ponctue le bruit mat de la chute d'un corps. Puis le silence. Avec précaution, tâtant de la semelle devant elle, Camilla redescend la pente, progresse dans la direction qu'emprunta le matelot, rencontre le bord d'un abîme, se penche.

« Beppo ! » appelle-t-elle.

Pas de réponse. Mon Dieu, faites qu'il ait survécu ! Elle ne distingue rien, la lueur du jour est trop faible. Elle retourne à la caverne, trouve la corde du chevalier sous la pierre indiquée, la noue autour d'un gros bloc de pierre, s'assure de la solidité de cette amarre. Puis elle prend la gourde d'eau, une torche et repart dans la galerie. La corde n'est pas assez longue, Camilla se trouve arrêtée à mi-chemin dans sa descente vers l'abîme. Mais avant d'en atteindre le fond, la lueur de la torche lui permet de constater, sans doute possible, que Beppo est mort. Il gît au fond du trou, la nuque brisée, tordue dans un angle impossible avec le corps, du sang a coulé de sa bouche. Autour de lui, la lumière de la flamme révèle aussi des amphores anciennes, granuleuses de coquillages, aux panses crevées. Par leurs blessures s'échappent des viscères fabuleux : pièces d'or, bijoux, pierreries. Il y a un trésor. Foulque l'avait vu et laissé où il était. Sagesse. Comme tous les trésors, il a commencé par tuer...

Camilla remonte, rappelle sa corde, regagne la partie familière de l'abri. Elle tremble de tout le corps, pleure sans s'en apercevoir, les mains et les pieds gourds. Elle sauvera Foulque, du moins. À présent, elle dispose d'un argument qu'elle doit pouvoir offrir aux pirates en échange de leur liberté. Elle marche vers l'ouverture de la caverne, pousse la pierre, constate que le soleil est encore haut dans le ciel. Elle avance un peu dehors pour scruter la mer.

Son cœur s'immobilise. Là-bas, sur la ligne miroitante... Le galion! Le galion des pirates! Elle avance encore, plisse les yeux. Ce n'est pas un mirage. Déçus sans doute de n'avoir rien trouvé d'autre dans l'île qu'un chevalier de Rhodes dont l'Ordre ne paiera pas la rançon, les pirates sont repartis.

« Foulque! crie Camilla, s'arrachant la gorge, les yeux aveuglés. Non, attendez! »

Atteindre la vigie, ranimer le feu. Elle s'élance, grimpe, poumons brûlés, transpirant, éboulant la roche sous ses bottes, tombant, s'agrippant, poursuivant son escalade sans reprendre souffle. Dans la cabane, les pirates ont tout laissé en l'état, les rouleaux, les plumes. Le foyer fume encore. Elle y jette des branches, des broussailles, le rallume avec le briquet d'amadou, s'y reprenant à plusieurs fois tant ses mains tremblent. À l'œil nu, on ne voit plus rien déjà sur l'horizon. La lunette a disparu, ils ont dû l'emporter. Donc eux, peut-être, peuvent la voir encore.

La nuit vient, Camilla a jeté dans le feu tout ce qu'elle a trouvé, démantelant même un mur de la cabane. Ses doigts sont en sang, arrachés par les épines des broussailles, les éclisses du bois. L'horizon est vide, noir, immobile. Le galion a disparu, le galion ne reviendra pas. Elle tombe à genoux au bord de la plate-forme, couverte de suie, de sueur, de traces sanglantes, cheveux épars comme une démente, à présent vidée de ses larmes, broyée par le plus absolu sentiment de déréliction.

« Mon Dieu, murmure-t-elle, sa raison vacillant, pourquoi m'as-tu abandonnée? »

Chapitre 27

AOÛT 1505 - FÉVRIER 1506

Oroudj ne sait qu'inventer pour distraire Hizir. Le bruit du naufrage de la Reine des Mers et du Chevalier sans Visage, figures légendaires, s'est propagé comme un séisme en Méditerranée. Hizir, lui, en a perdu le goût de vivre. Il passe son temps enfermé dans sa cabine avec ce portrait du diable, fort dévêtu pour le goût islamique. À force de supplications, Oroudj a convaincu son frère de descendre à terre avec Ishacq et lui, de les accompagner dans les bazars d'Alger. Mais l'aîné des Barberousse voit bien qu'Hizir regarde tout du même œil indifférent.

Une populace compacte se presse au marché des esclaves, autant pour jouir du spectacle que pour enchérir. Chaque marchand présente ses captifs enchaînés sur une estrade. C'est un lot de huit Chrétiens qui est à l'encan. Le vendeur, habile commerçant, les a lavés, rasés, vêtus de chemises propres. Cette rutilance attire tous les regards. Poussés depuis les hauteurs de la casbah, menés jusqu'à cette place en dépit d'eux par la lave de la foule descendante, les trois frères se trouvent entraînés jusqu'au pied de l'estrade, où cette fois le mouvement s'arrête, les dépose comme une vague sur un rivage. Par force, ils examinent l'octuor enchaîné juste sous leur nez.

Soudain, Hizir émerge de sa torpeur, les muscles de son visage se durcissent. Oroudj, incrédule, reconnaît dans l'œil vert la petite lueur disparue ces derniers mois. Il regarde ce que regarde Hizir, curieux du spectacle qui parvient à le distraire quand toutes ses attentions fraternelles y échouent. Ce n'est qu'un des esclaves chrétiens présentés sur l'estrade. Un homme jeune, solidement bâti, une bonne affaire, mais cela n'a rien d'extraordinaire. Quelques traces de vicissitudes, sur le torse, apparaissent dans l'échancrure de la chemise : des coups de poignard anciens. Il faut savoir noter de tels détails, qui révèlent un passé de guerrier plutôt que de paisible marchand, donc des compétences plus ou moins précieuses suivant quel type d'esclave on cherche.

C'est sur le visage du captif que se concentre l'attention du corsaire, paupières plissées. Un guerrier de la mer. Il n'y a qu'en naviguant qu'on acquiert ce cuivre-là. L'ossature affleure nettement sous la peau, d'une pureté ciselée, presque inquiétante. C'est la beauté des idoles païennes aux yeux peints qui dorment dans certains temples, émaillées parfois du sang séché de victimes humaines. Oroudj se rappelle un tombeau pillé par les frères dans les sables d'Afrique, une chambre funéraire abritant une statue qui fixait les profanateurs du même œil que ce Chrétien. À l'instant, l'esclave à vendre, qui gardait le front baissé, redresse la tête dans un éclair doré de cheveux. Il contemple la foule, laquelle marque un suspens subjugué. L'impression que créent les traits pétrifiés et les yeux seuls vivants, trop lumineux, s'accentue par un autre contraste : beauté de la statue, horreur des cicatrices qui la mutilent.

Une balafre en travers de la joue droite, de l'arcade sourcilière à l'oreille, encore boursouflée, un peu luisante — une blessure récente. L'autre est plus ancienne et plus horrible. Une dépression, un trou dans la gorge qui se poursuit par une estafilade livide autour du cou, comme si cet homme avait survécu à la décapitation. La respiration d'Hizir s'est alentie, presque interrompue. Le regard fauve se promène avec indifférence dessus les têtes spectatrices, glisse sur les frères Barberousse au premier rang : donc, l'homme ne connaît pas Hizir.

« Qui est-ce ? demande Oroujd.

— Je te le dirai si je l'entends parler. »

Le marchand, qui a remarqué combien ce captif-là retient l'attention, choisit de le mettre aux enchères le premier. Le balafré déplace son regard vers son vendeur. La foule émet un soupir, comme si, délivrée de l'emprise qu'elle subissait, elle osait de nouveau rire, redevenir une foule. Le bonhomme lève un des bras musclés du Chrétien pour montrer sa bonne santé, fait mine de lui ouvrir la bouche pour exhiber ses dents, bat en retraite : le balafré, babines retroussées, feule comme un lion qu'on dérange. L'effroi du marchand soulève des rires parmi les badauds. Aussitôt, des acheteurs lancent leur offre.

« Quel est ton nom ?

— D'où viens-tu, le lion ?

— Es-tu chrétien ? »

Il ne répond pas.

« Fais-le parler, glisse Hizir à Oroudj. Je veux entendre le son de sa voix.

— As-tu honte de ton Dieu, chien d'Infidèle,

que tu ne veuilles pas l'avouer?» lance l'aîné des Barberousse en sabir de marin.

Tressaillant, le balafré cherche du regard celui qui le provoque. Mais la question, déjà, comme dans toutes les foules, trouve un chœur pour la reprendre en variations :

« Le Chrétien a honte de son Dieu !

— Le lion ne sait pas rugir ! »

Avec dédain, le captif lance en arabe :

« Je suis chrétien, je le dis. Puissiez-vous tous crever, adorateurs de Mahomet ! »

Au son du coassement, la foule cesse de rire. On a rarement entendu voix plus horrible. Hizir sourit, tourne la tête vers Oroudj.

« Frère, il faut que tu saches qui a capturé ce Chrétien, quand et où. Paie ce qu'on réclamera.

— Me diras-tu pourquoi, à la fin ?

— L'an passé, quand je fis l'escapade à Rhodes que tu me déconseillais...

— C'était dangereux !

— J'étudiai la manière dont les hospitaliers construisent leurs galères et leurs bastions. Et puis l'on me désigna Foulque, le chevalier sans visage. Je le reconnais. Avec ou sans masque, il possède des yeux et une voix inoubliables... »

Hizir avait vu le feu de loin, prié qu'*elle* l'eût allumé. Quand, dévalant la pente, s'affalant à genoux sur le sable, elle a reconnu celui qui débarquait, leurs joies se sont rejointes. Après tant de semaines à ne parler qu'au vent, aux mouettes et aux croix commémoratives, quelqu'un venait et c'était un ami ! Elle répétait « Hizir, Hizir » avec sa prononciation de Chrétienne, c'était tout ce qu'elle parvenait à formuler. Elle se releva, fit deux pas en avant, tomba contre sa poitrine. Il ne pouvait parler non plus, tremblant comme la première fois dans son adolescence qu'il avait senti peser sur son cœur le poids d'une femme.

Les cheveux roux avaient repoussé, ils coulaient en vagues sur ses épaules, atténuant un peu l'air garçonnier qui séduisait le sultan, mais elle était toujours aussi belle, dans son costume de marin qui, à présent, rendait l'âme, auquel elle avait cousu des pièces d'un autre cuir grossièrement tanné — l'île grouillait de chèvres. Il sentit entre eux, alors, une communion intense. Bien au-delà de l'émotivité suscitée par la circonstance. Melikat El Abhar et Hizir Barberousse. Le séjour solitaire dans l'île n'avait pas abattu cette femme, au contraire. Elle semblait plus fervente, plus absolue que naguère. Elle ne cherchait plus sa destination. Elle *savait*. Elle irait droit au but. Cette certitude irradiait, un nimbe dans lequel Hizir pouvait s'inscrire, une chaleur qu'il pouvait partager. Alors, il croit qu'elle l'aurait aimé comme il voulait, comme il veut. C'est lui qui brisa le pacte, il le sait désormais.

Il l'emmena sur la galiote. Dans sa cabine, elle découvrit le tableau.

« *La Femme en brocart rouge*. Je suis heureuse que vous l'ayez gardée.

— L'habitacle est étanche, juste assez pour que les pigments ne soient pas altérés par l'air salé.

— Oh ! vous savez cela.

— Je m'en suis soucié, oui. »

Elle souriait. Regardait les astrolabes, les bois patinés. Il devinait ce qu'elle ressentait : une impression de familiarité, de « chez soi », comme lui-même l'avait éprouvée dans la cabine de la

Santa Camilla, où il venait si souvent lui parler.

« Vos frères sont restés à Djerba », dit-elle.

C'était un constat. Il fallait que leurs retrouvailles fussent sans témoins, d'elle à lui, de lui à elle. Tout ce qu'ils échangèrent durant cette trêve qu'il n'oubliera plus fut l'affirmation d'une complicité, d'un accord. Pas de question, les questions vinrent ensuite, pour leur malheur. Elle dit :

« J'ai pensé souvent à vous. À votre déception lorsque vous ne m'avez pas trouvée, de retour à La Marsa. Cette belle évasion préparée pour rien ! J'étais sûre que nous nous croiserions de nouveau. »

Tout fut simple. Il ne calcula pas de prendre le visage clair entre ses paumes, les doigts glissant sous l'épaisseur des cheveux, et de dire qu'elle était encore plus belle que sur la peinture et dans son souvenir. La réponse qu'elle donna, emportée, fut également improvisée, il en est sûr. Elle se dressa sur la pointe des pieds pour atteindre ses lèvres.

« Vous avez goût de sel. »

Sa bouche était un fruit suave. Plus bas, la chair de sa gorge, inimaginablement douce, avait parfum de miel. Toute sa personne répondait aux trente points de perfection du canon persan. Mais elle était mieux que belle : ardente, généreuse. Elle ne ressemblait à aucune avant elle. Camilla Vespucci prétendait avoir été courtisane, pourtant c'était la première femme libre qu'il connût. Elle décidait. Elle n'avait pas voulu le séduire quand sa liberté en eût dépendu, elle l'agréait à présent parce que c'était son désir. Non pas de la faim, du désir. Elle prit toutes les initiatives, il ne songea pas à les lui disputer. Elle lui fit comprendre qu'elle les inventait à l'instant pour lui seul, qu'il était unique, « Hizir, Hizir, Hizir... ». Elle ne donnait pas seulement en retour son corps, si beau qu'il fût, sublimement dessiné, nerveux et rond à la fois, robuste et d'attaches fines, des seins comme des fruits, des flancs creusés de guépard. Elle cédait sa personne. Voilà pourquoi sa franchise érotique était souveraine. Auparavant, il y avait eu des prostituées ou des soumises. Ce jour-là, il fit l'amour avec une reine.

Mais depuis lors, indicible tourment, il ne possède plus qu'une femme. Ce qu'elle offrait, elle ne l'offre plus. Sa peau a toujours goût de miel, ses flancs gardent leur perfection féline, elle et lui ne se désirent pas moins. Mais elle s'est retranchée dans une prison intérieure, l'âme barricadée. Cela, Hizir l'a provoqué.

C'était l'instant d'après l'emportement. La galiote à l'ancre bougeait à peine au souffle du vent d'été. Par la fenêtre ouverte de la cabine, on en sentait les frissons. Camilla rêvait, renversée dans une attitude peu différente de celle du tableau — abandon familier qu'avait dû saisir le peintre. Hizir la regardait dans la lumière, alanguie, pourtant les muscles restaient prêts à la détente, un petit fauve en vérité. Quel démon l'a conduit à devancer les questions qu'elle ne posait pas ?

« Le chevalier Foulque m'a donné la position de l'île. »

Il ne s'était pas trompé sur la tension des muscles. Elle fut debout d'un élan si prompt que le mouvement échappa littéralement à son regard. Elle le prit aux épaules, ses ongles qu'elle n'avait pu couper depuis des mois et qui, malgré l'usure des travaux divers de survie, restaient fort longs, meurtrissaient la chair d'Hizir.

« Où l'avez-vous vu ? »

La première interrogation, qui rompait la trêve. Ensuite, c'en fut fini de ce qu'ils avaient partagé. Hizir n'existait plus. Elle questionnait, questionnait, obsédée, ivre, une fixité désagréable dans l'œil. Comment l'avait-il trouvé, qu'avait-il dit, qu'était-il devenu, qui l'avait vendu ? Il faillit répondre d'abord, mais il détestait cette furie, cette urgence.

« Que vous importe ?

— Je vous en prie ! Il faut que je retrouve le chevalier ! »

C'était un cri, qui l'a meurtri de jalousie. Il aurait peut-être dû la tuer, s'il avait été plus barbare, il les aurait sauvés de leur tourment aujourd'hui. Au lieu de quoi il les enferma dans un piège.

« Il était esclave à vendre au marché d'Alger. Par hasard, je le reconnus bien qu'il fût sans masque, l'ayant aperçu à Rhodes. Je l'interrogeai, il ne voulait pas admettre son identité ni livrer les coordonnées du lieu de sa capture — ce qui s'expliquait si vous y étiez restée. Toutefois, je pus remonter jusqu'aux pirates qui l'avaient pris.

— Et lui ?

— Le jour même, il tenta de s'enfuir du bagne, probablement pour me devancer ici. Il fut abattu au cours de sa fuite. On l'enterra chrétiennement. »

Elle demeura longtemps immobile, muette. Lorsqu'elle reprit ses vêtements, ses doigts tremblaient tant qu'elle n'arrivait pas à les lacer. Elle n'a plus proféré une parole au sujet du chevalier. Peut-être parce qu'il est nourri du fatalisme de l'Islam, Hizir a cru qu'elle guérirait de ce deuil. Un homme masqué qu'elle n'avait connu que quelques mois, fût-ce pour vivre dans une île déserte à ses côtés, et qui n'avait jamais été son amant — elle n'aurait pas menti sur ce point — ne pouvait signifier beaucoup pour une femme si ardente.

Sur le chemin de Djerba, elle fut triste, silencieuse, absente. Il se montra discret, respectant sa peine. Se persuadant qu'il retrouverait les splendeurs de la première étreinte. Les mois ont passé. Camilla vit sur son navire, suit Hizir dans ses courses, l'écoute parler du royaume qu'il se taillera pour le lui offrir. Elle n'a pas discuté les choix qu'il a posés quant à elle, il aurait pu parler d'une autre femme aussi bien. Elle n'a émis ni conditions, ni exigences, ni limites. Plus jamais elle n'évoque, quant à la mer, un désir propre; plus jamais ne se soucie du passé laissé derrière elle, pas même de ses enfants.

Melikat El Abhar, au temps de leur première rencontre, était une femme encombrée de souvenirs, difficile à conquérir, à rendre heureuse, mais qui cinglait à la recherche d'un but. L'Ariane qui l'attendait sur le rivage de l'île avait trouvé ce but. La femme qui l'accompagne aujourd'hui se rend sans combat, consent à ses décisions comme à ses désirs. Elle est certainement plus douce avec lui que ne le fut jamais sa reine, sa rivale, sa captive irascible. C'est une douceur qui glace pourtant, la douceur de l'indifférence. Elle est à lui, mais ce n'est pas elle. La flamme qui séduisait, qui donnait envie de lui offrir des sultanats, paraît éteinte.

Il ne parvient pas pour autant à se détacher. Il espère toujours ranimer l'élan perdu. Et puis il la désire, et puis elle l'émeut. Elle pleure parfois. Il ne demande plus pourquoi, elle répondrait :

« Pour rien », et prendrait un air si vague, si absent ! Camilla. Il aime son prénom chrétien, doux à prononcer. Camilla. Comment admettre que cet autre, le chevalier, le balafré, ait pu s'emparer de l'âme quand lui détient le corps ? Il trouvera bien comment la reconquérir, elle ne pourra demeurer toujours inerte telle une odalisque. Des odalisques, Hizir en trouvera partout. Il veut le petit capitaine qui ensorcelait Abou Abdallah, qui disait, regard viride :

« Je tuerai qui me prendra contre mon gré. »

Alors, elle l'aurait combattu. Mais elle était entière. La posséder ne fait plus que l'éloigner de lui, désormais. Oroudj a souri, quelquefois, de voir la femme rousse si bien domptée, exténuée de plaisir, peut-être. Hélas, elle est plus lisse, plus lointaine à chaque corps à corps, et ce plaisir qui n'est justement que du plaisir, qui ne gagne pas jusqu'au cœur, Hizir en vient à le détester.

Récemment, parce que c'est la seule ressource qu'il n'avait pas encore essayée, il est même devenu agressif. La provoquer, la réveiller.

« Dans ton pays, aujourd'hui, c'est la Nativité du Christ. Tes fils la fêteront seuls, te croyant morte. Cela t'indiffère ? »

Elle ne répond pas, accoudée à la proue de la galiote. Perdant patience, il marche jusqu'à elle, la prend aux épaules, la fait pivoter pour accrocher son regard.

« Cela t'indiffère ? Es-tu dénaturée ?

— Ils n'ont pas besoin de moi, je n'ai rien à leur offrir.

— J'use mon imagination à te distraire. J'en suis à te conter Mille et Une Nuits... J'ai envie de te tuer, parfois.

— Oh, soupire-t-elle, tu le devrais ! »

Il sursaute, la sincérité de l'exclamation l'a surpris.

« Es-tu si malheureuse ? Je ne te force pas à rester avec moi, Camilla, tu es libre, tu le sais.

— Je n'ai rien à faire de ma liberté.

— Alors, autant moi qu'un autre ? s'insurge-t-il. Si n'importe quel pirate t'avait ramassée sur cette île, tu serais à lui comme à moi ?

— N'importe quel pirate n'aurait pas su ce que tu savais. J'aurais continué d'espérer que Foulque fût vivant.

— Pourquoi ? Que lui voulais-tu donc, à ce balafré ?

— Balafré ? »

Un peu de la flamme ancienne monte aux joues pâles.

« Oui, jette-t-il avec hargne.

— Tu as vu son visage. Toi. Toi, qui ne t'en souciais pas, tu as eu ce privilège. Oh, vraiment, il faut que Dieu n'existe pas ! Il faut que le diable mène le monde et n'ait dessein que de nous tourmenter ! »

Quelque chose d'inattendu filtre dans ses paroles. De la colère ! Camilla est en colère, et se tourne vers lui violemment.

« De quel droit ? Pourquoi toi ? Dis-moi son visage. Je veux savoir, Hizir !

— C'était un visage mutilé. Voilà pourquoi il l'avait toujours caché.

— Non, ce n'était pas la raison, il se moquait bien de cela ! Décris-le.

— Non.

— Décris-le ! »

Elle crie, elle exige. Du moins a-t-il suscité l'étincelle.

« C'était un monstre, lâche-t-il, mâchoire crispée. Une balafre sur toute la largeur du visage, une autre autour de la gorge, comme s'il avait été coupé en deux et mal recollé. La foule se taisait, pétrifiée de terreur sur le marché d'Alger.

Pour tout l'or du monde, la dernière des putains n'aurait pas accepté de l'embrasser.

— Moi, si, dit-elle doucement, les yeux clos. J'aurais lavé ses pieds de mes larmes, je les aurais essuyés de mes cheveux...

— Et ensuite? Tu l'aurais suivi à genoux, comme Marie-Madeleine?

— Oui. Il portait un grand rêve, il l'aurait enfanté, je l'aurais aidé. Défendre les remparts d'Occident. Construire un bastion contre la barbarie.

— La cité d'Utopie? Celle qu'il inventa pour occuper le temps sur l'île et dont tu emportes les projets et les plans?

— Tu le savais?

— J'étais curieux de ce sac de cuir accroché à ton cou. Je te l'ai dérobé dans ton sommeil pour lire son contenu. Camilla, rien ne t'empêche de réaliser l'Utopie du chevalier.»

Une ambition de cette sorte ressusciterait Melikat El Abhar. C'est par l'autre homme que passe tout élan vital en elle. Eh bien, qu'elle construise un royaume selon le dessein de l'autre homme, pourvu qu'elle le construise! Mais elle soupire.

«C'était son rêve, je ne puis rêver à sa place, compléter les feuillets blancs. J'aurais seulement pu l'aider. D'ailleurs, s'il est mort, c'est que Dieu ne veut pas de cette Utopie.»

La fièvre est retombée. Hizir s'emporte à nouveau.

«Alors pourquoi vis-tu? Pourquoi ne te jettes-tu pas à la mer? Ou bien, si tu préfères que le destin se charge de toi, lance-toi donc en avant dans les abordages, au lieu de t'enfermer dans la cabine.

— M'accuses-tu de lâcheté?

— Oui. Tu te laisses adorer sans échange.

J'adulais une reine, je n'ai plus qu'une femme peinte. »

Elle esquisse un sourire triste.

« Pardonne-moi, Hizir. Pourtant, j'étais près de t'aimer. »

Quand Camilla vivait à la maison du Borgo, avec Cesare, il y avait, donnant sur les jardins du Vatican, un cabinet de toilette aux vitraux rouges et bleus où s'échangeaient leurs conversations matinales, pendant qu'il se faisait raser. Camilla mit quelques mois à comprendre que son humeur quotidienne tenait moins à ce qui se passait durant l'entrevue qu'au carreau de la fenêtre devant lequel elle se postait alors. Ce fut, lorsqu'elle l'eut découvert, une connivence avec Cesare. Il y avait « le monde en bleu » et « le monde en rouge ». Si l'un s'exaltait ou s'attristait indûment, l'autre le rappelait à la mesure par ce code.

La mort de Foulque insère entre le monde et son œil un filtre bleu, inamovible, permanent. Elle n'y peut rien, tout est devenu froid. Parfois, plus souvent qu'Hizir ne le croit, sa vitalité, sa passion semblent incitatives. Mais le filtre bleu demeure, le refrain « À quoi bon » vient tout désenchanter. La vie de Camilla fut violente, pourtant le désir de lutter triompha des quatre cavaliers, de la mort de Baldassare, du naufrage... Aujourd'hui le ressort est cassé. Sans raison. C'est le monde en bleu. Foulque est mort, et c'est le monde en bleu.

Tout est devenu parfaitement absurde, indifférent, après cette révélation. Elle a même oublié le trésor. Réellement oublié. C'est trois jours plus tard, lorsqu'ils furent à Djerba, qu'elle s'est rappelé soudain les amphores ensevelies. Elle ne voyait pas ce qu'elle en eût fait désormais. Hizir pillait assez de bateaux pour devenir riche sans secours. Foulque avait voulu qu'il continuât de dormir, elle respecterait ce vœu. Mais le corsaire a raison. Elle l'entrave, poids de chair morte, incapable d'aimer. Elle ne peut plus reprendre au même point du cycle, hisser son rocher comme un Sisyphe qui ne voudrait pas savoir. Elle envie les statues antiques aux yeux mangés de coquillages qu'on aperçoit parfois dans les hauts fonds. Être l'une de ces gisantes par-dessus lesquelles glissent les étraves, que parfois des goélands fourvoyés viennent becqueter ainsi que des visages de naufragés. Reposer parmi les algues.

Maître Bergamo, notaire à Venise, ne cesse de faire glisser les feuilles du dossier l'une dessus l'autre dans un geste machinal. L'entrevue qu'il eut hier avec la duchesse de Ferrare, spécialement venue pour le rencontrer en une journée de voiture, alors qu'elle est grosse dit-on, l'a terriblement impressionné.

« Madame la duchesse m'a dit... »

Philomena Vespucci, qu'escorte sa carpe d'époux, n'en peut plus d'entendre le notaire rouler ce titre dans sa bouche comme une pomme cuite trop chaude.

« Il s'agit de la succession de Camilla Vespucci, disparue en mer, dont vous êtes le notaire et dont *nous* sommes la famille.

— La duchesse de Ferrare représente les héritiers, les deux fils de la défunte dont elle est tutrice.

— C'est ce que nous contestons. Giovanni-Ottavio Borgia est Borgia, mais le nom de sa mère n'apparaît nulle part sur l'acte de reconnaissance. Quant à l'autre enfant, les registres de la paroisse où il aurait été baptisé ont brûlé en 1503, au cours des émeutes de l'interrègne pontifical.

— Qu'importe. Le testament de Camilla Vespucci est fort clair. Ottavio-Giovanni Borgia et Gabriele Vespucci, qu'ils soient ses fils ou non, héritent sa fortune pour moitié, des œuvres charitables pour l'autre moitié.

— Une courtisane n'a pas le droit de tester.

— Elle n'était plus courtisane mais armateur payant patente à Venise.

— Supposons, dit Philomena de mauvaise grâce (elle espérait éviter ce recours) que le testament disparaisse. Alors, plus rien ne prouvant que les enfants sont bien les siens...

— C'est une question de prix, madame. Combien êtes-vous disposée à...

— On pourrait s'entendre sur une part de l'héritage à venir. »

Le notaire a reçu de Donna Lucrezia la promesse d'une charge à sa cour s'il veillait à ce que les petits Vespucci ne fussent pas lésés. Mais l'héritage de la Cyprina sera considérable, surtout s'il n'est plus diminué de dotations ridicules — une maison pour les orphelines, un asile pour les pauvres, un mont-de-piété, des hospices... tout fut envisagé, elle n'a oublié personne, les anciennes putes repenties ont la furie caritative ! Si l'on supprimait ces legs intempestifs qui ne changeront rien à la pauvreté du monde, la famille Vespucci toucherait un joli magot. Une commission de dix pour cent serait décente, ce qui tournerait autour de soixante-dix mille ducats. Donna Lucrezia est aimable, avec ses offres de charge. Mais quelle charge rapporte soixante-dix mille ducats ? Quant à lui soutirer de l'argent ! Tout le monde sait que les Este tiennent à la gorge la fille du pape, de peur qu'elle ne parvienne à monnayer la liberté de son dangereux frère. Quand il s'agit d'or, deux bons bourgeois comme ceux que voici pèsent souvent plus lourd qu'une duchesse...

Le médecin arabe s'affaire, essayant d'éloigner Hizir de la couchette.

« Retire plutôt tes vêtements trempés, sèche-toi, j'ai assez à faire avec elle ! »

À gestes sûrs, sans panique, le praticien découpe au scalpel les vieux cuirs raccommodés, collés à la peau par le sel. On dirait qu'il dépèce un cadavre, les membres retombent avec d'horribles flaccidités. Le médecin allonge sur le ventre la femme évanouie, exécute un violent travail de pompe sur la cage thoracique pour lui faire cracher l'eau avalée.

« Va-t-elle vivre ?

— Pour ce qui est du corps, oui. J'ai rarement vu tant de vitalité dans un si frêle volume. Mais l'esprit ! Il y a longtemps que j'aurais dû te le dire, Hizir. Toute notre science médicale ne sert à rien si l'envie de vivre n'est pas là. J'ai vu des ulcères identiques guérir chez un vieillard jovial en trois jours, quand chez un jeune homme florissant, mais qui venait de perdre son fils et ne s'en consolait pas, il a dévoré la jambe dans le même délai puis emporté la vie. »

Hizir ne répond pas, ouvre violemment la porte de la cabine, réclame un baquet d'eau chaude, des braseros, des serviettes, des vêtements secs. Il se déshabille avec des mouvements disproportionnés, amples, rageurs.

« Les médecins ! renifle-t-il. Vous ne savez que discourir. »

Le vieil Arabe, qui connaît les frères Barberousse et suit leurs voyages depuis dix ans, hoche la tête sans relever le reproche.

« Je crois qu'elle a recraché toute l'eau de mer avalée. Elle va reprendre conscience. Il ne faut pas qu'elle se refroidisse.

— Je m'occuperai d'elle. Va-t'en à présent! Que tout le monde s'en aille! »

Sur le seuil, le médecin se retourne.

« Ne va pas lui faire une scène, irrité comme tu l'es. »

Hizir lance une botte dans sa direction, que le vieil homme esquive. Elle cogne contre le battant qui se referme. Il est fou de rage, en effet. Mais pas contre elle. Elle respire normalement à présent, allongée sur le dos. Il remonte la couverture jusqu'aux épaules, si pâles qu'on y suit des géographies de veines. Le visage aux yeux clos, les cheveux figés par le sel en ondes lourdes, mates et mêlées d'algues, la font ressembler aux marbres ensevelis qu'on aperçoit parfois en transparence sous la mer et qui la fascinent. Il n'y a guère que ce spectacle qui l'intéressait encore ces derniers temps...

Il avance la main pour toucher le front lisse, se rassurer de le trouver tiède. Il ne comprend pas ce désespoir, assez grand pour qu'elle veuille en mourir, mais ce qu'il en devine lui fait mal. Quelle imbécillité criminelle le poussait ce matin à parler de suicide, à l'y inviter, même! Il aime cette femme comme aucune avant elle et n'a su que lui donner l'envie du néant. Un peu de couleur monte aux joues. Elle ouvre les yeux. Déception de se retrouver là, qu'elle ne songe pas à déguiser, qui s'adoucit tout de même quand son regard découvre Hizir demi-nu, la tête encore ruisselante, serpents de cheveux poissés pendant au-dessus d'elle.

« C'est toi qui m'as tirée au sec. Tu ne devrais pas rester ainsi, tu vas attraper la mort. »

Elle tousse, crache un reste d'eau salée.

« On dit que la fierté d'un marin est de périr en mer mais c'est une fin horrible, je ne te la souhaite pas. »

Elle se redresse, s'adosse aux oreillers, s'enroule en frissonnant dans la fourrure du lit. Hizir reprend son va-et-vient erratique, bouscule un tabouret, va entrouvrir la porte, réclame l'eau chaude, ramasse en paquet ses vêtements mouillés et ceux de Camilla, les roule en tas dans un autre coin.

« Hizir, arrête ! Tu me donnes le tournis. Viens près de moi, écoute-moi. Tu es fâché, je le sais. Je te demande pardon d'avoir fait cela, de t'avoir fait cela. Je ne songeais pas à toi, c'était injuste. »

Il s'élance vers elle, la prend dans ses bras, la serre violemment. Ce qu'il ne savait comment avouer vient en paroles, il faut s'en délivrer.

« C'est moi, qui te demande pardon. Je ne veux pas que tu meures, Camilla. Écoute-moi, je t'ai menti. Le chevalier de Rhodes, Foulque... »

Elle tressaille, se raidit contre lui, poumons bloqués. Il ne la regarde pas, il ne peut pas.

« Il n'est pas mort. Un marchand d'Alexandrie l'acheta. Je ne sais ce qu'il est devenu, mais il était vivant il y a six mois... »

Elle respire, son corps s'assouplit, pesant soudain beaucoup plus léger contre l'épaule d'Hizir, comme si le fardeau était déposé. Il attend qu'elle s'écarte dans un mouvement de reproche, relève le menton, le dévisage avec le regard plein d'éclairs de la reine ennemie désormais, perdue définitivement pour lui, mais du moins rendue à elle-même. Il attend cela calmement, comme tout Musulman attend l'inévitable.

Mais elle n'esquisse pas le moindre geste de repli. Elle l'enserre plus étroitement au contraire, éclate en sanglots, visage enfoui contre sa peau mouillée.

« Allah akbar », murmure-t-elle.

Elle pleure longtemps, il n'ose pas bouger. Elle se détache enfin, le dévisage en reniflant.

« Tu sens le varech », dit-elle seulement.

On frappe à la porte de la cabine pour apporter l'eau du bain, elle crie d'entrer. Deux matelots tunisiens déposent le baquet sur le sol, se retirent. Elle écarte la couverture, se lève. Elle a retrouvé sa nudité de reine.

« Camilla, ose-t-il demander, tu ne me détestes pas pour ce mensonge ?

— Je te sais gré de m'avoir aimée. C'est moi qui ai manqué de foi. Si j'avais eu assez d'amour, j'aurais fait vivre Foulque comme Tête d'Or, par le pouvoir de ma décision, en poursuivant sur la voie qu'ils traçaient. Les autres ne meurent que si on le veut bien. »

Elle entre dans l'eau avec cette manière de porter les épaules qui l'a subjugué dès leur première rencontre, cette manière enfin reconquise. Elle lui tend la main pour qu'il la rejoigne. La métamorphose est accomplie, le secret en était aussi terriblement simple qu'il le pressentait. Au seul nom de l'autre homme, elle est ressuscitée. Comme les plantes du désert, recroquevillées, des buissons d'épines qui, sous la pluie annuelle de quelques heures, explosent en fleurs bouleversantes.

« Tu vas me laisser partir, Hizir, je dois le retrouver. »

Il n'aime pas l'expression de ses yeux, pupilles dilatées comme les Assassins. Il ne croit pas à l'illusion qu'elle berce et ce n'est plus la jalousie qui l'aveugle désormais.

«Tu as quitté la réalité, Camilla Vespucci. Tu es dans un rêve qui n'a de sens que pour toi.

— L'amour est un manteau de miséricorde. L'amour pour Tête d'Or, dont je n'ai rien su faire, peut servir à réchauffer Foulque, l'entraîner plus loin.

— Et moi, Camilla?

— Tu es fort, Hizir, parce que ton rêve est plus tangible que le nôtre. Ton ambition n'a pas besoin de miséricorde, elle est terrestre. Tu cherches la puissance, lui la pureté; la conquête, lui l'expiation. Je me sens plus proche de lui que de toi désormais. Mon désir de vengeance est devenu désir d'Utopie. Foulque avait commencé de dessiner la chimère, je l'accomplirai, pour qu'il la voie. Mais je ne t'oublierai pas.»

Elle dessine du doigt, sur son torse, les quelques coutures qu'il a gagnées dans sa vie de pirate et qui furent plus ou moins bien reprisées. Y pose ses lèvres fraîches. Hizir sait qu'il ne revivra rien de semblable avec celles qui succéderont à Camilla. Du moins lui est-il accordé d'accomplir un cycle, de combler une attente. Cette fois, cette dernière fois comme la première, c'est Melikat El Abhar, la fervente retrouvée, qui fait l'amour avec lui.

Sous le pâle soleil de février, le port de Cadiz attend le retour d'expédition du capitaine Amerigo Vespucci. Il paraît que le Florentin aurait reconnu le nouveau continent dont on soupçonnait l'existence. Pour Colombo, discrédité, ruiné, qui est en train de mourir à Valladolid, cette confirmation sera peut-être une consolation. Pour la foule, c'est indifférent, seule l'a déplacée la rumeur des richesses rapportées par l'expédition: depuis dix ans qu'on attend autre chose que des rêves et des noms inventés sur les cartes !

Parmi les visages d'argile cuite aux yeux noirs — les Arabes ont laissé leur trace en Andalousie — il n'y a guère de garçons comme celui-là, cheveux miel débordant du bonnet, yeux d'aigue-marine, qui joue des coudes pour accéder au premier rang des curieux et s'attire des quolibets :

« Ne pousse pas, gamin, tu vas tomber à l'eau. »

L'adolescent progresse sans se laisser rebuter et se trouve parmi les privilégiés qui aident à hisser à terre marins et officiers de l'expédition, dont accostent les chaloupes. Il tend la main vers un homme d'une cinquantaine d'années, aux cheveux gris, visage brûlé de sel et de lumière, vêtu de vieux cuir craquelé. Écartant avec peine l'agglomérat humain qui occupe le quai, l'homme cinquantenaire agrippe le poignet offert, saute à terre, se rétablit debout d'un coup de reins. Alors, son regard s'appesantit sur le visage du garçon, s'épanouit dans les multiples ravines d'un sourire. Il enlève l'adolescent dans ses bras pour une accolade.

« Que fais-tu donc en Espagne ?

— C'est une longue histoire, presque aussi longue que celle de ton voyage, Amerigo.

— Nous nous raconterons cela devant le dîner que cuisinera ma femme. J'ai une femme ici, figure-toi, j'ai fini par me marier. Moi ! Et avec une Andalouse de surcroît, jalouse comme seules le sont les Andalouses, mais un cœur d'or.

— Elle n'est pas là, à t'attendre ?

— Jamais ! Oh, tu ne connais pas cette race de femme. Elle fera comme si j'étais parti d'hier, quand j'entrerai dans la maison. Sans doute même, avant le moindre bonjour, me crierat-elle: “Essuie tes pieds, Amerigo!” Mais je l’aime bien. Et tant que les rois catholiques voudront de moi, j’aimerai bien l’Espagne. »

Il scrute attentivement le mince visage aux yeux clairs.

« Tu as changé. Tu as vieilli. Pas de visage ou de corps, non, tu peux encore passer pour un garçon de dix-huit ans quand tu le veux. Mais tes yeux savent des choses amères. Raconte-moi l’essentiel avant que nous soyons chez ma femme, car c’est une bavarde redoutable, ne compte pas sur elle pour garder un secret...

— J’ai besoin de ton aide momentanée, Amerigo, pour résoudre quelques problèmes. Rassure-toi, ma fortune n’a jamais été si grande et je pourrai te rembourser au centuple ce que tu m’avanceras. Je pourrai même te financer une expédition jusqu’à la lune si l’envie t’en vient. Quand j’ai su que tu rentrais des Nouveaux Mondes, je me suis fait débarquer à Cadiz pour t’y rencontrer, j’y suis depuis deux semaines à t’attendre. »

Amerigo soupire :

« Si c’est ce que tu appelles raconter! Commence par le commencement, veux-tu ? Moi, j’ai laissé ce monde-ci en 1502, ne l’oublie pas. »

Chapitre 28

AVRIL - DÉCEMBRE 1506

Gubbio ne deviendra jamais un honnête bourgeois. Si d'aventure il s'est prétendu marchand, chevalier vénitien ou patricien romain, ce n'étaient que défroques utiles dans certaines affaires à mener au grand jour. Il les quittait sans regret dès le coup fait. Sa patrie de l'ombre et des guenilles lui reste plus chère que tout. Abandonné dans un lange un soir de Noël 1456 sous l'ogive sculptée du Duomo de Gubbio, il fut emporté par des zingari dont il resta l'esclave jusqu'à douze ans. À cet âge, il s'enfuit et fut recueilli par des franciscains qui le baptisèrent. C'était trop tard pour qu'il s'accoutumât à un prénom, trop tard pour qu'il s'assagît. En vain lui conta-t-on que saint François d'Assise, autrefois, avait apprivoisé le loup de Gubbio.

« Le nouveau loup de Gubbio restera sauvage ! » déclara-t-il aux moines et il s'en fut à Rome devenir brigand. Là, il trouva compères et commères, une famille en même temps qu'un peuple libre, irréductible. Il ne s'agissait pas seulement de rapine. Leur aventure fut poétisée par la dimension que lui donna, naguère, certaine « générale ». Et même si un peu de son esprit, de son audace, reste dans leur république occulte, Gubbio ne se console pas d'avoir perdu Camilla.

Quand il a su qu'elle était l'otage du roi de Tunis, il a promis, sous l'une de ses identités « honorables », soixante-dix des cinq cent mille ducats de sa rançon. Elle ne fut jamais payée, mais il aurait préféré de grand cœur perdre l'argent et revoir Camilla vivante. En ce jour de Pâques 1506, à Rome, sur le parvis de San Pietro, les fidèles attendent la bénédiction de Jules II. L'œil exercé de Gubbio suit le travail des apprentis larrons dans la foule avec amusement et nostalgie. Ces risques-là, il ne les prend plus. Peut-être les regrette-t-il justement.

« Chevalier de Sant'Anselmo ? » demande une voix tranquille derrière son épaule.

L'un de ses noms d'emprunt. C'était Camilla qui lui avait trouvé cette couverture-là, vénitienne. Elle adorait le présenter au monde sous des titres ronflants, empêtré qu'il était de ses damas. Par exemple, la nuit du triomphe de Cesare Borgia, en 1501, quand ils allèrent voler *La Femme en brocart rouge* chez Baldassare Colonna.

Ce compagnon-là, Gubbio le regrette aussi. Un gentilhomme comme on en fait peu, qui jugeait les êtres au-delà de leur blason — liberté d'esprit rare en ce monde où l'habit fait le moine. Il aimait Camilla Vespucci, Camilla Vespucci l'aimait. Ils passaient leur temps à se prendre pour mieux se trouver. Tous deux sont morts à présent, leur absence se fait cruellement sentir. Gubbio se tourne vers le personnage qui l'interpelle, un homme masqué vêtu d'un domino.

« Préférez-vous que je dise Francesco ? » murmure l'inconnu.

Cette fois le truand tressaille, porte une main prudente à la garde de son épée. Ce secret-là, celui de son baptême, seule Camilla le connaissait.

« Qui vous envoie et que me voulez-vous ?

— Mon histoire est un peu longue. Peut-être pourrions-nous parler devant deux pintes de malvoisie, à l'auberge du Trastevere que vous habitiez jadis ?

— Allons-y.

— Je viens d'une république encore inconnue, Cérulée. C'est un État récent, qui a besoin d'hommes neufs et cherche à travers le monde les artistes, aventuriers, paysans, tous les gens doués d'un talent quelconque et désireux de se donner carrière, pour leur offrir la citoyenneté. Nous espérons que vous consentirez à devenir Céruléen. Dans un premier temps, vous pourriez vous charger, avec une équipe que vous constitueriez, de résoudre nos affaires pendantes en Italie. Ensuite, il faudra légiférer, organiser l'État. Les moyens sont illimités, il ne s'agit que d'oser. On nous a suggéré que le chevalier de Sant'Anselmo serait l'homme d'une telle aventure.

— Qui vous a suggéré cela ?

— La personne qui fonda Cérulée. Elle est Consul de la République, non souveraine. Elle trouve que c'est assez d'avoir été générale parmi les truands et reine sur la mer. »

Gubbio sursaute.

« Mais je croyais que le naufrage...

— Il y eut trois survivants, c'est ainsi que Cérulée fut découverte. Pour l'heure, nous devons agir avec discrétion, parce que notre État n'est pas encore doté des défenses nécessaires s'il était attaqué. Or, nous avons déjà des opérations à mener en son nom à Rome, à Venise, à la cour de Ferrare, en Espagne. Des opérations qui ne seraient sûrement pas du goût de bien des princes, ni du pape, ni de l'Inquisition. Des affaires privées aussi, qui pourraient entraîner des représailles contre les êtres chers à notre Consul. Nous avons besoin de gens accoutumés à l'ombre, au silence, à la rapidité. C'est pourquoi le Consul de Cérulée vous a recommandé. »

Ils sont encore loin de l'auberge du Trastevere, piétinant dans les rues engorgées de *Romei*. Mais Gubbio sait déjà qu'il signera des deux mains sa demande de citoyenneté.

Juin caresse Venise de langueur. Giorgione ne guérit pas bien d'une toux de l'hiver, mal soignée. Pas assez de repos. Fini le temps des réunions avec Pietro Bembo, les concerts champêtres où l'on jouait du luth. Sa vie, désormais, c'est quatorze heures de labeur quotidien, poursuivi le soir à la lueur des lampes, de sorte que le peintre de la campagne vénète se fait celui des antres d'alchimiste, des clairs-obscurs, une tendance où d'aucuns voient un symbole morbide. Il y a cela aussi. Mais surtout le prosaïsme de dettes à payer.

« Vous offriez cinq cent mille ducats pour Camilla Vespucci, osez vous plaindre que j'en dépense cent mille par an ! criait Bianca dès le début de leur mariage.

— Pour elle, j'aurais promis tout l'or du monde sans hésiter », répondit simplement celui qui ne mentait jamais.

Elle blêmit, lèvres pincées, avalées par la colère.

« Eh bien, je vous jure que je vais vous prendre au mot, que je vous ferai payer tout l'or du monde, en effet. »

Elle s'y applique avec quelque succès. Comme

les acquisitions de bijoux, de parures, ne suffisent pas, elle joue, c'est elle qui joue le plus gros jeu de tout Venise. Mais il ne s'agit pas vraiment d'argent, l'ironie suprême est qu'elle s'en moque autant que lui. Elle fait payer à Giorgio ses déclarations de non-amour, son indifférence même pas délibérée, une véritable impotence physique. Malgré toutes les ruses qu'elle a tentées, jusqu'aux potions aphrodisiaques, il n'a jamais été son mari. Il ne peut pas. Elle le glace, voilà tout. Du jour où il ramassa la femme endormie sous le porche de Santa Maria in Cosmedin, il n'a plus désiré, il n'a plus su faire l'amour qu'avec elle. Ou, parfois, quand Dieu veut, avec la lumière qu'il emprisonne sur la toile grâce à ses brosses.

Bianca s'est permis de danser de joie quand on a su la mort de Camilla. Mais Giorgio lui disait ce matin, comme elle remarquait sa toux persistante :

« Plus vite je mourrai, plus tôt je la rejoindrai. »

En attendant ce jour, qui viendra tôt, il le sent, impossible de s'imaginer vieillir avec cette longue peine, en attendant ce jour il garde tout de même un subtil, un triomphant recours. Son œuvre, sujets champêtres ou clairs-obscurs, fresques profanes ou triptyques d'église, persiste à glorifier un unique modèle, reproduit de mémoire. C'est un cercle vicieux pour Bianca. Comme elle pousse Giorgione à la ruine, il accepte des commandes innombrables et les exécute en forcené, multipliant dans Venise les images de son obsession. Le fantôme incontournable nargue Bianca au détour des rues, des palais amis, des oratoires.

L'aube se lève à peine dans l'atelier désert. Giorgio, secoué par la toux, pose justement le dernier glacis sur une *Vénus* qui *la* figure. Une autre toux, discrète, fait écho à la sienne. Il se retourne, distingue dans la grisaille de la salle vide un de ces dominos masqués qui, à Venise, se promènent en toute saison, carnaval ou non.

« Que voulez-vous, monsieur ?

— Vous acheter un tableau, puis vous passer commande d'un autre.

— Bientôt, c'est à la nuit qu'on viendra, en forçant ma porte. Quel tableau voulez-vous ?

— Une *Dame au luth* en robe de velours vert.

— Je ne vends pas ce tableau, dit aussitôt le peintre. Mais j'en ai peint de plus récents montrant le même modèle.

— On veut celui-là. Il était d'après nature, non de mémoire comme ceux d'à présent.

— C'est donc le modèle qui vous intéresse ?

— À l'intention de quelqu'un qui désire en conserver un souvenir.

— Qu'il ne compte pas, pour ce faire, me voler les miens. *La Dame au luth* n'est pas à vendre.

— Bien, bien, sourit le masque. On m'avait annoncé presque mot pour mot votre réponse. Acceptez-vous néanmoins la commande ? Voilà cinquante mille ducats d'acompte. »

Le domino pose sur la table encombrée de pots une bourse.

« Que diable voulez-vous pour une telle somme ? Le plafond de la chapelle Sixtine ?

— Un petit tableau sur toile, que vous garderez en dépôt. Je suis chargé de vous donner quelques clefs. À vous ensuite de composer l'œuvre selon ces clefs. Il y a la tempête. Ou plutôt, l'instant qui précède la tempête : les feuillages sont en suspens, un éclair déchire la nuée verte.

Il y a un fossé, un petit ravin. Sur une berge, une femme et son enfant. Sur l'autre, un homme qui veille : le gardien au bord de la tempête. »

Giorgio est devenu cireux, sa main tremblante a laissé choir la brosse. Elle seule connaissait ce projet, dont il n'a jamais parlé, jamais dessiné la moindre esquisse. Elle.

Il ne saura pas quand le « Céruléen » masqué s'est éclipsé, emportant *La Dame au luth* pour laquelle il a laissé cinquante mille autres ducats. Le peintre est entré dans une songerie si profonde qu'il a perdu conscience de la présence du domino, de l'atelier, de Venise. Camilla vivante ! Camilla puissante... C'était un grand souci pour Giorgio que la scandaleuse affaire de son testament, les deux enfants dépouillés. En vain avait-il réclamé qu'on reçût son témoignage quant à la naissance de Gabriele, à laquelle il avait assisté. Les juges au procès avaient dû être achetés.

Le Céruléen a promis qu'on allait rétablir le droit en cette affaire. Il a promis, aussi, que plus jamais aucune dette ne serait contractée par sa femme au nom de Giorgione. Mais si bonne justicière que soit Camilla, il doute de son succès sur ce point.

Qu'importe. Il va guérir à présent. Vivre, parce qu'il faut peindre. La Tempête, l'allégorie de leur plus subtil secret. Ce sera son chef-d'œuvre puisque c'est elle qui le demande.

Le notaire arrive le premier tous les matins à l'étude, car sa nouvelle aisance ne lui fait pas renoncer aux bonnes habitudes. Les clercs ne travaillent bien que s'ils en reçoivent l'exemple d'abord, s'ils sont surveillés ensuite. La fin de la première messe sonne au clocher voisin de

Santa Maria dei Miracoli quand il s'assied à son lutrin, à la lueur économe d'une seule veilleuse de suif.

« Maître Bergamo ? »

Il sursaute, scrute la pénombre alentour d'un œil apeuré. Une silhouette entre dans le cercle que définit la veilleuse.

« Comment vous êtes-vous introduit ici ?

— Ma foi, j'ai un peu forcé votre serrure, déclare calmement une grande silhouette d'homme portant masque et domino. Avant de devenir citoyen céruléen, je fus très longtemps voleur et cambrioleur.

— Il n'y a rien à voler ici, s'empresse d'avertir le notaire.

— Je le sais, j'ai vérifié le détail en vous attendant.

— Alors que voulez-vous ? Mes clercs vont arriver, si vous me touchez, je...

— Tu quoi, fils de chien ? Tais-toi, si tu ne veux pas que je m'emporte. Écoute. Je sais que tu as reçu de la famille Vespucci, les armateurs héritiers de la Cyprina, soixante-dix mille ducats grâce auxquels tu fis disparaître son testament. Selon une estimation de ta charge, je pense que tu pourrais la revendre vingt mille autres ducats. Plus ta maison, ta vigne près de Padoue, cela fait encore vingt mille. Plus quelques usures que tu dissimules, nous dépassons les cent mille. Tu vas donc signer une lettre de change à quinze jours pour le montant de cette somme. Le bénéficiaire sera la Banque Céruléenne qui vient d'ouvrir un comptoir à Venise. »

Bien que la poigne du domino l'empêche de parler, maître Bergamo émet des borborygmes de protestation.

« Uiiiii... parvient-il à murmurer.

— Tu seras ruiné ? Cela va de soi. C'est le but

de l'opération, compère. Estime-toi heureux qu'on te laisse la vie. Allons, assieds-toi. Trempe ta plume dans l'encrier, là... Parfait. Et signe. Oui, la lettre de change est toute prête, vois, même cette peine te sera épargnée... Pourquoi pleures-tu ? Je t'étrangle un peu trop fort ? Pardon... C'est que mes doigts me démangent... Si je n'étais pas Céruléen, si j'étais encore le brigand que je fus naguère, je me laisserais bien aller à t'étrangler tout à fait... »

Philomena s'affairait à sa toilette matinale quand la servante est venue lui dire qu'un marchand du pays de Cérulée, un seigneur de Sant'Anselmo, sollicitait l'honneur de la rencontrer.

« Qu'est-ce que ce pays dont je n'ai jamais entendu parler ? Et que veut l'homme ?

— Il dit qu'il faisait commerce avec Camilla Vespucci et qu'il espère garder les mêmes excellentes relations avec ses successeurs.

— En ce cas, pourquoi n'est-il pas allé voir maître Niccolo au bureau de la compagnie maritime ?

— Il ne veut pas parler affaires mais s'acquitter d'une promesse faite à Donna Camilla. Un cadeau. Arrivé ce matin de Chine, il vient d'apprendre la mort de votre parente. Il a pensé vous destiner le cadeau.

— Il n'a pas si mal pensé. Dis-lui que je vais le recevoir. Et envoie-moi Simonetta, qu'elle m'aide à me lacer. »

Toute seule, en effet, elle n'arrive pas à se sangler comme il faut. Cinquante ans, c'est un seuil difficile à franchir. On a beau se restreindre quant au miel, aux sauces, aux massepains... D'ailleurs, le moyen de ne pas manger quand on est Philomena Vespucci, épouse d'armateur, qu'on possède un palais sur le Grand Canal et qu'on y tient table ouverte tous les soirs pour gagner rapidement ses galons de patricienne? Cela dit, le temps de séduire n'est pas aboli. Don Niccolo, qui compte pourtant cinq années de moins qu'elle, est un grison perclus, déjà. Il est vrai que la compagnie maritime constitue une énorme affaire; les connaissances de l'ex-paysan passementier ne lui permettent pas de vérifier si les commis sont honnêtes et compétents; ces soucis d'homme riche le rendent insomniaque.

Lorsqu'elle est assez ficelée pour ne plus oser respirer, Philomena va rejoindre, dans le salon de réception qui donne sur le Grand Canal, le Céruléen qui l'attend. Son masque et son domino surprennent l'épouse d'armateur, mais il prend les devants pour s'en justifier:

« Des cicatrices déplaisantes. Un marchand qui effraie ne fait pas d'affaires, n'est-ce pas? J'arrive de Chine avec des merveilles, des robes en soie peinte, des nacres, de la vaisselle de porcelaine. J'avais promis que dans tout cela, votre chère parente trop tôt disparue choisirait un cadeau à sa guise... »

À l'instant, Theodora, sans s'annoncer, surgit dans le salon comme une furie.

« Où est cette catin de Simonetta, je n'arrive pas à me coiffer! »

Elle s'interrompt en découvrant la présence du domino, lequel la sauve aimablement de son embarras:

« Vous êtes, je présume, une des délicieuses sœurs de Donna Camilla? Il y a, bien sûr, un cadeau pour vous également, et pour sa seconde sœur. Je voudrais vous prier de vous rendre à mon bord pour y choisir l'objet qui vous plaira, quel que soit son prix. Je me suis permis de venir dès mon arrivée à Venise et je vous serais obligé de me rendre cette visite à présent, car je dois ensuite décharger ma cargaison et repartir pour Alexandrie. Si vous me faisiez l'honneur de me suivre jusqu'au quai des Esclavons où je suis amarré — mais bien sûr, je ne veux pas vous bousculer...

— Non, non, monsieur, je comprends votre hâte », dit Philomena.

Et d'un air de régente, elle invite Antonia à se préparer, prévenir sa sœur d'en faire autant, alerter Paolo qu'il faut la gondole.

Bianca Barbarelli sortait de la messe du matin avec sa servante quand, sur le parvis de la Basilique des Frari, une farandole travestie les entoura. À Venise, on se déguise en toute saison, point n'est besoin du prétexte du carnaval. À force de lazzi :

« Belles dames, joignez-vous à notre ronde, venez danser avec nous », les joyeux lurons sont parvenus à les entraîner plus ou moins de bon gré jusqu'au quai. Là, tout se passe très vite.

Elles sont soudain saisies en douceur, parmi les rires et les plaisanteries qu'on poursuit comme si de rien n'était, embarquées, masquées, et la gondole où quatre dominos les maintiennent ferme assises, escortée par deux autres où se répartit le reste de la bande, s'engage sur le Grand Canal après avoir quitté le petit rio des Frari qui dessert la basilique. On descend jusqu'au quai des Esclavons. En vain, le long du chemin, Bianca cherche-t-elle à prévenir des piétons sur les ponts, les passagers d'autres esquifs :

« Au secours, on m'enlève ! »

Ses cris sont détournés de leur sens par les joyeux travestis, qui renchérissent :

« Oui, oui, on l'enlève ! Contre son gré ! Elle ne veut absolument pas être de la partie, on la force à s'amuser !

— Je suis Bianca Loredan, à l'aide !

— Oui, c'est cela, allez donc chercher le Doge et l'alerter qu'on enlève sa fille ! » hurlent les dominos en s'étouffant de rire et en jetant aux gondoles qu'ils croisent des fleurs coupées qu'ils tirent de vastes paniers.

De sorte que tous ceux qui assistent à l'enlèvement ne font que s'en amuser. Au quai des Esclavons, un brigantin battant pavillon inconnu danse à l'ancre. On force Bianca d'en emprunter la passerelle, tandis qu'on retient sa domestique.

« Non, la servante est innocente. Quand le vaisseau sera en haute mer, on lui permettra de rentrer chez elle. »

Et l'on pousse Bianca jusqu'à une cabine, où malgré ses cris et ses coups de griffe on l'enferme à clef — avec trois autres dames qui s'y trouvent déjà, bâillonnées et ligotées comme elle-même ne tarde pas à l'être...

Au même instant, dans le bureau directorial de la compagnie maritime Vespucci, à quelques dizaines de mètres de là sur le quai, Don Niccolo et ses quatre commis écoutent un domino gris donner des ordres. Le masque s'adresse aux commis, devant lesquels un rouleau s'étale sur la table :

« À présent que cette lettre, qui contient les phrases convenues, vous confirme que Camilla Vespucci n'est pas morte et que vous devez m'obéir, voici mes instructions. »

Il regarde Don Niccolo.

« Son père ici présent continuera d'assurer la gérance de la compagnie comme si de rien n'était. Il réalisera la vente de toutes les possessions de sa fille en Italie, en versera le montant au compte de celle-ci à la Banque Céruléenne qui vient de s'ouvrir Fondacco dei Tedeschi. De même, tous les bénéfices de la compagnie y seront désormais déposés. Un scrutateur céruléen viendra régulièrement vérifier les livres. À la moindre irrégularité, dénonciation sera faite aux autorités du détournement d'héritage.

— Je compte sur vous, messieurs », dit le masque aux commis, pour surveiller l'exécution de ces recommandations, ainsi que vous l'avez toujours fait vis-à-vis de votre employeur, Camilla Vespucci. La vente de ses possessions doit être comprise *stricto sensu* : non seulement son palais, mais ses meubles, sa vaisselle, et cela dans les quarante-huit heures à venir. Don Niccolo Vespucci ira loger où il voudra. La compagnie, pour son travail de gérance, lui allouera un salaire. Le salaire d'un employé en passementerie nous a paru légitime. Messieurs, je vous souhaite le bonjour. »

Le masque s'incline, rabat son capuchon sur sa tête et sort du bureau de la compagnie maritime Vespucci, pour gagner en quelques enjambées la passerelle du brigantin *Utopia*.

Ottavio-Giovanni dodeline du chef sur l'exorde de la première *Catilinaire*, butant sur un « abutere » qui ressemble à un infinitif et ne peut en être un. Le nouveau magister l'a laissé seul avec sa version latine, le repas du matin commence à figurer un lointain souvenir, le ventre du garçon le lui rappelle en gargouillant. Il n'est pas malheureux à Carpi, le seigneur Pio se montre juste et bon. Mais personne ne remplacera l'absente. L'esprit vagabonde, s'envole là-bas, sur la mer, dont les Infidèles l'appelaient reine. Si elle était encore là, comme elle ferait trembler tous les lâches, les cauteleux, les malveillants qui l'entourent !

Le magister est revenu sans qu'il l'entende, s'est posté derrière son épaule :

« Ce n'est pas un infinitif, c'est la forme littéraire d'un futur. "Jusques à quand, Catilina, *abuseras-tu* de notre patience." Ta mère, qui fut mon élève, avait buté là-dessus elle aussi.

— Vous la connaissiez ? tressaille Ottavio.

— Oui. Écoute-moi, si j'ai remplacé ton maître de latin, ce n'est pas par hasard. Je suis venu t'alerter que cette nuit, ton petit frère et toi devrez être prêts à partir. Les ennemis de la duchesse sont aussi les tiens.

— Quelle preuve puis-je avoir que vous dites vrai, que vous n'êtes pas envoyé, justement, par mes ennemis et ceux de ma tante ?

— Reconnais-tu cette écriture ? demande le vieil homme en dépliant devant l'adolescent un rouleau de vélin.

— Oui, souffle-t-il en pâlissant.

— Lis.

« Cher maître Giuseppe, dit la missive, au nom de votre ancienne élève et pour la somme ci-jointe, il vous est demandé de remplir dorénavant auprès d'Ottavio-Giovanni Borgia et de Gabriele Vespucci la fonction que vous remplîtes jadis auprès de leur mère. Outre leur enseigner le latin, il faudra vous tenir et les tenir prêts, dès que l'on vous en donnera le signal, à quitter Carpi secrètement.

« Si Ottavio refuse de vous croire, parlez-lui du lutin qui se cachait dans ses chausses la nuit, quand il habitait au Panthéon. Il n'y a qu'une personne au monde à part lui qui sache l'histoire, à ce détail Ottavio la reconnaîtra. »

Le garçon rougit en rendant la lettre au vieux magister.

« Très bien, nous serons prêts ce soir. »

Sur la terrasse de Belriguardo, les dames d'honneur de la duchesse de Ferrare jouent à cache-cache. Leurs éclats de rire parviennent jusqu'à Lucrezia, assise un peu plus loin sous l'ombrage d'un amandier. Elle n'a pas voulu se mêler au jeu, incapable de faire autre chose que penser, seule avec elle-même, au rendez-vous consenti pour la nuit qui vient. Hier, 1er juillet, le cardinal Hippolyto d'Este l'a quittée pour se rendre à Vigogne. Elle fut soulagée de la voir partir. Deux heures plus tard, quand le messager du marquis de Mantoue est venu porter la lettre de son maître, ce fut mieux que du soulagement, de l'exultation. Sous l'œil d'Hippolyto, qui la surveille dès qu'Alfonso n'est pas là, rien n'eût été possible.

Revoir Francesco ! Voilà des mois qu'ils ne font que s'écrire. Et quelle sombre, quelle terrible année ! Le petit enfant qu'a perdu Lucrezia, sa cousine Angela suscitant la rivalité entre Hippolyto et son frère — jusqu'à cette tentative de meurtre, à la Toussaint. Et Cesare toujours en prison, et Ferrare toujours sinistre, et Camilla disparue...

Mais non, le second versant de l'année 1506 sera l'adret après l'ubac. Camilla n'est pas morte et ce soir, Francesco sera près de Lucrezia.

« Madame, puis-je vous entretenir un instant ? »

Isachina est une brune aux yeux clairs, la plus belle fille de sa suite. Personne ne sait d'où elle vient, ce qui est l'occasion, pour les anti-Borgia de la cour, de ressasser leur antienne: depuis que le duc est en voyage, la duchesse profite qu'elle tient les rênes pour introduire dans son entourage des gens douteux. Secrètement, Lucrezia sourit: pour une fois, ses ennemis ne croient pas si bien dire.

Au début d'avril, juste après le départ d'Alfonso dans un grand voyage autour de ses fiefs, Isachina se présenta sous une étrange identité: truande repentie, devenue citoyenne de Cérulée, elle venait, mandatée par son pays, se placer auprès de la duchesse pour la servir! Lucrezia, rendue méfiante par le climat de complots qui l'entoure, l'aurait probablement prise pour une espionne de sa belle-sœur Isabella ou du cardinal Hippolyto, si la curieuse fille n'avait produit, de la part du Consul de Cérulée, un objet clef: une perruque blonde, dans un écrin de velours, que Lucrezia reconnut au premier regard: on l'avait confectionnée de ses cheveux coupés à San Sisto, Camilla s'en servit pour la sauver, puis l'hérita... La duchesse demanda comment se portait l'« héritière ».

« Fort bien, répondit Isachina, le climat de Cérulée lui réussit. »

Elles s'étaient parfaitement comprises. Depuis lors, Isachina se charge de messages à porter à Francesco, surveille pour le compte de la duchesse ceux qui surveillent la duchesse pour le compte des autres, la protège discrètement. C'est elle qui l'a prévenue de la disparition, à Carpi, de ses deux pupilles — dont on ne doit pas s'inquiéter.

« Madame, dit-elle à présent, je vous recommande la prudence. Il est étrange qu'on ne soit pas passé par moi pour organiser cette visite du marquis de Moutoue ce soir.

« Il se trouve que je n'ai peur de rien, pas même de coucher avec un cardinal. D'ailleurs, Hippolyto est un fourbe et un assassin, mais il est beau garçon. En entrant dans son intimité, j'ai découvert bien des choses. Le cardinal veut le duché. Il lui faut d'abord éliminer ses frères. N'ayant pas réussi l'assassinat de don Giulio à la Toussaint, il a provoqué entre Giulio et Ferrante un complot contre le duc. Un complot postiche, qu'il est parti présentement dénoncer à votre mari. Il n'est pas à Vigogne, mais à Lugo, près d'Alfonso qu'il va ramener. Ferrante et Giulio seront probablement arrêtés cette nuit ou demain...

— Mais il faut intervenir !

— Vous auriez tort. Ferrante et Giulio sont également vos ennemis à vous... Hippolyto va s'en débarrasser. Mais vous aussi, vous l'encombrez. Vous n'avez pas encore d'héritier, l'on vous répudiait pour adultère, il n'y aurait plus de succession. Dès lors, ne resterait plus qu'Alfonso lui-même à éliminer.

« Je n'en ai pas de preuve, mais voici ce que je crois : Hippolyto va ramener Alfonso cette nuit pour surprendre une réunion des conjurés. Il peut fort bien, sur le chemin, persuader le duc de venir vous embrasser ici. De sorte qu'on vous y trouve avec le marquis de Mantoue. C'en serait fini de vous. D'une pierre deux coups. »

Lucrezia pousse un soupir de douleur.

« Hélas ! ne pourrai-je donc jamais revoir Francesco ?

— Si vous ne le recevez pas ici, rien n'empêche que ce soit ailleurs. J'ai fait porter une lettre à Mantoue, par mon réseau à moi, demandant à Don Francesco d'arriver par le fleuve. Il pourra vous emmener dans sa nef sur le Pô, jusqu'à Medelena. Vos gens et vos bagages suivront par leurs propres moyens. Tout le monde sera demain à Medelena et c'est là qu'on enverra le duc vous chercher s'il arrive. Don Francesco sera reparti. Qui prouvera que vous n'avez pas voyagé avec nous? Cette nuit sur l'eau n'appartiendra qu'à la mémoire du fleuve...

— Tu es ma Providence, Isachina. Celle qui t'envoie près de moi est ma Providence.»

Elle laisse aller sa nuque contre le tronc de l'amandier, et sa chevelure dénouée coule dans l'herbe.

À Djerba, un matin de juillet 1506 tremblant de lumière, surgit un brigantin glissant à rames légères sur les eaux, voiles alanguies. On lit *Utopia* sur sa coque, on veut l'aborder, il ne s'en défend pas. Son pilote attend les corsaires sur le pont.

«Bienvenue, messieurs, je suis porteur d'un message et de cadeaux pour Hizir Barberousse.

— Je suis Hizir Barberousse», dit d'une voix tranquille un homme aux yeux clairs, se détachant de l'équipage.

Le message est une lettre scellée. Le cadeau, un colis rectangulaire, soigneusement emballé dans de la toile cirée.

«Il y a encore... ceci», annonce le pilote de l'*Utopia*, montrant sur son gaillard d'avant quatre dames surveillées par des matelots.

Hizir lève les sourcils, déconcerté.

«La lettre explique tout, si vous voulez en prendre connaissance.»

Le corsaire en brise le sceau et son cœur se poigne quand il reconnaît l'écriture.

« À l'adresse d'Hizir Barberousse.

« Les citoyens de Cérulée sont heureux de vous apprendre la fondation de leur État, où vous serez toujours bienvenu. Ils espèrent que vous épargnerez leurs navires comme ils épargneront les vôtres et que vous échangerez des ambassadeurs avec eux lorsque vous serez roi.

« En espérant la venue de ce jour, le Consul vous prie d'accepter, en remplacement du tableau qu'il déroba voici quelques mois à votre bord, une œuvre du même artiste représentant le même modèle. Son titre est *La Dame au luth*. Il vous confie en outre quatre personnes dont il ne sait que faire, car la morale de Cérulée interdit l'esclavage et le commerce d'esclaves. Ce n'est pas le cas de l'Islam. Tirez donc de ces dames le meilleur prix. Il n'y a guère que dans un harem bien gardé qu'elles pourraient cesser de nuire.

« Enfin, le Consul, auquel on a commencé de conter à Tunis les Mille et Une Nuits, puis qui entendit une part de la suite par votre bouche, est fâché d'en rester à l'histoire d'Aboulhassan Ali-Ebh-Becar et de Schemselnihar, favorite du calife Haroun-al-Raschid. Si vous connaissiez un érudit capable de traduire ces contes en toscan, il serait bienvenu, et bien payé, à Cérulée.

« Le 2 juillet 1506, Le Consul. »

Le corsaire, les yeux fixés sur la mer, soupire longuement et, sans accorder un regard aux captives de chair et de sang, déballe de sa toile cirée *La Dame au luth*. Il la disposera contre le lambris de sa cabine, à la place restée vide depuis la nuit qu'il débarqua Camilla près de Cadiz. Comment fit-elle pour voler la *Diane* sans qu'il s'en aperçût, voilà un mystère qui l'agacera toujours.

Il recule pour contempler la peinture au bout de son bras tendu. De profil, *La Dame au luth* tourne la tête vers lui dans un sourire ténu. Sur le plan artistique, Hizir ne perd pas au change, ce peintre de Venise a du génie. Mais la musicienne haut lacée dans son velours vert, assise poliment au bord de sa cathèdre, ne sera jamais qu'en visite dans la cabine du corsaire turc. L'autre, ah! l'autre...

25 octobre 1506, la nuit sans lune pèse sur la forteresse de Medina del Campo, en Espagne. Au sommet du donjon, dans une cellule vaste, froide et dépourvue de confort, il est assis à l'unique table. Il écrit, penché vers la chiche lueur d'une chandelle. La plume gratte, court, au rythme de la belle main nerveuse. Percevant le froissement de la robe contre la porte, il se redresse vivement, tourne la tête.

Il n'a pas beaucoup changé d'apparence, hormis le fait qu'il porte la barbe, ce qui le fait paraître un peu plus âgé que ses trente ans. Le corps a peut-être un peu maigri par l'absence d'exercice, à moins que les muscles ne se soient durcis, étirés, éliminant la chair inutile. Le visage n'offre plus trace de l'empoisonnement qui fut fatal à son père, il y a trois ans. Quand Camilla le revit alors, il en gardait encore des stigmates au bas des joues. Peut-être la barbe les cache-t-elle à présent. La bouche se dessine ferme, le regard est toujours ce même feu, qui laisse à sa suite comme une rémanence palpable ainsi que les flammes, justement, lorsqu'on les a trop longtemps fixées. Ce prisonnier reste Cesare Borgia.

Elle n'est encore qu'un habit de moine, une

silhouette encapuchonnée dans la pénombre de la cellule.

« Venez-vous me confesser à mon heure dernière, monsieur l'aumônier ? »

Elle avance, entre dans le cercle de clarté que définit la chandelle. Les yeux sombres s'élargissent, s'adoucissent, le visage retrouve un peu de chair. Il la regarde, la main tenant la plume suspendue dans son geste. Un long moment s'écoule ainsi, de part et d'autre de la table, sans paroles. Puis il consent à respirer de nouveau.

« Depuis le début de ma peine, ma sœur me tient informé du monde. On te disait morte. Curieusement, je ne le croyais pas. La première fois, il y a six ans, j'ai vraiment porté ton deuil en secret. Cette fois, j'espérais ta réapparition. Et tu réapparais pour me sauver. Car bien sûr, c'est ce qui t'amène. Dieu existe peut-être, après tout... »

Elle hoche la tête.

« Simplement, il doit se trouver plus loin que nous ne pensons. Il ne baisse les yeux que de temps en temps sur la fourmilière, encore plus rarement sur telle ou telle fourmi. Nous sommes libres, Cesare, comme des enfants sans surveillance. C'est lourd à porter.

— Je vois que tu n'as pas changé pour l'esprit. Montre-toi mieux dans la lumière, que je voie ce qu'il en est du visage. »

Elle obéit.

« Tu es toujours aussi belle. Le temps ne t'atteindra pas, tu es plus forte que lui. Quel est ton plan, Camilla Vespucci, pour nous sortir d'ici ?

— J'ai payé l'aumônier, qui fait le guet en bas et m'a prêté sa robe. C'est lui qui m'a renseignée sur la citadelle, l'heure des rondes, le nombre des gardes. Le comte de Benavente, le chef de l'opposition aux Cortès, nous aide aussi pour ennuyer le roi Ferdinand. Trois hommes à lui nous conduiront à son château de Villalon, tout à l'heure. L'alcade fut drogué au dîner, il doit déjà dormir.»

Elle tire de sous sa robe de bure un rouleau de corde épaisse.

«Il y a soixante mètres à descendre. En auras-tu la force depuis qu'on te tient inactif?

— Je l'aurai. Et toi?

— J'emprunterai la même voie. Attendons le signal à présent.

— Toute ma méfiance ne m'a pas empêché de me tromper parfois sur les hommes, jamais sur les femmes. Jamais sur toi. Comment va mon fils?

— Il te ressemble, il est très grand, secret, plus rien d'un enfant, déjà. Il vit chez moi, Ferrare fut peu sûre ces derniers temps.

— Chez toi?

— Dans mon État. J'ai trouvé ce que je cherchais, Cesare. Je l'ai même... inventé. L'île s'appelle Cérulée.

— Le bleu de l'azur... Un beau nom.

— C'est un État neuf, qui se donne ses propres lois. Tu... tu nous ferais honneur en en devenant citoyen.

— Devenir ton sujet, sourit-il, quand c'est moi qui voulais te faire reine?

— Je ne suis pas reine, c'est une république.

— N'importe, je ne crois pas que je le souffrirais.

— Je m'en doutais. Alors, reprends ton duché. Les Romagnols te sont toujours fidèles, ta sœur et Francesco da Gonzaga sont prêts à les soulever, Cérulée te prêtera l'argent nécessaire.

— Il faudrait me prêter beaucoup. L'Espagne, la France, l'Autriche et le pape, sans compter

Milan, Venise, Florence... se ligueront contre moi. La chose amusante, c'est que, si je renonce à récupérer ce qu'on m'a volé, ils sont tous prêts à m'employer comme capitaine, les uns contre les autres! Ces gens ne m'ont vraiment pas compris. Plutôt crever que les servir.

— *Aut Caesar, aut nihil.*

— Oui. Toi, tu me comprends, Camilla. Et je te sais gré de me permettre une sortie... en César. Finir comme ermite dans cette tour ou la tête sur le billot de Ferdinand, c'était une perspective déprimante.

— Pourquoi parles-tu de ta fin?

— Je vais agir comme si je pouvais reconquérir mes États. Ne serait-ce que pour le plaisir d'effrayer encore un peu ceux qui me croient enterré déjà! Mais penses-tu vraiment que je l'emporterai? Je n'ai plus ma place en ce monde.

— Alors, que feras-tu?

— Je rejoindrai la Navarre. Mon beau-père d'Albret ne s'en ira pas en guerre pour moi mais il m'offrira le commandement de son armée et, celui-là, je peux l'accepter sans déshonneur. Comme il est toujours fâché soit avec la France soit avec l'Espagne, en mourant pour lui je combattrai ceux qui m'ont trahi. La boucle sera bouclée.

— C'est l'enfermement qui t'a rendu amer.»

Il se lève, s'approche d'elle, repousse en arrière le capuchon de moine qui masque les cheveux roux et la dévisage attentivement, les mains posées sur ses épaules.

«Je ne suis pas amer. Dieu avait bien pourvu la fourmi que je suis. Ce que j'ai fait de ma vie, c'est moi qui l'ai fait. Et puis, je t'ai trouvée. Tu es ma plus grande fierté, Camilla Vespucci.»

Un son de trompette les fait tressaillir.

« Le signal, allons-y », murmure-t-elle.

Ils montent, par le petit escalier, aux créneaux délimitant le seul espace de promenade accordé au prisonnier, dont la cellule est la pièce la plus élevée de la tour. En bas attendent l'aumônier et les trois hommes du comte de Benavente, avec des chevaux. Camilla noue la corde autour d'un créneau par un nœud de marin, la déroule :

« Du diable, elle est trop courte ! Il va falloir sauter. »

Au même instant, depuis les profondeurs du donjon monte un cri d'alerte, un brouhaha, piétinements, cliquetis d'armes.

« Nous sommes repérés. Va la première, enjoint Cesare.

— Non, toi. »

Sans répondre, il l'enlève dans ses bras, la fait basculer comme un paquet par-dessus le créneau, de sorte qu'elle est bien forcée de s'accrocher à la corde pour ne pas tomber. Elle descend, un peu trop vite, se brûlant les mains. En bout de course, il manque quatre mètres de chanvre environ. Camilla saute, sent une douleur déchirer sa cheville et remonter au cœur lorsqu'elle touche le sol durement. L'estomac retourné, elle vomit. Les complices la relèvent, la hissent, étourdie de souffrance, sur un des chevaux.

Cesare entame la descente à présent, mais au faîte du donjon, le fils de l'alcade paraît avec des gens d'armes. Un coup d'arquebuse fauche un des hommes de Benavente, forçant le groupe à s'abriter sous le surplomb de rocher qui sert d'assise à la tour. Pendant que se poursuit le tir d'arquebuses, éparpillant autour d'eux des fragments de roc, au sommet, un soldat espagnol essaie de taillader la grosse corde, neuve et raide, mais qui ne résistera pas longtemps. Le fugitif n'est encore qu'à mi-parcours.

La corde cède. Camilla crie, voyant Cesare tomber tête première vers le sol rocheux, six à dix mètres plus bas. Il parvient à se recevoir sur les mains, dans un épouvantable craquement d'os. On le tire, on le traîne à l'abri sous le feu de la mitraille, on le hisse à cheval à son tour, presque inconscient.

« Francesco ! »

Lucrezia n'a pu retenir le cri et se mord la lèvre. Heureusement, il est unanimement repris autour de la table, dans la salle de banquet du palais ducal de Ferrare où le marquis de Mantoue, en entrant, vient d'ôter son masque, révélant qu'il n'est pas le simple messager supposé. Le duc, le cardinal Hippolyto, les dames d'honneur de la duchesse se lèvent aussitôt, vont entourer l'arrivant, lui faire fête. Lucrezia seule demeure assise à la table — ce qu'excuse une nouvelle grossesse, mais c'est en fait l'émotion de le revoir.

Francesco sourit, se laisse courtiser, questionner, s'amuse à faire languir les curieux de cette visite inopinée. Enfin, il se tourne vers sa belle-sœur, qu'il avait simplement saluée sans lui montrer plus d'attention qu'à ses autres parents :

« Je n'ai pu résister, madame, au plaisir de vous porter en personne les excellentes nouvelles que j'ai reçues ce matin de Pampelune. »

Il désigne le compagnon qui se tient en retrait de lui :

« Voici Don Federigo, le secrétaire de votre frère Cesare. Il débarquait à Gênes hier, il était à Mantoue ce matin, nous venons ce soir à

Ferrare vous mander que votre frère est libre à la cour de Pampelune. »

Pâle déjà, Lucrezia pâlit de cette seconde émotion, portant la main à son cœur. Elle est tout de blanc vêtue, frêle visage enchâssé par la fourrure d'hermine qui borde sa coiffe.

« Cesare s'est évadé !

— Il est arrivé la semaine passée, le 3 décembre, en Navarre. Il avait été grièvement blessé dans l'évasion de Medina et s'est reposé quatre semaines chez le comte de Benavente avant de pouvoir quitter l'Espagne. À cette heure, il est sauf et guéri de ses fractures. »

Les cris de joie s'estompent, Alfonso et même Hippolyto, si dissimulé d'habitude, se renfrognent. La joie complice ne perdure déjà plus qu'entre Francesco et Lucrezia. Ils se sourient du regard.

« Aucune nouvelle ne pouvait mieux me réjouir, dit la duchesse. Que vous en soyez le messager me comble plus encore.

— Vous allez demeurer pour la nuit, bien sûr, déclare le duc. Nous souperons ensemble. Lucrezia, justement, a prévu ce soir une représentation théâtrale d'après un conte de Boccace. »

Il donne les ordres pour qu'on prépare au marquis, à son escorte et au secrétaire de Cesare des appartements. Lucrezia prie Francesco de s'asseoir à sa droite et Don Federigo à côté de lui :

« Vous avez, je suppose, une lettre de mon frère pour moi ? »

Pour le duc et le cardinal aussi, d'ailleurs. Mais à sa sœur, Cesare confie des détails particuliers. Il signale l'amie commune organisatrice de l'évasion, qui fut blessée elle aussi, de sorte qu'ils passèrent ensemble leur convalescence à Villalon. Elle eut loisir de lui raconter ses aventures chez les Infidèles. Ils ont beaucoup parlé du pays de Cérulée, et de Lucrezia.

« Garde-toi, ma sœur, de ce qui te paraît le plus proche, car si notre amie dit vrai, tout n'est pas bienveillance autour de toi. »

Certes. Levant les yeux, Lucrezia croise le regard aigu, posé sur elle, du cardinal Hippolyto. Il se compose un sourire que la duchesse réfléchit mécaniquement. Francesco, qu'elle vient elle-même de servir en vin, frôle imperceptiblement sa main.

« Mon âme est restée sur le fleuve », murmure-t-il.

Elle ferme les yeux, le poids de la félicité pèse presque douloureux. Il faut que cette joie explose, trouve à se livrer sans la trahir. Elle frappe dans ses mains :

« Qu'on appelle les musiciens, je veux danser ce soir ! »

Le duc fronce les sourcils :

« Est-ce prudent dans votre état ? »

Mais le cardinal, cette fois, vient à son aide, lui qu'une fausse couche ravirait.

« Nous ne ferons danser à Donna Lucrezia que des pavanes de douairière, mon frère. »

Elle détourne la tête, son sourire ne sera plus qu'à Francesco, lui donner cela, du moins. Il ne la quitte pas des yeux, lève sa coupe pour boire :

« À votre bonheur, Donna Lucrezia. »

Dans la buée de la paroi, son doigt trace sans y paraître « AMO TE » puis l'efface aussitôt. Lucrezia avait oublié qu'on pouvait s'éblouir ainsi, de l'être entier, sans mélange. Sept années depuis qu'Alfonso l'a quittée. À présent, elle possède un autre souvenir, vivant et chaud celui-là, pour affronter le temps à venir. La nuit d'octobre sur le fleuve, cet unique instant volé, ce secret qu'elle partage avec Francesco, le regard qu'il pose sur elle à présent prouve qu'il en garde aux lèvres la saveur intacte.

« Peut-on larguer les amarres, madame ? »

Le Basque qui commande nommément la nef du roi de Navarre traite Camilla comme le capitaine de fait. Elle hoche la tête sans parole. Sur le quai, le grand cavalier de noir vêtu lève une de ses deux mains encore bandées, en signe d'adieu.

Ce fut un sujet de plaisanterie que la complémentarité de leur impotence mutuelle, durant la convalescence à Villalon. Il n'avait plus de mains, elle ne pouvait marcher.

« Un beau couple », disait Cesare.

Il tournait en dérision l'espoir qu'il avait entretenu d'emmener la jeune femme avec lui justement à Villalon.

« Pour te re-séduire. Mais dans l'état où me voilà, tout le temps que je passe près de toi est perdu pour l'action. Ne me reste qu'à t'écouter raconter, aussi peu redoutable que l'était ton sultan de Tunis... »

Durant les quatre semaines de leur repos forcé, il maintint ce ton entre eux, riant des moindres choses et surtout de lui-même. Camilla n'en fut pas dupe. C'était le masque poli du désespoir. Quand ils furent l'un et l'autre valides, elle escorta Cesare dans sa fuite jusqu'en Navarre. Ils faillirent être pris à Santander, un aubergiste ayant remarqué les mains bandées du grand voyageur masqué qui semblait prêt à payer n'importe quel prix pour un bateau. Le roi d'Espagne offrait dix mille ducats contre la capture du Valentinois, cela suscitait des vocations.

Camilla l'a sauvé des alguazils en les faisant passer, Cesare et elle, pour un couple en fuite.

Ensuite, dès qu'on eut embarqué par une nuit de gros temps, le 1er décembre, en direction de Pampelune, le capitaine du caboteur, après avoir empoché leur argent, s'enfuit avec la chaloupe pour regagner la terre. C'est encore Camilla qui les conduisit à bon port sur le rafiot qui prenait eau de toutes parts. Le roi de Navarre l'en a remerciée par un titre à sa cour et c'est dans une de ses nefs personnelles qu'elle repart aujourd'hui vers Gibraltar.

Seul au bord du quai, Cesare n'affecte plus de rire à présent, sur son cheval immobile. Ils savent l'un et l'autre qu'ils ne se reverront jamais. Les yeux de Camilla brûlent et se noient quand elle lève la main, depuis le bastingage, pour répondre au salut de la main blessée :

« Dieu te garde ! »

Le vent emporte son vœu, là-bas, à terre. Le vent fait claquer autour du cavalier noir sa cape noire, statue funèbre, déjà, de ce qu'il fut.

CHAPITRE 29

SEPTEMBRE 1510 - MARS 1511

« MON cher Oroudj,

« En comptant selon le calendrier chrétien, qui est en vigueur ici, c'est septembre de l'an 1510. Il y a deux semaines que j'ai abordé l'île de Cérulée et je ne l'aurais certes pas reconnue si je n'avais su que c'était le tas de rocaille où je vins rechercher une naufragée voici cinq ans seulement.

« Cérulée ne laisse pas de m'étonner, car j'ai toujours cru qu'on ne fondait pas les États par la raison, que la nécessité décidait plus en politique que la philosophie. Pourtant, l'État de Camilla ressemble aux écrits du chevalier de Rhodes et fonctionne, prospère, se maintient en paix, échange des ambassades... Les grands esprits y viennent en visite, aimantés. Il y a en ce moment ici un moine allemand augustinien nommé Martin Luther, un Didier Érasme des Pays-Bas et son ami anglais Thomas More, tous philosophes. Outre un mandarin de Chine et des moines orthodoxes de Moscovie...

« Par son gouvernement, c'est une démocratie comme en rêvaient les anciens Grecs. Les citoyens élisent pour quatre ans une assemblée qui légifère, et un Consul qui exécute. Magistrats, policiers, hommes de loi sont élus et révocables, aucune charge n'est achetable. La liberté de toutes les confessions est totale, la mosquée jouxte la basilique. Les terres sont à ceux qui les cultivent mais on ne peut les affermer, ni en acquérir au-delà d'une superficie fixée. C'est l'État qui stocke et distribue les récoltes pour éviter les accapareurs.

« Tout le monde peut s'établir à Cérulée dans la profession de son choix, mais s'il prend des employés, il est tenu de les associer à son bénéfice, de sorte que l'entreprise devient collective. Une limite à son extension est prévue, afin d'éviter la constitution d'États dans l'État. La Banque Céruléenne, qui possède un comptoir à Venise et un autre à Anvers, est une banque publique qui prête gratis à ses citoyens, ce qui est une façon de redistribuer l'argent pour éviter l'injustice. Il en est d'autres : la progressivité de l'impôt, qui au-delà d'un certain seuil reverse tout l'excédent de richesse à une Caisse d'Entraide.

« La justice est gratuite, les procès sont jugés par un magistrat assisté d'une assemblée tirée au sort de sept jurés. La peine de mort n'existe pas, l'emprisonnement n'est pratiqué que pour les fous dangereux. Des travaux forcés (construction des routes, des bateaux), des amendes et les bannissement pur et simple sont l'arsenal des châtiments. L'enseignement, gratuit, ouvert à tous, est confié aux plus illustres savants locaux par élections. L'armée de métier ainsi que la marine est sous le commandement du Consul et soumise à la justice générale, sans tribunaux particuliers.

« Il y a des paysans en assez grand nombre pour cultiver la terre de sorte que l'île vive de ses ressources. Cela se trouve bien, car ce n'est pas un État fait pour les négociants, dès lors que l'enrichissement y est contrôlé. En revanche, c'est la patrie des philosophes, des artistes, des chercheurs, d'autant que la liberté d'expression et de réunion y est totale. Tout homme de talent y trouve les moyens de réaliser ses projets. Le mécénat d'État fait de Cérulée un gigantesque laboratoire. Elle ne commerce guère de produits, mais elle exporte autant de talents qu'elle en attire : les gens qu'elle forme sont nantis d'une telle réputation que leur patrie peut louer très cher leurs services à l'extérieur.

« L'État, c'est-à-dire le fabuleux Trésor de Cérulée, a financé les travaux d'adduction d'eau et de construction urbaine, le creusement des canaux d'irrigation dans la campagne, les étagements de terrasses. C'est encore grâce au Trésor qu'en l'espace de deux ans se sont érigées les fortifications de l'île, sur les plans de plusieurs jeunes architectes. Elles sont enterrées pour permettre le tir des canons, avec des fossés puis des batteries basses en casemates, avec des bastions en as de pique dont les angles saillants permettent de redoutables tirs croisés — ces tirs croisés qui décontenancèrent puis mirent en fuite les galères de Bajazet en 1508...

« Il faut que je revienne sur le Trésor : c'est pour moi, en effet, sujet d'amertume et de rire à la fois. Il se trouvait dans une caverne de l'île quand Melikat El Abhar y naufragea — et donc, quand je l'y rescapai quelques lunes plus tard. Mais alors, elle s'est gardée de m'en souffler mot. Nous sommes passés à quelques mètres d'une fortune, mon frère ! Ce qu'il en reste, encore considérable, est exposé dans une crypte que l'on peut visiter, au palais consulaire.

« Le Consul — mais je ne m'habitue pas à la nommer ainsi — m'a reçu simplement, m'épargnant les foules qui auraient murmuré, en me dévisageant: “Comment peut-on être corsaire turc?” J’ai rencontré ses meilleurs collaborateurs, notamment le chef de la police, un seigneur Gubbio à barbe noire dont elle prétend, non sans justesse, qu’il te ressemble. Il fut un chef des truands de Rome, et j’ai appris avec stupeur qu’elle aussi! Étonnante femme en vérité...

«Elle porte toujours l’habit d’homme — ce qui a beaucoup surpris l’ambassadeur de Bajazet arrivé hier. Elle est toujours aussi belle... et aussi seule. Le balafré, qu’elle continue de chercher de par le monde bien que personne n’ose plus le croire vivant, occupe toutes ses pensées. Elle a fait construire une galiote qui porte son nom, *Le Chevalier Foulque,* avec laquelle elle sillonne la mer. Cette idée fixe qu’elle poursuit n’affecte pas son intelligence, ne l’empêche ni de gouverner, ni de faire fête à de vieux amis comme moi. C’est une flamme qui la tient en vie.

«Je lui ai appris la mort d’Abou Abdallah, qu’elle a regrettée. La nouvelle que son frère et successeur Ahmed coupe beaucoup de têtes ne l’a pas surprise, ni celle qu’il a réduit notre part de course au point que cela vaut congédiement. Elle a proposé que Cérulée prît à son service les frères Barberousse.

«Certes, je ne te cache pas que ma visite à l’empereur Bajazet n’a pas donné le résultat que j’escomptais. Mais devenir son capitaine à *elle*... Je préfère encore retourner à la piraterie. “Tu es terriblement musulman”, m’a-t-elle dit. En attendant, nous sommes ses invités, et tu peux me rejoindre ici avec Ishacq dès que tu le voudras...

«Ton frère Hizir.»

Le jour qui se lève grisaille aux fenêtres. Une brume cache encore les contours du jardin, dont émergent seules les cimes des arbres. Il fait froid pour septembre. Dans la chambre de Lucrezia, les tentures frissonnent de vents coulis et le perroquet se recroqueville au fond de sa cage. L'hiver sera rude, ce qui ne va que compliquer les problèmes d'approvisionnement pour l'armée d'Alfonso d'Este.

Oh, comme Lucrezia déteste cette guerre! Et comme elle déteste les hommes, qui ne songent qu'à en susciter une nouvelle quand la précédente est finie! Comme si ce n'était pas assez que Ferrare, feudataire du pape, eût été contrainte d'entrer avec lui en 1508 dans la ligue contre Venise, Alfonso poursuit seul la lutte, à présent que le pape a fait la paix. Lucrezia travailla beaucoup à cette paix avec ses amis de Cérulée, liés à la République Sérénissime. Elle y avait un motif personnel, Francesco da Gonzaga ayant été fait prisonnier par les Vénitiens.

Il est libre à présent, de retour à Mantoue. Le pape et Venise se font des grâces. Mais Ferrare est en guerre avec eux. Lucrezia, régente en l'absence du duc et de l'Éminence Hippolyto (prudemment en fuite par crainte de la censure papale), sent peser dans la ville une oppressante gravité. On envisage d'avoir à tenir un siège. Une grande part de son temps est occupée justement à prévoir l'approvisionnement pour y faire face.

Elle règne, elle a gagné cela contre la méfiance des Este, contre le cardinal même. Il est vrai qu'elle a rempli son devoir en mettant au monde un héritier, de sorte qu'Hippolyto n'a plus espoir de devenir duc. Il est vrai qu'elle s'est souciée de conquérir son estime en lui demandant conseil fréquemment. Elle règne: mais elle en paie le prix, la voilà l'otage des Este, témoignant aux yeux du peuple que toute la famille ducale n'a pas déserté, qu'en cas de siège les manants ne seront pas seuls à souffrir. Et puis, son poids politique reste aléatoire, elle a vainement tenté d'empêcher cette guerre.

«Jules II sera ravi, disait-elle à son mari. Vous lui donnez le prétexte idéal pour vous déclarer rebelle et venir vous reprendre Ferrare. Ne voyez-vous pas qu'il récupère un par un tous les anciens fiefs de l'Église? Si Cesare était encore de ce monde, il rirait de vous! Jules II peut bien détester les Borgia au point de faire repeindre son image dessus les portraits de mon père au Vatican, il n'en continue pas moins l'œuvre de mon père et de Cesare.»

Elle a même prophétisé:

«Savez-vous ce qui arrivera de surcroît? Je parie que Venise proposera le commandement de ses armées au marquis de Mantoue contre vous!

— Allons donc! a ricané le duc. Après l'avoir emprisonné? Et puis, ma sœur Isabella ne voudra pas en entendre parler.

— Ce serait une raison pour le marquis d'accepter! Il s'agace qu'elle veuille tout décider pour lui.»

Hippolyto, pour le coup, ne riait pas, son regard marquait l'approbation. Néanmoins, ils ne l'ont pas écoutée, ils avaient *envie* de faire la guerre, en barbares d'hommes qu'ils sont. Et ce matin la lettre de Venise est arrivée: Francesco da Gonzaga accepte de commander les troupes pontificales et vénitiennes réunies contre Ferrare.

Lucrezia frissonne. Elle ne sait plus où elle en est avec Francesco. Du moins, elle ne sait plus où *il* en est. L'amour qu'elle éprouve reste la seule permanence à laquelle s'ancrer dans un monde où tout bouge, se délite et se métamorphose. Le temps n'a pas altéré son sentiment alors même, déchirante certitude, qu'il a cessé d'être partagé.

Des années ont coulé. Sa jeunesse s'est-elle fanée ? Elle essaie de se regarder honnêtement dans les miroirs. À trente ans, sa beauté est de celles qui prennent en patine, en velours, ce qu'elles cèdent en piquant, gagnant encore en transparence, comme si la surface érodée révélait l'âme affleurant en dessous. Elle n'a perdu ni sa taille, ni son pas dansant. Pourtant, toutes ces grossesses ! Huit, non, neuf. Elle a l'impression de n'avoir plus été légère, libre de courir, depuis son adolescence. Ce fut peut-être pour Alfonso le moyen de la garder fidèle, l'entrave la plus solide à sa liberté. Peut-être, en effet, cette impotence a-t-elle lassé Francesco...

Dans la correspondance qu'elle entretient avec Camilla, la duchesse évoquait récemment ce souci : comment son amie, toujours à courir sur les mers, s'est-elle épargné les grossesses ? Camilla lui répondit sans fausse pudeur. Du temps qu'elle fut prostituée, n'étant pas encore nubile, elle n'eut pas à redouter l'enfantement. Après la naissance de Gabriele et sa séparation d'avec Baldassare Colonna, elle ne vécut qu'épisodiquement près de Giorgione. Depuis lors, elle est restée chaste plus que la moyenne des femmes. Voilà cinq ans à présent qu'elle n'a même plus fait l'amour.

« Je ne crois pas, dit-elle, qu'il existe d'autre solution pour ne pas concevoir d'enfant. Les filles des bordels n'ont que des recettes abortives barbares et dangereuses. Les hommes nous tiennent à leur merci en nous engrossant sans répit, et j'en viens à songer que les harems ont au moins l'avantage de ménager mieux les épouses, par la seule loi de leur grand nombre... »

Oh, galoper à cheval, svelte et légère, aux côtés de Francesco ! Des larmes lui montent aux yeux soudain, tant l'évocation se fait précise, jusqu'à respirer l'herbe tiède, entendre les oiseaux... Dieu merci, les années lui ont donné la force de grandir en sérénité malgré les déceptions, à cause peut-être des déceptions. Le « jardin de Lucrèce » vaut désormais la cour d'Isabella. « Et puis, elle a ses œuvres », dit railleusement sa belle-sœur, mais ces sarcasmes n'affectent pas la foi sincère de Lucrezia. Oui, des années ont coulé. Elle a perdu des êtres chers. Cesare fut tué dans une embuscade en avril 1507, suicidé plutôt : il avait compris qu'il ne regagnerait pas le royaume volé. Elle l'a pleuré plus violemment encore qu'elle n'aurait cru, c'était sur les étés de Subiaco, sur les rires de son père, sur son sang catalan qu'elle pleurait. Les Este, autour d'elle, ont fait le vide, on lui a même assassiné son pauvre Ercole Strozzi, le poète fidèle. La seule amie qui lui reste est Camilla Vespucci, mais elles ne se voient presque jamais.

Elles s'écrivent, du moins. Et c'est grâce à l'entremise de Cérulée que Lucrezia put correspondre avec Francesco lors de son incarcération à Venise, en même temps qu'œuvrer pour sa liberté. Elle savait bien qu'il ne l'aimait plus. Elle a feint de ne pas le savoir, adressant au triste otage, des mois durant, les déclarations les plus ferventes, les plus attentives. Sa constance, c'est son honneur à elle, sa force contre le temps qui tue.

Ensemble, Camilla et Lucrezia ont réussi. Francesco est de retour chez lui depuis quelques jours. La duchesse n'a pas reçu de réponse aux vœux envoyés aussitôt. Ou plutôt, elle reçoit aujourd'hui la réponse indirecte des nouvelles officielles : Francesco est l'ennemi de Ferrare, donc le sien. Soudain, le souvenir de Belriguardo, la descente du fleuve dans la nuit douce, l'élance avec violence, un coup d'épée, une première contraction d'enfantement. Les larmes débordent. Comme la vie est lente, quand il n'y a plus personne pour qui demeurer belle, tendre, forte, plus personne dans le regard duquel exister...

« Madame ? »

Elle sursaute, se reprend, sourit à sa chère Isachina.

« Un messager de Mantoue, madame. »

Elle avait tort de désespérer. Elle va s'agenouiller, réaction de plus en plus fréquente chez elle, devant le petit autel de son oratoire. Elle entend le messager entrer derrière son dos, chuintant légèrement de la semelle sur les dalles cirées. Elle achève son action de grâces, se relève, se tourne vers la silhouette à contre-jour :

« Soyez le bienvenu si vous apportez des nouvelles de Mantoue », et tend la main vers lui. La silhouette s'avance, entre dans la lumière qui tombe des croisées. Elle tremble, agrippe un siège à tâtons et s'y laisse choir sans quitter des yeux l'apparition.

Il s'élance pour la retenir par la main, l'aide à s'asseoir et tombe à genoux devant elle. Il a maigri, perdu son hâle, ses yeux n'en sont que plus vastes. Dans le velours feuille morte de la robe — c'est la couleur de Lucrezia, ce ton d'automne — il pose son front et pleure, comme les hommes pleurent, sans larmes, de tout le corps. La main de Lucrezia plane, vient caresser les cheveux noirs. Elle se tait, un siècle durant. Mais une alarme l'émeut tout de même :

« Venir ici, sans escorte, quand vous commandez l'armée ennemie !

— Personne ne le sait déjà. Il fallait que je vienne vous demander mon pardon.

— Votre pardon ?

— Vous n'avez jamais proféré de reproche, Lucrezia, mais par ma faute vous avez souffert, je le sais. Il fut un temps où cette certitude me faisait fuir plus encore. En vérité, je suis un homme trop charnel, je sentais mon émotion se dissoudre à force de ne pas l'accomplir, de ne pas vous toucher.

« Dans ma prison, je vous ai retrouvée. J'ai relu mille fois vos lettres. Et j'ai ressuscité votre présence, parfaitement tangible. Je n'ai plus pensé qu'à vous, plus désiré que vous. Je vous aime infiniment mieux qu'autrefois. Voilà ce que je voulais vous dire, Lucrezia.

— Vous êtes entré en guerre contre moi.

— J'ai obtenu du pape qu'il vous épargne dans tous les cas. Et si je viens sous ces murs, si je prends Ferrare, ce n'est pas pour la gloire ou les bénéfices que j'en tirerai. C'est pour vous en délivrer, Lucrezia. Pour vous emmener avec moi. Je ne veux plus vous aimer furtivement, je veux que nous vivions ensemble. S'il faut pour cela que j'emporte un duché, je l'emporterai. »

C'est une folie fort sage, en vérité. Francesco la regarde comme auparavant, lorsque tout était simple. Qu'il prenne ou non Ferrare, qu'ils achèvent ou non leur existence ensemble, un pacte est scellé qui ne se rompra plus. Le bonheur, après tout, n'est jamais que dans l'imagination du bonheur.

« Vous ne dites rien, Lucrezia.

— C'est que mon âme déborde. Je suis si

heureuse que je consentirais à mourir dans l'instant. »

Il l'enlève de terre, frêle fardeau de velours feuille morte :

« Pas tout de suite, de grâce. Laissez-nous le temps d'embarquer à nouveau ensemble... »

Il l'emporte jusqu'au lit. Dans les trois chambres bleues qu'elle a choisies pour domaine parce qu'elles s'ouvrent sur le jardin, la seule douceur de cette forteresse, il n'y a pour témoins, à cette heure matinale, que l'oiseau des îles frileusement assoupi et la statue de la Vierge dans l'oratoire. Aucun des deux amants ne peut croire, en cet instant, qu'elle ne les absolve pas.

« Camilla, tu es venue. »

Se redressant sur la couche, il tend une main timide, comme s'il craignait de n'avoir affaire encore qu'à la créature de son délire. Elle avance la sienne, saisit les doigts minces. Vivement alors, il les retire dans un sursaut.

« Ne me touche pas ! Va-t'en, ma douce, je suis heureux de t'avoir revue, mais ne reste pas, n'attrape pas ma mort.

— Giorgio... »

Elle s'est approchée, caresse le front moite.

« J'ai failli ne pas savoir. Je m'embarquais pour un très long voyage en Moscovie quand la lettre de Pietro Bembo m'a touchée.

— Ne reste pas, Camilla. Tu es trop belle pour cette mort-là. »

Elle s'assied à son chevet, pose un baiser sur le visage émacié. Il n'a pas la force de la repousser. Elle est indifférente aux traces du mal partout visibles dans la chambre, sur les linges, sur la table chargée de vases et de remèdes, indifférente au signal que dessinent dans l'air les vapeurs aromatiques, au silencieux cri de détresse que clame Venise entière, avec ses processions de dominos noirs qui n'ont plus rien de carnavalesque, le feu des bûchers purificateurs aux carrefours, la multitude des chapelles ardentes et les gondoles sur le Grand Canal, portant des empilements de morts sans sépulture — depuis des jours il n'y a plus assez de bois ni d'ébénistes valides pour assembler des cercueils.

Elle a bravé la quarantaine pour entrer au port, toute seule, ramant sur la chaloupe. Elle a remonté les canaux. Son visage était le seul à s'offrir sans masque parmi les rares humains qu'elle a croisés sur l'eau. Les portes se barraient de croix blanches, les contrevents étaient clos. Une étrange atmosphère pesait. Sous le bourdon du tocsin, le tissu des bruits vivants s'était déchiré. La Venise des foules, des marchés, des concerts se taisait. À peine, aux abords d'un porche d'église, entendait-on filtrer la rumeur d'un *Dies Irae*. La ville n'était plus animée que du charroi flottant des cadavres. Même l'eau n'osait bruire contre les pilotis.

À présent, Camilla est près de lui. Elle restera, la mort ne lui fait pas peur. C'est comme si, d'ailleurs, la Faucheuse cédait du terrain. Les yeux plombés se raniment, l'ivoire se colore, la main translucide vole dans l'espace alourdi de miasmes.

« Tu ne l'auras pas cette nuit, pense Camilla, farouche. Cette nuit, il est à moi. »

Vers le soir, la fièvre tombe, en effet. Elle lui prépare un bouillon, il le boit seul, sans aide. Il demande des nouvelles de ses fils, et si Gabriele travaille toujours le dessin. Elle l'aide à s'adosser aux oreillers, parle, rit. La mort n'ose plus s'immiscer entre eux et reste dans l'ombre, sans bouger.

« Je n'ai pas fait la moitité de mon œuvre encore. Oh, Camilla, la vie, n'est-ce donc que cet éclair ? »

Il s'endort sans s'en apercevoir, s'affaissant doucement contre l'épaule de celle qui le berce. C'est au matin que la Guetteuse réclame son dû. Giorgio s'éveille dans un frisson, son regard se fige sur une vision visible pour lui seul, par-delà l'épaule de Camilla. Elle se penche en avant, le prend contre sa tiédeur vivante, embrasse ses lèvres pâles. Il prononce son prénom. Puis un sillage froid la glace aux omoplates, l'air semble se froisser derrière elle, comme déchiré par le mouvement d'une faux. Camilla ne se retourne pas. Elle sent, sur son cœur, le poids léger peser plus léger encore et le laisse aller doucement contre les oreillers.

Plus tard, elle le roule dans les draps du lit, elle l'emporte, tellement impondérable, jusqu'au dehors. Elle allume un grand feu pour lui seul, sur la place San Silvestro déserte et déjà moite, dans le petit matin vert et or — les couleurs de *La Tempête*. Elle reprend sa chaloupe, rame jusqu'au port, regagne *Le Chevalier Foulque* à l'ancre dans la lagune.

Le pont est désert, les hommes calfeutrés, ainsi qu'elle en a donné l'ordre : elle porte peut-être le mal en elle ou dans les plis de ses vêtements et ne veut entrer en contact avec personne de l'équipage. Elle s'enfermera dans sa cabine durant trois jours. Si elle est atteinte, elle le saura d'ici là. Alors elle rejoindra les morts en sursis, repassant la ligne de quarantaine au-delà de laquelle est amarrée la galiote. On brûlera tous ses effets dans la cabine, on la désinfectera. Et l'on partira comme prévu. Sans elle.

Elle ne pouvait ne pas venir vers Giorgio. Mais la mission qu'elle allait entreprendre ne doit pas non plus être abandonnée. Camilla est sûre, cette fois, d'être sur la bonne piste. Sûre qu'il s'agit bien de lui.

Depuis cinq ans, elle l'a cherché de Trébizonde à Cythère, d'Alicante à Céphalonie. Dans tous les ports elle a décrit sa «décollation», sa voix rauque, son regard de feu. Peut-être cette description ne correspond-elle plus à rien, rêvée, transformée par l'alchimie du désir. Sur le soupçon qu'un homme lui ressemblant avait été vu ici ou là, elle a sollicité qu'on reçût ses ambassadeurs ou pris la mer en personne. Elle lit dans le regard de ses proches qu'ils le croient mort. Pourtant, peu à peu, ses recherches ont permis de dessiner l'itinéraire cohérent d'un seul et unique individu.

Depuis la première vente en 1505, il fut plusieurs fois racheté par divers marchands, jusqu'à échouer dans Trébizonde. Une tentative de fuite avortée, semble-t-il. De là, un Turc l'embarqua vers Istanbul comme galérien. Un intendant du sultan l'ayant remarqué, il entra au service de Bajazet. Bajazet, avec d'autres présents, vient d'offrir l'esclave chrétien défiguré à des ambassadeurs du grand-duc Vassili de Moscou[1] — ce sont des moines orthodoxes de passage à Cérulée qui l'assurent. Cet homme est celui qu'elle cherche. Camilla le croit parce que rien en ce monde n'aurait plus de sens s'il ne s'agissait de lui.

Elle joue son rôle à Cérulée, gouverne, accueille, protège, uniquement parce qu'elle l'espère vivant. Parce qu'elle s'estime dépositaire

1. Les grands-ducs de Moscou ne prendront le titre de «tsar» que quelques années plus tard.

d'un rêve enfanté selon ses plans et qu'elle veut lui remettre en mains propres lorsqu'il reparaîtra. Peu à peu, elle s'est détachée, décharnée, éloignée par la distance matérielle ou la mort de ses quelques êtres chers — Giorgio désormais. S'il n'y avait la quête, elle tomberait en cendres, momie de ces tombeaux égyptiens dont parlait Hizir. Parfois, comme un élève qui redoute la sentence du maître — comme elle a vu Tiziano se mordiller les lèvres d'angoisse dans l'atelier de Giorgio — elle se demande, quand il y viendra, ce qu'il pensera de Cérulée, si cette chimère accomplie l'agréera. Elle a peur de sa déception possible.

Le voyage de Moscovie sera long, périlleux. D'abord, il n'est pas possible de gagner Constantinople sous sa véritable identité, puisque les Turcs et Cérulée sont ennemis déclarés. C'est sous pavillon vénitien, déguisée en marchand vénitien, que Camilla s'y rendra, si la peste veut l'épargner. *Le Chevalier Foulque,* trop célèbre, s'appelle à présent *San Marco* et l'on a modifié ses gréements.

À Constantinople, Camilla sera sous la protection du baile de Venise, logée dans le quartier vénitien près de la porte du Drongaire, pendant qu'on déchargera son bateau des marchandises qui lui servent de couverture, qu'on le ravitaillera en eau et qu'on remplira les cales d'un nouveau fret à débarquer de l'autre côté de la mer Noire, à Chersonèse. Les relations de Cérulée et de Venise sont si privilégiées que le baile est presque un ami personnel pour Camilla. Parallèlement, il est avec Bajazet en termes cordiaux. Cette partie-là du voyage ne présente pas trop de danger. Il paraît improbable qu'à Constantinople, les Ottomans se soucient d'interroger le marchand vénitien Bellochio, encore plus improbable qu'ils décèlent sous sa fausse barbe leur ennemie céruléenne.

Mais une fois en Crimée, commencera l'inconnu. Elle espère remonter jusqu'en Moscovie le long du fleuve Don. Or ces régions sont toujours soumises aux Mongols, même si la Horde d'Or n'est plus qu'un fantôme. C'est peut-être pire à présent qu'on a brûlé Saraï. Le démembrement de l'empire tartare crée une confusion propice aux exactions, laisse des lambeaux de royaumes qui se disputent le pouvoir. Le khan de Crimée est vassal de Bajazet mais ennemi de celui de Kazan et de la Grande Horde. Ces derniers lancent encore des incursions en terre russe, rançonnent, pillent ou massacrent les caravanes avec d'autant plus de rage qu'ils savent la partie perdue contre le Grand-Duc.

Les recommandations qu'obtiendra le baile auprès de Bajazet pour le marchand Bellochio ne pèseront sûrement pas lourd à travers la Crimée. D'ailleurs, quand Camilla traversera son khanat, Mengli Ghireï sera-t-il encore ami de son lointain cousin de race, le sultan ottoman ?

Quand se lève l'aube du troisième jour, Camilla sait que, cette fois encore, elle a vaincu la Faucheuse. Elle sort de sa quarantaine volontaire et donne l'ordre de lever l'ancre. Venise s'éloigne, disparaît, tremblement sur l'horizon. Au campo San Silvestro, le vent chaud, le sirroco qui s'est levé depuis hier, a dû disperser les cendres. Giorgio ne peindra plus jamais son portrait en Diane ou en Vénus, Giorgio ne la veillera plus au bord des tempêtes. C'était le dernier homme au monde dont elle venait parfois rechercher la tendresse, quand elle était trop lasse d'être arrivée dans le centième port ou le centième caravansérail pour s'entendre dire :

« Un homme balafré, à la voix de corbeau ? Oui, il était avec le marchand Mehmet le mois dernier... Ils sont partis pour Alexandrie, ou Thessalonique, ou Chypre... »

Un certain temps, Giorgio s'était cru le devoir de chercher son épouse mystérieusement enlevée en 1506, de sorte qu'il échangeait avec Camilla ces informations qui circulent en Méditerranée, ce livre oral des disparus de la Chrétienté régulièrement mis à jour par les marins. Il eut plus de chance qu'elle dans sa quête. Il obtint en 1508 des nouvelles assez sûres pour renoncer à jamais revoir Bianca, devenue l'épouse musulmane d'un riche *tüccar*[1] de Bursa, dont elle avait déjà deux fils.

Il laisse à peine une vingtaine de tableaux, mais cette postérité-là ne meurt pas. La lumière de Giorgione restera dans l'œil des générations qui viendront. Voilà sans doute pourquoi Camilla conçut Cérulée comme une œuvre plus que comme un fief : les États n'ont pas la même pérennité que les tableaux.

Il avait fallu choisir un parti. Devait-on voyager très nombreux, très armés, signalant ainsi qu'on était une caravane riche, transportant un précieux chargement ? Ou bien changer d'identité au moment d'abandonner le bateau lorsque le Don ne serait plus navigable, et se transformer alors en pauvres pèlerins orthodoxes se rendant à la Trinité-Saint-Serge près de Moscou — c'est-à-dire s'offrir en petit nombre, sans défense, aux agresseurs mongols éventuels, spéculant que cette apparente pauvreté les rebuterait ? Le problème était qu'on transportait effec-

1. *Tüccar :* négociant turc.

tivement un trésor en joyaux — la rançon que Camilla compte offrir au Grand-Duc pour racheter Foulque.

Elle s'est décidée pour la seconde solution. Les pierres furent cousues dans l'ourlet des robes. La moitié de l'équipage resta pour garder la galiote prise par les glaces dans un village du Don. Seule une douzaine d'autres escorta Camilla, à cheval, sans bagages, hormis l'indispensable matériel de campement.

Ils sont arrivés dans une ville qu'ils attendaient de pouvoir comparer à Byzance, puisqu'elle prétendait assurer sa relève et qu'elle avait adopté pour armoiries son aigle bicéphale. Du moins espéraient-ils que Moscou valût Rome. Après tout, la mère du Grand-Duc, nièce du dernier empereur byzantin et Romaine d'éducation, avait conduit à Moscou des architectes italiens pour y bâtir des palais.

Lorsque Camilla se fut fait reconnaître, parmi les privilégiés qui assistèrent à sa réception au Kremlin se trouvait en effet l'illustre Solario, qui voulut bien lui servir d'interprète. Mais s'il avait édifié l'enceinte du Kremlin, à l'intérieur duquel se trouvaient quelques constructions italiennes, au-delà des remparts de la forteresse, plus trace d'Occident. De loin, sur l'horizon de neige — c'était l'hiver à présent —, Moscou semblait féerique. De près, elle déçut les voyageurs. Les boïars, les seigneurs locaux, n'avaient pour résidences que des isbas rustaudes, sans confort, construites en gros rondins de bois, rarement en brique.

Toute la ville offrait un enchevêtrement de ces édifices mal équarris et cuirassés de boue jusqu'aux étages. Le neige se transformait en gadoue dans les rues non pavées, sous le piétinement des humains, des chevaux et du cheptel domestique. Le froid rendait impossible de distinguer seigneur ou paysan sous les fourrures épaisses. Peu de voitures couvertes, encore moins de carrosses : des charrettes ou des traîneaux. Même la Rome de 1493 n'avait pas autant déçu la paysanne de Nemi.

Le Kremlin puis la réception qu'ils y reçurent consolèrent un peu les Céruléens. Au palais Teremnoï, le souverain siégeait sur un trône étincelant de pierreries, entouré de jeunes nobles en caftans de satin blanc, coiffés de hauts bonnets d'hermine, hache d'argent sur l'épaule. Il offrit ensuite aux visiteurs un banquet, au milieu de sa cour de boïars — dont on tenta vainement d'expliquer à Camilla l'invraisemblable système de préséances.

Alors, elle ne s'en souciait déjà plus, ni des questions de l'impératrice douairière sur les embellissements de Rome, ni de celles sur son île, son voyage et ses navires... Elle avait appris par Solario lui-même, dès le début de sa réception, que le Voïvode[1] du Gros de l'Armée, qui avait pris avec lui comme conseiller le fameux esclave « décollé » du sultan Bajazet, ne se consolait pas de sa fuite, deux mois plus tôt, lors d'une équipée de reconnaissance à Toula, sur la frontière russo-mongole. Ils devaient surveiller la construction des nouveaux murs de la ville forte. L'esclave avait profité d'une nuit sans lune pour fuir le campement.

Camilla, presque au mépris de la politesse, voulut repartir vite. En vain lui fit-on valoir qu'elle ne pourrait naviguer avant la débâcle. Elle demanda la permission d'aller à Toula, pour y mener une enquête sur le fugitif.

Ils voyagent plus confortablement qu'à l'aller,

1. Voïvode : général en chef.

en traîneaux, nantis de fourrures et accueillis partout, au nom de Vassili III qui leur a fourni des passeports, comme des hôtes de marque. Elle n'a pas eu la possibilité de refuser ces témoignages de considération dont elle craint, à mesure qu'on approche la frontière, qu'ils ne la désignent comme cible aux Tartares.

Le ciel est très pur, tout à fait vide. L'étendue de neige, des deux côtés du chemin, miroite devant leurs yeux. Le soleil baisse cependant, ils n'atteindront pas Toula ce soir. Camilla suggère une halte dans le village qui vient, quatre ou cinq isbas, mais cela signifie un toit, du feu, de la soupe chaude, peut-être même une étuve... Quand les points noirs surgissent à l'horizon, le hameau paraît proche, ils croient pouvoir l'atteindre et se retrancher derrière ses palis bien avant d'être rejoints. Mais, sur leurs petits chevaux, les Mongols vont plus vite que les traîneaux lourdement chargés. La distance avec le village ne semble pas diminuer d'un pouce, à mesure que les cavaliers, eux, grossissent.

En terrain découvert, pas la plus misérable butte à l'horizon, inférieurs en nombre (douze contre vingt au moins), les Céruléens n'ont guère de chances de s'en sortir. Camilla fait placer les traîneaux en cercle pour qu'on se retranche derrière cet abri. Elle n'a pas l'intention de se rendre avant d'avoir tiré la dernière salve des quelques arquebuses offertes par le Grand-Duc Vassili. Pourtant elle ne donne pas l'ordre de tirer. Les Mongols se sont arrêtés à quelque distance. Un seul cavalier continue de galoper vers eux, silhouette de fourrure indistincte. Il brandit un drapeau blanc.

« C'est une ruse, dit un des compagnons céruléens, les Tartares sont des fourbes.

— Laissez-le venir mais tenez-vous prêts à faire feu. »

La terre gelée résonne du rythme d'un galop à quatre temps, le galop véloce de ces bêtes au poil épais, des ours plutôt que des chevaux. À l'instant où l'oreille de Camilla saisit la signification du cri répété par le Mongol, ses yeux brûlés à force de fixer depuis des jours l'horizon blême reçoivent une commotion égale, foudroyante. Lâchant les rênes qu'il tenait d'une main, le cavalier tartare, lancé bride abattue, jette au loin son bonnet de fourrure. L'autre main tient toujours brandi le drapeau blanc.

Ce flottement éblouissant, l'étendard de l'Archange, s'associe à celui de la chevelure dégagée du bonnet, un ondoiement que caresse le soleil d'hiver, couleur de soleil. On distingue presque ses traits à présent, on distingue en tout cas la cicatrice horrible laissée par le coup d'épée de Ginevra Orsini, qui lui traversa, qui lui trancha la gorge. Saint Michel. Tête d'Or. Ce qu'il crie vient d'atteindre la conscience de Camilla, explose dans sa tête en mille fragments répercutés : c'est son propre prénom.

Le soleil brille sur l'étendue gelée, sur le drapeau qui claque au vent, sur les cheveux d'or ; le soleil la blesse, sa lumière avale tout ; Camilla perd le contrôle de son corps chiffe, elle n'a plus d'os dedans les membres et glisse lentement, lentement, jusqu'à la blancheur poudreuse, jusqu'au linceul paisible. Le galop à quatre temps résonne encore un instant contre son oreille, quand elle entre au contact glacé du sol. Puis c'est l'épais silence de la neige.

Elle gît dans un lit de bois, au creux d'édredons mous qui l'aspirent. Une main lui tend un bol de thé fumant. Les mains se reconnaissent aisément, voilà pourquoi le chevalier Foulque portait toujours des gants. Le regard de Camilla remonte de la main au visage, tandis qu'elle approche de ses lèvres les volutes de vapeur. La balafre dont on parlait, c'était cette blessure causée par le naufrage. Mais Hizir a menti, la jalousie le fit mentir. Il est toujours Tête d'Or, sculpté par dix années de sel. À présent sa beauté lui ressemble.

Lorsqu'il s'est enfui de l'armée russe, deux mois auparavant, il est allé courir sa chance auprès d'une tribu mongole encore nomade du khanat de Kazan, qui l'a pris avec elle après avoir testé ses compétences écuyères et guerrières. Crevant de faim au nord, ils descendaient vers la Crimée. Le fugitif espérait là-bas s'embarquer sur la mer Noire. En chemin, il entendit parler de la caravane de Chrétiens et de la très belle femme rousse. À mesure que les informations se précisèrent, la tribu se mit à ses trousses pour la piller. Baldassare, lui, reconnut celle qui le cherchait.

Il savait depuis longtemps sa quête et l'existence de Cérulée, dont toute la Méditerranée parlait. Depuis des années il tentait de la rejoindre, mais on le reprenait, on le revendait, il s'échappait de nouveau... La mer peut être la meilleure des prisons : comment franchir à présent ce Mare Nostrum qui n'est plus qu'aux Turcs ? Sur la terre, on peut marcher, rencontrer des fermes et des hameaux.

Une femme entre dans la pièce, explique par gestes que Camilla doit dormir, essaie de demander ce qui va se passer quant aux Mongols qui attendent de l'autre côté des palis. Baldassare, avec des mimiques rassurantes, essaie de faire comprendre la situation. Il a passé un accord avec eux. Ils lui ont permis d'emmener au village le groupe de Chrétiens et se sont engagés à ne pas attaquer les paysans, pourvu que la riche femme rousse leur cédât les fourrures, les arquebuses et les présents du Grand-Duc.

« Ce sont juste d'irréductibles nomades, qui vivent sous leurs tentes de peau. Ils ne sont pas musulmans, ils ont encore des chamans. Si tu acceptes leurs conditions, ils passeront le meilleur hiver de leur vie. »

Camilla répond qu'elle peut leur donner même les pierreries cousues dans ses ourlets, mais il conseille de les garder pour la suite du voyage. La femme, qui a saisi ce qu'elle a pu, hoche une tête dubitative et sort en soupirant. Camilla boit le thé, dont la chaleur lui monte aux joues, pommettes allumées. Elle se laisser aller dans la mer des édredons.

« Oh, Baldassare, tu m'as fait traverser un terrible purgatoire.

— C'est d'abord à moi que je l'imposais. Les hommes de Gubbio m'ont emporté pour mort sur cette place, devant ta maison, et déposé au palais Colonna. C'est durant que l'embaumeur s'appliquait à maquiller ma blessure en vue de hâtives funérailles que j'ai repris conscience, le terrifiant, me terrifiant moi-même. Dès lors, je me suis considéré comme un Lazare...

« Un chirurgien est venu remplacer l'embaumeur, il a recousu comme il a pu. Je suis resté longtemps convalescent et si horrible à voir que j'ai fait le secret sur ma survie. Je savais que tu étais guérie, que tu avais rallié Venise. Je ne me sentais pas le courage d'affronter ton effroi. J'ai juré, si je recouvrais tout à fait l'usage de mon corps, de ne plus rien devoir à l'admiration ou la pitié, d'abolir l'apparence. De me consacrer à une cause qui dépassât mes égoïsmes et mes plaisirs, de devenir le saint Michel que tu avais rêvé.

« Je voulais conquérir un amour qui m'aimerait au-delà de moi, laid, défiguré, qui m'aimerait héros, alors même que je n'avais plus rien de terrestre à offrir. Te conquérir. Je ne me l'avouais pas. En entrant dans l'Ordre, il semblait que je renonçais à toi. Mais je savais qu'un jour, sur la mer qui nous était un commun théâtre, tu entendrais parler de moi. Je croyais ne désirer que cela. Quand j'ai su que tu étais otage à Tunis, j'ai compris que je ne renoncerais jamais à t'aimer aussi de l'ancienne manière. Le naufrage dans l'île... Toi seule peux comprendre si je dis que c'est la période de ma vie la plus heureuse, la plus... parfaite. L'errance était finie, nous nous étions retrouvés. Les pirates en ont décidé autrement.

— J'ai fait naître Cérulée selon tes plans aussi scrupuleusement que je l'ai pu. Pour pouvoir te remettre un jour les clefs de ta ville. Je n'ai jamais douté, depuis cinq ans, que tu avais survécu. Je n'ai appartenu à personne d'esprit ni de corps. Mais peut-être veux-tu demeurer Foulque...

— J'ai renoncé au masque parce qu'il était un signe distinctif trop célèbre pour l'esclave que j'étais devenu. Dans mes pensées, dans mes actes, je suis resté chevalier de Rhodes, je le resterai. Tu espérais porter mon nom, Camilla. Je ne peux pas te le donner.

— Le mien me suffit », dit-elle en détournant le visage.

Ne pas montrer de douleur, elle s'attendait à cela. Foulque n'est pas une identité d'emprunt comme celles qu'endossait Gubbio. Il existe réellement.

« Mais tu m'as dit un jour que le chemin de

Dieu passait par les hommes. Et pour moi, il ne peut plus passer que par toi. Veux-tu m'accepter sans mon nom ? »

Elle s'arrache à l'enlisement du lit trop doux, le saisit entre ses bras dans un élan maladroit et pleure, pleure contre lui, mouille de larmes la fourrure de loup. Dix années loin de ce corps, son rivage, sa terre. Les mots manquent et même les gestes, après tant de temps, tant de froid et de silence. Si elle n'allait plus savoir ? Il tremble d'un désarroi semblable, celui lui rend courage. Elle trouve le chemin de sa peau, dépouille les épaisseurs étrangères. Pose les lèvres, comme à une source, à l'endroit du cou si meurtri, si raviné, où la vie bat sa pulsation violente. Elle respire sur sa poitrine l'odeur aimée, les collines de Palestrina, la poussière d'un été de lumière. Les yeux fermés, elle parvient à dire enfin qu'elle l'aime. Si longtemps retenus ces mots font mal, brûlent la gorge. Elle demande pardon, il lui dit de se taire, elle pleure de nouveau. Par la fenêtre de l'isba, la Voie lactée nacre la neige d'une lumière mauve. Ils sont seuls, le monde s'est aboli, seuls avec les chemins du ciel.

Ils n'ont pas fait l'amour avant l'aube, gardiens de la nuit boréale qu'il fallait seulement regarder pour s'en souvenir plus tard. Ils n'ont dit que ce qu'auraient dit, dans cette chambre d'isba, à l'autre bout de leur monde, des amants qui ne se seraient jamais quittés. Résorber le temps consumé l'un sans l'autre. Les corps y eurent plus de peine que les âmes. Ils se heurtaient tels des béliers fiévreux, ils se meurtrissaient : l'eau qu'on boit après des jours de désert meurtrit ainsi la gorge. Il avait peur, il la guettait, anxieux de déceler la pitié quand il attendait le désir.

Ils repartirent le lendemain, les cavaliers mongols ayant disparu sur la plaine gelée nantis du butin réclamé, au galop de leurs petits chevaux poilus. À Toula, ils rencontrèrent une caravane marchande payant tribut au khan de Crimée, et dans son sillage ne furent plus attaqués. On dormait quelquefois dans des villages lorsqu'on en trouvait, plus souvent sous la tente. C'est peut-être parce qu'il a fallu chaque nuit s'enrouler ensemble dans des fourrures contre le froid, s'aimer en silence à cause de la promiscuité, s'accommoder du dénuement, qu'ils se sont retrouvés. Il n'y avait pas possibilité de feindre, de farder l'amour. Il a cru qu'elle lui revenait sincère, inchangée.

Beaucoup plus belle. Le corps nerveux, la vie de voleuse et de marin l'avait affermi. S'offraient intacts le velours serré de la peau, les attaches exquises. Baldassare n'avait guère loisir de la regarder dans la pénombre des tanières enfumées, sous les épaisseurs de fourrures. Il a fallu, pour cela, attendre d'embarquer sur la galiote. Mais les reins arqués d'acrobate, le goût sucré de la bouche, le soufre des cheveux fauves ne pouvaient tromper. Sa sauvage, sa souveraine.

Quand ils ont atteint le Don, un printemps précoce a fait craquer l'épaisse croûte, libérant le navire. Ils ont descendu le fleuve paisible, escortés par les blocs de glace de la débâcle comme, sur la mer, ils l'eussent été par les dauphins. Ils ne sortaient guère de la cabine, on les laissait à leur silence absorbé, à leur envoûtement. Quelquefois, la nuit, ils allaient regarder les étoiles. La galiote, toujours travestie en *San Marco*, a franchi la mer Noire, puis la Corne d'Or. À présent, sur l'horizon bleu sombre de la mer Ionienne, une enceinte de pierre étincelle. Un parfum poivré, suave, a pris la galiote dans son aura. À cette saison, les mimosas couvrent la montagne de poussière d'or.

« Cérulée, dit Camilla. Le rempart d'Occident. »

Notes

PREMIÈRE PARTIE
LES CHEMINS DE ROME

Chapitre premier

La vie quotidienne des paysans décrite ici se conforme aux documents historiques concernant la paysannerie en Europe, et plus particulièrement dans la campagne romaine, bien étudiée notamment par J. Delumeau (voir bibliographie). Le dépeuplement de cette campagne durant tout le XVIe siècle amenait à Rome des foules considérables, qui grossissaient souvent les rangs des mendiants et prostituées.

Il y avait des « recruteuses » comme la Crespini.

La Rome urbaine décrite est celle de la fin du XVe siècle, encore très médiévale (la plupart des palais Renaissance ne sont pas encore construits, ni Saint-Pierre tel que nous le connaissons).

La description du Vatican, les détails du mariage de Lucrezia sont empruntés aux chroniqueurs des Borgia.

La situation politique de la papauté (face à Milan, à Naples, face aux barons romains), les rapports des Borgia espagnols avec Rome, ainsi que les caractères des divers membres de la famille et de l'entourage du pape sont fidèles à la vérité ou à la probabilité historiques — car dessiner la psychologie d'un personnage à cinq siècles de distance reste aléatoire.

Le personnage de Baldassare Colonna est fictif, mais il est représentatif de son clan, et l'histoire des démêlés Orsini-Colonna, de leurs alliances et retournements d'alliances, est tout au long du roman conforme à l'Histoire.

Sur la constitution des mendiants et voleurs en société organisée par corporations selon spécialités, élisant ses

« officiers », possédant ses « fiefs » dans Rome, et sur les ravages du brigandage, on a suivi les travaux de J. Delumeau (voir bibliographie) ainsi que des comptes rendus de procès du XVIe siècle (peut-être enjolivés, les témoignages étant recueillis par la torture, mais reposant sur un fond de vérité). Cette réalité de la truanderie organisée dans toutes les grandes métropoles explique sans doute la fortune littéraire du thème, de François Villon à John Gay *(Beggar's Opera*, 1728), de Victor Hugo *(Notre-Dame de Paris)* à Brecht *(L'Opera de Quat'Sous)*.

Chapitre 2

La prostitution, très importante à Rome au début du XVIe siècle, est tolérée comme exutoire pour les nombreux célibataires (notamment le clergé) et protection contre les bâtards. Elle va subir le contrecoup de l'épidémie de syphilis après 1495.

La courtisanerie s'exerce à un autre niveau. La figure de la courtisane telle que la personnifie Camilla (une femme non mariée qui a des « protecteurs » ; mais elle peut parfois n'en avoir qu'un des années durant et même se suicider si elle ne peut l'épouser, comme le fit Imperia) est tout à fait circonscrite dans le temps (la Renaissance d'avant la Réforme) et l'espace (Rome et Venise). La courtisane réunit chez elle artistes et gentilshommes. Loin de les pousser à la débauche, elle polirait plutôt leurs mœurs, les initiant à l'art, à la culture, au souci de séduire plutôt que de forcer... Elle est respectée, traitée comme une grande dame, il n'est pas rare qu'elle achève sa vie dans la piété et se fasse bâtir un tombeau dans une église, comme Fiammetta. Elle n'est plus enfermée dans le *bordelleto* médiéval (quartier réservé), se construit des palais dans les quartiers résidentiels, où les papes la tolèrent. Les restrictions graves à sa liberté viendront avec la Contre-Réforme.

Le portrait de Camilla s'inspire de la célèbre Fiammetta qui a sa place dans Rome, qui dut sa fortune à Cesare Borgia — et à laquelle on ne fait pas tout à fait justice ici, par nécessité romanesque.

Le prince Djem est un personnage historique. Frère de Bajazet, il fut effectivement l'otage du pape après avoir été capturé par les chevaliers de Rhodes et mourut mystérieusement à Naples en février 1496, dans le sillage de Charles VIII qui l'emmenait prisonnier. On parla, à l'époque, de poison — mais on en parlait pour toutes les morts inexpliquées, et elles étaient nombreuses, par défaut de science médicale. On parlait aussi de ses mœurs amoureuses cruelles : phantasmes de l'époque ? Il est difficile de trancher aujourd'hui.

On pense qu'il est représenté parmi les personnages de la fresque de sainte Catherine dans les appartements Borgia, par Pinturrichio.

Chapitre 3

Les détails de la vie de Lucrezia à Pesaro, l'entrée des Français dans Rome tandis que le pape est reclus dans son donjon, la capture par les Français de Giulia Farnese puis sa rançon, la fuite de Cesare, otage des Français à Velletri, qui ne laisse au roi de France que ses fourgons pleins de vieux chiffons, sont empruntés aux chroniques.

Les seuls détails fictifs tiennent à l'intervention dans cette trame des personnages romanesques que sont Camilla et Baldassare Colonna.

Chapitre 4

Les opérations immobilières de Camilla s'inscrivent dans la réalité des problèmes d'urbanisme de Rome à cette époque.

Le personnage de Don Michele Corella, dit Michelotto, condottière espagnol des Borgia, est parfaitement historique. La plupart des biographes des Borgia concordent sur ses fonctions d'espion, policier, parfois exécuteur. Il fut fidèle à ses employeurs jusqu'à leur fin. Sa réelle compétence policière (au sens brutal de l'époque) fit que Florence le sollicita aussitôt comme *bargello* (chef de la police).

Chapitre 5

Les fêtes du carnaval décrites sont de celles que donnait Alexandre VI.

L'incident chez le cardinal Sforza, entraînant la pendaison dans la nuit de l'insulteur de Juan, est authentique. Mais il eut lieu, en fait, début juin 1497, donc trois mois plus tard qu'on ne le prétend ici.

La présence de Copernic à Rome et son emploi comme professeur de mathématiques à cette époque sont historiques.

Le personnage fictif de Gennaro est un archétype de la Renaissance, comme la courtisane et, plus tard dans le récit, le navigateur et le marchand. Le savant, le navigateur et le marchand font exploser le monde ancien et se l'approprient. Ils sont beaucoup plus acteurs de la Renaissance que les condottières, par exemple, ou même que toutes les familles régnantes qui n'arrêtaient pas de se succéder les unes aux autres par la violence en Italie.

Le marchand devient banquier, patron de sociétés commerciales, il invente un nouveau monde économique en structurant le rapport à l'argent capitaliste qui s'amorçait depuis le XIIe siècle.

Le navigateur «invente» le monde géographiquement parlant. En trente ans (1492 Colomb — 1520 Magellan), la planète est entièrement reconnue. Ce choc d'une nouvelle configuration du monde, avec toutes ses conséquences économiques, culturelles, philosophiques... est unique dans l'histoire de l'Occident. La découverte est le fait presque exclusif de marins méditerranéens, les meilleurs du monde alors (Italiens, Espagnols, Portugais).

Enfin, le savant. Il n'est plus l'alchimiste médiéval, mais il ne faudrait pas pour autant voir en lui un scientifique moderne. La Renaissance est une période à la fois de civilisation et de barbarie, de progrès et d'obscurantisme. Les princes continuent d'employer des astrologues un peu magiciens, l'Inquisition brûle des sorciers.

La caractérisation du savant de ce temps (architecte, médecin, ingénieur...) tient peut-être plus à son statut qu'à son attitude face à la science. Il n'est pas encore un solitaire docteur Faust (figure mythique qui n'émerge qu'à la fin du XVIe siècle), c'est plutôt un artisan expérimentateur parce que, salarié, il se voit demander des résultats pratiques par les mécènes qui l'emploient.

C'est pourquoi l'évêque Gaspare Torella dédie son traité sur la syphilis à Cesare Borgia, que Lénonard de Vinci conçoit des machines de guerre pour Ludovico le More et que Copernic — qui ne veut pas perdre sa charge de prélat — attend prudemment ses vieux jours (1538) pour publier ses conceptions.

Le personnage de Gennaro, dans sa manière de travailler et son discours scientifique, s'inspire de Vésale et Paracelse, les deux grands médecins contemporains.

Les poisons sont encore rudimentaires, peu sûrs, faute d'une méthode fiable pour les fabriquer. Le poison est un des phantasmes de l'époque. On a vite fait de lui attribuer toute mort inexpliquée, particulièrement celle d'un puissant personnage. L'histoire nous apprend que la plus grande part des assassinats politiques ou privés se pratiquait par d'autres moyens.

L'accusation de Giovanni Sforza contre Lucrezia, qu'il reprendra lors de la procédure de divorce (inceste avec son père), paraît aujourd'hui à tous les historiens dénuée de fondement. Là encore, ces rumeurs faisaient partie des phantasmes de l'époque, on trouve de telles situations dans de nombreux contes, d'ailleurs. Giovanni Sforza n'accepta jamais d'avoir été «divorcé» et ce bruit répandu fut peut-être sa revanche.

Chapitre 6

Le portrait moral qui se dessine de Juan à travers la correspondance avec son père et le bruit de ses frasques dans les chroniques en fait un personnage assez vain, noceur, capable de cruauté (l'insulteur pendu), politiquement et militairement peu brillant. Cesare, en revanche, avec intelligence et cynisme, est vraiment *Le Prince* de Machiavel. La préférence marquée du pape pour Juan se manifestait à chaque instant.

La fin du règne de Giulia Farnese dans le cœur du pape n'est pas très précise dans les chroniques, non plus que son motif. Elle resta, de toute façon, fort considérée au Vatican même après qu'elle eut été détrônée (entre 1497 et 1499).

Chapitre 7

La fuite de Giovanni Sforza est historique. Risquait-il vraiment sa vie ? En tout cas, les Borgia voulaient rompre le mariage de Lucrezia et le rompirent.

Chapitre 8

La peste revenait à Rome chaque été, ainsi que dans la plupart des grandes villes d'Italie.

La fuite de Lucrezia à San Sisto est authentique, ainsi que l'épisode des soldats que son père envoya pour l'en sortir. Sa liaison avec Pedro Calderon doit nécessairement dater de cette époque, puisque son enfant naquit en mars 1498.

L'assassinat de Juan eut lieu ainsi qu'on le relate (l'homme masqué qui vient le chercher chez sa mère, le cadavre dans le Tibre, les accusations du batelier). La plupart des historiens (et déjà, les contemporains des Borgia) estiment Cesare coupable. Son père fit en effet arrêter l'enquête et l'envoya à Naples. Cesare fut atteint de la peste à Capoue et soigné par Torella. Mais le terme de « peste », appliqué alors à plusieurs maladies différentes, peut avoir désigné une attaque de mal français. Cesare, qui contracta ce mal et en garda des cicatrices, semble en avoir été victime en 1497 pour la première fois.

Chapitre 9

La laïcisation de Cesare sera entérinée par un consistoire quelques mois plus tard. Il devient duc de Valence, dit Le Valentinois.

DEUXIÈME PARTIE

LES ROUTES D'ITALIE

Chapitre 10

Tout ce que dit Camilla sur le commerce des épices s'avérera sous peu.

La *commenda* qu'elle propose est la pratique commerciale la plus courante alors pour le commerce maritime — la grande affaire des Italiens.

Amerigo Vespucci est, bien sûr, le personnage historique auquel un cartographe, par erreur, attribuera la découverte de l'Amérique du Nord. Il mènera plusieurs expéditions jusqu'aux côtes du Brésil, qu'il reconnaîtra, après avoir, en effet, participé aux deux premiers voyages de Colomb. En réalité, sa première expédition personnelle vers les nouveaux mondes se fera en 1501 pour le compte de l'Espagne (ou en 1499 pour le Portugal). Celle qu'on imagine ici serait un coup d'essai.

Le pape, en 1494, a effectivement partagé la propriété des nouveaux mondes à découvrir entre l'Espagne et le Portugal.

La maison de Camilla s'inspire de la description d'une demeure florentine de l'époque.

Chapitre 11

Le divorce de Lucrezia fut prononcé en décembre 1497. Son enfant adultérin naquit en mars 1498, le 18 selon certains chroniqueurs. On ne sait absolument pas ce qu'il devint (voir, plus loin, la note sur l'*infans romanus*, au chapitre 19).

Pedro Calderon disparut. Certains disent emprisonné, d'autres assassiné sur ordre de Cesare, ce qui semble plus probable. Mais la version du meurtre perpétré par Cesare lui-même, à coups d'épée, aux pieds du pape, paraît si peu discrète qu'on a peine à l'attribuer au Valentinois. Ce fut sûrement le fait de Corella ou d'un autre tueur stipendié, sans traces et sans aveux.

Bien entendu, la substitution d'identité entre Lucrezia et Camilla est une fiction.

Chapitre 12

Les détails sur la construction et l'armement des navires sont empruntés aux récits des grandes expéditions (Colomb, Magellan).

Les détails du second mariage de Lucrezia, y compris le pugilat provoqué par Sancia d'Aragon, sont dans les chroniques.

Le personnage de Sancia est ici fidèle à ce qu'on sait d'elle : elle eut pour amants les fils Borgia et bien d'autres. Elle était belle, tout à fait débridée dans ses mœurs. Elle mourut à Naples en 1504, à 27 ans. Son dernier adorateur, Gonçalve de Cordoue, lui fit de somptueuses funérailles. Les amants qu'on lui attribue au long du livre firent effectivement partie de son « tableau de chasse ».

La prison pour dettes était d'usage. Au cours du XVIe, elle touche de plus en plus de grands seigneurs, qui se ruinent effectivement de la manière décrite par Camilla. C'était au créancier de payer la pension du débiteur, faute de quoi celui-ci n'était ni nourri, ni blanchi. La plupart des créanciers laissant sans vergogne leurs débiteurs mourir de faim, au cours du XVIe siècle, des organisations religieuses prirent en charge l'assistance aux prisonniers pour dettes les plus démunis.

L'enfance de Baldassare ici décrite est typique de celle d'un jeune noble du temps.

Agostino Chigi (1460-1520) est un grand banquier siennois et célèbre mécène (on lui doit la Farnesina, notamment). Il contrôla effectivement les mines de la Tolfa durant de nombreuses années. Son frère Bartolomeo est un personnage fictif.

Chapitre 13

La réconciliation Orsini-Colonna en 1498 est historique. Les Colonna étaient alors, en effet, quasi ruinés. Toutefois les personnages de Baldassare et Ginevra, ainsi que leur mariage, sont fictifs.

Le départ de Cesare pour son mariage français, les fastes déployés, les boutiques dévalisées et même les Juifs rançonnés par le pape sont relatés par les chroniques.

Le naufrage de Vespucci à Gibraltar est évidemment fictif puisque cette première expédition l'est.

Chapitre 14

Giulia Farnese était effectivement l'épouse d'Orsino Orsini.

La description du mariage Orsini-Colonna dans ses divers rites est celle d'un mariage de nobles à cette époque. Le fait que le contrat soit signé par des procurateurs n'a rien d'exceptionnel. Une simple bénédiction confirme l'acte notarié sur le plan religieux — encore est-ce parce qu'il s'agit de grands personnages. Le sacrement du mariage n'existe pas avant la Contre-Réforme (instituée par le concile de Trente). Le fait que sans versement de la dot il n'y avait pas « conduite au mari », donc pas de mariage effectif au sens juridique, laissait alors bien des « épouses » en situation bancale chez leurs parents...

Giorgio Barbarelli, dit Giorgione, 1478-1510, a une biographie succincte. Dans les « blancs » de l'Histoire, on peut introduire une fiction. On sait de lui qu'il fut l'élève de Giambellino, que Titien travailla dans son atelier, qu'il était célèbre à Venise de son vivant, habitait campo di San Silvestro, jouait du luth et s'honorait de l'amitié de Pietro Bembo le poète. Il fit, comme tous les artistes de son temps, le voyage à Rome.

L'Auberge de l'Ours était effectivement le rendez-vous de toute l'intelligentsia de passage. Montaigne la décrira, y étant descendu lui aussi.

Chapitre 15

Le personnage du vieux baron Onofrio est emblématique de sa caste mais fictif.

Chapitre 16

La chute de Milan et la fuite de Ludovico le More par les souterrains sont historiques. Les clans romains étaient alors effectivement ligués contre le pape, toutefois, la présence des ambassadeurs Baldassare et Ginevra à Milan est fictive.

La première campagne de Cesare en Romagne, son mariage français, le baptême du petit duc d'Aragon, les relations mouvementées de Lucrezia avec son second mari, qu'elle aime sincèrement et qui se sent en danger de mort au Vatican, sont historiques.

Le brigandage est bien le fléau organisé de Rome et de ses routes d'accès. Le phénomène va s'amplifier durant tout le siècle. Sous Sixte-Quint, d'anciens grands seigneurs ruinés prendront même la tête de ces bandes organisées.

Chapitre 17

La prise d'Imola (probablement à cause d'une trahison de Naldi, qui « passe » à Cesare), le siège de Forli et plus tard la capture de Caterina Sforza sont relatés selon le détail des chroniques.

La proximité des fiefs Farnese et Orsini et le fait que Giulia Farnese épousa Orsino Orsini permettent d'inventer des relations d'enfance entre les deux clans. Alessandro Farnese était bien surnommé le cardinal « jupons », car il devait son chapeau à sa sœur. Le personnage d'Orsino Orsini était ce cocu moqué de tous — ce qui donne au romancier l'envie de le racheter un peu.

Le triomphe « noir » de Cesare, affichant le deuil de son cousin récemment disparu, est une anecdote historique. Pour ce décès comme pour tant d'autres, on parla du poison des Borgia, mais on n'y voit guère de motif. Les crimes réels des Borgia sont assez bien connus. Insistons sur le fait que dans le contexte de l'époque, ils n'avaient, hélas ! rien d'exceptionnel en fréquence ni en cruauté. Tout le reste (l'inceste familial, Cesare violant Caterina Sforza, puis, juste avant son exécution, le bel Astorre Manfredi, les centaines d'empoisonnements, etc.) est à considérer avec la même réserve que les rumeurs, aujourd'hui, sur telle artiste « qui serait en réalité un homme » ou telle autre « qui a le SIDA ».

Chapitre 18

La liaison de Giulia Farnese avec Corella est fictive.

La mort d'Orsino Orsini en 1500, enseveli sous un plafond écroulé de son château, est authentique. Personne ne le pleura et sa veuve se remaria en 1509.

Cesare fit assassiner Alfonso d'Aragon par Corella (deux tentatives furent nécessaires, à cause de la vigilance de

Lucrezia et de Sancia d'Aragon). Partant pour sa seconde campagne de Romagne, Cesare demanda l'asile sur la route à sa sœur, retirée à Népi. Lucrezia aimait Alfonso d'Aragon et resta longtemps inconsolable, ce qui irritait son père, désireux de la remarier chez les Este. On peut supposer que l'entrevue du frère et de la sœur à Népi ne fut pas des plus cordiales. Pourtant, plus tard, quand Cesare fut dans le malheur, elle lui resta fidèle. Lucrezia, par rapport à sa famille, gardera toujours l'ambiguité douloureuse d'une Antigone.

Chapitre 19

Les horreurs de la prise de Capoue sont restées célèbres.

L'infant Borgia, *infans romanus,* oppose les historiens quant à son identité. On pense à un fils du pape et de Giulia Farnese, à l'enfant secret de Lucrezia né en mars 1498, à l'enfant de Cesare et d'une dame inconnue. Il fut effectivement reconnu comme fils de Cesare « et d'une dame inconnue » par une bulle en juillet 1501. Mais une seconde bulle parallèle en fait un fils du pape. Son existence par la suite est bien connue, il fut le protégé de Lucrezia Borgia à Ferrare.

Cesare eut également une fille illégitime, qui fut reconnue Borgia elle aussi, mais sa discrétion sur ses liaisons fait qu'on ne sait rien de la ou des mères de ces enfants. Il eut par ailleurs une fille légitime, Louise, de son épouse Charlotte d'Albret.

Chapitre 20

La conspiration des condottières et le piège de Sinigallia ont été relatés par Machiavel: pour lui, la vengeance de Cesare fut un exemple de haute stratégie.

L'empoisonnement du pape et de Cesare fut sans doute un empoisonnement « normal », par des mets corrompus (ce n'était pas rare par temps de grosses chaleurs). La grave maladie de Cesare fut une des raisons déterminantes dans son échec à conquérir le trône d'Italie. Il confia à Machiavel qu'il avait tout prévu en cas de mort de son père, sauf le fait que lui-même pût être mourant. À partir de ce moment, sa chance tourna et tout ce qu'il entreprit échoua à plus ou moins long terme, comme si « son étoile l'avait abandonné », ainsi qu'on le pensait à l'époque.

Les exactions durant la vacance pontificale sont historiques (pillages et meurtres).

Des femmes guerrières comme Caterina Sforza ou Ginevra Orsini n'étaient pas rares. Le terme de « virago » qui les désignait n'avait alors rien de péjoratif, au contraire.

TROISIÈME PARTIE

LES SILLAGES DE LA MER

Chapitre 21

Les frères Barberousse, tout à fait historiques, auront un grandiose destin. Pirates, corsaires pour le roi de Tunis, rois d'Algérie (Oroudj, puis Hizir après sa mort). Hizir offrira son royaume à Soliman qui l'en fera bey, lui donnant les moyens de l'organiser. Grand amiral de la flotte turque, il contribuera à installer les Turcs définitivement en Méditerranée. À soixante-quinze ans, Hizir, devenu l'amiral Hayreddin Barberousse, parlant plusieurs langues et n'ayant rien d'un barbare, est encore capable de faire le siège d'une noble demoiselle italienne de dix-sept printemps. Mieux : de l'émouvoir, puis de l'épouser...

Les détails sur la vie de Lucrezia à Ferrare, la présence à ses côtés de l'*infans romanus* et le grand amour qu'elle inspira à Pietro Bembo (elle est dédicataire de ses *Asolani*) sont authentiques.

Cesare Borgia, au début d'août 1504, naviguait en effet entre Naples où on l'avait trahi et l'Espagne où Prospero Colonna l'emmenait prisonnier. La rencontre avec les Barberousse et la *Santa Camilla* est fictive, toutefois.

Chapitre 22

Le grand amour entre Lucrezia et Francesco da Gonzaga, marquis de Mantoue, durera jusqu'à la mort de ce dernier, en passant par des étapes et des épreuves. On peut supposer qu'il naquit vers 1504, bien qu'ils se fussent rencontrés à Rome en 1496, après Fornoue. Une correspondance codée entre eux reste pour témoignage, entre autres documents.

Chapitre 23

Le Doge Loredan n'avait pas de fille bâtarde. Il est exact qu'on commanda à Giorgione les fresques du Fondacco dei Tedeschi.

La présentation des Barberousse au sultan ici décrite est en réalité celle qui eut lieu après la capture de la trirème papale (cité au chapitre 22).

Les mœurs inverties qu'on prête ici au roi de Tunis Abou Abdallah ne sont pas le fait de ce monarque (autant qu'on sache). Toutefois, de tels événements se produisirent dans le sultanat de Cordoue au XIVe siècle. Une jeune femme habile parvint à séduire le sultan homosexuel en adoptant l'habit et la conduite d'un garçon. Après quoi, elle fit nommer grand vizir son amant...

La description du harem peu surveillé correspond sans doute plus à la réalité qu'on ne l'imagine. Après tout, les *Mille et Une Nuits* sont pleines d'histoires de cocus et les murs des harems y sont sans cesse escaladés...

Emery d'Amboise était Grand Maître des chevaliers de Rhodes en 1504, Villiers de L'Isle-Adam «pilier» de la maison d'Italie et Grand Amiral. Foulque est en revanche un personnage fictif.

Chapitre 24

La prise de La Marsa est fictive. Charles-Quint prendra La Goulette quelques années plus tard.

Chapitre 25

Giovanni Borgia, l'*infans romanus*, partit en effet vivre à cette époque près du seigneur Pio, à Carpi.

Chapitre 27

Amerigo Vespucci, rentré d'expédition en 1506, s'installe à Séville. En 1507, le moine Waldseemuller lui attribue indûment la découverte du continent « américain ». Après 1508, il devient *piloto mayor* de la Casa de la Contratacion.

Chapitre 28

Les relations de Lucrezia et Francesco ainsi que les complots de la famille d'Este sont exacts dans leurs lignes générales. On ne sait pas de façon certaine si la relation amoureuse fut accomplie et l'escapade sur le fleuve relatée ici est fictive.

Il n'est pas avéré non plus que le cardinal Hippolyto d'Este ait voulu positivement se débarrasser de Lucrezia. En tout cas, il se débarrassa de ses frères en dénonçant leur complot (après avoir tenté d'assassiner Giulio). Ferrante et Giulio échappèrent à l'exécution au dernier moment et furent emprisonnés à vie.

Lucrezia avait effectivement à son service une Isachina.

L'évasion de Medina del Campo, la chute du haut de la tour, les alguazils qui manquent s'emparer de Cesare à Santander, puis l'arrivée à Pampelune sont scrupuleusement fidèles aux chroniques dans les détails. Seule est fictive l'intervention de Camilla dans l'aventure.

Chapitre 29

Le XVIe siècle est le siècle des Utopies (Thomas More, Campanella, Bacon...). Celle de Camilla n'est pas plus délirante que ce qu'imaginèrent les philosophes de son temps. Son personnage de Consul de Cérulée s'inspire par ailleurs de Caterina Cornaro, la reine de Chypre d'alors.

La guerre à Ferrare, les relations de Francesco et Lucrezia (la correspondance durant l'incarcération du marquis, son retour de flamme pour Lucrezia, allant jusqu'au désir de l'« enlever ») sont conformes aux témoignages historiques.

Giorgione meurt effectivement de la peste durant l'été 1510 à Venise. Elle y fut particulièrement virulente cette année-là. Le peintre n'avait que trente-deux ans. On ne lui attribue aujourd'hui qu'une vingtaine de toiles, outre les fresques laissées dans Venise.

Les détails sur Constantinople, les Mongols et le Grand-Duché de Moscou sont historiques. Il est exact que des architectes italiens travaillèrent à Moscou.

Bibliographie

ARBOUR (R.), *La Peinture vénitienne*, Aimery-Somogy.

ARIES (P.), *L'Enfant et la vie familiale sous l'Ancien Régime*, Le Seuil, 1973.

ARIES (P.), et DUBY (G.), *Histoire de la vie privée — Tome 2: De l'Europe féodale à la Renaissance*, Le Seuil, 1985.

BEC (C.), *Le Siècle des Médicis*, P.U.F., 1977.

BELLONCI (M.), *Lucrèce Borgia*, Éd. Complexe, Belgique, 1983.

BENEZIT (E.C.), *Dictionnaire critique et documentaire des peintres, sculpteurs...*, Gründ, 1966.

BIRABEN (J.N.), *Les Hommes et la peste*, Mouton-de-Gruyter, 1975-1976.

BIRBARI (E.), *Dress in italian painting 1460-1500*, Londres, J. Murray, 19 5.

BOLOGNE (J.C.), *Histoire de la pudeur*, Orban 1986.

BORRICAND (R.), *Histoire de l'Ordre de Malte*, Borricand, 1968.

BOUTEILLER (M.), *Médecine populaire d'hier et d'aujourd'hui*, Marcelle Bouteiller, 1966.

BRABANT (H.), *Médecins, malades et maladies de la Renaissance*, La Renaissance du Livre, 1966.

BRADFORD (E.), *The shield and the sword: the Knights of St-John*, New York, E.P. Dutton, 1973.

BRAUDEL (F.), *La Méditerranée*, Flammarion, 1985.
BRAUNSTEIN (P.), et DELORT (R.), *Venise, portrait historique d'une cité*, Le Seuil, 1971.
BRION (M.), *Les Borgia, le pape et le prince*, Tallandier, 1979.
BURCHARD (J.), *Diarium, 1483-1506*, Éd. L. Thuasne, 1883-1885.
BURCKHARDT (J.), *La Civilisation de la Renaissance en Italie*, Le Livre de Poche, 1966.
CARTWRIGHT (L.), *Isabella d'Este, marchioness of Mantoua*, Londres, 1903.
CASTELOT (A.), *L'Histoire à table*, Lib. Ac. Perrin, 1973.
CASTIGLIONE (B.), *Il libro del Cortegiano*, U.T.E.T., Turin, 1964.
CHAMBERLAIN (E.R.), *Les Mauvais papes*, Éric-Russel Chamberlain.
CHAUNU (P.), *L'Expansion Européenne du XIII*e *au XV*e *siècle*, P.U.F., 1969.
COGNASSO (F.), *L'Italia del Rinascimento*, U.T.E.T., Turin, 1965.
COLLISON-MORLEY (L.), *Les Borgia*, Payot, 1934.
COSMAN (M.P.), *Fabulous feasts*, New York, G. Braziller, 1976.
COULET (R.), *La Course et la piraterie en Méditerranée*.
DELUMEAU (J.), *La Civilisation de la Renaissance*, Arthaud, 1967. *L'Italie de Botticelli à Bonaparte*, A. Colin, 1973. *Rome au XVI*e *siècle*, Hachette, 1975.
DUFOURCQ (C.G.), *La Vie quotidienne en Europe médiévale sous domination arabe*, Hachette, 1978.
DURAND (L.), *Pirates et barbaresques en Méditerranée*, Marseille, Aubanel, 1975.
EKREM (R.), *La Vie de Khaireddine Barberousse*, Gallimard, 1931.

ENGEL (C.E.), *Histoire de l'Ordre de Malte*, Claire-Éliane Engel.
FLANDRIN (J.L.), *Familles, parentés, sexualité dans l'ancienne société*, Hachette, 1976.
FOURQUIN (G.), *Le Paysan d'Occident au Moyen Age*, F. Nathan, 1972.
GALLAND (A.), *Les Mille et Une Nuits*, Garnier Frères, 1960.
GALLIER (A. du), *César Borgia, duc de Valentinois et documents inédits sur son séjour en France*, A. Picard, 1985.
GOSSE (P.), *Histoire de la piraterie*, Payot, 1978.
GOTTSCHALK (A.), *Histoire de l'alimentation et de la gastronomie depuis la préhistoire jusqu'à nos jours*, Éd. Hippocrate, 1948.
GUERDAN (R.), *César Borgia, le prince de Machiavel*, Lib. Ac. Perrin, 1974.
GUICCIARDINI(GUICHARDIN), *Storia d'Italia*, Mondadori, Milan, 1975.
GUICHONNET, *Histoire d'Italie*, P.U.F., 1975.
GUIDES, *Rome — Venise — Italie du Nord et du Centre — Tunisie.*
HEERS (J.), *Gênes au XVe siècle*, Flammarion, 1971. — *La Vie quotidienne à Rome au temps des Borgia et des Médicis*, Hachette, 1986.
L'HISTOIRE (numéro spécial) : « *Les Maladies ont une histoire* », 1984.
HUBAC (P.), *Les Barbaresques*, Pierre Hubac.
HUIZINGA (J.), *L'Automne du Moyen Age*, Payot, 1980.
HUTIN (S.), *Histoire de l'alchimie*, Gérard and Cie, 1971.
IMBAULT-HUART (C.), *Histoire des Arabes*, P. Geuthner, 1912-1913.
INALCK (H.), *The Ottoman Empire, the classical age*, Weidenfeld & Nicholson, 1973, Londres.
KITSIKIS (D.), *L'Empire ottoman*, P.U.F., 1985.

KYBALOVA (L.), HERBENOVA (Q.) et LAMORVA (M.), *Encyclopédie de la mode*, Gründ, 1970.
LANE (F.C.), *Navires et constructeurs à Venise pendant la Renaissance*, Frédéric Chapin Lane, 1965.
LARIVAILLE (P.), *Le XVIe siècle italien*, Seghers, 1971. — *La Vie quotidienne des courtisanes en Italie au temps de la Renaissance*, Hachette, 1975. — *La Vie quotidienne en Italie au temps de Machiavel*, Hachette, 1979.
LATOUR (A.), *Les Borgia*, R. Julliard.
LAVIGERIE (O. de), *L'Ordre de Malte*, Marseille, Laffitte Reprints, 1979.
LUCAS-DUBRETON, *L'Âge d'Or de la Renaissance italienne*, Fayard, 1957. — *La Vie quotidienne à Florence au temps des Médicis*, Hachette, 1958.
MACHIAVEL (N.), *Œuvres complètes*, Gallimard, 1952.
MANTRAN (R.), *La Vie quotidienne à Constantinople au temps de Soliman*, Hachette, 1965.
MARC-BONNET (H.), *Les Papes de la Renaissance*, P.U.F., 1969.
MAZHARI (Ali Al), *La Vie quotidienne des musulmans au Moyen Age*, Ali-al-Mazhari, 1959.
MERRIEN (J.), *La Vie quotidienne des marins au temps du Roi-Soleil*, Hachette, 1963.
MIROIR DE L'HISTOIRE, numéro 157, janvier 1963, *Les Grandes heures des papes.*
MOLLAT (M.), *Colloque international d'histoire maritime*, Paris, S.E.V.P.E.N., 1957-1958-1959-1960-1965-1966. —*Grands voyages et connaissance du monde du milieu XIIIe à la fin XVe*, M. Mollat, 1966-1969.
MUNTZ (E.), *Les Arts à la cour des Papes*, Paris, 1898.
PARACELSE, *Œuvres médicales*, P.U.F., 1968.
PASTOR (L. von), *Storia dei Papi*, Desclée, Rome, 1960.

POLIDORI-CALAMENDREI, *Le vesti delle donne fiorentine nel quattrocento*, Rome, Multigrafica, 1973.
RIVAL (P.), *César Borgia*, Grasset, 1931.
ROCHON (A.), *Histoire mondiale de la femme*, Nelle Lib. de France, 1966.
RODOCANACHI (E.P.), *Courtisanes et bouffons au XVI*e *siècle*, Flammarion, 1894. — *La Femme italienne à l'époque de la Renaissance*, Hachette, 1907. — *Histoire de Rome*, Hachette, 1912.
ROLFE (F.), *Les Borgia*, Jean-Cyrille Godefroy, 1984.
RUBINSTEIN (N.), *Lucrèce Borgia*, Istituo della Encyclopedia Italiana, 1971.
SOURNA (J.C.), et POULET (J.), *Histoire de la médecine*, Albin Michel, Laffont, Tchou, 1977-1979.
SPULER (B.), *Les Mongols*, Payot, 1961.
STENDHAL, *Chroniques italiennes*, Gallimard, 1952.
TAMASSIA (N.), *La famiglia italiana nel secoli XV*e*-XVI*e, Mutigrafica editrice, Rome, 1971.
TENENTI (A.), *Naufrages, corsaires et assurances maritimes à Venise*, Alberto Tenenti, 1959.
VOCINO (M.), *Storia del costume*, Rome, Libro dello Stato, 1952.
WELTHER (G.), *Histoire de Russie*, Payot, 1963.
ZWEIG (S.), *Magellan*, Grasset, 1938.

Composition réalisée par COMPOFAC - PARIS

IMPRIMÉ EN FRANCE PAR BRODARD ET TAUPIN
Usine de La Flèche (Sarthe).
LIBRAIRIE GÉNÉRALE FRANÇAISE - 6, rue Pierre-Sarrazin - 75006 Paris.

ISBN : 2 - 253 - 04640 - X 30/6480/5